다인

일러두기

1. 본문 중의 인명과 지명은 독자들의 친숙함을 고려하여 한자음 그대로 표기하였습니다. 다만 일부 현대 인물은 중국어 발음에 따랐습니다.
2. 본문 중의 괄호 안에 뜻을 풀이한 것은 모두 옮긴이의 설명입니다.

다인 茶人

1

남방의 차나무

왕쉬펑 장편소설 | 홍순도 옮김

더봄

'중국문학전집'을 출간하면서

마오둔茅盾은 루쉰魯迅과 함께 중국 현대문학의 발전에 이바지한 진보적 선구자이자 혁명문학가로 평가받는 인물이다. 그의 뜻에 따라 1981년에 제정된 마오둔문학상은 4년을 주기로 회당 3~4편, 2015년까지 총 9회 수상작을 발표하면서 중국 문학계에서 가장 권위 있는 문학상으로 자리매김했다.

특히 중국 인민문학출판사가 1998년부터 '마오둔문학상 수상작 시리즈'를 출간하면서, 수상작들은 중국 현대 장편소설 중 최고의 걸작으로 인정받아 광범위한 독자들로부터 지속적인 사랑을 받고 있다. 노벨문학상 수상자인 중국 소설가 모옌莫言도 2012년 제8회 마오둔문학상을 수상한 바 있다.

출판사 '더봄'은 중국 최대의 출판사인 인민문학출판사의 특별한 협조를 받아 '중국문학전집'을 기획하고, 마오둔문학상 수상작과 수상작가, 그리고 당대 유명 작가의 최신작을 중심으로 중국 현대 장편소설을 지속적으로 펴낸다.

출판사 '더봄' 대표 김덕문

한국어판 서문 | 왕쉬펑(王旭烽)

중국과 한반도의 차茶문화는 같은 뿌리, '다례'茶禮 정신이 삶의 지침이 되길!

내가 소설가에서 차문화 교수가 된 지도 벌써 12년이 지났다. 나는 학교에 부임한 첫해부터 한국 유학생들을 양성하기 시작했다. 중국의 차문화와 한국의 다례茶禮 사이에는 깊은 공감대가 형성돼 있다. 나는 거의 해마다 한국의 다인茶人들과 깊은 교류를 이어오고 있다. 한국의 다인들이 나에게 학생들을 보내오고 나도 중국 학생들을 한국 다원茶院으로 보내는 식이다. 그러다 보니 내가 쓴 장편소설 《다인》 3부작이 한국어로 번역돼 한국 독자들과 대면하게 된다니 기쁘면서도 설렌다.

나는 중국차박물관에서 근무할 때 한국의 대다인大茶人 최규용 옹을 만나 뵌 적이 있다. 한·중 수교가 이뤄진 지 얼마 안 된 1990년에 당시 89세 고령의 최 옹은 한국육우다경연구회 회장 신분으로 중국을 방문해 '다성'茶聖 육우陸羽의 유적을 참배했다. 중국을 최초로 방문한 한국 차문화대표단이라 하겠다. 최 옹은 호가 금당錦堂으로, 항일전쟁 시기에 절강성에 다년간 거주하면서 중국차와 《다경》茶經에 큰 흥미를 가졌다고 한다. 귀국 후에는 한국육우다경연구회를 세우고 수많은 제자들을 양성했을 뿐 아니라 다례와 다도 전파에 앞장섰다. 항주를 다시 찾은 당시의 최 옹은 신발을 벗고 육우 조각상 앞에 무릎을 꿇고 절을 올렸다. 감격을 금치 못해 눈물을 흘리는 최 옹의 모습은 중국 다인들에게 깊은 인상을 남겼다.

중국과 한반도의 차문화 뿌리는 매우 깊다. AD 4세기~7세기 중엽 한반도는 고구려, 백제와 신라의 삼국시대였다. 그 당시 중국의 남북조와 수·당隋唐 왕조는 백제, 신라와 교류가 빈번했다. 신라인들은 당나라에서 불전佛典과 불법佛法을 배우고 국가 제도와 법령을 연구했다. 심지어 당나라에서 관리를 지낸 사람도 있었다. 경제와 문화 분야의 교류도 긴밀했다. 특히 신라와 당나라는 외교사절단을 서로 120회 넘게 파견하는 등 교류가 매우 빈번했다.

전하는 바에 따르면 당 문종文宗 태화太和 후기에 당나라에 사신으로 갔던 신라인 대렴大廉이 차 씨앗을 신라로 가져가 지리산 아래 화엄사華嚴寺에 심은 것이 한국 차의 기원이 됐다고 한다. 《삼국사기》三國史記·〈신라본기〉新羅本紀에 "당에 사신으로 갔던 대렴이 차 씨앗을 가지고 왔다. 왕은 그것을 지리산에 심게 했다. 차는 선덕왕 때부터 있었던 것인데 이때에 와서 매우 성행했다"라고 기록돼 있다. 한국의 차문화가 이때부터 한국 전통문화의 일부로 자리 잡았음을 알 수 있는 대목이다.

송나라 때에 이르러 신라인들은 중국의 차문화를 참고해 자신들만의 다례를 발전시켰다. 당시 다례의 종류는 '길례'吉禮, '치예'齒禮, '빈례'賓禮, '가례'嘉禮 등 네 가지가 있었다. 그중에서 대표적인 것이 '빈례'였다. 송宋, 요遼, 금金, 원元의 사신을 영접하는 빈례의 진다進茶 의식은 건덕전乾德殿에서 베풀어졌다. 왕은 건덕문乾德門 동쪽에서 서쪽을 향해 서고, 사신은 서쪽에서 동쪽을 향해 서서 차를 받았다.

송, 원 때 중국의 '점다'点茶법이 한국으로 전파됐다. 원나라 중기부터 다방茶房, 다점茶店, 다식茶食, 다석茶席이 한국에서 유행했다. 그리고 1980년대에 이르러 한국의 차문화는 또 한 차례의 부흥기를 맞이했다.

한국 다례의 취지는 화和, 경敬, 검儉, 진眞이다. '화'란 서로 화목하게 지내고 서로 존경하면서 서로 돕는 것이다. '경'은 예의범절을 정확하게 따르고 서로 존중하면서 예의를 갖춰 사람을 대하는 것이다. '검'은 검박하고 청렴하게 생활하는 것이다. '진'은 올바르고 성실하면서 단정한 마음가짐을 뜻한다.

다례(차례)는 한국의 전통 풍속이다. 사전적 의미로는 '음력 매달 초하룻날과 보름날, 명절날, 조상 생일 등의 낮에 지내는 제사'를 뜻한다. 또 다과상을 차려 손님을 초청하는 행사도 포함된다. 이밖에 일부 전문가는 공인貢人, 공신貢神, 공불貢佛의 예의禮儀가 곧 다례라고 해석하기도 했다.

통일신라(676~935) 때 조정에서 행한 종묘제례와 불교예식에 다례도 포함됐다는 기록이 있다. 쌍계사를 세운 진감국사의 비문에는 "다시금 중국차를 공양하는 사람이 있으면 섶나무로 돌솥에 불 때어 가루내지 않고 달여서 이르기를 '나는 이 맛이 어떠한가를 가리지 않고 단지 배만 적실 뿐이다'라고 할 것이다"라고 기록돼 있다.

고려 시대에 다례는 조정, 관아, 사찰 심지어 여염집에까지 보급됐다. 고려 조정에서 행한 다례는 약 9가지가 있었다. 불교 다례는 선종禪宗 다례로 존차尊茶, 상차上茶와 회차會茶 등 의식儀式이 포함돼 있었다. 요원寮元은 다탕茶湯 공급을 책임지고, 수두水頭는 물을 길어 끓이는 일을 맡았다. 당시의 〈흘식법〉吃食法에는 〈흘다법〉吃茶法도 기록돼 있었다. 이밖에 차를 끓이고, 다탕을 올리고, 다고茶鼓를 치는 방법에 대해서도 상세한 규정이 있었다.

한마디로 한국의 다례는 예의와 격식을 특별히 강조한 것이 특징적이다. 환경, 다실 장식, 서화, 다구의 조형과 진열, 물을 끓이고 차를 우려내 찻잔에 담아 마시는 예법 및 다과 준비에 이르기까지 다례의 과정과 절차 하나하나에 정중함과 예절이 담겨 있다. 그리하여 사람들에게 조용하고 여유로우면서도 교양 있고 우아한 느낌을 준다.

최근 들어 한국에서 차문화 살리기 운동이 활발하게 전개되고 있다. 수많은 학자와 스님들이 다례 역사를 연구하고 있다. 또 차문화 연구단체와 다양한 다례 유파들이 우후죽순처럼 생겨나고 있다. 한국의 전통 문화와 전통 다례가 이끄는 '단결, 화합'의 정신 역시 점차 현대인들의 삶의 지침으로 자리잡고 있다. 이 같은 역사적 배경 아래 필자의 소설《다인》3부작을 출판해주신 출판사 관계자들께 감사를 드린다.

덧붙여, 필자가 편찬위원으로 참여한 장편 드라마《다인》茶人에는 20세기 초 한반도에서 활동한 애국청년이 등장한다. 아울러 필자의 집에서 멀지 않은 항주 서호西湖 근교에는 백범 김구 선생이 세운 '항주 대한민국 임시정부' 유적이 있다.

옮긴이의 말 | 홍순도

차茶에 대한 작가의 해박한 지식에 놀라고, 문학성에 전율하는 중국판《토지》

중국은 세계적으로 내로라할 만한 것이 부지기수로 많은 나라이다. 그중에서도 음식과 술, 차 등이 단연 첫손가락에 꼽힌다. 이 중에서 음식과 술은 세계적이라는 말이 과언이 아닐 정도로 너무나 잘 알려져 있다. 소개하는 책들 역시 지천이라는 말이 잘 어울린다. 반면 차는 유명한 것과는 달리 세세한 내용들이 널리 알려져 있지는 않다. 소개하는 책들 역시 음식이나 술과 관련한 저술에 비한다면 한정적이다. 한국에서도 '다성'으로 일컬어지는 육우의《다경》이 단연 압권일 정도로 중국 차에 대해 소개하는 책들은 많지 않다. 이런 상황에서 한국에서 차를 소재로 한 소설을 떠올리는 것은 쉽지 않다.

중국 역시 크게 다르지 않다. 차를 소재로 하는 책들이 그래도 한국과 비교하면 상당하기는 하나 관련 소설은 상당히 드물다. 이제는 원로 여류 작가의 반열에 올라선 왕쉬펑王旭烽 선생의 이《다인삼부곡》茶人三部曲이 차 관련 소설을 언급할 때면 늘 거론되는 것도 바로 이 때문이다. 중국의 최고 문학상인 마오둔茅盾문학상 수상작이 된 것에 기인한 면도 있다.

이 소설은 상당한 수준의 문학성을 자랑한다. 희소성만으로 중국을 대표하는 문학상의 수상작이 된 것은 아니라는 말이다. 적지 않은 독자들이 책의 곳곳에 펼쳐지는 작가의 차에 대한 해박한 지식에 놀라면서도 그에 못지않은 문학성에 전율하는 것은 다 까닭이 있다. 더구나 차문화를 주제로 한 중국 최초의 장편소설이라고 해도 과언이 아닌 이 소설은 스케일도 상당히 크다. 절강성 항주의 항杭씨 가문의 역사를 중심으로 작중 인물들의 시대 변천에 따른 생활양식과 가치관의 변모 과정을 잘 그려내고 있다. 마치 작품에 나오는 인물들과 작가가 상당히 면식이 있는 듯한 느낌이 들 정도라고 하면 너무 지나친 표현일까?

이 작품에 등장하는 인물들의 활동 시기는 19세기 중반의 태평천국太平天國 때부터 시작해 무술변법戊戌變法, 신해혁명辛亥革命까지를 우선 아우른다. 이어 지난 세기 초, 중반의 1, 2차 국공합작國共合作과 항일전쟁, 신중국 건국, 문화대혁명文化大革命, 중국공산당 제9차 전국대표자대회 개최 시기 등을 관통한 후 '사인방'四人幫 제거 및 개혁개방 실시에까지 이른다. 거의 130년에 걸친 역사가 이 소설에 녹아 있는 것이다. 이런 점에서 대하역사소설이라고 해도 좋다.

그러나 소설은 처음부터 끝까지 차茶를 매개체로 해 각자 개성이 뚜렷한 인물들의 형상을 생동감 있게 묘사하고자 하는 목표를 잃지 않는다. 그래서일까, 문장의 구조가 치밀하고 문체가 여성 작가의 그것답게 섬세하다. 동시에 전개가 매끄러우면서 서술방식이 잔잔하면서도 열정적이다.

이 소설은 3부작으로 구성돼 있다.

제1부 〈남방의 차나무〉南方有嘉木는 청나라 말기부터 1930년대까지를

시대적 배경으로 하고 있다. 녹차의 고장인 항주 망우차장忘憂茶莊의 3대에 걸친 인물들이 다양한 신분, 다양한 방식으로 중국의 차 산업과 차 문화의 흥망성쇠에 참여하는 과정을 그려냈다.

제2부 〈불야지후〉不夜之侯는 차가 정신을 맑게 하여 밤을 잊게 해준다는 의미이다. 동란의 시대인 항일전쟁 시기를 배경으로 항씨 가문 주요 인물들의 운명적인 부침, 혼란스러운 시대에 처했을 때 어쩔 수 없이 직면하게 되는 각자의 서로 다른 선택과 모험의 길을 제시하고 있다. 더불어 이 시기 중국 차 산업의 파란만장한 발전사도 보여준다.

제3부 〈차로 성을 쌓다〉築草爲城은 1950년대부터 20세기 말까지를 시대적 배경으로 하고 있다. 항씨 가문이 '문화대혁명'이라는 엄청난 동란의 시대에 수많은 시련을 겪으면서도 끝까지 차문화를 지키고 보존하는 스토리를 다루고 있다.

이 소설은 중국의 역사, 특히 차의 역사와 중국 민간기업의 발전에 관심이 있는 사람이라면 반드시 한 번쯤 꼭 읽어볼 만한 책이라고 단언한다. 여기에 읽는 재미 역시 쏠쏠하다는 사실까지 더하면 이제 더 이상의 설명은 사족에 속한다. 한국에 대한 상식이 다소 있는 중국 독자들이 이 소설을 중국판《토지》라고 극찬을 아끼지 않은 것은 다 나름의 까닭이 있지 않나 싶다. 그러므로 한국의 독자들이 충분히 관심을 기울이고 일독을 해도 좋을 듯하다.

차례

프롤로그

서기 1793년은 동방국가 중국의 건륭제乾隆帝가 제위에 오른 지 58년이 되는 해였다. 이해 9월, 건륭제의 83세 생신을 맞이해 조정과 민간 곳곳에서는 그의 만수무강을 기원하는 노랫소리가 울려 퍼졌다.

한편 서방국가인 대영제국은 건륭제 생신 축하를 핑계로 1년 전부터 외교사절단을 뻰질나게 중국으로 보냈다. 외교사절단 단장은 러시아 주재 영국 대사를 맡았던 매카트니George Lord Macartney였다. 이로써 동방과 서방을 대표하는 양대 제국 간 세계 근대사 최초의 교류가 이뤄졌다.

사절단의 일체 경비는 동인도회사에서 지출했다. 서기 1600년에 설립된 동인도회사는 1664년에 중국으로부터 수입한 찻잎 2파운드 2온스를 진귀한 예물로 영국 왕에게 바쳤다. 영국이 중국산 찻잎을 직접 수입한 역사의 시작이었다. 이때부터 1785년까지 100년이 넘는 동안 영국의 중국차 수입량은 1050파운드에 달했다. 영국 문학가 벤자민 디스

레일리는 "차茶의 발견은 진리의 발견과 비슷하다. 처음에는 의심했으나…… 나중에는 성공으로 이어졌다"라는 말을 남겼다.

동방의 찻잎이 대영제국에서 생각 밖으로 인기몰이를 하게 되자 동인도회사는 영국 식민지 인도에서 중국차를 재배하면 좋겠다는 생각을 하기에 이르렀다. 참으로 누이 좋고 매부 좋은 발상이 아닐 수 없었다. 당시 동인도회사는 자체 군대와 찻잎 무역회사를 보유해 "한 손에는 검, 다른 한 손에는 장부를 들고 있다"는 평판을 받을 정도로 막강한 힘을 가지고 있었다.

매카트니는 동인도회사로부터 중국차 재배 정보를 알아오라는 막중한 임무를 부여받고 동방의 대청大清제국으로 향하는 배에 올랐다.

동인도회사가 1792년 9월 8일 매카트니에게 보낸 훈령서의 내용은 다음과 같다.

> 당사가 중국으로부터 자주 수입하거나 당사에 익히 알려진 품목은 찻잎, 면직물, 견직물 등이다. 이 가운데 첫 번째 품목이 제일 중요하다. 당사의 찻잎 수입량과 비용은 어마어마하다. 따라서 가장 바람직한 방법은 인도에서 차나무를 재배하는 것이다…….

매카트니는 외교관으로서의 사명을 제대로 수행하지 못했다. 청나라 황제에게 한쪽 무릎을 꿇느냐, 두 무릎을 꿇느냐의 논란으로 인해 조정 대신들의 미움을 산 탓이었다. 그러나 그는 동인도회사를 위해서는 큰 기여를 했다. 그 덕분에 우량종 차나무 묘목이 성공적으로 인도에 건너가게 되었다. 이것만으로도 그의 중국행은 헛되지 않았다고 볼 수 있었다.

매카트니 사절단은 본국으로 돌아가기 위해 북경에서 절강성浙江省과 강서성江西省, 광동성廣東省 광주廣州를 거쳐 남하하던 중 절강성과 강서성의 접경지에서 차나무 표본을 얻었다.

1793년 12월 23일, 매카트니는 광주에서 동인도회사에 보낸 보고서에 이렇게 썼다.

……총독(신임 양광兩廣총독 장린長麟)은 아량이 매우 넓은 사람입니다. 밴댕이 소갈딱지 같은 다른 관리들과 비할 바가 못 됩니다. 이분의 윤허를 받아 몇 가지 차나무 묘목과 옮겨심기에 적합한 차나무 씨앗을 구했습니다.

저도 귀사와 같은 생각입니다. 우리 대영제국의 영토 내에서 이 식물을 재배해 무성하게 키울 수 있다면 중국산 수입에 의존하지 않아도 되니, 이 얼마나 좋은 일입니까. 제가 가지고 있는 차나무 묘목과 씨앗이 머지않은 장래에 우리 대영제국에서 무성하게 번창할 것을 생각하면 솟아오르는 기쁨을 주체할 수 없습니다…….

1794년 2월, 매카트니는 방글라데시 총독에게 보낸 편지에 이렇게 썼다.

……농업에 정통한 전문가의 말에 따르면, 사하란푸르의 토양이 차나무 재배에 적합하다고 합니다. 저는 운 좋게 임지에 부임하는 양광총독(장린)을 따라 절강성 곳곳을 누빌 수 있는 기회를 갖게 됐습니다. 또 총독 덕분에 차 재배지에서 우량종 차나무 묘목 몇 가지를 얻었습니다. 이미 사람을 시켜 흙을 담은 상자에 이 묘목들을 옮겨 심었습니다. 이 귀한 것

들을 말라죽게 해서는 안 될 것입니다…….

중국 절강성과 강서성 접경지대의 깊은 산속에서 자라던 '신비의 식물'은 이렇게 남아시아 준대륙 갠지스강 유역의 캘커타에 뿌리를 내렸다.

알랭 페이레피트Alain Peyrefitte 프랑스 학사원 원사는 1989년에 출판된 저서《부동의 제국》The Immobile Empire에서 중국차의 인도 진출 상황에 대해 다음과 같이 언급했다.

> 캘커타식물원은 인도 경내의 모든 묘포에 차나무 씨를 보냈다. 이 차나무 씨는 그 옛날 영국 사절단이 중국에 가서 캐 온 중국차 묘목의 '후손'이다. 1823년에 인도 아삼 주에서 야생 차나무가 발견됐다. 그러나 부인할 수 없는 사실은 현재 인도에서 생산되는 '인도차'의 상당수는 매카트니가 중국에서 가져온 중국차의 '후손'이라는 것이다.

한마디로 200여 년 전에 매카트니가 군함 '라이언호'에 중국차 묘목과 씨앗을 싣고 오지 않았더라면 오늘날 인도가 세계 최대의 차 수출국으로 부상하지 못했을 것이라는 얘기다.

중국은 서방국가에 대가를 바라고 중국차를 준 것이 아니었다. 그러나 서방국가들은 중국에 다른 식물을 수출하는 것으로 중국의 은혜에 '보답'했다. 중국차와 아편, 이 두 가지 식물은 각각 동방과 서방을 대표하는 주요 수출품으로, 세계 근대사의 한 페이지를 장식했다. 1813년부터 1833년까지 중국의 아편 수입량은 찻잎 수출량의 4배에 달했다. 결국 아편 때문에 청나라의 근간이 흔들리기 시작했다.

파란 색깔의 찻잎이 온화하고 우아한 성질로 사람들을 평온하게 만드는 존재라면, 양귀비꽃은 아름다운 외형과 뜨겁고 자유분방하면서 파괴적인 성질로 사람들을 혼란스럽게 만드는 식물이라고 할 수 있다. 동양과 서양 사이에 찻잎과 아편 무역이 꾸준히 이어지는 동안 시인들도 가만히 있지 않았다. 영국 시인 에드먼드 월러는 '차, 그것은 여인의 혀처럼 부드럽고, 우리의 머리를 명석하게 하고, 우리를 즐겁게 만드는 음료수'라고 찬미했다. 이에 반해 중국 절강성 항주의 공자진龔自珍은 피를 토하는 심정으로 다음과 같이 토로했다.

> 아편쟁이들이 줄을 지어 아편방으로 들어가네.
>
> 저마다 손에 든 초롱은 가을밤의 반딧불 같구나.
>
> 아편을 못 피운 조정 관리들, 눈물과 콧물을 질질 흘리면서 괴로워하네.
>
> 당신들, 차라리 화현花縣(광동성 화현. 아편 수입지) 지방관으로 부임하게.
>
> 침대에 드러누워 한식寒食(이날에는 불을 피우지 않음) 때까지 아편을 빨 수 있다네.

천진天津, 상해上海, 항주杭州, 복주福州, 하문厦門과 광주廣州는 중국의 유명한 차 집산지였다. 1842년 청나라와 영국 간 〈남경조약〉南京條約이 체결되고 중국의 5대 통상항구가 반강제적으로 대외에 개방되면서 중국의 차 무역선은 태평양과 대서양을 종횡무진 누비기 시작했다. 2000년 동안 쇄국정책을 실시해 온 중국의 문호가 열림과 함께 중국차의 새로운 시대도 열린 것이다.

제1장

19세기 중엽, 중국차 묘목이 머나먼 남아시아 준대륙에서 무성하게 번식할 즈음 중국차의 고향인 절서浙西(절강성 서쪽) 일대는 전란에 휩싸여 있었다.

중국 동남쪽에 자리한 절강성은 예로부터 부유한 지역이었다. 이곳은 또 기후가 따뜻하고 강수량이 많아 소엽종 관목인 차나무 재배에 적합했다. 특히 아침저녁으로 자욱한 안개에 뒤덮이는, 절강성의 성도城都 항주를 삼면으로 둘러싼 산봉우리들이 차나무 재배지로 유명했다.

태평천국太平天國의 군대는 유일신을 주장하는 '배상제교'拜上帝敎를 믿는 남방 지역 농민들로 구성된 봉기군이었다. 이들은 청나라가 정한 변발을 풀어헤치고 장발을 한 데다 머리에 붉은 두건을 둘렀다고 해서 '장모'長毛로 불렸다.

동치同治 3년(1864년) 3월 30일, 항주에 주둔해 있던 태평천국군은 더는 버텨내지 못하고 무림문武林門에서 덕청德淸으로 퇴각했다. 항주를 점령한 지 꼭 2년 3개월 만이었다.

이튿날, 여항구餘杭區(항주 북부에 위치함)도 함락됐다. 이어 청나라 군대가 항주에 입성했다.

항주 양패두羊壩頭에서 대대로 차茶 사업을 하는 항杭씨 가문은 매카트니와 장모의 영향을 별로 받지 않았다. 가업을 계승한 세대주 항씨는 아편중독자였다. 선친으로부터 물려받은 가산은 이제 망우차장忘憂茶莊(차장은 차를 파는 상점. 주로 도매점을 말함) 하나와 망우루부忘憂樓府(루부는 건물을 의미함) 몇 채밖에 남지 않았다. 용금문涌金門에 있는 망우찻집은 아편을 사느라 팔아버린 지 이미 오래였다.

항씨와 가깝게 지내는 소지주小地主 임수재林秀才는 교외에 있는 삼가촌三家村에 살고 있었다. 같은 사숙私塾을 다니면서 친해진 두 사람은 운명에 순응하고 삶을 즐기는 면에서 가히 '지기'知己라고 할 수 있었다. 두 사람 다 조정에서 무엇을 하든, 장모가 어디서 설치고 다니든 관심이 없었다. 사실 장모들이 항씨에게 피해를 준 것도 별로 없었다. 태평천국군은 항주성杭州城을 점령한 뒤 항씨에게 망우차장을 계속 경영해도 된다는 허가를 내렸다. 어쨌든 장모들도 차는 마셔야 하니 당연한 일이었다. 망우차장은 또 상가 밀집지역에 자리해 위치도 좋았다. 그래서 장사도 그나마 괜찮게 되고 있었다.

삼가촌의 소지주 임수재는 수십 무畝(1무는 200평)의 연근 밭을 경작하고 있었다. 여름에 연꽃이 피고 가을에 연근이 열리면 농사지은 만큼 내다팔면 되니 생계 때문에 걱정할 일은 없었다. 다만 혼기가 꽉 찬 딸을 하루빨리 도시로 시집보내야 하는 것이 걱정거리라면 걱정거리였다.

임수재가 과년한 딸 걱정을 하고 있을 때 항씨도 비슷한 고민에 빠져 있었다. 어릴 때 어미를 여읜 외아들 항구재杭九齋가 나이 열여덟을 먹도록 철이 들지 않았기 때문이었다. 게다가 요즘은 이 녀석도 아편에 맛을 들인 것 같았다. 어느 날 저녁, 항씨는 아들 항구재가 침대에 비스듬히 누운 채 산서山西 태곡太谷 특산품인 연등煙燈(아편을 피울 때 아편에 불을 붙이는 작은 등)으로 비춰 담뱃대에 불을 붙이는 것을 보고 속으로 아차 싶었다. 이렇게 해서 항씨 아들과 임수재 딸의 혼사 문제는 양가의 급선무로 대두했다. 이때 인도의 캘커타에서는 절강 차나무가 무럭무럭 자라고 있었다.

태평천국군은 항주에서 철수했다. 새로 부임한 지부知府 설시우薛時雨는 항주에 입성할 때 흥에 겨워 가마 안에서 즉흥시를 읊었다. 자연스럽게 맺어질 운명의 항씨 가문과 임씨 가문의 혼사 준비도 일사천리로 진척됐다.

신랑 항구재와 신부 임우초林藕初는 처음부터 이 결혼이 내심 달갑지 않았다. 신부의 경우에는 항씨 부자가 아편쟁이라는 사실이 꺼림칙했다. 다행히 시어머니가 일찍 죽어서 고된 시집살이는 면했다는 사실이 그나마 위안이 되었다. 남자의 경우에는 결혼한 뒤 아편을 끊어야 한다는 아버지의 요구 조건이 내키지 않았으나 망우차장을 물려받을 수 있다는 생각에 곧 마음이 차분해졌다.

두 사람이 전통 예법에 따라 예식을 올리고 있을 때였다. 청나라 병사 한 무리가 청하방清河坊 거리에서 장모 두목 한 명을 뒤쫓고 있었다.

얼굴을 검은 천으로 가리고 두 눈만 내놓은 장모 두목은 제비처럼 날렵했다. 쉭, 쉭 하는 소리와 함께 날쌔게 지붕 위로 뛰어오르더니 비스듬히 덮여 있는 기와를 밟으면서 어느새 저만치로 사라져버렸다. 장모가 밟은 기와는 금 간 곳 하나 없이 멀쩡했다. 구경꾼들은 경탄을 금치 못했다. 화가 난 청나라 병사들은 악악 소리를 질러댔다. 그중 몇몇이 장모를 흉내내어 지붕 위로 뛰어오르려고 했으나 어림도 없었다. 할 수 없이 고함을 지르면서 지붕 아래 길을 따라 장모를 쫓아가야 했다.

어느덧 어둑어둑 땅거미가 내려앉고 있었다. 청나라 병사들이 거리와 골목을 몇 개 지나자 악기소리가 요란하게 들려왔다. 높은 담벼락 건너 망우저택에서 결혼식이 한창이었다.

천지신명과 부모님께 절을 올리고 맞절까지 마친 신랑신부는 일가친척들에게 둘러싸여 신방으로 향하고 있었다. 신랑은 복잡한 예식을 치르느라 경황이 하나도 없었다. 신랑이 신부를 이끌고 마당에 있는 화원에 이르렀을 때였다. 느닷없이 하늘에서 사람이 툭 떨어졌다. 마당의 목련나무를 아슬아슬하게 비켜간 그 사람은 공중제비를 빙글 돌더니 신부를 밀치면서 바닥에 털썩 쓰러졌다.

"어머!"

느닷없이 봉변을 당한 신부도 비틀거리면서 앞으로 몇 걸음 내딛더니 그대로 바닥에 넘어졌다.

졸지에 사람들 앞에서 추태를 보인 신부 임우초는 발딱 일어나 머리에 드리운 붉은 천을 와락 벗겨버리고 땅에 쓰러진 남자를 두 팔로 부축했다.

옆에 있던 사람들이 수군거렸다.

"장모다, 장모! 담벼락을 넘어왔어."

청나라 병사들은 이미 대문 밖에 이르러 있었다. 낯빛이 새하얗게 질린 항구재는 두려운 표정으로 신부를 보면서 물었다.

"어쩌면 좋아?"

이때부터 항구재는 죽을 때까지 .마누라만 보면 "어쩌면 좋아?"라는 말을 입에 달고 살았다.

소지주의 딸 임우초는 농촌에서 자라서 그런지 남편처럼 유약하지 않았다. 여러 말 하지 않고 바로 남자를 부축해 신방으로 들어갔다. 이어 남자를 침대에 내려놓고 재빨리 자신이 입고 있던 붉은 비단 예복을 벗어 그에게 걸쳐 줬다. 붉은 천으로는 그의 얼굴을 가렸다. 남자는 휘청거리며 몸을 가누지 못하고 자꾸 뒤로 넘어지려고 했다. 임우초는 침대 위의 이불들을 끌어다 그의 허리를 받쳐 줬다. 남자가 이번에는 앞으로 넘어지려고 하자 임우초가 손가락으로 항구재를 가리켰다.

"이리 와 봐요."

어찌할 바를 모르고 있던 항구재가 맹한 눈으로 되물었다.

"나 말이오?"

임우초는 다짜고짜 항구재를 끌어다 남자 옆에 앉혔다. 남자는 몸을 가누지 못하고 항구재의 품에 쓰러졌다. 항구재는 엉겁결에 남자를 끌어안았다. 이렇게 해서 언뜻 보면 한 쌍의 신랑신부가 사랑을 나누고 싶어 안달하는 것 같은 야릇한 장면이 연출됐다.

옆에서 구경만 하던 사람들은 그제야 하나둘씩 제정신을 차리고 이러쿵저러쿵 떠들어댔다. 누군가가 새된 소리를 질렀다.

"모가지가 날아갈 거요!"

연지분을 곱게 칠한 임우초의 안색도 새하얗게 질렸다. 전혀 두렵지 않다면 그것은 거짓말일 터였다. 여자의 목소리와 얼굴빛이 사납게 변했다.

"다들 입 다물어요. 누구든 한마디라도 허튼소리를 하면 우리 모두 모가지가 날아가요."

새된 목소리의 임자는 끽소리도 하지 못했다.

청나라 병사들은 이미 마당으로 들어서고 있었다. 다들 벌벌 떨면서 앞으로 나서지 못하자 그들의 지휘관이 이쪽에 대고 소리를 질렀다.

"여기 주인장 어디 있소?"

하객들 중에는 조기황趙岐黃이라는 낭중郞中(의원을 의미함)이 있었다. 그는 항구재의 친구로, 담이 큰 사람이었다. 조기황이 청나라 병사들에게 다가가 읍揖을 하면서 말했다.

"여기 주인장은 지금 신방에 계십니다. 안에 들어가 보시겠어요?"

청나라 병사들의 지휘관이 잠깐 머뭇거리는가 싶더니 안으로 들어가지는 않고 조기황에게 말했다.

"이거 참, 좋은 일을 방해해서 미안하게 됐소. 우리도 윗사람들의 명령을 받들어 장모 우두머리를 잡기 위해 온 거요. 분명히 이쪽으로 오는 걸 봤는데, 그 사이에 벌써 튀었나?"

"뒤쪽에 강이 있어요. 강으로 뛰어들지 않았을까요?"

사람들 틈에 끼어 있던 임우초가 슬쩍 말을 던졌다.

지휘관은 임우초의 말을 곧이듣고 "미안하다"는 말과 함께 무리들을 거느리고 뒤쪽으로 달려갔다.

다들 겨우 안도의 한숨을 내쉬나 싶었는데 이번에는 신부 임우초가 쿵! 하고 쓰러졌다. 조기황이 살펴보더니 말했다.

"놀라서 까무러친 것이니 걱정 안 해도 되오. 곧 깨어날 거요."

이윽고 정신을 차린 신부가 으앙! 울음을 토해냈다.

"아이고 이를 어째요! 뒤쪽에 강이 있는지 없는지 나는 몰라요."

장모 오차청吳茶淸은 한밤중에 항구재네 신방 사랑채에서 눈을 떴다. 그러나 눈앞에 붉은 빛만 어른어른하고 아무것도 보이지 않았다. 그는 손으로 목 아래를 더듬었다. 베개가 만져졌다. 그는 침대에서 벌떡 몸을 일으켰다. 바닥에 내려섰으나 눈앞이 보이지 않았다. 걸음이 휘청거렸다.

'큰일 났다. 눈이 보이지 않아.'

오차청은 찬찬히 기억을 더듬었다. 청나라 병사들이 물러간 후 그는 이곳을 떠나려고 했었다. 그런데 목소리가 가늘고 키가 큰 한 남자가 그를 만류했다. 그 남자는 오늘 결혼한 신랑이라고 했다. 신랑은 떨리는 손으로 오차청의 어깨를 누르면서 이렇게 말했다.

"가면 안 되오. 목이 날아갈 거요."

신랑의 목소리는 마치 다른 사람에게 무서운 얘기를 해주다가 자기 자신이 지레 겁에 질려 벌벌 떠는 사람처럼 잔뜩 두려움에 젖어 있었다. 오차청은 손을 저었다. 괜찮다는 의미였다. 그러자 신랑의 목소리가 높아졌다.

"우리가 목이 날아간다는 말이오."

오차청은 그제야 영문을 알아차리고 입을 열었다.

"옷을 갈아입고 떠나겠소. 당신들을 연루시키는 일은 없을 거요."

할말이 궁해진 신랑은 '구세주' 신부를 불렀다.

"어이, 이리 와 봐. 이 사람이 가겠다는군."

사실 항구재는 처음에 신부가 세 살 위라는 말을 듣고 내심 기분이 안 좋았었다. 아버지가 "여자가 남자보다 세 살 더 많으면 금 벽돌을 안는다"는 말로 위로했으나 항구재는 피식 코웃음을 쳤다. 속으로는 '금 벽돌 좋아하고 있네. 나는 금 벽돌이고, 은 벽돌이고 간에 벽돌 자체가 싫습니다'라고 되받았다. 결국 항구재는 억지로 등 떠밀려 신방에 들어간 뒤에야 비로소 '금 벽돌'의 중요성을 실감할 수 있었다.

장모를 신방 사랑채에 숨기자는 제안은 항씨가 내놓은 것이었다. 사실 청나라 병사들이 언제 다시 들이닥칠지 모르는 상황에서 장모를 무작정 밖으로 내쫓을 수는 없는 일이었다. 무엇보다 분위기가 예사롭지가 않았다. 우선 신부의 돌발적인 행동에 하객들은 다들 겁을 집어먹고 뿔뿔이 흩어진 지 오래였다. 심지어 항구재의 장인어른 임수재는 아궁이에 기어들어가 감히 나올 생각을 못했다. 항씨도 따지고 보면 마음이 착한 사람이었다. 게다가 항주성 내에는 민가에 숨어 있는 장모가 한둘이 아니었다. 이렇게 해서 항씨는 결국 하늘에서 뚝 떨어진 '불청객'을 신방 사랑채에 잠시 은닉했다가 이튿날 뒤뜰 사랑채 다락으로 옮기기로 결정하고 말았다.

부스럭대는 소리와 함께 신부가 다가왔다. 오차청의 눈에는 부드러운 붉은 빛이 한 무더기 다가오는 것으로 보였다. 여자의 몸에서는 여름을 연상케 하는 기이한 향기가 풍겼다. 임우초가 입을 열었다.

"가려고요?"

목소리는 가늘고 맑으면서 다소 고압적이었다. 오차청은 고개를 끄덕이면서 몸을 일으켰다. 그러자 그의 어깨 위에 부드러우면서도 힘이 느껴지는 손이 얹혀졌다.

"가면 안 돼요!"

임우초가 말을 이었다.

"당신은 우리 집 마당에 뛰어 들어와서 나를 넘어뜨렸어요. 내가 당신을 구해줬어요. 관군은 당신을 잡으러 왔으나 헛물을 켜고 돌아갔어요. 혹시 지금 대문 밖에 숨어 있을지도 몰라요. 당신이 잡혀가면 당신을 구해준 사람들도 무사하지 못할 거예요. 당신, 나 그리고 이 사람까지 모두 목이 잘릴 거예요."

임우초가 손가락으로 항구재를 가리켰다. 항구재의 몸이 가늘게 떨렸다.

"우리는 금방 신방에 들어와서 아직 아무것도 못했어요. 첫날밤도 보내지 못하고 죽으라는 건가요? 생명의 은인을 이렇게 대하는 법이 어디 있어요?"

임우초의 말에 말문이 꽉 막힌 오차청은 그 자리에서 다시 까무러치고 말았다.

신부 임우초는 스물한 살이었다. 결코 어린 나이는 아니었다. 또 어려서 어머니를 잃고 살림을 도맡아 해왔기에 처세술에도 능했다. 그래서 결혼식을 치르면서도 긴장하거나 떨리는 느낌은 별로 없었다. 그녀는 남편에게 할말이 많았다. 그러나 나중에 천천히 차근차근 의논하면 된다는 생각으로 마음을 느긋하게 가졌었다. 그런데 뜻하지 않게 뛰어든 불청객 때문에 모든 것이 뒤죽박죽이 돼버렸다. 그녀의 생각도 바뀌었다.

임우초는 머리에 꽂은 알록달록한 비녀들을 와락와락 빼서 한쪽에 놓고 침대머리에 앉아 남편을 기다렸다.

밤이 깊어 주위는 고요했다. 신방에서는 붉은 촛불이 조용히 타들어가고 있었다. 항구재는 안 그래도 마음이 심란한 데다 약담배(아편)인이 발작해 안절부절못했다. 하품이 나오고 콧물도 줄줄 흘러내렸다.

"이리 와서 좀 쉬어요."

신부의 말에 항구재가 펄쩍 뛰었다.

"아니, 아니, 당신 먼저 자. 나는 아직 할일이 있어."

그러자 신부가 말했다.

"정 힘들면 한 대 빨아요."

"아니, 아니, 아니."

항구재가 두려운 표정으로 황급히 손사래를 쳤다. 그러나 그의 의지와는 상관없이 두 발은 어느새 산서 태곡 연등이 있는 곳으로 향하고 있었다.

임우초는 이때다 싶어 입을 열었다. 물론 항구재의 귀에는 마누라의 말이 한마디도 들어오지 않았다.

"두 집 아버님들이 결혼식을 앞두고 약속을 하셨대요. 당신이 약담배를 끊으면 차장 열쇠를 당신에게 맡기고, 끊지 못하면 제가 열쇠를 관리한다고요."

"마음대로 해."

항구재는 그 말과 함께 허리에 매단 묵직한 열쇠꾸러미를 떼어내 신부에게 홀쩍 던져줬다.

사랑채에서 장모의 신음소리가 들려왔다. 신랑신부는 흠칫 놀랐다. 잠시 후 주위는 다시 쥐죽은 듯 고요해졌다. 신부 임우초는 꿈에도 그리던 열쇠꾸러미를 품에 꼭 안고 달콤한 잠에 빠져들었다. 반면 약담배를 실컷 피운 신랑 항구재의 눈앞에는 수정각水晶閣에 있는, 꽃망울처럼 함초롬한 소련小蓮의 얼굴이 떠오르고 있었다.

오차청은 항씨네 사랑채 다락에 꼬박 7일 낮 7일 밤을 누워 있었다. 낭중 조기황이 몇 번 찾아와서 맥을 짚어보고 상태를 살펴보더니 별일 없을 것이라고 했다. 이때는 이미 한동안 시끌벅적하던 청나라 병사들의 움직임도 잠잠해진 후였다. 오차청은 순간 이곳을 떠나야겠다고 마음먹었다.

그는 날이 어두워지기를 기다렸다가 살금살금 다락에서 내려왔다. 발걸음은 고양이보다도 더 가벼웠다. 항씨네 집은 마당이 다섯 개나 되는 대저택이었다. 오차청은 다락에 있을 때 화원, 가산假山, 기다란 통로, 높다란 담벼락의 위치를 잘 기억해 두었다. 그래서 뒤뜰 밖에 작은 강이 흐르고 안채와 사랑채 사이 안마당에 거대한 물독이 있다는 것도 알고 있었다.

오차청은 다락에서 지낸 이레 동안 이 집의 주인을 단 한 번도 보지 못했다. 설사 눈앞에 있었다 할지라도 눈이 잘 보이지 않아 아마 알아보지 못했을 것이다.

그러던 어느 날 아침이었다. 오차청은 갑자기 머리가 맑아지고 눈이 시원해지는 기분을 느꼈다. 언제 안 보였던가 싶게 시력이 완전히 회복되었던 것이다. 그는 내친김에 발길 닿는 대로 천천히 산책을 했다. 한참 걷다보니 눈앞에 쪽문이 나타났다. 문은 잠겨 있지 않았다. 쪽문을 열자 넓은 마당이 나타났다. 마당에는 대바구니가 잔뜩 널려 있었다. 비스듬히 세워놓은 석회항아리(찻잎을 저장하기 위해 석회를 담아놓은 항아리)도 적지 않게 눈에 띄었다. 그곳에서 웬 젊은 부인이 하인들을 지휘하면서 깨끗한 걸레로 석회항아리를 닦고 있었다. 젊은 부인은 불쑥 나타난 오차청을 보고 흠칫 놀랐다. 오차청도 그 자리에서 굳어버렸다.

젊은 부인이 먼저 오차청의 앞으로 다가와 말을 걸었다.

"이제 눈이 보이나요?"

몸이 빼빼 마른 오차청이 말없이 고개를 끄덕였다. 그의 얼굴은 큰 병을 앓고 난 뒤라는 사실을 분명히 보여주고 있었다. 낯빛이 창백하고 듬성듬성 자라난 수염은 햇빛을 받아 황금색처럼 노랗게 빛나고 있었다. 눈꺼풀과 콧방울, 그리고 입술은 날이 잘 선 검처럼 얇아서 그런지 오싹 한기가 느껴질 것 같았다. 그는 항씨가 사람을 시켜 가져다 준 연한 색깔의 비단 두루마기와 검은색 낡은 비단 조끼를 입고 있었다. 생김새와 옷차림만 보면 근엄하고 딱딱한 서생 같았다.

오차청의 콧방울이 순간 잠자리 날개처럼 파르르 떨렸다. 마치 허공 속의 뭔가를 잡으려는 것처럼 보였다. 그때 그의 눈빛이 반짝 빛나는가 싶더니 이어 그의 입에서 벨벳처럼 부드러운 목소리가 흘러나왔다.

"이곳은 차장인가 보군요?"

오차청의 뜬금없는 말에 젊은 부인이 약간 놀란 눈치를 보였다.

"그쪽도 차장을 경영했나 보군요?"

"아니, 예전에 차장에서 일한 적이 있소."

오차청의 억양은 휘주徽州 말씨였다.

새색시 임우초는 자잘한 꽃무늬가 있는 적삼을 입은 채 햇빛 아래에 서 있었다. 그 때문일까, 그녀가 입을 열 때마다 희고 가지런한 이가 유난히 반짝거리면서 두드러졌다.

"우리 친정은 연근 가루를 파는 집이에요. 여기 시집왔으니 이젠 찻잎밥을 먹어야죠."

오차청은 새색시와 길게 말을 섞고 싶은 생각이 없었다. 남녀 단둘이 얘기를 하는 게 불편했던 것이다.

"주인장은 어디 계시오?"

그러자 임우초가 입을 삐죽거리면서 대답했다.

"이걸 하고 있겠죠?"

임우초가 아편을 피우는 시늉을 하면서 한마디 덧붙였다.

"아버지와 아들 둘 다 완전히 중독이 돼버렸어요."

임우초가 마치 오랜 지기를 만난 듯 스스럼없이 남자에게 도움을 청했다.

"이 항아리들을 방으로 옮겨주시겠어요? 찻잎을 저장해야 해서요."

오차청이 고개를 저었다.

"이 상태로는 안 되오. 불을 지펴 항아리를 말려야 하오."

"제가 아버님께 말씀드리겠어요."

임우초가 몹시 기뻐하면서 뛰어갔다. 잠시 후 새색시를 따라 나온 항씨가 단도직입적으로 남자에게 물었다.

"자네, 차장에서 일해본 적이 있나?"

오차청이 석회 포대를 들어 보이면서 대답했다.

"석회에 수분이 너무 많습니다. 그리고 항아리도 너무 젖어 있고요."

오차청의 단 몇 마디 말에 항씨의 태도가 바로 달라졌다. 그가 두 손을 맞잡아 공손하게 읍하면서 말했다.

"선생의 고견을 듣고 싶소."

오차청이 항씨의 말에 손가락 두 개를 내밀었다.

"저에게 두 사람만 붙여주세요."

오차청은 이어진 한 달여 동안 항아리들을 모두 불로 구웠다. 또 새로 만든 석회를 가져오게 한 후 손수 만든 천 포대에 담았다. 그리고 뒷마당에서 초벌 선별을 거친 찻잎을 직접 배합해 항아리에 차곡차곡 담았다. 새색시는 앞뒤로 뛰어다니면서 열심히 거들었다.

한 달이 지난 어느 날 밤이었다. 오차청은 거실에서 항씨 부자를 다시 만났다.

각자 침상 한 자리를 차지한 채 비스듬히 누워 아편을 빨고 있던 항씨 부자는 황급히 몸을 일으키면서 오차청에게 자리를 권했다. 오차청은 손을 저으면서 구석 자리에 앉았다. 항씨가 공손하게 차를 따르면서 말했다.

"오 선생, 한 잔 드셔보시죠?"

차를 한 모금 마신 오차청의 미간이 잔뜩 찌푸려졌다. 대추향이 나는 차는 처음이었던 것이다. 항씨가 뿌듯한 표정으로 자랑했다.

"기문祁門 홍차를 대추에 묻어둬 단맛을 흡수하게 한 다음 새로 덖어낸 거요. 어떻소? 맛이 기가 막히지 않소?"

오차청이 찻잔을 밀어내고 자리에서 일어났다. 이어 두 손으로 읍을 하면서 말했다.

"목숨을 구해준 은혜 고맙습니다. 저는 이만 떠나겠습니다."

순간 항씨와 항구재 부자가 갑자기 용수철 튕기듯 벌떡 일어나더니 오차청의 팔을 잡았다.

"영웅, 이렇게 가는 법이 어디 있소? '때를 알고 행하는 자가 준걸'이라고 했소. 태평천국군이 뿔뿔이 흩어진 마당에 이제 어디 가서 가족들을 찾는다는 말이오? '동굴 생활 하루가 속세의 천년'이라는 말도 있지 않소. 선생이 우리 집에 머물고 있던 몇 달 동안 세상이 어떻게 변했는지 알기나 하오? 진옥성陳玉成은 죽었고, 이수성李秀成도 이미 절강을 떠났소. 지금쯤이면 아마 천경天京(태평천국 정부의 수도였던 남경南京을 가리킴)에 도착했을 거요. 선생이 혈혈단신으로 어떻게 그들을 찾아간다는 말이오? 그러지 말고 여기서 우리를 도우면서 함께 삽시다. 선생의 목숨을 구해준 은혜를 갚는 셈치고 말이오. 잘 생각해보시오."

오차청은 말없이 다시 읍을 해보이고는 거실을 나왔다. 항씨와 항구재 부자는 서로 얼굴만 쳐다볼 뿐 아무 말도 못했다.

오차청은 한밤중에 목련나무 아래에서 새색시를 만나리라고는 꿈에도 생각하지 못했다. 그래서 그 자리에 멍하게 서 있을 수밖에 없었다. 그는 항씨네 집에 처음 들어왔을 때의 옷으로 갈아입고 머리에 검은 두건을 두르고 있었다. 원래 마른 몸은 더욱 가냘프게 보였다. 마치 휙 하고 한순간에 모습을 감출 강호 협객을 방불케 했다.

"가지 마세요, 오 선생."

"내 이름은 오차청이오."

"이 열쇠꾸러미 좀 보세요."

임우초가 묵직한 열쇠꾸러미를 오차청의 눈앞에서 흔들어보였다.

"저 사람들은 아편에 정신이 팔려 가업을 포기했어요. 멀쩡한 찻집도 백정 만융흥萬隆興에게 팔아넘긴 인간들이에요. 오차청, 가지 말아요. 저를 좀 도와줘요."

오차청이 고개를 저었다.

"나는 장모요."

"장모가 왜요? 배짱 있고 반란도 일으킬 줄 알고 좋잖아요."

초여름 밤의 날씨는 쾌청했다. 바람이 너무 잔잔한 탓에 목련 잎은 전혀 흔들리지 않았다. 어쩌면 높다란 담벼락 때문에 바람이 들어오지 못한 때문인지도 몰랐다.

"오차청, 가지 말아요. 저를 도와줘요. 항씨 가문이 무너지게 생겼어요. 집사도, 회계 선생도 다 다른 차장으로 도망가버렸어요."

오차청은 여전히 고개를 저었다.

"망우차장이 무너져도 어쩔 수 없는 일이오. 나라가 풍전등화처럼 위태로운데 뭔들 무사하겠소?"

"그걸 아시면서 기어이 떠나려는 이유가 뭔가요? 죽으러 가는 건가요?"

오차청의 얼굴에 희미한 미소가 번졌다.

"그렇다고 칩시다."

"안 돼요. 당신을 사지로 보낼 수 없어요. 제가 대문과 중문을 꽁꽁 걸어 잠갔어요. 당신은 이 집을 나갈 수 없어요."

임우초가 목련나무 가지를 신경질적으로 잡아 비틀었다. 몹시 화가 난 표정이었다.

오차청은 할말이 궁해진 듯 입을 다물었다. 두 사람 사이에 어색한 침묵이 흘렀다.

어둠은 더욱 깊어졌다. 두 사람의 호흡도 더욱 깊어졌다. 임우초의 손에 잡힌 목련 잎이 바들바들 몸을 떨었다. 이윽고 오차청이 먼저 침묵을 깨고 입을 열었다.

"이만 가겠소."

"기어이 가셔야겠어요? 열쇠는 제 손에 있어요."

"왔던 대로 가리다."

오차청은 손에 들고 있던 보따리를 등에 짊어졌다. 그리고는 한줄기 바람처럼 목련나무 위로 휙 날아올랐다. 임우초가 제정신을 차리고 다시 바라봤을 때 오차청은 담벼락 위에 우뚝 서 있었다.

"돌아와요!"

임우초의 애타는 호소에도 불구하고 오차청의 모습은 순식간에 사라져버렸다. 임우초는 허공으로 내민 손을 오래도록 거둬들이지 못했다. 튕겨나간 목련나무 가지가 격렬하게 흔들렸다.

그후 몇 년이 지난 뒤의 어느 가을날이었다. 장모 반역사건에 대한 사람들의 기억이 희미해질 때쯤 객상客商 차림의 한 사내가 망우차장 대문으로 들어섰다. 점원이 마중을 나가면서 물었다.

"차를 사시렵니까?"

"주인장 계시오?"

"우리 주인님을 찾으십니까, 아니면 안주인을 찾으십니까?"

"아무나 괜찮소."

"주인님은 놀러 나가시고 안주인은 뒤뜰에 계십니다."

객상은 더 묻지 않고 뒤뜰로 갔다. 넓은 마당에 펴놓은 널판자 위에서 여자 일꾼들이 찻잎을 배합하느라 여념이 없었다. 안주인이라는 여자는 하얀 소복 차림에 머리에도 흰 비단을 두른 채 여기저기 다니면서 여공들을 감독하고 있었다. 객상 오차청은 여러 해 전 목련나무 아래에 있었을 때처럼 자신의 숨소리가 무거워지는 느낌을 받았다.

상큼한 찻잎 향이 코를 찔렀다. 물어보나마나 잘 배합된 용정차龍井茶일 터였다. 초가을 햇차 수확이 시작된 모양이었다.

여공들이 일제히 고개를 들었다. 그리고는 약속이나 한 듯 여자들 무리 가운데 불쑥 나타난 사내에게 잔뜩 호기심 어린 시선을 보냈다. 대번에 사내를 알아본 안주인의 두 눈이 반짝 빛났다.

"돌아왔군요."

안주인의 말투는 담담했다.

제2장

오차청은 휘주徽州 사람이었다.

여섯 개의 현縣으로 이뤄진 휘주부徽州府는 예로부터 상인이 많이 배출됐다. 항주까지 교통이 매우 편리한 덕분이었다. 여섯 개 현 중에서도 특히 흡현歙縣은 땅이 적고 인구가 많아 외지로 돈벌이를 나간 사람이 많았다. 흡현은 또 동, 서, 남, 북 네 개 향鄕으로 나뉘어져 있었다. 그중에서도 특히 남향에는 아녀자들만 득실거릴 뿐 눈을 씻고 찾아봐도 남자를 찾아보기 힘들었다. 이곳 남자들이 죄다 상해, 남경, 항주 일대로 돈벌이를 나갔기 때문이었다. 이것은 100~200년 전부터 전해 내려오는 '전통'이라고 할 수 있었다.

휘주의 항간에는 '주칠오차반장원'周漆吳茶潘醬園이라는 말이 있었다. 뜻은 바로 '휘주 태생 장사꾼들의 성은 대부분 주周씨, 오吳씨, 반潘씨이고, 이들 중 대다수는 옻漆, 차茶, 장醬 장사를 한다'는 것이었다. 차장이나 차호茶號(계절에 따라 찻잎을 구매해 가공한 다음 되파는 업종)를 차린 사람들은 대부분 항주 사람이었다. 그러나 이들 수하에서 실무를 책임진 사람은 대부분 휘주, 특히 흡현 사람이라고 해도 과언이 아니었다. 이렇게 해서 '휘방徽幫 다인茶人'은 스스로 독자적인 일가를 이룰 수 있었다.

항주에서 차장 점원으로 오래 일한 사람들 중에는 돈이 얼마간 모이면 스스로 가게를 연 사람도 많았다. 흔한 경우는 아니지만 장사가 잘 돼 떼돈을 번 사람도 있었다. 이를테면 양패두 망우차장 근처에 있는 '방정대'方正大차장의 점주 방관삼方冠三이 바로 건태창乾泰昌 차행茶行(차도매상)에서 일하다가 자수성가한 사람이었다. 휘주 두메산골에서 태어나 보잘것없는 학도공學徒工으로 일하다 어엿한 차장 점주가 된 그의 치부 얘기는 항주 차 업계에서는 한동안 전설처럼 회자될 정도였다.

오차청은 여느 휘주 사람들과는 달라도 많이 달랐다. 그는 수십 년 동안 망우차장의 지배인, 망우저택의 집사로 있으면서 단 한 번도 고향에 다녀오지 않았다. 항주 차 업계에는 예로부터 "휘주 태생의 직원들은 3년 동안에 3개월 예정으로 두 번 집에 갔다 올 수 있다"는 불문율이 있었다. 쉬는 기간 동안의 월급은 선불로 받을 수 있었다. 일종의 유급휴가인 셈이었다. 게다가 항주의 번화가인 청하방에 자리한 옹륭성翁隆盛차장의 경우는 점원들이 휴가를 마치고 돌아올 때 친척, 친구, 동향들을 마음대로 데려와도 됐다. 차장 주인 여대왕女大王은 이들에게 기꺼이 숙식을 제공해줬다. 그래서 이 차장에는 최장 몇 년씩 눌러 앉아 있는 사람도 간혹 있었다. 여대왕은 이에 대해 이렇게 말했다.

"휘주 사람들은 고향을 떠나면서 솥을 안 가지고 와요. 그러니 밥은 먹여줘야지요. 일자리는 내가 상관할 바 아니지만."

오차청은 혈혈단신이었다. 가족도 없었고 가깝게 지내는 같은 고향 사람도 없었다. 1년 365일 망우차장 아니면 망우저택에서 묵묵히 일만 했다. 잘 모르는 사람들에게 망우차장 주인으로 오해받을 정도로 구석구석 세세한 부분까지 물샐틈없이 꼼꼼하게 신경을 썼다. 항구재는 언젠가 이런 오차청에게 결혼 계획에 대해 슬쩍 떠본 적이 있었다. 일단 결혼을 하고 아들을 낳아야 가문의 대를 잇지 않겠느냐고 물어보았다. 원래 말수가 적은 오차청은 항구재의 말에 무표정하게 고개만 몇 번 가로저었다. 그것이 처음이자 마지막이었다. 항구재는 더 이상 오차청 앞에서 결혼 얘기를 꺼내지 않았다.

어느 날 밤, 항구재가 잠자리에 들기 전에 마누라에게 말했다.

"저 오차청이라는 사람 말이야, 뭔가 좀 이상하지 않아? 혹시 남자구실을 못하는 거 아닐까?"

거울 앞에서 머리 장신구들을 떼어내던 임우초가 사정없이 쏘아붙였다.

"세상 남자들이 다 당신처럼 사는 줄 알아요? 듣자 하니 오차청은 술담배는 입에도 대지 않는대요. 아편은 두말할 필요도 없고요. 매장 점원들에게도 파, 마늘과 비린 것을 금기음식으로 지정했대요. 매장 안팎에서 향긋한 차 향기가 진동한다고 손님들이 칭찬이 자자해요. 찻잎에 다른 냄새가 쉽게 배서 조심한다는 말은 들어봤어도 오차청처럼 철저하게 관리하는 사람은 처음이에요."

"어휴, 말 꺼내기가 무섭네. 나는 한마디밖에 안 했는데 당신은 열마디를 하니 원. 내 말뜻은 저치가 왜 지금까지 결혼을 안 하느냐 그 말이야. 근데 무슨 뚱딴지같은 파, 마늘 소리 하고 자빠졌어!"

임우초의 삼단 같은 머리채가 폭포처럼 흘러내렸다. 그녀는 곧 남편이 누워 있는 침대 가장자리에 걸터앉았다. 어른거리는 촛불에 비친 여자의 볼이 발갛게 익은 복숭아처럼 탐스러웠다. 그녀가 인상을 잔뜩 쓰고 있는 남편을 향해 말했다.

"그 사람은 매일 아침마다 팔괘권八卦拳을 수련하고, 밤에는 마당에서 검술을 연마하는 것 같더군요. 남자 구실 못하는 사람처럼 보이지는 않았어요."

"그건 그래."

항구재가 얼떨결에 고개를 끄덕였다. 그러나 자신의 마누라가 다른 남정네를 칭찬하는 것이 기분 나쁜 듯 이내 불쾌한 기색을 지으면서 비꼬는 투로 말했다.

"장모 출신에 이수성 수하에 있었다는 사람이니 어련하겠어!"

그러자 임우초가 가볍게 발을 구르면서 남편을 나무랐다.

"퉤! 그 입 좀 다물어요. '장모'의 '장'자도 꺼내지 말아요."

항구재는 자신의 말실수를 깨닫고는 냉큼 입을 다물었다. 세월이 꽤 흘렀으나 '장모'는 여전히 사람들에게 금기시된 단어였다. 사실 항구재는 망우차장에 관해서 발언권이 손톱만큼도 없다고 해도 좋았다. 안주인 임우초와 오차청 두 사람이 차장 경영에 관한 모든 일을 전담했기 때문이었다. 다른 사람의 처마 밑에서는 고개를 숙이고 잠자코 있는 것이 당연한 일이 아니겠는가. 그러나 그렇다고 해서 그냥 입을 다물고 있는 것도 말이 아니었다. 결국 욱하고 화가 치밀어 오르는지 그가 비아냥거리는 말을 내뱉고 말았다.

"어이구, 누가 생명의 은인 아니랄까봐 사사건건 감싸고도시나. 나한테도 살뜰한 관심 한번 보여주시지 그래. 도대체 누가 당신의 남정네인지 헷갈리겠네."

남편의 말에 임우초의 버들잎 같은 눈썹이 매섭게 곤두섰다.

"항구재, 입은 비뚤어져도 말은 바로 하랬어요. 싫다는 나에게 억지로 망우차장을 떠맡긴 사람이 누구인가요? 그리고 싫다는 오차청에게 사정사정해 도와달라고 한 사람은 또 누구인가요? 사람이 양심이 없어도 정도껏이어야지. 당신이 바지사장이라고 제가 뭐라고 하는 게 아니에요. 집에만 꼬박꼬박 들어와도 뭐라고 안 할 거예요. 남편이라는 사람의 얼굴을 보름에 한 번도 보기 힘드니, 이게 무슨 부부인가요? 어쩌다 집에 들어와도 하품만 쩍쩍 해대고 통 기운을 차리지 못하니 나하고는……."

임우초가 말끝을 흐렸다. '부부생활'이라는 말은 부끄러워서 차마 내뱉을 수 없었던 것이다.

"제가 항씨 가문에 시집 온 지도 8년이 돼가요. 하지만 아직까지 아기가 생기지 않으니 부끄러워서 얼굴을 못 들겠어요. '항씨 가문의 대를 끊어놓은 몹쓸 년'이라고 사람들이 손가락질하는 것도 다 알아요. 제 잘못도 아닌데 왜 제가 비난을 받아야 해요? 당신이 아편만 끊으면 다 해결될 일을. 흑흑……."

임우초가 급기야 어깨를 들썩이면서 울기 시작했다.

항구재는 또 입을 다물 수밖에 없었다. 평소에 암표범처럼 사납던 마누라가 눈물을 흘리는 모습을 보니 마음이 약해진 것이다. 사실 그는 아내의 속내를 모르는 바가 아니었다. 아내가 툭 까놓고 말하지 않아서 그렇지 속으로 "남자 구실도 못하는 놈!"이라고 그를 엄청 원망하고 있다는 사실을 너무나 잘 알고 있었다.

'내가 남자 구실을 못한다고? 흥!'

항구재는 속으로 코웃음을 쳤다. 사실 기방에서 진을 다 빼고 나면 정작 집에 있는 마누라한테 소홀해지는 것은 당연한 일이었다. 그에게 있어서 망우저택은 잠을 자는 '여관' 아니면 돈을 꺼내 쓰는 '금고'에 불과했다.

"아이고, 관두자, 관둬! 가당치 않게 질투는 무슨."

항구재는 촛불을 불어 끈 뒤 마누라를 끌어안고 이불속으로 들어갔다. 내일 아침에 또 돈을 얻어 쓰려면 마누라한테 잘 보여야 했으니까. 때문에 항구재는 온갖 재주를 다 부려 마누라를 노곤하게 구워삶았다.

임우초와 오차청이 손잡고 항씨네 가업을 일으켜 세울 때 중국의 차 산업도 전성기를 맞이했다. 그러나 짧은 전성기가 지난 뒤에는 긴 나락이 기다리고 있었다.

19세기 하반기는 중국산 찻잎과 영국산 아편이 엎치락뒤치락 서로 투쟁을 벌인 시기였다. 산속에서 강한 생명력, 우아한 기질과 오랜 역사를 자랑하던 서초瑞草(차茶의 다른 이름)는 중국의 식민지화와 더불어 원치 않게 근대사의 한복판으로 들어섰다.

이때 '서산에 지는 해' 신세가 된 청나라 조정은 아편 수입 급증에 의한 무역 흑자를 만회하고자 백은의 유출을 엄하게 단속하고 농업을 대대적으로 발전시켰다. 또 비단과 찻잎 수출을 대폭 확대했다. 이어 중동, 남아시아, 서유럽, 동유럽, 북아프리카, 서아시아 등지의 30여 개국과 잇따라 중국차 무역관계를 수립했다. 덕분에 중국차 수출액은 중국산 제품 총수출의 절반을 차지할 정도로 증가했다.

수공업으로 자급자족하던 중국의 산업 구도는 아편전쟁을 계기로 원래의 궤도를 완전히 이탈했다. 그러자 광주의 찻잎 무역상들은 두꺼운 털옷을 입고 철도나 수로를 따라 북상해 십리양장十里洋場(옛 상해)의 상해탄上海灘(상해를 가로지르는 황포黃浦강의 기슭)으로 몰려들었다.

이후 상해에서 198km 떨어진 항주는 천시天時와 지리적 우세를 바탕으로 전당강錢塘江을 따라 쭉 이어진 절강, 안휘安徽, 복건福建, 강서 4개 성의 찻잎 집산지로 더욱 명성을 떨치게 됐다. 아름다운 도시 항주에 차행과 차장이 우후죽순처럼 세워지고 상인들도 구름같이 모여들기 시작했다.

항구재가 얼떨결에 차칠회관茶漆會館 회원으로 가입했을 무렵 항주에 있는 찻잎 점포는 자그마치 30~40개에 달했다. 그중에서 나중에 유명해진 것들로는 공신교拱宸橋에 자리한 오진태吳振泰차장(주인은 오씨네 장자인 오요정吳耀庭), 번화가인 양패두에 자리한 방정대차장(점주는 방관삼의 셋째 아우 방중오方仲鰲), 염교대가鹽橋大街에 자리한 방복수方福壽차장(점주는 주문빈朱文彬), 청하방에 자리한 옹륭성차장(점주는 옹씨 부인) 등을 꼽을 수 있었다. 운이 좋았다고나 할까, 망우차장도 이들 군웅群雄들 속에서 점차 번창하기 시작했다. 이대로라면 절정기를 맞이하는 것은 시간문제일 터였다.

그러나 안타깝게도 항구재는 사업에는 통 관심이 없는 사람이었다. 그는 하루 종일 진루왜관秦樓娃館에 틀어박혀 기녀들의 치마폭에서 헤어날 줄을 몰랐다. 이러다 보니 차칠회관의 일은 거의 전부 망우차장의 지배인인 오차청의 차지가 됐다. 물론 항씨 부인 임우초는 오차청의 든든한 조력자가 돼줬다. 당연히 항구재는 들고 나간 돈으로 아편을 사 피우고 빈털터리가 되면 터덜터덜 망우저택으로 돌아오고는 했다. 임우초는 바로 이날 집에 들어온 항구재를 쏘아보면서 비아냥조로 물었다.

"항 사장님, 요즘 차칠회관에 어떤 규정들이 새로 생겼는지 아십니까?"

임우초는 화리목花梨木으로 만든 책상을 마주하고 앉아 짤랑짤랑 은전을 세던 중이었다.

아편을 실컷 피운 뒤라 기분이 한껏 좋아진 항구재는 얼굴을 활짝 펴고 살금살금 아내에게 다가갔다. 그리고는 누렇게 비쩍 마른 손으로 임우초의 어깨를 쓰다듬었다.

'수정각의 으뜸 기녀 소련에 비하면 이건 나무토막처럼 뻣뻣한 것이 여자도 아니여.'

그러나 속마음과는 달리 항구재의 입에서 흘러나오는 말은 꿀보다 더 달콤했다.

"사랑하는 부인, 요즘 얼굴이 많이 상했구려. 참 고생이 많네. 그깟 은전 따위는 나중에 셈하고 이리 와. 내가 시원하게 어깨를 주물러드리리다."

임우초는 남편의 손을 탁 밀쳐내면서 욕설을 퍼부었다.

"그 더러운 입 다물어요. 여기가 유곽인 줄 알아요? 어디서 더러운 수작질이에요? '사랑하는 부인' 좋아하고 있네. 그렇게 부인을 사랑한다는 사람이 보름이 지나도록 코빼기도 안 비쳐요?"

항구재는 마누라의 거친 욕설에도 전혀 겁먹지 않고 능글맞게 굴었다.

"아이고, 부인! 화 좀 푸시오. 옥체가 상하실라."

"당신이야 바지사장이니 걱정할 게 뭐가 있어요. 속 편히 밖에서 이 계집 저 계집 건드리고 다니면 그만이죠. 그러나 이 집에서 이깟 은전 따위를 내가 신경 쓰지 않으면 누가 신경을 써요? 이 큰 가게가 저절로 알아서 굴러가기라도 한대요?"

항구재는 여자를 구슬리는 데는 선수였다. 임우초의 말이 끝나자마자 바로 그녀의 목을 끌어안고는 오른쪽 왼쪽 번갈아가면서 볼에 입을 쪽쪽 맞췄다. 임우초는 못 이기는 척 남편의 손에 몸을 맡겼다. 목소리도 많이 부드러워지고 있었다. 여자들의 흔한 앙탈과 조금도 다를 바 없었다.

"급살 맞아 뒈질 인간 같으니라고! 바깥의 수없이 많은 계집들로도 부족하던가요, 집에 와서 웬 수작질이야."

항구재는 이때다 싶어 임우초의 턱밑으로 바싹 다가들었다. 이어 여자 못지않은 교태를 부리면서 물었다.

"사랑하는 부인, 회관의 새로운 규정이라니, 어떤 것들인지 좀 알려줘."

"제가 그걸 어떻게 알아요? 여자는 가게 업무에 관여하면 안 된다고 했잖아요."

"당연히 예외라는 것도 있는 법이지."

항구재가 진지한 어투로 말을 이었다.

"옛날에도 화목란花木蘭이라는 여 장군이 있었어. 또 측천무후則天武后는 여자의 몸으로 황제 자리에까지 올랐어."

임우초는 권력욕이 강한 여자였다. 무엇보다 남자들의 일에 끼어들기를 좋아했다. 집안의 대소사를 좌지우지해야 직성이 풀렸다. 또 다른 사람들이 그녀를 우러러보는 것 역시 좋아했다. 당연히 항구재는 자신의 마누라가 이런 사람임을 잘 알고 있었다.

'그래, 당신이 원하는 것은 다 들어줄게. 까짓것 별로 어려울 것도 없어. 나에게 아편을 사 피울 돈만 달란 말이야.'

가려운 곳을 살살 긁어주는 항구재의 말에 임우초의 얼굴에서는 어느새 노기가 사라졌다. 그녀의 얇은 입술이 열리는가 싶더니 박씨처럼 새하얀 치아가 드러났다.

"당신은 그것도 몰랐어요? 새로 찻잎가게를 열려면 적어도 여덟 집 건너에 열어야 한다는 규정이잖아요."

"차청한테 들었어. 근데 우리가 새 점포를 열 것도 아닌데, 그 따위 규정에 신경 쓸 필요 있을까?"

항구재는 아내의 뾰족한 턱을 손으로 받쳐 들었다. 그런 다음 이글거리는 눈으로 아내의 입술을 뚫어지게 보면서 다시 말을 이었다.

"당신의 입술과 이빨은 참 매력적이야. 입 좀 벌려봐, 얼른."

임우초의 얼굴이 발갛게 달아올랐다. 부끄러워서가 아니라 화가 나서였다. 그녀는 남편의 손을 홱 밀쳐버리면서 욕을 퍼부었다.

"집안 말아먹을 인간 같으니라고! 우리만 장사를 해요? 우리가 새 가게를 열지 않는다고 해서 다른 사람들도 열지 않는다는 법은 없잖아요. 다른 매장들이 우리 턱밑까지 쳐들어왔는데 이 망할 놈의 인간은 입술 타령이나 해대니, 어휴!"

항구재는 그제야 정신이 번뜩 들었다.

"거기가 어디야? 나는 왜 못 봤지?"

항구재의 목소리에 다급함이 묻어났다. 임우초는 난봉꾼 남편이 겁을 먹고 쩔쩔매는 것을 보자 마음이 약해졌다. 바로 한결 누그러진 어투로 말했다.

"당신 눈에 띌 정도였으면 우리 가게는 벌써 열두 번은 망했을 거예요."

항구재는 여전히 의구심을 떨쳐버리지 못했다.

"그래서 어떻게 하기로 했어? 차청이하고 의논해봤어? 어머니가 살아계셨을 때는 척척 잘도 해결하셨는데."

"세상 뜬 어머니 타령 좀 그만 해요. 어머니가 안 계셔도 망우차장은 잘만 돌아가고 있어요. 어머니 생전보다 더 잘 되면 잘 됐지 못하지 않아요."

"그래, 그래, 알았어."

항구재는 닭 모이 쪼듯 거듭 고개를 끄덕였다.

"우리 집 문 앞에 다른 가게가 생겼다니 신경이 쓰여서 그래. 밉살스러운 자식들, 무슨 방도가 없을까?"

임우초의 얼굴에 그제야 웃음이 번졌다. 그녀가 뿌듯한 표정으로 남편을 향해 말했다.

"당신이 허둥대는 모습은 처음 봐요. 지금 다시 문 앞에 나가봐요."

항구재는 고분고분 몸을 돌려 문으로 향했다. 그러나 몇 걸음 걷지 않았는데 임우초가 뒤에서 불러 세웠다.

"어이구, 저 웬수! 이리 오지 못해요?"

항구재가 걸음을 멈추고 고개를 돌렸다. 한껏 순진무구한 표정을 지으면서 실눈을 뜬 채 임우초를 바라봤다. 수많은 여자들을 홀렸던 끈적끈적한 그 눈빛에 천하의 임우초도 빠지지 않고 버텨낼 재간이 없었다. 마치 몇 년 전 갓 시집왔을 때의 새색시 시절로 돌아간 듯 그녀의 목소리는 한껏 수줍음에 절어 있었다. 남편을 호령하던 방금 전의 모습과는 완전히 천양지차였다.

"아유, 이 땀 좀 봐."

임우초는 수를 놓은 손수건으로 남편 얼굴의 땀을 닦아줬다. 손길이 비단처럼 섬세하고 부드러웠다.

"당신을 겁주려고 한 소리예요. 이 정도로 놀랄 줄은 몰랐어요. 새로 가게를 연 점주는 임안臨安 사람이에요. 찻잎 장사가 처음이라 이 바닥의 규칙을 몰랐나 봐요. 제가 차청을 시켜 회관 회장에게 말했어요. 점주는 회장의 말에 따라 이틀 전에 순순히 다른 곳으로 매장을 옮겼어요."

임우초의 말이 끝나기 무섭게 항구재가 침대에 털썩 주저앉았다. 이어 손으로 가슴을 문지르면서 한숨을 푹 내쉬었다.

"사랑하는 부인, 정말 놀랐잖아. 심장이 멎는 줄 알았어."

임우초가 가느다란 손가락으로 남편의 머리를 쿡 찌르면서 웃었다.

"그깟 일로 뭘 그렇게 놀라고 그래요? 몇 대째 이어온 이 큰 가업이 그렇게 쉽게 무너질 리가 있겠어요. 항씨 조상들이 다 당신 같았으면 우리는 지금쯤 찻잎밥이 아니라 피죽도 못 얻어먹을 거예요."

항구재가 갑자기 임우초의 손을 덥석 움켜잡았다.

"당신은 우리 가문에 들어온 지 얼마 안 돼서 잘 몰라. 이 바닥은 생각보다 훨씬 더 험해. 항씨 가문은 3대를 독자로 내려왔어. 남자들은 다들 단명했지. 나도 오래 못 살 것 같아."

"그런 소리 하지 말아요."

임우초가 황급히 손으로 남편의 입을 막았다. 그러나 항구재는 눈물까지 흘리면서 하소연을 늘어놓았다.

"이게 다 내가 못나서 그래. 나도 아편을 끊고 싶은데 그게 생각처럼 잘 안 되는 걸 어떡해? 나라고 기생년들이 좋아서 기방을 들락거리는 줄 알아? 곧 죽을 거라는 생각을 하니 마음이 괴로워서 견딜 수가 있어야지. 계집년들 무리에 섞여 있으면 잠시나마 근심걱정을 잊을 수 있으니 그런 거지. 그년들은 돈밖에 몰라. 우리 마누라가 얼마나 힘들게 번 돈인데! 나는 전생에 나라를 구했나봐. 당신처럼 좋은 여자를 만난 걸 보면 말이야."

주절대던 항구재가 급기야 임우초의 품에 머리를 틀어박은 채 엉엉 울음을 터트렸다.

중국 속담에 "오래 떨어져 지내다 다시 만난 부부는 신혼부부와 같다"고 했다. 이날 밤 두 사람은 오래간만에 뜨거운 밤을 불태웠다.

항구재는 할 줄 아는 게 몇 가지 없었으나 여자를 다루는 데는 정말 선수였다. 그는 임우초를 만족시키기 위해 그야말로 온몸을 다 내던졌다. 때로는 부드럽고 때로는 강렬한 뜨거운 공세에 어느새 온몸이 노곤해진 임우초는 잠이 쏟아지는 와중에도 잊지 않고 남편을 간곡하게 타일렀다. 모두가 요즘 누구누구네 가게가 잘 나가고 있으니 경각심을 높여야 한다느니, 아무개는 고객을 끌기 위해 어떤 새로운 방법을 도입했다느니, 망우차장도 이에 맞서 대책을 강구해야 한다느니, 내년에는 차를 어디서 구매해 어디에 팔아야 한다느니 하는 업무 얘기였다.

항구재는 아내의 가슴에 머리를 묻고 건성으로 대답했다. 아내의 말을 한쪽 귀로 흘려듣는 것도 귀찮아지자 아예 자신의 입으로 아내의 입을 막아버렸다. 이 방법은 과연 효과가 좋았다. 임우초는 입을 다물고 자신의 몸을 남편의 손에 완전히 맡겨버렸다. 항구재는 언제 후회의 눈물을 흘렸던가 싶게 아내의 몸을 질펀하게 주무르면서 속으로는 소련의 얼굴을 떠올렸다.

'규방에 갇혀 지낸 여자는 재미가 하나도 없어. 어쩌면 목석처럼 신음소리 한마디 없을까. 소련 같았으면 벌써 침대가 무너져라 아우성을 질렀을 텐데. 아이고, 고년의 속살……'

소련에 대한 생각을 하자 항구재의 정욕은 갑자기 활활 불타올랐다. 아무것도 모르는 임우초는 남편의 뜨거운 반응이 그저 기쁘고 놀랍기만 했다. 어쩌면 남편이 정신을 차렸을지 모른다는 기대감도 생겼다.

그녀는 눈앞이 아뜩해지는 기분을 느끼면서 그대로 깊은 잠에 빠져들고 말았다.

이튿날 이른 새벽, 임우초는 살금살금 침대에서 일어났다. 이어 깊이 잠든 남편의 얼굴을 사랑스레 쳐다보고 침대에서 내려왔다. 그리고는 깨끗하게 몸단장을 한 다음 연자탕蓮子湯을 한 사발 먹고 대청 앞으로 나갔다. 매일 이 시각에 이곳에서 만나기로 오차청과 약속이 돼 있었기 때문이었다.

이날, 오차청은 업무 관련 얘기가 다 끝났는데도 머뭇거리면서 자리를 뜰 생각을 하지 않았다. 눈치 빠른 임우초가 물었다.

"무슨 일이에요? 할말이 있으면 얼른 하세요. 주인장이 어제 집에 들어왔어요."

그제야 오차청이 입을 열었다.

"그렇지 않아도 주인장 얘기를 하려고 했소. 말해도 괜찮을지……."

"괜찮아요, 말해보세요."

임우초는 갑자기 알 수 없는 불안감이 엄습하는 것을 느꼈다.

"어제 계산대에 있던 돈이 사라져서 보이지 않기에 점원들에게 물었더니 주인장이 몰래 가져갔다고 하더군. 두 눈으로 직접 봤다고 하는 사람도 있었소."

임우초의 낯빛이 하얗게 질렸다. 오차청은 잠깐 더 서 있다가 몸을 돌렸다.

"나는 이만 가보겠소."

임우초가 당황한 표정을 한 채 오차청을 향해 손을 흔들어 보였다. 이어 허둥지둥 화원을 가로질러 방으로 달려갔다. 그녀는 고양이를 품은 것처럼 가슴이 쿵쾅거려 숨 쉬는 것조차 힘이 들었다. 그녀의 불안한 예감은 틀리지 않았다. 방문을 연 순간 망연자실하고 말았다. 설마 했던 일이 현실이 된 것이다. 항구재는 어느새 빠져나갔는지 그림자도 보이지 않았다. 화리목 책상 위에 뒀던 은전 무더기도 온데간데없이 사라져버렸다.

임우초는 침대 위의 질퍽한 운우지정의 흔적을 멍하니 바라보다가 큰 소리로 울부짖었다. 얼마 후 그녀가 시집올 때 혼수로 가지고 온 붉은 비단 이불 겉감이 쫙 하는 소리와 함께 두 쪽으로 찢어졌다.

임우초가 오차청의 품으로 뛰어든 것은 순전히 돌발적인 행동이었다. 계획적인 행동이었다면 그녀는 아마 뒷마당 창고가 아닌 조금 더 은밀한 장소를 선택했을 것이다.

그날 두 사람은 낡은 다시茶篩(찻잎을 거르는 체)가 몇 개 남았는지 점검하기 위해 함께 뒷마당 창고로 들어갔다. 다른 불순한 목적은 없었다. 두 사람은 나무사다리에 올라서서 다시 개수를 헤아렸다. 다른 말은 한마디도 하지 않았다. 사실 이런 자질구레한 일은 점원들을 시켜도 충분했다. 하지만 어찌된 영문인지 두 사람은 약속이나 한 듯 직접 뒷마당 창고로 행차했던 것이다. 이 역시 하늘의 뜻이고 두 사람의 숙명이라고 할까. 그래서 임우초는 처음에도 당당했고 거사를 치르고 난 뒤에도 부끄러움이나 후회는 없었다.

황혼 무렵의 하늘은 희지도 푸르지도 않은 야릇한 빛깔이었다. 허공에 둥둥 떠다니는 먼지가 보일 정도로 공기는 건조했다. 단 둘만 있는 창고 안에서 갓 서른에 접어든 젊은 여인 임우초는 아무 생각 없이 다시를 치켜들었다가 체의 구멍 사이로 오차청의 등을 봤다. 그의 청백색 등짝은 마치 자유자재로 펴졌다 접어졌다 하는 검처럼 서늘하면서도 야성적인 기운을 풍기고 있었다. 적어도 임우초의 눈에는 그것이 사람 몸의 일부가 아닌 것처럼 보였다. 당연히 온갖 상상을 불러일으켰다.

그녀는 순간 들고 있던 다사를 맥없이 툭 떨어뜨렸다. 머릿속이 백짓장처럼 하얘지는 느낌이었다. 그녀는 자기도 모르게 오차청에게 돌진해서는 그의 허리를 와락 끌어안았다. 그녀는 항씨 가문의 사람이지만 성은 '항'씨가 아니었다. 항씨 가문에는 임우초처럼 저돌적인 사람이 없었다. 나중의 일이지만 저돌적인 이 여자의 유전자 덕분에 항씨 가문에도 순발력이 뛰어난 후손들이 태어나게 되었다.

오차청의 허리가 뻣뻣하게 굳어졌다. 등도 미세하게 떨리기 시작했다. 그러나 그는 고개를 돌리지 않았다. 눈을 감고 이를 악물면서 한사코 고개를 돌리지 않았다.

임우초가 나지막이 으르렁거리듯 매달렸다.

"나에게 아들을 하나 낳게 해 줘요. 하나면 돼요."

오차청의 미세한 떨림이 멈췄다. 그러나 여전히 고개를 돌리지 않은 채 말했다.

"나에게는 아들이 둘 있었소."

임우초의 몸이 맥없이 무너졌다. 오차청의 말에 큰 충격을 받은 듯했다. 그러나 그녀는 여전히 그의 허리를 안은 두 손은 풀지 않았다.

"하지만 애들 엄마하고 셋 모두 증국번曾國藩(태평천국의 난을 진압한 지도자)의 군사들에게 죽임을 당했소."

임우초가 스르르 바닥에 주저앉았다. 그러나 그녀의 손은 여전히 오차청의 다리를 꼭 붙잡고 있었다.

높게 낸 뙤창문을 통해 저녁햇살이 어슴푸레하게 들어왔다. 임우초가 고개를 숙인 채 눈물을 쏟아냈다. 그녀의 목덜미에 송송히 돋은 가늘고 부드러운 솜털이 희미하게 떨렸다. 잠깐 멍해 있던 오차청이 발을 구르더니 이빨 사이로 내뱉듯 말했다.

"나는 당신에게 아들을 낳게 해 줄 수 없소. 나는 더는 아이를 낳고 싶지 않소."

임우초는 아무 말 없이 멍하니 앉아 있었다. 방안의 공기는 딱딱하게 굳어졌다. 순간 그녀가 벌떡 몸을 일으켰다. 이어 이빨로 사내의 어깨를 힘껏 물어버리고는 몸을 홱 돌렸다. 그러나 그녀가 문턱을 넘어서려는 찰나 오차청이 앞질러 문을 닫아버렸다.

누가 먼저랄 것도 없이 쓰러진 두 사람 위로 엉성하게 쌓아놓았던 다사가 와르르 쏟아져 내렸다. 오차청은 엷은 콧방울을 게걸스럽게 벌름거렸다. 얼마 만에 맡아보는 익숙한 찻잎 향기인가. 두 사람의 몸을 덮고 있던 다사들이 한쪽으로 와르르 밀려났다. 임우초의 입에서 신음소리가 걷잡을 수없이 터져 나왔다. 오차청은 눈을 감고 그녀의 입술을 덮쳤다. 그녀의 입에서 나오다 만 '아들'이라는 말이 메아리가 돼 넓은 창고 안에 울려 퍼졌다…….

시간이 얼마나 흘렀을까. 오차청은 흠칫 몸을 떨었다. 등줄기에서 식은땀이 주르르 흐르더니 순식간에 피곤함과 공허함이 파도처럼 밀려왔다.

열 달 후 임우초는 떡두꺼비 같은 아들을 낳았다. 항씨 가문에 시집온 지 10여 년 만에 처음 맺은 결실이었다. 항구재는 아들에게 '일'逸이라는 이름과 '천취'天醉라는 자字를 지어줬다. '만월주'滿月酒(생후 한 달이 된 아기와 부모를 축복하는 자리에서의 술)를 마시는 날에는 의원 조기황도 찾아왔다. 항구재는 축하 인사를 받고 나서 조기황에게 이렇게 말했다.

"기황 아우, 자네도 축하받을 일이 생겼다고 들었네. 두 달 전에 득남했다면서 왜 알리지 않았나?"

"내 넷째아들을 어찌 자네 맏아들처럼 귀한 신분에 비하겠나, 허허."

항천취보다 두 달 먼저 태어난 조씨네 넷째아들은 이름이 '명진'名塵, 자는 '기객'寄客이었다.

아이를 안고 마당 목련나무 옆에 앉아 있던 임우초는 오차청이 다가오는 것을 보고 아이를 번쩍 쳐들었다. 오차청이 아이를 힐끗 보고 나더니 이내 고개를 돌렸다.

"나도 아들이 있어요."

임우초는 만족과 감격에 겨운 어투로 자랑을 했다.

"몇 년 후에는 망우찻집을 되찾아와야겠소."

오차청의 담담한 한마디에 임우초의 눈시울이 붉어졌다. 임우초는 눈물을 들키지 않으려고 아이의 품에 얼굴을 묻었다. 동시에 아이가 크게 울음을 터트렸다.

제3장

'항'杭씨 성의 뿌리를 캐는 일은 '조'趙, '전'錢, '손'孫, '이'李 등 흔한 성씨처럼 번잡하지 않다. '항'의 의미는 '건널 항'航과 같다. 즉 "배로 강을 건넌다"는 뜻이다. 《시경》詩經 〈위풍·하광〉衛風·河廣 편에 보면 "누가 황하가 넓다고 했나, 갈대배 하나로 건널杭 수 있는 것을"이라는 문구가 있다. 한漢나라 때 허신許愼의 《설문해자》說文解字에도 "항杭은 곧 나룻배, 즉 방주方舟를 의미한다"라고 기록돼 있다.

전설에 따르면 까마득한 옛날 곤鯀의 아들 대우大禹는 태어나자마자 신통력을 발휘해 신주神州 일대에서 바다와 호수, 하천을 다스렸다고 한다. 우는 치수治水에 성공한 뒤 각지의 제후들을 회계산會稽山에 불러 모았다. 일행은 수로를 따라 오월吳越 일대에 이른 뒤 배를 버리고 뭍에 올랐다. 이때부터 절강성 동북부에 자리한, 나중에 '인간 세상의 천당'에 비유된 이곳이 '항'杭으로 불렸다고 한다.

《통지》通志 〈씨족〉氏族에 따르면 '항'杭자가 사람 성으로 사용된 기록은 송宋나라 때부터 있었다. 물론 송나라 때에 살았던 항씨가 800년 후의 망우차장 점주 항씨 가문과 어떤 관계가 있는지는 고증할 길이 없다. 망우차장 항씨 가문의 조상은 원래 오흥吳興에 살다가 나중에 항주로 옮겨왔다. 갓 태어난 항일杭逸까지 4대째 항주 태생인 셈이다. 항주 태생 항씨 중에는 유명인도 있었다. 항씨 성에 이름은 세준世駿, 자는 대종大宗, 호는 '근보'堇甫라는 사람이었다. 그는 강희康熙 35년(1696년)에 태어나 옹정雍正 2년(1724년)에 거인擧人이 됐다. 또 건륭乾隆 원년(1736년)에 박학홍사과博學鴻詞科에 합격해 한림원翰林院 편수編修가 되기도 했다. 나중에는 《13경》十三經과 《24사》二十四史를 교감했다. 항세준은 48세가 된 해에 "국토가 통일된 지 오래니 조정 신하들을 임용할 때 민족 차별이 있으면 안 된다"고 건륭제에게 진언했다. 당시 이런 광언狂言을 한 사람은 목이 날아가는 것이 관례였다. 그러나 건륭제는 항세준이 강남의 유명한 광생狂生임을 감안해 파직시켜 고향으로 돌려보내는 가벼운 처벌만 내렸다. 또 10여 년이 지난 후에는 남방 시찰에 나섰다가 항주에서 항세준을 따로 불러 만났다. 이때 건륭제가 항세준에게 물었다.

"무엇으로 생계를 꾸려 가느냐?"

"고물장사를 하고 있사옵니다."

"고물장사라? 어떻게 하는 건지 설명해 보라."

"헌 구리와 고철 따위를 사들여 웃돈을 조금 얹어 되파는 일이옵니다."

항세준의 말에 건륭제는 파안대소했다. 건륭제는 그 자리에서 '매매파동란철'買賣破銅爛鐵이라는 여섯 글자를 적어 항세준에게 하사했다.

건륭제는 다시 몇 년이 지난 뒤 항주에서 항세준을 접견해 물었다.

"자네, 생각이 바뀌었는가?"

"신은 늙어서 바뀔 수 없사옵니다."

"늙었는데 왜 아직 죽지 않았느냐?"

그러자 항세준이 미소를 지으면서 머리를 조아렸다.

"태평성대를 노래하기 위해 죽지 않고 살아 있사옵니다."

자신의 소신을 굽히지 않고 하고 싶은 말을 재치있게 표현한 대목이라 하겠다.

항씨 가문의 사람들은 건륭제에게 감히 맞선 광생 항세준을 경외하면서도 경계했다. 그럴 만한 이유는 따로 있었다. 항간에 떠돈 얘기는 아니었으나 항씨 가문에서만 100년이 넘도록 전해 내려온 항세준에 관한 또 다른 얘기가 있기 때문이었다. 얘기의 내용은 이랬다.

> 항주에 행차한 황제가 측근들에게 물었다.
>
> "항세준은 아직도 죽지 않았느냐?"
>
> 그리고 그날 밤 항세준은 죽었다.

이 짧은 얘기 속에서 풍기는 피비린내는 항씨 가문의 사람들을 공포에 떨게 만들기에 충분했다. 이후부터 항씨 가문의 사람들은 고분고분 차장을 경영하면서 돈을 버는 데만 심혈을 기울였다. 그 누구도 감히 국가대사에 관해 입을 뻥긋할 생각을 하지 못했다. 이와 같은 인생관과 처세술을 후대들에게 각인시키기 위해 항씨 조상 중에 누군가가 차장의 명칭을 망우차장으로 개명했다. 의미는 매우 단순했다. 차를 마시면 근심을 잊게 된다고 해서 예로부터 차나무는 망우초忘憂草로도 불렸기 때문이었다. 삼국시대의 조조曹操는 술잔을 들고 영웅에 대해 논하면서 "무엇으로 근심을 풀랴. 오직 술뿐이라네"라고 감개에 젖은 바 있었다. 영웅이 술로 근심을 풀었다면 초야의 백성들에게는 "무엇으로 근심을 잊으랴. 오직 차뿐이라네"라는 말이 적합하다고 할 수 있었다.

항천취는 어릴 때부터 항씨 가문이 대대손손 차 사업을 해왔다는 것을 누누이 들었기에 그에 대해 잘 알고 있었다. 그는 또 아버지에게 다요茶謠도 배웠다. 다음과 같은 것이었다.

> 수유茱萸는 나무 꼭대기에서 나고, 잉어는 낙수洛水에서 난다네.
>
> 백염白鹽은 하동河東에서 나고, 미고美豉(된장)는 노연魯淵에서 난다네.
>
> 생강과 계피, 차는 파촉巴蜀에서 나고, 고추와 귤, 목란木蘭은 높은 산에서 난다네.
>
> 여뀌와 차조기는 도랑에서 나고, 피는 밭 가운데에서 난다네…….

항구재는 인내심있게 아들을 가르쳤다.

"생강, 계피, 차는 파촉에서 난다는 것을 잘 기억하거라. 우리가 지금 마시는 차는 모두 옛 파촉 지역에서 난 것이란다."

항천취가 고개를 끄덕이면서 대답했다.

"알고 있어요."

"어떻게 알았어?"

항구재가 깜짝 놀라 물었다.

"육자陸子(당나라의 문인. 육우陸羽)의 《다경》茶經에 기록된 거잖아요."

항천취는 차분하게 말을 이었다.

"차청 아저씨가 저에게 《다경》을 외우라고 했어요. '차는 남방의 아름다운 나무, 가목嘉木이다. 한 자, 두 자 내지 수십 자에 이른다. 파산巴山과 협천峽川에 두 명이 함께 안아야 하는 것이 있다……."

항구재는 기쁘면서도 한편으로 서운한 느낌도 들어 더 캐물었다.

"차청 아저씨가 또 뭘 가르쳐주더냐?"

항천취가 고개를 갸우뚱하면서 뭔가를 생각하더니 바로 대답했다.

"'차'茶라는 글자는 처음에 '도'荼라고 읽었대요. 그래서 '무양매도, 팽도정구'武陽買荼, 烹荼淨具(무양에 가서 차를 사고, 차를 끓인 뒤 다구를 깨끗이 씻어야 한다)라는 말도 생겼대요."

"또 뭘 더 가르쳐줬어?"

항구재가 두 눈을 크게 뜨고 다그치듯 물었다. 불쾌함이 잔뜩 묻어난 목소리였다.

"왕포王褒에 대해 얘기하던? 《동약》僮約에 대해서는? '무양매도, 팽도정구'의 유래를 설명해주더냐?"

"아니, 아니, 아닙니다!"

항천취는 갑자기 노기등등해진 아버지의 기세에 눌려서 그런지 영문도 모른 채 황급히 손사래를 쳤다.

항구재는 그제야 안도의 한숨을 내쉬고는 얼굴에 웃음기를 띠었다. 그는 숙라熟羅(명주실로 짠 피륙의 일종) 장삼長衫과 일자형 옷깃의 조끼를 입고 모란 그림이 있는 둥글부채를 손에 들고 있었다. 기분이 좋아졌는지 곧 둥글부채를 느긋하게 부치면서 2000년 전에 살았던, 항씨 가문과 아무런 연고도 없는 서생書生의 얘기를 아들에게 들려주기 시작했다.

약 2000년 전 중국 서한西漢 선제宣帝 신작神爵 연간에 '공맹지도'孔孟之道를 깊이 공부한 왕포王褒(?~기원전 61년)라는 풍류 유생儒生이 있었다. 사천四川 자중資中 사람으로, 자는 자연子淵이었다. 그가 어느 날 성도成都에 가서 과거시험을 봤다. 당연히 합격해 바라던 대로 관리가 됐고, 간의대부諫議大夫에 발탁되기도 했다.

얘기는 그가 성도 안지리安志里 소재의 죽은 친구 집에 기거했을 때의 일이다. 죽은 친구의 미망인 양혜楊惠는 젊은 나이에 남편을 잃은 여자였다. 술을 좋아했던 왕포는 여색도 꽤 밝혔던 것 같다. 왕포와 양혜는 누가 뭐라고 할 필요도 없이 자연스럽게 서로 정을 통하는 사이가 됐다.

왕포는 여주인의 애인이 된 이후부터 주인 행세를 하기 시작했다. 양혜네 집에는 전부터 부리던 편료便了라는 종이 있었다. 왕포는 이 종마저 자기 마음대로 부리려 들었다.

그러나 편료는 왕포가 술심부름을 시킬 때마다 투덜투덜 볼멘소리를 하면서 싫은 티를 팍팍 냈다. 편료는 무엇 때문에 왕포를 싫어했는가? 다음과 같은 세 가지 이유를 생각해 볼 수 있다. 하나는 편료와 죽은 전 주인이 각별히 친한 사이였기 때문일 수 있다. 다른 하나는 편료가 왕포와 과부 양혜의 불륜을 도덕적으로 불결한 행위라고 생각했기 때문일 수 있다. 마지막으로 왕포의 술심부름을 들어주는 것이 자신의 직책 범위를 벗어났다고 생각했기 때문일 수 있다. 이유야 어쨌든 간에 왕포와 편료의 갈등은 극에 달했다.

어느 날 왕포가 또 술심부름을 시켰다. 그러자 편료가 단박에 거절했다. 심지어 전 주인 무덤 앞에 엎드려 대성통곡을 했다.

"주인님께서 저를 사오셨을 때 집(무덤)을 지키라고 하셨지 외간남자를 위해 술을 받아올 것을 명하지는 않으셨습니다."

아직 벼슬에 나아가지 못한 왕포는 편료의 행실이 괘씸하기 그지없었다. 그러나 공공연히 징벌을 내릴 명분이 없었다. 속으로 화를 삭이던 그는 급기야 애인인 양혜에게 편료의 행실을 고자질하기에 이르렀다. 황제에게 간언하는 간의대부가 되기 전부터 누군가에게 일러바치는 재능을 드러낸 셈이다.

양혜는 왕포의 말을 듣고는 화를 냈다.

"무엄한 놈 같으니라고. 편료의 몸값은 1만 5000냥이에요. 제가 당신에게 되팔 테니 감히 당신의 명령을 거역하나 보세요."

그러자 왕포가 말했다.

"마침 나도 부릴 종이 필요하던 참이었는데 차라리 잘 됐소. 내가 계약서를 작성하겠소."

그렇게 해서 만들어진 것이 바로 《동약》이라는 노비문서였다. 《동약》에는 종인 편료가 해야 할 일들이 세세하게 기록돼 있었다. 우선 아침부터 저녁까지 해야 할 일, 봄부터 겨울까지 해야 할 일, 가사노동 등을 대표적으로 꼽을 수 있었다. 또 밭일, 집 지키기, 소작료 징수, 주인의 일상생활과 음식 시중, 이웃들 접대, 수공예품을 만들어서 내다 파는 일도 문서의 내용에 들어 있었다. 한마디로 별의별 것이 다 있었다. 또 편료가 말을 듣지 않으면 매를 100대 때린다는 규정도 있었다.

2000년 전의 풍류 서생이 홧김에 작성한 노비문서 《동약》은 지금 중국의 차 산업과 차문화 역사상 최초의 가장 완벽한 사료로 평가받고 있다. 《동약》이 매우 중요한 가치를 가지고 있다고 평가받는 이유는 여기에 '무양매도, 팽도정구'라는 구절이 나오기 때문이다.

무양은 중국 역사에서 가장 먼저 문자로 기록된 찻잎 매매시장이다. 그때까지도 무양과 수많은 산과 강을 사이에 둔 항주 용정산龍井山에는 차나무가 없었다. 용정차 전문점인 망우차장도 당연히 없었다.

그러나 서진西晉(서기 265~316) 시기에 차는 대중화된 음료가 될 수 있었다. 하남성河南省 낙양洛陽에서 강소성江蘇省 강도江都에 이르기까지 장터에서 활발하게 거래됐다. 그리고 진秦과 한漢이 중국을 통일한 이후부터 차의 중심지는 점차 동부 및 남부 지역으로 이동하기 시작했다.

성당盛唐 시대는 일상생활과 관련된 제반 산업이 전성기를 구가한 시기였다. 차 산업 역시 예외가 아니었다. "차는 당나라 때부터 흥해 송나라 때 번성했다"는 말이 있을 정도였다. 실제로도 그랬다. 우선 부량차浮梁茶는 관서關西, 산동山東으로 팔려 나갔다. 또 기주蘄州, 악주鄂州와 지덕至德에서 생산된 차는 진陳, 채蔡 이북, 유주幽州와 병주並州 이남에까지 판매됐다. 형산차衡山茶는 소상瀟湘, 오령五嶺을 지나 지금의 베트남 북부 하노이로 팔려 나갔다. 복건성 건주建州에서 생산된 차 역시 강소성 양주揚州와 회안淮安에서 판매됐다. 이외에 흡주차歙州茶와 무주차婺州茶는 소매상들에 의해 양주梁州, 송주宋州, 유주와 병주로 운반돼 판매됐다.

성당 시대의 문인 봉연封演의 《봉씨문견기》封氏聞見記에 "차는 강회江淮 운하로부터 온다. 이때 배와 수레가 서로 이어져 끝이 보이지 않는다. 쌓아놓은 차가 산더미 같았다. 종류와 수량도 많았다"는 기록이 있다. 당나라 시대의 저명한 시인이자 강주江州 사마司馬를 지냈던 백거이白居易도 《비파행》琵琶行에 이렇게 묘사했다. "……문전조차 적막해 수레와 가마 거의 없네. 나이 들어 시집 와서 상인 아내 됐다네. 장사꾼은 이익 위해 이별을 쉽게 하니, 지난 달에 부량으로 차를 사러 떠나갔네. 강어귀를 오고가면서 빈 배를 지키거니, 배를 비춘 밝은 달도 강물처럼 차갑구나……."

항주 망우차장의 예비 사장 항천취는 백거이의 이 시를 읽을 때마다 책상을 치고 가슴을 두드리면서 비통함을 금치 못했다.

"무정한 장사꾼 같으니라고. 천고千古의 가인佳人을 빈 배에 홀로 남겨놓고 어찌 부량으로 차를 사러 갔을까! 낙천樂天(백거이의 자)이 '이익만 중시하고 이별을 쉽게 한다'고 질책한 이유가 있었어. 욕을 먹어도 싸지."

이럴 때마다 항천취의 막역지우 조기객趙寄客은 가벼운 미소를 지으면서 항천취를 일깨워주고는 했다.

"천취 아우, 어젯밤에 《홍루몽》紅樓夢을 탐독하더니 정신이 이상해진 건가? 아우는 아우대로 부량으로 차를 사러 가면 되네. 빈 배를 지키면서 아우를 기다리는 '비파녀'琵琶女는 이 세상에 존재하지 않는다네."

"그게 무슨 말이야?"

항천취가 잠에 취한 것처럼 게슴츠레한 눈을 억지로 크게 뜨면서 물었다. 그러자 조기객이 차분하게 설명해줬다.

"광서光緖 21년 3월 23일에 중국은 중일갑오전쟁(청일전쟁)에서 패배하고 〈마관조약〉馬關條約(시모노세키조약)을 체결했네. 이 조약에 의해 항주의 개항과 일본 조계지 조성이 확정됐네. 9월, 항주 공신교 일대가 일본 조계지로 지정됐네. 그리고 광서 22년 8월부터 항주가 정식으로 개항됐네. 이어 보석산寶石山 석탑두石塔頭에 항주 주재 일본 영사관이 설립됐고……."

"나는 네 말뜻을 잘 이해하지 못하겠어."

항천취가 조기객의 말을 잘랐다.

"백거이와 일본 조계지가 도대체 무슨 관계라는 말이야?"

조기객이 냉소를 머금은 채 말했다.

"관계? 아우도 알다시피 경항京杭운하는 공신교 아래로 뻗어 있네. 빈 배를 홀로 지키는 비파녀가 있다면 그녀가 기다리는 사람은 강주 사마가 아니라 왜구들일 테지. 지금은 아우처럼 '문전이 적막해 수레와 가마 거의 없다'는 타령이나 할 때가 아니라는 얘기네."

"네 말대로라면 '상인의 아내는 망국의 설움을 모르나니, 강을 사이에 두고 뒤뜰의 꽃을 노래하네'라고 해야 마땅하지 않을까?"

"물론이지!"

"그만하지. 이 큰 세상에 내 한 몸 편안하게 지낼 곳이 없군."

항천취는 소맷자락을 휘날리면서 횡하니 밖으로 나가버렸다. 물론 그는《홍루몽》의 주인공 가보옥賈寶玉처럼 출가出家하러 나간 것은 아니었다. 전순당錢順堂의《백사전》白蛇傳을 들으러 용금문에 있는 삼아원三雅園(중국의 유명한 극장)으로 간 것이었다.

백거이의 〈비파행〉에 언급된 '부량'은 오늘날의 강서성 경덕진景德鎭 일대에 있다. '강어귀'는 구강九江의 양자강 어귀를 가리킨다. 이 시구를 간단하게 요약하면 차상인이 아내를 구강에 있는 빈 배에 홀로 남겨두고 점원들과 함께 경덕진으로 차를 사러 가버렸다는 내용이다. 이로써 당나라 때는 부량이 동남 지역 최대의 찻잎 집산지였다는 사실을 알 수 있다. 또 중당中唐과 만당晩唐 시기에 차가 양자강 중류와 하류에 유통되기 시작했다는 사실도 알 수 있다.

이런 중국차 원정 무역은 육조六朝 때부터 시작됐다. 말을 타고 다니는 상인들과 봇짐을 지고 다니는 승려들에 의해 설산, 초원과 추운 북쪽 지방에까지 차가 전파된 것이다. 이 밖에 고관대작들도 정교하게 포장한 차를 서로 선물로 주고받기 시작했다. 성당 때의 문인 봉연은 "당대 개원開元 연간에 추鄒, 제齊, 창滄, 체棣, 절浙에서부터 장안長安에 이르기까지 성벽이 있는 도시에서는 흔히 점포를 열고 차를 달여 팔았다"고 기록했다. 중국 남방의 가목은 이렇게 차나무가 자라지 않는 북방 및 다른 지역으로 전파됐다.

이와 동시에 중국 남방 지역에는 차 무역항들이 우후죽순처럼 생겨났다. 당나라 시인 두목杜牧의 〈입다산하제수구초시절구〉入茶山下題水口草市絕句라는 시에는 이런 구절이 있다.

> 강물 따라 들어간 산에 숲이 울창하더니,
> 술집 깃발 펄럭이면서 주막 한 채 나타나네.
> 놀라 날아간 원앙 한 쌍 원망 아니 없을까마는
> 미련이 남았는지 두 마리 다 돌아보네.

제목에 나오는 수구水口는 오흥군吳興郡 고저차산顧渚茶山의 강물이 태호太湖로 흘러드는 물목을 가리킨다. 중당中唐 시기에 이곳은 황량한 벌판이었다. 만당 시기에는 공차貢茶를 사기 위해 고저산에 온 사람들과 찻잎 장사꾼들의 선박이 이 물목에 정박하면서 이 지역에 장터가 섰다. 술집과 찻집도 즐비했다. 망우차장의 계승자 항천취는 항씨 가문의 조상이 오흥군 태생이라는 것만 알았지 '원앙이 놀라 날아간' 시대에 어디에서 차를 만들고 있었는지, 아니면 어느 찻집에서 노래를 부르고 있었는지는 알지 못했다.

차와 관련된 또 다른 일화로는 다성 육우와 석교연釋皎然의 일화를 꼽을 수 있다. 둘은 고저산 아래에서 정처 없이 떠돌아다닐 때 요시堯市에 들러 자순紫筍차의 여린 잎을 감별한 것으로 알려져 있다.

이 밖에 그다지 유명한 사람은 아니지만, 당나라 시인 허혼許渾 역시 〈송인귀오흥〉送人歸吳興이라는 시에서 다음과 같이 묘사했다.

푸른 물에 노 저어 동정산洞庭山에서 돌아가는 길은 멀기도 하구나.

다리마다 술집 깃발이 걸려 있고, 찻잎 실은 배들이 부두에 즐비하구나.

어두운 밤에 부두에 즐비하게 정박한 차 무역선들, 소주蘇州에 있는 태호太湖의 동정산에서 오흥까지 다리마다 걸려 있는 술집과 찻집 깃발들……. 당시 오흥 지역의 차 산업 번영 실태를 참으로 섬세하고 생동적으로 묘사한 대목이라고 하겠다. 물론 아내를 홀로 남겨두고 차를 사러 간 차상인들은 그때마다 바로 이런 술집이나 찻집에서 낭만적인 밤을 보낸 것은 아니었다. '월흑살인야, 풍고방화천'月黑殺人夜, 風高放火天(달이 어두우니 살인하기 좋은 밤이고, 바람이 세니 불 지르기 좋은 때이다)라는 말을 상기하면 잘 알 수 있다. 당시 양자강 양안에 출몰하는 수적水賊(강도)들은 차상인들이 술에 취해 잠에 곯아떨어지기를 기다려 손을 쓰고는 했다. 이곳의 수적들은 찻잎 암거래에 능했다. 이들은 차상인들의 재물을 깡그리 약탈한 다음 즉시 남쪽의 차 생산지로 가서 찻잎을 구매했다. 산속의 차 재배농들은 사면팔방에서 차를 사러 모여든 장사꾼들과 관리들을 수없이 보아온 터라 누가 강도인지 누가 장사꾼인지 관심조차 없었다. 돈만 벌면 그만이라는 식이었다. 덕분에 수적들은 순조롭게 찻잎을 구매한 뒤 이를 차장에 되팔아 돈을 벌었다. 이 짓을 몇 년 해서 떼돈을 번 사람들은 체면이 서는 다른 생업에 투신, 다시 순박한 평민 행세를 할 수 있었다.

훗날, 항천취의 정실부인이 된 심록애沈綠愛는 이와 관련한 얘기를 거리낌없이 당당하게 말하고는 했다.

"우리 조상은 수적이었어요."

심록애가 괜히 이렇게 말한 것은 아니었다. 떳떳하지 못한 과거라고 해서 굳이 감추려 할 필요가 없다는 것이 바로 그녀의 주장이었으니까. 그럴 때마다 항천취는 공공연히 반감을 드러냈다.

"세상이 어찌되려고 이러는지 몰라. 지금 사람들은 흑과 백도 구분할 줄 모르나 원. 강도짓을 한 것도 자랑거리라고 떠들고 다니고 싶을까."

심록애가 낭랑하게 웃으면서 대꾸했다.

"자랑거리야 당신네 조상이 먼저 만들었죠. 당신네 조상들이 차장을 열고 우리 조상들과 찻잎 암거래를 시작한 거잖아요. 누이 좋고, 매부 좋고 함께 돈을 벌면서 지금까지 발전해온 거잖아요. 당신은 이런 것도 모르면서 나중에 무슨 면목으로 조상들을 보겠어요?"

아내의 말에 항천취는 너무 화가 나서 온몸을 부들부들 떨었다. 급기야 쟁그랑 소리와 함께 그가 들고 있던 분청사기 풀꽃덩굴무늬 찻잔이 바닥에 떨어져 산산조각이 났다. 항천취는 갑자기 다른 말이 생각나지 않는지 "허튼소리 하지 마!"라는 말만 반복했다.

심록애는 낯빛 하나 변하지 않고 깨어진 찻잔을 쓸어 담은 뒤 용정 햇차를 새로 끓여 가져왔다.

"제가 어찌 감히 허튼소리를 하겠어요. 우리 가문 족보에 명백하게 기록돼 있는 사실만 말했을 뿐이에요. 심씨 가문은 강도짓을 하던 때부터 항씨 가문과 대대로 교분을 이어왔다고 했어요. 당신과 나 두 원수가 한 이불 덮는 부부의 연을 맺은 것도 따지고 보면 조상들의 죗값을 치르기 위한 것이라고 봐야겠죠."

심록애는 얼굴에 미소를 띠고 있었다. 그러나 눈에는 어느새 눈물이 그득히 고였다.

당나라 때 수적 가문과 연을 맺었던 항씨 가문의 가업은 항구재, 항천취 대에 이르러 절정에 이르렀다가 점점 쇠퇴하기 시작했다. 매일 아편에 취해 해롱대는 항구재는 몇 년 사이에 떼돈을 벌어 윤택한 생활을 이어갔다. 항씨 가문은 항주 교외 산사람들한테서 사들인 용정차를 멀리 광동성으로 가져가서 팔았다. 또 평수平水에서 사들인 주차珠茶를 상해로 가져가 영국으로 수출했다.

욕심 많고 유능하고 노련한 안주인 임우초와 지극히 충성스러운 조력자 오차청은 손발이 척척 들어맞았다. 두 사람 덕분에 망우차장은 몇 번이나 파산 직전까지 갔다가 기사회생할 수 있었다. 안주인 임우초의 머리에서는 새로운 전략들이 그칠 줄 모르고 솟아나왔다. 나중에는 항구재도 "망우차장에서 이 여인을 휘어잡을 수 있는 사람은 오차청뿐이다"라고 감탄했을 정도였다. 특히 소포장 상품으로 고객을 모은다는 것은 임우초의 아이디어였다. 물론 전혀 터무니없는 생각은 아니었다.

1874년, 망우차장에서 2리쯤 떨어진 대정항大井巷이라는 곳에서 홍정상인紅頂商人(고위 관직에 봉해진 상인) 호설암胡雪岩의 중약中藥(한약)가게 호경여당胡慶餘堂이 문을 열었다. 이 가게는 개업을 앞두고 먼저 《호경여당 설기환산전집》胡慶餘堂雪記丸散全集이라는 중약 처방 소책자를 인쇄해 사람들에게 나눠줬다. 또 호의號衣(사병이나 하급 관리 등의 신분을 나타내는 글씨가 쓰인 옷)를 입은 사람들이 부두에서 징과 북을 울려 사람들을 끌어모은 다음 호씨벽온단胡氏闢瘟丹과 제갈행군산諸葛行軍散을 나눠주면서 가게를 홍보했다. 마침 삼가촌 친정에서 집으로 돌아오는 길이었던 임우초도 약봉지를 몇 개 받았다. 집으로 돌아온 그녀는 곧 소포장 상품으로 고객을 유치하면 좋겠다는 자신의 생각을 항구재와 오차청에게 털어놓았다.

항구재는 예나 지금이나 그녀의 말이라면 반대도, 찬성도 아닌 뜨뜻미지근한 태도를 보였다. 어떤 짓을 하든지 돈만 벌면 상관없다는 식이었다. 여자가 나댄다고 뭐라 한 적도 없는 그다웠다. 여자라고 자신의 총명과 재능을 유감없이 발휘하지 말라는 법이 없다는 것이었다. 오히려 반대한 쪽은 오차청이었다. 그는 듬성듬성한 수염을 손으로 쓰다듬으면서 한참이나 지난 후에야 입을 열었다.

"안 되오."

"왜 안 돼요?"

임우초는 의외라는 듯 눈을 크게 뜨면서 반문했다. 앞서 오차청이 은화에 망우차장의 낱인을 새기자고 했을 때, 차를 저장하는 항아리를 불에 다시 굽자고 했을 때, 그리고 용정차는 춘차春茶만 사들여야 한다고 했을 때 그녀는 두말없이 찬성 입장을 표했었다.

"혼란스러운 세상에서는 새로운 시도를 가급적 하지 않는 것이 좋소. 거리에 가득한 팔기병八旗兵 가운데 공적인 이익을 받들고 법을 준수하는 사람이 몇 명이나 있겠소? 누군가가 마음먹고 해코지하고자 한다면 홍정상인도 아닌 우리는 당해낼 재간이 없소."

화를 야기할 수도 있다는 말에 항구재도 겁먹은 표정을 지었다.

"차청의 말이 맞아. 찻잎밥을 먹는 사람들은 욕심을 크게 부리면 안 돼. 남들보다 튀려고 하는 것은 속물적인 장사치들이나 하는 짓이야. 나 항아무개가 제일 싫어하는 부류가 속물적인 인간들이야. 아무리 돈이 필요하기로서니 세속에 물들어 돌을 들어 제 발등을 찧는 짓을 해서는 안 되지. 암, 안 되고 말고……."

항구재는 오래간만에 잘 맞는 대화상대가 생긴 것이 무척 기쁜 듯 장광설을 늘어놓았다. 임우초는 오차청을 힐끗 보고 나서 아무 말도 하지 않았다. 오차청의 얼굴도 마치 아무 일 없었다는 듯 담담했다.

호설암을 모방하려던 계획은 잠시 보류됐다. 오차청은 이때 겨울이 채 가기 전에 교외에 있는 옹가산翁家山과 낙휘오落暉塢에 다녀와야겠다고 생각했다. 임우초가 길을 떠나려는 오차청을 만류하고 나섰다.

"산에 들어가기는 일러요. 청명이 되려면 아직 한 달도 넘게 남았어요."

"다른 사람보다 먼저 갔다 와야 하오."

오차청은 자신의 말대로 항주에서 제일 일찍 나온 용정차를 구입해왔다. 망우차장 문 앞에는 가마들이 줄을 지어 몰려들었다. 모두 소문을 듣고 햇차를 맛보기 위해 찾아온 사람들이었다.

죽포竹布 장삼을 깔끔하게 차려 입은 오차청은 대청 한 귀퉁이에 말없이 조용하게 앉아 있었다. 화리목을 끼워 넣은 탁자는 팔선상八仙床 세 개를 합친 것만큼 컸다. 항구재는 찾아온 사람들에게 자랑을 늘어놓기 시작했다.

"이 탁자 좀 보세요. 아마 항주에서는 이보다 더 큰 것을 찾기 어려울 겁니다."

손님들은 탁자에 빙 둘러앉은 채 차를 음미하면서 연신 찬탄을 쏟아냈다.

"과연 좋은 차입니다 그려. 올해는 항 사장이 먼저 손을 썼군요."

손님들 중 한 사람이 말했다.

"망우차장의 용정차는 다른 집들과 맛이 좀 다른 것 같아요. 좀 더 부드러우면서도 산뜻하다고나 할까. 겨울을 넘긴 찻잎답지 않게 텁텁한 맛도 전혀 없고요. 비법을 좀 풀어주시면 안 될까요? 저도 다른 데 가서 아는 척 좀 하게 말입니다."

항구재가 엄지를 척 치켜세웠다.

"노형이 뭘 좀 아시는군요. '부드러우면서도 산뜻하다', 참 절묘한 표현입니다. 이 차는 맛이 텁텁한 다른 집 차와 비할 바가 못 되죠. 겨울을 지낸 차나무는 수분이 적고 껍질이 두껍습니다. 갓 피어난 새싹은 겨울의 묵은 기운을 간직하고 있기에 맛이 무거울 수밖에 없죠. 우리는 겨울을 지낸 잎을 뜯어내고 봄에 새로 싹이 튼 것만 채취했기에 맛이 부드러우면서 산뜻한 겁니다. 비록 양은 얼마 안 되지만 가히 명품이라 할 수 있죠."

정육점인 만융흥萬隆興 사장 만복량萬福良의 딸기코가 순간 더욱 붉어졌다. 항구재의 말에 기분이 상한 모양이었다. 그예 한마디를 하려고 입을 옴짝거렸다. 그의 목소리는 망우차장 대청이 쩌렁쩌렁 울릴 정도로 높고 우렁찼다.

"항 사장은 참으로 만능 재주꾼이구먼. 서화에도 일가견이 있겠다, 다탁과 찻잎마저 다른 집에는 없는 것을 가지고 있으니 말이네. 항 사장의 부친이 자네 절반만큼만 됐어도 망우찻집이 융흥찻집으로 바뀌는 일은 없었을 테지. 하하하하, 나는 참으로 운이 좋은 사람이야. 지금이라면 어림도 없지, 항 부인과 오차청 두 사람이 그대 옆에 떡 버티고 있으니 말이야."

만복량은 다동茶童 오승吳昇을 데리고 햇차를 사러 온 사람이었다. 당연히 일부러 항 사장을 화나게 만들려는 의도는 아니었다. 그저 돈깨나 좀 있다고 평소에도 할말, 안 할말 가리지 않고 퍼붓는 성격답게 내뱉은 말일 터였다.

순간 항구재의 표정이 눈에 띄게 굳어졌다. 안 그래도 예전부터 망우찻집이 만복량에게 넘어간 일 때문에 앙앙불락했는데 눈치 없는 그가 기어이 아픈 상처를 건드리니 화가 난 것이었다. 아무리 착하고 유순한 사람이라도 가문의 아픈 과거를 꼬집는 소리를 듣고 화가 나지 않는다면 이상한 일이 아닌가. 그렇다고 이 많은 손님들 앞에서 대놓고 화를 낼 수도 없었다. 항구재가 이러지도 저러지도 못하고 속으로 화를 삭이고 있을 때 눈치 없는 만복량이 또 깐족거렸다.

"항 아우, 자네 이 햇차는 맛이 부드럽고 산뜻하지만 가격이 너무 비싸네. 이 가격에 팔릴 수 있을까? 마침 우리 찻집에 차가 좀 필요하니 나한테 몽땅 넘기게. 자네 오늘 운 좋은 줄 알게. 하하하하……."

만복량의 말이 떨어지기 무섭게 손님들이 찻잔을 내려놓고 하나둘씩 슬슬 자리를 떴다. 만복량의 미움을 사지 않기 위해서인 것 같았다. 만복량의 두 생질은 항주에서 이름만 대면 모두 알 만한 사람이었다. 하나는 아문衙門의 혹리酷吏, 다른 하나는 부두를 장악한 불량배였다.

항구재가 손님들에게 자랑하려고 막 펼쳐놓았던 서화작품들을 와락와락 다시 말기 시작했다. 만복량 때문에 화가 치밀어 견딜 수 없는 것 같았다.

이때 어린 다동 오승이 개완차蓋碗茶(뚜껑이 있는 찻잔으로 마시는 차)를 받쳐 들고 탁자 쪽으로 다가왔다. 아이의 네모난 얼굴에 허옇게 피어 있는 버짐은 지나친 긴장으로 인해 빨갛게 상기돼 있었다. 목을 잔뜩 움츠린 채 발꿈치를 들고 낡아빠진 신을 질질 끌면서 조심조심 다가오던 아이가 찻잔을 탁자에 내려놓으려던 찰나였다. 아이의 손이 떨리면서 항구재의 서화작품 위로 찻물이 쏟아졌다.

찻물에 젖은 그림은 항구재가 조맹부趙孟頫(중국 원나라 시대의 서화가)의 〈두차도〉斗茶圖를 따라 그린 것이었다. 비록 값을 따지자면 얼마 안 되지만 항구재가 꽤 오랜 시간 동안 심혈을 기울여 완성한 굉장히 아끼는 작품이었다. 안 그래도 부글부글 화가 나 있던 항구재는 만복량더러 들으라는 듯 아이에게 바로 욕설을 퍼부었다.

"어디에서 굴러온 돼먹지 못한 거지새끼냐? 여기가 들개들이 제멋대로 쏘다니는 푸줏간인 줄 아느냐? 네놈이 못 쓰게 만든 이 그림이 얼마짜리인 줄 아느냐? 네놈 같은 건 100개 주고도 바꿀 수 없는 귀한 작품이야. 재수 없으려니까 어디서 개뼈다귀 같은 것이 굴러 와서……. 퉤, 퉤!"

만복량이 아무리 둔해도 항구재 말속의 뼈를 눈치채지 못할 리 없었다. 아니나 다를까, 잠깐 어정쩡해 있던 그가 대뜸 커다란 손바닥으로 오승의 따귀를 냅다 갈겼다. 가녀린 아이의 몸은 팽이처럼 팽그르르 돌다가 한쪽 귀퉁이에 말없이 앉아 있던 오차청의 품으로 털썩 쓰러졌다.

여덟 살밖에 안 된 아이는 눈물범벅이 돼 온몸을 사시나무 떨듯 와들와들 떨고 있었다. 얼떨결에 아이를 받아 안은 오차청은 두말하지 않고 아이를 일으켜 내당內堂으로 데리고 들어갔다. 멍하니 서 있던 만복량은 이윽고 소맷자락을 떨치면서 밖으로 나가버렸다. 항구재는 크게 충격 먹은 표정으로 탁자 앞에 목각처럼 굳어져버렸다. 그가 사람에게 이토록 심한 욕설을 한 것은 태어나서 처음이었다.

크게 화를 내고 나자 아편 생각이 간절해진 항구재도 가볍게 발을 구른 다음 문 쪽으로 향했다. 이때 오차청이 마른 옷으로 갈아입힌 오승을 데리고 나왔다.

"이 아이는 나하고 같은 성에 고향도 같다고 하오. 융홍찻집에서 사환으로 일한다오. 내가 데려다 주고 오리다."

항구재의 얼굴에 언뜻 난처한 표정이 스치고 지나갔다. 그가 잠깐 주저하더니 주머니에서 은화 두 닢을 꺼내 아이한테 내밀었다. 고개를 외로 꼬고 항구재의 눈길을 피하던 아이는 이내 고개를 돌리더니 조심스럽게 은화를 받아 쥐었다. 아이의 손은 헝클어진 삼 뿌리처럼 작고 가늘었다. 아이는 어른 흉내를 내려는 듯 작고 하얀 이빨로 은화 귀퉁이를 깨물어보고 손가락으로 튕겨보았다. 온 정신을 기울여 은화를 감별하는 아이의 눈은 크고 밝았다. 항구재가 웃으면서 말했다.

"망우차장의 날인만 확인하면 돼. 우리 가게에는 가짜가 없단다. 쪼끄만 게 약아빠졌네."

오차청은 아무 말도 하지 않았다. 드디어 감별을 마친 오승은 만족스러운 표정으로 은화 두 닢을 주머니에 넣었다. 그리고 고개를 들어 오차청을 보면서 밝은 목소리로 말했다.

"나리, 얼른 가요."

아이의 한쪽 얼굴과 눈은 건드리면 터질 것처럼 퉁퉁 부어 있었다. 입도 한쪽으로 돌아가 있었다. 오차청이 한숨을 지으면서 아이의 손을 잡았다. 항구재도 긴 한숨을 지으면서 혼잣말로 중얼거렸다.

"됐어, 그런대로 다 해결됐어."

항구재는 미련이 가득 담긴 눈으로 대청을 휙 둘러봤다. 탁자 위에 손님들에게 미처 보여주지 못한 서화작품들이 한 무더기 쌓여 있었다. 그는 그중에서 진적眞迹을 몇 점 골라 겨드랑이에 끼면서 점원들에게 분부했다.

"아무래도 주인이랍시고 손님과 대면하는 짓은 당분간 자제해야겠어. 저 작품들을 반듯하게 잘 걸어놓게. 전부 다 내가 그린 것들이야."

항구재는 말을 마치자마자 바로 도망치듯 밖으로 나가버렸다.

제4장

항씨 가문의 4대 독자 항천취는 어릴 때부터 조상들과 사뭇 다른 기질과 풍모를 보여줬다. 그는 무엇보다 몸이 가늘고 눈꺼풀이 얇았다. 또 그의 어머니 임우초처럼 속눈썹이 길고 항구재처럼 졸린 듯 게슴츠레한 눈을 가지고 있었다. 다만 비쩍 마르고 가는 체격은 도대체 누구를 닮았는지 아무도 콕 집어 말하기가 어려웠다.

항천취는 성격이 괴팍하고 극단적이었다. 바늘에 찍혀도 끽소리 못 낼 정도로 온순하고 평범한 항씨 가문의 다른 사람들과는 달라도 너무 달랐다. 그는 평소에는 말을 좀체 하지 않았다. 그러다가도 열변을 토할라치면 쉬지 않고 허풍을 떨었다. 그는 자신이 싫어하는 것에 대해서는 지나치다 싶을 정도로 격렬하게 거부하고 배척했다. 그러나 자신이 좋아하는 것에 대해서는 무서운 집착을 보이기도 했다.

항천취의 어머니 임우초는 기대에 부응하지 못하는 아들 때문에 상심이 컸다. 엎친 데 덮친 격으로 항천취는 어릴 때부터 이상하게도 오차청보다 항구재를 더 따랐다. 나중의 일이기는 하나 항천취는 성인이 된 후에도 오차청이 아닌 항구재와 더 가까운 사이가 되었다. 아무튼 임우초는 아들 때문에 이래저래 골치가 아팠다.

항천취는 처음에 새벽 권법 훈련을 거부하는 것으로 어머니에게 소심하게 반항했다. 아직 어린 그는 무엇 때문에 어머니가 동트기 전부터 자신을 깨워 뒤뜰로 끌고 나가는지, 그리고 무엇 때문에 집사인 오차청에게 잡혀 재미없는 권법을 배워야 하는지 도무지 이해할 수 없었다. 또 새벽이슬에 축축하게 젖은 풀밭에 정좌 자세로 앉아 수련을 하는 것이 죽기보다 더 싫었다. 그래서 임우초가 깨우러 올 때마다 온갖 구실을 붙여 아버지의 좁은 침대에 드러누워 일어나려고 하지 않았다. 그럴 때마다 임우초는 아들의 엉덩이를 사정없이 철썩철썩 때렸다.

"너 나중에 뭐가 되려고 이렇게 말을 안 들어?"

임우초는 아들의 엉덩이를 때리던 손으로 주위를 가리키면서 덧붙였다.

"여기 있는 모든 것이 나중에는 다 네 것이야."

항천취는 어머니의 희고 가지런한 이를 볼 때마다 화가 치밀어 견딜 수가 없었다. 그러나 아직 어린 그가 할 수 있는 것이라고는 얇은 콧방울을 벌름거리면서 주먹을 꼭 쥐고 발을 구르는 것밖에 없었다.

"싫어, 싫어, 싫어!"

항천취는 그렇게 앙탈을 부릴 때마다 뒤통수가 왠지 서늘해지는 느낌을 받고는 했다. 본능적으로 뒤를 돌아보면 아니나다를까, 그곳에는 어김없이 집사 오차청이 서 있었다. 항천취는 비쩍 마른 몸에 '염소수염'을 기른 집사를 볼 때마다 괜히 반감이 생겼다. '염소수염'이 시키는 대로 좌선을 할 생각을 하면 눈앞이 아찔해지기도 했다.

항천취는 오차청이 부주의한 틈을 타 있는 힘껏 그를 밀치면서 소리를 질렀다.

"저리 가! 짜증나!"

그러나 '염소수염'은 바위처럼 꿈쩍도 하지 않았다. 심지어 수염 한 오라기도 흔들리지 않았다. 항천취는 팔짝 몸을 솟구치면서 '염소수염'의 수염을 잡아당기려고 손을 뻗었다. 그러나 이내 집게 같은 손에 도로 꽉 잡히고 말았다. 순간 항천취는 '염소수염'의 엄청난 내공을 느낄 수 있었다. 또 '염소수염'이 '주인집 도련님'에게 양보해주거나 사정을 봐줄 생각이 눈곱만큼도 없다는 것을 직감할 수 있었다. '염소수염'의 노란 눈동자에 항천취의 화가 잔뜩 난 얼굴이 비쳤다. 항천취는 잡힌 손을 빼려고 동네가 떠나가라 고함을 지르고 몸부림을 쳤다. 그러나 '염소수염'은 항천취를 굴복시키려고 작정한 듯 손아귀의 힘을 풀지 않았다. 임우초도 아들을 도울 생각이 없는 듯 잠자코 서 있기만 했다.

항천취는 끝내 울음을 터트렸다. '염소수염'이 항천취의 눈물을 닦아주면서 물었다.

"왜 울어?"

"아파요."

"아픈 걸 이제 알겠냐?"

"알겠어요."

"무술을 배우는 게 싫어?"

"싫어요."

"싫으면 하지 말자."

'염소수염'이 손을 풀자 항천취는 맥없이 바닥에 넘어졌다. 그러자 임우초가 절망적으로 부르짖었다.

"이 아이는 도대체 왜 나를 안 닮고 꼴 같지도 않은 제 아비를 꼭 빼 닮았는지 모르겠어요."

항천취는 바닥에 주저앉은 채 '염소수염'을 노려봤다. 오차청이 손으로 소맷자락을 털면서 담담하게 말했다.

"하고 싶은 대로 하게 가만 두오."

'염소수염'은 곧 가버렸다. 항천취는 그의 뒷모습을 보면서 이유 없이 억울한 느낌이 들었다. 그의 눈빛이 좀 더 다정했으면 좋겠다는 생각도 들었다.

항천취는 열 살 나던 해 옹가산翁家山 사람인 촬착撮着을 하인으로 받아들였다. 어머니 임우초의 반대를 무릅쓰고 혼자 결정한 일이었다.

그해 촬착은 스무 살이었다. 그는 성城 안에서 장작을 패고, 물을 긷고, 가마를 메면서 나름 잡역부로 일한 지도 10년이 넘었으나 농민 본연의 순박한 성품은 하나도 변하지 않았다. 소의 눈처럼 크고 맑은 눈동자는 약간 어눌한 느낌마저 줄 정도였다. 특히 밖으로 툭 튀어나온 그의 앞니는 유난히 눈길을 끌었다. 어릴 때부터 잡곡과 고구마를 먹어온 탓이 컸다. 그의 손은 별로 크지 않았으나 아귀가 억세고 힘이 있었다. 손가락은 길고 가늘었으나 시커멓게 타고 쩍쩍 갈라 터져 있었다.

항천취와 촬착의 첫 만남은 낭만적 색채가 다분했다.

봄 햇살이 부드럽게 퍼진 어느 날 오전, 촬착은 사람들 틈에 끼어 맥없이 인력시장을 빠져나왔다. 일자리를 구하러 갔다가 또 퇴짜를 맞은 것이었다. 이번까지만 벌써 열 번째였다. 도시 사람들의 눈에 촬착은 아둔하고 미련한 시골뜨기일 뿐이었다. 사실 따지고 보면 촬착도 장점이 많은 사람이었다. 무엇보다 과묵하고, 순박하고, 입이 무거웠다. 게다가 허튼 생각을 안 하고, 기생이나 도박을 가까이하지 않을 뿐 아니라 입단속이 철저하고, 고생을 두려워하지 않고, 급료를 적게 줘도 군말이 없었다. 이외에도 장점이 많았다. 그러나 그는 번번이 자신의 장점을 보여주기도 전에 외모 때문에 퇴짜를 맞고는 했다.

터덜터덜 걸어 나오는 촬착은 망연자실한 표정을 감추지 못했다. 우선 다음 끼니를 어떻게 해결해야 할지부터가 걱정이었다. 그는 골목 어귀에 털썩 주저앉았다. 이어 손에 잡히는 대로 지푸라기 두 오라기를 집어 손으로 비비적거렸다. 순간 다 해진 무명 솜옷 사이로 가슴팍 맨살이 시커멓게 드러났다. 허리에 질끈 동여맨 새끼도 다 닳아 너덜너덜해져 있었다.

두 사람의 인연이 닿으려고 그랬던 걸까? 촬착이 기대앉은 높은 백양나무 위로 나비 모양의 연이 날아와 걸렸다. 이어 도련님 차림-나름 시내에서 10년 굴러먹은 촬착은 옷차림을 보고 어린 도련님일 것으로 추측했다-의 사내아이 한 명이 연줄을 당기면서 뒷걸음질로 골목을 나오고 있었다. 그러나 나무에 걸린 연은 꿈쩍도 하지 않았다.

아이와 눈이 마주친 촬착은 지푸라기를 던지고는 몸을 일으켰다. 나무에 오르는 것은 그에게 별로 어려운 일이 아니었다. 나비 모양의 연은 이내 다시 자유를 찾았다. 그리고 이때부터 촬착은 도련님과 평생을 함께하면서 죽을 때까지 그의 곁을 지켰다.

도련님은 연을 다루는 솜씨가 서툴렀다. 나비 모양의 연은 자꾸만 바닥으로 곤두박질쳤다. 촬착은 도련님을 도와 연을 머리 위로 높이 추켜들었다. 얼떨결에 고개를 쳐든 촬착의 눈에 들어온 회색 담벼락 사이 하늘은 눈이 시리도록 새파랗고 아름다웠다. 고개를 숙이자 산뜻한 봄옷에 자주색 조끼를 입고 연줄과 승강이질하는 어린아이와 시선이 마주쳤다. 촬착은 어디에서 온 누구인지도 모르는 어린아이를 보면서 느닷없이 온몸에 전율을 느꼈다. 잠깐 멍해 있던 그는 곧 자기도 모르게 한마디를 내뱉었다.

"도련님, 제가 모시겠습니다."

아이의 얼굴에 웃음꽃이 활짝 폈다. 나비 모양의 연은 촬착 덕분에 공중에서 팔랑팔랑 춤을 추고 있었다. 아이가 폴짝폴짝 뛰면서 말했다.

"그럼 나를 따라 다녀. 나는 나중에 차장 주인이 될 사람이야. 주위 사람들이 다 그랬어. 나는 평생 찻잎밥을 먹을 사람이라고 말이야."

촬착은 아이의 하얗고 마른 손 위에 자신의 투박한 손을 얹었다. 두 사람의 손가락 사이로 연줄이 느슨해졌다 빳빳해졌다 움직이면서 연은 점점 더 높이 올라갔다. 화려한 옷차림을 한 여인이 누각에 서서 연을 올려다보면서 청아한 목소리를 뽑아냈다.

"정월과 2월에는 매를 날리고, 3월에는 줄 끊어진 연을 날리네."

핏기 없이 하얗던 아이의 얼굴에 홍조가 생겼다. 아이의 이마에는 땀이 송골송골 돋아났다. 봄날의 햇빛 아래 아이의 귀뿌리는 잠자리 날개처럼 얇고 투명했다. 촬착은 즐겁게 뛰어다니는 아이를 보면서 옹가산에서 뛰어놀던 토끼를 떠올렸다.

"예쁘지?"

도련님은 홀린 듯한 표정으로 하늘을 보면서 손가락을 꼼지락거렸다. 아이의 손가락 움직임에 따라 커다란 나비는 허리를 접었다 폈다 하면서 나풀나풀 춤을 췄다.

"저게 뭐 같아?"

촬착은 마땅히 대답할 말이 떠오르지 않았다.

"내가 알려줄까? 하늘만큼 큰 그네에 앉아 왔다 갔다 하는 예쁜 누나 같잖아."

천상의 여인? 촬착은 놀란 표정으로 도련님의 얼굴을 바라봤다. 어린아이의 입에서 그런 말이 나온 것이 신기하기만 했다. 아이의 기다란 속눈썹이 잠자리 날개처럼 파르르 떨고 있었다. 촬착은 옹가산 꼭대기에서 날아다니던 예쁜 잠자리를 떠올렸다. 그는 지금까지 살아오면서 토끼와 잠자리의 모습을 떠올려본 적이 한 번도 없었다. 도련님을 만나고 나서 처음이었다. 갑자기 가슴이 뭉클해지면서 뜨거운 것이 울컥 올라왔다. 그는 자기도 모르게 도련님의 손을 덥석 잡았다. 연줄을 쥔 도련님의 손이 그 자리에서 굳어졌다. 촬착의 입에서 두서없는 말이 흘러나왔다.

"쇤네는 어릴 때 부모님을 여의였습니다. 세 살 때 가족이 다 죽었어요. 쇤네는 동냥밥을 먹고 자랐습니다. 부모님이 물려주신 차밭이 2무 있었는데 백부와 숙부가 다 빼앗아갔습니다. 도련님, 이제부터 쇤네가 도련님을 모시겠습니다."

어린 항천취는 당연히 촬착의 심정을 이해할 수 없었다. 그저 처음 만난 촬착의 지나친 친절이 부담스러울 뿐이었다. 그렇다고 싫은 것도 아니었다.

"우리 집으로 가자, 내가 어머니에게 말씀드릴 테니."

항씨 부인 임우초 역시 촬착에게 퇴짜를 놓았던 여느 사람들처럼 별로 탐탁해하는 표정이 아니었다. 언뜻 봐도 그가 더럽고 어눌해보였기 때문이었다. 그녀는 "남자라면 이러이러해야 한다"는 나름의 기준을 가지고 있었다. 촬착은 그녀가 생각해왔던 남성상과는 거리가 너무 먼 사람이었다.

"이름이 뭐냐?"

임우초가 촬착을 가리키면서 아들에게 물었다. 그러자 항천취가 촬착에게 물었다.

"너 이름이 뭐야?"

"너는 이름도 모르는 사람을 무작정 데리고 왔느냐?"

임우초의 언성이 높아졌다.

"내가 부릴 거야. 내가 부릴 거야."

항천취도 지지 않고 고함을 질렀다.

"쇤네는 촬착이라고 합니다."

촬착이 몸 둘 바를 몰라 하면서 대답했다.

"촬착? 이름이 참 독특하군."

항천취는 연을 내려놓고 두 손으로 꼬는 시늉을 하면서 말했다.

"네 부모님이 이러이러하게 비비고 꼬아서 너를 만들어 낸 거지?"

촬착이 그러자 황급히 손사래를 쳤다.

"아닙니다, 아닙니다. 쇤네의 어머니가 방에서 쇤네를 낳고 있을 때 쇤네의 아버지는 밖에서 새끼를 꼬고 계셨답니다. 쇤네의 아버지가 새끼를 세 가닥 꼬고 난 뒤 방안에서 아기의 울음소리가 터져 나왔답니다. 쇤네의 아버지가 '사내아이냐, 계집아이냐'고 묻자 어머니가 '고추가 달렸다'고 대답했답니다. 쇤네의 아버지는 매우 기뻐하시면서 '모두 이 새끼줄 덕분이다. 아들의 이름을 촬착撮着이라고 하자'라고 하셨답니다."

항천취가 눈빛을 반짝거리면서 고개를 돌려 임우초에게 물었다.

"어머니, 어머니가 저를 낳으실 때 아버지는 무엇을 꼬고 계셨어요?"

임우초의 눈시울이 순간 붉어졌다. 촬착을 바라보는 표정도 방금 전보다 훨씬 더 부드러워졌다. 아들의 느닷없는 질문에 감명을 받은 것이 틀림없었다. 만약 항천취가 태어날 때의 기억을 가지고 있었다면 아마 임우초의 마음을 이해할 수 있었을 것이다. 항천취가 태어난 그날 밤 항구재는 수정각 소련의 방에서 집으로 돌아오지 않았다. 대신 '염소수염' 오차청은 직접 마차를 몰고 가서 산파를 모셔왔다. 다음날 오전 집으로 돌아온 항구재는 아들을 보고 기뻐서 입을 다물지 못했다. 임우초는 남편에게 서운한 내색을 전혀 내비치지 않았다. 다만 머리에 수건을 싸맨 채 침대에 누워 힘없는 목소리로 한마디만 했을 뿐이었다.

"아들이에요."

활착은 항천취의 질문 한마디 덕분에 항씨네 집에 남을 수 있게 됐다. 임우초는 곧 집사 오차청을 불렀다.

"가게로 보낼까요? 아니면 뒤뜰로 보낼까요?"

이미 활착을 거두기로 결정한 뒤라 오차청에게 한 질문은 매우 간단했다. 오차청이 눈꺼풀을 내리깔고 항천취에게 물었다.

"네가 말해 봐."

"내가 부릴래요. 나하고 같이 놀아줄 거예요."

오차청이 아무 말 없이 항천취를 바라봤다. 항천취는 오차청의 눈을 피해 슬며시 고개를 숙였다. 오차청이 활착에게 시선을 돌렸다.

"할 줄 아는 게 뭐냐?"

활착은 불안스레 발을 옮겨 디디면서 우물우물 대답했다.

"가마를 멜 줄 압니다."

"가마를 멜 줄 모르는 사람이 어디 있냐?"

임우초가 손을 내저으면서 덧붙였다.

"더 들어볼 것도 없구나."

임우초의 말에 촬착의 얼굴이 붉어졌다. 이마에 시퍼런 힘줄도 돋아났다.

"쇤네 꽃가마도 멜 수 있습니다."

"꽃가마? 몇 번이냐? 1번에 서냐?"

"아닙니다. 1번은 맨 앞에서 사면팔방의 사람들을 다 맞이해야 하기 때문에 쇤네의 이 얼굴로는 설 수 없습니다."

"그럼 2번이냐?"

항천취가 호기심에 눈을 반짝이면서 물었다.

"2번도 아닙니다. 2번에 서면 가마 안의 사람 때문에 방귀를 마음대로 뀔 수 없습니다."

줄곧 근엄한 표정을 짓고 있던 오차청이 미소를 지으면서 말을 받았다.

"4번도 아닐 테지. 4번은 모퉁이를 돌 때 요령 있게 갈 지ㄹ자 걸음을 해야 하거든. 너는 3번이겠구나."

촬착이 크게 고개를 끄덕였다.

"맞습니다, 나리. 3번에 서면 앞을 가로막은 가마 때문에 눈 뜬 장님처럼 아무것도 보이지 않지요. 그야말로 눈앞이 꽉 막히죠!"

임우초와 항천취가 폭소를 터트렸다. 임우초가 말했다.

"너는 참으로 '꽉 막힌' 놈이로구나."

촬착은 두 사람이 무엇 때문에 웃는지도 모른 채 덩달아 바보처럼 헤헤거렸다. 오차청이 입을 열었다.

"우리 집에서는 네가 가마를 멜 필요가 없다. 황포차黃包車(고무바퀴가 달린 인력거)를 끌어봤냐? 끌 수 있겠냐?"

임우초가 손사래를 쳤다. 그러나 오차청은 아랑곳하지 않고 말을 이었다.

"항 사장이 남겨놓은 차가 한 대 있어. 팔려고 해도 사려는 사람이 없다. 꼴불견이라고 아무도 끌려고 하지 않아. 천취는 아직 어려서 말을 탈 수 없으니 외출할 때 황포차를 타는 게 좋을 것 같다."

"안 돼요."

임우초가 반대했다.

"항구재가 살아생전에 타고 다닌 건 그렇다쳐도 천취는 안 돼요. 지금 거리로 나가봐요. '동양차'東洋車(일본인이 타는 차를 의미. 인력거)라고 다들 뒤에서 손가락질해요. 누가 그따위 차를 끌겠어요?"

"쇤네가 끌겠습니다. 쇤네가 끌 수 있습니다."

촬착이 항천취를 보면서 말을 이었다.

"도련님, 제가 도련님을 모시고 전당문錢塘門 일대를 한 바퀴 돌고 오겠습니다."

청나라 말기 항주의 주요 교통수단은 가마와 말, 그리고 배였다. 말은 북방에서 온 사내들이 거리를 구경할 때 타고 다니는 것으로 호빈湖濱-영은靈隱 대도 구간에서 심심찮게 눈에 띄었다. 배는 외지 상인들이 화물을 운송할 때 많이 애용했다. 하항河港(강의 항구)이 사통팔달한 항주에서는 가장 편리한 교통수단이기도 했다. 망우저택 후원 밖에도 하항이 있었다. 그러나 사람들이 제일 많이 사용하는 교통수단은 그래도 가마였다.

황포차는 너비 1m, 길이 2m, 높이 0.5m에 불과한 인력거였다. 일본인(동양인)들이 가장 먼저 끌고 다녔다고 해서 동양차라고도 불렸다. 항구재는 생전에 황포차를 한 대 만들어 타고 다녔었다. 사람들이 뒤에서 손가락질을 했으나 그는 전혀 개의치 않았다. 가끔 기방 여자들도 태우고 다녔다. 항구재의 황포차를 끌던 사람은 가마꾼 출신이었다. 꽃가마를 비롯해 관교官轎 등 여러 가마를 두루두루 메어보고 촬착이 못 서는 1번 가마꾼 자리에도 서봤던, 나름 경력을 인정받는 가마꾼이었다. 그런 그가 가마 대신 황포차를 끌게 되자 졸지에 가마꾼 동료들의 놀림거리가 되고 말았다. 결국 그는 얼굴을 들고 다닐 수 없다는 이유로 황포차 끌기를 거부했다. 굶어죽으면 죽었지 창피한 짓은 못하겠다는 것이었다. 항구재는 도통 이해가 안 간다는 투로 아들 항천취에게 말했다.

"네 사람이 한 사람을 메고 가는 것보다 한 사람이 두 사람을 끌고 가는 것이 훨씬 더 빠르고 쉬운데, 그게 왜 비웃음거리가 되는지 모르겠구나. 일본인들은 타도 되고 우리는 타면 안 된다는 법이라도 있는지 모르겠다."

항천취는 아버지의 말에 일리가 있다고 생각했다. 항천취 본인도 항구재 살아생전에 그와 함께 황포차를 즐겨 탔었다. 항구재가 죽고 나서 황포차는 뒤뜰에 방치된 채 아무도 찾지 않았다. 그리고 드디어 오차청의 입에서 "황포차를 타면 좋겠다"는 말이 나온 것이다. 항천취로서는 이보다 더 기쁜 일이 없었다.

항천취는 촬착이 끄는 황포차에 앉아 신이 나서 바람을 쐬러 나갔다. 그런데 나갈 때는 멀쩡한 몸으로 나갔던 촬착이 여기저기 시퍼렇게 멍든 얼굴로 돌아왔다. 누군가에게 된통 얻어맞은 것 같았다. 잔뜩 흥분한 항천취는 버벅거리며 제대로 말을 하지 못했다. 임우초가 대충 알아들은 바로는 촬착이 지나가는 가마꾼들과 누가 더 빨리 달리나 경쟁을 했고, 가마를 멘 가마꾼 두 사람이 촬착을 이기지 못하게 되자 홧김에 주먹을 날렸다는 것이었다.

"누가 그따위 경쟁을 하라고 했어?"

임우초가 화를 냈다. 촬착은 입을 꾹 다물고 잠자코 있었다. 그러자 오차청이 항천취를 가리키면서 말했다.

"누구긴 누구겠소?"

촬착이 황급히 변명했다.

"쇤네는 싸우지 않았습니다. 맞고만 있었습니다."

오차청이 촬착을 한참동안 바라보더니 한숨을 쉬면서 항천취를 가리켰다.

"이 집에 남아서 천취를 모시거라."

항구재가 살아 있을 때 항천취는 엄격한 어머니보다 아버지를 더 따랐다. 항구재는 자주 항천취를 데리고 호수로 놀러나가고는 했다.

명, 청 시기에 강남 일대의 상인들 사이에는 고관 귀족들과 사치를 겨루는 풍조가 만연했다. 처음에는 저택, 찻집, 서원, 사찰, 오락 등 육지에서 시작됐던 겨루기 기풍이 점차 호수 위로 옮아갔다. 돈깨나 있는 사람들은 너도나도 앞을 다퉈 채주彩舟, 화방畵舫을 만들어 서호西湖에서 화려한 자태를 뽐냈다.

돈 쓰는 일에 있어서는 누구에게도 뒤지지 않는 항구재도 서화선書畵船을 한 척 만들어 서호에 띄웠다. 배 안에는 향로, 다구, 대나무 침대에 문방사보까지 완벽하게 갖춰놓았다. 항구재는 종종 항주성 성내의 유지와 명사들을 초청해 이 배를 타고 서호를 유유히 노닐었다. 그렇게 차를 마시거나 시를 읊으면서 생황 가락을 감상하는 신선놀음을 즐겼다.

특히 밤이면 씻은 듯 맑은 달빛 아래 푸른 호수에 배를 둥둥 띄워놓고 정적이 깃든 삼라만상을 오래도록 말없이 둘러보고는 했다. 그 묘미는 이루 말로 설명할 수 없었다. 배 안에는 앉아서 쉴 수도 있고 누워 있을 수도 있는 침대가 있었다. 항구재는 둥실둥실 제멋대로 떠다니는 배에 몸을 맡긴 채 편안한 자세로 침대에 기댄 채 감개에 젖고는 했다.

"뱃전을 두드리면서 큰 소리로 노래를 부르나니, 마음은 저 멀리로 날아가는구나. 하늘이 높고, 땅이 깊고, 장차 늙음이 다가옴을 알지 못하니, 유유자적 즐기면서 속세를 잊노라."

항구재는 자신의 배에 '불부차주'不負此舟(배와 잘 부합한다는 의미)라는 우아한 이름을 지어줬다. 항천취도 '불부차주'를 좋아했다. 또 아버지가 한 구절씩 가르쳐준 가요도 좋아했다.

이 얼마나 축복받은 밤인가,
나는 노를 저어 강물을 거슬러 올라가네.
이 얼마나 상서로운 날인가,
나는 왕자님과 같은 배를 타고 왕자님의 은총을 입었다네.
일개 뱃사공인 나를 싫어하지도 않고,
욕하거나 때리지도 않는다네.
내 마음은 긴장해 몸 둘 바를 모르겠다네,
내 배에 탄 이분이 왕자님이시라니.
산에서 나무가 자라고 나무에서 가지가 돋듯이
내 마음은 그대를 향하는데, 그대는 내 마음을 모르네.

물론 어린 항천취는 가요의 의미를 다 알지는 못했다. 다만 아버지의 설명을 듣고 이 가요가 먼 옛날 월인越人(양자강 하류의 월나라 사람) 뱃사공이 노를 저으면서 불렀던 노래라는 정도만 알고 있었다. 항천취는 아버지의 창백한 손을 만지면서 제법 어른스럽게 말했다.

"우리가 바로 뱃사공이죠."

아들의 머리를 쓰다듬는 항구재의 눈시울이 붉어졌다. 아들의 한마디에 마치 천고千古의 지기를 만난 것처럼 감동이 밀려왔던 것이다.

가끔 호수에서 조기황과 그의 넷째아들 조기객을 만날 때도 있었다. 조씨네 배는 '불부차주'에 비해 크기가 작고 외양도 수수했다. 또 노도 가볍고 작았다. 항천취를 본 조기객이 고함을 질렀다.

"낭리백조浪裏白條(중국 고전소설 《수호전》水滸傳의 등장인물인 장순張順의 별명. 물속에서 7일을 버티는 재주가 있다고 함) 납시오."

조기객은 말이 끝나기 무섭게 풍덩 호수에 뛰어들어 까만 잉어처럼 파닥거렸다. 조기황은 뱃전에 서서 무심한 눈빛으로 아들을 지켜봤다.

"너도 내려와. 못 내려오면 졸장부다!"

1년 전 여름, 항천취는 조기객의 도발에 잔뜩 화가 나서 물에 뛰어들었던 적이 있었다. 문제는 하마터면 물고기 밥이 될 뻔했다는 사실이었다. 수영을 할 줄도 모르면서 무작정 옷을 벗고 물에 들어간 것이 화근이었다. 조기객은 항천취의 새하얀 알몸이 꾸르륵거리면서 밑으로 가라앉는 것을 보고 그의 머리카락을 잡고 위로 끌어올리려고 애를 썼으나 역부족이었다. 다행히 아이들을 주시하고 있던 조기황이 한 손에 하나씩 두 아이를 끌어올렸다. 두 아이는 뱃전에 엎드려 한참 동안 웩웩 물을 토해냈다. 항천취는 너무 놀라서 얼굴이 백지장처럼 하얗게 질렸다. 조기객이 웩웩거리면서 더듬더듬 말했다.

"다…… 퉤퉤…… 내 잘못이야. 먼저…… 너를 한방 쳐서…… 기절시킨 다음…… 퉤퉤…… 끌어올렸어야 했어."

항천취가 연신 눈물, 콧물을 흘리면서 말했다.

"힘…… 힘들어. 죽는 게…… 이런 거구나……."

두 어른은 구사일생으로 살아난 아이들을 보면서 서로를 향해 읍을 했다. 항구재가 먼저 입을 열었다.

"두 아이끼리 의형제를 맺어주자고. 천취는 앞으로 기객의 신세를 많이 져야 할 것 같아."

조기황이 화답했다.

"별말씀을! 앞으로 기객이 천취를 번거롭게 만들지 않으면 다행이지."

조기황이 곧 두 아이를 불러놓고 말했다.

"너희 둘, 이 호수와 산 앞에서 맹세하거라. 고난을 같이 겪고 생사를 같이 하는 형제가 되겠노라고."

두 아이는 술잔 대신 찻잔을 부딪치면서 의형제의 서약을 했다. 조기객이 말했다.

"아우, 앞으로 아우가 물에 빠지면 무조건 때려서 기절시킬 거니 미리 알아두게."

그러자 항천취가 황급히 손사래를 쳤다.

"아니, 아니, 때리지 마. 난 두 번 다시 물에 들어가지 않을 거야. 정말이야."

그 이후 항천취는 조기객이 아무리 약을 올려도 감히 물에 들어가지 못했다.

항구재와 항천취, 조기황과 조기객 네 사람은 배를 호숫가 버드나무에 매어놓고 연극을 보기 위해 찻집으로 향했다. 망우찻집은 만복량에게 넘어가기 전까지 원래 항구재의 소유였다. 그래서 항구재는 망우찻집에 갈 때마다 기분이 언짢고 발걸음이 무거웠다.

망우찻집은 전왕사錢王祠 옆에 자리한 2층 건물이었다. 실내 규모는 크지도 작지도 않고 알맞았다. 1층은 바둑이나 장기를 두는 사람들과 새를 기르는 사람들이 모이는 곳이었다. 2층은 전통 연극을 관람하고 평서評書(악기의 반주나 박자를 쓰지 않고 부채 등 소도구를 이용해 장편의 얘기를 재미있게 들려주는 중국 민간 예술)를 들을 수 있는 곳이었다.

항구재는 찻집 입구에서 2층으로 올라갈 때까지 쉴 새 없이 구시렁거렸다. 우선 붉은 색을 칠하고 꽃무늬를 새긴 문짝의 칠이 벗겨진 것을 보고는 "아깝다"고 했다. 또 닳아서 반들반들한 바닥에 기름때가 있는 것을 보고는 "누가 백정이 아니랄까봐!"라고 말하면서 혀를 끌끌 찼다. 또 삐걱삐걱 소리 나는 계단을 오를 때는 "다 낡았군, 다 낡았어"라고 했다. 그때 어린 다동 오승이 커다란 찻주전자를 들고 위층에서 내려오다가 항구재 일행을 발견하고는 거칠게 소리를 질렀다.

"다들 저리 비키시오. 뜨거운 물에 데어도 내 탓이 아니오."

항구재가 그러자 버럭 소리를 질렀다.

"버르장머리 없는 놈, 누가 천것이 아니랄까봐."

먼저 온 사람들이 항구재와 조기황을 보고는 인사를 하고 읍을 했다. 두 아이 앞에도 먹을 것이 산더미처럼 쌓였다. 고기만두, 찰떡 튀김, 해바라기씨, 볶은 비자나무열매, 호두, 땅콩, 소금에 절여 오래 삭힌 두부……. 조기객은 그중에서 고기만두와 찰떡 튀김만 골라 먹었다. 네모난 이마, 곧게 뻗은 코, 까만 피부의 아이가 큼직한 입으로 기름이 뚝뚝 떨어지는 고기만두를 먹는 모습은 마치 사냥물을 포식하는 어린 사자를 방불케 했다. 반면 항천취는 비자나무열매와 호두를 즐겨 먹었다. 먹는 동작도 매우 우아했다. 항천취가 볶은 비자나무열매를 한 알 집어

이빨로 가볍게 깐 다음 손으로 속껍질을 살살 벗기는 동안 성격이 급한 조기객은 입 주위가 새까맣게 될 정도로 어느새 한 줌이나 먹어치웠다. 항천취가 깨끗하게 다듬은 비자나무열매 알맹이를 조기객에게 내밀었다.

"너는 내 생명의 은인이니 네가 먹어."

항구재를 비롯한 네 사람은 호수 전경이 환히 내려다보이는 위층에 앉았다. 항구재가 또 지난 얘기를 끄집어냈다.

"예전에는 자사호紫沙壺 일색이었어. 유국량兪國良의 작품도 있었고, 혜맹신惠孟臣의 것도 있었어."

"예전에는 전부 청화개완靑花蓋碗만 사용했어. 다선茶船(찻잔 받침대)에는 용, 봉, 매란국죽梅蘭菊竹이 그려져 있었지."

"예전에는 금기서화琴棋書畵가 진열돼 있었어. 당백호唐伯虎의 작품도 있었고, 문징명文徵明의 작품도 있었어."

"예전에는 말이야……. 에휴, 그만하자, 그만해!"

이만하면 항천취도 아버지가 곧 건너편 수정각의 소련과 수작질을 시작할 것이라는 사실을 모르지 않았다.

연록색의 수정각에서 연분홍 연지를 칠한 소련이 모습을 드러내면 늘 짙은 지분 향기가 담을 넘어 찻집까지 풍겨왔다. 서로 은밀한 농담을 주고받는 두 사람의 목소리 사이로 가끔 새소리, 꽃을 파는 장사꾼 소리, 바둑알이 바둑판에 떨어지는 소리, 웃음소리, 울음소리와 욕하는 소리도 섞여 들려왔다. 소련이 아양을 떨었다.

"구재 나리, 도련님을 이런 곳에 데려오시면 어떡해요? 너무 간이 부은 거 아니에요?"

항구재가 히죽거리면서 말을 받았다.

"도련님이 자네에게 향긋한 용정차를 한 잔 따라줄 거야."

"아유, 농담도 과하셔라. 우리 같은 사람이 어찌 감히 도련님의 차를 받아 마시겠어요? 도련님이 불쾌하게 생각하시지 않는다면 제가 도련님께 잣을 대접하겠어요."

잣 알맹이 몇 알을 싼 손수건이 항천취의 얼굴로 날아왔다. 좌중의 사람들이 웃음을 터트렸다. 얼떨결에 손수건에 얻어맞은 항천취는 화가 나고 부끄러운 와중에 야릇한 느낌도 들었다. 그가 손수건을 집어 조기객에게 던졌다.

"네가 먹어."

"먹으라면 먹지 뭐."

조기객이 손수건을 풀자 항천취가 다급히 소리쳤다.

"안 돼! 절반씩 나눠 먹자!"

조기객이 손수건을 도로 항천취에게 던지면서 받아쳤다.

"네가 다 먹어. 이깟 몇 알로는 요기도 안 되겠다."

조기황이 한숨을 쉬면서 말했다.

"예전에는 여기에 얘기꾼이 참 많았었는데, 지금은 전부 다 시내로 들어갔어."

다동 오승이 찻주전자를 든 채 목청을 높여 누군가를 불렀다.

"단가생段家生! 단가생, 어디 있어요? 홍삼紅衫! 홍삼, 네 아비 어디 갔어?"

오승의 말소리가 떨어지기 무섭게 마흔 살 가량의 사내가 위층으로 올라왔다.

사내는 겨릅대처럼 비쩍 마른 몸에 얼굴은 병색이 완연했다. 왕년에는 꽤 잘 나가는 얘기꾼이었는데 그만 아편에 중독돼 신세를 망쳤다고 했다. 몸담고 있던 곤극昆劇(강소성 곤산昆山 지역에서 유래한 전통 연극) 극단에서 쫓겨난 뒤에는 항탄杭灘(항주 지역에서 유래한 전통 연극)을 부르면서 생계를 유지하고 있다고 했다. 물론 번 돈의 대부분은 아편을 사는데 지출됐다.

단가생은 방금 외상 빚을 내서 아편을 피우고 몽롱하게 취해 있던 차에 누군가가 극을 요청했다는 말을 듣고 달려 올라온 것이었다. 그는 무대에 오르자마자 우렁찬 곤강昆腔(전통 곤극의 곡조)으로 한마디 뽑았다.

"허! 강의 경치가 끝내주는구려!"

"잘한다!"

소련과 시시닥거리던 항구재가 눈빛을 빛내면서 박수를 쳤다.

단가생은 망우차장 사장을 알아보고는 비굴한 미소를 지었다. 항구재가 연극에 일가견이 있다는 것은 알 만한 사람들이 다 아는 사실이었다. 단가생은 항구재의 칭찬과 박수에 힘을 얻었는지 단전에 기를 바짝 모은 뒤 비단을 찢는 듯한 소리로 열창을 했다.

큰 강은 동으로 흘러 파도가 천층이니,
일엽편주를 타고 서풍에 몸을 맡겼네.
구중九重 용봉벌龍鳳閥을 겨우 지나니,
눈앞에는 천장千丈 호랑혈虎狼穴이라.
강직한 대장부 홀로 큰 칼 들고
단도회單刀會에 나아가네…….

노래를 마친 단가생은 뜨거운 피가 들끓는 목소리로 대사를 뱉어냈다.

"이쪽을 보라, 하늘과 물이 맞닿아 있노라. 저쪽을 보라, 강물과 산이 잇닿아 있노라. 20년 전 강을 사이에 두고 조군曹軍(조조의 군대) 83만 명과 적벽대전을 벌일 때는 내 눈에 병사와 군마만 보이고 산수풍경은 보이지 않았노라……."

단가생은 관객들의 뜨거운 호응이 싫지 않은 듯 더욱 기운을 내 낭랑한 목청을 뽑아냈다.

"……겹겹한 산, 파도치는 강물은 여전한데 주랑周郞(관우의 부장副將인 주창周倉)은 어디에 있느냐. 나 젊은 영웅, 황개黃蓋의 모략에 빠져 혼백이 사라졌구나. 가련하도다, 안타깝도다……."

"강물이 참으로 넓구나……."

조기객이 자리에서 일어나 관우關羽의 부장 주창의 대사를 읊조렸다. 조기객은 가리는 것 없이 다 좋아하는 항천취와는 달리 《수호전》과 《삼국연의》를 유난히 좋아했다. 조기객의 말에 흥분이 된 항천취도 형형한 눈빛을 빛내면서 똑같은 대사를 읊조렸다.

"강물이 참으로 넓구나……."

숨죽이고 얘기를 듣던 1층 손님들이 일제히 박수와 갈채를 보냈다. 항천취와 조기객 두 아이뿐만 아니라 단가생도 의기양양해하면서 어깨를 으쓱 치켜 올렸다. 그가 눈물을 흘리면서 강개한 어조로 마지막 한 마디를 내뱉었다.

"주창, 이건 강물이 아니라네. 20년 동안 흘려도 못 다 흘린 영웅의 눈물이라네!"

곤극은 끝났으나 객석은 여전히 물 뿌린 듯 조용했다. 손님들 모두 관우와 주창의 영웅적 기개에 큰 감명을 받은 것 같았다. 이윽고 1층에서 새들의 지저귐 소리가 들려오기 시작했다.

다동 오승이 아래층에 대고 고함을 질렀다.

"홍삼아, 뒈졌냐? 냉큼 올라오지 않고 뭐해?"

오승의 말이 떨어지기 무섭게 더럽고 낡은 빨간 옷을 입은 계집아이가 깡충깡충 계단을 뛰어 올라왔다. 홍삼이라고 불린 계집아이는 관객들 앞에서 날렵하게 공중제비를 몇 번 돈 다음 강호에서 유행하는 곡예동작을 선보이기 시작했다. 처음에는 그런대로 무난하게 잘하는 것처럼 보였다. 그런데 계집아이가 날아 차기를 하던 도중 다 낡아빠진 신발이 벗겨져 날아가면서 그만 항천취의 얼굴을 철썩 갈겼다. 보기 좋게 신발따귀를 얻어맞은 항천취는 새된 소리를 질렀다. 계집아이의 낯빛이 하얗게 질렸다. 잠깐 멍해 있던 계집아이는 온몸을 덜덜 떨면서 바닥에 꿇어앉아 손바닥으로 자신의 얼굴을 때렸다.

"일부러 그런 게 아니에요, 일부러 그런 게 아니에요. 사부님, 한 번만 용서해주세요……."

계집아이의 사부 단가생은 벗겨져나간 더러운 신발을 집어 들고 아이의 따귀를 철썩철썩 갈겼다. 곤극으로 관객들의 열렬한 호응을 얻었겠다, 계집아이가 고난도의 동작 몇 개만 제대로 선보이면 두둑한 용돈을 벌 수 있었는데 다 된 밥에 재를 뿌린 꼴이 됐으니 화가 날 만도 했다. 단가생의 입에서 방금 전 〈도회〉刀會를 열창했던 사람이 맞나 싶게 거친 욕설이 터져 나왔다.

보다 못한 조기객이 앞으로 나서면서 버럭 소리를 질렀다.

"장비張飛 등장이오……."

단가생이 갑자기 홍삼을 때리던 손을 멈추고 비굴한 웃음을 지었다.

"아이고, 도련님. 그 귀하신 손으로 직접 때리시려고요? 제가 도련님 분이 풀리실 때까지 때려드리겠습니다. 다 무너진 절에서 굶어 죽어가는 것을 기껏 살려줬더니 더럽게 애를 먹이네요."

"때리기는 뭘 때려요? 당신도 때리지 말아요."

"제가 키우고 부리는 년입니다. 돈줄을 끊어놨으면 얻어맞는 게 당연한 거 아닙니까?"

"길을 가다 불공평한 일을 봤으니 칼을 뽑아 도와주노라."

조기객이 연극 대사를 읊조렸다.

"천취 아우, 얼른 등장하지 않고 뭘 하고 있는 거요?"

"갑니다, 가요!"

항천취가 대답소리와 함께 허둥지둥 무대 위로 올라갔다. 홍삼은 크고 까만 두 눈에 눈물방울을 대롱대롱 매단 채로 가녀린 몸을 바들바들 떨고 있었다. 항천취가 그런 홍삼을 일으켜 세워 무대 한쪽 귀퉁이로 데리고 갔다. 그러나 어떻게 위로했으면 좋을지 몰라 방금 소련에게 받았던 잣을 한 알씩 홍삼의 입에 넣어주면서 말했다.

"먹어봐, 맛있어. 이거 네가 다 먹어."

계집아이는 어깨를 들썩이면서 흐느끼느라 잣을 한 알도 받아먹지 못했다. 입안에 들어갔던 잣알들은 도로 입 밖으로 나왔다. 항구재와 조기객도 주머니에서 돈을 꺼내면서 한마디씩 했다.

"단 선생, 너무한 거 아니오? 돈이 필요하면 직접 우리에게 말할 것이지, 저 어린 게 때릴 데가 어디 있다고 손찌검이오? 애가 얼마나 놀랐으면 아직도 저러고 있을까, 쯧쯧!"

단가생은 돈을 준다는 말에 입이 헤벌쭉해졌다.

"알겠습니다, 나리. 다시는 안 때리겠습니다."

다동 오승은 홍삼의 신발 한 짝을 들고 우두커니 서 있었다. 얼굴이 시뻘게질 정도로 화가 났으나 잘 차려입은 두 도련님 사이에 있는 홍삼에게 감히 다가갈 엄두는 내지 못했다. 지난번에 망우차장 사장에게 모욕을 당한 것도 모자라 이번에는 그 아들에게 굴욕을 당하다니, 급기야 항구재 부자를 향한 증오심이 어린 오승의 마음속에 스멀스멀 생겨나기 시작했다.

항구재 일행이 거들먹거리면서 떠나가자마자 오승은 홍삼을 찾아온 찻집을 헤집고 다녔다. 홍삼의 행동이 괘씸해서 견딜 수 없었던 것이다. 아니나다를까, 홍삼은 부엌 문지방에 걸터앉아 방금 전 항구재에게서 받은 잣알을 한 알씩 소중하게 세고 있었다. 얼굴에 빨간 눈물자국을 매단 채 입가에 꽃처럼 보조개를 피우면서 웃는 표정이 무척이나 행복해보였다. 홍삼이 씩씩거리는 오승을 향해 다정하게 말했다.

"잣 좀 줄까?"

오승은 일언반구도 없이 다짜고짜 홍삼을 문지방 아래로 밀쳐버렸다. 그 바람에 홍삼의 손에 있던 잣알들이 모두 바닥에 쏟아졌다. 오승은 그러고도 분이 풀리지 않는지 더러운 신발로 바닥에 떨어진 잣알들을 마구 짓뭉개버렸다. 그걸 본 홍삼이 엉엉 큰 소리로 울기 시작했다. 급기야 부엌 옆 쪽방에 누워 약담배를 피우던 단가생이 신발을 질질 끌면서 나왔다. 그는 오승이 홍삼을 괴롭히는 것을 보고 버럭 화를 냈다.

"거지새끼가 감히 내 제자를 때려?"

단가생은 다짜고짜 오승의 목덜미를 잡고 따귀를 두 대 갈겼다. 그리고는 그를 부엌 밖으로 집어던졌다.

이번에는 오승이 대성통곡을 했다. 때마침 일을 보러 찻집에 들렀던 딸기코 만복량이 우는 아이를 보고는 다가가서 영문을 물었다.

"단가생 아저씨가 때렸어요."

오승이 울면서 고자질했다.

"단가생? 어떤 놈이냐?"

"연극을 하는 단가생 아저씨요."

성격이 급하고 거친 만복량이 냅다 호통을 질렀다.

"단가생!"

방에 숨어 있던 단가생이 억지웃음을 지으면서 겸연쩍은 표정을 한 채 나왔다.

"네놈이 단가생이냐?"

"예, 소인이 단가생입니다만, 제 말 좀……."

"듣기 싫어! 썩 꺼져!"

"만 사장님, 제가 잘못……."

"꺼져!"

단가생은 앙앙불락하면서 망우찻집을 떠나지 않으면 안 됐다. 떠나기 전에는 "이 모든 게 다 네년 탓이야!"라면서 홍삼을 또 한바탕 두들겨 팼다.

홍삼이 작은 북을 메고 절뚝거리면서 문밖으로 나오자 기다리고 있던 오승이 불쑥 손을 내밀었다. 오승의 손에는 흙이 묻어 새까매진 잣 몇 알이 쥐어져 있었다.

오승이 울면서 말했다.

"이거 받아. 내가 한 알씩 주운 거야. 배상할게."

홍삼은 그러나 오승을 거들떠보지도 않고 고개를 숙이고 지나갔다.

이튿날 오전, 항천취는 황포차에 앉아 다시 망우찻집을 찾았다. 그가 품에 꼭 끌어안은 양철통에는 과자, 사탕, 참깨를 박은 떡을 비롯해 맛있는 간식이 잔뜩 들어 있었다. 인력거꾼이 말했다.

"도련님, 도련님은 마음이 참 고우십니다. 하지만 세상에 불쌍한 사람이 어디 한둘인가요?"

항천취는 인력거꾼의 말을 듣는 둥 마는 둥 혼잣말을 했다.

"휙휙, 공중제비를 이만큼 높게 했어. 탁, 신발이 날아와서 내 얼굴을 때렸어. 참으로 재주가 비상한 아이야. 불쌍하기도 하지, 잣을 먹지도 못하고 다 토해냈어……."

그러나 망우찻집에 도착한 항천취는 문 앞에 서 있는 오승 때문에 김이 새고 말았다. 오승이 안으로 들어가려는 항천취를 밀치면서 거칠게 말했다.

"없어, 벌써 가버렸어. 퉤! 걔는 너 따위 인간을 안 좋아해. 더는 찾지 마, 찾을 수도 없을 거야."

항천취는 오승이 왜 그렇게 화를 내는지 알지 못했다. 그가 눈을 크게 뜨면서 놀란 듯 소리를 질렀다.

"넌 누구야? 왜 나한테 침을 뱉어? 나는 네가 누군지 몰라!"

제5장

항구재의 빈소를 찾은 옛 친구들은 항천취를 보고는 모두 놀라움을 금치 못했다. 항천취의 모습이 20년 전의 항구재와 너무나 똑같았기 때문이었다. 길고 미끈한 목, 약간 내려앉은 어깨, 가로로 길게 찢어진 눈, 잠자리 날개처럼 파르르 떨리는 속눈썹, 곧게 뻗은 콧등, 그린 듯 윤곽이 선명한 입술, 입을 다물고 있으면 신경질적으로 보이지만 입을 벌리는 순간 풍류 끼가 넘치는 표정까지 완전히 붕어빵이 따로 없었다.

만융흥정육점 사장 만복량이 조기황에게 말했다.

"기황 선생, 항씨네 부자는 둘 다 비쩍 마르고 음기陰氣가 성한 것이 찻잎밥을 먹을 재목이 아닌 것 같소. 나처럼 매일 독한 술에 기름진 고기로 양기陽氣를 보충하는 사람이면 몰라도 기생오라비 같은 사람은 차장 경영에 적합하지 않소. 항씨네와 교분이 깊은 기황 선생이 항씨 부인을 잘 설득해보구려. 항씨네가 차 장사를 접으면 가문이 더욱 번창할지도 모르니 말이오."

조기황은 만복량을 거들떠보지도 않고 차갑게 웃었다. 돈밖에 모르는 백정 따위와는 말을 섞고 싶은 생각이 눈곱만큼도 없었던 것이다. 그렇다고 잠자코 있자니 화가 치밀어 오르는지 기어이 몇 마디 비꼬는 말을 하고 말았다.

"잘 모르면 입을 다물고 계시오. 360가지 직업 중에 사람을 해치는 직업이 뭐가 있다고 그런 망발이오? 특히 차는 '약재 중의 보물'로 불리는 물건이오. 신농神農도 백 가지 풀을 맛보고, 일흔두 가지 독을 만났을 때 차로 해독했다고 했소. 나중에 단장초斷腸草를 맛보다가 중독됐는데, 차를 구하지 못해 죽었다고 했소. 아무리 무식해도 그렇지 어찌 세상을 구하는 양약良藥에 오명을 뒤집어씌우는 거요?"

만복량이 불쾌한 기색을 한 채 입을 다물었다. 사람들 앞에서 잘난 척을 하고 싶었는데 조기황에게 면박을 당했으니 부끄럽고 창피한 모양이었다. 조기황은 돈깨나 있다고 거들먹거리는 부류를 제일 싫어했다. 특히 백정 출신 주제에 아무하고나 형님, 아우를 칭하는 만복량 같은 사람은 딱 질색이었다. 심지어 그는 '근묵자흑'近墨者黑(먹을 가까이 하면 검어짐)이라고, 항구재가 약담배에 인이 박혀 이른 나이에 세상을 떠난 것도 평소에 만복량 같은 인간들을 가까이한 탓이 크다고 생각했다.

딸기코 만복량은 속물스럽고 머리가 둔한 사람이었다. 그는 조기황의 말속 가시를 눈치채지 못하고 이내 다시 넉살스럽게 다가들었다.

"조 선생, 내가 잘 몰라서 그러는데, 항씨네는 나름 뼈대 있는 가문이 아니오? 그런데 무엇 때문에 대대에 걸쳐 외아들만 이어지는 거요? 거 참 희한하네. 약담배라면 나도 누구에게도 뒤지지 않는데 우리 가문은 안 그런 걸 보면 약담배 탓만도 아닌 것 같아서 말이오."

조기황이 벌레 씹은 표정을 지으면서 손사래를 쳤다. 만복량의 구역질나는 면상은 쳐다보기도 싫은 눈치였다.

조기황의 집안은 대대로 의업醫業을 이어온 가문이었다. 그래서 지금까지 온갖 괴상한 병을 다 듣고 보면서 살아왔다고 해도 과언이 아니었다. 항구재는 생전에 그런 조씨네 '현호당'懸壺堂에 가끔 놀러 왔었다. 놀러 와서도 자리에 진득하게 앉아 있지 못하고 방안을 왔다갔다하면서 안절부절못했다.

"마음이 답답하네. 답답해서 미칠 것 같네. 장사고 뭐고 다 귀찮네. 재미없어, 사는 게 재미없어……."

그럴 때마다 조기황은 듣기 좋게 권유했다.

"자네 약담배 좀 적게 피우게. 가게를 경영하느라 애면글면하는 우초와 차청이 불쌍하지도 않나?"

항구재가 그러자 피식 코웃음을 치면서 알쏭달쏭한 소리를 했다.

"그러게 말이네. 내가 빨리 죽어줘야 그들도 하고 싶은 걸 마음대로 하면서 살 텐데 말이야."

다분히 가시가 돋친 항구재의 말에 조기황이 흠칫 놀랐다. 그렇다고 꼬치꼬치 캐물을 수도 없는 노릇이었다. 항구재가 정색을 하고 말을 이었다.

"기황, 부탁 하나만 들어주게. 내가 죽고 나서 나중에 차청이 죽게 되면 차청의 관을 우리 집 정문으로 나가게 해주게. 부탁이네."

"그게 무슨 소리인가?"

"후유, 내가 바보 같은 말을 한 셈치고 더는 묻지 말게. 앞으로 망우차장의 운명은 차청의 손에 달렸네."

항구재는 약담배를 실컷 피운 뒤 수정각 소련의 침대에서 숨을 거뒀다. 사람들은 그가 무절제하게 성욕에 탐닉해 목숨을 잃은 것이라고 수군댔다. 죽은 항구재와 소련은 졸지에 서문경西門慶(중국 고전소설 《수호전》의 등장인물. 천하의 색골)과 반금련潘金蓮(《수호전》의 등장인물. 천하의 색녀)으로 불리면서 손가락질을 받았다. 기생어미는 몸값도 받지 않고 소련을 수정각에서 쫓아낼 수밖에 없었다. 망우차장의 명성도 졸지에 완전히 나락으로 추락하고 말았다.

조기황이 항구재의 영전에 향을 한 대 사르고 뒤로 물러나면서 만복량에게 말했다.

"만 사장, 자네 말을 듣고 문득 떠오른 생각인데, 생전에 어떤 일을 하면 저승에 가서 그에 상응한 대접을 받는다는 말이 맞는 것 같소. 항씨네는 대대로 찻잎 장사를 하면서 과로가 병이 돼 다들 외아들만 남기고 쓸쓸하게 저승으로 갔소. '토끼가 죽으면 여우가 슬퍼한다'고 했소. 만 사장 자네도 살아 있을 때 약담배를 실컷 피우고, 술도 실컷 마시고, 고기도 실컷 먹어두시오. 그리고 나중에 저승에 갈 때는 붉은 천으로 두 손을 꽁꽁 보이지 않게 싸매는 걸 잊지 마시오. 안 그러면 자네가 생전에 살생을 했던 짐승들이 피 묻은 자네 손을 가만두지 않을 테니 말이오."

조기황은 할말을 다 했다는 듯 가마를 타고 휭하니 가버렸다. 만복량은 대꾸 한마디 못하고 멍하니 그 자리에 한참을 서 있었다. 조기황이 성격이 까칠하고 가시 돋친 말을 잘한다는 소문은 익히 들어왔으나 이 정도일 줄은 상상도 못했다는 표정이었다.

조기황은 소흥紹興 사람이었다. 그의 조상은 조정의 막료로 일을 하다가 의원으로 전향한 뒤 항주에서 크게 이름을 떨쳤다. 조기황 역시 고명한 의술로 평판이 높았다. 특히 남들이 듣도 보도 못한 난치병을 잘 치료했다. 조기황의 입담은 그의 의술만큼이나 유명했다. 한마디도 지지 않고 날선 말을 뱉어내면 아무도 그를 당해내지 못했다. 성격도 아주 까칠했다. 감히 그를 화나게 하는 사람은 나중에 그에게 진찰 받을 생각은 꿈에서조차 하지 말아야 했다.

만복량은 멀어져가는 가마를 멀거니 보면서 억울한 표정으로 투덜거렸다.

"제기랄, 잘난 척은! 살생한 사람은 죽은 뒤 붉은 천으로 두 손을 꽁꽁 동여매고 입에 동전을 물려야 한다는 걸 누가 모를까봐. 삼척동자도 다 알겠다. 냥마이피娘賣匹(여성을 비하한 욕). 재수 없어, 퉤!"

만복량은 '냥마이피'라는 욕을 할 때 누가 듣는 사람이 없나 슬쩍 주위를 살폈다. 마침 꼿꼿한 눈으로 쳐다보던 항천취와 눈이 딱 마주쳤다.

상복을 입은 항천취는 아버지의 죽음과 장례가 자신과는 아무 관계도 없다는 듯 현관에 비스듬히 기대 서 있었다. 눈빛은 무표정했다.

"천취, 너 뭘 보고 있었어?"

만복량이 조심스럽게 물었다.

"만 아저씨를 보고 있었어요."

항천취의 목소리는 또렷했다.

"왜?"

"아저씨는 죽으면 어떤 모습일까 상상했어요. 우리 아버지하고 같을까요?"

"그 입 다물지 못할까! 재수 없어, 퉤퉤!"

만복량이 침을 뱉으면서 슬슬 뒷걸음질을 쳤다.

"만 아저씨도 약담배를 피우잖아요."

항천취의 말은 조리 정연했다.

"그만해, 그만해!"

만복량은 놀라고도 당황했는지 연신 발을 구르고 침을 뱉었다. 그러나 아이의 입을 틀어막을 수는 없었다. 아이를 때릴 수도 없었다. 그는 허둥지둥 가마에 올라 마치 전염병 환자를 피하듯 서둘러 망우차장을 떠났다. 만복량의 등 뒤로 항천취의 목소리가 메아리처럼 울렸다.

"만 아저씨, 찻집을 언제 우리에게 돌려주실 건가요? 나는 홍삼의 재주를 보고 싶어요."

항천취는 마음에 병이 생겨버렸다. 그래서 큰비가 쏟아지고 천둥번개가 치는 밤이면 꿈결에 놀라서 깨어나고는 했다. 그럴 때마다 칠흑 같은 어둠이 드리운 창밖을 멀거니 내다보거나 가끔씩 번쩍이는 섬광에 흠칫 놀라면서 째지는 듯한 비명을 지르기도 했다. 그러나 항천취의 어머니를 비롯한 주변 사람은 그의 표면적인 증상만 걱정했을 뿐 항천취의 병이 어떻게 생겼는지에 대해서는 미처 생각하지 못했다. 아니 그럴 겨를이 없었다.

이렇게 해서 망우저택 안팎에는 "천황황天皇皇, 지황황地皇皇, 우리 집에 우는 아이가 있어요" 따위의 아이를 울게 만드는 귀신을 쫓기 위해 붙이는 부적이 잔뜩 붙게 됐다. 의원들이 아이의 맥을 짚고 처방을 내리기 위해 꼬리에 꼬리를 물고 망우저택을 드나들었다. 항천취는 나날이 야위어만 갔다. 그는 의원들의 진료를 거부하지 않았다. 의원들이 손을 내밀라고 하면 손을 내밀고, 혀를 내밀라고 하면 순순히 혀를 보여줬다. 그래도 성격이 거만하고 괴팍한 이 아이가 마음속에 아무에게도 말 못 할 비밀을 감추고 있다는 사실을 아는 사람은 아무도 없었다. 항천취의 병은 나날이 점점 더 심해졌다.

그는 급기야 이상 행동을 보이기 시작했다. 날이 어두워진 후에 무릇 남자의 뒷모습만 눈에 띄었다 싶으면 벌떡 일어나 앉아 꼿꼿한 눈으로 쏘아보면서 새된 비명을 질렀다. 그래서 남자들은 밤에 항천취의 방에 들어갈 수 없었다. 또 빗소리와 우렛소리가 들리면 이불속에서 기어나와 끌신을 질질 끌고 밖으로 달려 나가면서 잠꼬대처럼 중얼거리고는 했다.

"가봐야 해, 가봐야 해……."

임우초는 급기야 보배 같은 아들을 끌어안고 피를 토하는 심정으로 눈물을 흘리면서 물었다.

"도대체 왜 그러는 거니? 어딜 가봐야 한다는 거니? 제발 엄마에게 말해줘, 너 도대체 뭘 본 거니?"

항천취가 도둑처럼 살금살금 방안을 돌아다니다가 휘장으로 얼굴 반쪽을 가리면서 말했다.

"안마당에 사람이 앉아 있어요. 새까만 밤에 큰비가 쏟아지고 콰광광 우레가 울고 있어요. 번갯불이 번쩍번쩍 이 사람의 뒷모습을 비추고 있어요. 이 사람의 뒷모습은…… 뒷모습은……."

항천취는 말을 채 끝맺지 못하고 그대로 혼절해버렸다. 때마침 밖에서 어렴풋이 천둥소리가 들려오기 시작했다. 그해 여름에는 뇌우가 유난히도 잦았다.

임우초는 거실에서 조상의 영전에 향을 피우고 있었다. 그러나 습기가 차서 눅눅해진 향은 쉽게 불이 붙지 않았다. 임우초는 초조하고 불안해 견딜 수가 없었다.

"벌 받은 거야. 벌을 받아도 싸."

그때 임우초 외에는 아무도 없던 방안에 다른 사람의 그림자가 나타났다. 등롱을 든 오차청이 소리 없이 다가와 문어귀에서 걸음을 멈춘 것이다.

"벌을 받은 거야."

임우초는 또 혼잣말로 중얼거렸다. 오차청이 빠르게 몇 걸음 앞으로 다가갔다. 향을 집어 드는 그의 손이 가늘게 떨렸다. 임우초도 떨리는 목소리로 오차청을 재촉했다.

"빨리, 빨리, 빨리 붙여요."

오차청은 몇 번이나 불붙은 성냥을 들이댔다. 그러나 향 끄트머리에서 연기가 약간 피어오르는가 싶더니 불은 이내 꺼지고 말았다. 말없이 오차청을 지켜보던 임우초의 표정이 갑자기 놀라움과 공포로 가득 찼다.

"당신은 항……."

오차청의 손이 우악스럽게 임우초의 입을 틀어막았다.

"……내가 맞아! 내가 아니면 누구겠어?"

오차청의 말투는 의논의 여지도 없다는 듯 단호하고 고압적이었다.

임우초가 떨리는 손으로 항씨 조상들의 위패를 가리키면서 말했다.

"그게 아니라…… 당신…… 당신은 항씨가 아니라서…… 향을 피우면 안 돼요."

"나는 항씨 가문 사람이 아니기에 향 피울 자격이 있는 거요."

오차청이 힘주어 성냥을 그었다. 퍽 하는 소리와 함께 새빨간 불꽃이 피어나더니 향 끄트머리가 빨갛게 달아오르기 시작했다. 습기를 품은 향내가 두 사람의 코를 간질였다. 두 사람은 동시에 안도의 숨을 길게 내쉬었다.

임우초는 한결 편안해진 표정으로 오차청을 향해 하소연했다.

"차청, 우리 아들에게 귀신이 씌었어요. 천취가 귀신을 본 것 같아요."

"그래, 내가 귀신이오!"

혼잣말하듯 중얼거리는 오차청의 목소리는 피곤에 절어 있었다.

"내가 귀신이야!"

"그런 말 하지 말아요."

임우초가 흠칫 몸을 떨었다. 이어 연기가 피어오르는 향을 들고 이마를 땅에 조아리면서 조상들께 빌었다.

"조상님들, 우리 아들 좀 살려주세요. 우리 아들이 살아야 가문의 대를 이을 수 있습니다. 나무아미타불, 나무아미타불……."

갑자기 음산한 바람이 불어왔다. 그러더니 하필이면 항구재의 위패를 쓰러뜨렸다. 오차청의 낯빛이 검게 변했다. 그는 그 자리에 굳어진 채 학질 환자처럼 온몸을 덜덜 떨었다. 임우초도 온몸을 와들와들 떨었다.

날이 갑자기 캄캄해졌다. 마치 이승을 떠돌던 원혼이 어둠을 틈타 방안으로 들어오려는 것처럼 섬뜩한 기운이 감돌았다. 임우초와 오차청 두 사람은 당장이라도 목구멍으로 튀어나올 것 같은 심장을 부여잡고 어둠 속에서 말없이 서로를 바라보기만 했다.

곧이어 지축을 뒤흔드는 천둥벼락 소리가 들려왔다. 번갯불에 비친 두 사람의 얼굴은 벼락 따귀를 얻어맞은 것처럼 보기 싫게 일그러져 있었다.

항구재는 수정각 소련의 침대에서 죽기 전날 밤에 망우저택에 다녀갔었다. 당시 그는 우리에 갇힌 야수처럼 방안을 왔다 갔다 하면서 임우초를 향해 포효했다. 이유는 간단했다. 오차청의 엄한 분부 때문에 망우차장과 망우저택에서 돈을 가져갈 수 없었던 탓이었다. 남몰래 장신구 몇 점을 가져다 판 돈 역시 약담배를 사느라 탕진한 지 오래였다. 또 내다팔 것이 없나 두리번거리던 그의 눈에 명나라 시대의 구리향로가 들어왔다. 이 골동품은 장명기張鳴岐(절강 소흥 사람)라는 장인匠人이 만든 진품이었다. 모양이 약간 투박한 듯하면서도 고풍스럽고 장중한 것이 기품이 느껴지는 물건이었다. 특히 뚜껑에 겹쳐 새긴 선은 정교하기 이를 데 없었다. 구리향로를 손에 들고 소중하게 쓰다듬는 항구재의 눈빛에는 아쉬움이 가득했다. 평소에 아끼던 물건을 팔려니 가슴이 쓰렸던 것이다. 그러나 어쩔 수 없는 일이었다. 내일 일은 내일 걱정하더라도 당장 돈이 급하니 어쩔 수 없지 않은가.

임우초는 이번에는 마음을 단단히 굳힌 것 같았다. 문을 꽁꽁 걸어 잠그고 거실에 앉은 채 은전에 망우차장의 도장을 찍는 일에만 열중했다. 남편이 울건, 욕하건, 소리를 지르건 그야말로 무대응으로 일관했다.

항구재는 처음에는 좋은 말로 아내를 살살 구슬렸다. 그래도 통하지 않자 눈물로 호소했다. 그럼에도 안 되자 욕을 퍼부으면서 문을 세차게 흔들었다. 그러나 겨릅대처럼 비쩍 마른 그가 아무리 악을 써봤자 소용이 없었다. 문은 꿈쩍도 하지 않았다. 화가 난 그는 들고 있던 구리향로를 창문에 냅다 집어던졌다. 짤그랑! 창문 유리 깨지는 소리에 화답이라도 하듯 창밖에서 콰광! 천둥번개가 내리치기 시작했다. 천둥소리에 크게 자극받은 항구재는 입에서 구렁이가 나가는지 뱀이 나가는지도 모른 채 기어이 할말, 안 할말을 다 뱉어내고 말았다.

"더러운 년, 벼락 맞아 뒈질 년! 우리 항씨 가문의 돈을 모조리 장모長毛한테 갖다 바치려고 작정했구나? 네년은 내가 아무것도 모른다고 생각하나본데 나 아직 두 눈 시퍼렇게 뜨고 살아 있어. 여우 같은 년, 누가 네년의 더러운 속셈을 모를까봐? 그래, 나 약담배에 빠졌다. 그게 뭐가 잘못이냐? 나는 항씨 가문의 기둥뿌리가 뽑힐 때까지 약담배를 사 피울 거다. 항씨 가업이 내 손에 망하는 것이 너희 연놈들에게 넘어가는 것보다 훨씬 낫다. 여우 같은 년, 이 문 못 열까? 천벌 받아 뒈질 년, 어서 문 열어, 어서! 안 열면 천취를 부를 거야. 천취, 천취, 아들, 아들……!"

그때 거실 문이 벌컥 열렸다. 임우초는 귀신 몰골을 한 남자 앞에 은전 한 줌을 와르르 내던졌다. 구역질이 나는 얼굴을 두 번 다시 쳐다보기 싫다는 표정이었다. 급기야 악에 받친 소리까지 질렀다.

"아들 좋아하고 있네! 그 꼴을 해 가지고 아들 부를 자격이나 있어요? 썩 물러가요! 가서 당신이 좋아하는 약담배나 실컷 피워요. 항씨 가문은 당신 대에 이르러 씨가 말랐어요!"

항구재의 눈빛이 반짝 빛났다. 임우초의 말을 듣고 놀라는 것인지 아니면 은전이 생겨서 좋아하는 것인지 알 수 없었다.

이것이 임우초가 본 남편의 마지막 모습이었다. 몇 년이 지난 뒤에도 장삼자락에 은전을 싸들고 물귀신처럼 마당을 빠져나가던 남편의 그 뒷모습은 가끔씩 임우초의 꿈속에 나타났다.

그날 밤, 항천취는 막 잠이 든 비몽사몽 상태에서 아버지의 모습을 마지막으로 봤다. 아버지는 그의 머리를 꼭 끌어안은 채 이렇게 중얼거렸다.

"내 꺼야, 내 꺼야. 이 아이는 항씨야. 망우차장의 후대야."

곧이어 악을 쓰는 듯한 또 다른 목소리가 들려왔다.

"급살 맞을 놈, 천벌 받을 놈! 하늘이 네놈을 벌하지 않더라도 내가 가만히 있지 않을 거야. 못 믿겠으면 이리 와 봐……."

항천취는 힘겹게 눈을 떴다. 온몸이 비에 흠뻑 젖은 사내가 허공을 향해 서슬 퍼런 칼을 휘두르고 있었다. 항천취는 이 사내가 아버지인지 아닌지 확신이 서지 않았다. 머리를 풀어헤친 사내는 시퍼렇게 굳은 얼굴로 비칠거리면서 항천취 쪽으로 고개를 돌렸다. 사내의 등 뒤로 시커먼 어둠이 짙게 깔려 있었다. 밖에서 번갯불이 번쩍이는 것과 동시에 사내는 항천취를 향해 시퍼런 칼을 휘두르면서 새된 소리를 질렀다.

"너는 항씨가……."

항천취는 깜짝 놀라 이불을 위로 쭉 당겼다. 그리고 잠깐 동안 기억이 끊어졌다. 항천취가 다시 이불 밖으로 고개를 내밀었을 때 방안에는 아무도 없었다. 칠흑 같은 어둠만 있을 뿐이었다. 우렛소리와 빗소리도 들리지 않았다.

항천취는 무언가에 이끌린 것처럼 침대에서 내려와 살금살금 안마당으로 나갔다. 무슨 정신으로 그런 행동을 했는지는 나중에 생각해도 잘 기억이 나지 않았다. 안마당에는 죽포 장삼을 입은 사람이 억수로 쏟아지는 빗속에 꼼짝 않고 앉아 있었다. 번갯불이 번쩍하면서 사내의 어깨와 쪽진 머리가 항천취의 눈에 고스란히 들어왔다. 칠흑 같은 어둠, 쏟아지는 장대비, 불길함과 죄업을 연상시키는 사내의 뒷모습……. 항천취는 뒷모습만 보이는 사내가 누구인지 알 것 같았다.

꿈인지 생시인지 어렴풋하지만 끔찍했던 그날 밤의 기억은 어린 항천취의 뇌리에 깊이 박혀 마음의 병을 만들었다. 항천취는 그날 밤에 느꼈던 두려움과 공포를 어느 누구한테도 털어놓지 않았다.

오차청은 망우차장 다락방에 정좌하고 있었다. 창밖에서는 천둥번개 소리가 크게 울려 퍼지고 있었다. 하지만 창문을 마주하고 앉은 그의 표정은 평온하기만 했다. 오차청이 삼라만상이 잠에 빠져든 깊은 밤에 홀로 하늘을 마주하는 것은 어제오늘의 일이 아니었다. 이미 거의 습관처럼 굳어지다시피 했다. 방안 다탁 위에는 황산黃山의 모봉차毛峰茶 한 잔이 놓여 있었다. 그는 차에 입을 대지 않았다. 이 차는 그의 '제물'이었다.

"세상은 크나 제단은 작구나. 너무 오래 기다렸어."

오차청이 가만히 중얼거렸다. 그리고 드디어 올 것이 왔다. 비에 흠뻑 젖은 항구재가 시퍼런 비수를 들고 나타난 그 순간, 오차청은 자신의 쿵쾅대는 심장소리를 들을 수 있었다. 그러나 그것도 잠시였다. 그는 곧 임종을 앞둔 사람만 감지할 수 있다는 홀가분함과 편안함이 온몸으로 스며드는 것을 분명히 느꼈다.

오차청은 천천히 눈을 떴다. 항구재는 비수를 책상에 꽂으려고 안간힘을 쓰고 있었다. 오차청 앞에서 센 척을 해보고 싶었던 모양이었다. 그러나 그가 아무리 애를 써도 비수는 나무를 뚫지 못하고 자꾸 옆으로 미끄러지면서 넘어졌다.

시커먼 어둠속에서 가끔씩 번쩍거리는 섬광이 유난히 괴기스럽게 보였다. 번갯불에 비친 항구재의 모습은 야밤에 어둠속을 떠도는 귀신을 방불케 했다.

"오차청! 너, 너, 너는 사람도 아니야, 짐승이야!"

드디어 항구재가 씩씩거리면서 입을 열었다.

오차청은 앉은 채로 미동도 하지 않았다. 고개를 약간 숙인 모습이 목을 내밀고 형을 받는 죄수를 연상케 했다. 그러나 항구재는 미처 거기까지는 생각 못한 것 같았다.

"오늘 네놈을 죽이고야 말 테다!"

항구재가 오차청의 눈앞에서 위협적으로 비수를 흔들어댔다.

"더 할말이 있느냐?"

오차청이 소리 없이 한숨을 내쉬었다.

"죽일 테면 어서 죽이시오. 무슨 말이 그리 많소?"

쨍그랑! 항구재가 비수를 바닥에 내동댕이쳤다. 그의 이마에는 땀방울이 송골송골 맺혀 있었다.

"너, 너, 너 바른대로 말해. 천취는 도대체 누구 아들이냐?"

오차청이 천천히 자리에서 일어났다. 그가 허리띠를 조이면서 담담하게 되물었다.

"그건 항 사장이 나보다 더 잘 알 거 아니오? 알면서 나에게 묻는 의도가 뭐요? 원하는 대답이 무엇이오? 사내답지 못하게 이 무슨 짓이오?"

항구재는 넋이 나간 표정으로 서 있었다. 사실 그는 임우초와 오차청의 불륜에 대해 심증은 있었으나 물증을 가지고 있지는 못했다. 두 사람의 관계가 어느 정도로 발전했는지 어림짐작만 했을 뿐이었다. 그리고 솔직히 오차청과 마주한 이 순간에도 천취의 성이 '항씨'가 아니라는 사실을 부정하고 싶은 마음이 더 컸다. 그는 자신이 무엇 때문에 비수를 들고 여기를 찾아왔는지 스스로도 알지 못했다.

항구재가 비수를 다시 집어 들었다. 그러나 오차청을 찌르지는 못하고 부들부들 떨기만 했다. 그렇다고 해서 자존심 때문에 비수를 내려놓을 수도 없는 일이었다. 그는 눈앞에 원수가 있는데도 어찌하지 못하고 있는 자신의 꼴이 한심하기만 했다. 이윽고 그가 발을 구르면서 절규하듯 한마디 내뱉었다.

"썩 꺼져!"

그러자 오차청이 항구재의 손에서 칼을 빼앗으며 말했다.

"항 사장이 직접 손댈 필요 없소. 나 스스로 하리다."

오차청은 말을 마치기 무섭게 이얍! 하고 크게 기합을 넣으면서 자신의 심장에 칼을 겨눴다. 혼비백산한 항구재가 갑자기 털썩 무릎을 꿇었다. 이어 오차청의 발을 붙잡고는 울먹이는 소리로 빌었다.

"차청, 차청! 죽지 마, 죽으면 안 돼. 망우차장의 운명은 자네 손에 달렸네."

오차청이 발아래 꿇어앉은 초라한 사내를 말없이 바라봤다. 이어 하하하, 하고 너털웃음을 터트렸다.

창밖에서는 비가 주룩주룩 쏟아지고 있었다. 오차청이 입을 열었다.

"구재, 잘 생각해보게. 나를 죽이려거든 아직 늦지 않았네. 오늘밤 나는 자네 손에 죽을 각오가 되어 있네. 내일이면 생각이 바뀔 수도 있으니 잘 생각해보게."

"안 죽일 거야. 살려둘 거야. 네놈이 죽을 때까지 이곳에서 소나 말처럼 일하도록 살려둘 거야. 네놈이 죽은 뒤에는 열 명이 드는 관에 넣어 정문으로 내보낼 거야."

항구재가 거친 숨을 몰아쉬면서 바닥에서 기어 일어났다. 눈에는 눈물이 그렁그렁 고여 있었다. 인정하기는 싫었지만 그는 오차청에게 처절하게 패했음을 인정해야 했다. 오차청은 어느새 늙은 차나무처럼 망우차장에 깊고 단단하게 뿌리를 내려 아무도 넘어뜨릴 수 없는 존재가 돼 있었다.

항구재는 너무 분하고 억울해서 가슴을 치면서 울었다. 창밖에서는 여전히 비가 세차게 쏟아지고 있었다. 항구재는 비틀거리면서 차장을 나와 소련이 기다리고 있는 수정각으로 향했다. 쏴-! 쏟아지는 빗소리에 섞여 항구재의 울먹이는 목소리가 띄엄띄엄 들렸다.

"하늘이시여, 어찌하여 나에게 이리도 모지십니까? 조상님들, 어이해서 나에게 차장을 맡기셨습니까? 내 것인데 또 내 것이 아니고, 버릴 수도 없고, '망우'忘憂가 웬 말인가, 오히려 시름만 늘어나는 것을……."

오차청은 밤새 안마당에 꼼짝 않고 앉아 쏟아지는 비를 다 맞았다. 이튿날, 날이 밝자 하늘은 거짓말처럼 말끔하게 개었다. 사람들은 숨이 간당간당한 항구재를 집으로 옮겨왔다. 그러나 항구재 죽음의 원인이 무절제한 성욕 외에 또 있다는 것을 아는 사람은 없었다.

의원 조기황이 말했다.

"심병心病은 심약心藥으로 치료해야 하오. 천취의 병은 꿈으로 인해 생긴 것이니 꿈으로 치료하는 것이 좋을 것 같소. 항주 교외 삼대산三臺山에 우겸于謙 우공于公의 사당이 있소. 그 옆에 기도소가 있으니 천취를 그곳에 보내 하룻밤 자게 하는 게 어떨까 하오. 우공이 현몽해 마음속 응어리를 풀어주면 병도 자연히 낫지 않을까 싶소."

임우초는 조기황의 말에 마음이 한결 편안해지는 느낌을 받았다. 목소리도 차분해져 있었다.

"저도 들었어요. 과거시험 보러 가는 선비들도 그곳에 하룻밤 머물면서 우공의 보우를 빈다고 하더군요. 무척 영험하다고 들었어요."

임우초가 의견을 구하는 듯한 눈빛을 오차청에게 보냈다. 오차청이 아무 말도 하지 않자 임우초가 또 입을 열었다.

"차청, 당신이 천취를 데리고 갔다 오면 안 될까요?"

오차청이 긴 침묵 끝에 천천히 입을 열었다.

"'자불어괴력난신'子不語怪力亂神(공자는 괴이한 일, 물리적인 힘을 쓰는 일, 문란한 일과 귀신에 대해 말하지 않았다)이라고 했소."

임우초는 '자불어괴력난신'이라는 말이 무엇을 의미하는지 몰랐다. 그러나 말투로 미뤄볼 때 오차청이 그다지 원하지 않는다는 사실은 짐작할 수 있었다.

그러자 조기황이 바로 끼어들었다.

"내 생각은 차청 선생의 생각과 좀 다르오. 우공은 '괴력난신'의 부류가 아니오. '서자일호갑천하'西子一湖甲天下(서호의 경치는 천하의 으뜸이다)라고 했소. 천하 으뜸의 산수山水가 품고 있는 기운은 틀림없이 정기正氣일 테고, 정기가 뭉쳐서 생겨난 사람 역시 틀림없이 정인正人일 것이오. 정인의 기氣가 흩어지지 않고 사람들의 꿈속에 현몽해 심지心智와 몽매蒙昧를 깨우쳐주는 것이니 과히 나쁜 일이라고 할 수는 없는 것 같소."

임우초도 맞장구를 쳤다.

"우공은 틀림없이 정인일 거예요. 전하는 바에 의하면 그가 태어났을 때 항주성의 복숭아나무와 자두나무가 3년 동안 꽃을 피우지 않았대요. 또 그가 죽을 때 서호의 물이 이유 없이 모두 말라버렸대요. 그는 틀림없이 하늘이 내린 천인天人이에요. 천취를 보냅시다."

오차청은 여전히 입을 꾹 다물고 있었다. 조기황은 그런 오차청의 얼굴을 보면서 항구재가 살아생전에 암시 비슷하게 했던 말들을 떠올렸다. 그러자 오차청이 한없이 괘씸하게 느껴졌다. 그러나 내색하지 않고 예의바르게 말했다.

"안 그래도 내가 우리 기객을 데리고 그쪽에 한번 갔다 올 생각이었소. 기왕 가는 김에 천취도 데리고 가리다. 우리 기객은 성격이 부산스럽기는 해도 양기가 충만한 아이요. 천취의 음기를 상쇄시키는데 도움이 될 거요. 의원인 나를 한번 믿어보시오."

이렇게까지 말하는 데야 임우초도, 오차청도 반대의견을 고집할 수가 없었다. 세심한 임우초는 오차청이 가타부타 말이 없는 것이 마음에 걸렸다. 그러나 그렇다고 해서 대놓고 물어볼 수도 없는 노릇이었다.

덜그럭, 덜그럭. 경쾌한 말발굽소리가 산길에 울려 퍼졌다. 항천취의 옆에 꼭 붙어 앉은 조기객의 눈에 말 잔등에 올라탄 아버지의 뒷모습이 보였다. 토실토실 살이 찐 밤색 말 궁둥이와 오른쪽 왼쪽 번갈아가면서 휘저어대는 말 꼬리는 햇빛 아래 황금색으로 빛을 뿌리고 있었다. 조기객은 너무 신이 나서 야호! 소리라도 지르고 싶은 심정이었다. 그러나 그렇게 하지는 못했다. 그저 백지장처럼 창백한 얼굴에 엷은 미소를 띠고 있는 천취를 힐끗 보고는 자신의 배를 슬슬 문지르면서 입을 열 뿐이었다.

"너 삼대산에 가봤어?"

"아니."

항천취는 수려한 경치에 흠뻑 빠진 표정을 하고 있었다. 입에서는 자기도 모르게 불만이 쏟아져 나왔다.

"어머니는 나를 밖에 나가지 못하게 해."

"밖에 나와 시원한 공기를 마시면 네 병도 바로 나을 거야. 약 먹을 필요도 없어."

조기객이 아는 척을 했다.

"저기 산들 좀 봐 봐. 남병산南屛山, 북고봉北高峰, 남고봉南高峰, 옥황산玉皇山, 봉황산鳳凰山, 천축산天竺山, 보숙산保俶山……. 이 많은 산들을 나는 다 올라가봤어."

"우리 아버지는 살아 계셨을 때 나를 데리고 서호로 자주 갔어."

"그럼 너는 지자智者(지혜로운 사람)이겠구나. '인자仁者(어진 사람)는 산을 좋아하고, 지자는 물을 좋아한다'고 했어. 나는 인자야. 우겸도 인자야. 우리는 모두 산을 좋아하거든. 너 우겸의 〈석회음〉石灰吟을 들어봤어? '천 번을 찍고 만 번을 쪼아 깊은 산에서 나오니, 불길로 태워도 한가롭기만 하구나. 몸이 가루 되고 뼈가 조각나도 두려워하지 않으니, 다만 세상에 청백으로 남으리라'라는 내용이지."

"〈석회음〉은 들어본 적 있어. 아버지는 '두 소매에 바람만 넣고 천자를 뵈러 가서 백성들의 입에 오르내리는 일은 면하리라'고 한 시처럼 〈석회음〉도 충효와 예의를 갖춘 청백리를 노래한 시라고 하셨어. 우리 아버지는 나에게 우겸의 다른 시도 가르쳐주셨어. '용금문 밖의 버드나무는 연기 같고, 서호의 물결은 하늘로 치솟네. 옥같이 희고 고운 팔, 비단치마 휘날리면서 노를 저으니, 연꽃 따는 배로 원앙이 날아드네'라는 내용의 시지."

"네 아버지는 여자 같은 남자야. 너도 그래."

조기객이 항천취의 어깨를 툭툭 치면서 말했다. 항천취가 얼굴을 붉히면서 물었다.

"그럼 너는 뭐야?"

"나? 나는 대왕大王이야. 산대왕山大王이야!"

조기객이 눈을 가늘게 뜨면서 덧붙였다.

"나 오늘 밤에 기필코 우공에게 기도할 거야. 큰 말에 올라탄 대장군 아니면 관우, 장비, 조자룡처럼 위풍당당한 장군이 되게 해달라고 빌 거야. 아니면 협객도 괜찮겠다. 불의를 보면 참지 못하고 칼을 빼드는 협객 말이야. 나쁜 놈들, 게 섰거라, 와~ 와~!"

조기객이 한손을 비수처럼 세워 항천취의 배를 찌르는 시늉을 했다. 흠칫 놀란 항천취가 자기도 모르게 허리를 숙였다가 안도의 한숨을 내쉬면서 웃음을 터트렸다. 항천취를 따라 웃는 조기객의 웃음소리는 크고 요란했다.

"하하하하!"

항천취도 뒤질세라 새된 목소리로 나름 크게 웃어댔다. 그러나 이내 숨이 차서 헐떡거렸다. 신이 난 조기객은 더욱 요란한 소리로 웃어댔다. 자욱하게 운무가 낀 호수 위로 아이들의 웃음소리가 메아리처럼 퍼져나갔다. 조기황이 그러자 고개를 돌려 꾸짖었다.

"기객, 그만 좀 까불어! 거울처럼 맑은 가을 경치는 마음을 차분히 가라앉히고 감상해야 하는 거야. 알겠느냐?"

그제야 두 아이는 입을 다물고 열심히 주변 경치를 감상하기 시작했다.

항주는 삼면이 산으로 둘러싸여 있다. 한쪽으로 도심이 눈에 확 들어오는 곳이다. 예로부터 "두 줄기 젖줄을 드리운 천목산天目山이 용이 날고 봉황이 춤추듯 전당錢塘으로 이어진다"라는 말이 있는데, 이는 이곳의 산맥들이 '하늘의 눈', 즉 천목에서 시작됐다는 비유적인 의미를 담고 있다. 그중에서 웅건한 것은 쌍봉삽운雙峰揷雲(구름 위로 솟은 두 봉우리), 기묘하고 특이한 형태를 가진 것은 비래봉飛來峰이다. 또 험준하기가 첫째로 꼽히는 것은 낭당령琅瑺嶺, 시원스럽게 확 트인 것으로는 옥황산玉皇山을 꼽을 수 있다. 강남은 예로부터 '수산여수'秀山麗水라는 말이 무색하지 않을 정도로 자연경관이 수려했다. 호방하고 거친 북국北國과 달리 우아하고 정교하면서 오밀조밀 수려한 멋이 있었다. 높은 산들이 파도치듯 겹겹이 이어지고, 깊은 계곡은 산 둘레를 굽이굽이 에워싸면서 깊숙하고 그윽한 풍취를 느끼게 했다. 이곳의 산은 또 계절에 따라 다른 풍경을 보여줬다. 봄이면 새침데기 소녀의 미소처럼 파릇파릇 상큼하고, 여름이면 푸른 물이 뚝뚝 떨어질 것처럼 초목이 울울창창 짙푸르렀다. 또 가을이면 씻은 듯 맑고 깨끗하면서도 겨울이면 삼라만상이 쓰러져 잠든 듯 슬프고 처량한 정취를 풍기고는 했다.

조기황 일행이 출발했을 때는 마침 가을바람이 시원한 아침이었다. 황금빛으로 물든 오동잎, 빨갛게 단풍이 든 감나무잎, 여전히 짙푸른 송백나무, 자주색으로 물든 오구목……. 가을산은 그야말로 알록달록 수채화를 덧입힌 풍경화 그 자체였다. 그랬으니 딸랑딸랑 정겨운 말방울소리를 벗 삼아 그림 같은 절경을 달리는 기분은 신선이 부럽지 않을 정도였다. 한동안 성밖으로 나와 보지 못한 항천취는 몇 번이고 크게 심호흡을 했다. 가슴이 심하게 오르락내리락했다. 그는 가슴을 꽉 막고 있던 응어리들이 내쉬는 숨과 함께 목구멍으로 나와 눈앞의 산천경계에 흔적도 없이 녹아 사라지는 기분을 분명히 느꼈다.

마차는 어느새 거울처럼 맑은 서호를 뒤로 하고 깊은 산골짜기로 들어섰다. 단풍나무, 계수나무, 밤나무, 쥐엄나무와 녹나무들이 하늘을 찌를 듯 우뚝 솟아 있었다. 이름 모를 다른 나무들 역시 혹은 굵고 곧게, 혹은 가늘고 구불구불하게 솟은 채 시선을 강탈하고 있었다. 가끔 노랗게 물든 은행나무도 몇 그루씩 보였다. 화살처럼 쏟아지는 밝은 햇살 아래 나무 위쪽의 무성한 가지와 잎은 황금색 물결을 이루며 가을바람에 술렁대고 있었다. 반면에 햇빛이 닿지 않는 아래쪽 줄기와 뿌리는 깊은 골짜기에 모습을 숨기고 마치 계곡의 물소리를 조용하게 감상하는 듯했다.

항천취의 눈에서 눈물이 방울방울 떨어졌다. 주체할 수 없는 감동의 눈물이었다. 조기객이 걱정스럽게 물었다.

"왜 울어? 어디 아파?"

항천취가 흐느끼면서 고개를 저었다. 조기객은 성격이 투박했다. 섬세한 감동과는 거리가 먼 사람이었다. 항천취는 그의 그런 성격을 잘 알기 때문에 구태여 자신의 기분을 설명해주지 않았다.

"무서워하지 마. 오늘 밤 자기 전에 우공에게 부탁하면 네 꿈속에 그 사람이 나올 거야. 내일 아침에 그 사람이 누구인지 알려줘. 내가 뒤돌아 앉아 있는 그를 이렇게 확 당겨서 얼굴을 확인할 거야. 너, 나를 믿지?"

"나도 그 사람의 얼굴을 확인하고 싶었어. 너에게만 하는 말인데 나도 시도했었어."

항천취가 희고 가는 손가락으로 조기객의 손목을 꽉 잡았다.

"그런데…… 그런데 그 사람의 등은 피투성이였어. 온통 피투성이였어. 그래서 차마 그 사람의 몸에 손을 댈 수 없었어. 다른 사람들에게는 이런 말을 안 했어. 오늘 너에게만 한 거야."

"정말이야?"

조기객의 호흡도 거칠어졌다.

"그 사람의 등이 정말 피투성이였어?"

"내가 꿈을 꾼 것일지도 몰라. 꿈같기도 하고 아닌 것 같기도 하고 그랬어. 이렇게 파랗고 맑은 하늘, 이렇게 많은 나무들…… 꿈속의 정경이라고 하기에는 너무 생생했어……."

기도소에 도착한 두 아이는 한 침대에 나란히 누워 잠을 잤다. 그러나 하룻밤이 다 지나도록 둘 다 원하는 꿈을 꾸지 못했다. 조기객이 먼저 입을 열었다.

“나는 낮에 했던 여행을 계속하는 꿈을 꿨어. 말이 쏜살같이 산 아래로 달리는데 마차에 앉아 있는 내 얼굴로 나무와 꽃, 풀들이 마구 날아와 꽂혔어. 그리고 어느 순간부터 나는 자리를 바꿔 말 잔등에 앉아 있더라. 말이 달리고, 달리고, 또 달려 어느새 우공의 무덤을 훌쩍 날아 넘었어. 참 이상한 꿈이었어. 안 그래?”

그러자 항천취가 쭈뼛쭈뼛 입을 열었다.

“나는 꿈속에서 계단 입구에 서 있었어. 빨간 옷을 입은 사람이 계단 위에서 공중제비를 돌다가 거꾸로 굴러 떨어졌어. 또 돌다가 또 굴러 떨어졌어…….”

“우와, 너 꿈에 융흥찻집의 홍삼을 봤구나? 아하! 천취가 꿈에 여자를 만났네?”

조기객이 신대륙이라도 발견한 것처럼 호들갑을 떨었다.

“알나리깔나리, 천취는 여자를 좋아한대요!”

조기황이 그러자 곧바로 다가와서는 아들을 혼냈다.

“그 입 다물지 못할까? 사내 녀석이 그리 수선스러워서 어디에다 쓰겠냐? 안 그래도 너에게 할말이 있다. 이 아비가 어젯밤 꾼 꿈에 우공이 나타나셨어. 그분이 말씀하시기를, 기객 너는 낭중을 해야 되는 운명이라고 하셨다.”

조기객의 두 눈이 갑자기 화등잔처럼 커졌다. 그가 곧 굵은 눈물을 뚝뚝 흘리면서 마구 손사래를 쳤다.

“싫어요, 싫어요, 싫어요. 저는 낭중이 싫어요. 낭중 안 할 거예요.”

“네놈이 뭘 안다고 지껄여? 속담에 ‘평소에 환자가 없어서 엉덩이에 곰팡이가 필 정도이던 오화낭중烏花郎中도 매미 우는 여름철이면 가마에 앉을 수 있다'고 했다. 낭중이 되면 밥벌이라도 할 수 있는데 좀 좋아. 네 놈은 하루 종일 미치광이처럼 수선스럽게 싸돌아다니기만 하니, 나중에 뭐가 되려고 그러는지 쯧쯧. 세상에 360가지 직업이 있다고 하는데, 그중에 네놈에게 알맞은 직업은 하나도 없는 것 같구나. 옥황대제玉皇大帝에게 반기를 든 손오공이 되라면 또 모를까. 문제는 여기가 화과산花果山(손오공이 활약하던 곳)이 아니란 말이지."

조기객은 밑도 끝도 없는 아버지의 책망에 완전히 어리벙벙해졌다. 단 한마디 대꾸도 못했다.

항천취는 태어나서 지금까지 이렇게 큰 차밭은 한 번도 본 적이 없었다. 산꼭대기에서 산 아래로 광활하게 펼쳐진 차나무 숲은 푸른 바다를 방불케 했다. 차나무가 듬성듬성 자란 곳은 멀리서 보면 묵직한 푸른 꽃을 연상케 했다. 평지에 빽빽하게 자란 차나무들은 바람이 불 때마다 일제히 한쪽으로 기울어지고는 했다. 그 모습이 활짝 펼쳐진 푸른 양산陽傘을 방불케 했다. 그러나 항천취는 이런 장관을 만끽하고 감탄할 마음의 여유가 더 이상 없었다. 조기객을 따라 처음 집밖으로 나왔을 때는 무작정 기쁘기만 했었다. 조롱에 갇혀 있던 새가 자유를 찾은 것 같은 신선한 충격이랄까. 그러나 기쁨은 그리 오래 가지 못했다. 얼마 안 가서 체력이 떨어지고 극심한 피로도 몰려왔다. 아마 태어나서 지금까지 걸어온 길을 다 합쳐도 오늘 하루 동안 걸은 거리보다 더 적을 터였다. 그리고 저녁 해가 뉘엿뉘엿 저물기 시작할 때쯤에는 말로 표현할 수 없는 두려움이 스멀스멀 엄습해왔다.

항천취는 삼대산에서 출발할 때부터는 비틀거리면서 제대로 걷지도 못했다. 숨이 턱밑까지 차올라서 그대로 주저앉고만 싶었다. 그와 조기객은 거의 한나절 동안을 걷기만 했다. 심지어 인적이 드문 낭당령 10리 고개도 넘었다. 항천취는 이 먼 길을 걷고도 쓰러지지 않고 용케 버텨낸 스스로가 대견하면서도 이상하게 느껴졌다. 이런 것을 일컬어 기적이라고 하는 걸까? 항천취는 쭈그리고 앉아 맑고 청량한 샘물을 떠서 입에 머금었다. 하루 종일 샘물을 얼마나 많이 마셨는지 몰랐다. 마셔도, 마셔도 자꾸 갈증이 생겼다. 물을 한 모금 마시고 겨우 몸을 일으킨 항천취의 눈에 갑자기 눈물이 가득 맺혔다.

"기객, 기객!"

분명 방금 전까지 눈앞에 있던 기객이 갑자기 보이지 않았다. 당황한 항천취는 울먹이는 소리로 정신없이 조기객을 찾았다.

"기객, 어디 있어? 엉엉, 기객, 나 좀 데리고 가. 엉엉."

조기객은 항천취가 두려움과 불안함에 아뜩하니 정신줄을 놓으려는 찰나 마법사처럼 짜잔, 하고 나타났다. 그가 나무를 꺾어 만든 지팡이 한쪽 끝을 항천취에게 내밀면서 부드럽게 달래듯 말했다.

"거의 다 왔어. 이 산을 내려가면 천축사天竺寺가 있고, 거기서 조금만 더 가면 법경사法鏡寺 뒤에 삼생석三生石이 보여. 나는 예전에 둘째형, 셋째형하고 와본 적이 있어. 우리 아버지도 왔다 가셨어. 아버지가 그러는데 여기에서 잠을 자면 꿈속에 전생, 현세와 내세가 다 보인대. 나는 반드시 낭중이 안 되는 꿈을 꿀 거야. 나는 약 냄새는 질색이거든."

항천취는 지팡이 끝을 잡고 조기객에게 이끌려 걸어갔다. 그러면서도 숨이 차서 헐떡거렸다. 그가 적이 안심이 된 어조로 물었다.

"너무 멀리 가지 말자. 네 아버지와 우리 어머니는 우리를 찾지 못하면 걱정하실 거야."

"그럴 리 없어. 그런 걱정은 안 해도 돼. 우리는 삼생석 옆에서 하룻

밤 자고 갈 거니깐. 내가 우공사于公祠를 지키는 동자에게 말해 놨어. 우리 둘이 여기 왔다는 사실을 밤에 우리 아버지에게 전해드리라고 말이야. 실컷 걱정하시라고 그래. 누가 그따위 꿈을 꾸라고 했나?"

"너 설마 네 아버지가 꿈에 우공을 만났다는 말을 진짜로 믿는 건 아니겠지? 너에게 거짓말을 하셨을 수도 있잖아."

"와우, 그럴 수도 있겠다."

조기객이 걸음을 멈췄다.

"나는 왜 여태 그 생각을 못했을까?"

"어른들의 생각은 우리하고 많이 달라. 나는 가끔 어른들의 마음을 잘 모르겠어. 우리 도착한 거야? 이게 삼생석이야? 이게 삼생석 맞아? 여기는 관음낭랑觀音娘娘(관세음보살)의 생신을 축하드리는 곳인데……. 앞으로 조금만 더 가면 어람관음魚籃觀音이 있잖아. 예전에 어머니하고 같이 와서 향을 사른 적 있어. 아, 이게 삼생석이구나? 저게 뭐야? 저기 새겨진 것은 시詩 아니야? 날이 곧 저물 것 같아. 잠깐만, 어두워서 잘 보이지 않지만 내가 읽어줄게. '삼생석 위에 서린 그 옛날 혼백이여, 음풍농월 옛일일랑 말하지 말게. 멀리서 온 연인을 보니 부끄럽구려. 육신……, 육신은 다르지만 본성만은 여전하다네.' 무슨 뜻일까? 기객, 여기 또 한 수 있어. '전생과 내생의 일은 아득해 알 수 없는데, 인연을 말하고자 하니 애간장이 타는구나. 오吳와 월越의 강산이야 이미 돌아봤으니 안개 낀 강에서 배를 돌려 구당瞿唐으로 가려 하네'라고 돼 있군."

조기객이 마른 풀을 한아름 안아다 펴고 그 자리에 털썩 주저앉으면서 말했다.

"나도 잘 몰라. 아무튼 중이 죽고 나서 여러 해가 지난 뒤 목동으로 환생해 이곳에서 옛 친구를 만났다는 얘기야."

등 뒤의 삼생석을 툭툭 치면서 신이 나서 말하던 조기객이 고개를 돌려 항천취를 보더니 혀를 찼다.

"쯧쯧, 그 사이에 잠들었네. 옜다, 이걸 덮고 자. 나도 자야겠다. 평생 동안 오화낭중이 안 되기를 삼생석에게 빌어야겠다."

말을 마친 조기객은 덤불을 한아름 안아 항천취에게 뿌렸다. 그리고는 자리에 눕자마자 잠에 곯아떨어졌다.

항천취는 흐리멍덩한 와중에 자신이 이미 잠든 조기객 옆에 앉아 있는 것을 느꼈다. 머리와 몸에는 마른 풀이 잔뜩 붙어 있었다. 주위는 환했다. 그의 주위에 뽀얗게 내려앉은 달빛은 마치 천천히 쏟아져 내리는 수은 같았다. 주변에는 창처럼 끝이 뾰족한 돌들이 잔뜩 널려 있었다. 나뭇가지에 얼기설기 걸려 있는 등나무덩굴도 보였다. 돌과 등나무덩굴은 모두 새하얗게 빛나고 있었다. 백랍처럼 생긴 풀들은 땅위에 엎드려 있었다. 그는 손이 가는대로 바닥에 붙어 있는 마른 풀을 한 오리 집어 들었다. 그러자 마른 풀은 그의 손안에서 순식간에 은줄로 변해버렸다.

그는 고개를 돌려 방금 전 기대앉았던 바위를 살펴봤다. 침대만큼 크고 대야처럼 둥그런 바위의 툭 튀어나온 부위에는 찻잔 주둥이만 한 둥근 구멍이 네댓 개 있었다. 구멍과 구멍이 서로 오묘하게 연결된 것이 정교하고 아름답기 그지없었다. 그제야 이 바위가 '삼생석'일 것이라는 생각이 떠올랐다. 그 생각을 한 순간 바위 색깔이 아름답고 그윽한 은백색으로 바뀌었다. 그는 손가락으로 가볍게 바위를 퉁겼다. 마치 차갑고 투명한 옥을 두드리는 듯한 청량한 소리가 났다.

"유리구슬처럼 환하고 아름다운 이곳은 어디지? 혹시 우리가 신선이 되어 달 속에 있다는 '광한궁'廣寒宮에 온 건가?"

항천취는 옆에 잠들어 있는 조기객을 깨우려고 고개를 돌렸다. 그러나 이내 깜짝 놀라고 말았다. 마른 덤불 속에 누워 있는 조기객은 어느새 옥인玉人(옥으로 빚은 인형)이 돼 있었다.

갑자기 말로 형언할 수 없이 청량하고 그윽한 향기가 코끝을 간질였다. 월계수향일까, 차향일까 아니면 연꽃향일까? 항천취는 크게 심호흡을 하면서 고개를 쳐들었다. 하늘은 끝이 보이지 않는 거대한 얼음덩이 같았다. 달은 마치 옥으로 빚은 연꽃처럼 하늘에 박혀 때 묻지 않은 영광靈光을 발산하고 있었다. 쥐죽은 듯 고요한 정적을 깨고 하늘에서 무언가가 후드득 떨어져 내렸다. 빗방울처럼 작은 진주들이었다. 항천취는 자기도 모르게 자리에서 일어났다. 그리고 헤엄을 치듯 팔을 휘저었다. 온몸이 편안해지고 기분이 상쾌해졌다. 마치 신선이 된 것 같은 느낌이었다. 삼라만상이 잠든 듯 고요한 곳에서 혼자라는 사실이 전혀 두렵지 않았다. 외로움도 느껴지지 않았다. 오직 자유를 만끽하는 기분 좋은 느낌만 있을 뿐이었다.

그리고 항천취는 또 '그 사람'을 봤다. '그 사람'은 멀지 않은 곳의 은빛 숲속에 앉아 있었다. 예전과 마찬가지로 등을 돌린 모습이었다. '그 사람'의 마르고 좁은 어깨에서 푸른빛이 희미하게 뿜어져 나왔다. 목을 휘감은 변발은 옥띠 같았다. 항천취는 자기도 모르게 걸음을 멈췄다. '그 사람'의 등에서 옥액처럼 밝고 걸쭉한 액체가 흘러나왔다. 흘러나온 액체는 이내 거울처럼 맑고 투명하게 굳어졌다. 호기심이 생긴 항천취는 '그 사람' 가까이 다가갔다. 그러자 '그 사람'이 고개를 돌렸다. 항천취는 '그 사람'을 더 자세히 보기 위해 그의 얼굴 가까이에 무릎을 꿇었다. 보고 또 봐도 그가 틀림없었다. 두 줄기의 반짝이는 눈물이 '그 사람'의 은빛으로 빛나는 두 볼을 타고 천천히 흘러내렸다.

제6장

항주 지부知府 임계林啓는 19세기가 막을 내리기 3년 전인 1897년에 포장항蒲場巷 보자사普慈寺에 구시求是서원을 창립했다. 임계는 복건 태생의 유신維新 인사였다. 그는 서원 대청 한가운데에 서서 30명의 항주 태생 입학생들을 향해 '인재양성, 실학연구'의 중요성에 대해 역설하면서 마음속으로는 '대청제국의 변법자강운동이 전혀 가망이 없는 것은 아니다'라는 생각을 하며 뿌듯해 했다.

30명의 엘리트들 중에는 항일杭逸(항천취)도 있었다. 가늘고 긴 몸매, 매끈하게 쭉 뻗은 목, 빨간 입술, 새하얀 치아, 수려한 이목구비. 누가 봐도 훤칠한 미남자였다. 그는 새하얗게 빤 항주 특산 비단 장삼과 '만'卍자 무늬가 은은하게 비치는 검정 조끼를 입고 검은색 벨벳 망토를 걸친 차림이었다. 땋은 머리는 새까맣고 반질반질했다.

항천취의 옆에 선 남자는 그보다 키가 약간 작았다. 넓은 어깨, 짙은 눈썹, 약간 거무스레한 피부에 새하얀 이가 가지런했다. 싸움꾼처럼 간편한 복장을 하고 약간 곱슬곱슬하게 땋은 머리를 드리운 채 딱 버티고 서 있는 모습은 짙푸른 소나무를 연상케 했다. 약간 치켜든 아래턱은 오만한 느낌을 풍기기도 했다. 두 다리를 팔자로 벌리고 두 손을 뒷짐 진 자세는 무기를 들고 곧바로 뛰쳐나갈 듯한 느낌까지 줬다. 이 남자는 두말할 필요 없이 조진趙塵(조기객)이었다.

그날 임우초는 기쁜 마음으로 아들의 입학 축하연을 열었다. 오차청은 술자리에 참석하지 못했다. 주차珠茶를 사러 소흥 평수平水로 떠났기 때문이었다. 항천취가 걱정스럽게 입을 열었다.

"내가 공부하러 가버리면 다들 많이 힘들어질 거예요. 살펴야 할 일이 어디 한두 개여야 말이죠. 내가 보기에는 주차 수출을 접는 게 좋을 것 같아요."

그러자 임우초가 손을 가로저었다.

"무슨 소리를 하는 거냐? 외국인들의 돈을 벌지 않고 어느 세월에 찻집을 되찾아오겠느냐?"

망우차장이 지난 10년 동안 지금처럼 번창할 수 있었던 것은 두 가지 사업을 병행한 덕분이 컸다. 하나는 용정차의 국내 판매, 다른 하나는 소흥 평수 주차를 외국에 수출하는 것이었다.

소흥 평수는 당나라 때부터 차시茶市로 유명했다. 찻잎뿐만 아니라 주류 무역도 이곳에서 이뤄졌다. 평수 주차는 평수 현지에서만 생산되는 품종이었다. 둥글게 말린 형태가 마치 검푸른 구슬 같다고 해서 붙여진 이름이었다. 영어로는 'gun powder green(녹색 탄알)'으로 불렸다. 맛은 금석지기金石之氣라는 표현이 딱 어울릴 만큼 진하고 시원했다.

주차는 외국에서 처음에 Hyson(희춘熙春 · 중국산 녹차)이라고 불렸다.

18세기 중엽에는 런던 시장에서 파운드당 10실링 6펜스에 거래될 정도로 고급차로 인정받았다.

망우차장의 주차 수출은 상해 이화양행怡和洋行을 통해 이뤄졌다. 이로 인해 지난 10년 동안에는 별 잡음 없이 그나마 쉽게 돈을 벌 수 있었다. 통계에 의하면 절강성 주차의 연간 수출량은 최다 20만 담擔(중량 단위. 1담은 100근)에 달한 적도 있었다고 한다. 그런데 최근 2년 사이에 주차 수출이 내리막길을 걷기 시작했다. 망우차장의 오차청은 차장 업무를 관리하는 한편 미꾸라지처럼 약은 이화양행 사람들을 대처하느라 안팎으로 정신없이 바빴다. 비록 근골은 아직까지 단단하다지만 나이는 속일 수 없는 법, 듬성듬성 자란 누런 그의 염소수염에도 어느새 하얗게 서리가 내려 있었다.

그날 밤, 항천취는 지나친 흥분으로 잠을 이룰 수 없었다. 그래서 서재를 서성이다 아예 자리를 박차고 정원으로 나왔다. 초봄의 싸늘한 날씨에 머리가 약간 맑아지는 느낌이 들었다.

잠시 후 누군가가 종이로 만든 등롱을 들고 원동문圓洞門 쪽에서 걸어오는 것이 보였다. 등롱에는 '항'杭자가 새겨져 있었다. 항천취는 익숙한 필체를 보면서 갑자기 가슴이 아려왔다. 항천취의 아버지 항구재는 살아생전에 갑자기 무슨 흥이 났는지 종이 등롱을 한꺼번에 여러 개 만들었다. 겉면에는 붉은색이나 검은색이 아닌 녹색으로 '杭'자를 썼다. 다른 것들은 오래 쓰다 보니 대부분이 망가지고 찢어져서 더 이상 쓸 수 없게 됐으나 오차청이 들고 다닌 것만은 멀쩡했다. 그만큼 소중하게 다뤘기 때문이었다.

오차청은 매일 밤마다 항천취의 서재를 에돌아 뒤뜰에 있는 임우초의 거처로 가고는 했다. 차장 업무 일지를 보고하기 위해서였다. 항구재가 죽은 이후부터 쭉 이어온 습관이었다. 항주 차 업계에는 예로부터 여자가 직접 가게 업무에 관여하면 안 된다는 불문율이 있었다. 망우차장의 안주인인 임우초는 이 불문율이 처음에는 이해가 안 되고 달갑지 않았으나 지금은 많이 덤덤해진 상태였다. 먼저 나서서 업계 규정을 깰 용기까지는 없었던 것이다. 그래서 매일의 시세와 차장 업무 상황을 오차청한테 전해들을 수밖에 없었다.

망우차장은 앞에 점포, 뒤에 마당이 있는 구조였다. 마당 끝에는 안주인의 거처로 곧바로 통하는 측문이 있었다. 그러나 오차청은 쉬운 길을 마다하고 굳이 등롱을 들고 항천취의 서재를 에돌아가고는 했다. 영리한 항천취가 그 이유를 모를 리 만무했다.

항천취가 달빛 아래 가까이 다가오는 그림자를 향해 입을 열었다.

"차청 아저씨, 오늘은 달빛이 참으로 밝군요. 이렇게 밝은 밤에 굳이 등불을 켤 필요가 있을까요?"

오차청이 항씨 도련님을 쳐다보면서 염소수염을 천천히 쓰다듬었다.

"그래도 켜는 게 좋지."

항천취가 뒷짐을 진 채 석조石槽(돌그릇)의 금붕어를 내려다보면서 말했다.

"차청 아저씨, 앞으로는 우리 어머니에게 가실 때 옆문으로 가셔도 돼요. 이렇게 먼 길을 에돌아가시지 않아도 돼요. 연세도 있으시고 다리도 성치 않으신 분이……."

항천취는 고개를 수그린 채 오차청의 얼굴을 감히 마주보지 못했다. 오차청은 걸음을 멈췄다. 등롱을 든 손이 미세하게 떨렸다. 오차청은 다른 손으로 한참 염소수염을 쓰다듬고 나서 이윽고 입을 열었다.

"그래도 에돌아가는 게 좋을 것 같다."

오차청이 말을 마치고 나서 몸을 돌렸다.

"차청 아저씨!"

항천취가 뒤돌아서 가는 오차청을 불러 세웠다. 그는 오차청의 뒷모습만 보면 이유 없이 가슴이 벅차고 마음이 설렜다.

"저 구시서원에 붙었어요."

오차청이 걸음을 멈추고 고개를 돌렸다.

"글을 읽어서 뭘 할 거냐?"

무척 낮고 평온한 목소리였다. 그러나 항천취는 망치로 뒤통수를 세게 얻어맞은 느낌이었다. 그가 놀란 눈으로 오차청을 응시했다.

"아직…… 아직…… 거기까지는 생각 못했어요."

항천취가 더듬더듬 말을 이었다.

"아무튼 나라에서…… 변법…… 개량이 필요하다고 들었어요."

초봄의 싸늘한 바람에 마른 대나무 잎이 바스락거렸다. 달은 어느새 구름 뒤로 숨어버렸다. 등불 빛은 어슴푸레한 것이 있으나마나였다. 오차청의 얼굴은 어둠에 파묻혀 잘 보이지 않았다. 그저 목소리만 또렷하게 들려올 뿐이었다.

"글을 읽으려는 목적이 무엇인지 잘 생각해 보거라."

오차청의 그림자는 흔들흔들 멀어져갔다. 그 모습은 마치 야밤에만 출몰하는 늙은 고양이 같았다. 항천취는 긴 한숨을 내쉬었다.

임우초는 석회항아리에서 최상급 명전차明前茶(청명절 전에 만든 차)를 꺼냈다. 올해 만든 차 중에서 가장 좋은 것을 조기황에게 선물하려는 것이었다. 조기황은 사실 항천취의 '생명의 은인'이라고 해도 좋았다. 조기황이 아니었더라면 항천취가 살아남아 서원에 입학하는 일도 없었을 터였다.

항천취는 명전 용정차를 담은 단지를 조심스럽게 홍목(마호가니) 탁자에 내려놓았다. 조기황이 탁자를 쓰다듬으면서 감개를 토했다.

"기품 있는 집안은 격이 다르구나. 뭘 해도 속물스럽지 않으니 말이야. 천취 네가 가져온 차 한 단지가 다른 사람들이 갖다 준 인삼 한 보따리보다 낫다."

항천취가 고개를 약간 숙이고는 공손하게 대답했다.

"우리 어머니께서 어르신께 전해드리라고 하셨습니다. 이 차는 촬착이 직접 사봉산獅峰山에 가서 구입한 '연신'軟新(맛이 부드럽고 산뜻한 차)입니다. 한번 드셔보시죠."

조기황이 길게 감사를 표했다.

"네 어머님께 고맙다는 인사를 전해다오. '연신'이라는 상표는 너희 망우차장에만 있는 유일무이한 거야. 네가 오늘 가져온 것은 차 중에서도 최상품이야."

"항주 용정차는 사봉獅峰, 용정龍井, 운서雲棲, 호포虎跑 등에서 나는데, 그중에서 사봉산에서 난 것이 최상급이라고 어머니께서 말씀하셨습니다. 드리려면 당연히 최상급으로 드려야지요."

마당에서 곤봉 훈련을 마치고 막 들어온 조기객이 항천취의 말을 듣고 허리띠로 땀을 닦으면서 웃었다.

"천취, 너는 '경'經(경서)이니 '사'史(사서)니, '공맹지도'孔孟之道니 하는 것들을 구태여 배울 필요가 없겠다. 망우차장을 계승하면 평생 굶어죽을 걱정은 없잖아. 어차피 망우차장은 나중에 네 것이 될 텐데."

"미련한 놈! 차를 만들고 마시는 것이 그리 간단한 일이냐?"

조기황이 긴 수염을 내리쓸면서 아들을 훈계했다.

"육자陸子가 《다경》에서 뭐라고 했더냐? '차는 성질이 지극히 차서 몸의 열을 내려주므로 음료로 가장 적당하다. 정행검덕精行儉德한 사람이 마시기에 적합하다. 만일 열이 올라오고 갈증이 나거나, 속이 답답하거나, 머리가 아프거나, 눈이 깔깔하거나, 사지가 무겁거나, 온몸의 관절이 쑤실 때 차를 네댓 잔 마시면 제호탕醍醐湯이나 감로를 마신 것과 같은 효과를 볼 수 있다'고 했어."

조기객이 퉁명스럽게 대꾸했다.

"육우는 중당中唐(당나라 중기) 때의 일개 은사隱士에 불과한 인물이에요. '정행검덕'이라는 단어도 그가 스스로 만들어낸 것이고요. 산속에 은둔한 사람이 세상에 무슨 도움이 됐겠어요?"

조기객의 말에 항천취가 발끈했다.

"네 말대로라면 불의에 동조하지 않는 지조 높은 고사高士(인격이 고결한 선비)들은 아무짝에도 쓸모없는 인간들이겠네?"

조기객이 큰 소리로 웃었다.

"고사? 도탄에 빠진 백성들을 나 몰라라 한 채 제 몸이나 명예에만 급급한 사람들이 고사야? 그러고도 사후에 청명淸名(청렴하다는 명망)을 원했겠지? 그런 인간들이 고사라면 나 조기객은 평생 고사 따위는 안 할 거다."

조기황이 미간을 찌푸리면서 일갈했다.

"그 입 다물지 못할까! 어린놈이 오만방자하구나. 그렇게 치기를 부리다가는 나중에 아무것도 이루지 못한다."

"아버지, 이건 치기가 아니라 원대한 포부예요. 제가 천하 으뜸으로 불리는 이 용정차 앞에서 감히 장담하건대 20년 안에 세상이 크게 어지러워질 겁니다."

"허튼소리 그만해!"

조기황이 탁자를 내리쳤다.

"세상이 어지러워지면 나라와 백성들에게 무슨 도움이 된다고 그러느냐?"

"천하의 형세는 '분구필합, 합구필분'分久必合, 合久必分(나눠진 지 오래면 반드시 다시 합쳐지고, 합해진 지 오래면 다시 흩어진다는 의미)이라는 말로 축약할 수 있습니다. 크게 어지러워져야 크게 다스릴 수 있고, 크게 다스려야 태평성대를 이룰 수 있습니다."

"기객."

항천취가 웃으면서 끼어들었다.

"설마 천하가 어지러워지지 않을까봐 걱정하는 것은 아니겠지?"

"하하하하!"

조기객의 웃음소리는 호탕했다. 조기황이 그러자 어쩔 수 없다는 듯한 표정으로 연신 고개를 저었다.

"내 평생 입단속을 제대로 못한 것이 제일 큰 유감이거늘, 여러 아들들 중에서 유독 기객이 나를 닮았어. 난세치세亂世治世면 어떻고 오만방자면 어떠랴. 마음과 입을 건사하지 못하면 어느 때든 살신지화를 입게 될 것을."

항천취는 두 부자간에 설전이 벌어질 기미가 보이자 즉각 중재를 시도했다.

"세상이 어떻게 변해도 사람이라면 차를 마시고 병을 치료해야 할 게 아니냐. 그러니 망우차장과 현호당은 문 닫을 걱정은 안 해도 돼. 이런 걸 일컬어 '제 아무리 변한다 해도 근본을 벗어나지 않는다'고 하지."

"아우, 너는 참 긍정적이야."

조기객은 항천취의 체면을 전혀 봐주지 않았다.

"천하가 어지러워지면 '망우차장'과 '현호당'의 간판이 어느 웅덩이에 처박혀버릴지 아무도 몰라."

항천취가 조기객에게 눈을 찡긋거리면서 말했다.

"네 말대로 미래가 암울할 수밖에 없다면 오늘을 더 즐겨야 하지 않을까. 자, 자, 치세지도治世之道는 잠시 제쳐두고 이 차맛이나 좀 보자."

항천취가 말을 하는 한편으로 네모난 차 단지에 손을 갖다 댔다. 그제야 조기황도 항천취가 가져온 백자청화모란문 단지를 눈여겨봤다. 단지는 조형이 대범하고 무늬가 정교했다. 또 화려한 것이 언뜻 보기에도 진기한 골동품임이 틀림없었다.

"모란 무늬가 진짜와 비슷하면서도 똑같지는 않은 걸로 봐서 이전 왕조 때의 작품으로 여겨지는군."

조기황의 말에 항천취는 희색이 만면해졌다. 드디어 명품의 진가를 알아보는 사람을 만난 것이다. 항천취의 입에서 방금 전과 달리 말이 술술 흘러나왔다.

"어르신, 안목이 참으로 뛰어나십니다. 원元대 유물이 맞습니다. 원대 청화자기는 진짜와 비슷하면서 똑같지 않은 무늬가 특별하죠."

손에 《공정암문집》龔定庵文集을 들고 있던 조기객이 가까이 다가왔다. 그리고는 청화자기 단지를 이리저리 살펴보더니 진짜 궁금하다는 듯 물었다.

"뭐가 특별하다는 거야? 내 눈에는 왜 모란 몇 송이밖에 보이지 않지? 뭐가 새롭고 특별한 건지 도무지 모르겠어."

한껏 사기가 오른 항천취는 조기객의 비아냥대는 말투를 전혀 눈치 채지 못했다. 어쩌면 조기객의 이런 말투에 이미 습관이 돼 개의치 않는 것일지도 몰랐다. 항천취가 흥이 나서 열변을 토했다.

"세세한 부분에서 장인의 정신을 엿볼 수 있으니 특별하다는 거야. 마치 공정암(공자진龔自珍)의 시처럼 말이야. '구주九州(중국)의 생기生氣는 바람과 우레(와 같은 거대한 역량)에 의지해야 하네'라는 시구가 있잖아. 이 얼마나 멋있는 표현이냐? 너, 이 모란을 잘 봐. 어떤 것은 푸른 잎에 둘러싸여 홀로 외롭게 피어 있고, 어떤 것은 수줍게 고개를 갸웃거리고, 어떤 것은 대범한 듯 요염해. 한마디로 가지각색의 자태를 뽐내고 있어. 너 서원여舒元輿의 〈모란부〉牧丹賦를 읽어봤어? '사랑하는 사람을 맞이하듯 서로 마주한 것도 있고, 이별한 사이처럼 서로 등을 돌린 것도 있다. 활짝 핀 것은 웃으면서 얘기하는 것 같고, 꽃망울이 진 것은 흐느끼는 것 같다. 아래를 굽어보는 것은 한없는 수심에 잠긴 것 같고, 고개를 들어 올려다보는 것은 기뻐 어쩔 줄 모르는 것 같다. 배배 휘감은 것은 춤을 추는 것 같고, 몸을 옆으로 살짝 기울인 것은 곧 넘어질 것 같다. 기대어 서 있는 것은 깊이 취한 것 같고, 허리를 숙인 것은 크게 좌절한 것 같다. 빼곡하게 핀 것은 정교한 천을 짜는 것 같고, 듬성듬성 핀 것은 뭔가를 기다리는 것 같다. 화려하고 산뜻한 것은 씻은 듯 아름답고, 암울하고 어두운 것은 갓 이별을 한 것 같다. 언뜻 보면 아래위로 들쭉날쭉하고 다시 찬찬히 보면 물고기 비늘처럼 층층이 겹쳐 있다……' 뭐, 이런 내용이 있지."

항천취는 무아지경에 빠져 머리를 흔들면서 신나게 읊조렸다. 조씨 부자는 잠자코 듣고만 있었다. 주변이 그렇게 갑자기 조용해지자 뭔가 이상한 느낌이 든 듯 항천취가 눈을 떴다. 그리고는 이상한 눈초리로 자신을 쳐다보는 조기객을 향해 물었다.

"뭐가 잘못됐어? 내가 틀리게 외웠어?"

조기객이 대답했다.

"너, 우리에게 차를 대접한다더니 차 단지를 대접할 셈이야?"

"바보야, 차를 음미하는 것은 곧 물을 음미하고 다구茶具를 음미하는 것이야. 우리 집 촬착도 다 아는 도리를 왜 너만 모르냐? 송나라 사람들은 '오부점차'五不點茶라고 해서 물이 깨끗하지 않거나, 그릇이 정교하지 않으면 점차點茶(차를 끓이는 법의 한 가지로, 마른 찻잎을 그릇에 담고 끓는 물을 부어 우림)하지 않았어. 아이고, 그만하자! 내가 아무리 말해도 너는 몰라."

조기황은 안락의자에 편안하게 앉아 옛 친구의 아들을 유심히 살펴봤다. 항구재가 살아생전에 기행奇行으로 둘째가라면 서러워할 인물이었던 것과는 달리 아들 항천취는 훨씬 더 의젓해보였다. 얼마 전에 구시서원에도 입학했다고 하니 불운이 극에 달하면 행운이 온다고, 항씨 가문도 이제 승승장구하는 일만 남은 것 같았다. 하지만 부전자전이라고 항천취에게서 항구재의 모습도 많이 보였다. 여인네처럼 가녀리고 고운 외모에 항시 우수에 차 있는 듯한 눈빛이 그랬다.

'혹시 금수저를 물고 태어난 이 도련님도 나중에 자기 아비와 똑같은 삶을 살게 되는 건 아니겠지.'

조기황은 소리 없이 한숨을 내쉬었다.

그렇다면 자신의 막내아들 조기객은 어떤가? 성정이 사납고 팔자가 드센 것이 횡액을 만나 제 명에 못 죽을 운명이 아닐까? 두 아이는 앞으로 이 험한 세상을 어떻게 헤쳐 나가야 할까? 여기까지 생각한 조기황은 헛기침을 몇 번 하고 입을 열었다.

"기객, 너는 천취보다 2개월 먼저 태어난 형이니 학교에서 아우를 많이 돌봐줘야 한다. 천취는 너와 달리 감성적인 사람이야. 알겠느냐?"

"아버지의 분부를 따르겠습니다."

조기객이 항천취의 어깨를 다정하게 두드리면서 말을 이었다.

"나만 믿어. 나는 항주성에서도 이름이 짜르르한 '조 사공자'趙四公子(조씨네 넷째도련님)이야."

조기황이 아들을 나무랐다.

"또, 또 큰소리냐? 이 아비는 오히려 네가 더 걱정된다. '유능극강'柔能克强(부드러운 것이 강한 것을 이긴다)의 도리를 모르느냐? 언젠가 천취가 네놈의 목숨을 구해줄 수도 있어."

누가 감성적인 사람이 아니랄까봐 조기황의 말이 끝나기 무섭게 항천취의 두 눈에 눈물이 그득하게 고였다. 그가 울먹이는 소리로 말했다.

"제가 기객 형을 지켜줄 수 있는 그런 날이 왔으면 좋겠어요. 솔직히 말씀드리면, 제가 제일 숭배하는 사람이 기객 형처럼 영웅기개가 넘치는 사람입니다. 기객 형은 불의를 몰아내고 백성들을 도탄 속에서 구해낼 수 있는 기둥의 재능을 가진 사람입니다. 이 천취는 무능해서 세상을 구하는 데 도움이 되지 못합니다."

조기황이 항천취의 말에 연신 손사래를 쳤다.

"아니야, 아니야. 천취 너도 나중에 충분히 나라의 기둥이 될 수 있어."

"아닙니다. 제 그릇은 제가 잘 압니다. 나라의 기둥까지는 감히 넘볼 수 없고, 기둥에 새겨진 그림 정도만 돼도 인생을 헛되이 살지 않았다고 만족할 것 같습니다."

항천취는 말을 마치고는 차 단지를 들더니 초를 녹여 밀봉한 뚜껑을 비틀어 열었다. 순식간에 진한 차 향기가 물씬 풍겨왔다. 가까이에서 있던 조기객은 마치 마법에라도 걸린 듯 그 자리에 굳어버리고 말았다. 입 역시 헤벌린 채 한마디 말도 못했다.

"어떠냐?"

항천취는 방금 전까지 감상에 젖어 질질 짜던 사람답지 않게 싱글싱글 웃으면서 자신만만하게 물었다. 방안이 어느새 말로 형언할 수 없이 맑고 그윽한 차 향기로 가득 찼다. 항천취가 재빨리 달려가 창문을 닫으면서 조기객을 재촉했다.

"어서, 어서 문을 닫아. 이 진향眞香이 밖으로 흩어져버리면 안 돼."

조기황도 차 단지 가까이에 코를 대고 향을 맡으면서 감탄했다.

"평생 차를 마셔왔건만 오늘 비로소 절품차絶品茶가 무엇인지 알 것 같구나. 내가 단언하건대 천상천하 으뜸의 향이로다."

항천취는 문과 창문을 모두 닫았다. 방안은 방금 전보다 많이 어두워졌다. 방안에 있던 멋스럽고 고풍스러운 명明대 유품인 책상과 의자는 어둠에 묻혀 검은색 형체만 희미하게 보였다. 벽에는 조씨 가문의 가훈을 적은 액자가 걸려 있었다. 액자 속의 '현호제세'懸壺濟世(의술로 세인을 구제한다)라는 네 글자가 누리끼리한 빛을 뿜었다. 노인 한 명과 젊은이 둘은 마치 혼이 빠져나간 사람들처럼 넋 나간 표정으로 액자 아래에 멍하니 앉아 있었다.

"와, 정말 향기롭다. 난향蘭香 같기도 하고, 두부냄새 같기도 하고, 젖냄새 같기도 하고……, 이건 도대체 무슨 향이지?"

조기객이 코를 벌름거리면서 연신 감탄했다.

"장종자張宗子(명말청초의 문인으로, 본명은 장대張岱이다)라는 사람이 나라가 망해 차를 마실 수 없게 되자 차 가게 앞에 가서 차향을 음미했다는 말이 괜히 나온 게 아니었어. 나도 언젠가 이도저도 여의치 않게 되면 차향을 음미하러나 갈까보다."

조기객의 입에서 어쩌다 부드러운 말이 나왔다. 비록 농담이었을지라도 이 말은 항천취의 머릿속에 깊이 각인됐다.

조기황 등 세 사람은 닫았던 창문을 활짝 열었다. 조기황이 곧 분채개완粉彩蓋碗 찻잔을 두 개 가져왔다. 이어 조심스럽게 숟가락으로 찻잎을 조금 덜어 찻잔에 담았다. 찻잎은 납작하고 약간 넓었다. 가장자리는 누리끼리했다. 조기황이 찬탄을 금치 못했다.

"역시 망우차장의 용정차가 진짜야. '용정차' 간판을 달고 파는 가게는 많아도 이 정도 진품은 망우차장밖에 없어."

"어르신의 눈은 속일 수 없군요. 역시 전문가이십니다. 잘 모르는 사람들은 '용정차'라고 하면 새파랗고 가늘게 생긴 것이 진짜인 줄로 알죠. 이렇게 이파리가 넓고 노란 것이 최상품인 걸 모른다니깐요."

하인이 가져온 뜨거운 물로 찻잔을 데우는 항천취의 모습을 지켜보던 조기객이 불쑥 말했다.

"천취, 너한테서 전대前代 유품을 선물 받았으니 나도 가만히 있을 수 없지. 나에게도 좋은 물건이 있어."

조기황과 항천취가 약속이나 한 듯 의아한 표정을 지었다. 조기객은 몽둥이 휘두르는 걸 즐기는 거친 사람이라 아기자기한 '보물' 따위를 수집해둘 사람이 아니었기 때문이었다. 항천취가 궁금한 어투로 물었다.

"공정암 시집이라면 사양하겠어. 우리 집에도 여러 권 있어."

"시집 따위가 아니야. 분명 네 마음에 들 거야. 네 마음에 안 든다면 내가 항주성을 거꾸로 세 바퀴 기겠다."

조기객이 껑충껑충 마당으로 뛰어나가더니 돌의자 위에서 자사호紫沙壺를 하나 집어 들었다. 아까 무예를 연마하기 전에 가져다놓은 것이었다. 그는 자사호를 거꾸로 쳐들어 속에 있는 찻잎찌꺼기를 털어내고는 들고 들어왔다.

"너, 때마침 잘 왔다. 네가 운 좋은 줄 알아. 이게 뭔지 잘 봐."

조기객이 의기양양하게 자사호를 뒤집어 밑면을 보여줬다. 조기황과 항천취는 이구동성으로 경탄을 토했다.

"만생호曼生壺! 이 귀한 걸 어디서 얻었어?"

자사호 밑면에는 '아만타실'阿曼陀室이라는 도장이 선명하게 박혀 있었다. 항천취가 믿기 어렵다는 듯 물었다.

"설마 위조품은 아니겠지?"

조기객이 냉소를 지으면서 대답했다.

"손잡이 아래에 있는 도장을 확인해 봐."

손잡이 아래에는 과연 '팽년'彭年이라는 판각인板脚印이 있었다. 항천취는 그제야 믿는 눈치였다. 그러나 귀한 것을 선뜻 받기 쑥스러운지 바로 조기황에게 넘겼다. 항주에는 만생호를 하나쯤 소장한 집이면 '명문'名門 대접을 받는 풍습 아닌 풍습이 있는 게 현실이었으니까.

만생曼生은 전당錢塘(항주의 옛 명칭) 사람 진홍수陳鴻壽(1768~1822)의 호이다. 중국 청대 후기에 절강에서 활약한 정경丁敬, 장인蔣仁, 황역黃易, 계강溪岡, 진예종陳豫鍾, 진홍수陳鴻壽, 조지침趙之琛, 전송錢松 등 8인의 전각가를 '서령팔가'西泠八家라고 불렀는데, 이 중에서 진홍수는 '금석대가'金石大家로 유명했다. 만생은 율양溧陽 지현知縣으로 있는 동안에 의흥宜興의 자사호 명가 양팽년楊彭年 남매와 합작해 만생십팔식曼生十八式이라는 유명한 자사호를 만들어냈다. 진만생이 설계하고 양팽년이 제작했을 뿐 아니라

진만생이 서화와 낙관을 새긴 18점의 작품은 이후 만생호로 불렸다. 그러니 매우 진귀할 수밖에 없었다.

조기객이 내놓은 자사호는 네모난 형태의 방호方壺로, 색깔이 배 껍질 같고 몸통에 "안으로 청명淸明하고 밖으로 직방直方하니, 너와 더불어 공존하리라"라는 문구가 새겨져 있었다.

항천취는 만생호에 잔뜩 눈독을 들였으나 겉으로는 티를 내지 않은 채 겸손하게 말했다.

"이리 귀한 것을 내가 어떻게 받나? 그렇게는 못해."

조기황이 주름진 손으로 조심스럽게 만생호를 쓰다듬으면서 말했다.

"아니야. 이 자사호라면 네가 가져온 청화자기 단지하고 격이 맞을 거다."

성격이 통쾌한 조기황도 귀한 보물을 선뜻 내놓으려니 약간 아쉬운 모양이었다. 그가 만생호에서 눈을 떼지 않은 채 아들에게 물었다.

"기객, 이건 어디서 난 거냐? 나는 왜 몰랐지?"

조기객이 대수롭지 않게 대답했다.

"어제 무술 연마하러 백운암白雲庵에 갔다가 남병산南屛山 아래에서 기인旗人(일반적으로 만주족 출신을 일컬음) 한 사람을 만났어요. 눈동자가 다 풀어지고 얼이 빠진 모습이 영락없는 아편쟁이였어요. 그가 소자에게 이 자사호를 은밀히 보여주면서 이렇게 말하더군요. '가보로 간직했던 건데 체면 때문에 성안에서는 못 팔겠고 스무 냥에 가져가시오'라고요. 그래서 제가 서른 냥을 주고 사왔어요. 후유, 그 돈은 벌써 약담배 사는 데 다 탕진했을 거예요. 아무튼 이건 제가 천취에게 주려고 사온 거니 아버지도 마음에 드신다면 나가서 또 사오겠어요."

항천취가 깜짝 놀라 소리를 질렀다.

"이건 시장에서 배추를 사는 것처럼 쉽게 살 수 있는 물건이 아니야. 네가 운이 좋아서 서른 냥에 사온 거지 삼백 냥을 줘도 구하기 어려운 거야."

조기객이 항천취의 말에 가볍게 미소를 지었다.

"신외지물身外之物 따위 별거 아니야. 너는 다도茶道니 뭐니 이런 데 심취하니 이 물건이 태산보다 더 무겁게 느껴지는 거야."

조기황이 활짝 웃었다. 데퉁스러운 아들의 입에서 주옥같은 명언이 흘러나온 것이 대견했던 모양이었다.

"기객의 말이 맞다. 모든 물건은 다 임자가 따로 있는 법이야. 백락伯樂이 천리마를 만나고, 변화卞和가 박옥璞玉을 발견한 것처럼 말이야. 이 만생호는 천취가 간직하는 게 제일 좋겠다."

항천취는 그제야 못 이기는 척 조심스럽게 만생호를 받아들었다. 그리고는 만생호를 대야에 담고 따뜻한 물로 조심조심 씻은 다음 깨끗한 수건으로 살살 닦았다. 입으로는 조기객을 가볍게 원망했다.

"기객은 너무 데면데면한 게 흠이에요. 이 귀한 천고千古의 명호名壺를 어찌 곤봉 따위와 함께 연습장에 방치할 수 있어요? 자칫 파손되거나 잃어버리기라도 하면 어쩌려고요?"

조기객은 항천취의 말을 듣는 둥 마는 둥 찻주전자를 가져다 찻잎을 한 술 넣었다. 이어 불평하듯 말했다.

"이제 그만해. 너는 그 물건에 정신이 팔려 눈에 뵈는 게 없겠지만 나는 갈증이 나서 못 참겠다. 차 한 잔 얻어먹기가 이렇게 힘들어서야 원!"

항천취는 '제2의 항구재'가 되지 못했다. 물론 될 생각도 없었다. 항구재처럼 차를 음미하면서 음풍농월을 즐기던 호시절은 다 지나갔다.

갑오중일전쟁은 조야朝野를 큰 충격에 빠뜨리기에 충분했다. 유신지사들은 변법자강운동만으로는 국가와 민족을 구하기에 부족할 뿐 아니라 반드시 중체서용中體西用(중국의 전통적 가치는 유지한 채 서양 문물을 활용함)의 교육을 추진해야 한다는 주장을 내놓았다. 항천취와 조기객의 스승 임계는 마침 이러한 시기에 항주 지부로 부임했다. 현재의 항주 시장에 맞먹는 행정장관이 된 것이다. 그는 짧은 3년 사이에 구시서원求是書院, 잠학관蠶學館과 양정서숙養政書塾을 창립하고 직접 '교장' 직을 맡았다.

항천취와 조기객의 선후배들 중에는 재능이 뛰어난 동량지재들이 많았다. 대표적인 인물들로 중국 공산당 창당에 기여한 진독수陳獨秀(1898년 입학, 1901년에 청 정부의 핍박을 피해 학교를 떠났음), 임윤민林尹民('황화강黃花岡 72열사'의 한 사람), 주승염周承炎(신해혁명 당시 절강광복단 총사령관), 하섭후何燮侯(북경대학 총장), 장백리蔣百里(보정保定군관학교 총장 겸 국민당 육군대학 총장), 허수상許壽裳(문학가), 소표평邵飄萍(언론인) 등을 꼽을 수 있었다.

임계가 학교를 설립한 목적은 변법을 위해서였지 혁명을 위해서가 아니었다. 그는 그런 생각을 담아 고산孤山에 매화나무 100그루도 심었다. 그리고 경자년 봄에 "명산에 내 자리를 하나 남겨 주구려. 환해宦海(관료사회)에서 부침하는 배들을 보고 싶소"라는 내용의 시를 남겼다. 그는 죽은 뒤 자신의 소원대로 고산에 묻혔다. 그러나 그의 바람과는 달리 썩어빠진 관료사회는 그리 쉽게 무너지지 않았다. 오히려 그가 심혈을 기울여 양성해낸 학생들이 일으킨 운동이 유야무야 좌초해버리고 말았다.

백일유신百日維新(1898년 캉유웨이康有爲가 주도한 변법자강운동)이 8월에 실패로 막을 내리자 서원에는 퇴학생들이 속출했다. 임우초는 외아들을 집에 가둬놓고 회유 반 협박 반으로 서원을 그만 다니라고 강력하게 설득했다.

"얘야, 제발 이 어미 말 좀 들어. 태후太后(서태후를 말함)가 그리 만만한 상대냐? 하루 종일 그놈의 변법, 변법! 이제는 더 이상 할 것도 없으니 얌전하게 집으로 돌아와 장사나 배우거라. 지부 쪽에는 내가 직접 가서 잘 말씀드리마."

임우초는 활착을 불러 최상급 명전차를 몇 근 가져오게 했다. 그리고 가마꾼을 불렀다.

19세기 말엽의 문인으로 혁명의 열기에 한껏 들떠 눈에 뵈는 게 없던 항천취는 '장사'라는 말이 제일 듣기 싫었다. 그는 임우초가 정말로 스승을 찾아가려고 하자 조급한 나머지 큰 소리를 질렀다.

"어머니, 어머니가 정말로 임 지부를 찾아가신다면 소자는 벽에 머리를 박고 죽어버릴 겁니다."

이미 가마에 올라탄 임우초는 출발할 수도 없고 그렇다고 내릴 수도 없어서 아들을 향해 욕설을 퍼부었다.

"이놈아, 왜 그리 말을 듣지 않느냐? 내가 네 앞에 무릎을 꿇고 빌까? 평소에는 죽어라고 공부를 하지 않더니 남들이 다 퇴학을 하는 마당에 웬 극성이냐? 얼마 전까지도 공부 못해서 퇴학당하는 학생들을 부러워하던 네가 아니었더냐?"

항천취가 방안에서 발을 동동 굴렀다.

"다들 앞을 다퉈 퇴학한다고 누가 그랬어요? 누가 그런 말도 안 되는 소리를 하던가요? '침몰한 배 옆으로 1천 돛대 지나고, 병든 나무 앞에 1만 나무 봄일세!'라고 했어요. 우리는 '1천 돛대'이고 '1만 나무'예요.

중국은 유신변법을 실시하지 않으면 만신창이로 '침몰한 배'이자 '병든 나무' 신세를 영원히 면치 못해요. 그러나 유신변법만으로는 부족해요. 혁명이 필요해요. 혁명을 통해 달로韃虜(오랑캐. 한족이 만주족을 비하해 부르던 말)를 몰아내고 중화中華의 위상을 새로 세워야……."

"그만하지 못할까!"

임우초의 얼굴이 하얗게 질렸다.

"네놈이 항씨 가문을 멸족시킬 작정이냐? 안 간다, 안 가. 안 갈 테니 제발 그 입 좀 다물어다오. 어휴, 이게 웬 난리냐!"

임우초는 터져 나오려는 울음을 억지로 참고 촬착을 불렀다. 다행히 마당이 넓어서 두 모자간 언쟁이 밖으로 새어나갈 걱정은 하지 않아도 됐다. 대문을 닫으러 갔던 촬착이 이내 돌아와서 보고를 했다.

"철두鐵頭가 왔어요."

촬착은 조씨네 넷째 조기객을 '철두'라고 불렀다. 조기객이 도처에서 말썽을 일으킨다고 붙여준 별명이었다.

임우초는 속으로 '이거 큰일났구나!' 싶었다. 조기객이 요즘 거의 매일이다시피 항천취를 찾아와서 귀에 바람을 넣고 있었으니 그럴 수밖에 없었다. 안 그래도 잔뜩 들떠 있던 항천취는 조기객만 왔다 가면 밥 먹을 생각도, 차 마실 생각도 하지 않고 이상한 소리만 해댔다. 그렇다고 조기객을 쫓아낼 수도 없는 노릇이었다. 조기황의 체면을 봐주지 않을 수 없었던 것이다.

임우초가 어찌할 바를 몰라 하는데 항천취가 조기객이 온 것을 알고는 고래고래 고함을 질렀다.

"기객, 기객 형! 나 좀 구해줘. 우리 어머니는 망우저택을 감옥으로 만들고 나를 담사동譚嗣同(변법운동 활동가)처럼 감옥에 가뒀어."

임우초는 아들의 말에 기가 차기도 하고 화가 나기도 해 허리춤의 열쇠꾸러미를 소리 나도록 끌어내려 조기객에게 던졌다.

"나는 이제 모르겠다. 그리 죽고 못 사는 기객과 어디 한번 잘해봐."

말을 마친 임우초는 방죽方竹 옆에 있는 돌의자에 앉아 눈물을 뚝뚝 흘렸다.

조기객은 원체 배짱이 크고 사소한 정에 구애받지 않는 사람이었다. 항천취의 고함소리를 듣고 허둥지둥 달려온 그는 임우초가 던진 열쇠꾸러미를 멋지게 받아 쥐고는 말했다.

"아주머니, 걱정 붙들어 매십시오. 저 조기객이 있는 한 천취가 불이익을 당하는 일은 절대 없을 것입니다."

방안에 갇혀 뜨거운 가마솥 안의 개미처럼 안절부절못하던 항천취는 조기객이 문을 열어주자 언제 그랬느냐 싶게 느긋한 모습을 보였다. 심지어 어머니의 방에서 가져온 침대에 털썩 드러누워 두 다리를 쭉 뻗으면서 나른하게 입을 열었다.

"후유! 이번에는 끝장이야."

"왜 벌써부터 한숨을 쉬고 그래? 아직 몰라."

조기객이 만생호를 가져다 주둥이에 입을 대고는 쭉 들이빨았다. 항천취는 만생호가 더럽혀지는 것이 싫어서 빼앗으려고 반사적으로 몸을 일으켰다가 도로 누웠다. 만생호가 원래 조기객의 것이었기 때문이었다.

"듣자 하니 서원 학생 추가모집 허가 조서가 취소됐다면서? 건설비와 설비 구매 비용이 6000냥 넘게 든다는데, 그 많은 돈을 어디서 구해?"

"쓸데없는 걱정 하지 마라. 임 대인大人이 어떤 분이신데 서원이 문을 닫게 가만히 내버려두시겠어?"

"임 대인은 지금 자기 코가 석 자인데 언제 다른 걸 돌보겠어?"

"차라리 잘 됐어. 이참에 '보황파'保皇派들도 크게 깨달아야 해."

허리를 꼿꼿이 펴고 안락의자에 앉은 조기객이 두 주먹을 불끈 쥐었다.

"대청大清은 벌써 무너졌어야 했어. 황제 한두 명의 힘으로 뭘 어쩌겠다고. 그걸 믿는 사람들이 우둔한 거지."

임우초와 한바탕 난리를 치르고 난 항천취는 피곤이 밀려오는지 한껏 졸음이 담긴 눈으로 조기객을 쳐다봤다.

"기객, 우리 부질없는 짓을 하는 건 아니겠지? 티끌처럼 보잘것없는 우리가 아무리 노력해봤자 뭐가 달라질까?"

항천취가 또 나약한 모습을 보이려고 하자 조기객이 황급히 그의 입을 막았다.

"닥쳐! 내 앞에서 맥 빠지는 소리 그만해. 그런 소리 들으려고 너를 찾아온 게 아니야. 너 혹시 오늘 성안에서 떠도는 소문 들었어?"

항천취가 벌떡 일어나 앉았다. 동시에 취한 듯 게슴츠레한 눈을 크게 뜨면서 다그쳐 물었다.

"무슨 소문? 안 그래도 이 갑갑한 방에 반나절이나 갇혀 있어서 머릿속이 근질근질하던 참이었어. 얼른 말해봐."

조기객이 항천취를 잡아 일으켰다.

"우리 삼아원三雅園으로 차 마시러 가자. 단골 다객茶客들이 망우차장 도련님이 오기를 목 빠지게 기다리고 있어. 네가 가서 〈신보〉申報를 읽어 줘라."

"시국이 어느 때인데 한가하게 신문을 읽겠냐?"

"대장부는 산이 무너지고 땅이 갈라져도 낯빛 하나 변치 않고 해야 할 일을 하는 사람이야. 찻집에서 신문을 읽어주기로 한 것은 여지사勵志社 동료들이 모두 찬성한 사항이야. 너, 전례를 깨고 싶어?"

"아니야, 아니야."

항천취가 황급히 읍을 했다.

"안 그래도 갑갑해서 밖으로 나가려던 참이었어. 함께 가자고 하면 될 걸 새삼스럽게 소문이니 뭐니 사족을 달 건 뭐야?"

"네가 좋아할 만한 소식이 있어. 삼아원에 항탄杭灘(항주 지역에서 유행하던 만담과 곡예)을 잘하는 얘기꾼이 새로 왔는데 성이 단段씨래. 특히 〈삼국〉三國을 기가 막히게 잘한대."

항천취의 눈이 반짝 빛났다.

"얼른 가자. 혹시 우리 어릴 때 봤던 단 선생이라는 사람이 홍삼을 데리고 돌아온 건 아닐까? 왜 이제야 알려줘? 빨리 가자."

조기객이 고개를 절레절레 저었다.

"어휴! 누가 부잣집 귀공자 아니랄까봐. 그냥 너를 한번 떠본 거야. 단 선생 따위는 없어."

"그래도 가보자. 혹시 정말 있을지도 모르잖아."

항천취는 누가 쫓아내기라도 하듯 빠르게 달려나갔다. 임우초는 애가 타서 소리만 지를 뿐이었다.

"너 또 어디로 가는 거냐? 위험한 곳에는 가지 마."

"관아에 자수하러 가요, 어머니."

항천취는 일부러 퉁명스럽게 대꾸했다.

"촬착, 얼른 따라가지 않고 뭘 해?"

임우초는 촬착에게 분부하고 나서 울먹이는 소리로 조기객을 향해 말했다.

"기객, 너도 조씨 가문의 귀한 아들이란다. 제발 밖에서 말썽을 일으키지 마라. 연로하신 부모님께 걱정을 끼쳐드려서야 되겠느냐? 너의 어머니도 며칠 전에 나를 찾아와서 눈물을 흘렸어."

조기객은 손으로 귀를 막고 서둘러 망우저택을 빠져나왔다. 그가 제일 듣기 싫어하는 것이 여인네들의 잔소리였다.

조기객이 항천취를 '꾀어' 데리고 간 삼아원은 청말민국 초기 항주성의 유명한 찻집이었다. 지금의 서호 10경 중 하나인 유랑문앵柳浪聞鶯에 자리하고 있었다. 예전의 망우찻집과는 몇 발자국 떨어진 곳이었다. 망우찻집은 융흥찻집으로 바뀐 뒤 예전처럼 장사가 잘 되지 않았다. 급기야 손님들의 발길이 점점 뜸해지더니 나중에는 폐업 직전까지 이르게 됐다. 대신 삼아원이 손님들로 흥청거리기 시작했다. 점주 왕아모王阿毛는 허풍 떨기 좋아하고 사람을 좋아하는 한족 청년이었다. 그는 새 조롱을 들고 거들먹거리면서 이곳 삼아원에서 풍류 넘치는 우아한 모임을 주선하기를 즐겼다. 조기객을 비롯한 학생들은 점주의 이런 성격을 이용해 유신 세력의 회합 아지트로 자주 활용하고는 했다.

중국의 찻집처럼 다양한 장소로 활용되는 가게는 아마 전 세계를 통틀어 얼마 안 될 것이다. 찻집이 하는 역할로는 우선 '살롱', '주식거래소', '식당', '조회鳥會(새 키우는 사람들의 모임)', '극장', '법정', '혁명장소' 등이 있었다. 또 '동네 수다방', '정보교류센터', '서민 작가들의 서재', '냄새 맡기 좋아하는 신문기자들의 출입처', '건달들의 싸움터', '연인들의 밀회 장소', '가난뱅이들의 전당포' 등 가지각색의 역할도 떠맡고 있었다. 강남에서는 항주를 중심으로 항가호杭嘉湖 평원에 있는 찻집들이 단연 으뜸으로 꼽혔다.

구시서원 학생들이 발족한 여지사는 처음에는 서생들이 책을 읽고, 독후감을 발표하는 모임이었다. 간혹 시를 쓰고, 그림을 그리는 등의 활동도 했으나 별로 특별할 것은 없었다. 그러다 항천취가 찻집에서 신문을 읽고 시사 문제와 관련한 토론을 하자고 제안했다. 항천취의 충동적인 제안에 누군가 웃으면서 말했다.

"천취 형은 유신維新과 장사 두 마리 토끼를 모두 놓치지 않을 생각이구려. 찻집에서 신문을 읽어주면 손님들이 몰릴 테고, 손님이 많아지면 차도 더 많이 팔릴 게 아닌가."

삼아원에서 파는 차는 망우차장이 공급하는 것이었다. 삼아원과 항씨네는 꽤 오래 거래해온 사이였다. 항천취가 얼굴을 붉히면서 말했다.

"그렇게 말하면 안 되지. 전고典故를 찾아보면 예전에도 찻집에서 평서評書 활동을 한 선례가 많았어. 《항주부지》杭州府志를 보면 '명明 가정嘉靖 21년(1542년) 3월에 이李씨가 찻집을 열었는데 손님이 구름처럼 모여들어 돈을 많이 벌었다. 원근의 사람들이 이씨를 본받아 한 달 사이에 50여 개의 찻집을 열었다. 지금 항주에는 크고 작은 찻집이 800여 개 있다. 찻집마다 얘기꾼을 두어 《수호전》, 《삼국연의》, 《악전》岳傳, 《시공안》施公案 등의 작품과 관련한 평서 활동을 한다'라고 나와 있어."

항천취가 정색을 하자 옆에 있던 사람이 만류했다.

"천취 아우도 참, 농담 한마디에 샌님처럼 정색을 할 건 뭐야? 항주 사람들이 차를 마시면서 시사를 논한 것이 어디 하루 이틀의 일인가? 우리도 어릴 때부터 그런 모습을 많이 봐왔잖아?"

이 사람의 말은 틀린 말이 아니었다. 항주는 땅덩어리가 넓은 중국에서도 다사茶事(여럿이 모여 차를 마시면서 흥겹게 얘기를 나누는 일)가 일상인 고장이었다. 남송 때 벌써 "사계절 내내 기차이탕奇茶異湯을 팔고 겨울에는 칠보뢰차七寶擂茶도 판다"는 말이 나왔을 정도였다. 당시 항주에는 찻집이 많았을 뿐만 아니라 가게 환경이 아름답고 분위기도 고풍스럽고 우아했다. 문인묵객, 귀족자제들이 찻집을 자주 찾았다. 일부 찻집에서는 명인들의 서화도 걸어놓았다. 그러니 구시서원의 학생들이 전혀 근거 없는 말을 한 것은 아니었다. 다사를 시작한 송나라 선비들은 어찌 보면 이들의 '선배'라고 해도 틀린 말은 아니었다. 다만 마음에 안 드는 점이 있다면 송나라 때는 찻집과 기방의 경계가 모호했다는 것이다. 찻집에서 공공연히 매춘이 이뤄졌다는 얘기였다. 이에 구시서원의 학생들은 처음부터 "신문을 읽을 때 기녀들과 시시덕거리는 것을 금한다. 이를 어길 시 즉시 제명한다"는 명문화된 규정을 세워놓았다.

조기객은 항천취의 귀에 대고 이 규정을 세 번이고 네 번이고 거듭 귀띔했다. 듣다 못한 항천취가 버럭 화를 냈다.

"그만해! 네 눈에는 내가 지식인이 아닌 난봉꾼으로 보이냐?"

조기객이 그러자 이죽거리면서 대답했다.

"흠, 난봉꾼까지는 모르겠고 풍류가쯤은 되겠지. 내가 미리 귀띔하지 않으면 어떤 여자 치마폭에 싸여 헤어 나오지 못할까봐 걱정이 돼서 그래."

항천취는 너무 기가 막혀 입술을 덜덜 떨었다. 급기야 발을 탕탕 구르면서 화를 냈다.

"'풍류'와 '저질'이 같은 말이냐? 풍류가와 난봉꾼을 어떻게 함께 논할 수 있냐? 너희들, 내가 언제 기녀하고 시시덕거리는 걸 본 적 있어? 있느냐고?"

"글쎄, 그건 모르는 일이지. 《화간일보》花間日報에 버젓이 난 것도 아니고 우리가 그걸 어떻게 알아?"

짓궂은 동료들이 한 술 더 뜨려는 것을 조기객이 막았다.

"그만하자. 천취는 그럴 사람이 아니야. 내가 잘 알아."

좌중의 사람들은 또 한바탕 웃고 떠들었다. 그리고 매주 일요일 찻집에서 신문을 읽어줄 사람은 제비를 뽑아서 정하기로 결정했다. 처음에 누구보다도 적극성을 보였던 항천취는 '장사'니, '여자'니 하면서 동료들한테 한바탕 놀림을 당하고 나자 흥이 싹 사라져버리고 말았다. 더구나 그는 원래 감성적이고 즉흥적인 성격이었다. 뭔가를 차근차근 추진하는 일은 딱 질색이었다. 이래저래 기분이 상한 항천취가 모임에서 빠져나올 핑계를 찾고 있을 때였다. 갑자기 조기객이 못을 박았다.

"허튼 짓은 꿈도 꾸지 마. 이번 아이디어는 네가 발기한 거니 죽든 살든 끝까지 참여해야 된다. 든든한 내가 네 옆에 그림자처럼 꼭 붙어 있을 테니 아무 걱정 하지 마."

"그림자 좋아하고 있네. 옥졸처럼 나를 감시하려고 그러는 거 다 알아."

항천취가 그제야 얼굴을 활짝 펴면서 웃었다. 조기객과 함께라면 뭘 해도 즐겁고 재미있을 터였으니 그럴 만도 했다.

제7장

20세기가 시작되는 1900년(경자년) 윤8월, 청나라 황제 덕종德宗(광서제) 애신각라 재첨愛新覺羅 載湉은 즉위 26년을 맞이했다.

때는 봄과 여름이 바뀌는 무렵이었다. 북경에서 의화단義和團 운동이 일어났다. 8개국 연합군은 다시 한 번 원명원圓明園을 능멸했다. 자희慈禧태후(서태후)는 진비珍妃를 죽이고 광서제光緒帝와 함께 부랴부랴 황궁인 자금성紫禁城을 빠져나왔다. 궁을 탈출한 일행은 회래懷來, 선화宣化, 대동大同, 태원太原을 거쳐 서안西安으로 도주했다.

당시 호부좌시랑戶部左侍郎 겸 상서尙書 직위에 있던 왕문소王文韶는 71세였다. 그는 그때까지만 해도 얼마나 가혹한 운명이 자신을 기다리고 있는지 꿈에도 상상하지 못했다. 7월 21일, 자희태후는 하루 사이에 왕공대신들을 다섯 차례나 불러 만났다. 그러나 다들 슬슬 빠지고 마지막에 남은 신하는 왕문소, 강의剛毅, 조서교趙舒翹 세 사람밖에 없었다. 자희태후가 광서제를 데리고 서안으로 창황하게 도망갈 때 이들을 배웅한 신하는 한 명도 없었다. 조정의 문무백관들이 각자 자기 살길을 찾아 뿔뿔이 흩어졌기 때문이었다.

그 와중에 왕문소 부자는 가마를 구하지 못해 도보로 사흘 밤낮을 걸어 회래에서 겨우 황제 일행을 따라잡았다. 발이 부르트고 거지꼴이 다 된 왕문소는 황제를 만나자마자 털썩 무릎을 꿇고는 눈물을 펑펑 쏟았다. 자희태후는 강남 항주 태생의 늙은 신하의 충성심에 크게 감동해 몸에 지니고 있던, '탈태'脫胎라는 '옥 중의 옥'을 왕문소에게 하사했다. 중국 최후의 봉건왕조 청나라의 마지막 재상 왕문소는 이렇게 초라하고 쓰라린 모습으로 역사의 한 페이지를 장식했다.

비슷한 시기 왕문소의 고향이자 '지상의 천당'으로 불리는 항주에서는 반청反清 움직임이 일기 시작했다. 일부 반청지사들이 비밀리에 결당結黨을 해서 세운 절강동향회는 손중산孫中山(손문孫文)이 홍콩에 세운 흥중회興中會와 의기투합해 일본으로 건너가 반청 무장봉기를 획책했다. 또 혁명보다 돈벌이에 더 관심있는 상인들은 공장, 광산을 차려 '실업구국'實業救國의 기치를 내걸었다. 5년 전인 1895년, 방원제龐元濟와 정병丁丙은 30만 냥을 투자해 공신교拱宸橋 여의리如意里에 세경世經 제사製絲공장을 설립했다. 그리고 5년 뒤인 1900년에 북경이 살인, 방화로 아수라장이 된 와중에 항주에서는 장용선莊誦先이라는 사람이 7만 냥을 들여 이용利用 밀가루공장을 세웠다. 이어 또 1년이 지난 뒤 항주 최초의 백화문白話文(중국에서 일상생활에 쓰는 구어체 언어) 신문인 《항주백화보》杭州白話報가 고고呱呱의 성을 울렸다.

북방이 의화단운동으로 한창 시끄러울 때 강남 항주성에 즐비한 크고 작은 찻집들도 손님들로 북적였다. 시민들의 입에 제일 많이 오르내린 화제는 왕문소의 앞날에 대한 궁금증 내지 걱정이었다.

삼아원에서는 연극을 공연하는 사람도, 구경하는 사람도 종적을 감췄다. 바둑을 두는 사람도 보이지 않았다. 벽 모퉁이에 펼쳐놓은 바둑판은 며칠이 지나도 들여다보는 사람이 없었다. 흰 돌에도 먼지가 가득 쌓였다. 가끔 지나가던 사람이 바둑돌을 하나 만지기라도 할라치면 손이 새까매지고는 했다.

점주 왕아모는 매일 싱글벙글 콧노래를 부르면서 칠성七星화로에 새빨갛게 불을 피우고 구리 주전자를 반짝반짝 윤이 나게 닦아놓았다. 화로 위의 물주전자가 치직 수증기를 내뿜을 때쯤에는 융흥찻집의 차박사茶博士 오승吳昇이 종종 건너왔다. 그럴 때마다 그는 저잣거리의 재미있는 소식을 전해주고는 했다. 그는 할일이 없는지 어느 날 또다시 놀러와서는 왕아모를 보자마자 엄지를 척 치켜세우면서 너스레를 떨었다.

"사장님, 사장님 가게는 언제 봐도 호황입니다. 요즘은 어떤 재미있는 얘기를 들려주고 있어요?"

"8개국 연합군 덕분에 조 사공자와 항씨 도련님은 매일 조정에 관한 얘기만 하고 있단다. 나야 알아들을 수가 있어야 말이지."

오승은 생김새가 얌전하고 귀여운 데다 영리하고 눈치가 빨랐다. 그래서 왕아모도 오승을 싫어하지 않았다. 왕아모가 오승에게 물었다.

"그쪽은 어떠냐?"

"딸기코(융흥찻집의 점주 만복량의 별명)는 얼마 못 버틸 것 같아요."

오승이 대놓고 무시하는 표정을 지으면서 말했다.

"고기에 환장하는 전직 백정 출신이 찻집 경영이라니 말이 안 되잖아요. 어찌 왕 사장님네에 비할 수 있겠어요?"

왕아모가 손 가는 대로 동전 몇 닢을 집어 오승에게 주면서 말했다.

"듣자 하니 그가 불치병에 걸려 찻집을 팔아버릴 생각이라던데, 그게 사실이냐?"

"그건 제가 그 누구보다 더 잘 알죠. 왕 사장님의 부탁이 아니었다면 저는 벌써 늙다리 딸기코를 떠나 이쪽으로 왔을 거예요. 저 같은 사람이 삼아원에서 밥을 벌어먹는 것은 일도 아니죠, 안 그래요?"

"그래, 그래. 너는 젊고 총명해서 마음에 든다. 네가 하는 걸 봐서 나도 섭섭하게 대하지는 않을 테니 쓸데없는 걱정은 붙들어 매거라. 소문에 의하면 오차청이 너희 찻집을 사들일 계획이라던데, 망우찻집이 원래의 주인에게 돌아가는 건가?"

"저는 금시초문입니다."

오승의 크고 검은 눈동자가 잠깐 흔들렸다. 왕아모가 그런 오승을 보면서 크게 웃었다.

"너와 오차청은 같은 고향 사람이고, 안휘회관에서 자주 보는 사이가 아니냐? 내가 모를 것 같으냐? 너는 아직 멀었어, 애송이야. 양다리를 걸치다가 양쪽 다 잃을 수도 있으니 알아서 잘 판단해."

왕아모는 말을 마치고는 조기객의 시사 논평을 들으러 위층으로 올라갔다. 오승은 혼자 멍한 표정을 한 채 아래층에 우두커니 서 있었다.

항천취는 한시도 집에 붙어 있으려고 하지 않았다. 틈만 나면 밖으로 나가지 못해 안달했다. 임우초는 촬착에게 그런 항천취를 단단히 감시하라고 거듭 일렀다. 옹가산 다농茶農 출신인 촬착은 어느덧 나이가 서른을 넘고 있었다. 그동안 결혼을 해 아이도 있었다. 예전과 달라지지 않은 것이 있다면 여전히 어수룩하고 세상 돌아가는 얘기에 통 관심이 없다는 것이었다.

"의화단이 반란을 일으켰다면서?"

"그래요?"

"8개국 연합군이 자금성에 쳐들어왔다면서?"

"쳐들어오라죠."

"노불야老佛爺(자희태후의 별칭)는 피난 가셨다면서?"

"피난 가시라죠."

"내년에는 찻잎 수확량이 줄어들 것 같다면서?"

"그런 것 같습니다."

두 사람의 대화는 늘 이런 식이었다. 촬착은 글공부에는 관심이 없고 밖으로 나갈 궁리만 하는 도련님이 걱정돼 늘 잔소리를 했다.

"도련님, 제발 말썽은 일으키지 마세요. 구시서원에서 열심히 공부하시면 얼마나 좋아요? 마님 얘기로는 구시서원에 입학한 사람은 장원급제한 것과 같다면서요. 졸업하면 현관縣官이 될 수 있다면서요."

"그게 뭔 대수야. 기객도 그만두고 매일 백운암에서 무예를 연마하고 있어. 아마 집에서도 쫓겨났을 거야. 기객의 아버님은 아들이 가업을 이어받아 의원이 되기를 바라셨으니 말이야."

항천취는 한숨을 내쉬면서 침대에 털썩 드러누웠다.

"누구나 다 기객을 스스로 타락한 불효자라고 욕하지. 그러나 나는 그렇게 생각 안 해. 기객은 기개 있고 대담한 사내대장부야."

촬착이 우물우물 대답했다.

"사람마다 각자의 뜻이 있으니까요."

항천취가 갑자기 침대에서 벌떡 일어나더니 손뼉을 쳤다.

"역시 우리 촬착은 뭐가 달라도 달라. 나는 꼭 마치 영웅지기英雄知己를 만난 느낌이다. 기객은 형제가 여럿이니 한두 사람이 가업을 포기한다고 해서 별 문제가 되지 않지만 나는 아니야. 우리 집, 우리 차장에 내가 없으면 안 되니, 후유! 숨이 막혀 미칠 것 같다."

촬착이 그러자 정색을 했다.

"도련님, 제가 입방정을 떠는 게 아니라 도련님의 광증(정신병)은 제대로 치료 받으셔야 할 것 같습니다. 4대 독자인 도련님을 어찌 조 사공자와 비교하겠습니까? 조 사공자는 형제가 네댓이나 되니 백운암이 아니라 달에 올라가서 무예를 연마한다고 해도 누가 뭐라고 할 사람이 없죠. 그러나 도련님은 아닙니다. 도련님은 어디를 가든지 '망우차장 계승자'라는 신분에서 벗어날 수 없습니다."

큰 충격을 받은 듯 잠깐 멍해 있던 항천취가 발을 구르면서 화를 냈다.

"그 입 다물지 못할까. 너까지 나한테 왜 그래? 내가 항아嫦娥(중국 신화에 나오는 달의 여신)를 보러 달에 가건 말건 그건 내 마음이야. 네가 어쩔 건데? '차장' 소리는 이제 그만해, 귀에 못이 박히도록 들었어. 내가 차장 때문에 속 터져 죽는 꼴을 봐야 시원하겠어?"

항천취는 책상 위의 문방사보를 신경질적으로 밀어버렸다. 곧게 잘 생긴 콧방울도 신경질적으로 움찔거렸다. 이어 휭하니 방을 나갔다. 그러더니 이내 되돌아와서는 서랍을 열고 돈을 꺼냈다. 하인을 따돌리고 혼자 나가서 빈둥거리려는 것이었다. 촬착은 소리 없이 한숨을 내쉬었다.

"도련님은 언제쯤 공부에 재미를 붙일까?"

조기객은 찻집에서 천부적인 언변을 유감없이 과시했다. 허풍 떨기로는 누구에게도 뒤지지 않는 달변가 왕아모도 탄복할 정도였다.

"지금 조정 세력은 세 갈래로 나뉘었어요."

조기객이 뜨거운 찻주전자를 들고 입을 열었다. 한 무리의 남자들이 의자에 앉거나 비스듬히 기대고 서서 조기객의 고담준론에 귀를 기울이고 있었다. 평소 무대 위의 주인공이었던 연극배우들 역시 객석에 앉은 채 진지한 자세로 경청하고 있었다.

"하나는 부청멸양扶清滅洋을 위해 의화단을 중용할 것을 주장하는 파로, 단왕端王 재의載漪, 대학사 강의剛毅, 대학사 서동徐桐, 상서 숭기崇綺, 대훈戴勛, 서승욱徐承煜 등이 주력이오. 다른 하나는 의화단 숙청을 주장하는 파로 이부시랑吏部侍郎 허경징許景澄, 태상시경太常寺卿 원창袁昶, 내각학사 연원聯元이 주력이오. 그리고 나머지 하나는 우리 항주 태생 호부상서 왕문소를 필두로 하는 중립파요."

조기객이 차를 한 모금 마시는 틈을 타서 허풍쟁이 왕아모가 끼어들었다.

"의화단은 '일룡이호一龍二虎의 머리를 잘라 홍균노조洪鈞老祖(도道 그 자체를 형상화한 인물로, 모든 신선들의 스승)와 이산노모梨山老母(전설 속의 여자 신선)의 제를 지내겠다'는 구호를 내걸었다고 들었소."

"그게 무슨 말이오?"

주지덕周至德이라는 성수도사城守都司(관직명)가 물었다.

"'일룡'一龍은 광서제, '이호'二虎는 이홍장李鴻章과 왕문소를 지칭한다고 들었소."

항천취도 참지 못하고 끼어들었다.

"왕문소라는 사람도 명이 참 질긴 것 같소. 듣자 하니 그는 쿵쿵 소리 나게 바닥에 머리를 찧으면서 태후께 간하기를, '중국은 갑오전쟁 이후 군사력이 약해지고 재정이 바닥났사옵니다. 여러 나라에 맞서 싸우기에는 중과부적이옵니다. 섣불리 덤벼들었다가 그 뒷수습을 어찌하려고 그러시옵니까? 제발 다시 한 번 생각해주시기를 간청하옵니다'라고 했다오."

"태후는 뭐라 하셨다는가?"

최대모崔大謀라는 세공歲貢(공생貢生의 일종)이 황급히 물었다.

왕아모가 앞질러 대답했다.

"태후께서는 아무 말씀도 없으셨는데 태후 뒤에 서 있던 단왕 재의가 '저놈의 목을 쳐라!'라고 일갈했다오."

주지덕이 책상을 탕 치면서 말했다.

"그런 놈은 죽여 마땅해. 항주 사람들 얼굴에 먹칠을 했어."

"염치없이 양인洋人들 편에 서서 말을 하다니. 그런 사람은 항주 족적族籍에서 이름을 파버려야 하오."

최대모도 한마디 거들었다.

좌중에는 나운청那雲青이라는 팔기八旗 자제子弟도 있었다. 만복량의 생질로, 별명은 '운중조'雲中雕(구름 속 독수리라는 의미)였다. 그는 며칠 전 주지덕과 최대모와의 새 싸움에서 진 일 때문에 앙앙불락한 터였던 만큼 이때다 싶어 두 사람을 비꼬았다.

"한족漢族들은 뼛속부터 천한 족속들이야. 몇 만 년 만에 겨우 한족 대학사가 한 명 나왔는데, 왜 같은 민족끼리 잡아먹지 못해 안달이지? 이러니 평생 노비 신세를 면하지 못하는 거 아니야."

주지덕은 무인武人 출신이었다. 성격이 불같았다. 급기야 책상을 치면서 발끈했다.

"당신이 뭘 안다고 참견이야? 그렇게 잘난 척을 하고 싶으면 먼저 당신의 구관조나 잘 가르치라고."

최대모도 거들었다.

"우리 한족은 존비귀천을 따질 때 충효절의忠孝節義를 보지 당신네들처럼 정기正旗니 양기鑲旗(팔기의 깃발 중 테두리 선이 없는 것은 정기, 있는 것은 양기임)니 쓸데없는 걸 따지지 않소. 나라를 팔아 부귀영화를 도모하는 매국노는 민족과 관계없이 천한 놈이오."

나운청이 화가 났는지 새 조롱을 내려놓고 삿대질을 하면서 소리를 질렀다.

"네놈이 감히 나 운중조를 천하다고 했어? 이리 와, 오늘 한번 붙어보자."

나운청이 소매를 걷어 올리면서 분을 참지 못해 씩씩거렸다. 보다 못한 항천취가 입에 손가락을 대고 쉿! 소리를 냈다. 그는 다 몰락한 주제에 자존심은 살아서 한족들 앞에서 으르렁거리는 팔기 자제들을 평소에도 매우 싫어했었다.

"좀 조용히 하시오. 시국이 어느 때인데 쓸데없이 싸움질이오?"

중뿔나게 끼어든 항천취도 하필 한족인지라 나운청은 더욱 화가 나서 펄펄 뛰었다.

"가재는 게 편이다 이거지? 좋아, 어디 두고 보자!"

좌중은 입을 모아 나운청을 비난하는 한편 왕문소가 어떻게 목숨을 부지하게 됐는지 얼른 얘기해달라고 조기객을 재촉했다. 조기객이 못 이기는 척 입을 열었다.

"서양인들 덕분에 운 좋게 살아남을 수 있었소. 어전회의 다음날 자희태후는 원창袁昶과 허경징許景澄을 죽였소. 그리고 며칠 후 서용의徐用儀와 입산立山, 연원을 죽였지. 다음 차례는 왕문소와 영록榮祿인데, 공교롭게도 8개국 연합군이 황성 아래까지 쳐들어왔지 뭐요. 자희태후는 왕문소를 죽이고 싶어도 죽일 겨를이 없었지."

좌중은 그제야 흡족한 표정을 지었다. 이들은 다른 사람들이야 죽건 말건 별 관심이 없었다. 항주 태생 왕문소의 운명이 궁금했을 뿐이었다.

"왕문소는 자칫하면 또 몇 년 전처럼 가족을 부양한답시고 귀향할 것 같소. 듣자 하니 전당문 밖에 노후 대비용으로 자신의 집을 지어놨다더군."

"가족 부양? 말도 안 되는 소리요. 왕문소의 어머니, 아내와 아들은 몇 년 전에 모두 죽었소. 왕문소 본인도 큰 병을 앓고 나서 거의 귀머거리가 됐다네."

허풍쟁이 왕아모는 다른 사람들의 시시콜콜한 개인사에 굉장히 관심이 많은 사람이었다. 그는 점원을 시켜 사람들의 찻잔에 뜨거운 물을 붓게 하고는 바로 호기심이 가득한 말투로 말을 이었다.

"벼슬아치들 중에 털어서 먼지 안 나는 인간을 못 봤소. 왕문소도 어릴 때부터 부모 속을 꽤 태운 사람이오. 도박에 미쳐 집안의 물건을 죄다 내다팔고 빈털터리가 돼서야 정신을 차렸다지 뭐요. 나이를 잔뜩 먹고 맨발로 폐하를 쫓아 서안까지 도망갔다고 하니 꼴불견이 아니고 뭐겠소. 자희태후가 아무것도 모르셨으니 망정이니 왕문소의 과거를 알았더라면 그 귀한 보옥寶玉을 하사하셨겠소?"

좌중의 사람들은 조기객과 항천취에게 끈질기게 달라붙었다.

"두 분 지식인, 그대들 생각에는 조정과 서양인들 중에서 어느 쪽이 우세를 점할 것 같소? 고견을 좀 들어봅시다."

조기객이 자리를 박차고 일어났다. 이어 속에서 떠오르는 생각을 잠시 억누른 채 냉소를 지으면서 말했다.

"어리석은 인간들! 지금이 어느 때인데 아직도 썩어빠진 조정에 기대를 걸고 있소?"

항천취도 자리에서 일어났다.

"황상皇上이 지금 어디 계시오? 서안에 숨어 북경으로 돌아가지도 못하는 사람한테 우세를 논할 가치가 있소?"

항천취는 말을 마치고는 보물처럼 아끼는 만생호를 품에 꼭 안고 문어귀까지 걸어갔다. 그러다 몸을 돌리면서 의미심장하게 한마디를 뱉어냈다.

"후유! 대청제국은 이제……."

좌중의 사람들은 밖으로 나가는 두 서생의 뒷모습을 멀거니 쳐다보면서 한동안 할말을 잃었다. 항천취가 하다 만 "대청제국은 이제……"라는 말이 묘한 여운을 남기고 있었다. 그들은 속으로 어떤 생각을 하고 있는지 모르지만 "대청제국은 이제 끝장이 났어!"라는 말을 대놓고 하지는 않았다. "너무 약해빠졌어!"라는 말 역시 마찬가지였다.

시국은 하루가 다르게 변해갔다. 그러나 항주 사람들은 여전히 해가 뜨면 일하고 해가 지면 쉬는 평온한 일상을 반복했다. 절강성 순무巡撫(지방 행정장관) 유소당劉紹棠이 각국 영사들과 〈동남호보장정〉東南互保章程을 체결한 이후 삼아원의 다객들은 한동안 이에 관한 화제로 얘기꽃을 피웠다.

경자년에서 신축년으로 넘어가는 겨울, 왕문소는 중임을 맡았다. 그 무렵 재의와 강의는 서양인들을 분노케 해 총애를 잃었다. 또 서태후를 따라 서안까지 동행했던 군기대신 겸 형부상서 조서교도 참감후斬監候(사형 집행 유예)의 형벌에 처해진 상태였다. 이 와중에 왕문소는 체인각體仁閣 대학사로 승진했다. 조정의 대소사를 혼자 짊어지게 된 것이다.

허풍쟁이 왕아모는 언제 왕문소의 험담을 했던가 싶게 입에 사탕 발린 칭찬을 늘어놓기 시작했다. 새 조롱을 들고 삼아원을 찾은 다객들에게 여느 때처럼 직접 차를 따라주면서 이미 구문舊聞이 돼버린 소식을 그야말로 신이 나서 떠벌렸다.

“아휴, 왕문소라는 사람이 기인奇人은 기인이야. 도박에 빠져 가산을 탕진하고 나서 하늘이 무너져라 펑펑 울었다지 뭐요. 그리고 그놈의 골패를 죄다 서호에 처넣었다오. 열여섯 살 때부터 머리를 싸매고 악착같이 공부를 하더니 스물셋에 덜컥 진사進士에 합격했다오. 호부아문에서 한때 이름을 크게 날렸다오.”

‘운중조’ 나운청은 구관조에게 모이를 주면서 좌중을 향해 의기양양하게 말했다.

“서안에 갔던 우리 형님이 며칠 전에 돌아와서 하는 말이 조서교도 죽임을 당했다고 하더이다. 팔자도 사납지.”

단골 다객들은 오래간만의 신선한 소식에 눈빛을 반짝이면서 나운청을 다그쳤다.

“도대체 어떻게 된 영문인지 얼른 얘기해 봐요.”

그러나 나운청은 쉬이 입을 열지 않고 뜸을 들였다.

“나 같은 사람한테 들을 얘기가 뭐가 있다고 그러오? 주씨(주지덕)나 최씨(최대모)에게 얘기해달라고 하시오.”

그러자 누군가가 말했다.

“운雲 나리는 아직 모르고 계셨군요. 그 두 사람은 일전에 관아에 잡혀갔어요. 왜 잡혀갔는지는 아무도 몰라요.”

운중조가 픽, 코웃음을 쳤다.

“평소에 큰소리를 뻥뻥 치고 다니기에 대단한 줄 알았더니 도대체 왜 잡혀갔을까?"

허풍쟁이 왕아모가 슬쩍 화제를 돌렸다.

"글쎄 이게 도대체 웬일이오? 방금 언급한 조서교라는 사람, 지난해에 서태후의 명을 받고 서양인들에게 알랑거리던 사람 아니오? 서태후는 도대체 무엇 때문에 그에게 자살을 명했을까?"

운중조가 흥하고 콧방귀를 뀌면서 말했다.

"이 세상에 주인을 이기는 노비는 있을 수 없어요. 하룻강아지 범 무서운 줄 모른다고, 조서교는 감히 노불야 앞에서 까불었으니 죽을 수밖에요. 자살로 생을 마감한 것도 그나마 체면이 서는 죽음이에요. 듣자 하니 그 사람도 명줄이 상당히 질겼던 모양이에요. 처음에는 금덩어리를 몇 개 삼켰는데 몇 번 웩웩 토하고 나서 멀쩡하게 되살아났대요. 그래서 독주를 마셨는데 여전히 죽지 않았대요. 나중에는 별수 없이 가인을 불러 술에 적신 종이로 일곱 구멍을 겹겹이 틀어막게 했대요. 그렇게 황혼 무렵까지 부대끼다가 겨우 숨이 끊어졌대요."

좌중의 사람들은 세상천지에 목숨이 그렇게 질긴 사람은 듣도 보도 못했다면서 혀를 끌끌 찼다. 다객들이 차를 마시면서 그렇게 흥미진진하게 얘기꽃을 피우는데 누군가 탕! 하고 책상을 내리쳤다. 두말 할 필요도 없이 조기객과 항천취였다. 두 사람은 잔뜩 굳어진 얼굴로 씩씩거리면서 자리를 박차고 나가버렸다. 남은 사람들은 두 서생이 무엇 때문에 화를 내는지 이유를 몰라 서로의 얼굴만 멀뚱멀뚱 쳐다봤다.

다시 며칠이 지났다. 지부 임계는 구정 전에 이미 병으로 세상을 떠났다. 경자년에 들어선 후에는 학교를 다시 설립한다는 소문도 돌았다. 구시서원을 '절강성 구시대학당'으로 개명한다는 소문도 파다했다.

조기객이 항천취를 찾아오는 횟수가 매우 뜸해졌다. 하루 종일 '절강동향회' 회원들과 붙어 있으면서 눈코 뜰 새 없이 바쁘기 때문이었다. 항천취는 이른바 '절강동향회'가 반청反清 조직이라는 것을 알고 있었다. 그래서 조기객이 그에게 가입을 권할 때 이렇게 대답했다.

"나는 반청은 반대하지 않아. 그러나 조직 같은 데 가입할 생각은 눈곱만큼도 없어. 내가 제일 두려워하는 것 중 하나가 살인방화야."

조기객이 큰소리로 꾸짖었다.

"그런 억지가 어디 있냐. 혁명이 왜 살인방화야?"

"의화단 운동 좀 봐, 살인방화 아니면 뭐냐?"

"코쟁이들을 죽이는 건 다른 얘기야."

"코쟁이건 중국인이건 아무튼 살인은 곧 죄악이야. 너도나도 살인에 혈안이 돼 있으니 천하가 크게 어지러워진 거야."

조기객이 손사래를 쳤다. 항천취를 설득하려던 생각이 싹 사라진 듯했다. 결국 그는 다른 동지들에게도 그에 대해 부정적으로 말할 수밖에 없었다.

"그냥 일찌감치 포기하게. 천취 그 녀석은 너무 나약하고 무능하네."

그러자 누군가가 물었다.

"그럼 자네는 왜 그런 무지렁이하고 형님 아우하면서 가깝게 지내는가?"

조기객이 웃으면서 대답했다.

"사람은 각자 장단점이 있잖은가. 천취는 혁명에는 별 도움이 안 되지만 인간성은 괜찮다네. 믿을 만한 친구지. 앞으로 그가 망우차장 점주가 되면 우리 혁명에 금전적 도움을 줄 수도 있지 않을까?"

조기객의 말에 모두 큰 소리로 웃었다.

항천취는 시들하니 집에 박혀 있었다. 조기객이 없으니 만사가 재미없고 귀찮았다. 그러던 어느 날 점심때쯤 조기객이 헐레벌떡 달려왔다.

"내 얘기 듣고 놀라지 마."

조기객은 그답지 않게 뜸을 들였다. 항천취는 개가죽 담요를 발치에 덮고 침대에 나른하게 누운 채 대수롭지 않게 말했다.

"놀랄 게 뭐 있어? 나 항천취는 담사동이 북경에서 목이 잘렸을 때도 놀라지 않았어. 기껏해야 또 누군가가 죽임을 당했다는 소식이겠지."

"맞아. 너도 잘 아는 사람이야."

잘 아는 사람이라는 말에 항천취가 귀를 쫑긋했다.

"그저께 성수도사 주지덕과 세공 최대모 사건 공판이 열린 걸 알지?"

순간 항천취의 두 눈이 휘둥그레졌다. 그가 벌떡 침대에서 일어나더니 재빨리 창가로 다가갔다. 창밖으로 고개를 내밀고 임우초가 없음을 확인한 다음 낮은 소리로 말했다.

"주와 최를 비롯한 열 몇 명은 우리 선친들과도 대대로 교분이 있었던 사람들이야. 우리 어머니는 그 소식을 듣고 나에게 서원에서 나오라면서 또 죽네 마네 한바탕 난리를 피웠어. 그 사건은 억울한 사건으로 이미 판결났잖아. 그 두 사람을 왜 죽인대?"

조기객이 어느새 창백해진 항천취의 얼굴을 똑바로 보면서 내뱉듯 말했다.

"죽이는 게 아니라 이미 죽였어."

"뭐라고?"

항천취의 목소리가 높아졌다.

"언제 어디에서?"

"오늘 오시午時 삼각三刻에 기영성旗營城 아래에서 목이 잘렸어."

"오시 삼각이면 네가 여기 도착하기 바로 전이네?"

"맞아. 내 눈으로 직접 확인했어."

항천취는 침대에 털썩 주저앉아 한동안 아무 말도 못했다. 이윽고 그가 입을 열었다.

"그 둘은 본분을 지키는 관리와 지역 유지인데 어쩌다 그런 억울한 죽임을 당했을까? '강량康梁(강유위康有爲와 양계초梁啓超를 일컬음)변법' 이후 서안에서 관리들이 무분별하게 죽임을 당했다고 들었는데, 천리 밖의 항주에서도 이런 일이 벌어질 줄이야. 참으로 원통한 일이로군."

항천취는 부랴부랴 흰 소복으로 갈아입고 검은 신을 신으면서 말했다.

"기객, 얼른 가서 고인들의 명복을 빌어주자."

항천취는 그러나 몇 걸음 걷다 말고 다시 되돌아왔다. 이어 항아리에서 홍차 한 줌과 녹차 한 줌을 꺼내 도화지桃花紙(명청 시기에 많이 사용된 붉게 염색한 종이)에 정성스레 싼 다음 품속 깊이 넣으면서 혼잣말로 말했다.

"천취가 당신들에게 드릴 건 이것밖에 없소."

두 사람은 총총히 양패두를 나와 호빈湖濱 기하영旗下營 쪽으로 걸음을 재촉했다.

순치順治 5년(1648년), 청나라 군대는 산해관山海關을 넘어 항주로 들어왔다. 항주 사람들 중에는 전대前代(명나라)에 충성한 사람들이 많았다. 그래서 청군의 입관入關을 규탄하면서 횡하교橫河橋에서 스스로 목숨을 끊은 사람이 하루에 100명이 넘었다. 시체로 인해 강물의 물길이 막힐 정도였다고 해도 과언이 아니었다. 이에 청 조정은 항주성 서쪽 구석 1000무 가량의 땅에 성을 쌓고 군대를 주둔시켰다. 성벽의 높이는 1장 9척, 서쪽으로는 옛날 성벽과 호수에 인접하고 동쪽으로는 현재의 중산대로中山大路에 이르렀다. 북쪽으로는 전당문, 남쪽으로는 용금문에 잇닿았다. 성벽 위는 말 두 필이 나란히 걸어도 될 정도로 넓었다. 성문은 연령延齡, 영자迎紫, 평하平海, 공신拱宸, 승건承乾 등 다섯 개였다. 이날 오시 삼각에는 아마 승건문 밖에서 사형 집행이 이뤄졌을 터였다.

조기객이 항천취를 데리고 부랴부랴 사형장에 도착했을 때는 망나니도, 구경꾼도, 시체도 아무것도 보이지 않았다. 그저 바닥에 핏자국만 남아 있을 뿐 휑뎅그렁했다.

초겨울 해질 무렵이라 성문은 아직 닫히지 않은 상태였다. 해는 이미 서쪽으로 넘어가려 하고 있었다. 하늘은 연회색으로 어두웠다. 싸늘한 호수의 바람은 사람들의 몸을 흠칫흠칫 떨리게 만들고 있었다. 그래서일까, 성 아래에 있던 기병旗兵들은 모두 초소로 돌아가서 거북처럼 움츠린 채 다시 나올 엄두를 못 냈다. 널찍한 성벽 아래에는 조기객, 항천취와 어린 소년 세 사람밖에 없었다. 어린아이는 복건 특산물인 견과류를 한 바구니 들고 구석 쪽에 쭈그리고 앉아 있었다.

항천취는 핏자국을 보자마자 고개를 외로 꼬고 눈을 질끈 감았다. 조기객이 낮은 소리로 으르렁거렸다.

"눈을 감지 마라. 눈을 뜨고 오늘날 중국의 참모습을 똑바로 보아라. 억울하게 죽은 영혼들이 도처에 가득하구나. 오랑캐 놈들은 지난 300년 동안 중국을 통치하면서 무고한 인명을 수없이 살해했다. 핏값은 피로 갚아야 하는 법, 이놈의 청나라 정부를 철저하게 무너뜨리지 않는 한 억울한 영혼들은 죽어서도 눈을 감지 못할 것이야."

항천취는 눈을 감은 채 두 손을 합장하고 가슴 앞에 댔다. 꼭 감은 두 눈 사이로 눈물이 방울방울 떨어져 내렸다. 그는 눈물을 닦을 생각도 하지 않고 방금 생각해낸 즉흥 제문祭文을 읊기 시작했다. 조기객은 묵묵히 듣기만 했다.

> 신축년 겨울 오시 삼각에 그대를 비롯한 열 몇 명이 이곳 성벽 아래에서 원한을 품고 구천으로 갔구려. 그대들의 마지막 길을 바래주지 못해 미안하오. 소식을 듣고 달려와 보니 사람은 이미 죽고 구경꾼들은 흩어지고 망나니도 칼을 거뒀구려. 호수의 바람은 섬뜩하고 지는 해는 창백해 차마 두 눈 뜨고 보기 힘들구려. 나는 어디로 가서 그대들의 억울한 혼백을 달래줄 수 있을까? 바닥의 핏자국은 그대들의 억울함을 호소하는 새빨간 낙인 같구려.
>
> 그대들은 본분을 지키는 양민이거늘 어인 연유로 이와 같은 참변을 당했다는 말이오? 백성들의 목숨을 초개처럼 여기고 파리 잡듯 사람을 잡는 말세가 정말로 도래했다는 말이오? 입술이 없으면 이가 시리고, 토끼가 죽으면 여우가 슬퍼한다고 했소. 이 험한 세상을 어떻게 살아가야 할지 모르는 나 같은 사람은 그대들이 당한 참변을 보니 끔찍하기만 하오. 내가 할 수 있는 일은 눈을 감고 그대들의 망령을 위해 경을 읊는 것밖에 없소. 그리고 산속의 깨끗한 서초瑞草로 시뻘건 인혈人血 자국을 덮고자 하니 부디 받아주시기 바라오. 그대들의 명복을 비오…….

항천취는 여전히 눈을 꼭 감은 채 더듬더듬 품속의 찻잎봉지를 꺼냈다. 그리고는 홍차와 녹차가 섞인 찻잎을 손가락으로 집어 핏자국 위에 조심스럽게 떨어뜨렸다. 마른 찻잎들은 바람에 날려 핏자국 위에서 엎치락뒤치락 몇 바퀴 뒹굴더니 피에 절어 더 이상 움직이지 못하고 바닥에 붙어버렸다.

항천취가 천천히 눈을 뜨고 바닥을 쓱 훑어봤다. 이어 갑자기 몸서리를 치더니 옆에 서서 뭔가를 골똘하게 생각하고 있던 조기객의 몸 위로 넘어졌다.

조기객이 항천취를 부축하며 걱정스런 어투로 말했다.

"너, 안 되겠다. 우리 돌아가자. 돌아가서 얘기하자."

항천취가 주춤주춤 몸을 일으키면서 말했다.

"무슨 소리 들리지 않아?"

조기객이 주변 소리에 한참 귀를 기울인 다음 대답했다.

"바람에 나뭇잎이 흔들리는 소리야."

"거문고 소리예요."

성벽 아래에 쭈그리고 앉아 있던 아이가 느닷없이 입을 열었다.

"네가 어떻게 알아?"

"지금 들리잖아요."

아이가 일어나면서 한마디 덧붙였다.

"저는 자주 이곳에 찾아와서 이 소리를 들어요."

"누가 거문고를 타는 거냐?"

"늙은 스님이에요. 저기 호수에 있어요."

아이가 손가락으로 성벽 밖 호수를 가리켰다.

"네가 그걸 어떻게 알아?"

"저는 여기서 많이 들었어요."

아이가 가슴을 쑥 내밀고 의기양양하게 대답했다. 아이가 입은 옷은 비록 많이 낡았으나 깨끗하게 빨아 기운 것이었다.

조기객은 손에 잡히는 대로 동전 한 닢을 아이에게 줬다. 항천취도 호주머니를 더듬었다. 그러나 옷을 갈아입고 온 터라 주머니에 돈이 한 푼도 없었다. 그는 생각 끝에 남은 찻잎을 봉지째로 아이에게 건네면서 말했다.

"이건 깨끗하고 좋은 물건이야. 부모님께 갖다드려. 그리고 날이 완전히 어두워지기 전에 얼른 집에 들어가. 부모님이 걱정하실라."

어린아이는 견과를 두 줌 집어 조기객과 항천취에게 주고 나서 허리를 숙여 공손하게 고맙다는 인사를 한 다음 깡충깡충 뛰어갔다.

항천취와 조기객은 아이의 멀어져가는 뒷모습을 지켜보면서 오래도록 말이 없었다. 이윽고 조기객은 시선을 옮겨 머리부터 발끝까지 항천취를 꼼꼼하게 훑어보기 시작했다. 그 눈빛이 너무 서늘해 항천취는 감히 마주 볼 수가 없었다.

호숫가 늙은 버드나무 아래에 배 한 척이 떠 있었다. 뱃사공과 늙은 스님 한 명만 탄 작은 배였다. 스님은 오동나무로 만든 거문고를 무릎에 놓고 눈을 반쯤 감은 채 줄을 뜯고 있었다. 처량하고 쓸쓸한 거문고 소리는 듣는 이들의 마음을 더 슬프게 했다. 하기야 해가 너울너울 넘어가고 세찬 바람에 호숫가 풀들이 쓰러질 듯 비칠거렸으니 그럴 만도 했다. 항천취가 눈시울을 붉히면서 조기객에게 말했다.

"기객, 이분은 고산孤山 기슭 조담대照膽臺의 방장스님인 일휴一休법사야. 절파浙派 거문고 대가로 불리는 이분이 어인 일로 이곳에서 〈사현조〉思賢操를 연주하고 계실까? 이 세상에 현인이 없음을 한탄하시는 걸까? 아아, 나 같은 속물은 불문佛門의 심오한 뜻을 이해하지 못하겠어."

조기객이 큰 소리로 반박했다.

"내 생각은 달라. 법사님은 단순히 슬픔을 토로하기 위해 여기 오신 것이 아닐 거야. 이 '사현조'라는 곡은 '군자우도'君子憂道(군자는 도에 어긋날까 걱정한다)의 마음을 담은 거야."

거문고 소리와 말소리가 동시에 뚝 멎었다. 일휴법사는 호숫가에 서 있는 두 젊은이를 향해 손을 흔들어 보이고는 유유히 뱃머리를 돌렸다.

항천취와 조기객은 두 손을 맞잡고 법사에게 인사하면서 진심을 담아 큰 소리로 부탁했다.

"법사님의 청음淸音 잘 들었습니다. 이 어리석은 제자들에게 게 하나만 주시면 안 될까요?"

법사가 천천히 입을 열었다.

"불이진언不二眞言."

항천취는 멀어져가는 배와 스님의 뒷모습을 보면서 곤혹스러운 표정으로 혼잣말처럼 중얼거렸다.

"'불이진언'이라, 거문고 소리에 선의禪意가 담겨 있으니 더 말이 필요 없다 이 뜻인가?"

조기객이 항천취의 말을 반박했다.

"아니야, 법사님은 '군자우도가 진언이거늘 두 번 다시 말할 필요가 없다'는 뜻으로 말한 거야."

조기객이 항천취의 어깨를 덥석 잡고 중대한 결정을 선포했다.

"천취, 나 일본에 가기로 결정했어. 너도 나하고 같이 갈래?"

항천취가 오래도록 수면을 응시하더니 한숨을 쉬면서 대답했다.

"나도 '불이진언'이야."

제8장

입하立夏 당일, 촬착은 이른 아침에 기상했다. 항씨 도련님 항천취는 여느 날과 별 다름이 없어 보였다. 촬착은 깨끗한 옷으로 갈아입고 안주인 임우초에게 향했다. 임우초는 방에 없었다. 촬착은 임우초를 찾아 부엌으로 갔다. 부엌은 사람들로 가득했다. 임우초는 저울에 올라 몸무게를 재고 있었다.

예부터 항주에서는 입하에 남녀노소 누구나 체중을 달아보는 풍습이 있었다. 안주인 임우초가 저울에서 내려오면서 한숨을 내쉬었다.

"또 빠졌어."

옆에 있던 하인이 아부를 떨었다.

"마님은 해마다 살이 빠지십니다. 찻잎밥을 먹는 사람들은 청명, 곡우 때 일이 너무 힘들어서 살이 빠지는 게 당연한 거죠. 우리 같은 소인들이야 짐승처럼 밥을 많이 먹으니 별로 빠지지 않습니다만."

임우초가 요리사에게 물었다.

"다 준비됐느냐?"

"예, 마님!"

요리사는 준비한 것들을 하나하나 손으로 가리키면서 말했다.

"이것은 '삼소'三燒(떡, 거위, 소주 등 세 가지 음식)이고, 이것은 '오랍'五臘(조기, 절인 고기, 절인 오리알, 소라, 절인 개고기 등 다섯 가지 음식)입니다."

임우초가 다시 분부했다.

"절인 고기를 조금씩 나눠주게. 애들이 먹으면 여름을 타지 않아."

임우초는 식탁 위에 앵두, 매실, 준치, 누에콩, 비름, 죽순, 장미꽃, 오반고烏飯糕(검은색 약초로 색을 낸 쌀로 만든 떡), 상추 등 '구시신'九時新(아홉 가지 제철 음식)까지 완전하게 갖춰진 것을 확인했다. 적이 안심이 되었다. 곧 부엌을 나오려고 했다. 그러다 촬착을 보고는 걸음을 멈췄다. 평소에 항천취한테 붙어 다니던 촬착이 웬일로 부엌에 왔는지 궁금했던 것이다. 촬착이 먼저 입을 열었다.

"마님, 도련님은 오늘 조씨네 도련님과 호수에서 뱃놀이를 하신답니다. 쇤네도 따라가야 할까요?"

"너희 도련님은 뭐라 하시더냐?"

"도련님은 오늘이 '오랑팔보'五郞八保(여러 직종 사람들)가 오산吳山에 오르는 날이라면서 쇤네에게 하루 휴가를 주셨습니다. 쇤네더러 성황산城隍山에 가서 부처님께 빌라고 하셨습니다."

임우초가 자신의 이마를 탁 치면서 말했다.

"내 정신 좀 봐. 관례대로라면 입하인 오늘은 다들 하루 쉬어야 하는데 깜빡했지 뭐야."

항주에는 입하에 '오랑팔보'가 일을 하루 쉬고 오산에 들놀이를 가는 풍습이 있었다. 여기에서 '오랑'五郞은 정미공, 이발사, 똥 푸는 사람,

구두장이, 전당포업자 등 다섯 직종, '팔보'八保는 주보酒保(술 제조 기술자), 면보麵保(국수 제조 기술자), 다보茶保(차 조제 기술자), 반보飯保(음식 제조 기술자), 지보地保(지방 관아의 심부름꾼), 마보馬保(마필 관리인), 상상보像像保(일기 관련 업무를 보는 사람), 내보奶保(우유 등의 제조 기술자) 등 여덟 직종을 가리켰다.

사실 임우초가 깜빡한 것처럼 보였던 것은 일부러 점원들 앞에서 연기를 한 것이었다. 그녀는 성격이 세심하고 꼼꼼하기로 타의 추종을 불허하는 사람이었다. 점원들도 그녀의 이런 성격을 잘 알고 있었다. 그녀가 일부러 이렇게 한 이유는 관례를 따르지 않겠다는 의사를 에둘러 표현한 것이라고 할 수 있었다. 다행히 평소에 점원들을 박하게 대하지 않았기 때문에 이런 일로 불만을 가지는 이는 없었다. 또 휴일에 일을 하면 급여를 두 배로 쳐주기 때문에 차라리 쉬지 않는 편이 낫다고 생각하는 사람이 더 많았다. 그래서 다른 점원들은 알면서도 모르는 척 입을 다물고 있었던 것이다. 그런데 멍청하고 눈치 없는 활착이 항천취의 말을 곧이곧대로 전했으니 임우초로서는 속이 터지지 않을 수 없었다.

아니나 다를까, 임우초는 하인을 시켜 아홉 가지 제철 음식들을 점원들 앞에 차려놓게 했다. 그리고는 자신이 직접 정교하고 고급스러운 청자 찻잔들을 가져다 뜨거운 물로 데웠다. 이어 데운 찻잔에 뜨거운 물을 반쯤 붓고는 최상품 명전 용정차를 조금 넣었다. 그러자 온 방안에 두부향 같기도 하고 젖냄새 같기도 한 차향기가 진동했다.

임우초가 두 손으로 찻잔을 들어 점원들에게 일일이 나눠주면서 치하를 했다.

"자, 자, 내가 정성껏 우려낸 차를 한 잔씩 받게. 다들 그동안 수고 많았네."

임우초가 활착에게도 한 잔 건네면서 말했다.

"오늘은 활착이 여러분을 대신해 오산에 오르는 게 좋겠네. 여러분도 잘 알겠지만 찻잎 장사는 계절을 많이 타기 때문에 일을 쉴 수가 없다네. 올해는 장사도 잘 되는 것 같아서 기분도 참 좋네."

어느새 오차청이 소리 없이 들어와서는 사람들의 뒤에 조용히 서 있었다. 점원들은 뒤통수가 서늘해지는 느낌이 들어 임우초에게 한마디 말도 못하고 각자 제 자리로 돌아가서 일손을 잡았다. 임우초는 주변에 다른 사람이 없는 것을 확인하고는 오차청을 불렀다.

"차청, 잠깐만요."

오차청이 몸을 돌렸다.

"나에게도 차 대접을 하려는 거요?"

임우초가 가볍게 웃으면서 말했다.

"이건 아랫것들에게 주는 차예요. 당신 차 대접은 저녁에 따로 해드리겠어요."

오차청이 아무 말 없이 몸을 돌렸다. 이어 잠깐 서서 뭔가 생각하는가 싶더니 성큼성큼 자리를 떴다.

활착을 떼어놓고 혼자 남은 항천취는 눈이 빠지게 조기객을 기다렸다. 때는 봄이 지나고 어느덧 백화가 만발한 여름으로 접어들고 있었다. 항천취와 조기객은 겨울과 봄 내내 '망명' 계획을 실행에 옮길 생각에 골몰했다. 이변이 없는 한 두 사람은 입하 다음날인 내일 아침에 집을 떠나 일본으로 향할 터였다. 항천취와 조기객 두 사람의 일이라지만 사실 항천취는 지금까지 별로 한 일이 없었다. 모든 준비는 조기객 혼자서 거의 다 했다. 다만 매우 중요한 문제인 자금을 해결하는 일에서만은 항천취가 큰 몫을 했다. 그는 가지고 있는 귀중품들을 아낌없이 내놓았다. 주로 금, 은, 보석, 장신구 따위였다. 그가 귀중품 상자를 열면서 조기객에게 말했다.

"마음대로 골라도 돼. 보기에 돈이 될 것 같은 물건들은 다 가져가."

항천취는 서재 앞 꽃밭을 가꾸는데 재미가 들려 하루 종일 물뿌리개를 들고 꽃밭에 파묻혀 있었다. 가끔 침대에 누워 있다가도 밖에서 "꽃 사세요!" 하는 소리가 들리면 제비처럼 날렵한 동작으로 침대에서 내려와 밖으로 뛰쳐나가고는 했다.

조기객은 항천취의 귀중품들을 판 돈으로 간행물을 출간한다, 폭탄을 만든다, 동지들을 끌어 모은다 하면서 혁명 사업을 적극적으로 밀어붙였다. 방귀 뀐 놈이 성낸다고 항천취의 돈을 얻어 쓰는 주제에 시시때때로 항천취를 훈계하는 것도 잊지 않았다.

"너, 운동 안 할 거야? 바람에 날려갈 것처럼 빼빼 말라가지고 온종일 그따위 꽃이나 만져서 뭘 하려고 그래? 설마 그 꽃들을 일본으로 가져가려는 건 아니지?"

항천취가 잠에 취한 것처럼 게슴츠레한 눈을 크게 뜨면서 대답했다.

"가져갈 수 없으니 더 애틋한 거야."

출발을 하루 앞두고 조기객이 항천취에게 물었다.

"걱정되거나 아쉬운 것이 있으면 말해봐."

항천취가 대답했다.

"다른 건 모르겠고 아름다운 서호를 다시 볼 수 없다는 것이 약간 아쉬워."

두 사람은 바로 이렇게 해서 서호로 놀러가기로 하는 결정을 내렸던 것이다.

조기객을 기다리다 지친 항천취는 무료함을 달래기 위해 창가 책상 위에 부춘富春 선지宣紙를 펴놓았다. 이어 최상급 황모필黃毛筆(족제비 꼬리털로 맨 붓)에 먹을 듬뿍 찍은 다음 잠깐 생각을 하더니 용이 날아오르고 봉황이 춤을 추듯 하는 멋진 필체를 뽐내기 시작했다.

항천취가 적은 것은 한 편의 시였다. 한창 흥이 나서 써 내려가는데 마침 조기객이 도착했다. 항천취는 조기객이 지켜보건 말건 붓을 멈추지 않았다.

일대一帶 운봉雲峰 면면하게 이어지고,
육교六橋 위 버드나무 안개처럼 일렁이네.
누각 위로 저녁햇살 비끼고,
숲속에는 사찰이 숨어 있다네.
……

항천취 뒤에 서서 시를 읽어 내려가던 조기객의 표정이 점점 굳어졌다. 급기야 그가 먹이 채 마르지도 않은 선지를 와락 집어 들었다. 그러더니 시커먼 먹물이 손에 묻는 것도 아랑곳하지 않고 종이를 꼬깃꼬깃 구겨서 쓰레기통에 휙 던져버렸다. 이어 큰 소리로 항천취를 꾸짖었다.

"너, 나이를 거꾸로 먹냐? 왜 점점 바보가 돼 가냐? 이 시를 쓴 사람이 누구인지 몰라?"

항천취도 화가 나서 발을 굴렀다.

"간신 엄숭嚴嵩(명나라 때 권신權臣이자 간신)이 쓴 시면 뭐 어때? 개의 입에서 상아가 나오지 못한다지만 나쁜 사람한테서 좋은 시가 나올 수도 있는 거야. 너 같은 과격파들 때문에 폐시廢詩, 폐서廢書 바람이 불고 좋은 글들이 말살되고 있어."

조기객이 손가락으로 항천취의 이마를 가리키면서 일갈을 했다.

"항천취, 잘 들어. 너처럼 흑백을 가릴 줄 모르고 시비가 분명치 않은 인간들은 언젠가는 큰코다친다. 그때 가서 내가 너를 도와주지 않는다고 뭐라 하지 마라."

"네 도움 따윈 필요 없어."

항천취도 조기객의 이마를 손가락질하면서 목소리를 높였다.

"우물에 빠진 사람에게 돌 던지는 짓이나 하지 마라."

"어휴, 속 터져. 너처럼 어리석은 멍텅구리는 처음 본다."

조기객은 씩씩거리면서 항천취를 내버려두고는 혼자 가버렸다. 너무 화가 나서 내일이면 둘이 함께 먼길을 떠나야 한다는 것도 까맣게 잊은 것 같았다.

항천취는 조기객의 모습이 눈앞에서 사라지자마자 이내 후회했다. 그럴 만도 했다. 피가 확 끓어올랐다가 다시 확 식어버리는 충동적인 성격의 사람이 바로 그였으니까.

'에잇, 서호를 찬미한 수많은 시들 중에 왜 하필 간신 엄숭의 〈서호경화〉西湖景畵만 생각났을까? 평소라면 또 모르겠는데, 거사를 하루 앞둔 중요한 날에 기객을 화나게 만들었으니 이를 어쩌지?'

여기까지 생각한 항천취는 그제야 자신이 방금 무엇 때문에 버럭했는지 이유를 알 것 같았다. 그는 조기객에게 화를 낸 것이 아니라 '혁명' 때문에 화를 낸 것이었다. 솔직히 그는 조기객처럼 혁명을 위해 세상을 정처 없이 떠돌 만한 용기는 아직 없었다.

'에라 모르겠다. 내일 이곳을 떠나면 언제 다시 서호 구경을 하겠냐. 오늘처럼 좋은 날에는 아름다운 경치를 감상해야지. 일단 뱃놀이나 실컷 하고 나서 다시 기객을 찾아봐야지.'

항천취는 서랍 속의 은전을 한 줌 집어 주머니에 넣었다. 그리고는 문밖 꽃밭의 꽃들이 다치지 않게 조심조심 길을 에돌아 용금문 쪽으로 향했다.

용금문 밖에는 베틀에 실북 드나들 듯 물고기를 파는 배들이 쉼없이 오가고 있었다. 연을 따고, 물고기를 잡고, 꽃을 파는 작은 배들 사이로 가끔은 사람을 실어 나르는 큰 배도 보였다.

열은 남색 비단 장삼을 입고 부채를 손에 든 항천취는 부랴부랴 부두에 도착했다. 그러나 부두에는 자신의 배인 '불부차주'만 외롭게 떠 있을 뿐 조기객의 작은 배는 보이지 않았다. 그는 자신도 모르게 낙담하면서 중얼거렸다.

"기객, 너 정말 나를 두고 먼저 간 거야?"

임우초는 항구재가 죽은 뒤 '불부차주'를 팔아버리려고 했었다. 보기만 해도 기분이 불쾌했기 때문이었다. 그러나 오차청과 의논해 다 결정을 했는데 항천취가 죽어라고 반대하고 나섰다.

항천취는 '불부차주'를 팔아버린다는 소식을 듣자마자 침대에 드러누워 대성통곡했다. 나중에는 그것도 모자라 '단식투쟁'을 한답시고 음식을 거부했다. 평소의 그답지 않게 고집도 부렸다.

오차청은 한참 생각한 끝에 임우초를 찾아갔다.

"전대(명나라)에 이곳 항주에 손태초孫太初라는 사람이 살았다고 들었소. 그는 배를 만들어 다른 사람들에게 세를 주고 그 돈으로 두루미를 길렀다오. 그래서 손태초의 배는 '학방'鶴舫으로 불렸다오."

"구재한테 들은 얘기겠군요? 그런 것에 관심 있는 사람은 그 인간밖에 없어요."

"그렇소."

"저는 고산孤山의 임林 처사處士처럼 두루미를 기르고 싶은 생각이 없어요. 또 그깟 세 몇 푼 때문에 마음을 흐리고 싶지도 않아요."

"항 부인, 내 말을 끝까지 들어보시오. 배에 '망우차장' 깃발을 걸고 배안에 다구와 명차들을 둬 다른 사람들에게 빌려주면 차장의 이름을 널리 알리는 효과를 볼 수 있소. 일종의 다방茶舫인 셈이지. 받아들인 세로는 뱃사공의 삯전을 주고, 그러고 남는 게 있으면 재선齋船에 보시하면 되니 일석이조가 아니겠소?"

임우초의 얼굴에 화색이 돌았다.

"제가 왜 그 생각을 못했을까요? 그렇게 합시다."

오차청은 바로 항천취를 찾아가서 말했다.

"배를 팔지 않기로 했다."

항천취는 오차청의 말에 눈물을 닦고 침대에서 일어났다. 얼마 지나지 않아 평소처럼 싱글벙글 웃는 낯으로 오차청에게 조르기도 했다.

"차청 아저씨, 내일 저하고 서호로 놀러 가요. 되죠?"

"안 돼!"

"왜 안 돼요?"

"남의 자식을 망치는 일이야."

오차청은 그 한마디를 남기고 가버렸다.

항천취는 귀한 명차들을 배에 가져다놓고 학우와 친구들을 종종 초청해 풍류를 즐겼다. 항천취의 '불부차주'를 부러워하는 사람은 적지 않았다. 돈깨나 있는 집의 자식들은 '불부차주'를 본뜬 배를 만들기도 했다. 그러나 조기객만은 '불부차주'를 부러워하지 않았다. 오히려 남들과 다르게 '불부차주'보다 훨씬 작은 배를 만들었다. 또 배 양옆에 바퀴를 달고 배 꼭대기에 천막을 달았다. 노 대신 발로 젓는 배는 빠르기가 나는 것 같고 전진과 후퇴도 자유자재로 할 수 있었다. 어느 날 그가 으스대면서 사람들에게 배를 소개했다.

"나는 음풍농월을 위해 배를 만든 당신들과는 다르오. 내가 이 배를 만든 목적은 신체를 튼튼하게 단련시켜 '동아병부'東亞病夫의 치욕을 씻어버리는 것이 첫째요. 나중을 위해 무기를 능숙하게 다루는 방법을 익히는 것이 둘째요."

사람들이 왁자하게 웃으면서 말했다.

"서호가 전쟁터로 변한다면 이 세상에 전쟁터가 아닌 곳이 없겠소."

조기객이 냉소를 터트리면서 말했다.

"다들 벌써 잊었나? 함풍咸豐 신유년辛酉年에 태평군 1만 명이 배를 타고 서호로 들어와서 기영旗營의 서호 수군과 격전을 벌였잖소?"

사람들이 조기객의 말에 크게 웃으면서 술잔을 들었다.

"그깟 일을 기억해서 뭘 하오? 자, 자, 술이나 듭시다!"

조기객은 사람들이 한심한지 크게 탄식을 토했다.

"퇴폐하고 타락한 사람들이여, 우리 중국인은 언제면 정신을 차릴 수 있을까?"

조기객은 이후 자신의 배에 '낭리백조'라는 멋진 이름을 지어줬다. '불부차주'와 '낭리백조'는 늘상 상부상조하면서 잘 지냈다. 낮이면 나란히 호수 위를 누비고 밤이면 나란히 한곳에 정박했다. 조기객과 항천취 두 사람은 기분이 내킬 때면 배를 서로 바꿔 타기도 했다. 오늘처럼 '낭리백조'가 '불부차주'를 내팽개치고 혼자 가버린 적은 단연코 한 번도 없었다.

항천취는 호숫가에 우두커니 서서 흑지黑紙 부채로 햇살을 가리면서 흰 물결이 이는 수면을 이리저리 살펴봤다. 혹시 '낭리백조'의 종적을 찾을 수 있지 않을까 해서였다.

갑자기 어디선가 썩은 냄새가 바람에 실려 왔다. 항천취는 냄새의 근원지를 찾아 힐끔 곁눈질을 했다. 멀지 않은 곳에 행색이 형편없이 초라한 늙은 여인네가 앉아 있는 것이 보였다. 여자의 얼굴을 자세히 살펴보던 항천취는 순간 소스라치게 놀라면서 낮은 비명을 토해냈다. 여자의 몰골이 꿈에 나타날 정도로 흉측했던 것이다. 여자는 코와 입술이 다 썩어서 떨어지고 눈꺼풀이 뒤집혀 시뻘건 속살이 밖으로 드러나 있었다. 허리를 꼬부린 채 두 다리를 모으고 앉아 있는 그녀의 모습은 완전히 '썩은 새우' 그 자체였다. 항천취는 황급히 옆으로 몇 발자국을 옮겼다.

그런데 썩은 새우를 닮은 여자가 넉살좋게 항천취를 향해 헤벌쭉 웃는 게 아닌가. 그녀의 벌린 입 사이로는 몇 개 남지 않은 썩은 이빨이 환히 드러나 있었다. 곧 시체 썩은 냄새를 방불케 하는 고약한 냄새가 항천취의 코를 자극했다.

항천취는 당황한 나머지 주머니에서 동전 몇 닢을 꺼내 여자에게 던져줬다. 그러나 여자는 고개를 저었다.

'혹시 적다고 그러는 걸까?'

항천취가 다시 은전을 한 닢 더 던져줬다. 그러자 여자가 풍선 바람 빠지는 것처럼 쉭쉭 소리를 내면서 웃었다. 다 웃고 나서는 똑똑하지 않은 발음으로 중얼거렸다.

"아비를 많이 닮았어."

목소리는 낮았으나 날카로웠다. 항천취가 엉겁결에 물었다.

"당신 누구예요?"

여자는 고개를 돌리고 뒤에 보이는 마당을 손가락으로 가리키면서 말했다.

"저기가 어딘지 알아요?"

"수정각!"

"수정각 으뜸 기녀가 누구인지 알아요?"

항천취는 자기도 모르게 비명을 질렀다. 손에 들고 있던 부채도 땅에 떨어뜨렸다.

썩은 새우처럼 변한 이 여인은 바로 소련이었던 것이다!

항천취는 10년 전에 소련의 이름을 들었다. 직접 만나본 적도 있었다. 그때 당시 소련은 '남자들의 우물尤物(미인이라는 의미)', '서호의 우물'로 불리면서 꽤 유명했었다. 항천취의 아버지 항구재도 소련의 침대에서 죽었다.

항천취는 고개를 틀어 소련을 외면했다. 이마에서 식은땀이 줄줄 흘러내렸다.

"차마 눈 뜨고 못 볼 정도로 끔찍한 모습이죠?"

소련이 쉰 목소리로 말을 이었다.

"옛날에는 부잣집 남자들이 나만 보면 '눈을 감기 아까울 정도로 아름답다'고 했어요. 그러나 지금은 꿈에 나타날 정도로 끔찍한 몰골이라고 해요. 하하하하, 끔찍한 몰골이래……."

'불부차주'의 뱃사공이 선창에서 나왔다. 곧이어 항천취에게 공손히 인사하고 나서 소련을 향해 손을 휘휘 저었다.

"저리 못 가? 징그러운 여인네 같으니라고. 하루 종일 이곳에 틀어박혀 도대체 뭘 하자는 거야?"

항천취가 손짓으로 뱃사공을 제지시키고는 소련에게 물었다.

"뭘 더 원해요?"

소련이 사람 손이라고 믿을 수 없을 정도로 비쩍 마르고 더러운 손을 내밀며 말했다.

"오늘은 입하예요. 해마다 이날이면 도련님 부친은 나에게 손수 차를 따라주셨어요. 나 지금 목이 말라요. 도련님, 차 한 잔만 주세요. 차 한 잔만……."

"잠시만요."

항천취는 허둥지둥 '불부차주'에 올랐다. 눈치 빠른 뱃사공은 항천취에게 투박한 사기 찻잔을 하나 내밀었다. 그러나 항천취는 그것을 받지 않고 그릇장을 살폈다. 이윽고 붉은 모란 무늬가 있는 청화개완 찻잔을 하나 꺼내 깨끗한 물로 헹궜다. 이어 찻잔에 최상급 용정차를 몇 잎 넣고 뜨거운 물을 부었다. 그가 두 손으로 찻잔을 조심스럽게 받쳐 들고 배에서 내렸다. 그리고 소련의 옆에 찻잔을 내려놓았다.

"향기롭구나."

새우처럼 잔뜩 꼬부라진 소련의 몸이 차 향기를 맡고 노곤하게 펴지는 것 같았다. 그녀는 쭈그리고 앉은 자세로 찻잔에 코를 대고 킁킁 냄새를 맡더니 더는 못 참겠다는 듯 뜨거운 차를 한 모금 들이켰다. 그러나 너무 뜨거웠던지 이내 비명을 지르면서 뱀처럼 몸을 꿈틀거렸다.

'이 여자는 왜 아직까지 살아 있는 걸까? 이렇게 살아서 무슨 의미가 있을까?'

항천취는 속에서 한숨이 나오는 것을 분명히 느꼈다. 그렇다고 대놓고 소련에게 물어볼 수도 없는 노릇이었다. 소련은 더러운 입을 찻잔에 대고 게걸스럽게 뜨거운 차를 들이켰다. 어느새 한 잔을 다 마셔버리고는 고개를 들어 항천취를 쳐다봤다. 한 잔 더 달라는 뜻이었다.

항천취는 치밀어 오르는 구역질을 억지로 참고 말없이 소련의 빈 잔에 차를 따랐다. 어느새 차 한 주전자가 동이 났다. 소련은 그제야 만족스러운 표정으로 바닥에서 일어났다.

항천취가 멍한 표정의 소련을 향해 말했다.

"이 찻잔은 조상 대대로 내려온 물건이라 값이 꽤 나갈 거예요. 이걸 가져다 팔아서 병을 치료하세요."

소련이 썩은 물고기 눈알처럼 정기 없는 눈으로 항천취를 한참 살펴보더니 굳은 표정으로 고개를 돌렸다. 그리고는 마치 처음 보는 것처럼 더 이상 항천취를 거들떠보지 않은 채 노래를 흥얼거리기 시작했다.

"야밤삼경에 남몰래 빗장을 열어놓았죠. 사랑하는 내 님은 언제 오시려나. 이제나 저제나 기다리는데 왜 아직도 안 오실까……."

노래를 마친 소련이 더러운 땅바닥에 털썩 드러누웠다.

'이 여인은 미쳤네, 미쳤어. 그래서 죽지 않은 거야.'

항천취는 주섬주섬 주전자와 찻잔을 정리하기 시작했다. 그런데 항천취의 손이 찻잔에 닿자 소련이 벌떡 일어나더니 꽥 소리를 질렀다.

"이건 내꺼야. 저리 썩 꺼져!"

혼비백산한 항천취는 찻잔을 내던지고 배에 뛰어올랐다. 심장이 목구멍으로 튀어나올 것 같았다. 그는 바로 뱃사공을 재촉했다.

"어서, 어서 노를 저어!"

항천취는 외로움과 무료함을 못 견디는 사람이었다. 소련에게 크게 놀라 선실에 꼼짝 않고 숨어 있던 그는 그녀의 그림자가 보이지 않을 것으로 짐작될 때쯤 다시 갑판으로 나왔다.

초여름 날씨는 바람 한 점 없이 쾌청했다. 입하라 호수로 놀러 나온 사람이 적지 않았다. 잔잔한 수면 위로 가지각색의 배들이 한가로이 둥실둥실 떠다니고 있었다.

뱃사공이 항천취에게 물었다.

"어디로 모실까요?"

놀란 가슴이 채 진정되지 않은 항천취가 떨리는 목소리로 대답했다.

"조용한 곳으로 가지. 산과 물만 있고 다른 건 보이지 않은 곳으로."

그러자 뱃사공이 웃으면서 대답했다.

"도련님도 참! 주변을 둘러봐요. 오늘 같은 날 이 큰 호수에 조용한 곳이 어디 있어요? 굳이 조용한 곳을 원하신다면 아무 데도 안 가고 배에 머물면서 하루 종일 차만 마시는 게 좋겠어요."

항천취가 긴 한숨을 내쉬면서 말했다.

"지금 사람들은 전대 선조들의 고아한 취미를 몰라. 장종자張宗子는 서호 절경을 이렇게 묘사했지. '큰 눈이 사흘 동안 내렸으니…… 설경 구경하러 홀로 호심정湖心亭으로 향했노라. 하늘, 구름, 산, 호수 어디라 할 것 없이 온통 새하얀 세상이로구나. 호수 위의 그림자는 선을 그어놓은 듯하고 호심정은 점을 찍어놓은 것 같구나'라고 말이지. 서호의 참모습을 정말 흠잡을 데 없이 생동하게 묘사한 글이 아닐 수 없어."

뱃사공이 '참모습'이니 '거짓모습'이니 하는 것을 알 리가 만무했다. 그러나 '호심정'이라는 세 글자는 용케 알아들었는지 노 젓는 것을 멈추고 항천취에게 물었다.

"도련님, 호심정에 배를 빌려 잡기를 공연하는 잡기단이 상주하고 있습니다. 노래도 기가 막히게 부른다고 합니다. 요즈음 그네 배도 왔다고 하던데 그리로 구경 갈까요? 듣자 하니 그네 뛰는 여자가 절색의 미인이라고 합디다. 오늘은 입하라 틀림없이 대단히 흥청거리는 공연을 펼칠 것입니다."

'잡기'니 '그네'니 하는 말에 심드렁한 표정이던 항천취의 눈빛이 '절세미인'이라는 말에 반짝반짝 빛났다. 몇 시간째 하릴없이 수면 위를 둥둥 떠다니던 '불부차주'는 드디어 목적지를 정하고 뱃머리를 돌렸다.

두 사람은 얼마 안 가서 호심정에 도착했다. 과연 버드나무 그늘 아래에 중간 크기의 배가 정박해 있는 광경이 보였다. 배에는 그네기둥이 세워져 있었다. 누렇고 푸른 깃발 두 폭은 바람에 펄럭펄럭 날리고 있었다. 배 위에는 팔선상이 있었다. 그 주위로 붉은 휘장이 빙 둘러쳐져 있었다. 휘장에는 '금옥만당'金玉滿堂이라는 누런 글자도 적혀 있었다. 공연 구경을 온 크고 작은 배들이 그네 배 주위를 빼곡하게 에워싸고 있었다. 뱃사공이 잔뜩 들뜬 목소리로 말했다.

"격벽희隔壁戲(항주의 오랜 놀이 중 하나. 병풍 뒤에서 소리를 흉내내는 재주를 위주로 진행하는 놀이)! 격벽희를 공연할 모양입니다."

뱃사공은 선창에서 앉은뱅이 의자 두 개를 들고 나왔다. 그중 하나는 항천취에게 앉으라고 밀어주고 다른 하나에는 찻잔을 놓았다. 그리고 본인은 무대가 잘 보일 법한 자리를 골라 털썩 맨바닥에 주저앉았다.

이윽고 눈자위가 푹 꺼져 들어가고 어깨가 내려앉은 빼빼 마른 노인이 무대에 등장했다. 노인은 옅은 색의 죽포 장삼을 입고 등에 짙은 남색의 무명 자루를 메고 있었다. 그가 작은 징을 두드리면서 무림武林의 곡조로 노래를 부르기 시작했다.

산 밖에 청산, 누각 밖에 누각이 있고,

서호 경치는 항주에 있다네.

정양문正陽門, 백관문百官門, 패자문壩子門,

우렁이는 초교문草橋門을 따라 물길을 내려간다네.

후호문侯湖門에서 파도 소리 들리고,

용금문과 전당문은 평안을 빌어준다네.

……

노인의 징 치는 실력은 가히 수준급이었다. 그러나 노인의 목소리는 쉬고 딱딱해서 듣기에 거북했다. 게다가 가끔 쿨럭쿨럭 기침을 하고 가래를 뱉어 발로 문지르는 보기에 역겨운 행동을 했다. 완전 꼴불견이었다. 항천취는 흥미를 싹 잃었다. 그러나 뱃사공은 어린아이처럼 신이 난 표정이었다. 가끔 흥미진진하게 항천취에게 설명해주는 것도 잊지 않았다.

"도련님, 지금 부르고 있는 것은 〈항성일파조〉杭城一把抓라는 곡입니다."

〈항성일파조〉라는 곡은 항주의 크고 작은 거리와 골목, 다리들을 빠짐없이 모아서 엮은 노래였다. 머릿속에 온통 절세미인 생각뿐인 항천취는 지겨워 미칠 지경이었다.

드디어 지루한 〈항성일파조〉가 끝났다. 노인은 느릿느릿 자루를 뒤지더니 철판, 주산, 딸랑이, 나무토막, 절선折扇, 모죽선毛竹扇 따위를 하나씩 꺼내 관객들에게 일일이 보여줬다. 이어 "돈 많은 분들은 짤랑짤랑 돈 소리를 들려주시고, 돈 없는 분들은 성원의 함성을 크게 질러주시구려"라는 틀에 박힌 인사치레를 하고 휘장 뒤로 사라졌다.

항천취는 쩍쩍 하품만 하고 있었다. 노인이 이어 무엇을 할 것인지 눈을 감고도 짐작할 수 있었던 탓이었다. 아니나다를까, 휘장 뒤에서 코 고는 소리, 걸음걸이 소리, 문을 닫는 소리, 계단을 오르내리는 소리가 차례로 들려왔다.

'흠, 대나무 통으로 책상을 두드리면 낼 수 있는 소리들이군.'

항천취가 속으로 중얼거렸다.

곧이어 아이 울음소리, 고함소리, 불이 크게 나는 소리가 들려왔다. 불이 크게 나는 소리는 진짜와 똑같았다. 관객들은 모두 손에 땀을 쥐었다. 항천취는 그러나 속으로 코웃음을 쳤다.

'백주대낮에 불은 웬 불이야. 별것 아닌 걸로 다들 놀라네.'

이어진 빗소리, 바람소리, 폭포수 떨어지는 소리는 주판알을 손으로 만지거나 책상을 빗자루로 긁어서 낸 소리일 터였다. 항천취는 두 손으로 턱을 괴고 제발 어서 끝나기만 바라고 또 바랐다. 그러나 항천취의 바람과는 다르게 휘장 뒤의 갖가지 소리는 쉬이 멈추지 않았다. 이윽고 휘장 뒤에서 또다시 코 고는 소리가 크게 울렸다. 항천취는 하마터면 고개를 떨어뜨리고 잠에 빠져들 뻔했다.

항천취의 두 눈이 막 감길 때쯤이었다. 갑자기 붉은 빛이 번뜩이더니 붉은색 옷을 아래위로 차려 입은 묘령의 여자가 그네 배에 홀연히 나타났다.

항천취는 부르르 몸을 떨면서 허리를 꼿꼿이 폈다. 졸음이 싹 사라졌다. 그는 묘령의 여자가 누구인지 한눈에 알아볼 수 있었다. 뱃사공이 항천취의 눈치를 보더니 알면서 모르는 척 물었다.

"듣던 대로 미인이죠?"

그러자 항천취가 혼잣말처럼 중얼거렸다.

"달라졌어."

뱃사공은 뭐가 달라졌다는 건지 몰라 어리둥절한 표정을 지었다. 도대체 뭐가 달라진 것인지는 항천취 자신만이 알고 있었다. 그러나 딱히 꼬집어 말하자니 또 마땅한 말이 생각나지 않았다. 항천취는 넋이 나간 사람처럼 멍하니 여자를 응시했다.

뱃사공이 한숨을 섞어가면서 여자의 내력에 대해 설명하기 시작했다.

"저 여자의 예명은 '홍삼'이라고 합니다. 방금 노래를 부른 늙은이는 여자의 양부랍니다. 소문에 의하면 늙은이는 다 무너진 절에서 여자를 주워 키웠다고 합니다. 그해에 큰불이 났다고 하니 여자의 부모도 십중팔구 저세상 사람이 됐겠죠. 여자는 어릴 때부터 온갖 고생을 다 했고, 조금 장성한 지금은 홀로 저 말라빠진 늙은이를 부양한다는군요. 제대로 먹지 못해서 겨릅대처럼 빼빼 마른 걸 좀 보세요."

홍삼은 몸에 묶인 밧줄을 점검하고 있었다. 밧줄의 다른 쪽 끝은 높다란 그네 배 꼭대기에 있는 바퀴에 연결돼 있었다. 항천취는 눈 한 번 깜빡이지 않고 홍삼을 뚫어져라 지켜봤다. 비쩍 마른 계란형 얼굴, 길게 땋은 머리, 슬픔과 걱정에 잠긴 눈, 연지를 대충 칠한 창백한 입술, 얇게 내리 드리운 앞머리, 그녀의 얼굴은 처음 봤을 때보다 더 작고 야위어 보였다. 항천취는 그런 그녀가 너무 불쌍해 보여 자신도 모르게 "악!" 하고 비명을 지르고 말았다. 주위 사람들의 눈길이 일제히 항천취에게 쏠렸다. 붉은 옷을 입은 홍삼도 놀란 눈으로 항천취를 쳐다봤다. 항천취는 허둥지둥 선창 안으로 들어가 시원한 냉차를 한 잔 가득 만들어가지고 나왔다. 그리고 뱃사공에게 분부했다.

"배를 저쪽으로 갖다 대게."

뱃사공은 고분고분 '불부차주'를 그네 배 옆에 바짝 갖다 댔다. 항천취는 배가 움직임을 멈추기 무섭게 찻잔을 공손하게 받쳐 들고 상대편 배에 올랐다. 이어 두 손으로 찻잔을 홍삼에게 건네면서 말했다.

"불결하다고 생각하지 않는다면 이 잔을 받아주겠소?"

홍삼은 품에 안은 밧줄을 내려놓을 수도 없고 찻잔을 선뜻 받을 수도 없어 당황해 어찌할 바를 몰라 했다. 소녀의 양부 단가생이 굽실거리면서 다가와 찻잔을 받으려고 손을 내밀었다. 항천취는 내밀었던 손을 뒤로 거둬들이면서 정색하고 말했다.

"그 더러운 손을 치우시오. 이 차는 저 여자에게 주는 거요."

홍삼이 잠깐 머뭇거리더니 조심스럽게 찻잔을 받아들고 벌컥벌컥 들이켰다. 그녀의 이마에 미세한 땀방울이 돋아났다. 차를 다 마신 그녀는 잔을 항천취에게 돌려주고 허리를 깊이 숙여 사의를 표했다. 그제야 항천취는 큰 소원을 이룬 듯 만족스러운 표정으로 자신의 배로 돌아갔다.

항천취가 갑자기 비명을 지른 이유가 홍삼의 몸에서 썩은 새우 같은 소련의 모습을 봤기 때문이라는 것을 아는 사람은 아무도 없었다. 당연히 항천취의 이어진 행동을 이해하는 사람도 아무도 없었다.

홍삼은 손으로 입가를 대충 문지르고 주위 구경꾼들을 향해 읍을 했다. 어설프지만 강호 예인藝人들을 흉내낸 동작이었다. 한낮의 호수 바람은 뜨거웠다. 바람에 날리는 백양나무가지와 버드나무가지는 풀어헤친 여인네의 머리카락을 연상케 했다. 항천취의 시선이 얼핏 버드나무가지를 스쳤다.

'아아, 저 버드나무가지처럼 바람에 쓰러질 것 같아.'

항천취는 속으로 깊은 탄식을 내뱉었다.

홍삼은 빨간 신을 신은 발로 그네 발판에 사뿐히 올라섰다. 그러나 그녀가 아무리 발을 구르고 어깨를 달싹여도 그네는 미동도 하지 않았다. 그녀의 양부 단가생이 그넷줄을 뒤로 당겼다가 힘껏 앞으로 밀었다. 홍삼의 가녀린 몸이 허공으로 떠올랐다. 그 순간 항천취의 낯빛이 종잇장처럼 창백해졌다.

구경꾼들이 탄성을 질렀다. 맑게 갠 하늘 아래 푸른 호수 위를 새처럼 훨훨 나는 그네, 아스라이 허공으로 솟아오른 그네 위의 홍삼은 빨간 점처럼 보였다. 그녀는 그네 발판에 앉았다, 일어섰다, 한발로 서서 다리를 뒤로 쭉 내밀었다 하면서 온갖 묘기를 선보이기 시작했다. 머리를 아래로 한 채 두 손으로 발판을 잡고 두 다리를 허공으로 쭉 뻗는 아슬아슬한 동작도 선보였다. 구경꾼들은 박수를 치고 환호성을 지르면서 그네 배를 향해 동전을 던졌다. 홍삼의 양부 단가생은 구경꾼들을 향해 읍을 하고 부지런히 돈을 주웠다. 돈을 다 줍고 나서는 큰 소리로 고맙다는 인사도 외쳤다. 아마 허공에 떠 있는 홍삼이 들으라고 일부러 큰 소리를 지른 것 같았다. 과연 홍삼은 양부의 목소리를 들었는지 더욱 힘차게 발판을 구르기 시작했다. 그네는 더 멀리, 더 높이 솟아올랐다.

바로 그때, 허공에 떠 있던 홍삼이 두 손으로 그넷줄을 잡더니 순식간에 주르르 아래로 미끄러져 내려왔다. 여기저기에서 비명소리가 터져 나왔다. 그렇게 구경꾼들이 마음을 졸이면서 구경하는 와중에 홍삼은 어느새 다시 무사히 발판에 올라섰다. 구경꾼들이 안도의 한숨을 내쉬기도 전에 그녀는 날렵하게 공중제비를 한 바퀴 돌더니 발판에 두 발만 걸고 머리를 아래로 한 채 거꾸로 매달렸다. 구경꾼들이 또 비명을 질러댔다. 항천취는 심장이 목구멍으로 튀어나올 것 같았다. 너무 놀라 비명소리조차 나오지 않았다. 그는 홍삼이 아슬아슬한 동작을 연출할 때마다 눈을 질끈 감고 보지 않았다. 그러다 구경꾼들의 비명소리가 환호성으로 바뀌면 다시 슬그머니 눈을 뜨고는 했다.

이윽고 그네의 움직임이 점점 느려졌다. 그러더니 홍삼이 공중제비를 돌면서 그네에서 내려왔다. 비틀거리면서 겨우 바닥에 착지한 그녀의 가슴과 등은 땀으로 흠뻑 젖어 있었다.

구경꾼들은 함성을 지르고 박수를 치면서 홍삼에게 동전을 던졌다. 그녀는 가쁜 숨을 새근거리면서 휘장에 기대서서 미동도 하지 않았다. 땀에 푹 젖은 머리카락이 이마에 찰싹 달라붙어 있었다. 구경꾼들이 던진 동전이 홍삼의 몸에 부딪쳐 땅에 떨어졌다. 그러나 그녀는 마치 아무것도 느끼지 못하는 사람처럼 꼼짝 않고 서 있었다.

다른 사람들이 법석을 떨고 있을 때 항천취는 선창에 들어가 책상 앞에 앉았다. 이어 뭔가를 골똘히 생각하더니 열심히 먹을 갈기 시작했다. 먹을 다 갈고 나서는 선지를 가져다 반듯하게 펴놓고 붓을 휘갈기기 시작했다.

그네 배 위에 수놓은 깃발 두 폭 펄럭이고,
홍삼 여인 물 위를 나네.
목숨 걸고 외롭게 발판에 매달리니,
옥줄이 끊어질 듯 말 듯 허공을 도는구나.
좌중의 누군가 길게 탄식하기를,
'내 평생 이런 구경 몇 번이나 할까!' 하네.

항천취는 한참을 쓰고 나자 시상詩想이 떨어진 듯 선창에 앉은 채로 그네가 멈춰 선 배를 내다봤다. 홍삼은 홀로 우두커니 뱃머리에 앉아 있었다. 손으로 갑판을 짚고 멍하니 수면을 내려다보는 모습이 마치 밝은 햇살 아래의 불투명한 유리처럼 뿌옇게 보였다.

항천취는 한숨을 내쉬면서 자리에서 일어났다. 그리고는 홍삼에게 가져다 줄 최상급 용정차를 손수 한 잔 우려 식기를 기다렸다. 그러나 항천취의 조급한 마음을 아는지 모르는지 차는 식을 생각을 하지 않았다. 이윽고 그가 찻잔에 손등을 갖다 댔다. 그러나 찻잔은 여전히 데일 것처럼 뜨거웠다. 항천취가 어떻게 했으면 좋을지 몰라 절절 매고 있을 때였다. 밖에서 뱃사공의 다급한 목소리가 들려왔다. 무슨 일이 일어났는지 그네 배 쪽도 왁자지껄 시끌시끌했다.

"도련님, 도련님, 좀 나와 보실래요? 불쌍한 여자가 아파요."

항천취는 선창 밖으로 고개를 내밀다말고 깜짝 놀랐다. 언제 왔는지 큰 배들이 호수 한가운데를 떡 차지한 채 그네 배를 빙 에워싸고 있었다. 뱃머리를 휘황찬란하게 장식한 걸로 미뤄볼 때 주부州府의 관선官船들이 틀림없었다. 그러나 관선에서 내려 그네 배로 올라서는 사람은 뜻밖에도 손에 새 조롱을 든 '운중조' 나운청이었다.

덩치가 큰 운중조는 싸움꾼처럼 간편한 복장 차림을 하고 있었다. 목 위로 쪽진 변발이 시커멓고 굵었다. 운중조의 사람됨을 잘 아는 구경꾼들은 슬금슬금 배를 몰아 멀찌감치 피해버렸다. 홍삼의 양부 단가생이 웃는 낯으로 굽실거리면서 마중을 나갔다. 운중조가 귀찮은 표정을 짓더니 가볍게 단가생을 집어 한 장 밖으로 내동댕이쳤다. 그때 홍삼이 힘겹게 몸을 일으켰다. 운중조가 소녀 앞에 새 조롱을 흔들어 보이면서 입을 열었다.

"홍삼, 이 새 어때? 예쁘냐?"

홍삼이 고개를 끄덕이면서 나지막이 대답했다.

"네, 예뻐요."

운중조가 또 입을 열었다.

"아무리 예쁜들 너 홍삼에 비하겠냐. 네가 하늘을 날 때의 모습은 그야말로 예술이야."

홍삼이 이마를 숙이고 인사했다.

"칭찬 고맙습니다."

"고맙기는. 너, 저 그네 한 번 더 타라. 나 운 나리는 돈이 많아."

홍삼의 낯빛이 해쓱해졌다. 급기야 후들후들 다리를 떨면서 바닥에 주저앉았다.

"저 아파요."

운중조의 표정이 돌처럼 딱딱하게 굳어졌다.

"홍삼, 이 많은 사람들 앞에서 나에게 무안을 줬다 이거지? 너, 양부에게 맞아 뒈지고 싶어?"

운중조의 말이 끝나기 무섭게 단가생이 쪼르르 달려와 홍삼의 멱살을 잡았다.

"망할 년, 급살 맞아 뒈질 년! 냉큼 일어나서 운 나리를 모시지 못할까?"

조롱 속의 구관조도 단가생의 욕설 소리에 갑자기 말문이 트였는지 걸쭉한 욕을 내뱉었다.

"더러운 갈보년, 화냥년, 급살 맞아 뒈질 년……"

홍삼을 동정해 쯧쯧 혀를 차던 구경꾼들은 구관조의 소리를 듣고는 일제히 폭소를 터트렸다. 안 그래도 억지로 울음을 참고 있던 홍삼은 구경꾼들의 웃음소리에 그만 흑흑 흐느끼기 시작했다. 그래도 단가생은 손가락으로 홍삼의 뒤통수를 때리면서 무섭게 호통을 쳤다.

"냉큼 일어나, 이년아!"

불쌍한 홍삼이 벌벌 떨면서 그네 쪽으로 걸음을 옮겼다. 그리고 가까스로 그네에 올라섰다. 그러나 발판을 구를 힘은 없는 듯했다. 단가생이 다가와서 다시 욕설을 퍼부었다.

"방금 전까지 팔팔하던 년이 죽상을 하고 지랄이야."

단가생이 그네를 밀려고 그넷줄을 잡으려는 순간이었다. 훤칠한 그림자가 그의 앞을 가로 막았다. 보다 못한 항천취가 소녀를 구하기 위해 나섰던 것이다.

단가생은 수려한 용모에 잘 차려입은 젊은이가 '불부차주'에서 내려온 항씨 도련님인 것을 알아보고는 감히 경거망동하지 못했다. 반면 운중조는 몹시 화가 난 듯 얼굴이 붉으락푸르락 달아올랐다. 그는 한 손에 새 조롱, 다른 손에 번쩍번쩍 광이 나는 커다란 쇠구슬을 든 채 항천취에게 다가와 입을 열었다.

"항 도련님, 도련님과 상관없는 일에는 그만 나서시지. 도련님은 찻집의 주인이고, 이 호수의 주인은 나 운중조야. 저년은 내가 원하는 것은 무엇이든 다 해야 해. 저년의 해반주그레한 낯짝에 반했나본데, 내가 분명이 말하지. 홍삼은 내 거야. 항 도련님은 다른 여자를 찾아가시구려."

항천취는 얼마나 화가 나는지 입술을 덜덜 떨면서 운중조에게 삿대질을 했다.

"백주대낮에 이 무슨 무법천지요? 당신만 사람이고 기예技藝를 파는 사람은 사람도 아니라는 말이오? 아픈 여자를 괴롭히는 당신도 인간이야?"

운중조도 화가 나서 씩씩거리면서 팔꿈치로 항천취를 밀었다.

"그래, 나 인간 아니다. 인간 아닌 사람의 주먹맛 좀 봐야 정신 차릴래?"

운중조는 항천취를 옆으로 밀쳐내려고 가볍게 밀었을 뿐이었다. 그런데 몸이 종잇장처럼 얇은 항천취가 그 힘을 이겨내지 못하고 그만 풍덩 물에 빠질 줄이야. 수영을 할 줄 모르는 항천취는 "아이구!" 소리와 함께 물속으로 가라앉기 시작했다. 구경꾼들이 비명을 지르면서 우왕좌왕하고 있을 때였다. 옆에 있던 작은 배에서 갑자기 손이 불쑥 나오더니 물병아리가 된 항천취를 가볍게 건져 올렸다. 항천취는 얼굴의 물기를 쓱 닦고 눈을 뜨면서 말했다.

"얼른! 얼른 저놈을 족쳐!"

항천취를 구해준 사람은 그의 의형제 조기객이었다. 아래위 흰옷 차림의 조기객은 가볍게 몸을 날려 그네 배에 착지했다. 운중조는 속이 뜨끔했다. 항주에서 소문이 자자한 '조 사공자'와 맞닥뜨리게 될 줄은 꿈에도 생각하지 못했던 것이다. 그러나 두려운 내색은 하지 않고 애써 의연한 척 소리를 질렀다.

"뭐하는 짓이냐?"

조기객이 냉소를 터트리며 대답했다.

"불의를 응징하러 왔다!"

조기객이 두 팔을 내밀고 슬쩍 힘을 쓰자 덩치 큰 운중조는 맥없이 한 장 밖으로 튕겨나가 호수에 풍덩 빠지고 말았다. 삽시간에 새하얀 물보라가 비명을 지르는 구경꾼들을 덮쳤다. 조기객은 구경꾼들의 비명이 잦아들기도 전에 공중제비를 한 바퀴 돌더니 은빛 물고기처럼 멋진 동작으로 호수에 뛰어들었다.

물속에서 격전이 벌어졌다. 흰 몸뚱이와 검은 몸뚱이는 엎치락뒤치락 치열한 대결을 벌였다. 항천취는 물에 빠진 생쥐 꼴을 한 채 '낭리백조'에 앉아 주먹으로 뱃전을 두드리면서 조기객을 응원했다.

"때려! 힘껏 족쳐!"

항천취는 그러고도 분이 안 풀린 듯 노를 집어 들고 운중조의 머리를 때렸다. 운중조는 물속에서 조기객의 상대가 되지 못했다. 이윽고 조기객은 물을 잔뜩 먹고 초주검이 된 운중조를 질질 끌어다 호심정 옆의 버드나무 아래에 뉘어놓았다. 이어 운중조가 배 속의 물을 웩웩 다 토해내기를 기다린 다음 손가락으로 그의 코를 가리키면서 욕설을 퍼부었다.

"오늘만 봐주는 거다. 나 조 나리가 문무를 겸비한 인재라는 것을 이제 알겠느냐? 한 번만 더 내 아우의 털끝 하나라도 건드리면 그때는 가만있지 않을 거야. 이 서호의 자라 밥으로 만들어버릴 테니 명심해."

항천취는 그 사이에 '불부차주'로 돌아가 조기객을 불렀다.

"기객, 내 배로 올라와."

홍삼의 양부 단가생이 난감한 표정을 한 채 항천취 앞에 풀썩 무릎을 꿇었다.

"두 분 도련님, 일을 저지르시고 이렇게 가버리시면 어떡합니까? 소인은 뒷감당할 자신이 없습니다. 기왕 이렇게 됐으니 홍삼을 데리고 가십시오. 구워먹든 삶아먹든 도련님들 마음대로 하십시오."

안 그래도 몸이 아픈 홍삼은 자신 때문에 벌어진 때 아닌 소동까지 겪고 나자 정신이 하나도 없었다. 급기야 그네기둥에 머리를 기댄 채 눈을 꼭 감고 한마디 말도 못했다.

운중조와의 싸움에서 이긴 항천취는 그야말로 호기가 하늘을 찌를 듯했다. 그래서일까, 그는 물에 푹 젖은 몸으로 그네 배로 건너가서는 홍삼을 끌고 '불부차주'로 돌아왔다. 이어 호기롭게 선포했다.

"자, 자, 당신이 싫다고 하니 내가 데려가겠소. 여기 있는 사람들이 증인이오."

주변의 구경꾼들 중에서 누군가 갈채를 보냈다.

"항 도련님은 진짜 영웅이요!"

해가 뉘엿뉘엿 지고 있었다. 호수 위에 있던 배들은 모두 귀로에 올랐다. '낭리백조'도 '불부차주'의 뒤에 딱 붙어서 흔들흔들 떠가고 있었다. 그 모습이 마치 의기양양한 개선장군 같았다. 항천취와 조기객은 '불부차주'의 갑판에 앉아 젖은 옷을 말렸다.

초여름이라지만 물은 아직 차가웠다. 게다가 해가 지는 저녁 무렵이라 잔잔하게 부는 미풍도 으슬으슬 서늘했다. 원래 몸이 약한 항천취는 연거푸 재채기를 해댔다. 조기객이 물었다.

"술 없어? 으이구, 차장 도련님에게 술이 있을 리 만무하지."

뱃사공이 얼른 숨겨뒀던 고량주 반 통을 두 젊은이에게 가져다줬다.

독한 술이 들어가자 차가웠던 몸이 풀려 후끈후끈 열이 나기 시작했다. 하늘은 어느새 희끄무레한 색으로 변해 있었다. 멀리 보이는 산은 어둠에 덮여 형체가 잘 보이지 않았다. 보석산 위의 거대한 바위는 마치 해가 지기를 기다리듯 서쪽 하늘을 향해 고요하게 앉아 있었다. 멀지 않은 곳에서 은은한 범패梵唄(불교의 의식음악) 소리가 들려왔다. 매일 서호를 구름처럼 떠다니는 '영은재선'靈隱齋船에서 들려오는 소리였다. 범패 소리가 울리자 호수 위의 유람선들은 일제히 뱃머리를 돌렸다.

항천취가 입을 열었다.

"오늘은 정말 후련해!"

조기객이 어이없는 표정을 지었다.

"네가 후련할 게 뭐 있어? 싸운 사람은 난데. 너는 손가락 하나 까딱 안 했잖아."

"나 오늘 두 번째로 깨달았어. 무슨 일이든 갈 데까지 가봐야 후회가 없다는 도리 말이야."

"첫 번째는 언제였는데?"

"우리 둘이 삼생석 아래에서 잠을 잤던 그날이야. 너, 벌써 잊었어? 그날 이후로 너는 의사의 길을 벗어나고 나도 악몽에서 해방됐잖아."

조기객이 항천취의 어깨를 두드리면서 힘있게 말했다.

"다행이다. 나는 네가 평생 우물 안 개구리를 벗어나지 못할까 걱정했어. 그 정도의 깨우침이면 충분해. 앞으로는 동해에 빠져도 살아날 수 있을 거야."

항천취가 무릎을 감싸 안고 앉은 채로 선창 안을 힐끔거렸다. 홍삼이 의식을 회복했는지 확인하기 위해서였다. 이때까지만 해도 그는 홍삼이라는 이 여자가 그의 삶에 얼마나 큰 영향을 끼칠지 상상조차 못했다. 아무려나 항천취가 조기객에게 뜻밖의 제안을 했다.

"우리, 홍삼을 데리고 가자. 우리를 위해 밥도 해주고, 빨래도 해주고 얼마나 좋냐."

조기객이 거듭 읍을 하면서 말했다.

"아이고, 항 도련님, 제가 한마디만 하리다. 무릇 남자가 큰일을 하려면 '여자'와 '반역' 중에 하나만 선택해야 합니다."

항천취는 조기객의 말을 "물고기와 곰 발바닥처럼 두 가지를 함께 가질 수 없다"는 의미로 이해했다.

"무슨 뜻인지 알겠어. 하지만 조 사공자 너는 항주성의 으뜸 '반골'이면서 나이 불문하고 지분 냄새 나는 여자들과 음풍농월을 즐기잖아."

"나는 너하고 달라. 나는 여자 만나는 것을 지나가는 바람처럼 가볍게 생각하지만 너는 여자에게 한번 빠지면 헤어나지 못하는 '다정다감한 풍류객'이야."

"네가 그걸 어떻게 알아?"

조기객이 그러자 기다렸다는 듯 큰소리를 떵떵 쳤다.

"내가 누구야? 위로 천문, 아래로 지리, 고금까지 통달한 조 사공자야. 이 서호는 새우나 물고기의 눈에는 망망대해로 보일지 몰라도 내 눈에는 일개 대야보다 작은 호수에 불과해. '삼신산 아래 우리 사는 땅과 바다, 천년 변화가 말 달리듯 빠르구나. 저 멀리 중국 땅은 아스라한 아홉 개의 점이요, 출렁이는 저 바다도 잔 속의 물이로다'라는 시처럼 말이야. 이 시는 당나라의 시인 이하李賀가 지은 〈천몽〉夢天이야."

항천취가 조기객의 말에 크게 웃음을 터트렸다.

"기객, 너는 언젠가 그 광기 때문에 큰코다칠 거야."

"사돈 남 말 하시네! 너는 언젠가 그놈의 정 때문에 경치지 않나 봐라. 그건 그렇고 너 도대체 저 여자를 어쩔 셈이야?"

"걱정 안 해도 돼. 일단 먼저 촬착의 고향 옹가산에 보내 촬착 마누라하고 같이 찻잎을 따게 할 거야."

"그래, 좋은 생각이야."

조기객은 자리를 털고 일어나 마른 옷을 걸치고는 자신의 '낭리백조'에 옮겨 탔다. 이어 '불부차주'와 '낭리백조'를 연결한 밧줄을 풀었다. 그러자 '낭리백조'가 유유히 뒤로 물러났다.

항천취는 '불부차주' 갑판에 서서 두 손을 맞잡고 무림 협객들의 말투를 흉내냈다.

"내일 공신교에서 서로 만날 때까지 기다리겠소!"

조기객도 큰 소리로 응답했다.

"아우, 잘 기억하게. 내일 만나지 못하면 우리 둘은 서로 헤어져 각자 제 갈 길을 갈 것이야. 그리하면 천산만수千山萬水를 사이에 두고 영원히 다시는 못 만날 걸세. 약속을 잊지 말기를. 건투를 비네!"

'낭리백조'는 물보라를 일으키면서 화살처럼 빠르게 멀어져 갔다. 안개가 짙게 낀 수면은 어디를 보나 몽롱한 은색이었다. 항천취는 두 눈을 크게 뜨고 앞을 살펴봤다. 그러나 '낭리백조'와 조기객의 모습은 보이지 않았다.

제9장

날씨는 숨이 막힐 것처럼 후텁지근했다. 하루 종일 바쁘게 보낸 임우초는 갑자기 이유 없이 엄습하는 불안감을 느꼈다. 제대로 자리에 앉아 있지 못한 채 방안을 서성거렸다. 탁자 위에는 제철 과일인 앵두를 가득 담은 쟁반이 있었다. 과일쟁반 옆에는 말리茉莉, 화홍花紅, 장미薔薇, 계예桂蕊, 정단丁檀, 소길蘇吉 등 갖가지 향차를 담은 작고 정교한 상자가 가지런하게 세워져 있었다. 가요哥窯 청자 찻잔 두 개가 촛불 아래에서 깊고 그윽한 빛을 내뿜고 있었다. 임우초는 '그 사람'을 기다리는 중이었다.

같은 시각, 오차청은 늘 들고 다니던 등롱을 대청 밖에 놓고 안주인의 향각香閣(부인의 침소)으로 향하고 있었다. 옹가산 태생의 활착은 오차청의 그런 모습을 발견하고 헐레벌떡 쫓아왔으나 끝내 한 발자국 늦었다. 오차청의 청삼 자락이 활착의 눈앞에서 문턱 너머로 사라진 것이다. 활착은 원래 방으로 쳐들어가 모든 것을 이실직고하려고 했었다. 그런데 웬일인지 갑자기 도련님의 잠에 취한 듯 게슴츠레한 눈이 눈앞에 떠오르면서 그만 주춤 물러서고 말았다.

'에잇, 잠깐 기다리지 뭐.'

촬착은 그렇게 투덜거리고는 창문 아래 쭈그리고 앉은 채 뻑뻑 곰방대를 빨기 시작했다.

입하 당일, 촬착은 두 번이나 산을 올랐다.

촬착이 오산吳山에서 내려왔을 때는 해가 아직 저물기 전이었다. 촬착은 빈 인력거를 끌고 어슬렁어슬렁 용금문으로 향했다. '불부차주'를 타러 간 도련님을 기다리기 위해서였다.

그런데 뜻밖에도 도련님이 젊은 여자를 업고 배에서 내려오는 것이 아닌가. 여자는 정신이 혼미하고 얼굴에 병색이 짙은 것이 많이 아픈 것 같았다. 항천취는 다짜고짜 여자를 부축해 인력거에 싣고는 자신도 올라탔다. 이어 손을 휘휘 저었다.

"어서 가!"

"어디로 갈까요?"

"어디긴 어디야? 당연히 옹가산에 있는 네 집이지."

촬착은 군말 없이 인력거를 끌고 달리기 시작했다. 산자락에 이르자 인력거는 더 이상 올라갈 수 없었다. 여자를 업고 산을 오르는 일은 당연히 촬착의 몫이었다. 항천취는 헐떡헐떡 가쁜 숨을 내쉬면서 낮에 운중조와 '수중대전'을 벌였던 일, 영웅이 미녀를 구한 일 등을 미주알고주알 촬착에게 들려줬다. 운중조를 상대한 사람이 조기객 혼자가 아니라 자신을 포함한 둘이었다는 거짓말도 은근슬쩍 보태 넣었다.

자초지종을 다 듣고 난 촬착은 화가 나는지 씩씩거리면서 말했다.

"쇤네가 그 자리에 있었더라면 두 분 도련님은 손가락 하나 까딱 안 하셔도 될 걸 그랬어요. 나쁜 놈 같으니라고."

촬착의 집에는 불이 켜져 있었다. 촬착의 마누라는 아이에게 밥을 먹이고 있었다. 당연히 깜짝 놀랐다. 주인집 도련님이 기별도 없이 들이닥친 것도 그런데 촬착의 등에 묘령의 여자까지 업혀 있으니 그럴 수밖에 없을 터였다. 항천취는 가지고 있던 은전을 모두 내놓았다. 그러고도 부족하다고 생각했는지 속옷 주머니에 꽁꽁 감춰뒀던 에메랄드 반지도 내놓았다. 일본으로 가져가려고 했던 반지였다. 항천취가 돈과 반지를 가리키면서 촬착 부부에게 말했다.

"이것도 저 여자에게 주게. 부득이한 경우가 아니면 절대 팔지 말라고 하게."

"도련님, 이것만은 안 됩니다. 돈이 필요하시면 제가 내일 마님께 말씀드리고 꺼내다 드리겠습니다."

"내일 이 시각이면 나는 아마 항주에 있지 않을 거네."

깜짝 놀란 촬착 부부가 다그쳐 물었다.

"도련님, 그게 무슨 말씀이십니까? 또 어디 가서 말썽을 일으키려고 그러십니까?"

항천취의 얼굴에 슬픔과 자부심이 가득 섞인 표정이 언뜻 스쳐 지나갔다. 그는 그러나 웃기만 할 뿐 아무 말도 하지 않았다.

촬착의 마누라가 남편을 밀치면서 욕을 했다.

"미련퉁이 같으니라고! 마님이 평소에 뭐라고 하셨어요? 하늘이 두 쪽 나는 한이 있어도 도련님 옆을 떠나면 안 된다고 하셨잖아요. 내일 도련님이 여기를 떠나면 마님께 뭐라고 말씀드릴 거예요?"

덩달아 마음이 조급해진 촬착이 제자리를 뱅뱅 돌았다. 그러더니 한 가지 꾀를 생각해낸 듯했다. 이어 안방 침대에 누워 기운을 차리지 못하는 홍삼을 가리키면서 항천취에게 말했다.

"도련님께서 사실대로 말씀을 해주시지 않으면 저 여자를 쫓아내겠습니다."

항천취는 그 사이를 못 참고 '기밀'을 누설한 자신이 몹시 원망스러웠다. 그러나 그렇다고 이미 내뱉은 말을 주워 담을 수도 없는 노릇이었다. 그가 반지를 집어 들면서 입을 열었다.

"자네들에게만 말하겠네. 나는 내일 일본으로 유학을 가네. 내일 이른 아침에 공신교에서 기객을 만나기로 했어. 이 반지는 자네들에게 주는 것이 아니라 홍삼에게 주는 거네."

항천취는 반지를 들고 안방으로 들어갔다. 그리고는 누워 있는 홍삼의 손을 당겨 둘째손가락에 반지를 끼워줬다. 반지는 맞추기라도 한 듯 그녀의 손에 꼭 맞았다. 홍삼은 자신의 손가락에 반지가 끼워진 것도 모른 채 끙 하고 돌아눕더니 다시 잠에 빠져들었다.

항천취가 반쯤 꿇어앉아 홍삼의 이마를 쓰다듬으며 말했다.

"너를 두고 가려니 마음이 아프지만 어쩔 수 없구나. 모두 네 운에 맡기겠다. 혹시라도 위험이 닥치면 꿈에 나타나 소식을 전해다오. 여기 사람들은 다 착하단다. 네가 목숨 걸고 그네를 뛸 때보다는 나은 삶을 살 수 있을 거야. 내가 일본으로 혁명을 하러 가지 않는다면 너에게 더 좋은 곳을 마련해줄 수 있겠지만 지금은 내 한 몸 건사하기도 힘든 상황이니 어쩔 수 없구나. 미안하다. 나를 너무 원망하지 말아다오."

촬착 부부는 도련님의 고별인사를 듣고 있으면서 속상하기도 하고 슬프기도 했다. 어쨌으면 좋을지 몰라 난감하기만 했다. 그래도 촬착의 마누라가 그나마 기민했다. 슬그머니 촬착을 부엌으로 끌고 나와 남편에게 일렀다.

"활착, 이 일은 마님께 숨겨서는 안 돼요. 돌아가서 사실대로 말씀드리세요. 마님 덕에 먹고 사는 우리가 양심에 거리끼는 짓을 해서야 되겠어요?"

활착이 크고 두꺼운 앞니를 드러내면서 귀찮은 투로 말했다.

"나도 알아, 안다고. 돌아가서 먼저 차청 아저씨에게 말씀드릴 거야."

항천취가 밖으로 나와 활착 마누라한테 읍을 하면서 공손하게 말했다.

"아주머니, 잘 부탁드리오."

활착 마누라는 다리에 힘이 풀리는지 그 자리에 풀썩 주저앉고 말았다.

"도련님, 이러지 마세요. 몸 둘 바를 모르겠어요. 주인이 아랫것에게 예를 갖추는 법이 어디 있어요?"

항천취가 즉각 대답했다.

"내가 일본에서 돌아와 혁명이 성공하게 되면 주인이요, 노비요 하는 차별이 다 없어지고 천하가 한집안이 될 것이오. 그리 하면 사람마다 굶을 걱정, 헐벗을 걱정 따위는 안 해도 될 것이오. 그때 가면 차밭도, 차장도 네 것 내 것 구별 없이 공동소유가 될 테니 불필요한 격식을 차릴 필요가 없소."

활착의 마누라는 두 사람을 배웅하면서 혼잣말을 하듯 중얼거렸다.

"아미타불! 그런 말 하지 마세요. 모든 것이 공동소유가 된다면 망우차장의 차밭 수백 무도 누구 손에 들어갈지 모른다는 말씀인가요?

우리야 괜찮지만 마님 앞에서는 절대 그런 큰일날 소리 하지 마세요. '집안 망치는 자식'이라고 슬퍼하실 거예요."

항천취가 웃으면서 말했다.

"틀린 말은 아니오. 내가 '집안 망치는 방탕아'라는 것은 자네들도 잘 아는 사실이잖소. 다만 모두들 대놓고 말하지 않을 뿐이지."

항천취는 호기롭게 말을 끝내고는 소맷자락을 떨치며 발걸음을 옮겼다.

오차청은 방으로 들어서자마자 이날 밤이 여느 날과는 다르다는 것을 직감적으로 느꼈다. 임우초의 목소리가 미세하게 떨리고 있었다. 지난 몇 년 동안 임우초의 거미줄처럼 가늘게 떨리는 목소리는 잊을 만하면 망우차장의 어느 구석에서 메아리처럼 들려와 오차청의 귀를 간질이곤 했다. 오차청은 고개를 숙이고 임우초에게 문안인사를 했다. 이어 여느 때와 마찬가지로 탁자 옆에 앉았다.

임우초가 낮은 소리로 물었다.

"뭘 마시겠어요?"

오차청은 그제야 고개를 들었다. 갑자기 눈앞이 환해졌다. 안주인 임우초는 옅은 자주색 비단 반팔 적삼을 입고 있었다. 옷깃 단추가 열려 있고 옷깃은 목 양쪽으로 세워져 있었다.

오차청이 대답했다.

"아무거나."

임우초는 말리화차를 담은 상자를 골라 들고 말했다.

"오늘은 입하이니 관례대로 말리화차를 드세요."

"그럼 사양하지 않겠소."

임우초가 과일쟁반을 오차청 쪽으로 밀어놓았다.

"당신은 한가족이나 마찬가지이니 사양 안 하셔도 돼요."

"그래도 아닌 건 아니지."

오차청이 웃으면서 앵두를 한 알 집어 입에 넣었다.

임우초는 더는 말을 하지 않았다. 오차청도 입을 열지 않았다. 두 사람은 그렇게 한참 동안 묵묵히 앉아만 있었다.

최근 몇 년 동안 임우초와 오차청의 관계는 많이 소원해졌다. 더 정확하게 말하면 임우초를 대하는 오차청의 태도가 많이 냉담해졌다. 임우초는 그럴수록 오차청에게 더 집착하게 되었다.

임우초를 대하는 오차청의 태도는 그녀의 남편 항구재가 죽은 이후로 눈에 띄게 달라졌다. 연적이 죽었으니 환호작약하며 기뻐할 법도 한데 그는 그런 기색이 전혀 없었다. 오히려 점점 기운이 없어지는 것 같았다. 두 사람이 맨 처음 서로 부둥켜안고 열정을 불태웠던 작은 창고의 문은 여전히 잠그지는 않고 살짝 닫힌 채로 있었다. 그러나 최근 몇 년 동안 두 사람이 작은 창고 안에서 밀회를 즐긴 횟수는 손에 꼽을 정도로 뜸했다. 게다가 매번 거사를 치르고 난 후면 서로 기분이 좋지 않았다. 임우초는 죽고 싶을 정도로 참담한 기분이 들 때가 많았다. 오차청의 낯빛이 먹구름처럼 어두웠기 때문이었다.

임우초는 오차청이 무엇 때문에 갑자기 냉랭해졌는지 그 이유를 아무리 생각해도 알 수가 없었다. 특히 항천취를 왜 그렇게 차갑게 대하는지 도무지 알 길이 없었다.

임우초에게는 아들이 있었다. 그리고 아들에게 물려줄 수 있는 차장도 있었다. 그러나 그녀는 이 두 가지만으로 만족할 수 없었다. 그녀는 남자가 필요했다. 그녀 자신과 그녀의 아들을 견제하면서도 끌어줄 수 있는 남자가 필요했다. 그리고 이 역할을 소화해낼 수 있는 사람은 오차청밖에 없었다. 실제로 오차청은 그녀와 그녀의 아들을 냉랭하게 대하면서도 망우차장을 떠나지 않고 이 역할을 감당하고 있었다. 그러나 두 사람의 미묘한 관계는 변화하고 있었다. 더불어 망우차장 사람들은 점점 늙어가고 있었다.

바람이 불어왔다. 오차청이 입을 열었다.

"소나기가 내릴 것 같소."

임우초가 고개를 들어 오차청을 바라봤다.

"여느 때처럼 내리겠죠."

"우리도 많이 늙었소."

"사람은 늙었으나 어떤 일은 늙지 않았어요."

오차청이 앵두를 쥔 두 손가락에 힘을 주었다. 말랑말랑한 앵두가 이내 터져버렸다. 이어 자리에서 일어나면서 말했다.

"천둥이 치기 전에 돌아가야겠소."

임우초도 일어섰다. 그녀의 목소리에는 불만이 잔뜩 배어 있었다.

"어쩌면 그런 말을 할 수 있어요? 내 속에서는 밤낮으로 천둥이 치는 걸 몰라서 그래요?"

한줄기 광풍이 불어와 촛대와 찻잔을 넘어뜨렸다. 오차청은 빨간 앵두를 물고 있는 임우초의 입을 보면서 자신도 모르게 소리를 질렀다.

"엄청난 바람이야!"

오차청의 말이 끝나기 무섭게 섬광이 번쩍였다. 이어 콩 볶듯 하는 우렛소리가 멀리서 들려왔다. 장대비가 쏟아지기 시작했다.

촬착은 임우초의 가늘게 떨리는 목소리를 듣지 못했다. 다만 이 자리에 계속 있어서는 안 된다는 직감 때문에 머리를 감싸 쥐고 밖으로 뛰어나갔을 뿐이었다. 한참 달리고 나자 복잡하던 머리가 약간 진정된 듯했다. 그는 정원에 있는 정자로 되돌아왔다. 그곳에서 두 쌍의 손이 안주인 임우초 방의 창문을 닫고 이어 문을 걸어 잠그는 모습을 똑똑하게 보았다. 비가 정자 지붕을 뚫을 듯이 세차게 내렸다.

촬착은 자신의 어깨를 감싸 안고 다람쥐 쳇바퀴 돌 듯 정자 안을 뱅뱅 돌았다.

"그래, 나는 하늘만 봤어. 다른 건 아무것도 못 봤어."

촬착은 두 번 다시 안주인의 방 쪽으로 눈길을 돌리지 않았다. 장대비가 보슬비로 바뀔 때까지 두 시간이나 넘게 시커먼 하늘만 쳐다봤다.

억수로 쏟아지던 비는 언제 내렸나 싶게 완전히 그쳤다. 촬착은 그제야 자신의 중요한 사명을 생각해내고 안주인 임우초의 방으로 시선을 옮겼다. 그녀의 방문과 창문은 여전히 꽁꽁 닫힌 채였다. 두 사람의 목소리도 들리지 않았다. 불빛도 없었다.

"이상하네, 마님은 벌써 잠드셨는가? 그렇다면 차청 아저씨는?"

촬착은 주먹으로 자신의 머리를 툭 쳤다.

"이런 바보 멍청이 같으니라고. 차청 아저씨는 비를 뚫고 벌써 거처로 돌아가신 게 틀림없어. 경공輕功을 하시는 분이니 내가 발자국소리를 못 들은 거야."

그러나 다시 생각해 보니 그것도 아닌 것 같았다. 소리야 못 들었다쳐도 사람 그림자도 보이지 않을 수는 없지 않겠는가.

"차청 아저씨는 이리로 안 오셨어. 나는 방금 전 헛것을 본 게 틀림없어. 암, 그렇고말고."

촬착은 자기암시라도 하듯 조용히 내뱉고는 힘껏 고개를 끄덕였다.

마침 그때 임우초의 방에 불이 켜졌다. 이어 삐걱 하는 소리와 함께 문이 열렸다. 파란 등롱이 먼저 나오고 뒤이어 오차청의 뒷모습이 보였다. 오차청은 문밖에 서서 방안의 사람과 몇 마디 주고받은 다음 몸을 돌려 촬착 쪽으로 몇 발자국 걸어왔다. 임우초가 따라 나와 오차청의 흐트러진 옷매무시를 다듬어주는 듯했다. 뒤이어 보고도 믿기 어려운 상황이 촬착의 눈앞에서 연출됐다. 오차청이 안주인 임우초의 어깨를 잡고 그녀의 얼굴에 가볍게 입을 맞추더니 나는 듯이 빠른 걸음으로 자리를 뜬 것이었다. 오차청의 걸음걸이는 중년의 나이에 걸맞지 않게 날렵하고 힘찼다. 평소에 무표정한 얼굴로 뒷짐을 지고 느릿느릿 걸어다니던 그 오차청이 맞나 싶을 정도였다. 촬착은 혹시 자신이 헛것을 본 것은 아닌지 눈을 비비고 다시 바라봤다. 그 사이에 임우초의 방문이 닫혔다. 오차청은 바람처럼 순식간에 멀어져 갔다.

촬착은 자신이 무슨 정신으로 걷는지도 모른 채 빗물이 고인 자갈길을 철벅철벅 걸어갔다. 그는 아무리 자신이 머리가 둔하다지만 방금 본 것을 다른 사람한테 절대 발설해서는 안 된다는 것쯤은 알고 있었다. 그렇다면 도련님의 일은 어떻게 해야 하는가? 도련님 생각을 하자 갑자기 쇠몽둥이에라도 얻어맞은 것처럼 정신이 번쩍 들었다.

'안 돼, 도련님이 내일 집에서 나가지 못하게 막아야 해.'

촬착은 허둥지둥 오차청을 쫓아가면서 소리쳐 불렀다.

"차청 어르신, 잠깐만요. 차청 어르신!"

이미 안뜰을 벗어나 서쪽의 좁은 길에 들어선 오차청은 촬착의 고함소리를 듣고는 천천히 걸음을 멈췄다. 이어 헐레벌떡 달려오는 촬착을 바라봤다. 그의 눈동자는 푸르스름한 빛을 뿜고 있었다.

촬착은 가슴이 철렁했다. 방금 전 일을 생각하니 오차청의 눈을 마주 볼 수가 없었다.

"자네 야밤삼경에 여기는 웬일인가?"

"쇤네, 쇤네는 차청 어르신을 찾으러 왔습니다."

촬착은 심하게 말을 더듬었다.

"도련님, 도련님께서 내일 일본으로 떠난다고 하셨습니다."

"내일 언제라고 했나?"

"내일, 내일 이른 아침에 공신교에서……."

오차청은 아무 말도 없이 목석처럼 서 있었다. 그의 신발은 비에 젖지 않고 깨끗했다.

"마님께 말씀드렸나?"

"아닙니다."

"왜 마님을 찾아가지 않았는가?"

"갑자기 비가 쏟아지는 바람에 정자에서 비를 피하느라 못 갔습니다. 차청 어르신, 쇤네가 어떻게 해야 도련님을 말릴 수 있을까요?"

오차청이 말없이 수염을 쓰다듬었다. 더 묻지 않아도 모든 것을 알 수 있었다. 촬착은 온몸이 싸늘해지는 기분을 느꼈다. 그러다 갑자기 발바닥으로부터 뜨거운 열기가 위로 치밀어 올랐다. 그는 몸을 돌려 항천취의 방으로 향했다.

항천취는 호수에 떠 있는 '불부차주'에 있었다. 허공에는 그네가 있었다. 그네에 앉아 있는 사람은 다름 아닌 홍삼이었다.

그네는 마치 하늘에서 내려온 것처럼 아무 데도 고정돼 있지 않았다. 홍삼은 두려움에 질려 큰 소리로 엉엉 울고 있었다. 항천취는 홍삼의 얼굴에서 흘러내리는 눈물을 보았다. 그러나 홍삼의 비명소리는 들리지 않았다. 항천취는 다른 사람들에게 도움을 청하려고 목청껏 소리를 질렀다. 그러나 어찌된 일인지 목에서 소리가 나오지 않았다. 그는 손으로 그네를 잡았다. 그러나 그네는 그의 손을 벗어나 높이, 더 높이 하늘로 솟아올랐다. 나중에는 작고 까만 점이 되었다. 항천취가 애가 타서 어찌할 바를 모르고 있을 때였다. 허공에 커다란 사람 얼굴이 불쑥 나타났다. 다름 아닌 운중조의 얼굴이었다. 항천취는 있는 힘껏 두 손을 내저었다. 그러자 까마득한 허공에 떠 있던 그네가 휙 하는 소리와 함께 항천취를 덮쳤다. 항천취는 비틀거릴 사이도 없이 물에 풍덩 빠지고 말았다.

호수의 물은 목욕탕 물처럼 뜨거웠다. 항천취는 덥고 숨이 막혀 허우적거리면서 소리를 질렀다. 다행히 이번에는 목구멍에서 소리가 나왔다.

"살려줘, 살려줘! 기객, 나 좀 살려줘!"

항천취는 잠에서 깨어났다. 눈앞에 두 사람의 모습이 어렴풋이 보였다. 목이 타는 것 같았다. 그는 자신도 모르게 외쳤다.

"물! 물!"

누군가 항천취의 입에 물을 흘려 넣어줬다. 항천취는 그제야 답답하던 가슴이 약간 시원해지는 느낌이 들면서 다시 죽은 듯 깊은 잠에 빠져들었다.

오차청이 항천취의 이마에 손을 얹었다. 이마가 불덩이처럼 뜨거웠다. 간간이 기침도 터져 나왔다. 그러나 땀은 한 방울도 나지 않았다. 오차청이 촬착에게 분부했다.

"감기야. 집사한테 가서 총시차蔥豉茶를 가져오게."

총시차는 오차청이 《태평성혜방》太平聖惠方의 처방에 따라 직접 조제

한 것이었다. 주요 원료는 대파 흰 뿌리, 담두시淡豆豉, 형개荊芥, 박하, 산치山梔, 생석고, 자순차紫筍茶 가루 등이었다. 이 중에서 대파 흰 뿌리는 맛이 맵고 성질이 따뜻해 발한해표發汗解表(땀을 나게 해 풍한風寒을 해소시킴) 효능이 있다. 형개도 성질이 따뜻하고 발산發散 효능이 있다. 또 담두시는 대파 흰 뿌리와 형개의 해표 효능을 배가시키는 역할을 한다. 박하, 석고와 치자는 해열에 좋다. 여기에 자순차는 강심부정强心扶正 작용이 있다. 따라서 이 몇 가지를 달여 따뜻하게 복용하면 몸에 침투한 나쁜 기운을 몰아내고 땀을 내게 할 수 있었다. 망우차장 점원들도 머리가 아프거나 열이 날 때면 이 약차를 종종 마시고는 했다.

약차를 마신 항천취는 식은땀을 흠뻑 흘리면서 다시 잠에 빠져들었다. 오차청이 촬착을 불러 분부했다.

"오늘밤 도련님을 잘 지키게. 그리고 내일 아침 일찍 도련님의 상태를 마님께 말씀드리게. 일본이니 뭐니 하는 말은 한마디도 입 밖으로 내지 말게. 내일 아침 오경에 차를 대놓게. 내가 공신교에 갔다 오겠네."

촬착이 오차청의 말에 안도의 숨을 내쉬었다.

"다행입니다. 참 다행입니다. 안 그래도 옹가산에 있는 홍삼 처녀를 어찌 처리하면 좋을지 몰라 걱정했는데……."

오차청이 굳은 표정으로 말했다.

"그 일은 도련님이 알아서 할 거네. 알겠는가?"

촬착은 입을 헤벌린 채 황소의 눈처럼 큰 눈을 끔뻑거릴 뿐이었다. 오차청이 어서 가라는 뜻으로 손을 휘휘 내저었다. 촬착은 한참 후에야 오차청 아저씨의 눈이 푸르스름한 빛을 뿜은 이유를 알 것 같았다. 그것은 오늘 보고 들은 모든 일에 대해 비밀을 엄수하라는 무언의 압박이었다.

1901년 입하 다음 날 이른 아침이었다. 항주의 명의 조기황의 넷째 아들 조기객은 소가죽 트렁크를 들고 공신교 경항京杭대운하 부두에서 항천취를 기다리고 있었다. 두 사람은 작은 기선을 타고 상해로 건너갈 계획이었다.

얼마 후 오경이 됐다. 부두에는 어깨에 주머니를 메거나 손에 나무 상자를 든 소상인들이 심심찮게 보였다. 청량환清凉丸이나 금강金剛가루 치약을 파는 장사꾼들이었다. 또 화로 위에 철판을 놓고 계란말이를 만들어 파는 사람도 있었다. 이들은 모두 〈시모노세키조약〉 체결 이후 항주로 건너온 일본인들이었다. 그들이 부두에서 장사를 하는 이유는 분명했다. 항주 현지인들에게 중국어를 배우거나 현지 풍속을 염탐하기 위한 것이 주요 목적이었다.

상냥하고 예의 바른 항주 소시민들이 이런 일본인들과 조심스럽게 교제할 무렵 거리의 분위기는 살벌했다. 칼과 검을 허리에 차고 머리를 풀어헤친 일본 낭인浪人들과 항주 현지 조폭인 청방青幫과 홍방洪幫이 공신교 일대에서 영역 싸움을 벌이고 있었던 것이다. 때문에 1900년 가을 공신교 일대는 일본인과 청방, 홍방의 무법천지 세상이었다. 일본인들이 이곳에 우체국과 기선 회사를 세운 것 역시 마찬가지였다. 또 거리에서 무성영화를 상영하기도 했다. 이런 영화를 처음 구경하는 항주 사람들로서는 신선한 충격이 아닐 수 없었다. 공신교 부근에는 일본인이 차린 찻집도 있었다. 항천취는 이 일본인 찻집을 지날 때마다 "이것도 찻집이냐?"면서 입을 비쭉거리고는 했다.

일본인들은 이 공신교 일대에서 이른바 '오관'五館이라는 정책을 실시했다. 연관煙館(아편방), 도관賭館(도박장), 기관妓館(유곽), 보관報館(신문사), 희관戲館(극장) 등 다양한 가게가 상부상조하면서 공존하는 정책을 실시

한 것이다. 따라서 찻집이라고 해봤자 중국식 고유의 순수한 색깔을 잃어버린 지 오래였다. 대표적인 것들로 양교洋橋 부근에 있는 양춘陽春다원茶園, 이마로二馬路 중앙에 있는 천선天仙다원과 이마로里馬路에 있는 영화榮華다원을 꼽을 수 있었다. 이들 찻집에는 지역 깡패, 건달과 일본인 소상인들을 대상으로 매음을 하는 기생들이 상주하고 있었다.

부두에 혼자 우두커니 서 있는 조기객은 어색하고 민망하기 그지없었다. 기녀들이 서로 번갈아가며 찾아와 치근거리면서 성가시게 구는 탓이었다. 말투로 보아하니 기녀들은 대부분 절강 서부 농촌 태생들인 것 같았다. 조기객은 여색을 밝히는 사람이 아니었다. 또 항천취처럼 여자들에게 다정다감한 성격도 아니었다. 그리고 뒤끝을 흐리지 않고 맺고 끊음이 분명했다. 전날 호수에서 운중조를 흠씬 두들겨 팬 뒤 뒤도 돌아보지 않고 가버린 것만 봐도 알 수 있었다.

"저리 가!"

조기객은 마치 더러운 똥파리를 쫓듯 손을 휘휘 저으면서 기녀들을 쫓아버렸다. 그 목소리에는 짜증이 잔뜩 배어 있었다.

"천취 이 자식은 도대체 어떻게 된 거야? 출발 시간이 반 시간도 채 남지 않았는데 왜 아직도 안 오는 거지?"

조기객이 초조한 것도 당연했다. 벌써 배에 오른 승객들도 적지 않았다. 조기객이 그렇게 항천취를 원망하면서 조급증을 내고 있을 때였다. 뒤에서 그를 부르는 소리가 들려왔다.

"조 사공자! 조 사공자!"

조기객을 부른 사람은 촬착이었다. 조기객은 기쁘게 웃으며 촬착을 향해 손을 흔들었다. 그러나 조기객의 손은 이내 허공에 굳어지고 말았다. 표정 역시 굳어졌다. 촬착의 뒤에서 천천히 걸어오는 사람은 그가 고

대했던 항천취가 아니라 오차청이었던 것이다!

어느새 조기객의 앞에 다가온 오차청이 가볍게 고개를 숙였다.

"조 사공자, 항 도련님은 어제 호수에서 한기가 들어 몸져누웠네. 조 사공자와 일본으로 동행할 수 없게 됐네. 혹시 기다릴까봐 이 늙은이가 소식 전해주러 왔네."

조기객이 담담하게 웃으면서 읍을 했다.

"소식 주셔서 고맙습니다. 저 기객은 종래로 다른 사람에게 강요하는 법이 없습니다. 가든지 남든지 모두 본인 자유죠. 그럼 이만!"

조기객의 말이 끝나기 무섭게 오차청이 그의 손을 와락 잡았다. 조기객은 순간 오차청의 손에서 무림고수의 내공을 느끼고는 당황했다. 오차청이 주머니에서 돈 자루를 꺼냈다.

"이걸 가져가게."

조기객은 극구 사양했다. 그러자 오차청은 돈 자루를 조기객의 가슴에 던지듯 건넸다. 그리고는 의미심장한 한마디를 건넸다.

"이 늙은이도 40년 전에는 당당한 호한好漢이었다네."

오차청은 말을 마치기 무섭게 발걸음을 옮겼다. 곧 그의 모습은 조기객의 시야에서 사라졌다. 그야말로 순식간이었다.

항천취가 병상에 누워 정신이 혼미해져 있을 때 오승은 융흥찻집과 망우차장 사이를 오가면서 '첩자' 역할을 충실하게 수행하고 있었다. 특히 최근 들어 오승이 오차청에게 기분 좋은 소식을 가져다주는 횟수는 점점 더 빈번해졌다. 이를테면 만복량의 정실부인과 첩이 재산 다툼 끝에 소송을 벌이고 있다든가, 만복량이 너무 화가 나서 병이 났다는 것, 만복량이 화병으로 저세상에 갔다는 소식이 차례로 전해졌다. 이어

융흥찻집이 만복량 첩의 도박꾼 간부姦夫에게 넘어갔다는 사실을 비롯해 융흥찻집이 문을 닫았다는 것과 매각 예정이라는 소식, 가격이 너무 높아 보러 오는 사람은 많아도 정작 사려는 사람은 없다는 소식도 고스란히 오차청에게 전해졌다.

임우초가 말했다.

"당시 300냥을 받고 만씨에게 팔았던 거예요. 지금 저 꼴로 만들어 놓고 500냥을 받으려고 하잖아요. 부르는 값을 다 준다면 틀림없이 사람들의 웃음거리가 될 거예요."

오승이 고개를 숙이고 맞장구를 쳤다.

"그렇고말고요. 그렇고말고요."

한참 침묵을 지키던 오차청이 한숨처럼 내뱉었다.

"삽시다!"

임우초가 눈썹을 곤두세웠다. 오승이 두 손을 마주 비볐다.

"망우차장은 돈이 많아."

오차청의 한마디에 오승의 손동작이 뚝 멈췄다. 그가 제일 듣기 싫어하는 말이 부자들의 돈 자랑이었다. 안 그래도 망우차장을 증오하던 그는 오차청의 이 한마디에 그에게도 그만 싫은 감정이 생겨났다. 사실 그가 망우차장을 위해 기꺼이 '첩자' 노릇을 자처한 이유는 어릴 때 자신을 구해주고 마음까지 보듬어줬던 오차청에게 보답하기 위해서였다. 물론 그렇다고 해서 망우차장을 향한 증오심이 줄어들거나 사그라든 것은 아니었다. 오승은 급기야 자신의 모순된 마음을 어떻게 다스렸으면 좋을지 몰라 고개를 숙인 채 아무 말도 하지 않았다.

오차청은 큰소리치는 것을 좋아하는 사람이 아니었다. 임우초는 그 점을 너무나 잘 알고 있었다. 그녀의 얼굴에 의아한 표정이 떠올랐다.

오차청이 다시 입을 열었다.

"천취도 결혼할 때가 됐소."

임우초는 문득 20년 전의 어느 하루를 떠올렸다. 그날 오차청은 어린 항천취를 안고 앉아 있는 임우초에게 이런 말을 했었다.

"이 다음에 돈이 생기면 망우찻집을 되찾아와야겠소."

삼아원의 점주 왕아모는 결국 한발 늦었다. 융흥찻집은 그가 아닌 다른 사람에게 넘어갔다. 더 정확하게 말하면 원래의 주인인 망우차장에게 돌아갔다. 그동안 '이중첩자' 노릇을 한 오승은 왕아모를 위해 아쉬워하거나 슬퍼하지 않았다. 오히려 고소해했다. 그는 망우차장을 나서자마자 쉬지 않고 삼아원으로 달려갔다. 마치 사람들의 싸움을 부추기고 구경하는 것이 인생 최대의 낙인 것 같았다. 그렇다고 해서 그에게 어부지리가 생기는 것도 아니었다. 사실은 그조차도 자신이 무엇 때문에 이러는지 이해할 수 없었다.

오차청은 항천취를 데리고 융흥찻집-지금은 망우찻집-으로 향했다. 먼저 와서 계단입구에서 기다리고 있던 오승이 공손하게 주의를 줬다.

"천천히 올라가십시오. 계단이 삭아서 자칫 다칠 수 있습니다."

항천취는 혼자만의 생각에 골똘히 잠겨 오승을 거들떠보지도 않았다. 오승은 항천취의 뒤통수를 노려보면서 속으로 이를 갈았다.

'나쁜 자식, 웃지도 않고 말도 하지 않고 어쩌면 기뻐하는 기색조차 없을까? 지금까지 항씨네 가업을 지켜주고 키워준 차청 아저씨에게 고마워하지는 못할 망정 잘난 체하는 꼴이라니……'

오차청이 위층 창문을 열었다. 그러자 창턱에 켜켜이 쌓여 있던 먼지들이 마치 기다렸다는 듯 뿌옇게 일어났다. 추석이 지나 10월의 햇살이 비스듬히 들어오면서 방안에 둥둥 떠다니는 먼지를 하얗게 비췄다.

창문 밖으로 호수가 보였다. 호수 건너편의 보석산, 갈령葛嶺과 서하령棲霞嶺은 햇빛과 호수면에 반짝이는 빛 때문에 얇은 실루엣만 보였다. 은빛 수면 위로 유람선들이 둥실둥실 떠다니고 있었다.

항천취는 실눈을 뜨고 호수의 풍경을 바라보면서 조기객의 '낭리백조'를 떠올렸다. 조기객이 했던 말도 생각났다.

'이 서호는 새우나 물고기의 눈에는 망망대해로 보일지 몰라도 내 눈에는 일개 대야에 불과해…….'

항천취는 순간 커다란 절망감과 회의감에 빠졌다. 그러자 숨도 못 쉴 만큼 가슴이 답답해졌다. 어느새 두 눈에 눈물이 그득하게 고였다.

'안 돼, 기객 생각을 하면 안 돼.'

항천취는 애써 마음을 추슬렀다. 그는 이번에 조기객과 동행하지 못했다. 그리고 앞으로 영원히 그와 함께 할 수 없게 됐다.

항천취는 손가락으로 책상 표면을 아무렇게나 훑었다. 시커먼 먼지가 묻어났다. 찻집 북쪽에 세워져 있는, 사람 키 절반 높이의 무대에는 거미줄이 가득했다. 호수에서 불어온 바람에 거미줄이 끊어질 듯 말 듯 흔들렸다. 항천취는 멍하니 무대를 응시하면서 속으로 울분을 삭였다.

"이깟 찻집을 되찾았다고 내가 기뻐할 것 같아?"

항천취가 그렇게 중얼거리고 있을 때 오차청이 입을 열었다.

"원래대로 '망우찻집'이라고 하는 게 좋겠다."

"마음대로 하세요."

"네 것이니 네 마음대로 해야지."

"저는 괜찮아요. 정말이에요."

"일본으로 못 가게 된 이후로 만사가 귀찮아졌구나?"

그 말에 항천취는 입을 다물었다. 두 사람은 이 민감한 화제에 대해 한 번도 터놓고 얘기를 나눈 적이 없었다.

항천취가 호수를 멍하니 바라보다가 이윽고 더듬더듬 입을 열었다.

"그, 그, 그가…… 저를…… 많이 원망하던가요?"

"원망 안 했어. 네가 가기 싫어서 안 간 것도 아닌데 뭘. 이건 하늘의 뜻이야."

"아저씨도…… 운명을 믿어요?"

"믿어!"

오차청이 딱 잘라 말했다.

항천취는 귀뿌리가 뜨거워졌다. 자신도 모르게 언성이 높아졌다.

"저는 운명 따위는 믿고 싶지 않아요. 제가 원치도 않는 결혼을 해야 하는 것도 운명인가요? 그건 다 아저씨의 뜻이잖아요? 어머니는 아저씨의 뜻을 따랐을 뿐이고요. 망우차장의 대소사는 모두 아저씨가 좌지우지하고 있잖아요. 저도 아저씨의 손바닥을 벗어나지 못하고 있어요. 굳이 운명이라는 것이 있다면 제 운명은 아저씨겠죠. 아저씨, 그거 알아요? 제가 아저씨를 얼마나……."

"너…… 나를 증오하니?"

"아니요!"

창문에 기대 선 항천취가 갑자기 말을 더듬었다. 흥분하면 할수록 더 심하게 말을 더듬는 버릇이 나오고 있었다.

"제, 제 말뜻…… 말뜻은……, 저는…… 아저씨…… 아저씨 없이는…… 살, 살 수…… 없다는 뜻이에요……."

항천취는 끝내 말을 잇지 못하고 눈물을 보이고 말았다.

오차청은 주먹을 꽉 움켜쥐었다. 손등 위로 시퍼런 힘줄이 불끈거렸다. 그는 말없이 창문을 하나하나 닫기 시작했다. 방안은 마치 영혼이 빠져나간 빈껍데기처럼 어두컴컴하게 변했다.

오차청과 항천취가 계단을 내려올 때 오승은 걸레를 들고 계단 입구에 서 있었다. 오승은 멀어져가는 두 사람의 뒷모습을 보면서 익숙한 외로움과 소외감을 느꼈다. 마치 망우찻집 안에 있으면서도 찻집에서 쫓겨난 것 같은 느낌이었다. 그는 손을 내밀어 허공을 더듬었다. 공기는 겨울날의 얼어붙은 쇳덩이처럼 차가웠다. 그는 속으로 생각했다.

'이 찻집은 언제쯤 내 손에 들어올까?'

보면서 흡족한 웃음을 지었다. 그 어미에 그 딸이라고, 처녀도 참할 것이라는 생각이 들었던 것이다. 들리는 소문에 의하면 심록애는 성격이 사내아이처럼 약간 거칠다고 했다. 또 전족纏足도 하지 않았다고 했다. 그리고 고저산에서 야생차 따기를 가장 즐긴다고 했다. 임우초는 그 소문을 듣고 속으로 은근히 기뻐했다.

'아비는 비단 장사꾼인데 딸은 찻잎밥을 먹는다고? 이것도 연분인가?'

사실 심록애의 생모는 원래 막간산莫干山 아래에 사는 차 상인의 딸이었다. 가문이 빈한해 심 부인의 계집종으로 있었다. 그러다 심불영의 눈에 들어 그의 첩이 되었다. 심불영이 이 여인을 좋아한 이유도 차 때문이었다. 이 여인이 집안의 크고 작은 다사茶事를 물샐틈없이 꼼꼼하게 처리하고 맛있는 함차咸茶를 우릴 줄 알았던 것이다. 뿐만 아니라 심씨 가문을 위해 심록애와 심록촌沈綠村 남매를 낳았다. 또 심씨네의 100무에 달하는 차밭을 여느 남정네 못지않게 잘 관리했다. 급기야 심씨네 집안 남녀노소의 인정을 받았다. 그러다 보니 그녀가 첩실이라고 함부로 대하는 사람은 아무도 없었다.

항씨네는 신랑의 사주단자를 신부 집에 보낼 때 함에 금옥金玉 여의如意(불교식의 패물)를 넣었다. 그리고 정혼 당일, 항씨네는 대청에 '화합이선'和合二仙(중국의 민간전설에 혼인과 화합을 이루어주는 신)을 모시고 홍촉에 불을 붙인 다음 정혼주定婚酒를 마셨다. 임우초는 납폐를 보낼 때 항씨 조상들의 법도에 따라 은을 200냥 넘게 보냈다. 이 정도면 항주성 내에서도 한동안 회자될 만한 액수였다. 그러나 신부 집에서는 끝돈만 받고 200냥은 그대로 신랑 집에 돌려보냈다. 이를테면 '우리도 돈은 있을 만큼 있는 집안이니 딸을 팔았다는 오명을 쓰지 않겠다'라는 무언의 항변

같은 것이었다.

신부 측의 혼수도 만만치 않았다. 양전良田 100무는 기본이었다. 혼수품을 실은 수레가 10리 길에 쭉 늘어섰을 정도로 그야말로 없는 것 없이 다 갖춰 보냈다. 이후 호주湖州 태생인 신부 측은 결혼식 사흘 전부터 항주에 있는 친척집에 머물렀다.

심록애와 항천취는 지금껏 만난 적이 없었다. 항천취는 신부가 전족을 하지 않았다는 것만 소문으로 들어 알고 있을 뿐이었다. 심록애 역시 항천취가 풍류서생이라고만 알고 있었다. 드디어 꽃가마가 신랑 집에 이르자 신랑 측 찬례자贊禮者 두 명이 좌우로 갈라섰다. 오른쪽 찬례자가 큰 소리로 느릿느릿 외쳤다.

"위교熨轎(가마를 내림)요!"

한 사람이 운향을 넣은 다리미를 들고 꽃가마 둘레를 두 바퀴 돌았다. 찬례자가 또 외쳤다.

"계렴啓簾이요!"

외침소리에 맞춰 누군가가 꽃가마 발을 들어올렸다. 심록애의 눈앞에는 온통 붉은색이 어른거렸다.

'드디어 올 것이 왔군!'

심록애의 어머니는 딸에게 신신당부한 바 있었다. 전족을 하지 않은 발을 치마폭으로 잘 감싸서 사람들에게 들키지 않도록 조심하라고 거듭 당부했던 것이다. 그러나 심록애는 속으로 다르게 생각했다.

'하루 이틀이면 몰라도 평생 숨기고 살 수는 없잖아?'

심록애는 희낭喜娘(신부의 들러리)의 시중을 받으며 가마에서 내렸다. 사람들의 시끌벅적 떠드는 소리가 들려왔다. 완전히 귀가 먹먹할 지경이었다. 아니나다를까, 그녀의 발을 봤는지 여기저기서 탄식하는 소리가 터져 나왔다. 심록애는 자기도 모르게 약간 위축되어 속으로 한껏 별렀다.

'놀라기엔 아직 일러요. 조금 있다 내가 붉은 두건을 벗으면 아마 다들 깜짝 놀랄 걸요?'

신랑 항천취도 들러리의 지시에 따라 고분고분 예식에 임했다. 신랑 신부가 함께 향을 사르고 삼궤삼고三跪三叩의 대례를 행할 때까지만 해도 그의 마음은 고요한 서호의 수면처럼 맑고 평온했다. 그러나 주례가 "게건"揭巾(붉은 두건을 벗김)을 외친 순간 항천취는 가슴이 덜컹 내려앉았다. 가녀린 몸으로 죽지 못해 살아가는 불쌍한 홍삼의 얼굴이 갑자기 뇌리에 떠올랐던 것이다. 항천취는 홍삼을 옹가산으로 데려다주고 나서 한 번도 찾아가 보지 않았다. 촬착의 말에 따르면 홍삼은 병세가 차도를 보이고 있으며 촬착의 마누라를 따라다니며 찻잎 따는 일을 한다고 했다. 그러나 항천취는 홍삼을 걱정할 마음의 여유가 없었다. 조기객이 가버린 뒤 항천취의 머릿속에는 자나깨나 '일본' 생각뿐이었다. 물론 그는 무엇 때문에 자신의 것이 아닌 것에 이토록 집착하는지 스스로도 그 이유를 알지 못했다.

항천취는 몸을 돌려 신부를 마주하고 섰다. 그제야 비로소 평생 함께 살아야 할 여자를 처음으로 주의 깊게 살펴볼 수 있었다. 신부는 항천취와 거의 맞먹을 정도로 키가 크고 망아지처럼 튼실했다. 산봉우리처럼 위풍당당하게 우뚝 솟은 가슴, 탄력 있고 살집 있는 허리, 탱탱한 엉덩이……. 여인의 몸매는 금방이라도 붉은색 전통 예복 밖으로 튀어나올 것처럼 육감적이었다. 갓 병상에서 일어난 항천취는 현기증이 일고 등에 식은땀이 흘렀다. 그는 예식장에 들어오기 전까지도 신부를 순하고 귀여운 양 같은 모습으로 상상했다. 그러나 지금 그의 눈앞에 서 있는 신부는 건장한 말 아니면 튼튼한 암표범 같았다. 항천취는 붉은 두건을 벗기기 위해 손을 쳐들었다. 희고 가는 손가락이 가늘게 떨렸다. 신부의 얼굴을 아직 보지도 못했는데 지레 겁을 집어먹다니, 항천취는 스스로도 자기가 왜 이러는지 이해가 되지 않았다. 여자의 육중한 가슴이 눈에 띄게 오르락내리락하고 있었다. 그러나 신부의 경우에는 두려워서가 아니었다. 심록애 역시 곧 보게 될 사람들의 반응을 기다리면서 흥분에 떨고 있었다. 주위는 쥐죽은 듯 조용했다.

'긴장하지 말자. 긴장하지 말자. 그래 지금이야…….'

심록애는 눈을 질끈 감았다. 곧 눈앞의 붉은 빛이 걷히고 마치 깊은 물속에 있다가 수면 위로 나온 것처럼 정수리가 시원해졌다. 심록애는 눈을 번쩍 떴다. 신랑이 소스라치게 놀란 표정으로 그녀의 얼굴을 보고 있었다.

'그래, 바로 이거야.'

온몸의 긴장이 탁 풀리는 순간, 심록애의 우뚝 솟은 가슴 역시 나른하게 내려앉았다. 동시에 신부의 두건이 벗겨지는 그 순간, 예식장에 있던 사람들은 모두 헉! 하고 숨을 들이마셨다. 심지어 성격이 괴팍하고 까다롭기로 소문난 동네 과부들과 시집을 못 가 깐깐하고 히스테리가 심한 노처녀들마저도 마음속에서부터 우러나오는 찬탄을 금치 못했다. 신부의 용모가 이루 말할 수 없이 아름다웠던 것이다.

신부 심록애의 외모는 평범하지만 볼수록 빠져드는 호감형이 아니었다. 첫눈에 압도적인 존재감을 드러내는 화려한 미인이었다. 길고 새까만 눈썹, 보석같이 크고 검은 눈동자, 길고 풍성한 속눈썹, 곧게 쭉 뻗은 콧등, 백옥처럼 희지는 않으나 비단처럼 매끄럽고 부드러운 피부, 앵두처럼 빨간 입술, 입을 벌릴 때면 살짝 드러나는 새하얀 치아, 검고 윤기 있는 머리카락……. 날씬하고 부드러운 미인들이 운집한 남방 지역에서는 가히 '변종'이라고 할 수 있는 얼굴이었다. 심록애의 시어머니 임우초는 그녀의 얼굴을 보고 처음으로 '과장된 아름다움'이라는 단어를 떠올렸다. 그리고 신부라는 여자가 부끄러워하거나 긴장하는 기색이라고는 전혀 없이 대범하고 자연스럽게 행동하는 꼴도 적잖이 눈에 거슬렸다. 신부의 전족을 하지 않은 큰 발에도 자꾸 시선이 갔다.

'음, 이 아이는 보통내기가 아니겠군.'

임우초는 그렇게 생각하고는 자신의 아들 항천취에게 시선을 옮겼다. 맥없이 축 내려앉은 어깨, 술에 취한 듯 게슴츠레한 눈, 어쩌다 외모가 닮으라는 아비는 안 닮고 생전의 항구재를 꼭 빼닮았을까. 임우초는 얄궂은 운명의 장난에 속으로 혀를 끌끌 찼다. 예식은 어느새 막바지에 이르렀다. 주례가 "행백년부처지례"行百年夫妻之禮를 외치자 신랑신부는 서로를 향해 맞절을 여덟 번 했다.

예식의 마지막 순서는 '전대귀각'傳代歸閣이라고 해서 쌀을 담은 자루를 바닥에 펴는 것이었다. 신랑과 신부는 쌀자루를 밟으면서 신방新房으로 들어갔다. 임우초는 만감이 교차하며 깊은 한숨을 내쉬었다. 그리고는 그예 눈물을 보이고 말았다. 그래서 문어귀에서 하객들에게 사탕을 나눠주는 것도 보지 못했다.

항씨네 집안 속사정을 잘 아는 사람들은 훗날 항천취의 결혼식 날 발생한 사건 얘기를 할 때면 "참으로 희한하다"는 한마디로 요약하고는 했다. 그도 그럴 것이 30여 년 전 항구재의 결혼식 때 벌어졌던 것과 비슷한 소란이 항천취의 결혼식 날에도 똑같이 벌어졌던 것이다. 물론 이 두 가지 사건과 관련해 '전생에 지은 죄업'이라느니, '인과응보'라느니,

'미래에 대한 암시'라느니 하는 말과 연결지어 생각하는 사람은 없었다.

이날 임우초가 아들 옆에서 이것저것 거들고 있을 때였다. 촬착이 사람들 무리를 헤치면서 허둥지둥 달려왔다.

"저기…… 운중조가 찾아왔습니다!"

촬착의 귀엣말은 마치 마른하늘의 날벼락처럼 듣는 이들을 흠칫 놀라게 만들기에 충분했다. 신부 심록애는 남편 항천취의 몸이 경련을 일으키듯 크게 떨리는 것을 느꼈다.

"지금 어디 있어?"

항천취의 얇은 입술은 하얗게 질렸다.

"차청 아저씨가 들어오지 못하게 막고 있어요."

"둘이 싸웠어?"

이번에는 임우초가 물었다.

"예, 싸웠어요."

"차청 아저씨는 괜찮아?"

임우초는 자기도 모르게 목소리를 높였다.

"운중조가 졌어요."

항천취가 그예 주렁주렁 달린 장신구들을 거칠게 떼어내면서 악에 받친 소리를 질렀다.

"내가 가 볼게."

임우초와 하인들은 그러나 화들짝 놀라며 항천취를 달랬다.

"경사스러운 날에 이게 무슨 짓이냐? 또 운중조에게 밀려 호수에 빠지고 싶으냐?"

그러자 항천취는 임우초의 말에 기분이 상했는지 발을 탕탕 굴렀다. 신부 심록애의 큰 눈이 더욱 휘둥그레졌다. 항천취가 화가 나 부들

부들 떨며 입을 열었다.

"차라리 망우차장을 다 부숴버리라고 해. 이 결혼도 그만하자고. 누가 봐도 그 자식은 내 혼사를 망쳐 놓으려고 온 거잖아. 기객이 없는 것을 알고 나를 괴롭히려는 거지. 나쁜 놈, 내가 당장 그놈을 관아로 끌고 가야겠어."

항천취는 가슴을 두드리면서 큰소리를 뻥뻥 쳤다. 그러나 발은 한 발자국도 움직여지지 않았다. 심록애는 차가운 눈초리로 남편의 일거수일투족을 살펴보며 한마디 말도 하지 않았다. 그녀는 밖에서 무슨 일이 생겼는지 몰랐다. 다만 그녀가 확신할 수 있는 것은 그녀의 남편이 성격만 급할 뿐 배짱이 크지 않다는 사실 뿐이었다. 사람들에게 둘러싸여 분통을 터트리고 있는 항천취의 행동은 누가 봐도 아직 어른이 되지 못한 애송이의 모습이었다.

임우초가 촬착에게 뭐라고 귀엣말을 했다. 이어 예의 자신감과 평정심을 회복한 표정을 지었다. 신랑과 신부는 곧 들러리에게 이끌려 친척들에게 인사를 하고는 가장 마지막으로 시어머니에게도 인사를 올렸다. 심록애는 오랫동안 과부살이를 한 시어머니가 입은 웃고 있으나 눈에 눈물이 그득하게 고여 있는 것을 똑똑히 보았다.

망우차장은 항 도련님 항천취의 결혼식 날에도 문을 닫지 않았다. "집안일과 가게 일을 구분해야 한다"는 임우초의 뜻에 따른 것이었다. 그래서 오차청은 여느 날과 마찬가지로 가게에 나가 일을 처리했다.

오전까지는 그나마 무사, 무탈했다. 장사도 다른 때보다 더 잘 되는 것 같았다. 결혼식에 초대받지 못한 가난한 집 사람들이 가게를 찾아 한 봉지에 동전 3문文씩 하는 부스러기 차를 사면서 축하인사를 건네기까지 했다.

점심때가 거의 다 되어갈 무렵이었다. 덩치 큰 한 사내가 싸움꾼 차림을 한 졸개 한 무리를 거느리고 양패두 쪽으로 건들거리면서 걸어오고 있었다. 아래위로 검은 옷차림을 한 사내는 이마가 번들번들 빛이 나고 검고 굵은 변발을 흔들고 있었다. 또 한 손에는 커다란 쇠구슬, 다른 손에는 새 조롱을 들고 있었다. 조롱 안에는 구관조 한 마리가 앉아 있었다. 길 가던 행인들은 이 무리를 보고 슬슬 피했다. 이 사내는 다름 아닌 운중조였다. 그는 방금 오산 꼭대기로 산책을 나갔다가 돌아오는 길이었다. 배도 불렀겠다, 손발이 근질거려 아무에게나 시비를 걸지 못해 눈알을 희번덕거리고 있었다.

운중조는 몰락한 팔기 가문의 자제였다. 그에게는 항주 부府에서 재해 예방 업무를 관리하는 형님이 있었다. 방재관防災官은 작다면 작지만 그렇다고 함부로 봐서도 안 되는 중요한 직위였다. 그런 형님이 뒤를 든든하게 받쳐주는 데다 덩치가 크고 타고난 천성이 포악하다 보니 운중조는 걸핏하면 말썽을 일으키기 일쑤였다. 항주 사람들은 그래서 그에게 '항주일패'杭州一霸라는 별명까지 지어줬다. 그는 시간이 지나면서 사람들의 기대에 완전히 부응했다. 오합지졸을 규합하면서 기세가 점점 더 커져갔던 것이다.

입하 날, 운중조는 조기객에게 흠씬 두들겨 맞고 한동안은 집안에 조용히 틀어박혀 있었다. 조기객이 무서워서 감히 경거망동할 수 없었던 것이다. 나중에서야 조기객이 일본으로 가고 항천취 혼자 남았다는 소식이 들려왔다. 또 얼마 뒤에는 항씨네가 '운중조' 고모부의 찻집을 '먹어치웠다'는 소식도 들려왔다. 안 그래도 앙심을 품고 있던 운중조는 항천취에게 복수할 기회만 기다렸다. 그리고 드디어 항천취의 결혼식 날이 되었다.

오산 꼭대기에서 차를 배가 꽉 차게 마시고 새와 실컷 놀아준 운중조는 졸개들을 거느리고 거들먹거리면서 산을 내려와 청하방清河坊으로 들어섰다.

청하방은 유명한 번화가였다. 길 양쪽에는 방유화方裕和 남북특산품 가게, 필대창苾大昌 아편방, 손봉춘孫鳳春 화장품상점, 만륭萬隆 소시지가게, 장윤승張允昇 잡화점, 천향재天香齋 식품상점, 장소천張小泉 가위, 엽종덕당葉種德堂 약방, 옹륭성翁隆盛 찻집 등 온갖 가게들이 즐비하게 늘어서 있었다.

한 졸개가 검은색 청룡 간판을 높이 건 가게를 가리키면서 운중조에게 말했다.

"운 나리, 여기 맞죠?"

가게 문에는 '삼전적취'三前摘翠, '육로경품'陸虜經品이라는 대련이 붙어 있었다. 운중조가 손을 저으면서 말했다.

"아니야, 아니야. 여기는 옹륭성이야. 이 집은 우리에게 척진 게 없어. 우리가 오늘 한바탕 혼내줘야 할 곳은 빌어먹을 항씨네 차장이야. 제기랄, 이 운 나리에게 밉보인 후과가 어떤 것인지 오늘 톡톡히 보여주겠어."

운중조의 호기에 그의 졸개들 역시 사기가 고무되었다. 그들은 길을 걸어가면서도 공연히 객기를 부리느라 지나가는 행인들을 위협했다. 청하방을 지나면 바로 양패두였다. 망우차장은 멀리서도 단연 눈에 띄었다. 1미터 높이의 담벼락, 푸른 벽돌로 쌓은 1장 높이의 방화벽, 문루門樓에 새긴 '망우차장'이라는 금박 글자 네 개가 번쩍번쩍 빛나고 있었다. 간판에는 녹색 서초瑞草 그림이 그려져 있었다. 영련楹聯에는 "정행검덕은 군자를 위한 것이요, 번뇌와 갈증을 없애는 것은 차로다"라는 글이 적혀 있었다.

문루와 잇닿아 있는 차장은 사람들로 북적이고 있었다. 도처에 초롱을 달고 오색 끈으로 장식한 데다 징소리와 북소리가 요란한 것이 경사스러운 분위기가 물씬 풍겼다.

운중조가 영문迎門을 손가락으로 가리키면서 말했다.

"여기야!"

운중조의 말이 끝나기 무섭게 몇몇 졸개들이 팔을 걷어붙이면서 앞에 나섰다. 주위에는 어느새 구경꾼들이 몰려들기 시작했다.

운중조가 손사래를 치면서 말했다.

"일단 안으로 들어가 보자고. 눈에 거슬리는 게 있으면 그때 가서 손을 써도 늦지 않아."

운중조 무리는 마치 시장구경 가듯 떠들썩하게 행동하면서 대청 안으로 들어갔다. 그러나 방금 전까지만 해도 기세등등하던 그들은 차장 문지방을 넘자마자 풀이 잔뜩 죽어 움츠러들고 말았다. 꽥꽥 질러대던 목소리도 개미소리처럼 낮아졌다.

망우차장 내부는 크고 높았을 뿐 아니라 깊었다. 왼쪽에는 녹나무 원목으로 만든, 사람 키 절반 높이의 계산대가 있었다. 계산대 뒤에 있는 진열장에는 각양각색의 다관茶罐과 다병茶瓶이 가지런히 진열돼 있었다. 그중에는 석병錫瓶, 청화자기 다관, 경덕진 분채자기 다관 등과 여러 가지 형태의 양철 다관도 있었다. 모두 상해에서 특별 제작한 것으로 먼지 한 점 없이 반질반질하고 깨끗했다. 청포青布 장삼을 입은 점원들도 진열장 위의 다관처럼 말끔하고 행동거지에 기품이 있었다.

가게 오른쪽 공간 일부는 손님을 접대하는 거실이었다. 거실 벽에는 홍목으로 테두리를 입힌 명인들의 서화작품이 걸려 있었다. 김동심

金冬心의 〈매〉梅, 정판교鄭板橋의 〈죽〉竹 등 대가들의 작품 사이에 자사호와 들국화를 그린 서화작품도 있었다. 서명은 '구재'九齋로 돼 있었다. 바로 작고한 점주 항구재의 유작이었다. 벽을 따라 홍목으로 만든 다탁과 안락의자가 한 줄로 놓여 있었다. 안락의자 등받이에는 여러 가지 다호茶壺 문양이 새겨져 있기도 했다. 양쪽 벽 모퉁이 화분 받침대 위에는 커다란 화분이 있었다. 화분에서 푸르게 자라고 있는 상록관목은 놀랍게도 차나무였다. 벌써 입동에 접어들었음에도 불구하고 차나무는 새파란 새잎을 틔우고 있었다.

특히 '침입자'들의 두 눈을 휘둥그레지게 만든 것은 거실 중앙에 떡하니 놓여 있는 흰색 대리석 탁자였다. 화리목을 끼워 넣은 탁자는 팔선상 세 개를 합친 것만큼이나 컸다.

졸개들은 누구라 할 것 없이 각자 안락의자 하나씩을 차지하고 앉은 채 운중조의 눈치를 슬슬 살폈다. 명령만 떨어지면 즉각 손을 쓸 기세였다.

운중조도 자리에 앉았다. 그러나 쉬이 입을 열지 않고 한참 동안 침묵만 지키고 있었다. 이때 나이가 오십 정도 돼 보이는, 염소수염을 기른 깡마른 사내가 운중조에게 다가와 웃는 얼굴로 물었다.

"운 나리, 어쩐 일이십니까?"

운중조가 퉁명스럽게 대답했다.

"일 없으면 와서 앉아 있지도 못하나?"

깡마른 사내가 여전히 웃는 낯으로 말했다.

"우리 가게에 오셨으니 차 좀 드시죠."

사내가 손짓하자 점원이 차를 가져왔다.

차는 뜨겁지도 차지도 않아 마시기에 딱 좋았다. 차가 너무 뜨겁거나 너무 차면 트집을 잡아 말썽을 일으키려고 별렀던 운중조는 그만 꿀 먹은 벙어리가 되고 말았다.

말없이 차를 마시던 운중조가 마지못해 말했다.

"좋은 차가 있으면 추천해주게. 갈 때 두어 냥 사 갈 테니."

사내는 비굴하지도 거만하지도 않은 표정으로 탁자 위의 죽간竹簡을 쫙 펼쳤다. 죽간에는 상등급 차의 이름과 가격이 적혀 있었다.

운중조가 버럭 화를 냈다.

"나 운 나리는 물건을 살 때 듣기만 하고 보지는 않아. 그 따위 것은 집어치우고 말로 해."

사내가 여전히 미소를 지으면서 입을 열었다.

"그러시면 제가 설명해드리지요. 우선 서호 용정차에 대해 말씀드리자면, 향은 진하지 않으나 멀리까지 퍼지고 맛은 깔끔하면서 진하죠. 색깔은 새파랗고 형태는 아름답죠. 사봉, 운서, 용정, 호포 등 네 종류가 있는데, 그중에서 사봉과 용정이 으뜸으로 꼽힙니다. 색깔은 황록색으로, 속칭 '현미색'을 띠고 모양은 완정碗釘(깨진 사발을 붙일 때 사용하는 못)과 비슷합니다. 맑은 향이 오래 가는 것이 특징입니다. 건륭제는 사봉산 아래 호공묘胡公廟 앞에 있는 용정차 나무 열여덟 그루를 어차御茶로 봉封했어요. 이 차는 맛이 없는 것 같으면서 궁극의 맛을 자랑하고, 태화지기太和之氣가 입안 가득 퍼지는 것이 세상에 둘도 없는 귀한 차입니다."

사내가 잠시 말을 멈췄다. 운중조의 표정을 살피는 듯했다. 그러다 곧 다시 입을 열었다.

"두 번째로 무이武夷 암차岩茶에 대해 설명해드리죠. 이 차는 무이산 삼십육봉峰 구십구암岩에서 나는 반 발효차입니다. 푸른색 이파리에 테두리는 붉은 색이고 오룡차烏龍茶로 만들면 맛과 향이 기이하고 독특하기 이를 데 없습니다. 당송 연간부터 유명해진 차입니다. 지금은 일본과 서방국을 비롯한 세계 각지에 널리 수출되고 있어요. 무이 암차의 특징은 '활'活, '감'甘, '청'淸, '향'香 네 글자로 요약할 수 있습니다."

사내는 다시 잠깐 말을 멈췄다가 상대가 아무 반응이 없자 설명을 이어갔다.

"세 번째는 여산廬山 운무차雲霧茶입니다. 일찍이 한나라 때에 스님들이 산 위에서 야생차를 채집하고 운무가 자욱한 산비탈에 차나무를 심었다고 합니다. 이 차는 잎이 실하고 은호銀毫(은빛 나는 털)가 뚜렷하면서도 외형이 곧고 수려합니다. 우려낸 찻물은 맑고 맛이 향기롭고 달 뿐 아니라 뒷맛이 특히 오래 갑니다. 의학계에서는 여산 운무차가 '진고환동'振枯還童(쇠함을 막아주면서 어린아이로 돌아가게 함)의 효능이 있다고 전해지죠. 현재 여산의 차밭은 50무밖에 안 됩니다. 생산량이 극히 적어서 우리 망우차장에서도 해마다 조금씩밖에 구입하지 못하죠. 손님들에게 눈요깃거리밖에 안 되는 명품 차입니다."

사내가 입이 마르는지 침을 한 번 삼켰다. 그러나 설명을 이어가는 것은 잊지 않았다.

"네 번째는 벽라춘차碧螺春茶입니다. 이 차는 강소성 태호太湖의 동정산洞庭山에서 생산되죠. 전설에 따르면 한 차농茶農이 벽라봉碧螺峰이라는 바위에서 자라는 야생차를 따서 대바구니에 가득 담고도 남아서 품에 넣었는데 그 향이 너무 기이하고 진했다고 합니다. 이후 '혁살인향'嚇煞人香(사람을 놀라 죽게 하는 향)으로 불렸다고 합니다. 강희제가 한 번 맛보고 나서 '혁살인향'이라는 이름이 속되다고 '벽라춘'이라는 이름을 하사하셨답니다. 자, 잘 보십시오. 이 차는 외형이 말린 소라와 비슷하고 여러 번 물에 넣어도 뜨지 않고 계속 가라앉는 것이 특징입니다. 또 과일나무와 교차시켜 재배함으로써 차에서 과일 향과 꽃 향을 맡을 수 있습니다."

사내가 묵묵부답인 운중조를 다시 한 번 힐끗 보고는 말을 이어갔다.

"다섯 번째는 군산君山 은침차銀鍼茶입니다. 호남성湖南省 동정호洞庭湖 가운데 있는 섬인 군산君山에서 생산되는 차죠. 건륭제가 매년 18근씩 황실에 공급하도록 지시하셨던 황차입니다. 혹시 《홍루몽》을 읽어보셨어요? 소설 속 주인공 묘옥妙玉이 매화에 내려앉은 적설積雪로 노군미차老君眉茶라는 것을 끓여내는데, 그것이 바로 군산 은침차입니다. 이 차는 제조과정이 초홍初烘, 초포初包, 복홍復烘, 복포復包 등 매우 정교하고 특별해 사흘이나 걸립니다. 군산 은침차를 우리면 찻잎이 곧게 위로 향해 서 있는 것이 마치 죽순이 땅을 뚫고 올라오는 것과 같습니다. 찻잎이 천천히 바닥으로 가라앉는 것이 마치 눈꽃이 떨어지는 것과 같습니다."

사내의 설명은 이제 거침이 없었다.

"여섯 번째는 육안六安 과편차瓜片茶입니다. 안휘성 서쪽에 있는 대별산大別山 육안에서 생산됩니다. 외형이 해바라기씨를 닮았다고 해서 붙여진 이름입니다. 찻잎은 곡우와 입하 사이에 땁니다. 맛과 향이 뛰어나서 갈증을 풀어줄 뿐만 아니라 소화를 돕는 작용 때문에 약재로도 사용됩니다. 전설에 따르면 당나라 재상이 이 차를 우린 물에 고기를 담가 놓았는데 이튿날 살펴보니 고기가 다 녹아서 없어졌다고 합니다. 위가 불편한 분들은 이 차를 드셔보십시오."

운중조는 사내의 설명에 머리가 복잡해 터질 지경이었다. 그래도 사내의 설명은 끝날 줄을 몰랐다.

"일곱 번째는 기문홍차祁門紅茶입니다. 기문홍차는 출시된 지 불과 10

여 년밖에 안 됩니다. 25년 전에 여간신余干臣이라는 관리가 파면당한 뒤 고향으로 돌아와서 공부홍차工夫紅茶를 모방한 홍차 공장을 세웠다고 합니다. 기문홍차는 완전 발효차로 독특한 그을음향이 사탕향이나 사과향 같다는 평을 듣습니다. 오랑캐들은 홍차에 우유와 설탕을 넣어 이른바 '밀크 티'라는 것을 만들어 먹죠. 추운 겨울에 홍차를 마시면 몸이 따뜻해집니다."

사내는 이제 듣는 사람의 반응은 신경도 쓰지 않았다. 그저 숨도 쉬지 않고 자기 할말만 할 뿐이었다.

"여덟 번째는 신양信陽 모첨차毛尖茶입니다. 신양은 중원지대에 위치하고 있죠. 대청국大清國 차산지 중에서는 가장 북쪽에 위치한 곳입니다. 신양 모첨차는 외형이 가늘고 둥글고 뾰족하면서 하얀 솜털이 덮여 있습니다. 네다섯 번 우려낸 뒤에도 여전히 잘 익은 밤 향기가 납니다. 1년에 채집기가 90일밖에 안 되죠. 이 차의 제다製茶 과정은 용정차와 달리 손이 매우 많이 갑니다. 아홉 번째는 태평太平 후괴차猴魁茶죠. 이 차는 홍청차烘青茶(숯을 이용해 건조한 방식의 차) 중의 극품極品입니다. 안휘성 태평 후갱산猴坑山에서 나고 명산 속에 숨어 있다가 사람들에게 발견된 지 1, 2년밖에 안 됩니다. 몇 년 전인가 남경에서 첨차尖茶를 파는 엽장춘葉長春 차장 사람이 후갱산에 갔다가 좋은 차를 발견하고 소량을 가져다 가공해 남경에서 고가에 팔았다고 합니다. 엽씨네는 대대로 교분이 있는 집안인 항씨 가문에 이 차를 조금 보내면서 편지에 이 차의 특징은 '양도협일창'兩刀夾一槍이라고 썼습니다. 이 차는 서너 번 우려도 난향蘭香이 남아 있는 것이 가히 명품 중의 명품이라고 할 수 있죠."

사내가 그제야 미소를 지으면서 드디어 입을 다물었다. 어느새 구경꾼들이 몰려와 가게 안팎을 겹겹이 둘러싸고 있었다. 잠시 후 사내가 다시 입을 열었다.

"운 나리, 어떤 차를 사시렵니까? 분부만 하시면 제가 당장 가져다 드리겠습니다. 우리 망우차장은 종래로 오는 손님을 거절하지 않는답니다."

머리가 둔한 운중조는 그제야 사내 말속의 가시를 눈치챘다. 사내는 운중조가 식견이 없다고 대놓고 비웃는 것이 틀림없었다. 운중조의 얼굴이 돼지 간처럼 시뻘게졌다.

"잘난 척 그만해. 나 운 나리는 이까짓 차는 필요 없어. 안 살 거야."

"편하신 대로 하십시오."

사내는 말을 마치자마자 바로 죽간을 거둬들이고 그림자처럼 계산대 뒤로 사라졌다.

빼곡하게 몰려섰던 구경꾼들은 모두 회심의 미소를 지었다. 운중조는 입하 때에 조기객한테 흠씬 두들겨 맞고 항주성에서 한동안 웃음거리가 된 바 있었다. 그러고도 주제를 모르고 거들먹거리다가 오늘 또 톡톡히 개망신을 당한 것이다.

운중조를 골탕 먹인 사내는 망우차장 지배인이자 항씨네 집사인 오차청이었다. 운중조의 졸개들 중에는 바로 이 오차청을 알아본 자들도 없지 않았다. 운중조에게 귀엣말을 하기도 했다. 그 정도 됐으면 구경꾼들의 비웃음을 뒤로 하고 물러나야 했다. 그러나 자존심이 강한 운중조는 그럴 수 없었다.

'지난번에 항씨네 때문에 체면이 말이 아니게 구겨졌는데 오늘 또 순순히 물러간다면 나 운중조가 항주성에서 얼굴을 쳐들고 다닐 수 있겠는가?'

여기까지 생각한 운중조는 작심하고 버럭 고함을 질렀다.

"비켜!"

좌우에 있던 졸개들이 운중조의 괴력에 멀찌감치 밀려났다. 운중조는 새 조롱을 탁자 위에 탁 내려놓고 쇠구슬만 손에 든 채 계산대를 향해 저벅저벅 걸어갔다. 그러나 아무리 눈을 크게 뜨고 구석구석 살펴봐도 딱히 트집 잡을 꼬투리를 찾아내지 못했다. 점원들은 각자 제 할 일만 할 뿐 운중조를 거들떠보지도 않았다.

하필 이때 한 노파가 가게에 들어왔다. 노파는 동전 여섯 문을 내놓으면서 소포장 차 두 봉지를 사겠다고 했다. 소포장 차는 임우초가 주장해 출시한 미끼 상품으로, 오차청은 처음에 동의하지 않았었다. 그러다 경자년이 지난 뒤에는 찬성했다. 당시 임우초가 궁금증을 참지 못해 물은 적이 있었다.

"당신은 번거로운 것이 싫어서 소포장 차 판매를 반대했잖아요. 경자년이 지나서 시국이 예전보다 더 어지러워졌는데 왜 찬성했어요? 팔기 장병들이 찾아와서 트집이라도 잡으면 어떡하려고 그래요?"

"하늘이 변하지 않으면 도道도 변하지 않고, 하늘이 변하면 도도 변하는 법이라오. 이는 당연한 이치요."

임우초의 우려는 현실로 나타났다. 이날 소포장 차 판매를 책임진 사람이 하필이면 일손이 부족해 임시로 데려다 쓴 활착이었던 것이다. 활착이 노파에게 말했다.

"할머니, 소포장 차는 우리 가게에서 고객을 끌기 위해 내놓은 미끼 상품이기 때문에 한 사람당 한 봉지밖에 팔 수 없습니다. 미안해요."

그러자 노파가 웃는 낯으로 연신 혀를 찼다.

"아이고, 내 정신 좀 봐. 가게 규칙을 깜빡했네그려. 이래서 늙으면 죽어야 하나 봐."

두 사람을 지켜보던 운중조가 기회는 이때다 하고 주먹으로 계산대를 탕 치면서 소리를 질렀다.

"나도 차를 사겠소!"

계산대 안팎에 서 있던 사람들의 시선이 모두 운중조에게 쏠렸다. 항주성에서 악명이 자자한 망나니가 또 무슨 짓을 하려고 그러는지 감이 잡히지 않았던 것이다.

운중조는 뭇사람들의 주목을 받자 신이 나서 쇠구슬을 허공에 던졌다가 손으로 받아 쥐는 묘기를 부렸다.

"이 소포장 차라는 걸 사겠소!"

활착은 차를 한 봉지 꺼내고 손가락 세 개를 펴보였다.

"얼마요?"

"3문입니다."

"그래? 나는 또 3000문인가 했지."

"그럴 리가요!"

"좋아, 포장해주게."

"나리, 보시면 알겠지만 이 차는 이미 포장돼 나온 것입니다."

"어이, 내 말 잘 들어. 나는 한 봉지가 아니라 1천 봉지를 사겠어."

활착은 할말을 잃고 말았다. 그제야 운중조의 계략에 빠졌다는 것을 알았던 것이다. 그러나 워낙 머리가 둔한 그는 조급한 김에 자기도 모르게 횡설수설하고야 말았다.

"나리, 가게 규정에 따르면 동전 3문에 한 봉지짜리밖에 살 수 없습니다."

운중조가 능글거리면서 말했다.

"내가 4문에 한 봉지짜리를 사겠다고 했나? 3문에 한 봉지짜리를

1000봉지 사겠다는 말이야. 이렇게 싼 걸 지금 안 사면 언제 사겠어?"

"우리는 한 번에 한 봉지밖에 팔지 않습니다."

촬착은 황당한 기색을 감추지 못했다.

"나리는 지금 우리 장사를 망치려고 일부러 싸움을 거시는 겁니까?"

"누가 장사를 하지 말라고 했어? 엉? 누가 장사하지 말라고 했느냐 말이야. 하하하하, 오는 손님 거절하지 않는다면서? 여기 3천 문이야. 여러분도 다 봤죠? 냉큼 1000봉지 가져오지 못할까? 꾸물거리면 나 운 나리가 가만히 있지 않겠어."

충성심이 지극한 촬착이 목구멍으로 내뱉듯 딱 잘라 말했다.

"안 팝니다!"

"방금 뭐라 그랬어? 한 번 더 말해봐!"

운중조는 손에 쥔 쇠구슬을 위협적으로 흔들어 보이면서 두 눈을 부릅떴다. 촬착은 운중조의 위세에 눌려 멍하니 선 채 아무 말도 하지 못했다.

그 사이에 구경꾼들이 더 많이 몰려들었다. 그러나 모두들 입을 다문 채 숨조차 크게 쉬지 못했다.

이때 계산대 뒤로 사라졌던 오차청이 뒷짐을 지고 그림자처럼 사람들 앞에 나타났다. 이어 염소수염을 쓰다듬으면서 촬착에게 부드럽게 귀엣말을 몇 마디 했다. 그리고 운중조를 보면서 말했다.

"운 나리는 귀가 잘 들리지 않는 것 같네. 자네, 방금 전 했던 말을 다시 해보게."

역성 들어주는 사람도 생겼겠다, 촬착은 신이 나서 목이 터져라 고함을 질렀다.

"안 팔아, 안 팔아. 당신 같은 사람에게는 안 팔아!"

활착은 말이 끝나기 무섭게 계산대에 내놓았던 찻잎 봉지도 도로 거둬들였다. 하인에게 수모를 당한 운중조는 얼굴이 시뻘게지면서 화가 폭발했다.

"이놈이 미쳤나? 운 나리의 쇠구슬 맛을 보지 못해 환장했나?"

운중조가 말을 마치자마자 뒤로 두 발자국 물러서더니 오른손을 휙 내저었다. 순간 시커먼 쇠구슬이 서늘한 빛을 발하면서 곧바로 계산대 쪽으로 날아갔다.

"아이고!"

대경실색한 구경꾼들 속에서 비명소리가 터져 나왔다. 바로 이때 오차청이 팔을 내뻗더니 다섯 손가락을 쫙 펼쳤다. 무시무시한 속도로 날아오던 쇠구슬은 활착의 코앞에서 오차청의 손바닥 안으로 안기듯 들어갔다.

오차청은 이어 쇠구슬을 허공에 던졌다가 멋지게 받아 쥐고는 구경꾼들을 향해 읍을 했다.

"여러분도 다 보셨겠지만 운중조는 방금 우리 항씨네 가인의 목숨을 없애려고 했습니다. 눈에는 눈, 이에는 이라고 저도 이 쇠구슬로 운 나리의 목숨을 위협해볼까요?"

운중조의 졸개들은 두려움에 잔뜩 질려 슬슬 뒷걸음질을 쳤다. 일개 차장 지배인의 무예가 이토록 대단할 줄은 꿈에도 생각 못했던 것이다. 그러나 성격이 포악하고 자존심이 강한 운중조는 쉽게 물러서지 않았다.

"네놈이 감히! 계산대나 지키는 심부름꾼 나부랭이가 감히 나 운 나리에게 도발을 해? 죽고 싶지 않으면 어디 덤벼봐!"

오차청이 냉소를 터트렸다.

"사람 목숨을 한 번 구하는 것이 7층의 부도浮屠(사리탑)를 세우는 것보다 낫다고 했다. 이번 한 번만 봐주지. 그러나 이대로 곱게 돌려보낼 수는 없어. 안 그러면 사람들이 나 오 아무개가 불량배 따위를 두려워한다고 수군거릴 테니 말이야. 자, 잘 봐."

오차청의 말이 떨어지기 무섭게 은빛이 번쩍했다. 그러더니 뭔가가 부서지는 소리가 들렸다. 순간 운중조가 들고 다니던 새 조롱이 박살이 났다. 그런데 조롱 속에 있던 구관조는 털끝 하나 다치지 않았다. 갑작스러운 봉변에 놀란 새는 꺅꺅, 비명을 지르면서 찻집 안을 푸드득거리며 마구 날아다녔다.

운중조가 어찌 이런 수모를 참을 수 있겠는가. 아니나다를까, 그가 독기 어린 눈으로 오차청을 쏘아보면서 악에 받친 소리를 질렀다.

"오 아무개, 네놈이 오늘 죽으려고 작정했구나?"

운중조가 계산대 쪽을 향해 돌진했다. 그러나 계산대 뒤에 있던 오차청은 눈 깜짝할 사이에 계산대 위로 올라갔다. 운중조는 주먹을 쳐들었지만 오차청의 손에 붙잡히고 말았다. 운중조는 손을 빼내려 온몸을 버둥거렸으나 오차청은 그 자리에 붙박힌 채 미동도 하지 않았다.

"다들 덮쳐! 덮치란 말이야."

몇몇 배짱 있는 놈들이 오차청에게 달려들었다. 오차청은 운중조를 방패삼아 달려드는 자들을 막고 쳐냈다. 여기저기서 비명소리가 터져 나왔다. 순식간에 졸개들을 모두 처리한 오차청은 마치 쇠구슬을 던지듯 운중조를 대청 밖으로 획 집어던졌다. 망우차장을 물샐틈없이 겹겹이 에워싼 구경꾼들이 일제히 운중조에게 야유를 퍼부었다. 전투 의지를 완전히 상실한 운중조는 "두고 보자"는 한마디만 남긴 채 바로 걸음아 나 살려라 하고 도망을 쳤다.

신랑 항천취는 자신의 결혼식 날에 망우차장에서 영화와도 같은 싸움이 벌어졌다는 사실을 전혀 모르고 있었다. 이날을 계기로 망우차장의 지배인 오차청은 '은둔의 무림고수'로 한동안 회자됐다. 물론 이날 일을 계기로 앞으로 항씨 가문에 불운의 그림자가 드리우게 됐음을 미리 예견한 사람도 아무도 없었다. 다만 갓 부부의 연을 맺은 항천취와 심록애에게 있어서 이날 밤은 어둡고, 위축되고, 비극적인 밤이 되어 잊을 수 없는 기억으로 남았다.

잡다한 예식이 다 끝나고 신랑, 신부는 드디어 신방에 들어왔다. 신방 문은 굳게 잠겼다. 이제 남은 것은 화촉 아래에서 원앙의 즐거움을 나누는 일이었다. 떠들썩한 밖에 있다가 쥐죽은 듯 고요한 방으로 들어온 항천취는 마음이 떨리고 어수선해 어찌할 바를 몰랐다. 그는 침대에 앉아 있는 신부를 힐끔 곁눈질했다. 신부 심록애는 항천취와 달리 긴장한 기색이 눈곱만큼도 없었다. 마치 자기 집인 양 태연자약하게 사람들이 침대에 던진 용안 열매, 땅콩과 붉은 달걀을 줍고 있었다. 심록애의 손은 여자 손치고 작지 않았다. 포동포동 살이 오른 손등에는 보조개가 오목조목 패어 있었다.

'홍삼의 손은 검고 마르고 가늘었는데…….'

느닷없이 떠오른 홍삼 생각에 항천취는 기가 팍 죽었다. 그는 곁눈질로 신부의 손등, 어깨, 목, 귀, 귀밑머리, 눈썹, 눈을 차례로 훑어봤다. 신부의 크고 검고 맑은 눈은 신혼 첫날밤에도 부끄러움을 모르고 자신있고 당당했다. 항천취는 대담한 신부의 눈을 마주보지 못하고 몸을 일으켰다. 뭐라도 하지 않으면 심장이 터질 것만 같았다.

항천취는 뜨거운 물을 따르려고 주전자를 들었다. 그러나 수십 년 동안 사용해온 제량호提梁壺가 하필 오늘 항천취가 들어 올리자마자 펑 하는 소리와 함께 깨지고 말았다.

"아야!"

항천취의 비명소리에 신부가 고개를 돌렸다.

"무슨 일이에요?"

항천취는 주전자가 깨졌을 때보다 더 크게 놀랐다. 새 신부의 목소리가 우렁찬 방울소리처럼 크고 맑았기 때문이었다. 새 신부가 다급한 걸음으로 다가왔다.

"데었어요?"

신부가 스스럼없이 남편의 손을 들어올렸다.

"아니, 아니야! 안 데었어."

항천취는 황망히 신부 심록애의 손을 뿌리쳤다. 그리고 벌겋게 부어오른 피부를 소맷자락으로 가렸다. 이로써 두 사람이 평생 동안 서로를 대하는 태도가 결혼 첫날밤 결정이 났다. 여자는 겉으로는 남편을 걱정하는 척했으나 내심 귀찮은 마음이 커졌다. 또 남자는 여자의 관심을 피하고 본심을 감추는 마음을 갖게 됐다.

심록애가 다탁 위에 있는 만생호를 들어 남편에게 내밀었다.

"물이 아직 뜨거워요. 조심해서 드세요."

항천취는 심록애의 태연한 말투를 어떻게 받아들여야 할지 몰랐다. 자기도 모르게 불만 섞인 생각이 떠올라 속으로 중얼거렸다.

'신부라는 사람이 결혼 첫날밤에 이래도 되는 걸까? 가만히 앉아 있지 못하고 왔다 갔다 하는 것도 모자라서 말까지 편하게 하다니!'

항천취가 한참 후 입을 열었다.

"당신이나 마셔."

"안 그래도 아까부터 목이 말랐어요."

뜻밖에도 신부는 사양하지 않고 만생호 주둥이에 입을 대고 꿀꺽 꿀꺽 물을 들이켰다.

'이게 아닌데……'

항천취는 또다시 속으로 중얼거렸다.

'이럴 때는 어떻게 해야 하지?'

안절부절못하던 항천취의 입에서 엉뚱한 말이 튀어나왔다.

"이 다호는 기객이 나에게 준 거야."

"기객이 누구에요?"

"나와 가장 친한 친구야."

"우리 결혼식에 참석했어요?"

"아니, 그는 몇 달 전에 일본으로 유학 갔어."

"아……"

심록애가 손으로 만생호를 쓰다듬으면서 낮은 소리로 읽었다.

"안으로 청명淸明하고 밖으로 직방直方하니, 너와 더불어 공존하리라."

"당신, 글을 알아?"

항천취는 적이 놀랐다. 심록애는 담담하게 웃었다.

"이건 만생호잖아요. 우리 집에도 있어요."

항천취는 입을 다물었다. 그제야 이 여자가 글방에서 공부를 하고 상해에도 머무른 적 있다고 했던 어머니 임우초의 말이 생각났던 것이다.

"당신은 왜 가지 않았어요?"

심록애가 기습적인 질문을 했다.

"어디를?"

"일본 말이에요."

"원래는 기객과 같이 가기로 했었어. 그런데 못 갔어."

항천취가 고개를 들고 진지하게 말했다.

"내가 갔더라면 이 결혼도 못했겠지."

"왜요?"

심록애는 만생호가 무척 마음에 드는 듯 조심조심 쓰다듬으면서 말을 이었다.

"갔다 와도 돼요. 제가 기다리면 되잖아요."

"기객은 혁명당이야. 내가 기객을 따라갔더라면 나도 혁명당에 들어갔겠지. 잡히면 목이 날아가."

심록애가 깜짝 놀란 듯 눈이 휘둥그레졌다. 이어 조심스럽게 만생호를 탁자에 내려놓고 고개를 들었다.

"그럼 당신은 결혼을 위해 일본 유학을 포기한 건가요?"

"그건 아니야."

항천취가 침대가로 다가갔다.

"나는 아파서 못 갔어."

심록애는 실망한 티가 역력했다. 항천취가 결혼이나 심록애에게는 관심이 없었고 일본 유학을 결정하는 데도 전혀 영향을 미치지 않았다는 얘기를 이토록 아무렇지도 않게 하고 있으니 그럴 만도 했다. 그러고 보면 두 사람은 결혼 첫날밤이라고 하기 무색할 정도로 너무 많은 얘기를 나눈 셈이었다. 그럼에도 불구하고 심록애가 마지막으로 던진 한마디는 항천취를 깜짝 놀라게 하기에 충분했다. 그녀는 이렇게 말했다.

"제 오빠 녹촌綠村도 혁명당이에요. 지금 프랑스에 있어요."

이어진 몇 달 동안 항천취는 밤마다 맥없이 무너지기를 반복했다. 도대체 무엇 때문에 이렇게 됐는지 항천취 자신도 알 수 없었다. 여자가 지나치게 아름다워도 남자의 욕구를 자극하지 못하는 걸까? 그런 것 같지는 않았다. 그렇다면 그네를 타고 하늘에서 내려온 홍삼이 마음에 사무쳐서인가? 딱히 그런 것도 아니었다. 굳이 이유를 대자면 지나치게 강하고 지나치게 생기발랄한 것 앞에서는 자기도 모르게 주눅이 드는 그의 성격 탓이었다.

항천취는 덜덜 떨리는 손으로 심록애의 가슴가리개를 잡았다. 노인들에게 들은 말대로라면 가슴가리개는 여자의 탱탱한 가슴을 터질 것처럼 꽁꽁 감싸야 정상이었다. 그러나 어찌된 일인지 심록애의 가슴가리개는 항천취의 손이 닿자마자 맥없이 풀어지고 말았다. 산봉우리처럼 크고 새하얀 젖가슴이 툭 튀어나와 항천취의 눈앞에 가득 찼다. 항천취는 엉겁결에 두 눈을 꼭 감았다.

'여자의 가슴이 이렇게 커도 되는 걸까?'

항천취의 눈에 심록애의 풍만한 가슴은 마치 남자를 잡아먹기 위해 고개를 쳐든 괴물처럼 보였다. 그녀의 몸은 후끈 달아올라 있었다. 항천취도 느낄 수 있을 정도로 강렬하고 뜨거운 열기였다. 심록애의 몸은 마치 '어서 와서 나를 안아줘요'라고 열렬히 시위를 하는 것 같았다.

항천취는 이불 속에 누워 꼼짝도 하지 않았다. 심록애를 품고 싶은 욕구가 눈곱만큼도 생기지 않았다.

'에라, 한숨 자고 보자.'

항천취는 정말 잠이 들고 말았다.

날이 밝아올 무렵, 항천취는 평소처럼 몸을 뒤척거렸다. 그러다 부드럽고 말랑말랑한 무엇인가에 손이 닿았다. 순간적으로 갑자기 잠이 확 깨면서 눈이 떠졌다. 그의 옆에는 심록애의 육감적인 알몸이 누워 있었다.

'아, 나는 결혼한 몸이지.'

항천취는 속으로 그렇게 중얼거리면서 허둥지둥 심록애의 몸 위로 올라탔다. 그러나 그 다음 동작을 하기도 전에 아랫도리가 후끈해졌다. 싱겁게 끝나버리고 만 것이다. 항천취는 어색하게 심록애의 몸 위에서 내려왔다. 피곤이 밀려왔다. 결국 다시 혼미하게 잠에 빠져들었다.

항천취가 다시 눈을 떴을 때 밖에서 임우초의 놀란 목소리가 들려왔다.

"천취, 차청 아저씨가 관아에 잡혀갔어!"

제11장

상인들의 동맹파업을 결정짓기 위한 회의는 채타교柴垜橋에 있는 휘주徽州회관에서 열렸다. 항주성에서 이름깨나 있는 휘주 상인들이 대부분 회의에 참석했다.

항천취는 망우차장의 주인이자 항주 차 업계 최연소 상인의 신분으로 회의에 참가했다. 뿐만 아니라 격앙된 어조로 연설도 했다.

"오차청은 망우차장의 일원일 뿐만 아니라 우리 항주성 차 업계의 일원입니다. 또 휘주 태생이자 한족이면서 중국인이기도 합니다. 지난 수백 년 동안 우리는 같은 중국인이면서도 민족이 다르다는 이유로 차별을 받아왔습니다. 평등은커녕 예속과 억압만이 있었습니다. 바로 운중조와 같은 악당들이 패악을 일삼으면서 조정을 문란케 했기 때문입니다. 이들은 유신혁명을 실패하게 만들고 국가를 위태롭게 만든 장본인이기도 합니다. 이번 기회에 국가와 백성들에게 해를 끼치는 악당들의 기염을 꺾어놓아야 이 어지러운 세상이 태평하게 될 것입니다. 지식인은 글을 읽고 상인은 장사를 함에 있어 각자 안심하고 본연의 일을 할 수 있도록 하자는 것이 이번 파업의 목적이 아니겠습니까? 그리 하려면 운중조 같은 불량배들이 두 번 다시 경거망동하지 못하도록 크게 혼쭐을 내줘야 합니다."

좌중에 모인 사람들은 너나없이 고개를 끄덕였다. 항천취의 말을 듣고 큰 깨우침을 얻은 표정이었다.

"이치를 따져가면서 조리 있게 말을 참 잘하네."

"대학당에서 공부한 수재는 뭐가 달라도 달라."

여기저기서 항천취를 추켜세우는 소리가 들려왔다. 임우초는 새삼 어깨가 으쓱해졌다. 아들이 변변한 구석이라곤 하나도 찾아볼 수 없는 '아비'를 전혀 닮지 않았다는 생각이 들었기 때문이었다.

'어쩌면 기특하게도 관아에 갇혀 있는 차청을 구할 생각을 다 했을까?'

임우초는 오늘 따라 듬직해 보이는 아들을 보면서 큰 위안을 얻었다. 더 이상 바랄 것이 없을 것 같았다. 그녀는 심지어 그동안 겉으로 드러나지 않았던 유전자의 힘이 어느 순간 발현된 것이 아닌가 하는 헛된 생각도 잠시 들었다.

심록애의 부친 심불영과는 얼음판에서 박을 미는 것처럼 수월하게 의견의 일치를 봤다. 심불영은 사위의 박력 있는 행동이 몹시 만족스러운 듯 이렇게 말했다.

"나는 내일 상해로 가네. 무슨 일이 있으면 말하게. 자네도 알겠지만 나는 북경의 손야경孫冶經, 손보기孫寶琦와 서로 왕래하는 사이라네. 손야경도 항주 태생이네. 함풍제의 태부太傅로 있던 사람이지."

심록애의 오빠 심록촌은 막 프랑스에서 돌아온 참이었다. 그는 비밀결사 조직인 흥중회의 일원으로 손문의 휘하에서 활약하고 있었다. 손문은 이들을 통해 강절江浙(장쑤와 저장) 지역의 재벌들로부터 혁명자금을 조달받고 있었다. 심록촌 역시 키가 훌쩍 컸다. 누가 서양에 있다 온 사람이 아니랄까봐 젊은 사람이 늘 지팡이를 들고 다녔다. 또 말을 할 때면 어깨를 으쓱하면서 입을 삐죽거리고 손을 벌려 보였다. 누가 봐도 자신의 우월감을 나타내려는 동작이었다. 심록촌이 항천취에게 건의했다.

"천취, 내가 곧 북경에 가서 손보기라는 분을 찾아뵐 계획이네. 조정에서는 그분을 프랑스 흠차대신으로 임명했어. 자네가 서한을 한 통 써주면 내가 그분에게 전해주지. 그분의 말씀 한마디면 까짓 항주부도 깨갱할 거라고."

"저는 이번에 운중조 그놈을 크게 혼찌검 내지 않고서는 분이 풀릴 것 같지 않아요. 한 줌도 안 되는 불량배 따위가 이토록 창궐하다니! 기객이 있었더라면 얼마나 좋았겠습니까. 그럼 제가 직접 나설 필요도 없었을 텐데요."

"일본으로 간 조기객을 말하는 건가? 그 사람은 지금 유명인이 됐어. 나도 프랑스에 있을 때 그 사람 이름을 들어본 적이 있지. 그 사람하고 잘 아는 사이인가?"

심록촌의 말투는 뭔가를 염탐하듯 조심스러웠다.

"아, 그냥 차를 마시면서 글이나 나누는 사이일 뿐이에요. 저는 치고 받고 싸움질하는 일에는 별로 흥미가 없어서요."

심록촌이 그러자 항천취의 어깨를 두드리면서 말했다.

"잘하면서 그러나? 지금 하는 일도 치고 받고 싸움질하는 것이나 별반 다름이 없지. 이번 일만 잘 처리하면 자네는 박수갈채를 받으며 멋지게 항주 재계의 유명인사로 등극하게 될 거야."

심불영도 아들의 말에 흡족한 듯 고개를 끄덕였다. 항천취는 심씨 부자의 지지와 격려를 받자 뒷배가 한층 든든해지는 기분을 느꼈다.

'그래, 나는 역시 영웅기질이 있는 사내대장부야.'

그렇게 생각을 하자 밤일 실패로 돌덩이가 가슴을 누르는 것 같던 좌절감도 어느새 다 사라져버렸다.

항주 시민들은 아침에 일어났다가 하루 만에 세상이 달라진 것을 보고 놀라움을 감추지 못했다. 여느 때 같았으면 염교鹽橋, 청하방, 양패두, 대방백大方伯, 후조문候潮門 일대의 상가들이 벌써 문빗장을 내리고 장사를 시작해 시끌벅적할 텐데 마치 전쟁이라도 난 것처럼 다들 조용히 문을 닫아걸고 있었던 것이다. 사람들은 무슨 영문인지 몰라 길거리와 골목어귀에 삼삼오오 모여들었다. 북방에서 온 '수객'水客(차를 사는 상인)과 산지에서 온 '산객'山客(차를 파는 상인)도 초조하고 불안한 표정으로 상인들의 파업이 끝나기를 기다렸다. 그렇게 해서 관아에 갇혀 있던 오차청은 졸지에 항주성의 유명인이 되었다.

휘주회관과 차칠회관이 발기한 이번 동맹파업은 그 위세와 영향력이 엄청나 북경까지 놀라게 했다. 급기야 20년 후에 총리가 된 항주 사람 손보기는 프랑스로 출발하기 전에 특별히 사람을 파견해 이 일의 사정을 알아보도록 했다. 물론 이는 재수 옴 붙은 '운중조'의 천운이 다한 데도 원인도 있었다.

운중조의 형님이 맡고 있던 방재관은 원래 '먹을 알'이 많은 자리였다. 당연히 그 자리를 호시탐탐 노리는 사람이 많았다. 그러던 차에 이번 '운중조' 사건이 터지자 그 형님은 늘 그래왔듯이 손을 썼다. 당연히 오차청의 구속은 정식 절차를 밟아 이뤄진 것이 아니었다. 운중조가 피멍이 든 얼굴을 쳐들고 찾아가서 울고불고 고소를 하자 그 형님이라는 작자가 상부의 허락도 없이 월권을 행사해 오차청을 가둬버린 것이었다. 사실 그동안 그들이 사람의 목숨을 잡초처럼 짓밟은 일은 한두 번이 아니었다. 가히 눈앞에 보이는 게 없다고 해도 과언이 아니었다. 그러나 운중조 일당이 이번에 건드린 것은 하필 항씨 가문이었다. 게다가 재계의 분노까지 사고 말았으니 일이 커진 것이었다. 청 왕조는 이때 의화단 사건을 평정한 지 겨우 2년밖에 안 된 터였다. 때문에 비바람에 흔들리는 초목만 보고도 두려움에 떨 정도였다. 그러다보니 더 이상 불필요한 소란에 부대낄 여력이 없었다. 급기야 조정대신들은 난상토론을 벌인 다음 운중조 형제를 관아에서 쫓아낸다는 결정을 내렸다. 당연히 오차청은 무죄 석방되었다.

항천취는 그 후로 수많은 정치적 문제를 겪었는데 단언컨대 이번이 가장 일사천리로 문제없이 일이 풀린 경우였다. 아무튼 이 일로 항천취는 어정쩡하게 항주 차 업계의 떠오르는 샛별이 됐다. 소문이 퍼지자 시민들은 앞을 다퉈 망우차장을 찾았다. 망우차장은 몰려든 사람들로 문전성시를 이뤄 그야말로 숨 돌릴 새도 없을 만큼 바빴다. 차 업계 선배와 동료들도 "망우차장은 스스로의 노력으로 성공을 이뤄냈다"고 인정했을 정도였다.

차칠회관은 장원루壯元樓에 연회를 마련했다. 목적은 두 가지였다. 하나는 항천취의 공로 치하, 다른 하나는 오차청의 무사귀환을 환영하는 것이었다.

분위기는 매우 뜨거웠다. 관련 업계 사람들뿐만 아니라 평소에 이런 장소에 쉽게 얼굴을 드러내지 않는 명의 조기황도 연회에 참석했다. 여자들은 옆에 따로 상을 차렸다. 그러다 보니 시어머니 임우초와 며느리 심록애는 정면으로 마주 앉았다.

회장이 술잔을 들고 말했다.

"이번 동맹파업은 멋지게 성공했습니다. 이로써 우리 옻 업계와 차 업계의 기상을 드높였고, 운중조를 비롯한 불량배들의 기세를 여지없이 꺾어놓았습니다. 이들은 조상 덕을 믿고 불로소득을 착취했을 뿐 아니라 오입질을 하고 도박을 하는 등 못하는 짓이 없는 자들입니다. 진작부터 기회를 만들어 혼쭐을 내줬어야 했습니다. 차청 어르신은 평소에 내색을 하지 않으셔서 그런 공력이 있는 줄 꿈에도 생각지 못했습니다. 덕분에 이번에 크게 견문을 넓혔습니다. 우리 차 업계에 영웅호걸이 은둔하고 계신 줄을 몰랐습니다."

오차청이 담담하게 읍을 하면서 말했다.

"과찬이십니다. 과찬이십니다."

조기황도 잔을 들더니 항천취에게 권했다.

"이 일의 발단은 우리 집의 불효자이네. 그놈이 엉덩이를 툭툭 털고 일본으로 가버렸으니 운중조가 자네를 찾아가서 트집을 잡은 게 아니겠나. 솔직히 나는 예전에는 자네를 닭 모가지도 비틀지 못하는 무골충으로 봤었네. 미안하네. 항씨 가문에 이렇게 큰 인물이 나와서 이토록 큰일을 해낼 줄은 정말이지 생각도 못했네. 나한테 병을 보이러 오는 사람들 중에 망우차장, 오차청과 항천취를 모르는 사람은 아무도 없다네. 그만큼 자네가 유명해졌다는 반증이겠지. 문인文人과 무인武人이 함께 차장을 지키고 있으니 항씨 부인도 이제는 여생이 걱정 없겠네그려. 자고로 영웅은 소년에게서 나온다고 했네."

말을 마친 조기황은 항천취와 잔을 부딪친 후 단숨에 마셨다.

항천취는 워낙 주량이 약한 사람이었다. 몇 잔 건배를 하고 나자 벌써 얼굴에 취기가 잔뜩 올랐다. 사실 그는 지금까지 장사판에는 발도 들여놓은 적이 없었다. 그러다 이번에 얼떨결에 업계에 나왔던 것인데 어쩌다 보니 만장일치로 박수갈채까지 받게 되었다. 젊은 패기에 자기도 모르게 득의양양해진 것도 당연했다. 게다가 그는 천성이 어질고 귀가 얇아 남의 말을 쉽게 믿는 사람이었다. 또 경거망동, 호언장담과 엉뚱한 짓도 잘 저지르곤 했다. 그래서 그가 낙담하고 있을 때의 모습을 보지 못하고 득의양양해하는 모습만 본 사람들은 하나같이 그를 "어리다고 얕봐서는 안 될 사람, 장차 큰일을 해낼 사람이다"라고 입을 모았다.

항주 방언에 지나치게 흥분한 사람을 일컬어 "구름 위를 둥둥 걷는다"는 말이 있다. 이날 항천취는 바로 구름 위를 둥둥 걷는 기분이었다. 술도 들어갔겠다, 기분도 좋겠다, 항천취는 곰곰이 생각해볼 겨를도 없이 머릿속에 스치는 생각을 좌중에 거침없이 털어놓았다.

"선배 여러분, 후배 천취는 여러 선배님들의 지지와 성원에 힘입어 오늘의 이 영광을 누리게 됐습니다. 저는 일찍이 부친을 여의고 어려서부터 학업에만 전념하다 보니 상업에 대해서는 문외한입니다. 망우차장도 어머니와 차청 아저씨께서 경영을 맡으시고 여러분께서 도와주신 덕분에 오늘에까지 올 수 있었습니다. 이번에 불량배들이 소란을 피우고 흑백이 전도돼 우리 집안의 기둥과 같은 차청 아저씨께서 감금되는 굴욕을 당하셨습니다. 스스로 돌이켜 보니 여러 선배님들 앞에서 부끄러움을 감출 수 없습니다. 어머니는 줄곧 제가 집안의 기둥이 돼주기를 희망하셨습니다. 비록 늦은 감이 없지 않으나 이 불효자는 이번 일을 계기로 큰 깨달음을 얻었습니다. 그래서 내일부터 본격적으로 차장의 사무를 맡아보고자 합니다. 이로써 이 자리에 계신 선배님들과 손잡고 업계 발전에 이바지하고 하늘에 계신 부친의 영혼을 위로하고자 합니다."

항천취의 연설은 백화문과 문언문을 섞어가면서 참회, 자책에 호언장담까지 덧보탠 그럴듯한 것이었다. 좌중의 사람들은 다들 박수갈채를 보냈다. 너 나 할 것 없이 다들 찬성을 표했다. 안주인인 임우초가 미처 뭐라 할 틈도 없었다. 그녀는 맞은편에 앉은 며느리를 바라봤다. 심록애는 얼굴이 발갛게 상기돼 있었다. 눈빛도 반짝반짝 빛나고 있었다. 남편이 너무 자랑스러워 가슴이 부풀어 오를 정도였다. 임우초는 다시 눈길을 돌려 오차청을 바라봤다. 오차청의 표정은 덤덤했다. 마치 이 모든 게 자신과는 아무런 상관도 없다는 듯한 모습이었다.

임우초는 복잡한 심경을 애써 감추면서 겉으로는 매우 감격스러운 표정을 지었다. 줄줄이 권해오는 술잔도 일일이 다 받아 마시며 답례를 했다. 사실 그녀는 아들이 이런 자리에서 깜짝 발언을 할 줄은 꿈에도 생각지 못했다. 그녀는 일찍부터 서태후처럼 수렴청정할 날이 오기를 고대하고 있었다. 즉 가업과 관계되는 크고 작은 일들은 모두 그녀 자신과 차청이 결정하고, 아들은 이름이나 걸어놓고 자질구레한 일부터 배우다가 밖에 나가서 '산객', '수객'으로 살면서 실무를 철저하게 파악한 다음 돌아와 주인장노릇을 하기를 바라고 있었던 것이다. 그때가 되면 임우초 자신이나 오차청 모두 연로해 은퇴해도 되리라 생각하고 있었다.

그런데 오늘 항천취는 그녀와 한마디 의논도 없이 이 많은 사람들 앞에서 제멋대로 자기 생각을 내세웠다. 그것도 마치 가업을 계승하는 것이 대단한 효도를 다하는 것처럼 감격에 겨운 어조로 말이다. 어찌 이럴 수 있다는 말인가! 녀석에게 그럴 만한 능력이 있는가! 임우초는 뭔가 탐색하는 눈길로 며느리를 쏘아봤다. 그러나 며느리는 해맑게 웃으며 크게 효도라도 하듯 닭고기 한 점을 시어머니에게 집어드렸다.

임우초는 며느리를 맞은 지 며칠 지나지 않아 이미 상대가 만만치 않다는 느낌을 받았다. 며느리는 시댁 문턱을 넘어선 지 사흘째 되도록 여자의 순결을 증명하는, 핏자국이 묻은 하얀 손수건을 내놓지 않았다. 시어머니가 은근슬쩍 물어보자 그녀는 마치 기다렸다는 듯 언짢은 표정으로 쏘아붙였다.

"그걸 왜 저에게 물으세요? 어머님 아들한테 물어보세요."

임우초는 몹시 불쾌했다. 그렇다고 화를 낼 상황도 아니어서 타이르듯 말했다.

"우리 아들은 여태까지 남자 노릇을 해본 적이 없어. 처음이야. 그러니 네가 많이 맞춰 주렴."

심록애는 한마디라도 질세라 시어머니를 똑바로 쳐다보면서 대꾸했다.

"어머니, 저도 처음 여자 노릇을 해보는 거예요."

그 말을 듣고 임우초는 그만 말문이 턱 막히고 말았다.

며느리는 심지어 결혼 3일 후에 친정을 방문하는 관례도 깨버렸다. 항천취가 동맹파업을 지휘하고 오차청을 구하는 일로 인해 그녀와 함께 호주로 돌아갈 수 없었기 때문이었다. 여느 여자 같았으면 기분이 언짢을 법도 하건만 심록애는 대범하게 말했다.

"친정을 다녀오는 일은 중요하지 않아요. 뭐니 뭐니 해도 시집의 일이 중요하죠."

임우초는 며느리가 벌써 시댁 식구가 다 됐다는 사실이 일단 기뻤다. 하지만 그러면서도 한편으로는 아니꼬운 마음도 없지 않았다. 또 다른 한편으로는 아직도 관아에 갇혀 있는 오차청 걱정까지 하다 보니 한동안 마음이 심란하기 그지없었다. 그녀는 가마를 타고 관아에 갇혀 있는 오차청을 찾아갔다. 오차청은 다행히 크게 곤욕을 치른 모습은 아니었다. 옥졸한테 뒷돈을 넉넉히 넣어준 덕분이었다. 집안일에 대한 말이 나오자 임우초는 땅이 꺼지게 한숨을 내쉬면서 눈물부터 보였다.

"항씨 가문이 또 대가 끊기게 생겼어요."

오차청은 대뜸 무슨 뜻인지 눈치챘다. 그러나 아무 말도 할 수가 없었다.

드디어 새색시가 좌중의 여러 사람들 앞에 모습을 드러냈다. 남자들은 심록애의 몸에서 한시도 눈을 떼지 못했다. 마치 그녀의 몸에 눈을 갖다 붙이지 못하는 것을 안타까워하는 것 같았다. 시어머니의 풍채는 이런 며느리 앞에서 대번에 무색해졌다. 임우초는 속으로 몹시 실망하고 속상했으나 겉으로는 웃는 얼굴을 할 수밖에 없었다.

임우초가 아들에게 권력을 빼앗길까 끙끙 앓으며 속앓이를 하고 있을 때 저편에서 오차청이 몸을 일으켰다. 다들 분분히 오차청에게 술잔을 권하면서 물었다.

"어르신, 무슨 분부가 계십니까?"

오차청이 대답 대신 겉옷 소매를 걷어 올렸다. 그러자 하얀 적삼이 드러났다. 그가 읍을 하고 나서 말문을 열었다.

"여러분, 저 오차청은 일개 낭인이었습니다. 다행히 항씨 어르신께서 버리지 않고 품어주셔서 30년 동안 차장을 운영할 수 있었습니다. 지금 드디어 후계자가 나타났으니 저는 걱정을 내려놓고 떠날 수 있을 것 같습니다."

오차청의 말에 장내가 소란스러워졌다. 여기저기서 의견이 분분했다. 차청 어르신이 어쩐 일이지? 왜 갑자기 이런 말씀을 하실까? 망우차장은 지난 수십 년 동안 항씨네가 주인장 노릇을 하고 오씨가 지배인으로 있으면서 일궈놓은 것이 아닌가! 항씨 도련님이 등장하자마자 이게 무슨 변고라는 말인가! 그런 말들이 오가고 있었다.

항천취도 듣고만 있을 수 없었다.

"차청 아저씨, 떠나신다는 말씀은 거둬주세요. 아저씨가 안 계시면 제가 주인장 노릇을 한들 무슨 의미가 있겠습니까. 저 역시 망우차장 주인장을 포기하겠습니다."

그러자 오차청이 말했다.

"네가 그런 생각을 아예 하지 못하도록 내가 이런 결단을 내린 거야. 나도 이제는 많이 늙었다. 이제 버티면 몇 년을 더 버티겠느냐. 네 모친도 여태까지 모진 고생을 다 해왔어. 여자로 태어나 네 모친처럼 힘들게 사는 사람이 이 세상에 몇이나 있겠느냐. 이제는 너도 가정을 이뤘고 이번에 좋은 출발도 했으니 나는 이 기회에 물러나는 것이 좋을 것 같아. 박수 칠 때 떠나라는 말도 있지 않느냐. 네가 어디 한번 튼튼한 기둥이 돼 보거라. 앞으로 우리가 저승에 간 뒤에도 네가 이 어지러운 세상에서 발붙이고 살 자본이 있게 말이야."

오차청은 평소에는 과묵하니 말이 없었다. 그렇게 잠자코 있을 때는 몰랐는데 입을 열자 많은 사람들을 놀라게 하는 재주가 있음을 알게 되었다. 옆에서 아낙네들이 감동해 훌쩍이기 시작했다. 임우초는 입술을 바르르 떨면서 한마디도 하지 못했다.

다들 탄식하고 있을 때 오차청이 다시 말을 이었다.

"오해가 없으셨으면 좋겠습니다. 제가 항씨네와 절연하겠다는 뜻이 아닙니다. 저는 다만 망우차장을 나와서 후조문 일대에 새로 차행을 열고 싶을 따름입니다. 여러분이 저 차청을 믿으신다면 주식을 구매하고 수익을 기다리시면 됩니다. 차행 이름은 대주주의 이름을 따를 것입니다."

항천취가 오차청의 말이 끝나기 무섭게 바로 입을 열었다.

"그럼 우리가 대주주가 되겠어요. 우리가 대주주가 되면 차청 아저씨와 저는 여전히 같은 배를 탄 것이나 다름없죠. 어차피 저는 차청 아저씨를 떠날 수 없습니다."

항천취의 말에 임우초가 안도의 숨을 내쉬었다. 다른 차장들도 오차청이 믿음직하다고 여긴 듯 즉석에서 투자 의사를 밝혔다. 결코 간단치 않은 거래가 술상에서 손쉽게 이뤄진 것이다.

흡족하게 먹고 마신 사람들은 하나둘씩 자리에서 일어났다. 그런데 항천취가 또 입을 열었다.

"여러분, 저에게 또 한 가지 좋은 생각이 떠올랐습니다. 여러분은 투자하지 않고 그냥 지지만 해주시면 됩니다."

항천취의 말뜻은 분명했다. 자신이 단독으로 망우찻집을 운영하고 싶다는 얘기였다.

임우초는 부글부글 끓어오르는 화를 겨우 진정시켰다. 아들 항천취는 오늘 따라 평소와 달리 말끝마다 엉뚱한 소리만 하고 있었다. 그녀가 미처 생각지도 못했던 이런저런 견해를 속속 내놓고 있었다. 그런데 그중 어느 한 가지도 임우초와 의논한 적이 없는 것들이었다. 임우초는 울화통이 터졌다. 그러나 직접 나서서 이러쿵저러쿵 뭐라고 할 처지가 못됐다. 당시 사회 분위기로는 여자들은 이런 장소에 참석할 수 있다는 것만으로도 영광스럽게 생각해야 했다. 그녀는 하는 수 없이 억지웃음을 지으면서 말했다.

"구재도 살아생전에 찻집 경영에 대해 많이 말했어요. 그는 떠들썩한 것을 좋아했어요. 그래서 찻집을 회수해 친구들도 만나고 책도 읽고 야담도 들으려고 했었죠. 그런데 제가 말렸어요. 지금은 비록 찻집이 우리 손에 넘어왔다지만 오승이 문을 지키고 있을 뿐 아직 영업을 시작하지도 않았어요. 사실 향후 계획은 곰곰이 생각해본 적이 없어요. 다들 찻집을 운영하려면 말치레를 잘해야 한다잖아요."

심록애가 임우초의 말이 끝나기 무섭게 호기심 어린 표정으로 물었다.

"어머니, 말치레가 뭐죠?"

"네가 어찌 이 일의 어려움을 알겠느냐. 찻집을 경영하려면 처세에 능하고 용의주도하지 않으면 안 되느니라. 요즘 찻집을 경영하는 사람들은 두 부류로 나눌 수 있는데, 그중 하나는 권세가 있는 사람들이고 다른 하나는 건달 나부랭이들이야. 점잖은 상인들이나 문인들은 아무도 감히 찻집을 열지 못해. 위험하고 시비가 많은 곳이니 말이야. 차를 마시다가 시비가 붙어 식탁이나 의자들이 풍비박산나면 누구를 찾아 해결하겠느냐?"

항천취가 기다렸다는 듯 말했다.

"저는 말치레라면 자신 있습니다. 저 또한 다른 일은 할 줄 아는 것이 없으나 찻집은 그나마 익숙합니다. 여러분도 의논할 일이 있을 때 우리 찻집을 이용하면 오죽 좋겠습니까. 따져보면 그래도 득이 실보다 많은 일인 것 같습니다."

조기황은 원래 손바닥으로 입가를 쓱쓱 문지르면서 자리를 뜨려고 했다. 그러다 항천취의 말을 듣고는 다시 자리에 앉더니 임우초에게 넌

지시 말했다.

"제수씨, 이 일은 천취가 원하는 것이니 한번 해보라고 하는 게 좋겠소이다. 그냥 백수로 있는 것보다는 좋지 않을까요? 다시 말해 이번에 이렇게 떠들썩하게 이름을 날렸으니 항주성의 나부랭이들도 함부로 어쩌지 못할 거예요. 우리 집의 골칫덩이도 없으니 더 좋지 않아요? 우리 집에는 그 녀석 위로 셋이 더 있죠. 다들 차청처럼 자기 앞가림은 하는 아이들이에요. 혹시 건달 놈들을 대처할 일이 생기면 우리 아들들을 찾으면 되죠. 자네들은 집에 돌아가서 잘 의논해보게. 차청이 차행을 연다고 하나 나는 자금이 없으니 마음뿐일세. 앞으로 공정한 말을 해줄 사람이 필요하거든 주저하지 말고 부탁하게. 차청, 그대는 나를 믿소?"

오차청이 웃으면서 대답했다.

"소생은 워낙 혼자 조용히 지내려고 했는데, 아무리 생각해도 은퇴해서 조용히 지내기는 그른 것 같네요. 염치불문하고 말씀 따르죠."

오차청이 말을 마치고는 집안을 한바퀴 휘둘러봤다. 그러다 눈길이 문어귀에 가서 멈췄다.

"오승, 내가 천취 사장에게 자네를 보내달라고 부탁을 했네. 거절하지는 않겠지?"

오차청의 말에 좌중을 가득 메운 부자들의 눈길이 그제야 더벅머리 총각 오승에게 쏠렸다. 오승은 다들 자신을 주목하자 현기증이 나고 눈이 휘둥그레졌다. 평소와 달리 혀가 굳어져 말도 제대로 못했다. 그 모습에 항천취가 웃으면서 말했다.

"긴장하지 말게. 내 어련히 자네를 보내주지 않을까."

그제야 오승은 헤헤 하고 웃었다. 둥그런 눈을 멍하니 뜨고 웃는 모습이 마치 금덩이를 줍고 기뻐하는 순박한 시골사람 같았다.

새색시 심록애는 여태까지 이날 저녁처럼 기분이 들뜬 적이 없었다. 천성적으로 그녀는 들꽃과도 같은 여자였다. 햇빛과 바람이 색다른 향을 실어다주면 자극을 받아 비와 이슬을 갈망하는 여자였다. 그녀는 대도시에서도 살아봤다. 글공부도 했었다. 그렇기 때문에 남녀지간의 운우지정을 부끄러운 일이라고 생각하지 않았다. 사실 그녀의 남편에 대한 첫 인상은 별로였다. 그녀는 우선 남편의 말투가 여자 말투 같아 귀에 거슬렸다. 또 남편이 하루 종일 음풍농월을 즐기다 정작 서로의 숨결을 느끼며 황홀한 밤을 보내려 할 때면 비실비실 힘을 못 쓰는 것도 마음에 들지 않았다. 그런데 오늘 남편의 파격적인 모습을 새로 발견했으니 어찌 기쁘지 않을 수 있겠는가. 알고 보니 남편에게도 사내다운 모습이 있었던 것이다. 술을 마시고 의젓해진 남편의 모습은 그녀의 마음을 설레게 하기에 충분했다. 심록애는 또 물처럼 부드러운 강남 여자였다. 여자가 먼저 적극적으로 나서서 남자를 유혹해야 한다는 생각은 해본 적도 없었다. 그런데도 오늘은 괜히 싱숭생숭해지는 것이었다.

항천취는 저녁이 늦었는데도 돌아오지 않았다. 심록애는 서둘러 시어머니를 찾아가 저녁인사를 올렸다. 입으로는 안부를 물으면서 머리로는 밤일 계획을 떠올리니 부끄러워 고개가 숙여졌다. 시어머니는 고개를 수긋하고 나가려고 하는 며느리를 보고 괜스레 짜증을 냈다.

"천취는 왜 안 보이는 거냐?"

"큰 항아리 보러 갔어요."

"쓸데없이 항아리를 갖고 뭘 한다더냐? 우물이 저기 있지 않느냐? 다른 찻집에서도 우물물을 안 쓴다는 말은 없더라."

"그건 저도 잘 모르겠어요. 그런데 어제《다경》이라는 책을 보니 '산의 물이 제일 좋고 강물이 그 다음이다. 우물물이 제일 못하다'고 적혀 있었어요."

머느리는 시어머니보다 식견이 높았다. 며느리가 옛사람의 말을 빌려 시어머니를 이기려고 드니 시어머니 입장에서는 더욱 더 화가 치밀어 올랐다. 말투는 날카로워졌고 체면 따위를 고려할 여유도 없었다.

"그따위 책을 백날 뒤져서 무슨 소용이 있느냐. 그럴 시간이면 두 사람의 일에나 신경쓰겠다."

그러나 시어머니의 질책이 심록애에게는 씨알도 먹히지 않았다.

"어머니, 우리가 결혼한 지도 두 달이 지났어요. 저 역시 어머니한테 묻고 싶던 참이었어요. 천취 그 사람은 도대체 어찌된 거예요? 어머니처럼 속사정을 잘 아는 사람들은 그나마 이해해주고 뭐라고 안 하지만 모르는 사람들은 저를 손가락질해요. 다들 제 탓인 줄 알고 있어요."

임우초는 며느리의 말에 대답이 궁해 긴 한숨만 내쉬었다.

"이런 일은 너희들 부부가 알아서 해야지 과부인 시어미한테 물은들 무슨 소용이 있겠느냐. 두 달 동안 약은 적게 먹었고 의사는 또 좀 적게 만났느냐? 나도 너를 뭐라 하기는 그렇다만 항씨 가문의 대를 잇는 일은 너에게 달렸으니 너만 믿을 뿐이다."

심록애는 자기도 모르게 슬퍼져 눈에 눈물이 고였다. 시어머니에 대한 자질구레한 불만들은 어느새 온데간데없이 사라지고 없었다. 심록애는 묵묵히 고개를 끄덕이고는 자신의 방으로 돌아왔다.

화장대 앞에서 붉은 양초가 환한 빛을 뿜고 있었다. 심록애는 머리에 잔뜩 꽂았던 장신구들을 하나씩 뺐다. 마지막 머리핀까지 빼자 함치르르한 머리카락이 폭포처럼 쏟아져 내렸다. 그녀는 이어 겉옷도 하나씩 벗기 시작했다. 방안은 숯불 화로가 있어서 훈훈했다. 그녀는 원래 속곳만 입고 곧바로 이불속으로 들어갈 생각이었다. 그런데 뜻밖에 거울에 비친 자신의 모습에 매혹되고 말았다. 잠옷바지와 속적삼만 입은 반라의 여인은 어깨와 팔이 백옥처럼 희고 긴 머리카락이 볼록한 가슴 위로 드리워져 있었다. 더 아래를 내려다보니 머리카락 끝부분이 하복부와 두 다리 사이를 살랑살랑 간질이고 있었다.

심록애는 거울속의 자신을 바라보면서 고개를 갸웃거렸다. 항천취의 남자로서의 무능력이 도무지 납득이 되지 않았던 것이다.

'내가 아름답지 않은 건가? 여자로서 매력이 부족한 건가?'

날이 더 어두워지면서 거울속 세상도 어두컴컴해졌다. 심록애는 보면 볼수록 거울속 자신에게 완전히 매료됐다. 그녀는 으스러지듯 속적삼을 잡고 천천히 아래로 당겼다. 하얀 젖무덤 두 개가 놀란 토끼처럼 할딱거리고 있었다. 빨간 유두는 붉은 양초와 하나로 어우러져 고혹적으로 빛나고 있었다. 그러나 얼마 지나지 않아 으스스한 추위가 느껴졌다. 그녀의 백옥 같은 피부에 닭살이 돋았다. 심록애는 손바닥으로 천천히 자신의 몸을 애무했다. 손가락으로 유두를 살짝 건드리자 온몸에 찌르르 전율이 흘렀다. 그녀는 자신도 모르게 눈을 감았다. 거울속의 세계는 점차 눈앞에서 멀어졌다. 숨이 막히는 듯했다. 극한의 고통 속에서 더 이상 춥지도 않았다. 얼마나 오랫동안 몸부림을 쳤을까, 두 눈을 살며시 뜨자 거울속의 세계가 다시 나타났다. 거울에 비친 그녀의 흐트러진 모습은 마치 큰 파도가 할퀴고 지나간 모래밭 같았다.

뒤에서 문을 여는 소리가 들렸다. 그녀는 반사적으로 두 손을 포개어 가슴을 가렸다. 그리고 재빨리 겉옷을 몸에 걸쳤다. 방안에 들어선 항천취는 이상한 몰골을 하고 있는 아내를 놀란 눈길로 바라봤다.

아내의 눈길이 허공을 헤매고 있었다. 입을 벌린 채 숨을 헐떡이는 모습이 넋을 잃은 사람 같았다. 혀를 반쯤 내민 모습이 실을 토해내려는 누에 같았다. 머리를 풀어헤치고 항천취를 향해 걸어오는 심록애 뒤로 짙은 어둠이 무시무시하면서도 야릇한 분위기를 연출하고 있었다. 심록애의 풀어헤친 머리와 검은 눈동자는 항천취로 하여금 전설 속의 귀신을 연상케 했다. 갑자기 그녀가 두 팔을 들어올렸다. 흰 빛줄기가 번뜩이는가 싶더니 겨드랑이 아래 무성한 검은 숲이 모습을 드러냈다. 뒤이어 작은 '산' 두 개가 항천취의 눈앞에 들이닥쳤다. '산' 꼭대기에서는 붉은 색 '앵두'가 당장이라도 터질듯 격렬하게 떨고 있었다. 항천취의 손이 자신도 모르게 '앵두'를 퉁겼다. 그 순간 온몸이 경직되었다. 그는 두 눈을 부릅뜬 채 그 자리에 굳어지고 말았다. 아내는 몹시 흥분해 있었다. 아내의 거친 입김이 항천취의 얼굴을 덮쳤다. 아내의 두 눈에서 뿜어져 나오는 뜨거운 빛은 당장이라도 그를 태워버릴 것 같았다. 항천취는 자신도 모르게 주춤주춤 뒷걸음질을 쳤다. 그렇게 벽에 부딪힐 때까지 뒷걸음질을 치니 더 이상 물러날 곳도 없었다. 아내는 두 손에 묵직한 젖무덤을 받쳐 들고는 억지로 항천취의 눈앞에 갖다 댔다.

항천취는 온몸이 바늘로 찔리는 것 같았다. 눈앞의 치명적인 유혹은 자신을 분출구가 막힌 화산처럼 만들었다. 두 사람은 마치 죽음을 앞두고 침으로 서로를 적셔주는 물고기처럼 겹겹의 장애물에 가로막힌 원초적인 욕망 앞에서 가쁜 숨을 몰아쉬었다. 급기야 항천취가 와락 손을 내밀었다. 눈앞에 보이는 하얀 빛줄기를 잡고 악을 쓰면서 손톱으로 꼬집었다. 아픔 때문인지 아니면 희열 때문인지 심록애의 입에서 갈라지는 듯한 비명소리가 터져 나왔다. 항천취의 목에서도 캑캑 죽어가는 소리가 났다. 그러나 몇 초 지나지 않아 항천취의 두 손이 맥없이 그녀의 배에서 미끄러져 내려왔다. 항천취의 몸도 마치 진흙처럼 스르르 무너져 내렸다. 다리에 힘이 풀린 그는 바닥에 두 무릎을 꿇고는 심록애의 몸에 얼굴을 묻었다. 정신이 혼미해진 그는 그녀의 두 눈에서 얼음처럼 차가운 눈물이 흘러내리는 것을 보지 못했다. 그저 그녀가 피곤에 절은 가라앉은 목소리로 말하는 것만 들렸다.

"그만 자요."

놀란 가슴을 채 가라앉히지 못한 신혼부부는 날이 밝기 전에 또 한 번 격렬한 몸부림을 시도했다. 당시 항천취는 깊은 잠에 빠져 있었다. 그때 누군가 흔들어 깨우는 느낌이 들었다. 그는 비몽사몽간에 말랑말랑한 물체가 자신을 감싸고 있음을 느꼈다. 뜨거운 바람이 얼굴을 덮치는 느낌도 있었다. 항천취가 반사적으로 손을 내밀자 매끄럽고 토실토실한 물건이 손에 잡혔다. 그를 흥분시키기에 충분한 무슨 물건이었다. 그는 대뜸 꿈나라에서 헤어 나왔다. 그러나 갓 달아오른 그의 하체는 이내 무엇인가에 붙잡히고 말았다. 깜짝 놀라서 두 다리를 뻗는 순간 그는 완전히 잠에서 깼다. 눈을 떠보니 칠흑 같은 밤이었다. 아무것도 보이지 않았지만 그는 자신이 어떤 상태인지는 잘 알 수 있었다. 그는 옆에 누워 있는 여인의 육체를 더 이상 거부할 수 없었다. 그는 몸을 돌려 처녀지를 덮쳤다. 여인의 육체로부터 격렬한 떨림이 전해졌다. 마치 폭발을 준비하는 화산 같았다. 칠흑 같은 어둠속에서 여인의 숨소리는 거리낌 없이 거칠고 높았다. 여인은 고개를 쳐들고 어둠속에서 항천취의 입을 찾았다. 여인이 거친 숨을 몰아쉬면서 말했다.

"저에게 줘요."

항천취는 여인이 도대체 무엇을 달라고 하는지 알 수 없었다. 그동안 남녀의 운우지정에 대해 보고 들은 상식을 총동원해봤으나 여전히 어찌해야 할지 알 수 없었다. 여인의 몸 위에서 경직돼가던 그는 갑자기 현기증이 일어 몸을 뒤로 젖히면서 신음소리를 냈다. 그리고는 여인의 옆으로 쓰러졌다. 그러자 여인이 몸을 돌려 그의 몸 위에 올라탔다. 여인이 법도에 어긋나게 항천취의 몸에 올라타는 순간, 두 사람이 이어 무엇을 할 틈도 없이, 또 어떻게 해야 하는지 깨닫기도 전에 항천취는 온몸에 경련을 일으키다 실패를 고하고 말았다.

심록애는 잇따른 실패에 완전히 절망했다. 그녀는 멍하니 있다가 몸을 돌려 남편을 등지고 누워 꼼짝도 하지 않았다. 항천취는 난감해 어찌할 바를 몰라 했다.

'어찌된 일인가? 내가 남자 구실을 못한다는 말인가?'

항천취는 반쯤 누워 천장을 바라보면서 멍하니 생각에 잠겼다.

그는 자신이 또 조기객을 그리워하고 있다는 것을 깨달았다.

'조기객이라면 못해낼 일이 없을 텐데…….'

항천취는 어둠속에 암울하게 누워 있는 심록애의 육체를 보면서 속으로 생각했다.

'만약 나도 기객만큼 박력이 있었다면 저 여인을 잘 다스릴 수 있었을 텐데. 그러면 지금처럼 기고만장하지 못했을 텐데.'

항천취는 어둠속에서 손을 내밀었다. 하지만 아무것도 잡히는 것이 없었다. 두 손에는 공허와 고독뿐이었다. 항천취는 불안하고 부산한 마음을 달래기 위해 탁자 위의 만생호를 잡았다. '안으로 청명하고 밖으로 직방하니, 너와 더불어 공존하리라.' 그는 만생호를 조심스럽게 손에 받쳐 들었다. 자사호가 천천히 더워지면서 그의 마음속 절망감도 차츰 가벼워졌다.

오차청이 망우차장을 떠나고 나자 임우초가 감당해야 할 짐은 더욱 무거워졌다.

차 업계에서는 여인이 가게에 나서지 않는 것이 불문율이다. 망우차장도 예외가 아니었다. 임우초는 며느리를 데리고 뒷바라지나 할 수밖에 없었다. 차를 구매하고 평가하는 일은 오차청 쪽에서 맡아 할 것이었다. 남은 일은 차를 다시 배합하고 저장하는 것이었다.

그러나 차를 다시 배합하는 일도 결코 쉬운 일은 아니었다. 용정차는 아무리 좋은 모차毛茶(가공하지 않은 차)를 구입해 왔다 할지라도 복화復火, 사분篩粉, 풍선風選, 선별 등의 절차를 거치지 않고서는 좋은 차로 거듭날 수 없었다.

새색시 심록애는 찻잎 가공 절차에 대해 호기심이 많았다. 그녀는 춘차春茶 구입이 시작되기 전부터 벌써 많은 것을 배웠다. 시어머니 임우초는 그녀에게 창고에 쌓아놓은 체들을 보여줬다. 또 체 위에 모차를 놓고 마치 먹을 갈듯 체를 앞뒤로 흔드는 것도 보여줬다. 체 위에 있던 모차 중에서 일부가 아래로 떨어졌다. 시어머니가 며느리에게 물었다.

"어떤 것이 남고 어떤 것이 떨어졌느냐?"

심록애가 자세히 살펴보고 나서 대답했다.

"긴 것은 남고 짧은 것이 떨어졌어요."

임우초가 또 다른 체를 가지고 와서 이번에는 아래위로 체질을 하더니 또 물었다.

"이번에는 어떤 것이 남고 어떤 것이 떨어졌느냐?"

심록애가 대답했다.

"굵은 것이 남고 가는 것이 떨어졌어요."

임우초가 말했다.

"잘 기억해 두거라. 체질을 거친 후 위에 남은 것은 본신차本身茶, 아래에 떨어진 작고 가는 것은 하신차下身茶, 그리고 굵고 커서 규격에 맞지 않는 것은 원신차圓身茶라고 한다. 이 세 가지 차를 각각 나눠 정제한 후에 다시 배합해야 하느니라."

"뭐가 이렇게 복잡해요?"

심록애가 깜짝 놀라는 눈치를 보였다.

"찻잎밥 먹기가 그리 쉬운 줄 알았느냐."

임우초가 심록애에게 타이르듯 말했다.

"내가 삼가촌에서 이곳으로 갓 시집 왔을 때 네 시할아버지께서 말씀하시기를, 평생 차 업계에 몸담은 사람조차 늙어 죽을 때까지 차 이름을 다 기억하지 못한다고 하셨어. 생각해 보거라. 차 이름만 외워도 평생토록 다 외우지 못하는데 할일은 또 얼마나 많겠느냐."

저녁이 되자 심록애는 깨끗이 씻고 의자에 앉았다. 그녀는 아무리 노력해도 헛물만 켜는 부부관계를 더 이상 시도하고 싶은 생각이 눈곱만큼도 없었다. 그녀의 관심은 이제 온통 차에 쏠려 있었다.

그녀는 선인들이 제다에 관해 기록한 목각서木刻書들을 보면서 쓸데없이 바쁘게 돌아다니는 남편에게 물었다.

"천취, 우리 집에서는 무엇 때문에 갓 사온 용정차를 먼저 낡은 대나무 목기木器에 담아 두는 거예요?"

항천취는 마당에 쌓여 있는 벽돌을 하나씩 깐깐하게 살펴보고 있었다. 그는 일본에서 수입한 비누를 솔에 묻혀 벽돌을 깨끗이 문질러 씻으면서 건성으로 대답했다.

"낡은 목기라니? 새 목기를 오래 써서 낡아졌겠지. 해마다 새 것을 사서 차를 저장할 수는 없잖아."

"아니에요."

심록애가 반박했다.

"이걸 봐요. 선인들이 말씀하시기를, 차는 쉽게 오염되기 때문에 이상한 냄새가 나는 새 목기에 담지 말고 반드시 낡은 목기에 저장하라고 했어요. 여태 이것도 몰랐어요?"

항천취는 벽돌을 씻던 손을 멈추고 화가 난 눈길로 아내를 쏘아봤다. 사사건건 남편을 이기려고 드는 아내가 밉살스럽기 그지없었던 것이다. 그렇다고 해서 아내를 질책할 수도 없었다. 침대 위에서 이미 아내에게 완전히 압도당했기 때문이었다. 그는 아내가 시시각각 그의 귀에 대고 이렇게 속살거리는 것 같았다.

'당신은 저에게 빚을 졌어요.'

그렇다고 아무 말도 안 하려니 영 내키지가 않았다. 항천취가 결국 두 손을 아내에게 내밀면서 말했다.

"내가 지금 바쁜 거 안 보여? 어서 팔소매나 올려줘."

심록애가 의자에서 몸을 일으키면서 책을 책상 위에 놓았다. 그리고는 능숙한 솜씨로 남편의 옷소매를 걷어 올렸다. 이어 마치 아들에게 잔소리를 하듯 쫑알거렸다.

"당신은 지금 뭘 하고 있어요? 부엌 돌을 그리 많이 파서 뭘 하려고요? 오늘 양楊 아주머니가 하는 말이 부엌에서 불을 지필 때 하마터면 부뚜막이 무너져 내릴 뻔했대요. 도대체 무슨 궁리를 하고 있는지……."

"아낙네들이 뭘 알아?"

항천취는 아내가 자신의 '보물'들을 비하하자 감정이 격해졌다.

"부엌 돌은 수십 년 동안 불속에서 단련돼 요정이 됐어. 책에서는 '복룡간'伏龍肝이라고 하지. 물속에 담가두면 파리나 모기가 접근하지 못한다는 말이야. 찻집이 영업을 시작하면 이 복룡간이 꼭 필요해."

심록애가 입을 삐죽거리더니 하품을 길게 했다. 이어 방안으로 들어가서 촛불 아래에 앉으면서 말했다.

"꿈 깨세요. 제다 절차도 잘 모르면서 나가서 찻집 주인이랍시고 위풍이나 떨려고요? 우선 차청 아저씨한테 가서 실무나 먼저 배우세요. 기본적인 제다 지식을 완전히 파악한 후에 허풍을 떨어도 늦지 않아요."

항천취가 화가 단단히 났는지 솥을 내던졌다. 그리고는 복룡간을 거두라고 하인들에게 명하고 나서는 고개를 돌려 아내한테 말했다.

"당신 지금 평생 함께 살 남편을 무시하는 거야, 뭐야? 잘 들어둬. 나는 대학당을 나온 사람이지 돈 냄새나 풍기는 상인이 아니야. 군자는 재물을 좋아하지만 재물을 취함에도 도가 있다고 했어. 나는 돈벌이를 위해서가 아니라 단지 내가 좋아하는 일을 할 뿐이야. 당신 아버지처럼 돈을 제일로 생각하면서 비단 장사 같은 걸 하지는 않아."

이미 침대에 누웠던 심록애가 남편의 말을 듣고는 발끈했다.

"왜 제 아버지를 들먹여요? 아버지는 큰돈을 벌었지만 정당하게 벌었지 속임수를 쓰거나 하지는 않았어요. 그리고 최근 몇 년 동안 아버지가 기부한 돈이 얼마인 줄 아세요?"

항천취가 생각해 보니 아내의 말도 일리가 있었다. 심불영도 항천취처럼 혁명을 지지하는 사람이었다. 다른 점이라면 항천취는 말로만 지지한다는 것이고 심불영은 자신의 호주머니를 털어가면서 자금을 지원한다는 사실이었다. 정확하게 따지면 항천취보다 한층 더 실천적이었다.

항천취가 씁쓸하게 웃으면서 말했다.

"그래, 맞는 말이야. 내가 말을 하다 보니 실언을 했군. 미안해. 당신이 내 복룡간을 비웃으니 화가 나서 그랬어. 당신 혹시 장대복張大復의 《매화초당필기》梅花草堂筆記를 읽어봤어? '차의 특성은 물을 통해 구현된다. 8점짜리 차가 10점짜리 물을 만나면 10점짜리 찻물이 나올 수 있다. 반대로 10점짜리 차도 8점짜리 물로 우려내면 8점짜리 찻물밖에 나오지 않는다.' 물의 중요성을 강조한 좋은 글이지."

심록애는 책벌레 남편이 또 아는 척을 하는 것을 보면서 쓴웃음을 지었다.

"차는 좋은데 물이 나빠도 안 되지만 물만 좋고 차가 없으면 더 안 되잖아요. 차장을 하려면 최우선으로 차가 필요하죠."

항천취가 말을 받았다.

"사실 차나 물은 다 중요하지 않아. 기객처럼 아무것도 가진 게 없는 사람도 마음만은 꽉 차 있잖아. 사람은 무언가에 감정을 의탁할 수 있을 때 비로소 사람다운 삶을 사는 것이 가능한 거야. 내가 오늘 그림 한 폭을 얻었는데, 바로 물에 감정을 의탁한 그림이야. 당신에게 보여주지. 식견 좀 넓혀봐."

항천취가 손을 깨끗이 닦고는 조심스레 책궤에서 그림 한 폭을 꺼냈다. 그런 다음 천천히 펼쳤다. 길이 두 자, 너비 한 자 되는 종잇장은 뜻밖에도 항성모項聖謨의 〈금천도〉琴泉圖였다.

항성모(1597~1658)는 명나라 사람으로 산수, 인물, 화훼 그림에 능했다. 그의 그림은 색깔이 맑고 아름답고 품격이 청담한 것이 특징이었다. 그러니 〈금천도〉가 항천취의 마음에 쏙 든 것은 당연했다. 그림의 왼쪽 아래에는 물항아리 몇 개와 거문고가 있었다. 또 오른쪽 위에는 시 한 수가 적혀 있었다. 항천취가 의기양양한 표정으로 말했다.

"이 시는 참으로 오묘해. 내가 읽어줄 테니 들어봐."

심록애는 몸을 돌리면서 속으로 생각했다.

'비겁함을 덮어 감추려고 같잖은 우아함을 연출하는 거겠지. 내가

당신의 간덩이가 얼마나 작은지 모를까 봐!'

항천취는 심록애가 자신의 말에 관심이 있건 없건 전혀 신경 쓰지 않았다. 그저 목에 핏대를 세워가면서 서당 훈장이 아이들을 가르치듯 시를 읊기 시작했다.

백이伯夷를 본받고자 하나 마음이 청렴결백하지 못하고,
유하혜柳下惠를 본받고자 하나 마음이 평화롭지 못하다네.
노중련魯仲連을 본받고자 하나 속세에 초연하지 못하고,
동방삭東方朔을 본받고자 하나 해학을 잘 모른다네.
도연명陶淵明을 본받고자 하나 마음이 호쾌하지 못하고,
이태백李太白을 본받고자 하나 호방하지 못하다네.
두자미杜子美를 본받고자 하나 가슴속에 한이 없고,
노홍을盧鴻乙을 본받고자 하나 운이 따르지 않는다네.
미원장米元章을 본받고자 하나 오만방자할 줄 모르고,
소자첨蘇子瞻을 본받고자 하나 풍류를 모른다네.
아서라, 십철十哲은 힘드니,
육홍점陸鴻漸이나 종자기鍾子期라면 괜찮겠네.
웃으면서 거문고 줄을 다듬고,
찻잎을 따기 전에 샘물을 저장한다네.
샘물은 내 마음을 씻어줄까,
거문고는 지기가 아니라네.

시를 읊고 난 항천취는 마치 신대륙이라도 발견한 듯 들떠서 설명을 늘어놓았다.

"이거 봐. 나는 여기에 적혀 있는 대로 한 거야. 선인들이 말하기를, '미차선저천'未茶先貯泉이라고 했어. 바로 차를 얻기 전에 먼저 샘물을 저장하라는 말이야. 어쩌면 이렇게 나와 생각이 똑같을 수 있지? 여보, 어떻게 생각해? 벌써 잠들었나?"

항천취가 한숨을 내쉬면서 덧붙였다.

"이거야말로 쇠귀에 경 읽기군."

심록애가 그러자 자리에서 발딱 몸을 일으키면서 쏘아붙였다.

"다시 말해 봐요, 누가 소예요?"

"잠들지는 않았군."

항천취가 헤벌쭉 웃어보였다. 그리고는 몸을 돌려 그림을 되감으면서 속으로 생각했다.

'내일 찻집 개업일에 이 그림을 별실에 걸어놔야지.'

제12장

동 트기 전의 항주성은 끈적끈적하고 눅눅했다. '야명주'夜明珠로 불리는 서호를 끼고 있기 때문이었다.

항천취는 살금살금 기어 일어나 옷을 입기 시작했다. 양말을 신을 때쯤 옆에서 자던 심록애가 몸을 돌리더니 잠이 덜 깬 소리로 물었다.

"날도 안 밝았는데 어디 가려고요?"

항천취가 잠깐 머뭇거리다가 대답했다.

"호포虎跑에 다녀오려고."

"촬착을 보내기로 했잖아요."

"나도 가고 싶어."

심록애가 짜증스러운 어투로 쏘아붙였다.

"가요, 가. 봄 날씨가 아직 싸늘하니 옷이나 많이 입어요."

항천취는 도둑처럼 잽싸게 집을 빠져나왔다. 심록애의 잔소리쯤은 이제 그에게 별로 중요하지 않았다.

항천취는 여자를 물에 비유하곤 했다. 굴원屈原(전국시대의 정치가이자 시인)의 여자 상부인湘夫人, 조식曹植(중국 삼국시대 문학가. 조조의 셋째아들)의 낙신洛神, 조설근曹雪芹(청나라 문학가)의 붓끝에서 탄생한 강주선초絳珠仙草, 중국의 고전미인 서시西施……. 이들은 항천취의 눈에 물과 같은 존재였다. 당연히 항천취가 이들을 직접 본 적은 없었다. 그러나 이들이 모두 천하절색에다 다정다감하면서 도도하고 신비로운 여자일 것이라고 믿어 의심치 않았다.

물론 항천취는 세상 모든 여자들을 다 물에 비유한 것은 아니었다. 대표적인 예로 항천취의 부인 심록애를 들 수 있다. 항천취 마음속의 그녀는 바로 물이 아닌 '불' 같은 존재였던 것이다.

촬착이 어느새 인력거를 대령했다. 항천취는 씨근덕거리는 촬착의 숨소리를 들으면서 양패두, 청하방, 청파문清波門을 지나 성밖으로 나왔다. 이어 장교長橋, 정사淨寺, 적산부赤山埠, 사안정四眼井을 지나 호포에 도착했다. 어슴푸레하게 새벽이 밝아오기 시작했다. 어둠 속에 숨어 있던 산과 구릉이 서서히 윤곽을 드러내고 있었다. 산골짜기에서는 새들이 지저귀는 소리도 들려왔다.

항천취는 고생하는 촬착이 안쓰러워 내려서 걷겠다고 고집을 피웠다.

"조금만 더 앉아계세요. 곧 도착합니다."

항천취는 촬착의 말을 듣지 않고 기어이 인력거에서 뛰어내렸다. 이어 촬착과 어깨를 나란히 하고 걸으면서 야외의 신선한 공기를 마셨다. 그 기분도 과히 나쁘지는 않았다. 항천취가 숨을 힘껏 들이마시고 입을 열었다.

"참으로 오랜만에 나온 것 같네. 지난번에 나왔을 때는 입하였지.

어느덧 입춘이 또 지났구먼."

촬착도 몹시 들뜬 표정이었다. 항천취 덕분에 옹가산 고향집에 다녀올 수 있게 됐기 때문이었다.

"도련님은 지난번에 쇤네 집에 가실 때 여자를 데리고 가셨죠. 쇤네는 도련님께서 그 여자를 보러 가실 것이라고 생각했는데, 도련님은 그 여자의 안부를 한 번도 묻지 않으셨습니다."

촬착의 말에 항천취는 가슴이 아렸다. 결국 한마디를 하고야 말았다.

"그 얘기는 꺼내지도 말게. 그때 일을 생각하면 자네가 미워 죽을 것 같아."

촬착이 헤헤 웃으면서 말했다.

"도련님께서 몸져누우셔서 일본에 못 가신 건데 쇤네에게 무슨 잘못이 있다고 그러십니까?"

이미 다 지나간 일이었다. 게다가 항천취는 과거에 연연해하는 사람이 아니었다. 그래서 한숨을 쉬면서 말했다.

"자네가 뭘 알겠나? 자네가 고자질한 덕분에 내가 억지로 등 떠밀려 결혼을 했잖은가. 어휴, 새파란 나이에 가문의 중임을 떠맡다니, 이게 뭔가? 자네도 잘 알겠지만 나는 누군가를 책임져야 하는 건 딱 질색인데 말이야. 지금은 코 꿴 송아지 신세가 돼버렸어."

"억지로 하는 게 꼭 나쁜 일만은 아니지 않습니까. 사람이 살면서 어떻게 구름 위를 떠다니듯 자기 하고픈 대로만 하면서 살겠습니까?"

촬착은 자신이 항천취와 가까운 사이라는 사실을 믿고 그러는지 제법 훈계를 늘어놓았다.

"누가 구름 위를 떠다니고 싶다고 했나? 나는 다만 숨이라도 좀 쉬면서 살고 싶을 뿐이네."

항천취가 불쾌한 어조로 말을 이었다.

"자네 아씨(심록애)는 마치 호주湖州에서 굴러온 단단한 벽돌처럼 하루 종일 나를 숨도 못 쉬게 눌러놓는다네. 마치 내가 전생에 그 여자에게 큰 빚이라도 진 것처럼 말이야."

"에이, 그럴 리가요."

촬착이 당황한 표정으로 덧붙였다.

"선녀처럼 어여쁜 아씨가 그럴 리 없어요. 도련님은 눈에 넣어도 아깝지 않을 부인을 두고 무슨 그런 험한 소리를 하십니까?"

항천취가 촬착의 싯누런 이빨 사이로 나온 '선녀 같은 여자'라는 말을 듣고는 피식 실소를 터트렸다.

"촬착, 자네도 여자에 대해 이러쿵저러쿵 평가할 줄 아는가? 내 시중을 들더니 덩달아 나쁜 버릇에 물들었네그려. 자네 마누라에게 확 일러버릴까?"

촬착은 예의 순진무구한 웃음을 짓고는 손가락으로 앞에 보이는 산문山門을 가리키며 말머리를 돌렸다.

"차는 저기에 세우죠. 호포사虎跑寺는 바로 위에 있어요."

항천취는 중국 고대 문인들이 주장한 대로 물에 대한 중요성을 계승하고자 노력했다. 이들은 대부분 범신론의 경향을 지닌 시인들이었다. 또 자연계의 모든 것과 이심전심의 친화력을 갖고 있던 사람이었다. 나아가 물 숭배자이기도 했다.

유교의 시조인 공자는 물의 특성을 덕德, 의義, 도道, 용勇, 법法, 정正, 찰察, 선善, 지志의 아홉 가지에 비유했다. 이는 유가儒家의 물이라고 할 수 있었다. "창랑滄浪의 물이 맑으면 (내 소중한) 갓끈을 씻고, 창랑의 물이 흐리면 (내 더러운) 발을 씻네"라는 시구에 딱 들어맞는 물이었다. 또 "산에서 나와 불철주야 바다로 흘러드니 치국평천하의 근본이로다"라는 글과도 맥락을 같이 한다고 볼 수 있었다.

도가道家의 대표 인물이자 요순시대의 현인인 허유許由는 산속의 물로 귀를 씻은 일화로 유명하다. 그는 "샘은 산속에 있을 때는 맑지만 산에서 나오면 탁해진다"라고 했다.

다성 육우는 또 《다경》에 이렇게 기록하기도 했다.

> ……차를 우릴 물은 산수山水가 상등품, 강물이 중등품, 우물물이 하등품이다. 산수는 젖샘과 돌샘에서 천천히 흐르는 것이 상등품이다. 폭포처럼 세차게 흐르거나, 소리를 내면서 소용돌이치는 물은 마시면 안 된다. 그런 물을 오랫동안 먹으면 목에 병이 생긴다. 산골짜기에 고여 흐르지 않는 물은 비록 맑다 할지라도 여름부터 가을까지 물속에 뱀이나 전갈의 독이 쌓여 있을 수 있다. 때문에 이 물을 마시려면 먼저 나쁜 것을 흘려보내고 새로운 물이 졸졸 흐르게 한 후 떠야 한다. 강물은 사람들이 사는 곳에서 멀리 떨어진 것을 선택하고, 우물물은 자주 사용하는 것을 선택한다…….

중국 다인茶人들 중에는 책을 저술한 사람도 적지 않다. 그중에 비교적 유명한 사람으로는 당나라 때의 장우신張又新을 꼽을 수 있다. 장원壯元 출신인 그는 〈전다수기〉煎茶水記라는 글을 써서 천하의 물을 스무 등급으로 분류했는데, 이 역시 육우로부터 전수받은 것을 기록한 것이라고 한다.

여산廬山 강왕곡康王穀의 수렴수水簾水가 으뜸이요,
무석현無錫縣 혜산사惠山寺의 석천수石泉水가 두 번째라.
기주蘄州 난계석蘭溪石 아래의 물은 세 번째요,
협주峽州 선자산扇子山 하마구수蝦蟆口水가 네 번째라.
소주蘇州 호구사虎丘寺의 석천수石泉水가 다섯 번째요,
여산 초현사招賢寺 아래 교담수橋潭水가 여섯 번째라.
양자강揚子江 남령수南零水가 일곱 번째요,
홍주洪州 서산西山 서동西東 폭포천瀑布泉이 여덟 번째라.
당주唐州 백암현柏岩縣 회수원淮水源이 아홉 번째요,
여주廬州 용지산龍池山 영수嶺水가 열 번째라.
단양현丹陽縣 관음사觀音寺 물이 열한 번째요,
양주揚州 대명사大明寺 물이 열두 번째라.
한강漢江 금주金州 상류 중령수中零水가 열세 번째요,
귀주歸州 옥허동玉虛洞 아래 향계수香溪水가 열네 번째라.
상주商州 무관武關 서쪽의 낙수洛水가 열다섯 번째요,
오송강吳淞江 물이 열여섯 번째라.
천태산天台山 서남봉西南峰 천장폭포 물이 열일곱 번째요,
유주柳州 원천수圓泉水가 열여덟 번째라.
동려桐廬 엄릉탄수嚴陵灘水가 열아홉 번째요,
설수雪水가 스무 번째라.

항천취의 수도水道는 뿌리가 육우에게 있었다. 그러나 명明대의 전예형田藝衡과 허차서許次紓의 사상을 계승한 면도 컸다. 이 두 사람은 모두 전당錢塘 사람으로 전자는 《자천소품》煮泉小品, 후자는 《다소》茶疏라는 책

을 집필했다. 또 전자는 벼슬을 버리고 은둔생활을 했으며, 후자는 평생 벼슬과는 연을 맺지 않았다. 이 두 사람은 항천취가 가장 경복敬服하는 사람들이었다.

전예형은 별칭이 세공 선생歲貢先生으로, 휘주徽州 훈도訓導 등 관직을 역임하다가 벼슬을 버리고 귀향했다. 붉은색 옷을 즐겨 입었다고 한다. 여자 둘을 끼고 백발을 휘날리면서 서호의 버드나무숲에서 찾아오는 손님들을 예의바르게 맞이했다고 한다. 차도 즐기고, 술도 마시면서 그야말로 신선처럼 살다 갔다고 한다. 그가 쓴《자천소품》은 물에 대해 원천源泉, 석류石流, 청한清寒, 감향甘香, 의차宜茶, 영수靈水, 이천異泉, 강수江水, 정수井水, 서담緖談 등 열 가지로 분류, 매우 상세하게 서술하고 있다.

두 사람 중에서 굳이 고르라면 항천취는 전예형보다 허차서를 더 좋아했다. 허차서는 관리 집안에서 태어났다. 허차서의 부친은 광서廣西 포정사布政使를 지낸 사람이었다. 허차서는 다리를 절었고 평생 벼슬과 연을 맺지 않았다. 허차서의《다소》는 '차 마시는 때'를 "마음과 몸이 한가로울 때, 독서와 시 읊기에 지쳤을 때, 밝은 창가 깨끗한 책상을 마주할 때, 바람이 자고 날씨가 화창할 때……"라고 적고 있다. 항천취는 이《다소》를 읽을 때마다 세상 예법에 매이지 않고 하고 싶은 대로 하는 유인幽人 처사處士의 삶을 동경했다.

조기객은 과거 항천취를 만날 때면 항상 '치국평천하'의 유교 사상만 역설했었다. 항천취가 '노장'老莊(노자와 장자)의 '노'자만 꺼낼라 쳐도 단칼에 잘라버리고는 했다.

"너는 아직 은퇴를 논할 자격이 안 돼."

조기객의 논리는 간단명료했다.

"홍중회의 교리에 따르면 공을 이룬 후 은퇴해도 된다고 했어. 이 말인즉슨 은퇴하려면 먼저 공을 이뤄라 이거야. 국가와 민족을 위해 아직 쥐꼬리만 한 공도 세우지 못한 사람이 벌써 소요유逍遙遊를 운운하다니, 세상 사람들의 웃음거리가 되고 싶어?"

딱히 반박할 말을 찾지 못한 항천취는 음풍농월을 논하려던 생각을 집어치우고 억지로 혁명에 대한 얘기를 할 수밖에 없었다. 그런 조기객도 이제는 없겠다, 항천취가 마음속으로 어떤 생각을 하고 있는지 관심을 가지는 사람은 이제 아무도 없었다. 사실 항천취는 언젠가부터 다서茶書를 쓰고 싶다는 생각을 종종 했다. 제목도 이미 생각해 놓았다. 《망우다설》忘憂茶說. 이 얼마나 멋진가!

서로 얘기를 주고받는 사이에 항천취와 촬착 두 사람은 어느새 대자산大慈山 백학봉白鶴峰 아래에 도착했다. 산문에 들어서자 깊은 산속으로 통하는 석판길이 나타났다. 주위는 산과 고개들이 첩첩이 겹쳐져 있었다. 또 고목들이 우거져 시원한 그늘을 드리우고 있었다. 발아래에는 은띠 같은 냇물이 졸졸 정답게 흐르고 있었다. 날은 완전히 밝았다. 항천취는 빈손이었으나 촬착은 커다란 물통을 어깨에 메고 있었다. 그 상태로 둘은 나란히 산길에 들어섰다.

두 번째 산문을 지나자 샘물 소리가 더 크게 들려왔다. 마음이 급해진 항천취는 촬착을 앞질러 부리나케 뛰어갔다. 촬착은 그런 항천취의 뒤를 따르면서 혼잣말로 중얼거렸다.

"거 참 이상하네. 하고 많은 물 중에 하필이면 이곳 물이 좋다고 하니 참말로 호랑이가 파낸 샘이라는 말인가?"

"그런 뜬구름 잡는 소리는 하지도 말게."

항천취가 신바람이 나서 산길을 오르면서 촬착에게 설명을 하기 시작했다.

"선인들은 '서호의 샘 중에 호포가 으뜸이고, 서산의 차 중에 용정차가 최고'라고 하셨네. 이곳의 물이 으뜸으로 평가받는 이유는 산 덕분이거늘 사람들은 뜬금없이 용이니, 범이니, 신선이니 하는 것들을 내세워 산 본연의 가치를 무시하고 있다네."

항천취의 말은 틀린 것이 아니었다. 서호를 에워싼 산의 토양을 보면 표층 아래에 투수성이 매우 높은 석영사암石英砂岩이 깔려 있어 빗물이 스며들면서 수많은 동굴과 명천名泉이 만들어졌다. 실제로 호포천의 물 1되에 들어 있는 라돈 지수는 26으로, 시중에서 파는 생수의 라돈 함유량의 2배에 달했다. 차를 우려내기에 최적이라고 할 수 있었다.

두 사람은 곧 호포사에 도착했다. 별로 크지 않은 절이지만 나름 우아하고 고상한 정취가 느껴지는 곳이었다. 그 절 중심에 있는 샘이 바로 호포천이었다. 샘구멍은 대략 66센티미터 정도이고, 돌 사이로 맑은 샘물이 퐁퐁 솟아나고 있었다. '호포천'虎跑泉이라는 웅혼한 세 글자가 샘 뒷벽에 새겨져 있었다. 서촉西蜀 시대 서예가 담도일譚道一의 필적이라고 했다. 샘 앞에 네모난 못을 파고 돌난간으로 둘레를 막았다. 난간 옆에는 푸른 소나무와 갖가지 꽃들이 심어져 있었다. 못 주위로 첩취헌疊翠軒, 계화청桂花廳, 적취헌滴翠軒, 나한정羅漢亭, 비옥碑屋, 종루鐘樓 등의 건물이 빙 둘러서 있었다. 적취헌 뒤에는 서대전西大殿과 관음전, 서쪽에는 천왕전, 대웅보전, 제조탑원濟祖塔院과 능암루稜岩樓 등이 있었다.

항천취가 주위 경치를 둘러보며 감탄했다.

"그 옛날 호랑이들이 뛰놀던 곳에 맑은 샘물이 생겨나 세상과 더불어 사람들을 이롭게 하는구나."

항천취는 손으로 물을 떠서 한 모금 쭉 들이켰다. 달고 시원한 물이 목구멍을 넘어가는 느낌이 그야말로 신선이 부럽지 않았다. 물을 마시고 난 그가 부산하게 소리를 질렀다.

"촬착, 깜빡하고 물 뜨는 대나무 국자를 안 가져왔어."

항천취의 말이 끝나자마자 누군가가 항천취 앞에 대나무 국자를 불쑥 내밀었다. 항천취는 반색을 하며 손을 내밀어 국자를 잡아당겼다. 그런데 국자가 꼼짝도 하지 않았다. 그제야 그는 고개를 들었다. 국자를 들고 있는 사람은 뜻밖에도 비구니 차림을 한 젊은 여자였다. 완전히 삭발하지는 않은 것으로 보아 절에 들어와 수행하는 비구니인 것 같았다.

항천취는 황망히 샘물가에서 몸을 일으키면서 두 손을 합장했다. 비구니를 향해 몸을 조금 숙이면서 염불도 외웠다.

"아미타불, 스님의 선심善心 고맙습니다."

인사를 마친 항천취는 다시 손을 내밀어 국자를 잡았다. 그러나 이번에도 국자는 미동도 하지 않았다. 항천취는 이상한 생각이 들어 국자를 놓고 비구니의 얼굴을 자세히 살펴봤다. 항천취를 향해 씁쓸한 웃음을 짓는 비구니의 얼굴이 어쩐지 눈에 익은 것 같기도 했다.

"도련님, 저를 못 알아보시겠어요?"

항천취는 손가락으로 여자를 가리키면서 실성한 듯 부르짖었다.

"너, 너 꼴이 이게 뭐야?"

비구니 차림의 여자는 다름 아닌 반년 전에 항천취가 구해줬던 홍삼이었다. 사찰 부엌에서 큰 사발을 들고 나오던 촬착도 홍삼을 보고 깜짝 놀랐다.

"홍삼, 너 아직 안 갔어?"

"지금 가려던 참이에요."

"어디 가? 나는 왜 아무것도 모르고 있어?"

대로한 항천취는 국자를 빼앗아 물에 던져버리고 두 사람을 다그쳤다.

"사실대로 말하지 못해?"

촬착은 항천취의 호통에 당황한 듯 쩔쩔맸다.

"너는 왜 하필 지금 나와서 일을 복잡하게 만드는 거야?"

그러나 촬착이 그렇게 홍삼을 원망해봤자 아무 소용이 없었다. 자초지종은 대략 이랬다. 촬착의 마누라는 입하가 지난 후 항씨 부인 임우초에게 문안인사를 갔다가 얼떨결에 홍삼에 대한 일을 털어놓고 말았다. 임우초는 당시에는 가타부타 아무 말이 없었다. 그리고는 항천취의 혼사를 며칠 앞둔 어느 날, 촬착을 조용히 불렀다.

"내가 돈을 줄 테니 홍삼이라는 그 계집을 호포 근처의 사찰로 보내게. 전생에 지은 죄가 무거워서 그런 거니 석 달 동안 재계하면서 부처님을 경건하게 공양하라고 하게."

순박하고 천진한 홍삼은 이 말을 전해 듣고는 울음을 터트렸다. 홍삼은 촬착 집에 머물면서 마치 폭풍우 속을 헤매다가 쉴 곳을 찾은 작은 새처럼 겨우 몸과 마음을 추스른 상태였다. 촬착 내외는 워낙에 순박하고 착한 사람들이었다. 게다가 홍삼은 주인집 도련님이 맡겨놓은 여자다 보니 함부로 대하지 못했다. 아무튼 홍삼은 눈물을 흘리며 억지로 절로 갔다. 그러나 청등고불青燈古佛 앞에서 두 달 동안 수행을 하노라니 이곳도 그리 살지 못할 곳은 아니라는 생각이 들었다. 꼬박꼬박 세 끼 밥도 주고, 따뜻한 방에서 재워 주고, 억지로 기예를 연마하지 않아도 되고, 게다가 때리는 사람도 없으니 그런대로 만족스러운 나날이었다.

그러나 '호시절'은 오래 가지 않았다. 반달 전에 가흥嘉興에서 늙은 비구니 한 명이 불쑥 찾아왔다. 비구니는 오자마자 바로 '출가出家하지 않으면 안 되는 운명'이라면서 홍삼을 데리러 왔다고 했다. 게다가 다짜고짜 누에실로 짠 비구니 승복을 홍삼에게 입혔다. 지금까지 '반항'이 뭔지도 모르고 살아온 홍삼은 자기 신세가 한탄스러워 울음을 터트렸다. 홍삼은 까막눈이었다. 심지어 자신의 이름자도 쓸 줄 몰랐다. 다행히 어릴 때부터 극단에서 모진 고생을 하면서 자라왔기에 어지간한 고생은 무섭지 않았다. 결국 홍삼은 운명에 순응하기로 마음먹고 늙은 비구니를 따라 나섰다.

홍삼이 호포사에 도착한 것은 사흘 전이었다. 사부의 말에 따르면 오늘 가흥으로 떠날 것이라고 했다.

홍삼은 아침 일찍 일어났다. 세수를 하고 머리를 빗은 다음 샘물가로 갔다. 거울이 없어서 샘물에 얼굴을 비춰보려는 것이었다. 아름다움을 추구하는 것은 자연스러운 여자들의 본성이 아니던가. 그런데 운명인지 인연인지, 홍삼은 뜻밖에도 샘물가에서 예전의 '구명은인'과 극적으로 조우했다.

항천취는 너무 화가 나서 머리카락이 곤두설 지경이었다. 어쩌면 다들 자기를 속이고 이토록 황당무계한 짓을 벌였다는 말인가. 너무 흥분이 되어 말도 제대로 나오지 않았다.

"촬착, 촬착. 자네가 이런 사람인 줄은 몰랐네. 촬착, 자네가 어찌 나에게 이럴 수 있나?"

촬착은 억울하고 답답한 듯 울상이 되어 대답했다.

"도련님께 말하면 안 된다고 마님께서 단단히 못을 박으셨어요. 도련님이 아시면 큰일난다 하셨어요. 마님도 다 홍삼을 위해 그러신 거예요. 홍삼이 항주를 안 떠나면 언젠가는 운중조에게 잡혀간다고 하셨어요……."

항천취는 활착의 변명은 귓등으로도 듣지 않고 이번에는 홍삼에게 다그치듯 물었다.

"바보 같은 계집애, 왜 나를 찾아오지 않았느냐? 십리 길이 그리도 멀더냐?"

홍삼이 금방이라도 울 것 같은 표정으로 손사래를 쳤다.

"제 주제에 어떻게 감히……."

"너는 삭발이 무엇을 의미하는지 아느냐?"

홍삼이 고개를 설레설레 저었다. 아이처럼 순진무구한 표정이 보는 사람으로 하여금 더욱 불쌍한 마음을 불러일으켰다.

"늙은 비구니가 너를 어디로 데려간다고 하더냐?"

홍삼이 잠깐 생각하더니 대답했다.

"사부께서 말씀하시길, 평호平湖라는 곳에 있는 암자로 간대요. 그곳에는 제 또래 여자들이 많대요. 또 말씀하시기를, 그쪽은 부두와 가까워서 사람들로 북적거리고 여기보다 훨씬 더 재미있다고 하셨어요."

항천취는 홍삼의 말을 듣자 발을 구르며 소리소리 질렀다.

"활착, 이 죽일 놈. 비구니 암자는 개뿔, 네놈 때문에 홍삼이 하마터면 불구덩이에 들어갈 뻔했잖아."

항천취가 그렇게 하늘이 낮다 하고 화를 낸 데는 그럴 만한 이유가 있었다. 만청晩淸 이래로 강남 지역은 점점 더 번화해졌다. 개항장이 즐비하게 늘어서고 오고가는 사람들로 인산인해를 이뤘다. 이 당시의 상황은 소설《노잔유기》老殘遊記를 보면 잘 알 수 있다. 당시 강남에는 곳곳에 비구니 암자가 있었다. 그러나 이곳은 속된 말로 '입으로는 아미타불을 외치고 뒷구멍으로는 매춘을 하는 음란 소굴'이었다. 항천취는 홍삼의 말을 듣고 그녀가 끌려갈 뻔했던 곳이 어떤 곳인지 대충 짐작이 갔던 것이다.

활착과 홍삼은 항천취의 말을 듣고 너무 놀라 낯빛이 하얗게 질렸다. 홍삼은 다리가 떨려 제대로 서 있지도 못했다. 활착이 이마에 흥건한 땀을 닦으면서 말했다.

"도련님, 쇤네는 정말 몰랐습니다. 쇤네가 죽일 놈입니다."

항천취는 벌벌 떠는 두 사람 앞에서 영웅이 된 기분이 들었다. 그래서 호기롭게 말했다.

"이제는 걱정 안 해도 돼. 나 항천취는 망우차장의 주인이야. 이제부터 내가 시키는 대로만 하면 돼. 활착!"

항천취가 손가락으로 활착의 코끝을 가리켰다.

"자네는 늙은 비구니한테 가서 내 말을 전하게. 홍삼은 아비로부터 버림받은 걸 내가 거둬주기로 하고 데려온 거라고 말이야. 이 돈은 노자에 보태라고 하게. 그리고 다시는 홍삼 옆에 얼씬거리지 말라고 하게."

항천취가 홍삼의 비구니 승복 옷깃을 툭툭 건드리면서 말했다.

"얼른 가서 옷 갈아입어. 멀쩡한 여자가 이게 무슨 꼴이야?"

예의 붉은 옷으로 갈아입고 땋은 머리를 하고 나온 홍삼은 완전히 딴 사람 같았다. 좁고 가녀린 어깨, 얼굴로 자연스럽게 흘러내린 가늘고 부드러운 머리카락, 버드나무 숲속의 샘처럼 촉촉하고 맑은 눈, 뾰족한 턱, 한 팔로 끌어안아도 품에 쏙 들어올 것 같은 가녀린 몸매……. 어느 하나 나무랄 곳이 없었다. 게다가 그녀는 키도 아담하니 작았다. 그러다 보니 홍삼의 옆에 서 있는 항천취는 자신이 마치 무협지에 등장하는 늠름한 협객이라도 된 것 같았다. 볼 때마다 건장한 말을 연상케 하는 심록애와는 사뭇 다른 느낌이었다. 항천취는 저도 모르게 두 여자를 비교하고 있는 자신을 발견하고는 소스라치게 놀랐다. 솔직히 이곳이 청정한 불문佛門 사찰만 아니었다면 벌써 홍삼을 끌어안았을지도 몰랐다.

항천취는 갑자기 홍삼의 웃는 모습이 궁금해졌다. 그래서 방금 전 촬착이 가져온 사발에 샘물을 가득 채웠다. 그리고는 동전 한 닢을 홍삼에게 주면서 말했다.

"홍삼, 너 이걸로 묘기를 부려 보거라."

홍삼은 고분고분 동전을 받아 쥐었다. 그리고는 조심스럽게 쪼그려 앉으면서 동전을 비스듬히 사발 안으로 밀어 넣었다.

"도련님, 저는 볼 때마다 신기해요. 사발 아가리 위로 물이 반 치 넘게 올라왔는데도 넘쳐흐르지 않다니, 이건 틀림없이 영험한 호랑이가 파낸 샘물이어서 그럴 거예요. 도련님, 참 신기하죠?"

홍삼은 정말로 궁금하다는 듯 항천취의 대답만 기다리고 있었다. 눈물방울이 대롱대롱 맺힌 눈으로 순진무구하게 쳐다보는 여자의 눈빛에 항천취는 오랜만에 깊은 감동을 받았다. 그는 마치 학당에서 서양인 교사에게 말하듯 차근차근 세세하게 설명하기 시작했다.

"내 말 명심해. 이 세상 만사만물은 모두 '도'道로 설명할 수 있는 거야. 귀신이니, 신선이니 하는 것들은 모두 뜬구름 잡는 헛소리에 불과해. 이 호포천의 물만 봐도 그래. 이 물은 석영사암으로부터 스며 나온 물이라 마치 여과된 것처럼 미네랄이 매우 적지. 그리고 물분자 밀도가 높고 표면 장력張力이 커서 물이 부풀어 오르되 넘치지 않는 거야. 선인들 중에 정립성丁立誠이라는 사람이 〈호포수시전〉虎跑水試錢이라는 글을 썼는데, 한번 들어볼래?"

홍삼이 연신 고개를 끄덕였다. 신이 난 항천취가 자리에서 일어나더니 팔자걸음을 걸으면서 시를 읊어 내려갔다.

국자 한 가득 호포천의 물을 뜨니,

백전百錢이 물 위에 동동 뜨네.

물 한 방울도 넘쳐흐르지 않으니,

산속의 샘이 옥액玉液으로 뭉쳐졌나 보네.

"어때?"

"좋아요!"

사실 까막눈인 홍삼은 시의 의미를 제대로 알아듣지 못했다. 다만 "좋아요"라고 말하지 않으면 안 될 것 같아서 그렇게 대답한 것이었다. 홍삼이 다시 한마디 덧붙였다.

"물에도 이렇게 깊은 학문이 있는 줄은 몰랐어요."

더욱 신이 난 항천취가 다시 청산유수처럼 물에 대해 늘어놓았다.

"차를 우리는 물은 다음과 같은 몇 가지가 중요해. 지금부터 내가 하는 말을 잘 기억해. 조금 있다 시험을 볼 테니."

"첫 번째는 깨끗해야 해. 두 번째는 흐르는 물이어야 하지. 세 번째는 가벼워야 해. 네 번째는 달아야 하고, 다섯 번째는 맑아야 하지. 너 '고빙자명'敲冰煮茗이라는 옛날 얘기 들어봤어?"

홍삼이 고개를 저었다.

"당나라 선비 왕휴王休가 태백산太白山에 은거해 있을 때 겨울만 되면 냇가의 얼음을 가져다 녹인 물로 차를 우려서 손님들을 대접했다는 일화에서 유래한 거야.《홍루몽》은 들어봤어?"

홍삼이 이번에는 고개를 끄덕였다.

"그럼 '가보옥賈寶玉은 농취암櫳翠庵에서 차를 맛보고, 유劉 노파는 이홍원怡紅院에서 취해 눕다'라는 얘기도 들어봤겠네?"

홍삼이 고개를 저었다.

"그럼 묘옥妙玉이 누구인지는 알아?"

홍삼이 미간을 잔뜩 찌푸리면서 기억을 더듬어내려고 애썼다.

"출가인出家人 묘옥은 암자에서 설수雪水로 차를 우려 손님들을 대접했대. 매화에 내려앉은 눈꽃을 모아서 땅속에 5년 동안 파묻어뒀다가 그 물로 차를 우려서 가장 귀한 손님들께 드렸대. 묘옥은 '첫 잔은 차의 맛을 음미하는 것이요, 두 번째 잔은 갈증을 해소하는 것이요, 세 번째 잔은 소나 노새처럼 들이키는 것이다'라고 했잖아."

홍삼이 피식 웃음을 터트렸다.

"그럼 저는 예전에 소나 노새였겠네요. 우리들처럼 강호를 떠도는 사람들은 두 잔, 석 잔이 아니라 열 잔도 너끈히 마실 수 있는 걸요. 그만큼 땀을 많이 흘리니까요."

"그건 옛날 얘기야. 이후부터 네가 땀을 많이 흘릴 일은 없을 테니 걱정 마. 너도 우아하게 차를 마시는 법을 배우게 될 거야."

항천취와 홍삼은 돌난간에 기대 도란도란 얘기꽃을 피웠다. 이때 촬착이 대전大殿에서 나오면서 항천취에게 말했다.

"도련님, 늙은 비구니가 도련님을 뵙고 싶답니다."

"돈은 받던가?"

"돈은 받았습니다. 도련님께 드릴 말씀이 있답니다. 이후로 홍삼이 죽든 살든 자기하고는 아무 상관이 없답니다."

항천취가 홍삼을 잡아끌면서 호기롭게 말했다.

"내려가자!"

"비구니는 안 만나요?"

촬착이 물었다.

"남자도 아니고 여자도 아닌 그따위 인간을 만나서 뭘 해? 그것들은 여자라 불릴 자격도 없어."

성격이 무던한 쵈착은 항천취가 홍삼이 들으라고 일부러 심한 말을 했다는 것을 알지 못했다. 항천취는 홍삼을 부축해 함께 인력거에 올라탄 후 쵈착에게 분부했다.

"후조문으로 가게. 차청 아저씨한테 홍삼이 머물 곳을 마련해달라고 할 테니. 안 그래도 일손이 부족하다 했는데 차라리 잘 됐어."

인력거는 사람이 둘이나 탄 데다 샘물을 가득 담은 물통까지 실었으니 올 때보다 갑절 이상 무거웠다. 쵈착의 헐떡거리는 숨소리는 더욱 거칠어졌다. 그런데 그것은 힘들어서가 아니었다. 어찌된 일인지 쵈착은 폭우가 쏟아지던 어느 날 밤 푸른빛을 발하던 오차청의 눈이 느닷없이 뇌리에 떠올랐다.

쵈착은 가끔 고개를 돌려 두 젊은 남녀의 행동을 훔쳐봤다. 물통은 두 사람의 다리 사이에 놓여 있었다. 항천취는 이따금 고개를 숙여 물에 비친 자신의 얼굴을 보다가 다시 홍삼을 시켜 물에 얼굴을 비추게 했다. 두 사람이 서로 머리를 바싹 붙이고 하하호호 즐겁게 웃는 웃음소리가 쵈착의 귀를 계속 간질였다.

쵈착은 아무리 생각해도 이해할 수 없었다. 도련님은 왜 아씨하고 함께 있을 때는 이렇게 즐거워하시지 않는 걸까? 아랫것들은 도련님과 아씨가 아직 합방도 안 했다고 수군거리고 있었다. 도련님 눈에는 아씨가 예뻐 보이지 않는 걸까? 아무리 봐도 아씨가 홍삼보다 백배는 더 아름다운데…….

평소에 집에서는 잔뜩 주눅이 들어 연신 하품만 해대던 도련님이 오늘은 웬일로 위엄이 넘치고 기운이 넘치는 걸까? 쵈착은 항천취가 손짓발짓까지 해가면서 청산유수로 열변을 토하는 모습을 처음 봤다. 또 항천취 옆에 바싹 붙어 앉은 홍삼은 황송한 표정으로 항천취의 얘기를 열심히 들어주고 맞장구를 쳐주고 있었다. 언제 꼈는지 홍삼의 손가락에서는 에메랄드 반지가 반짝반짝 빛나고 있었다.

촬착은 숨죽여 탄식을 내뱉었다.

'돌아가서 아씨에게 뭐라고 말씀드려야 하지? 도련님도 어쩌면 빼다 박은 것처럼 선친과 똑같은 일을 할까?'

제13장

항주 동남쪽 숭신문崇新門 밖에 있는 남북토문南北土門과 동청문東青門 밖에 있는 패자교壩子橋는 800년 전 송나라 때부터 차를 팔고 사는 다시茶市였다. 오차청은 후조로候潮路 후조문候潮門 망선교望仙橋 부근에 당초의 계획대로 가게를 임대한 후 점원들을 고용해 '망우차행'忘憂茶行을 차렸다. 이제 청명이 되면 이곳에서 차를 파는 사람 '산객'과 사는 사람 '수객' 사이의 활발한 거래가 이뤄질 터였다.

눈썰미가 있는 사람들은 겉으로는 오차청이 '딴살림'을 차린 것처럼 보이나 실상은 '망우차행'이 망우차장의 지점에 해당한다는 사실을 잘 알고 있었다. 왕년에는 차 재배농들이 직접 찻잎을 망우차장에 가져오면 오차청이 등급을 매겨 구매하거나 오차청이 직접 차 산지에 가서 구입해오고는 했었다. 그런데 올해는 망우차행을 통해 망우차장에 차가 공급되는 형태로 바뀐 것이다.

임우초가 한숨을 쉬면서 오차청에게 말했다.

"꼭 그렇게 하셔야만 할까요? 우리는 한집안 사람들이잖아요."

오차청이 염소수염을 쓰다듬으면서 대답했다.

"폐를 적게 끼치려고 그런 거요."

"당신이 그런 생각을 하고 계신 줄 몰랐어요."

안락의자에 꼼짝 않고 앉은 채 오차청을 쳐다보는 임우초의 눈에는 원망이 가득했다. 오차청은 개완차蓋碗茶를 들었다가 도로 내려놓았다. 그러다 임우초의 눈을 깊숙이 응시하면서 허리를 꼿꼿이 폈다.

"당신은 남자가 얼마나 무서운 존재인지 몰라."

"뭐가 무서운데요?"

"남자는 원하는 것은 반드시 손에 넣어야 직성이 풀리는 족속이오."

"여기 당신이 가지지 못하는 것이 뭐가 있어요? 지난 수십 년 동안 당신이 줄곧 항씨 가문의 주인 노릇을 해왔잖아요."

"내가 원해서 항씨 가문의 주인 노릇을 한 게 아니잖소."

오차청이 말을 이었다.

"내가 정말로 주인 노릇을 하겠다면 허락할 거요? 이 가게, 이 점포, 이 저택, 그리고 당신!"

오차청이 다시 손으로 임우초를 가리켰다.

"당신과 천취까지 모두 내 것으로 만들겠다면 허락할 거요? 망우차장의 주인이 '항'씨가 아니라 '오'씨라면 동의할 거요?"

항씨 부인 임우초가 고개를 푹 숙였다. 이윽고 고개를 쳐들더니 원망 어린 눈빛으로 오차청을 쳐다봤다.

"10년 전에는 왜 그런 말을 안 하셨어요?"

"구재가 죽기 전에 나를 두고 이런 말을 했어. 나중에 오차청이 죽으면 열 명이 드는 관에 넣어 정문으로 내보낼 거라고 말이오."

임우초는 오차청의 말뜻을 이해하지 못했는지 궁금한 눈빛으로 그를 쳐다봤다.

"구재는 나를 망우차장에서 죽으라고 저주한 거요."

오차청이 가볍게 웃었다.

"그럼 우리 다 같이 망우차장에서 죽으면 되겠네요, 뭘."

임우초는 흥분한 듯 목소리가 높아졌다.

"당신은 내 마음을 잘 알잖아요. 당신은 하늘이 나에게 보내준 남자 아닌가요? 나는 구천에 있는 구재가 나를 저주하건 말건 두렵지 않아요. 지난 몇 십 년 동안 당신이 없었더라면 나도 구재도 사람다운 삶을 못 살았을 거예요. 항씨 가문의 가업도 솔직히 이름만 항구재의 소유일 뿐 당신과 내가 일으켜 세운 거잖아요."

오차청이 임우초의 항변에 장탄식을 했다.

"이번 일은 내가 운중조와 한판 겨루고 나서 일시적인 감정으로 결정한 것이 아니오. 사실 오래 전부터 따로 나갈 생각을 해왔소. 이곳에 오래 머물면서 나 오차청의 이름이 아닌 '항씨'의 이름으로 뭐든지 다 하려니 생각이 많아지고 없던 욕심도 자꾸 생기더군. 사람의 욕심이란 끝이 없기 마련인가 보오. 이제는 천취도 다 자라서 가정을 이뤘소. 계속 이대로 가면 나하고 천취 사이에 불협화음이 생기는 건 시간문제요. 그리 되면 가운데에서 당신의 입장만 난처해질 거요. 자칫 잘못하면 평생 고생하고 이룬 것이 다 물거품이 될 수도 있소. 내 말이 맞는지 틀리는지 잘 생각해보오."

말없이 듣고 있던 임우초가 손수건을 꺼내 눈물을 훔쳤다. 오차청은 그런 임우초의 옆에 한참 서 있더니 탄식조로 말했다.

"당신은 왜 우는 거요? 당신은 '임'씨이지 '항'씨가 아니오."

세월의 흔적이 그득한 임우초의 얼굴에서 갑자기 눈물이 줄줄 흘러내렸다.

"'오'씨가 불쌍해서 울어요."

'오'씨 노인은 임우초의 말에 허리를 숙이고 컹컹 기침을 하기 시작했다. 한참 울던 임우초는 오차청의 기침이 멎지 않는 것을 보자 슬며시 고개를 들었다. 그리고는 항시 서늘한 빛을 내뿜던 오차청의 눈가에 이슬이 잔뜩 맺혀 있는 것을 발견하고야 말았다.

오차청은 차 업계에서 '숨은 고수'로 명성이 자자했다. 오차청의 망우차행을 본받아 후조로에 차행을 차리는 사람이 많아진 것도 어쩌면 당연한 일이었다. 그중에 비교적 유명한 것들로는 영파寧波 사람이 차린 장원윤莊源潤, 항주 사람이 차린 건태창乾泰昌, 해녕海寧 협석硤石 사람이 차린 원기源記, 융흥기隆興記, 공순公順, 보태保泰 등을 꼽을 수 있었다.

봄부터 여름까지 항주에는 차상인들이 운집했다. 동북 하얼빈哈爾濱의 동발합東發合, 대련大連의 원순덕源順德, 천진위天津衛의 천상泉祥, 정흥덕正興德, 원풍화源豐和, 의흥태義興泰, 경기敬記, 북경의 홍기鴻記, 제남濟南의 홍상鴻祥, 청도青島의 서분瑞芬, 유현濰縣의 복취상福聚祥, 개봉開封의 왕대창王大昌, 연태煙台의 협무덕協茂德, 복증춘福增春, 복주福州의 하동태何同泰 등의 차장에서 온 구매인들이었다.

전국 각지에서 모여들다 보니 자연스럽게 유파流派도 나뉘게 됐다. 그리하여 생겨난 것이 천진방天津幫, 기주방冀州幫, 산동방山東幫, 장구방章邱幫, 요동방遼東幫, 복건방福建幫 등의 몇 갈래였다.

장강長江 이남의 상해, 남경, 소주, 무석無錫, 상주常州 지역의 차상인들도 만만치는 않았다. 항주와 비교적 가깝게 위치한 지리적 우세를 적극 활용해 직접 후조로로 와서는 홍차와 녹차 모차毛茶를 구입해가고는 했다.

차 업계에서는 외지에서 온 차 구매인들을 '수객'이라고 불렀다. 차를 사는 사람이 있으면 파는 사람도 있게 마련이다. 차를 사는 사람이 '수객'이라면 차를 파는 사람은 '산객'이었다. 산객은 수객과 직거래를 하지 않고 차행을 통해 물건을 팔았다. 그게 차 업계의 통례였다.

그렇다면 산객들은 어디에서 왔는가?

절강성의 항주, 소흥, 영파, 금화金華, 대주臺州, 여수麗水, 온주溫州, 안휘성의 흡현歙縣, 적계績溪, 기문祁門, 휴녕休寧, 태평太平, 영국寧國, 강소성의 의흥宜興, 호북성의 의창宜昌, 복건성 북부, 강서성 동부 등 주요 차산지의 다객들이 대부분이었다.

20세기 초 항주는 남성교南星橋와 해월교海月橋 일대에 이렇듯 차상인들이 운집했다. 전당강에는 배들이 베틀에 실북 드나들듯 오갔다. 차 무역은 유례없는 엄청난 호황을 누렸다.

오차청은 청명 이후로 편하게 식사다운 식사를 하지 못했다. 망우차장에 있을 때는 점원과 하인들이 오랫동안 부려왔던 사람들이라 척하면 척이었으나 이곳에서는 그렇지 못했다. 그래서 세상만사는 시작이 어렵다고 했던가. 오차청이 새로 받아들인 일꾼 중에는 홍삼도 있었다. 오차청은 망우차행의 의식주행衣食住行을 주관하는 일을 홍삼에게 맡겼다. 강호를 떠돌던 자유분방한 여자에게 잔신경을 많이 써야 하는 일을 맡겼으니 누가 봐도 적절한 배치는 아니었다. 항천취도 속으로 내키지 않아 오차청에게 이견을 제기했다. 그러자 오차청이 말했다.

"이곳 주인이 누구냐?"

항천취는 대답이 궁해졌다. 이곳이 망우차장이 아닌 망우차행이라는 사실을 깜박했던 것이다. 그는 좋은 말로 홍삼을 달랬다.

"일단 여기 있어. 내가 바쁜 일이 끝나면 다른 곳을 알아볼게."

홍삼은 염소수염이 무서워서 싫다는 말을 못했다.

오차청이 그런 홍삼에게 물었다.

"너, 밥 할 줄 알아?"

"네."

"요리할 때 생강과 마늘과 파를 넣지 말고, 소금에 절인 생선과 건어물 요리는 절대 하면 안 된다. 알겠느냐?"

홍삼이 어리둥절한 표정을 짓자 오차청이 설명했다.

"찻잎밥을 먹는 사람은 언제나 맑고 상쾌해야 해. 사람 자체가 맑고 상쾌해야 할 뿐만 아니라 몸에서 나는 냄새도 맑고 상쾌해야 해. 자극적인 음식이나 비린 음식을 먹으면 그 냄새가 차에 배어 장사를 할 수 없단다. 믿지 못하겠으면 부엌에 차 한 봉지를 둬 봐. 사흘도 안 돼 차에서 기름 냄새와 연기 냄새가 진동할 걸."

홍삼은 그제야 알겠다는 듯 힘껏 고개를 끄덕였다.

"그리고 이제 이름도 바꿔야겠다. 예전에 밖에서 떠돌 때 쓰던 이름은 여기서 쓰기에는 어울리지 않아. 너, 다른 이름은 없느냐?"

"원래부터 이름은 없었어요. 제 부모님은 저를 버리실 때 이름을 지어주시지 않았어요. '홍삼'이라는 이름은 양부가 지어주신 거예요. 절에 있을 때 사부께서 법명을 주신다고 했는데 받지 못하고 여기 왔어요."

오차청이 항천취에게 말했다.

"네가 데려온 사람이니 네가 이름을 지어주거라."

“《시경》詩經에 ‘유녀여도’有女如荼(미녀들이 씀바귀처럼 많다)라고 했어요. ‘도’荼는 ‘차’茶와 같은 뜻으로도 쓰이니 ‘소차’小茶라고 부르는 게 좋겠어요. 옛사람들은 사랑스러운 소녀를 ‘차차’茶茶나 ‘소차’라고 불렀대요. 어때요? 차행에서 일하는 사람에게 어울리지 않아요?”

“음, 꽤 신선하고 상쾌한 이름이구나.”

오차청이 고개를 끄덕였다. 그러다 항천취가 밖으로 나가려 하자 다시 그를 불러 세웠다.

“잠깐만, 너에게 인사시켜 줄 사람이 있어.”

오차청의 말이 끝나기 무섭게 창고에서 스무 살 가량의 젊은이가 나왔다. 다름 아닌 오차청이 새로 받아들인 점원 오승이었다.

오승은 몇 년 사이에 의젓하게 자랐다. 키는 별로 크지 않으나 부리부리한 눈과 공손한 태도는 예전의 꾀죄죄하고 천방지축이던 모습과는 완전히 달랐다. 그는 벌겋게 상기된 얼굴로 주인과 대주주인 항천취에게 연신 굽실거리면서 인사했다.

오차청이 말했다.

“천취, 이제부터 망우차행에 필요한 돈을 전장錢莊(전당포)에 가서 빌려오거나 차장에 소식을 전하는 등의 업무는 이 아이가 맡게 될 거야. 차행과 차장 사이를 오가면서 잔심부름과 ‘연락원’ 역할을 하는 것이지. 나중에 잘 부리려면 더욱 확실하게 이 아이를 알아둬야 해.”

오승은 오차청에게 불려오기 전에 몇몇 외지인 수객들과 찻잎을 흥정하던 중이었다. 오차청을 따라 다니면서 막 행관行倌(찻잎을 평가해 등급과 가격을 매기는 사람) 업무를 배우기 시작한 그는 쥐꼬리만 한 지식으로 수객들을 상대하느라 진땀을 뻘뻘 흘리면서 말까지 더듬었다. 당연히 수객들은 경험이 부족하고 나이가 어린 그를 대놓고 무시했다. 천성적으로 영리하고 꾀가 많은들 이런 공부에는 하등 도움이 안 되는 법이었다. 시간을 들여 천천히 배워가는 수밖에 다른 방법이 없었다.

다행히 오승은 성격이 긍정적이고 고생을 무서워하지 않았다. 또 눈치가 빠르고 부지런했다. 다른 사람들의 비웃음에도 주눅 들지 않은 것은 물론이었다. 예전에 '차박사'茶博士로 일할 때와는 달리 말수도 많이 줄어들었다.

'그래, 이렇게 고생하다 보면 나도 차청 아저씨처럼 크게 성공할 날이 올 거야.'

오승은 자신에게 늘 그렇게 다짐했다. 가슴속에 그처럼 큰 뜻을 품으니 자신도 모르게 대범하고 차분해지는 것 같았다.

그러나 이날 오승은 여느 때와 달리 잔뜩 주눅이 들어 불안한 마음이 가라앉지가 않았다. 매판買辦(중국에 상주하는 외국상관이나 영사관 등에서 중국 상인과의 거래중개 수단으로 고용한 중국인. Comprador) 이대李大가 코쟁이 외국인들을 끌고 와서 값을 터무니없이 낮게 후려친 일로 화가 났기 때문이 아니었다. 이런 일은 오차청이 알아서 해결할 것이었다. 또 오차청에게 불려갔다가 대주주 항천취를 봤기 때문도 아니었다. 항천취가 조상들을 잘 만난 덕에 부잣집 도련님으로 대접받는 것이 어디 하루 이틀의 일인가. 오승이 만감이 교차해 마음을 진정하지 못한 것은 소차를 알아본 때문이었다. 그동안 세월이 꽤 흘렀으나 그는 여전히 첫눈에 소차를 알아봤다.

'소차가 뭐야? 홍삼이라는 이름이 뭐 어때서?'

오차청이 속으로 그렇게 구시렁거리는 오승에게 분부를 내렸다.

"위층에다 소차의 거처를 마련해줘. 주방으로 데려가 구경도 시키고."

말뜻을 보아하니 소차도 그냥 '아랫것'에 불과한 것 같았다. 오승은 당황한 와중에도 흥분을 감추지 못했다. 예전에 어린 소녀를 밀고 때렸던 기억은 까맣게 잊어버린 지 이미 오래였다. 그의 뇌리에 남아 있는 것은 오로지 공중제비를 연속 몇 바퀴 돌던 붉은 옷을 입은 계집아이뿐이었다.

오승은 기쁜 마음에 소차에게 다가가 알은체하려다가 멈칫하고 말았다. 소차를 바라보는 대주주 항천취의 눈빛이 어쩐지 예사롭지 않아 보였기 때문이었다. 느닷없이 가슴이 철렁 내려앉으며 불안감이 엄습했다.

아니나 다를까, 항천취는 한 술 더 떠서 소차의 어깨에 손을 얹더니 다정하게 말하는 것이었다.

"가봐. 요령껏 행동하고, 일할 때 다치지 않게 조심해. 내가 또 보러 올게."

오승은 불쾌하고 화가 나서 참을 수가 없었다.

'주인이라는 작자가 체통머리 없이 하녀의 어깨에 손을 얹다니, 이건 대놓고 나를 무시하는 건가?'

오승은 속으로 그렇게 중얼거렸으나 감히 화가 난 내색을 보일 수는 없었다. 그러다 고개를 숙이고는 다급한 어조로 말했다.

"큰일났습니다. 방금 코쟁이들을 데리고 왔던 이대가 말하기를, 차청 아저씨가 1등급을 매기셨던 구곡홍매九曲紅梅를 보고 그 정도 가격을 받을 수 없는 물건이라고 했습니다."

오승의 말이 끝나기 무섭게 항천취가 얼굴을 일그러뜨리면서 퉤! 하고 침을 뱉었다.

"그놈의 코쟁이 앞잡이를 냉큼 쫓아내라. 그놈이 뭘 안다고 주둥이를 나불거린대? 그놈 따위가 차를 품평한다면 차청 아저씨는 뭐가 돼?"

오차청이 눈짓으로 항천취를 제지시켰다. 그리고는 오승과 소차를 보내고 나서 다시 항천취에게 말했다.

"그럴 만한 이유가 있어. 일단 이 차가 최상품이 맞는지 아닌지 확인해 보거라."

오차청은 찻잎을 한 움큼 집어 팔선상에 펴놓은 흰 종이 위에 놓았다. 찻잎은 모양이 가늘고 활 모양으로 굽은 것이 마치 수많은 낚싯바늘들이 서로 엇물린 것 같은 특이한 형태였다. 색깔은 까맣고 윤기가 반지르르하면서 금색의 섬모가 한쪽 면에 덮여 있었다. 끓는 물에 우려낸 색깔은 산뜻한 붉은색으로, 우아한 홍매를 연상케 했다. 항천취는 비록 차장 가문에서 태어나기는 했으나 지금까지 살아오는 동안 구곡홍매는 처음 봤다.

"참으로 향기롭군요. 맛에 향이 배어 있고, 향 속에 달콤한 맛이 섞여 있군요. 차청 아저씨, 이 산뜻한 붉은색 좀 봐요, 기문홍차보다 나으면 나았지 못하지 않아요."

"음, 이제 좀 전문가다운 말을 하는구나."

오차청이 수염을 쓰다듬으면서 말을 이었다.

"몇 십 년 동안 찻잎밥을 먹은 내가 교회 잡역부인 이대보다 평차評茶를 못할 것 같으냐?"

오차청이 말을 마치고는 요즘 수상쩍은 일이 벌어지고 있다면서 항천취에게 얘기를 들려줬다. 며칠 전부터 이대를 비롯한 매판들은 서양인과 일본인 차상인들을 데리고 후조로 일대의 차행들을 어슬렁거리면서 무작정 값을 깎아내리기 시작했다. 그러자 이때쯤이면 벌써 차를 구입해 갔을 일부 단골 고객들도 강 건너 불 보듯 하면서 관망하기만 했다. 이런 변수가 생기리라고는 꿈에도 생각 못한 차행 사장들은 예년과 마찬가지로 산객들로부터 충분한 양의 춘차春茶를 구매해놓고 수객들을 기다렸다. 원래 '차'라는 물건은 오래 보관할 수 없는 것이다. 보관하는 시간이 길면 길수록 가격이 떨어지기 때문이었다. 결국 후조로 일대의 차행에는 팔리지 않은 차가 산더미처럼 쌓이는 불상사가 생기고 말았다. 이 와중에 제일 애가 타는 것은 차 재배농들이었다. 차행의 차가 팔리지 않으니 산객들도 어쩔 도리가 없었기 때문이었다. 1년 동안 힘들게 일한 노고가 자칫 물거품이 될 수도 있는 상황이었다.

그러나 후조로 일대의 차행 중 유독 오차청의 망우차행만큼은 이상한 기류에 동요하지 않고 고급차를 계속 사들였다. 도무지 이해가 되지 않는 행동이었다. 동료들이 그 이유를 묻자 오차청이 냉소를 지으면서 말했다.

"당신들만 밥을 먹고 차를 재배하는 다농들은 밥을 안 먹어도 되는 거요? 다농들이 죄다 굶어죽으면 당신들은 그 다음부터 뭘 해서 먹고 살 거요? 코쟁이들은 그놈의 아편으로 우리 찻잎을 바꿔가는 것도 모자라 이제는 우리 주머니에 있는 동전마저 깡그리 털어가려고 혈안이 돼 있소. 당신들은 그깟 돈 몇 푼에 눈이 멀어 코쟁이들의 노예가 되고 싶은 거요?"

다른 차행의 사장들은 오차청의 말에 크게 힘을 얻었다.

"그래, 하늘이 무너져도 듬직한 오차청이 떠받쳐줄 거야."

양측은 이렇게 창고에 차를 가득 쌓아놓은 채 대치상태에 들어갔다. 어느 한쪽이 먼저 항복하기만을 기다리는 중이었다.

자초지종을 알게 된 항천취는 적이 놀랐다. 물론 그는 어떤 일이 있어도 오차청의 편이었다. 항천취가 말했다.

"차청 아저씨, 아저씨의 소신대로 지금껏 해 오셨던 대로 얼마든지 좋은 차를 구매하세요. 사람들이 싫다면 그만이에요. 우리 망우차장에서 전부 받겠습니다."

오차청은 가슴이 벅차 코끝이 찡해졌다. 이윽고 그가 낮은 소리로 말했다.

"마음을 써줘서 고맙다. 너도 갓 인계받아 많이 힘들 텐데."

"별말씀을요. 군자는 재물을 취함에도 도가 있다고 했잖아요."

말을 마친 항천취가 오차청의 눈을 바라봤다. 그러다 흠칫 놀랐다. 오차청의 눈빛이 놀랍게도 항천취 자신의 눈빛과 꼭 닮았던 것이다.

이때 오승이 또 들어왔다.

"서양인들이 너무 오래 기다리게 한다고 짜증을 내요."

오승의 말이 끝나기 무섭게 땅딸막한 사내 한 명이 들어왔다. 바로 이대라는 매판이었다. 그는 오차청과 항천취에게 예의바르게 서양식 경례를 하고 나서 입을 열었다.

"소인 이약한李約翰은 영국에서 오신 차상인 로렌스 선생의 대리인입니다. 사장님과 직접 만나서 의논하려고 찾아왔습니다."

"자네는 천수교天水橋 예수교회 골목에 살고 있는 이대 아닌가? 교회 잡역부로 일하던 자네가 언제부터 서양 이름으로 바꾸고 서양 밥을 먹게 됐는가?"

항천취는 "서양 방귀를 뀌게 됐는가?"라는 말이 목구멍으로 튀어나오려는 것을 억지로 꾹꾹 참았다. 지식인 체면에 저속한 말을 하기가 그랬던 것이다.

이대는 처음 보는 젊은 남자가 대놓고 서양인을 무시하는 것을 보고 속으로 적이 언짢았다. "당신이 누구인데 말을 함부로 하는 거냐"면서 막 따지려는 찰나 항천취가 먼저 입을 열었다.

"나는 항일杭逸이오."

이대는 항천취의 이름을 듣고 적이 놀란 눈치였다.

'망우차장의 어린 주인이 눈에 뵈는 게 없이 기세등등하다더니 과연 소문대로구나.'

잡역부 출신인 이대는 미꾸라지처럼 약고 노련한 인물이었다. 그는 오차청과 항천취와 더 길게 얘기해봤자 본전도 못 건질 것임을 짐작하고는 구실을 찾아 빠져나갈 기회만 엿보고 있었다. 그런데 이때 이대의 주인인 로렌스 선생이 지팡이를 들고 눈치 없이 "헬로우!"를 연발하면서 안으로 들어서는 것이 아닌가. 더 이상 빠져나갈 구멍이 없게 된 이대는 속수무책으로 그 자리에 서 있었다.

로렌스는 오차청과 구면이라면 구면이었다. 며칠 전부터 망우차장을 뻔질나게 드나들면서 구곡홍매 가격을 깎지 못해 안달을 했기 때문이었다. 영어를 모르는 오차청은 로렌스와 말이 통하지 않아 이대의 도움을 받을 수밖에 없었다. 그때마다 이대는 그다지 유창하지 않은 영어로 뭐라고 '쏼라쏼라' 통역을 해댔다. 그러나 이놈이 중간에서 무슨 꿍꿍이를 꾸미는지는 모르는 일이었다. 지금도 그랬다. 주인과 노복 둘이서서 한 사람이 "No, No, No" 하면 다른 사람이 "Yes, Yes, Yes" 하면서 뭐라고 자기들끼리만 알 수 없는 말을 주고받았다. 옆에서 지켜보는 오차청은 짜증이 나서 견딜 수가 없었다. 그는 이미 강소성 남부 일대의 단골고객들과 흥정을 끝낸 상태였다. 그들은 며칠 후에 물건을 가져가겠다고 약속했다. 로렌스에게는 전혀 볼일이 없었다. 그렇다고 나이 지긋한 사람이 젊은 사람처럼 버릇없게 행동할 수도 없었다. 오차청은 울며 겨자 먹기로 로렌스에게 대범한 모습을 보일 수밖에 없었다.

"항 선생, 오 선생! 두 분 호한好漢의 존함은 많이 들었습니다."

뜻밖에도 로렌스가 먼저 두 사람을 향해 중국식으로 읍을 하고는 중국어로 인사를 했다. 항천취는 학당에서 영어를 배우고 외국인을 많이 만나봤었다. 따라서 영어가 썩 유창한 것은 아니나 이대보다는 한 수 위였다. 그가 거두절미하고 영어로 로렌스에게 물었다.

"할 얘기가 있으면 해보시오."

로렌스는 항천취가 영어로 말하는 것을 듣고는 얼굴에 희색을 띠었다.

"구곡홍매는 절강성에서 나는 모차에 불과합니다. 그런데 당신들은 무엇 때문에 기문홍차의 가격을 받으려고 하는 겁니까? 우리 대영제국 국민들은 기문홍차 특유의 사과향을 매우 좋아합니다. 내 개인적인 생각이지만 인도산 다르질링 홍차를 제외하고는 기문홍차에 비견될 만한 것이 없습니다. 다 알고 온 사람들에게 사기를 치려하다니 너무 하신 것 아닙니까?"

항천취는 할말이 궁해졌다. 다르질링 홍차니 뭐니 하는 건 여태까지 듣도 보도 못했던 것이다. 그렇다고 "네, 네!" 하고 수긍할 수도 없는 일이었다. 그는 하는 수 없이 로렌스의 말을 오차청에게 통역해줬다. 다 듣고 난 오차청이 차를 한 모금 마셔 목을 축이고는 입을 열었다.

"그건 선생께서 잘 모르고 하시는 말씀입니다. 구곡홍매는 항주 교외의 호부湖埠 대오산大塢山 일대에서만 소량 생산되는 종류입니다. 대오산은 높이가 고작 30~40장밖에 되지 않으나 산꼭대기에 분지가 있습니다. 흙이 두껍고 땅이 비옥한 데다 주변에 산과 전당강이 있어 차 재배에 적합한 '양애음림'陽崖陰林이라는 자연조건을 갖췄죠. 태평천국의 난

이 발발한 후 이곳은 전란에 휩싸여 인구가 절반 이상 줄어들었습니다. 복건, 온주溫州, 평양平陽, 소흥, 천태天台 등지의 농민들이 이곳으로 이주하면서 남방 무이산 공부홍차 제다 기술도 가지고 왔습니다. 구곡홍매는 3등급으로 나눌 수 있습니다. 대오산에서 나는 것이 최상품, 호부에서 나는 것이 차등품, 삼교三橋에서 나는 것이 3등품입니다. 선생이 지금 보고 계시는 것은 대오산 최상품입니다. 외지 다인들은 차 제품의 구색을 맞추려고 조금이라도 얻지 못해 안달하는 그런 물건이죠."

오차청이 말이 끝나자 이대가 불쑥 질문을 던졌다.

"이것이 진품인지 아닌지 어떻게 압니까? 혀에 뼈가 있는 것도 아니고 먹어봐도 알 수 없잖아요."

오차청이 대답했다.

"평생 찻잎밥을 먹는 사람이 차에 대해 모른다면 죽은 시체나 다름없죠. 더군다나 대오산 최상품은 곡우穀雨 전후에만 채집이 가능해요. 일 년 생산량이 겨우 몇 백 근밖에 안 됩니다. 올해부터는 우리 차행에서 전부 구매하기로 했으니 다른 곳에서는 구경도 할 수 없습니다. 당신들이 불만이어도 상관없습니다. 사고 안 사고는 당신들 마음이지만 팔지 안 팔지 역시 우리가 결정하는 거니까요."

항천취는 오차청의 말을 통역하면서 마치 시원한 냉차를 마신 것처럼 가슴이 뻥 뚫리는 기분을 느꼈다. 항천취의 통역이 끝나기도 전에 로렌스의 얼굴이 굳어졌다. 이제껏 항주에서 이처럼 기개 있는 중국인을 본 적이 없었던 것이다. 대답이 궁해진 로렌스와 이대는 풀이 죽어 자리를 뜰 수밖에 없었다.

두 사람이 나가기를 기다려 항천취가 의기양양하게 말했다.

"차청 아저씨, 그리 공들여 설명해줄 필요까지는 없었잖아요. 어차피 알아듣지도 못할 인간들인데."

오차청이 항천취의 눈을 응시하면서 한마디했다.

"내가 할 일이 없어 저 인간들과 입씨름한 걸로 보였느냐?"

항천취는 그제야 문득 크게 깨닫고 얼굴을 붉혔다.

'차청 아저씨는 내가 들으라고 그토록 상세하게 설명해주신 거였군.'

소차는 성격이 유약하고 금붕어처럼 기억력이 나쁜 것 같았다. 오승이 그녀를 밀쳐서 울게 만든 일은 벌써 까맣게 잊은 지 오래였던 것이다. 심지어 오승이 누구인지조차 기억하지 못했다. 그저 오승을 처음 만난 날부터 참 이상한 남자라고만 생각했을 뿐이었다.

오승이 헐레벌떡 주방으로 들어와 바가지로 생수를 퍼 마시면서 불안한 눈빛으로 소차를 흘끔 바라봤다. 채소를 다듬고 있던 소차가 말했다.

"탁자 위에 냉차가 있어요. 생수를 마시면 배탈이 나요."

오승의 얼굴이 벌겋게 상기됐다. 그는 냉차를 한 모금 마시고 소차에게 바싹 다가가서 작은 소리로 소곤거렸다.

"나는 너를 알아. 너 예전에 호수에서 그네를 탔잖아."

말을 마친 오승이 사발을 내려놓고 냅다 뛰어갔다. 잠깐 멍하니 서 있던 소차의 눈에 갑자기 눈물이 가득 고였다.

오후가 되자 오승이 또 물을 마시러 왔다. 솥 밑굽의 검댕을 긁고 있던 소차는 자기도 모르게 긴장이 됐다. 안휘 태생의 '이상한 남자' 입에서 또 무슨 말이 나올지 몰랐기 때문이었다.

아니나 다를까, 오승은 입을 열자마자 톡 쏘는 소리를 했다.

"항 사장은 의흥宜興에 갔어. 너, 알고 있었어?"

소차는 고개를 저었다. 속으로 궁금증이 생겼다.

'도련님은 뭘 하러 의흥에 가셨을까?'

"자사호를 주문하러 갔대. 찻집을 차릴 때 필요한 거래."

오승이 거드름을 피우면서 소차의 반응을 살폈다. 소차는 억지로 웃는 낯을 지어 보였다. 지난번에 오승은 자신이 오차청 아저씨의 '최측근'이라고 큰소리를 떵떵 쳤었다. 소차는 그 말을 곧이듣고 오승에게 감히 밉보일 생각을 못했다.

"코쟁이들도 쉽게 볼 상대가 아닌 것 같아. 안 그래?"

"차 사러 오는 사람이 아직 아무도 없어요?"

"다른 차행에서는 모두 가격을 내려 팔기 시작했대."

"그럼 우리는 어떡해요?"

"항 사장이 의흥에 가고 없으니 뭘 어떻게 하겠어?"

"차청 아저씨는 가격을 안 내리시겠대요?"

"항 사장은 아직 어려."

"당신은 어리지 않아요?"

소차가 화난 말투로 되받았다. 그러자 오승이 흰 이를 드러내고 웃으면서 한마디 툭 던졌다.

"나는 너하고 항 사장이 그렇고 그런 사이인 걸 알아."

"저리 비켜요!"

소차가 손에 들고 있던 물건을 집어던졌다.

"항 사장에게 말하지 마. 내 밥통 떨어질라."

오승은 일부러 불쌍한 척을 했다.

"그분에게 일러바치지 않을 테니 당신도 두 번 다시 그런 말은 하지 말아요."

"내가 너를 처음 봤을 때 너는 융흥찻집에서 공중제비를 돌고 있었어. 지금은 망우찻집이라고 불러야겠지."

"그걸 어떻게 알아요?"

소차가 눈이 휘둥그레지며 놀라서 물었다.

오승이 그러자 버럭 화를 냈다.

"그때 내가 너를 밀었잖아."

소차가 한참 생각하더니 말했다.

"기억이 안 나요."

오승은 화가 나서 얼굴이 벌겋게 달아올랐다. 곧이어 발을 탕 구르고는 밖으로 나가버렸다.

다음날 아침, 다 같이 식사를 하고 있는데 소차가 자신의 죽사발에서 절인 오리알 한 개가 들어있는 것을 발견했다. 그녀는 당황한 눈으로 주위를 두리번거렸다. 다른 사람들은 밥 먹기에만 급급한데 유독 오승만 후루룩 후루룩 요란한 소리를 내면서 죽을 마시고 있었다. 소차는 자신의 사발에 절인 오리알을 넣어준 사람이 누구인지 알 것 같았다.

이틀 후 오차청과 오승은 외출했다가 아주 늦게 들어왔다. 소차는 부엌 밖에서 발을 씻고 있었다. 너무 늦은 시각이라 아무도 없는 줄 알았는데 뜻밖에 또 오승이 쳐들어왔다. 그가 잔뜩 흥분된 목소리로 말했다.

"나 오늘 아씨의 발을 봤어. 발이 이만큼 커!"

오승이 손으로 커다란 발모양을 그려보였다.

소차의 낯빛이 하얗게 질렸다. 물을 담은 나무대야가 엎질러지면서 물이 사방으로 튀었다.

오차청이 오승을 데리고 망우차장을 찾은 목적은 항씨 부인 임우초와 대책을 의논하기 위해서였다. 임우초는 오차청을 보자마자 눈물을 지으면서 이를 갈았다.

"열 길 물속은 알아도 한 길 사람 속은 모른다더니, 그들이 결정적인 시기에 당신을 배신할 줄은 몰랐어요. 나쁜 사람들 같으니라고."

"그런 게 아니오. 그들은 나를 찾아왔었소. 내가 동의하지 않은 것뿐이오."

"그렇다고 당신을 따돌리고 자기들끼리 가격을 낮추는 건 아니죠. 지금까지 그들이 당신에게 얼마나 많은 도움을 받았는데요."

"화내지 마오. 언젠가는 겪어야 할 일이오."

"차청, 빨리 방법을 생각해봐요. 우리가 차를 몽땅 사들이는 건 무리예요. 돈이 모자라는 건 둘째치고 그 많은 걸 언제 다 팔겠어요? 아마 내년 이맘때까지 팔아도 다 못 팔 거예요."

항천취의 부인 심록애도 끼어들었다.

"주주들이 차청 아저씨하고 협상을 하겠다고 하지 않았어요? 이럴 때 천취가 있어야 하는데……. 달변가인 천취가 나서면 주주들을 설득시킬 수 있을 것 같아요. 모두가 일심으로 협력해 가격을 내리지 않겠다고 하면 서양인들이라고 용빼는 수가 있겠어요? 제 오빠 록촌이 편지에서 말하기를, 서양인들은 입고 있던 양복을 저당 잡혀서라도 차를 사서 마신대요. 그만큼 차 없이는 못 산다는 얘기겠죠."

"주주들은 그딴 걸 몰라. 듣기 좋아 협상이지 결국 주식을 빼겠다는 거잖아."

임우초가 몹시 화가 난 얼굴로 말을 이었다.

"차 장사를 몇 십 년 동안 해왔지만 이런 일은 처음이야. 동업자간

'물고 뜯기' 식의 협상은 듣도 보도 못했어."

"장사꾼은 이익을 따라 움직이는 사람이오. 주식을 반환하겠다고 잡아 죽일 것처럼 으르렁거리지 않고 협상을 요구한 것만 해도 우리 망우차행의 체면을 충분히 봐준 셈이오. 그 사람들에게 뭘 더 기대하겠소?"

"그럼 우리는 도대체 뭘 어떻게 해야 해요? 밖에서는 값을 내려 팔고 안에서는 주식을 빼겠다고 난리이니 이건 작정하고 우리를 막다른 골목으로 내모는 게 아니고 뭔가요?"

"하늘이 무너져도 솟아날 구멍이 있다고 했소."

오차청이 웃으면서 심록애에게로 시선을 옮겼다.

"록애, 지난번에 듣기로 산동과 천진 일대의 가게들이 우리 물건을 탐낸다고 하던데, 그게 사실인가? 중간상을 여러 번 거쳐 가격이 비싼 것이 불만이라고 하던데, 사실이야?"

오차청의 말에 심록애의 눈이 반짝 빛났다.

"맞아요, 맞아요. 제 아버지가 편지에서 그렇게 말씀하셨어요. 또 누군가가 그곳까지 물건을 직접 운반해가면 구매자를 알선해주겠다는 말씀도 하셨어요. 그런데 누가 그 먼 곳까지 물건을 운반해가요? 천취도 언제 돌아올지 모르는데……."

심록애는 말을 채 맺지 못하고 시무룩해졌다. 그러나 호랑이도 제 말 하면 온다고 했던가, 의흥에 갔던 항천취가 때마침 바로 그 순간에 돌아왔다. 그는 아랫것들을 시켜 자사紫沙 다구들을 조심스럽게 창고에 들여놓게 한 다음 흥분에 겨워 두서없이 자랑을 늘어놓았다.

"와, 이번에 갔다 오기를 잘했어요. 정말 두 눈이 번쩍 뜨이더군요. 제가 사온 것 중에 황옥린黃玉麟(청나라 말기 제호製壺 명인)의 철구掇球, 어화

룽魚化龍, 공춘供春 등이 있어요. 소우정邵友廷의 작품도 있고요. 힘은 들었지만 상당히 만족스러워요. 돈이 모자라지만 않았더라면……."

임우초가 입을 쩝쩝 다시는 항천취를 향해 사정없이 쏘아붙였다.

"차라리 이 가게를 통째로 팔아서 빛 좋은 개살구 같은 그 따위 물건들을 다 사들이지 그랬느냐?"

항천취는 그제야 심상치 않은 분위기를 눈치채고 조심스럽게 물었다.

"무슨 일이 있었어요?"

심록애가 한숨을 내쉬며 입을 열었다.

"북방에서는 우리 차를 사지 못해 안달하는데, 여기 수객들은 가격을 내리라고 압박을 가한다는 얘기를 하고 있었어요."

"그 일이 아직도 해결되지 않았어?"

항천취의 가로로 길게 찢어진 눈이 동그랗게 변했다. 지난번에 젖 먹던 힘까지 다 내서 열심히 통역을 했는데 문제가 해결되지 않았다니, 이게 어찌된 일인가?

"차청 아저씨, 우리 이제 어떡해요?"

항천취가 안락의자에 털썩 주저앉았다. '사장' 감투를 쓴 지 고작 몇 달밖에 되지 않았는데 생각지도 못한 곤경에 처하고 말았으니 온몸에 힘이 쭉 빠지고 기분이 우울해진 것이다.

"방법이 전혀 없는 것은 아니야."

오차청이 느릿느릿 입을 열었다.

"첫 번째는 다른 사람들처럼 값을 내리는 거야. 그러면 빠른 기간 내에 다 처분할 수 있겠지."

"안 돼요, 안 돼요."

항천취가 단호하게 반대했다.

"가격을 내리면 안 돼요. '선비는 차라리 죽을지언정 굴욕을 당해서는 안 된다'고 했어요. 쫄딱 망해 빈털터리가 되는 한이 있어도 코쟁이들에게 굴복해서는 안 돼요."

"그렇게 정색할 필요가 있을까요? 당신은 대학당을 그만둔 이후 더 이상 '선비'가 아니에요. 가업을 계승했으니 '상인'이라고 해야겠죠. 상인은 이익을 따라 물러서고 나아가니 굴욕이라는 말은 당치도 않아요. 안 그래요?"

심록애가 일부러 떠보듯 한 말에 항천취가 연신 손사래를 쳤다.

"사내대장부는 굽힐 때도 있고 펼 때도 있다고 했어. 그러나 그것도 상대를 봐가면서 하는 거지. 코쟁이들에게는 절대 양보 같은 걸 해서는 안 돼. 더구나 나하고 차청 아저씨는 이미 그 사람들과 한 번 붙어서 이긴 전적이 있어. 그때 이겨놓고 지금 다시 '내가 졌소' 하고 숙이고 들어가면 나중에 이 바닥에서 어떻게 얼굴을 들고 다니겠어?"

그제야 심록애가 본론을 끄집어냈다.

"안 그래도 방금 전 대책을 의논하던 중이었어요. 우리가 직접 차를 북방으로 가져가는 건 어떨까 해서요. 그쪽 차장 주인들 중에 제 아버지의 친구들이 많아요. 안 그래도 우리 차를 사고 싶다고 했대요."

"참 좋은 생각이야. 그쪽으로 가져가면 되겠네."

"그런데 누구를 보내면 좋을까요?"

항천취를 제외한 나머지 세 사람의 시선이 일제히 항천취에게 집중됐다. 그제야 항천취는 세 사람의 속마음을 짐작할 수 있었다. 항천취의 입에서 자기도 모르게 "싫어!"라는 말이 튀어 나왔다. 어화룡, 저천청금도貯泉聽琴圖, 찻집, 호포천, 용봉간龍鳳肝에 이어 소차의 얼굴이 차례로 항천취의 뇌리에 떠올랐다. 급하면 꾀가 생긴다고 했던가, 항천취는 별로 깊게 생각하지도 않고 한마디 툭 내뱉었다.

"그곳까지 힘들게 직접 갈 필요가 있나. 소포로 보내면 될 걸."

그 소리에 다들 아무 말도 하지 않았다. 항천취는 고개를 푹 숙였다. 부끄럽고 창피해 차마 고개를 들 수 없었다.

'역시 사장은 아무나 하는 게 아니었어. 밖으로 나가려고 할 때는 집에 묶어두지 못해 안달이더니, 이번에는 가만히 있으려는 사람을 밖으로 내몰지 못해 난리니 참.'

항천취는 그러나 옷에 묻은 먼지를 툭툭 털면서 일부러 아무렇지 않은 척 말했다.

"저는 아직 목욕도 못했어요. 다들 좀 더 앉아계세요. 차청 아저씨도 몸 좀 돌보면서 일하시고요."

오차청이 자리에서 일어나면서 말했다.

"괜찮아. 찻잎을 소포로 부치려면 서둘러야 할 것 같다. 지금 나가볼게."

"정말 소포로 보내시려고요?"

항천취가 놀란 표정을 지었다.

"지금까지 찻잎을 소포로 보낸 사람은 아무도 없었어요."

"남이 한 번도 안 했던 일이니 우리가 처음 하는 거야. 꽤 괜찮은 생각인 것 같다. 그리고 다른 한 가지, 차행에서 다 처리 못하고 남은 차는 전부 차장으로 넘어갈 텐데 괜찮겠냐? 위험 부담이 너무 크지 않겠어?"

"까짓것 괜찮아요."

항천취가 은근슬쩍 오차청에게 책임을 전가했다.

"차청 아저씨가 계시는데 무서울 게 뭐가 있겠어요!"

"만일의 경우도 대비해야 하지 않겠어?"

"괜찮아요. 저에게는 황옥린의 어화룡도 있는 걸요. 만일의 경우 차장이 망하기라도 하면 황옥린의 작품을 내다 팔면 돼요."

항천취는 자사호 '보물'들을 보러 갈 생각에 마음이 급해 보였다. 그렇게 서둘러 나가려는 항천취를 오차청이 불러 세웠다.

"천취, 내일 망우찻집에서 '강차'講茶를 마시기로 했으니 그리 알거라."

"강차라니요?"

항천취가 어리둥절한 표정을 지었다.

"내일은 찻집을 개업하기로 했잖아요. 전순당錢順堂을 초청해 〈백사전〉白蛇傳을 공연하기로 했는데……."

"자네 둘, 천취에게 분명하게 말해주게. 내일 아침 천취를 보내 그들을 상대하게 할 거야. 먹물을 그만큼 많이 먹었으면 입씨름에서도 밀리지 말아야지."

오차청은 임우초와 심록애 두 여자에게 그렇게 말하고는 바로 되돌아 나와버렸다.

"강차를 마신다"吃講茶는 표현은 옛날 한족들의 분쟁 해결 방식으로, 강소성과 절강성 일대에 유행한 것이다. 같은 마을사람이나 이웃 사이에 집, 땅, 물, 산, 혼인 등과 관련된 민사 분쟁이 생긴 경우 사건 당사자 쌍방과 중재자가 찻집에 가서 차를 마시면서 시비를 가리고 화해하는 방식이었다.

강차를 마시는 데도 일정한 법도가 있었다. 우선 찻집에 다객들이 좌정하고 나면 분쟁 쌍방 당사자들이 직접 차를 우려서 모든 다객들에게 한 잔씩 올린다. 이어 쌍방은 분쟁의 전후 사연과 각자의 입장을 다객들에게 표명한다. 다객들은 서로 의견을 교환하고 의논을 한다. 마지막으로 '마두탁'馬頭桌(문에서 제일 가까운 자리)에 앉은 사람, 즉 '공도인'公道人(항렬이 높고, 명성과 덕망이 높을 뿐 아니라 일을 공정하게 처리하는 사람)이 다객들의 의견을 종합해 시비를 가린다. 좌중이 공도인의 판정에 모두 찬성하면 분쟁은 무사히 해결된다. 이때 좌중 다객들의 찻값은 패소한 측이 전액 부담한다.

대부분의 경우, 민사 분쟁을 해결하기 위해 강차를 마시는 경우가 많았다. 따라서 망우차행의 주주들이 상업 분쟁을 해결하기 위해 이 방식을 제안한 것은 가히 이례적인 일이었다. 사실 주주들이 주식을 빼는 일은 어렵지 않았다. 계약서에 명시된 조항에 따라 일정 액수의 위약금만 지불하면 되는 일이었다. 그럼에도 불구하고 주주들이 이 방식을 제안한 것은 다음과 같은 세 가지 이유 때문이었다. 하나는 서양인들로부터 가격 인하 압박을 받는 것과 관계가 있었다. 오차청이 덕망이 높은 것과도 무관하지 않았다. 나머지 하나는 망우차행이 갓 개업했기 때문이었다. 아무리 이익을 좇아 움직이는 상인들이라지만 나름대로 사람의 도리를 지키고 자신의 명예를 더럽히지 않겠다는 소신은 다 가지고 있는 법이었다. 가장 먼저 협상을 제안한 주주는 나름대로 꿍꿍이속이 따로 있었다. 우선 다수의 힘을 빌려 도리를 따지면서 오차청을 설득해 볼 생각이었던 것이다. 그렇게 해서 오차청이 가격을 인하하고 적체된 물건을 풀게 되면 더할 나위 없이 좋은 일일 터였다. 만약 오차청이 끝까지 다수의 의견을 묵살하고 독불장군을 고집한다면 그때 가서 주식을 빼도 늦지 않을 것이었다. 아무튼 나는 최선을 다했으니 내 잘못은 없다는 식이었다.

조 선생, 즉 조기황이 했던 약속은 어김없이 지켜졌다. 망우찻집 개업 당일 조 선생은 자신의 말대로 마두탁에 앉았다.

항주성에는 찻집이 500개도 넘게 있었다. 그러나 개업 첫날 강차를 마시는 장소로 제공된 찻집은 망우찻집이 처음이었다. 사실 말이 좋아 강차를 마시는 것이지 웃는 낯으로 시작했던 협상이 나중에는 험한 말이 오고가고 손찌검, 심지어 칼부림 현장으로 변하는 일이 다반사였다. 따라서 적지 않은 찻집들은 아예 문에 '강차 금지'라는 문구를 붙여놓고는 했다.

항천취는 문에 붙일 대련對聯을 고르느라 그야말로 머리에 쥐가 날 지경이었다. 원래는 개업 첫날에 폭죽을 터트려 왁자지껄한 분위기를 만들어야 하는데 중요한 협상을 앞두고 있는 자리인지라 폭죽은 생략하기로 했다. 그래서 폭죽 대신 그럴듯한 대련을 붙이고 싶어 전날 밤부터 머리를 쥐어짰으나 마땅한 것이 떠오르지 않았다.

명예와 이익을 위해 동분서주하는 사람들이여, 짬을 내 차 몇 잔 마시게나.

마음도 몸도 힘든 사람들이여, 즐거움을 찾아 이 술 한 잔 더 받게.

이 대련은 약간 촌스러운 감이 있기는 하나 입에 착착 감기는 맛이 있었다.

매화 피는 섣달은 시 쓰기 좋은 달이요,

봄기운 풍기는 곡우는 차 우리기 좋은 절기라네.

이 대련은 우아하고 아담한 정취가 있으나 용정차를 파는 가게들에서 흔히 볼 수 있는 것이어서 새로운 멋이 없었다. 항천취가 미간을 찌푸리고 고민하고 있을 때 심록애가 다가왔다.

"뭘 그리 복잡하게 생각해요? 《시경》의 '누가 도(차)를 쓰다고 했나? 그 달기가 냉이 같은데'라는 구절이 있잖아요. 그저 그만이잖아요?"

"맞아. 《시경》 〈곡풍〉谷風에 있는 구절이지. 굉장히 마음에 들긴 하지만 대련 양식에 약간 어울리지는 않는 것 같아."

그러자 심록애가 말했다.

"세상의 법도는 모두 사람이 만든 거예요. 누가 '그르다'고 하면 '옳은 것'도 '그른 것'으로 되고, 누가 '옳다'고 하면 '그른 것'도 '옳은 것'으로 되죠. 다 생각하기 나름이에요. 옳고 그름은 정해진 것이 없어요."

항천취가 무릎을 탁 쳤다.

"그런 것을 일컬어 '법무법'法無法이라고 하지. 당신은 참 대단해."

항천취는 고맙다는 인사를 하려고 고개를 들었다. 그러나 심록애는 어느새 저만치로 걸음을 옮기고 있었다.

항천취는 황금색으로 칠한 목판에 초록색으로 크게 적은 대련을 찻집 대문 양측에 걸어놓았다. 삽시간에 구경꾼들이 가득 모여들었다. 그들 중 웬 어린아이가 앳된 목소리로 대련을 읽기 시작했다.

"누가 차를 쓰다고 했나, 그 달기가……."

항천취가 갑자기 아이의 말허리를 잘랐다.

"'차'茶가 아니라 '도'荼야. 옛날에는 차를 '도' 혹은 '천'荈이라고도 불렀지. 두육杜育의 《천부》荈賦에 '궐생천초, 미곡피강'厥生荈草, 彌谷被岡(늦게 자란 찻잎이 골짜기에 가득 차고 산등성이를 덮었다)이라고 했어. 또 《다경》 〈일지원〉一之源에 '차의 이름에는 다섯 가지가 있는데, 첫 번째는 차, 두 번째는 가檟, 세 번째는 설蔎, 네 번째는 명茗, 다섯 번째는 천荈이라고 부른다' 고 했지."

그때 조기황이 유리창을 손가락으로 톡톡 두드리면서 항천취에게 재촉의 신호를 보냈다.

"얼른 들어와. 시작했어."

망우찻집은 2층짜리 건물로, 아래위층 면적이 각각 200평방미터가 넘었다. 위층에는 연극 무대도 있었다. 연단, 탁자, 의자와 앉은뱅이 걸상은 모두 화리목으로 만들어진 것이고, 팔선상 윗면은 대리석으로 깔았다. 삼면에 창문이 있어 창문을 열면 서호의 전경이 한눈에 들어왔다. 벽에는 명인들의 서화작품이 걸려 있었다. 사용하는 다호와 찻잔은 모두 청화자기들이었다.

항천취가 들어섰을 때 손님들은 이미 다 자리에 앉아 있었다. 만면에 웃음을 띤 인상 좋은 차박사가 배가 불룩한 구리 주전자를 들고 왔다 갔다 하면서 시중을 들고 있었다. 찻집 총책임자는 임우초의 먼 친척인 임여창林汝昌이라는 사람이었다. 그 역시 아래위층을 왔다 갔다 하면서 바삐 돌아다니고 있었다. 사람들이 모두 다 모였는데도 소액 주주들은 서로 눈치만 보면서 아무도 입을 열지 않고 있었다. 이윽고 강차를 제안했던 주주가 호포 용정차를 한 모금 마시고 나서 입을 열었다.

"여러분, 오늘 여기서 강차를 마시기 위해 모인 것이 별로 기분 좋은 일이 아니라는 것에 대해서는 여러분들 모두 동감일 거요. 뭐든지 다 높은 값에 팔고 싶은 것이 장사꾼의 당연한 욕심 아니겠소? 그러다 보니 가격을 내리는 일 때문에 이 사장과 의견이 엇갈리는 중인데, 서양인들과 일부 수객이 결탁해 가격을 마구잡이로 깎아내리고 있으니 우리라고 무슨 용빼는 수가 있겠소? 차청 어르신은 차 재배농을 걱정해서 가격을 내리지 않겠다고 하는데, 그럼 우리 주주들은 어떻게 되는 거요? 다른 차행은 다들 가격을 내려 팔고 있는데 말이오. 우리는 모두 소자본 장사를 하는 사람들이라 큰 풍랑을 견뎌내기 어렵소. 우리가 망우차행에 투자한 이유도 따지고 보면 차청 어르신의 덕망과 장사 수완을 전적으로 믿었기 때문이 아니겠소? 하지만 차청 어르신은 그깟 자존심 때문에 한사코 가격을 내리지 않겠다고 고집을 피우고 있소. 여러분도 잘 아시겠지만 차라는 물건은 하루만 지나도 향과 색깔과 맛이 변해 제 가격을 받기 어렵소. 그때 가서 가격을 낮춰봤자 아무도 거들떠보지 않을 것이오. 이 자리에 계신 여러분은 어떤 생각들인지 다들 한마디씩 해보시오."

말을 마친 주주가 자리에 앉았다. 장내 분위기는 매우 어색했다. 주주들은 기다란 탁자를 사이에 두고 한 줄로 쭉 앉아 있었다. 맞은편에는 오차청과 항천취 두 사람만 덩그러니 앉아 있었다. 그 모습이 이 자리가 두 사람을 성토하기 위해 모였다는 사실을 말해주는 것 같았다.

그런데 두 사람의 반응이 가관이었다. 오차청은 눈을 감은 듯 만 듯 실눈을 뜨고 고개를 숙인 채 바닥에서 기어 다니는 개미를 구경하고 있었다. 항천취는 고개를 쳐들고 흰자위를 희번덕거리면서 천장을 올려다보고 있었다. 두 사람 다 마치 강 건너 불구경 하듯 주주들의 말에는 도통 관심이 없는 듯했다. 한참을 기다려도 아무 반응이 없자 주주들은 마두탁에 앉은 조 선생에게 눈짓을 보냈다. 물론 조 선생은 겉으로 드러내지는 않아도 오차청과 항천취의 편이었다. 조 선생이 입을 열었다.

"망우차장이 망우차행 지분의 60%를 보유하고 있으니 대주주의 의견을 먼저 들어봅시다. 천취, 네가 말해 보거라, 가격을 내리는 게 어떻겠느냐?"

"당연히 안 되죠."

항천취가 천장을 보던 시선을 거둬들이고는 정색을 했다. 그러자 소액 주주들이 중구난방으로 떠들기 시작했다.

"항 사장, 너무한 거 아닙니까? 항 사장이야 워낙 밑천이 두둑하니 굶어죽을 걱정이 없겠지만 우리는 지금 당장 생계가 막막합니다."

"다들 밥그릇 하나 달랑 들고 항 사장 댁으로 쳐들어갈까요?"

왁자지껄 떠드는 와중에 항천취가 다시 한마디를 했다.

"그래서 어쩔 셈이오?"

"이렇게 말이 안 통해서야 원. 여러분, 우리가 주식을 뺍시다."

"빼려면 얼른 빼시오. 처음부터 안 된다고 분명히 못 박았건만 강차니 뭐니 번거롭게 이게 무슨 짓이오? 활착, 얼른 차를 가지고 가서 전선생錢先生(주주들에게 나눠줄 돈을 의미)을 모셔오게. 늦었다고 노여워하실라. 나 항천취가 문어귀에서 공손하게 기다리고 있다고 전하게."

항천취의 말에 주주들은 어안이 벙벙한 채 서로의 얼굴만 멀뚱멀뚱 쳐다봤다. 그러다 도움을 바라는 간절한 눈빛을 조기황에게 보냈다. 조기황은 지금까지 크고 작은 강차 자리에 참석해봤으나 오늘처럼 안하무인으로 말이 안 통하는 사람은 처음이었다. 조기황이 잠깐 머뭇거리다가 조심스럽게 오차청에게 물었다.

"차청, 이 일을 어떻게……?"

오차청이 반쯤 감았던 눈을 번쩍 떴다. 형형한 눈빛이 칼날처럼 날카로웠다. 그가 손사래를 치면서 점원에게 분부했다.

"전장에 가서 돈을 가져오게. 한 푼이라도 더 가져오라고."

오차청의 기세에 눌린 몇몇 주주가 슬슬 뒷걸음질을 쳤다.

"아니면 며칠 더 기다려보는 게……?"

조기황이 이 틈을 타서 쐐기를 박았다.

"기다리기는 뭘 기다려요? 통쾌하게 각자 제 갈 길을 갑시다. 주식을 빼고 싶은 사람은 얼른 빼시오. 나도 두 번 다시 이 마두탁에 앉기 싫으니까."

"그럼 오늘의 찻값은……?"

"내가 내겠소. 내가 내겠소."

항천취가 좌중을 향해 읍을 하면서 말했다.

"다들 안녕히 들어가시오. 차 마시러 종종 놀러들 오시오. 자, 자, 자……."

항천취의 말투는 공손했다. 그러나 눈빛은 손님들을 쫓아내지 못해 안달이 난 눈빛이었다.

제14장

입하 전날, 해월교와 남성교 일대에서는 자정 무렵까지 폭죽소리가 요란하게 울려 퍼졌다. 무역선을 타고 오고가는 사람들 중에 호기심 많은 사람이 물었다.

"난데없이 웬 폭죽소리요? 내일이 입하라고 폭죽을 터트리는 거요? 이건 항주 특유의 풍습인가?"

질문을 받은 현지인이 못마땅한 얼굴로 퉁명스럽게 대답했다.

"망우차행에서 터트린 거잖소. 그것도 몰랐소?"

외지인은 겸연쩍은 듯 자신의 무지를 인정하고 다시 연유를 물었다. 현지인은 그제야 얼굴을 펴면서 대답했다.

"망우차행이 찻잎대전에서 승전하고 승전보를 울리는 거요."

"아무리 이겼기로서니 이 정도로 호들갑을 떨 이유가 있소? 올해가 아직 반 년이나 넘게 남았는데."

"이 사람들은 반 년 동안 일 년치 장사를 다 끝낸 거나 마찬가지지요.

차 가격을 한 푼도 내리지 않았을 뿐만 아니라 소포장사를 통해 가욋벌이도 했다오. 서양인들의 코를 납작하게 만들고 중국 사람들의 체면을 세워줬다고 칭찬이 자자하다오."

폭죽을 터트려 춘차春茶 장사 성공을 경축한 것은 항천취의 아이디어였다. 망우찻집 개업일에 폭죽을 터트리지 못한 한풀이를 원 없이 한 셈이었다. 항천취는 내친김에 '취풍원'聚豊園에서 축하연까지 열려고 했었다. 사실 축하연은 차 업계 관례에 크게 어긋나는 행동도 아니었다. 그러나 오차청이 찬성하지 않았다.

"너무 요란법석을 떨지 않는 게 좋겠다. 수객들의 체면도 봐줘야지. 내년에 다시 만나서 거래하게 될지도 모르는 일 아니냐."

임우초도 거들고 나섰다.

"차청 아저씨 말대로 하렴. 차청 아저씨는 매사에 여지를 남겨 두는 분이야. 말 한마디 행동 하나도 허투루 하는 법이 없어."

항천취는 그래서 폭죽을 한꺼번에 수백 개 터트린 다음 촬착과 함께 후조로에 있는 망우차행으로 가서 점원들과 회식을 가졌다. 오차청도 짓궂은 점원들의 강권에 못 이겨 술을 몇 모금 마셨다. 소차는 술을 마시지 않고 요리를 나르는 심부름을 했다. 오승도 술을 마시지 않고 소차의 일손을 거들었다.

성격이 자유분방한 항천취는 오차청이 보이지 않는 틈을 타서 지나가는 소차의 손목을 덥석 잡았다.

"소차, 신경 쓰이게 왔다 갔다 하지 말고 이리 와서 앉아. 나하고 술이나 한잔 해."

소차가 부끄러워 얼굴을 빨갛게 물들이면서 잡힌 손목을 빼려고 버둥거렸다. 그러나 항천취는 한사코 놓아주지 않았다. 두 사람이 어떤 사이인지 잘 모르는 점원들은 부잣집 도련님이 어린 하녀를 희롱하는 짓거리쯤으로 여기고 못 본 척했다. 항천취가 술에 취해 혀 꼬부라진 소리로 말했다.

"소차, 나하고 한잔 해. 나 오늘 정말 기쁘다. 나…… 항천취가…… 아무짝에도 쓸모없는 사람인 줄 알았는데…… 장사에 탁월한 재능이 있다는 걸 오늘 처음 알았어……."

소차는 항천취가 취한 것을 보고 더는 거절하지 않고 술을 한 잔 받아마셨다. 간신히 몸을 가누고 서 있던 항천취는 소차가 술을 마시는 것을 보고 다리 힘이 풀렸는지 그 자리에 스르르 주저앉고 말았다. 오승은 항천취가 밉살스러워 견딜 수 없었다. 이때 오차청이 다가왔다.

"소차, 도련님을 네 방으로 모시고 가서 잠깐 눈을 붙이게 하거라. 다른 방은 더러워서 안 돼."

오승과 소차 두 사람은 양쪽에서 항천취를 부축해 위층으로 올라갔다. 계단 중간쯤 올라왔을 때 오승이 느닷없이 소차의 오른손을 덥석 잡았다. 깜짝 놀란 소차가 새된 소리를 질렀다.

"도련님!"

항천취가 힘겹게 고개를 들더니 두 사람을 향해 바보처럼 씩 웃어 보였다. 그리고는 이내 고개를 푹 떨어뜨렸다. 오승이 아플 정도로 소차의 손을 꽉 거머쥐면서 눈을 부라렸다. '소리칠 테면 쳐 봐, 나는 무서울 게 없어'라고 위협하는 것 같았다.

더럭 겁이 난 소차는 더 고함칠 엄두도 못 내고 오승과 함께 항천취를 자신의 방으로 모시고 들어갔다. 이어 항천취를 자신의 침대에 눕히고 물을 떠다 그의 얼굴을 닦았다. 오승은 물러가지 않고 침대 옆에 서 있었다. 소차는 오승이 무슨 생각을 하는지 알 수 없었다. 다만 분명한 것은 침대에 누워 있는 도련님보다 침대 옆에 서 있는 점원이 더 무섭다는 사실이었다.

오승은 소차가 항천취의 얼굴과 발을 닦아주고, 베개를 베어주고, 더울세라 파초선으로 부채질해주는 모습을 질투 어린 시선으로 지켜봤다. 그러다 불쑥 한마디 내뱉었다.

"아씨는 발이 엄청 커!"

"지난번에 말했어요."

"눈도 엄청 크다고!"

오승이 손으로 둥그런 원을 그려보였다. 소차는 오승을 거들떠보지도 않았다.

"소차, 너 조심해!"

오승의 목소리에는 분노가 서려 있었다.

"뭘요?"

"나를 조심하라는 말이야!"

오승이 울부짖듯 내뱉고는 아래층으로 달려 내려갔다.

오승은 아래층에서 소차 대신 요리를 상에 올리고 물을 날랐다. 그러나 생각하면 할수록 화가 치밀어 견딜 수가 없었다. 그 사실을 아는지 모르는지 그의 동료들은 즐겁게 먹고 마시고 떠들고 있었다. 오승은 이변이 없는 한 자신도 나중에 이들과 똑같은 삶을 살게 되리라는 사실을 잘 알고 있었다. 어린 나이에 외지로 나와서 돈을 벌고, 나이가 차면 고향인 안휘로 돌아가서 결혼을 하고, 결혼식을 치르자마자 다시 돈을 벌러 나오고, 가정이 생겼으니 '3년 동안에 3개월 예정으로 두 번씩 집에 다녀오는' 삶일 터였다. 운 좋게 마음씨 좋은 사장을 만나게 되면 집으로 돌아갈 때 3개월치 월급을 받을 수도 있을 것이다. 이렇게 살다가 늙어 일을 못하게 될 경우 평생 모은 돈을 짊어지고 항주성을 떠나는 것이 휘주 '시골뜨기'들의 숙명이라고 할 수 있었다.

물론 똑같은 휘주 태생이지만 크게 성공한 오차청 같은 경우도 있었다. 그러나 제2, 제3의 오차청이라는 게 말이 그렇지 쉽게 만들어지겠는가?

알딸딸하게 취한 점원들은 팔을 걷어붙이고 도박을 하기 시작했다.

'죄다 굶어죽을 팔자들이야.'

오승은 마음속으로 그들을 무시해버리기로 작심을 했다. 당초부터 그는 스스로가 그들과는 어디가 달라도 다르다고 자부했었다. 물론 점원들이 그의 속마음을 알면 다들 코웃음을 칠 테지만 말이다. 점원들의 눈에 오승은 아직 할말, 안 할말 못 가리고 있으나마나 한 '애송이'에 불과했다. 오승 역시 이 점은 인정하지 않을 수 없었다. 방금 전 소차 앞에서 아씨의 발과 눈이 어떻다고 손짓까지 해가며 떠벌린 것만 봐도 알 수 있지 않은가.

오승은 몸은 아래층에 있으나 정신은 온통 위층의 소차에게 쏠려 있었다. 얼마나 예쁜 여자인가. 소차가 온 후로 차행의 분위기는 완전히 달라졌다. 점원들은 마치 각성제를 먹은 것처럼 일을 할 때도 기운이 넘치고 평소에도 싱글벙글 웃음이 떠나지 않았다. 그러나 오승은 다른 의미로 소차를 필요로 했다. 그는 유약한 소차를 괴롭히는 것이 즐거웠다. 다른 사람 앞에서는 순한 양처럼 공손하기만 한 그가 제멋대로 군림할 수 있는 유일한 상대가 바로 소차였다.

소차가 앉은뱅이 의자에 앉아 항천취에게 부채질해주던 모습이 문득 오승의 뇌리를 스쳤다.

"안 돼!"

오승은 자신도 모르게 소리를 질렀다. 그러자 손에 힘이 풀리면서 들고 있던 사발이 바닥에 떨어져 박살이 났다. 그는 깨진 사발 조각을 줍다 말고 날카로운 파편으로 손가락을 슬쩍 그었다.

"앗!"

오승이 비명을 지르면서 피가 솟아나오는 손가락을 치켜들었다. 이어 상처를 치료하기 위해 위층에 있는 방으로 올라갔다. 그가 의도한 것이 바로 그것이었다.

오승은 일부러 발소리를 크게 내면서 위층으로 올라갔다. 그러나 계단이 끝나는 지점에서는 신발을 벗어들고 살금살금 복도 쪽으로 접어들었다. 복도 중간쯤 왔을 때 소차의 방에서 간지럼을 타는 웃음소리 같기도 하고 신음소리 같기도 한 이상야릇한 소리가 들려왔다. 오승은 피가 흐르는 손가락을 꽉 거머쥔 채 어둠속에서 더듬더듬 소차의 방 쪽으로 향했다. 이상야릇한 소리는 점점 더 크게 들려왔다. 억지로 참고 있는 것 같지만 두려움과 전율, 당황함과 즐거움이 잔뜩 묻어나는 신음소리였다.

'더러운 화냥년!'

오승은 이를 바득바득 갈았다. 곧이어 항천취가 낮은 어조로 중얼거리는 소리가 들려왔다.

"내가 못한다고 누가 그랬어? 내가 못한다고 누가 그랬냐고?"

오승은 항천취가 왜 그런 말을 하는지 이해할 수 없었다.

오승은 조심스럽게 문틈에 얼굴을 갖다 댔다. 어슴푸레한 촛불 아래 방안의 전경이 적나라하게 드러났다. 누리끼리한 알몸뚱이 두 개가 마치 한 몸처럼 포개져 아래위로 꿈틀대고 있었던 것이다. 순간 소차의 작고 귀여운 얼굴이 위로 솟구쳐 올랐다가 다시 아래로 툭 떨어졌다. 땀에 흠뻑 젖은 머리카락이 소차의 두 볼에 찰싹 달라붙어 있었다. 소차의 반쯤 벌린 입술 사이로는 신음소리 같기도 하고 한숨소리 같기도 한 이상야릇한 소리가 새어나오고 있었다. 얼마 지나지 않아 소차의 가녀린 목이 죽은 사람처럼 맥없이 옆으로 툭 꺾였다.

기다란 팔과 다리로 소차의 알몸을 꽉 끌어안고 있는 항천취는 마치 지칠 줄 모르는 기계처럼 소차의 몸 위에서 기운 넘치게 꿈틀대고 있었다. 한 번씩 위로 솟구쳐오를 때마다 항천취의 입에서는 "내가 못한다고 누가 그랬어"라는 말이 튀어나왔다. 시간이 얼마나 흘렀을까, 일렁거리던 촛불이 심지만 남기고 다 타들어갈 때쯤 드디어 항천취의 입에서 짐승의 포효를 방불케 하는 울부짖음이 터져 나왔다. 오승은 피가 뚝뚝 떨어지는 손가락을 황급히 자신의 입에 밀어 넣었다. 안 그러면 목구멍으로 비명소리가 터져 나올 것 같았기 때문이었다. 입안에서 비릿하고 짭짤한 맛이 느껴졌다.

오승은 자신이 피 흐르는 손가락을 입에 문 채 어두운 방밖에 얼마나 오랫동안 서 있었는지 알지 못했다. 다만 미동도 않고 너무 오랫동안 서 있어서 다리가 저리다는 것은 느꼈다.

오승은 자정이 될 때까지 구시렁거리며 잠을 이루지 못했다. 점원들은 술상을 파하고 마작판을 벌였다. 오승은 그에게 손짓하는 점원을 향해 다친 손가락을 보여주면서 공손하게 말했다.

"손을 다쳐서 못 놀 것 같아요."

술을 몇 잔 마신 오차청이 방으로 들어가려다 말고 혼자 우두커니 서 있는 오승을 보고는 부드럽게 말했다.

"오승, 너도 일찍 들어가 쉬어라."

오승은 고개를 저었다.

"좀 더 기다리겠어요. 항 사장님이 아직 내려오시지 않았어요."

오차청이 그제야 문득 뭔가 생각이 난 듯 계단 입구에 서서 위층에 대고 소리쳤다.

"소차, 내려오너라."

오승의 두툼한 입술이 미세하게 실룩거렸다. 얼마 마시지도 않은 술이지만 한바탕 주사를 부리고 싶은 충동이 일었다. 그의 눈에 어느새 눈물이 그득하게 고였다. 심하게 일그러진 얼굴이 어둠 속에서 잘 보이지 않아 다행이었다.

이윽고 위층에서 타박타박 발자국소리가 들려오기 시작했다. 마치 힘든 일을 마친 여인네처럼, 임신한 여인네처럼, 가증스러운 창녀처럼 발자국소리는 느리고 나른했다. 오승의 마음속에서는 곧 마주하게 될 여자에 대한 증오, 멸시, 갈망, 기대 등 온갖 감정이 동시에 휘몰아치고 있었다. 연분홍 적삼을 입은 소차가 드디어 계단 입구에 모습을 드러냈다. 오승을 거들떠보지도 않고 길게 하품을 하는 소차의 손에는 보란 듯이 에메랄드 반지가 끼어져 있었다. 소차가 겸연쩍게 웃으면서 말했다.

"잠깐 잠이 들었어요. 술이 좀 과했나 봐요."

어스름 촛불에 비친 소차의 모습은 만개한 연분홍 꽃처럼 화사하고 아름다웠다.

'여자는 돈 있는 남자하고 자고 나면 다 저렇게 어여뻐지는 걸까? 만약 나하고 잤더라면 어떤 모습으로 바뀌었을까?'

오승의 머릿속에서는 허튼 생각이 떠나질 않았다.

"항 사장은?"

오차청이 물었다.

"아직 안 일어나셨어요."

오차청이 소차를 한참 동안이나 응시했다. 소차는 그가 그러거나 말거나 나른하게 기지개까지 켰다. 팔을 쭉 뻗던 그녀는 문득 무슨 생각이 들었는지 다시 겸연쩍게 웃으면서 팔을 거둬들였다. 그 틈을 타서 손가락에 낀 반지를 보는 것을 잊지 않았다.

"도련님을 업고 내려오너라. 문밖에 인력거가 있어."

오차청이 턱짓으로 오승을 가리켰다.

"제가요?"

오승이 믿기 어렵다는 듯 반문했다.

"그래, 너."

오승은 곧 자신의 처지를 깨닫고 공손하게 허리를 숙였다. 그리고는 누군가에게 쫓기는 사람처럼 오금에 불이 나게 계단을 달려 올라갔다. 그의 '원수'는 반쯤 잠이 깬 상태로 침대에 누워 있었다. 얼굴에는 한껏 만족스러운 표정이 퍼져 있었다. 오승은 허리를 반쯤 숙여 항천취에게 공손하게 귀엣말을 했다.

"항 사장님, 집으로 돌아가셔야죠."

"안 가!"

항천취가 토라진 표정으로 휙 돌아누웠다.

"오늘은 여기서 잘 거야!"

오승은 항천취의 목을 조르고 싶은 충동을 가까스로 눌렀다.

'한 줌도 안 되는 것이, 확 그냥!'

오승은 속이 부글부글 끓어올랐다. 그러나 겉으로는 여전히 웃는 얼굴로 말했다.

"차청 사장님께서 분부하셨습니다. 저에게 업히십시오."

오승은 이빨 사이로 내뱉듯 말하고는 거칠게 항천취를 일으켜 세워 자신의 등에 업었다. 이어 계단을 내려가면서 속으로 중얼거렸다.

'명색이 사내인데 종잇장보다도 더 가볍군. 한 주먹거리도 안 되는 걸.'

오승은 문밖에 세워져 있는 황포차에 던지듯 항천취를 내려놓았다.

소차가 밖으로 따라 나왔다. 그리고는 항천취를 부축해 똑바로 앉게 한 다음 손수건으로 그의 얼굴을 닦아줬다. 이어 인력거를 끌고 멀어져가는 촬착의 뒤에 대고 잔소리를 했다.

"도련님, 떨어지지 않게 조심하세요. 밤바람이 차가우니 조심하세요."

오승은 두 눈을 부릅뜨고 연분홍 옷을 입은 소차를 노려봤다. 그러나 소차는 눈 하나 깜짝하지 않고 몸을 돌려 천천히 계단을 오르기 시작했다.

오승이 참지 못하고 불렀다.

"소차……."

소차가 곁눈으로 오승을 보면서 태연하게 물었다.

"왜요?"

"너…… 뭐 했어?"

오승은 "아까!"라는 말을 빼고 물었다.

"상관 말아요!"

소차가 건성으로 말하고 타박타박 계단을 올랐다.

그날 밤 오승은 망선교로 향했다. 그러다 귀신처럼 스멀스멀 기어

나온 한 매춘부에게 끌려갔다. 오승은 이곳이 처음이었다. 그러나 술에 반쯤 취한 상태라 초보 티가 전혀 나지 않았다. 그렇다고 정신을 잃을 정도로 폭 취한 것도 아니었다. 그를 데리고 간 사람은 풍류가 남아 있는 중년 여자였다. 오승은 여자에게 이끌려 낡고 해진 침대에 눕기 전까지는 그나마 정신줄을 붙잡고 있었다. 그리고 다시 제정신을 차렸을 때는 날이 이미 훤히 밝아 있었다. 무명 적삼 안주머니에 있던, 반년 동안 힘들게 모은 돈은 온데간데없이 사라져버렸다. 그제야 그는 정신이 번쩍 들었다. 침대에서 펄쩍 몸을 일으키면서 소리를 질렀다.

"누구 없어요?"

오승은 머리가 깨질 것처럼 아팠다. 몇 번 더 소리쳤으나 역시 대답하는 사람은 없었다. 그제야 그는 아무에게나 분풀이를 하기 위해 찾은 곳에서 그 자신이 되레 '먹잇감'이 됐다는 사실을 알 수 있었다. '도대체 누가 누구에게 화풀이를 한단 말인가?' 눈앞에 느닷없이 악몽 같은 기억이 또 떠올랐다. 일렁이는 촛불, 한 몸처럼 포개져 아래위로 꿈틀거리던 누리끼리한 두 몸뚱아리……. 귓전에 포효하듯 울부짖던 항천취의 목소리도 들리는 듯했다.

'내가 못한다고 누가 그랬어? 내가 못한다고 누가 그랬어……!'

오승은 방안을 구석구석 샅샅이 뒤졌다. 그러나 아무것도 찾아내지 못했다.

"제기랄, 여자 거지였어? 왜 아무것도 없는 거야?"

오승은 지난밤 자신과 살을 섞었던 여자가 거지였을 수도 있다는 사실에 더욱 더러운 기분이 들었다. 화가 난 그는 문을 발로 차고 나왔다. 술이 덜 깼는지 걸음이 제대로 옮겨지지 않았다. 겨우겨우 비틀거리면서 차행으로 돌아왔다. 마당에서 바삐 돌아다니던 점원들이 작은 소리로 오승에게 물었다.

"어디 갔댔어? 차청 사장님이 아까부터 너를 찾고 있는데."

오승은 눈을 흘기면서 아무 말도 하지 않았다. 나이가 지긋한 점원이 상스러운 동작을 하면서 농담을 던졌다.

"갈보년 만나러 갔다 왔겠지."

점원들이 웃음을 참지 못하고 쿡쿡거렸다.

오승은 입을 꾹 다물고 곧바로 부엌으로 향했다. 이날따라 부엌에는 사람이 많았다. 소차는 아궁이에 불을 지피는 중이었다. 오승은 소차를 힐끗 보고 나서 대나무통에 들어있는 생수를 벌컥벌컥 들이켰다. 소차는 지난번처럼 "생수를 마시지 말라"는 말도 하지 않고 불 지피는 데 열중하고 있었다. 오승은 또 생수를 들이켰다. 소차는 여전히 아무 반응도 없었다. 급기야 화가 치밀어 오른 오승은 대나무통을 던져버리고 소차를 향해 고함을 질렀다.

"내가 못한다고 누가 그랬어?"

소차가 튕기듯 자리에서 일어났다. 어느새 낯빛이 하얗게 변해 있었다.

"내가 모를 줄 알아? 내가 못한다고 누가 그랬어?"

오승이 재차 고함을 질렀다.

소차가 발을 구르면서 새된 소리를 질렀다.

"미쳤어요?"

오차청이 소리 없이 두 사람 앞에 나타났다. 이어 두 사람을 한참 번갈아 보더니 소차를 향해 손을 내저었다.

"반지를 빼거라. 여기가 뭘 하는 곳인지 모르느냐?"

소차는 황급히 반지를 뺐다.

오차청은 오승을 향해 고개를 돌렸다. 목소리는 단호하고 무거웠다.

"일하러 가!"

항천취는 소차를 데리고 새로 개업한 망우찻집으로 가 보자고 했다. 그러다 출발을 앞두고 갑자기 무슨 생각이 들었는지 오승을 불렀다.

"오승, 자네 예전에 융흥찻집에서 일했었지? 오늘 다시 가보면 눈이 번쩍 뜨일 거야. 그 백정놈이 경영할 때하고 뭐가 어떻게 다른지 직접 두 눈으로 확인해봐."

소차는 태연자약하게 황포차에 올라탔다. 항천취와 어깨를 나란히 하고 앉아 길옆으로 스쳐지나가는 풍경도 구경했다. 인력거를 끄는 촬착이 난처해하건 말건, 오고가는 행인들이 수군거리건 말건 전혀 대수롭지 않은 것 같았다. 땀을 뻘뻘 흘리면서 달음박질하다시피 인력거 뒤를 따르는 오승은 분노로 이를 바득바득 갈았다.

'차청 아저씨는 왜 저 두 사람이 난잡한 짓을 하는 것을 내버려두는 걸까? 촬착도 다 알면서 못 본 척하는 이유가 뭘까?'

오승은 아무리 생각해도 이해가 되지 않았다. 오승은 밤마다 꿈속에서 소차를 만났다. 꿈속에서 소차는 그가 아무리 괴롭히고 유린해도 찍소리도 못하는 오롯이 그 한 사람만의 '노비'였다.

소차는 오승의 속을 아는지 모르는지 생글생글 웃으면서 망우찻집 문턱을 넘고 있었다. 옛날 이 문턱을 넘다가 오승에게 밀려 넘어졌었던 사실은 까맣게 잊은 것 같았다. 소차는 여전히 생글거리면서 계단을 올랐다. 예전에 빨간 옷을 입고 계단 위에서 공중제비를 돌았던 일도 다 잊은 것 같았다. 소차는 2층에 꾸며놓은 연극 무대를 구경하면서 연신 감탄을 했다.

'연극쟁이보다 더 가증스러운 년, 더러운 갈보년 같으니라고.'

오승은 속으로 욕설을 퍼부었다.

'저 돈 많은 원수는 저 천한 년이 뭐가 좋다고 옆에 꼭 붙어서 실실 쪼개는 걸까?'

오승이 속으로 이를 갈건 말건 항천취는 소차를 부축해 상석에 앉혀놓고 다과를 권하기에 여념이 없었다. 소차가 해바라기씨를 먹는 모습은 우아하고 매력적이었다. 오승도 이 점을 인정하지 않을 수 없었다. 소차가 해바라기씨를 까서 조롱 속의 새에게 먹이는 모습은 티끌 한 점 묻지 않은 순진무구한 소녀 같았다. 촛불 아래에서 이상야릇한 신음을 흘리던 창부라고는 믿기 어려운 얼굴이었다.

오승은 속으로 이를 바득바득 갈면서도 겉으로는 아무렇지 않은 척 항천취와 소차, 심지어 촬착의 시중을 곰상곰상 들었다.

"오승, 자네는 여기서 일하는 게 좋겠어. 자네는 차행보다 찻집이 더 어울려."

"그래도 평생 남의 시중을 들면서 살 수는 없잖아요?"

"그래, 그래. 오승 자네는 큰 뜻을 품고 있는 사람이지. 그게 좋은 거야. 내가 도와줄 테니 잘 해봐."

"고맙습니다, 항 사장님."

오승은 노복처럼 비굴한 표정을 지으면서 허리를 깊이 숙였다. 옆에서 말없이 지켜보던 소차는 갑자기 온몸에 소름이 쫙 끼쳤다. 드디어 모든 기억이 또렷하게 떠올랐다. 어릴 때 항씨 도련님이 그녀에게 잣을 줬었고, 오승이 그 잣을 빼앗아 발로 짓뭉개버렸었다. 그리고는 나중에 땅속에 박힌 잣을 도로 파내어 그녀에게 권했었다. 그때 오승은 눈물을 흘렸었다. 왜 눈물을 흘렸을까? 물론 그녀는 그 이유를 알 수 없었다.

심록애는 여름 동안 평온한 나날을 보냈다. 남편 항천취는 매일 아침 일찍 나갔다가 저녁 늦게 들어왔다. 가끔 차장에 있을 때도 있었으나 후조로에 있는 차행에 있는 시간이 훨씬 많았다. 춘차 장사가 끝나자마자 항천취는 동려桐廬의 생대추와 당서塘棲의 연밥을 가져다 가공한 뒤 홍콩과 광동으로 운송해 판매했다. 항천취는 망우찻집에도 자주 드나들었다. 망우찻집은 예전 시절로 돌아간 듯 새 조롱을 들고 바둑을 두거나, 시를 읊거나, 야담을 듣거나, 연극을 관람하는 손님들로 북적였다.

항천취는 자주 한밤중에 집에 들어오고는 했다. 밤새도록 아예 돌아오지 않을 때도 종종 있었다. 그래도 집에 들어와서는 어디 갔다 왔노라고 예의바르게 아내에게 '보고'하고는 했다. 대부분의 경우 심록애는 이미 잠이 든 상태라 남편이 무슨 말을 하는지 듣지 못했다.

심록애는 결혼한 이후로 여태까지 처녀 딱지를 떼지 못했다. 혼자 힘으로는 어쩔 수 없는 일이었기에 마음속으로 현실을 받아들일 수밖에 없었다. 이 문제는 엄연히 두 사람의 사생활이었으나 항씨 집안에서는 이미 공공연한 비밀이 돼버렸다. 심록애의 어머니와 시어머니는 이 일 때문에 여러 번 은밀한 대화를 나눴다. 망우저택에 의원들이 뻔질나게 드나들기 시작했다. 항천취는 울며 겨자 먹기로 이름 모를 한약들을 먹었다.

심록애는 의원들이 드나들고 남편이 한약을 먹는 것을 보면서도 아무런 느낌이 없었다. 마음이 목석처럼 굳어진 듯했다.

얼마간의 시간이 지난 후 시어머니가 심록애에게 넌지시 물었다.

"좀 좋아진 것 같으냐?"

"전혀요."

심록애가 딱딱하게 대답했다.

"너도 어떻게 좀 신경을 써 봐라."

"저하고는 상관없는 일이에요."

무심하게 대답하는 며느리의 눈빛은 남자 구실도 못하는 아들도 아들이랍시고 감싸고도는 시어머니에 대한 원망으로 가득 차 있었다.

"두 사람 사이의 문제는 두 사람 모두에게 다 책임이 있어."

시어머니 말에는 가시가 있었다.

그러던 어느 날, 다 늙고 말라비틀어진 노파가 가마에 앉아 망우저택 대문으로 들어섰다. 심록애 어머니와 시어머니가 초청한 사람이었다. 두 어머니는 심록애와 노파를 방에 밀어 넣고 문을 걸어 잠갔다.

심록애는 태어나서 난생 처음으로 '방중술'房中術이라는 것을 접해봤다. 남자와 여자의 생리, 성교 기술, 성애의 비법까지 이토록 상세하게 들어보기는 처음이었다. 여자치고 화통하고 대범한 편인 그녀조차 귀뿌리까지 화끈화끈해질 정도였으니 대화의 수위가 얼마나 높았을지 미뤄 짐작할 수 있었다. 한편 노파가 가르쳐준 방법과 기술을 실제로 실천해 보고 싶은 욕구도 생겼다.

그날 밤, 심록애는 자지 않고 남편을 기다렸다. 자정 무렵 남편이 살그머니 들어와서 자리에 누웠다. 심록애는 남편 쪽으로 돌아누우면서 부드럽게 말을 걸었다.

"좀 늦으셨네요?"

"응. 김 노대金老大의 〈무송이 범을 때려잡다〉를 듣느라고 좀 늦었어."

항천취는 말을 마치자마자 아내를 등지고 돌아누웠다. 이내 드르렁 드르렁 코고는 소리가 크게 들려왔다. 심록애는 한숨을 쉬면서 생각했다.

'날이 밝으면 해보지, 뭐.'

심록애는 거의 뜬눈으로 밤을 새웠다. 동틀 무렵이 되자 그녀는 조심스럽게 남편을 흔들어 깨웠다. 잠에서 깬 항천취는 고개만 돌린 채 마치 낯선 사람 보듯 아내를 보면서 물었다.

"날도 안 밝았는데 왜 깨워?"

심록애는 흠칫 놀라 내밀었던 손을 거둬들였다. 남편의 얼굴에서는 예전의 겁 많고 자신감 없던 표정은 전혀 찾아볼 수 없었다. 대신 "당신이 누구냐?"는 듯 냉담하고 무심한 표정뿐이었다.

잡역부 오승이 다시 망우저택을 찾았을 때는 가을바람이 불기 시작할 때였다.

오승은 살면서 이번 가을처럼 슬픈 가을은 처음이었다.

여름이 거의 끝나갈 무렵 소차는 오차청을 찾아가 작별인사를 했다. 소차는 안색이 매우 안 좋아 보였다. 콧등에 기미도 몇 개 보였다.

"차청 아저씨, 저는 이만 떠날게요."

딸각딸각 주판알을 튕기고 있던 오차청은 고개를 들어 소차를 한 번 보고는 물었다.

"머물 곳은 있느냐?"

"네, 이미 마련……."

"그래, 알았어."

오차청은 소차의 말허리를 뭉텅 잘랐다.

"네가 먹고 살길이 있다면 그걸로 됐어. 다른 건 알고 싶지 않다."

소차가 풀썩 무릎을 꿇었다.

"차청 아저씨, 저를 용서하세요."

오차청의 서늘한 눈빛이 소차의 얼굴에서 목, 가슴에 이어 배까지 재빠르게 훑고 지나갔다. 오차청은 벌떡 일어났다가 다시 자리에 앉았다. 자기도 모르게 긴 한숨이 나왔다. 그는 서랍에서 은전 한 묶음을 꺼내어 소차에게 건넸다.

"가져가. 필요할 때가 있을 거야."

소차는 그예 눈물을 쏟았다. 항천취는 얼마 전에 오산 기슭에 작은 뜰이 딸린 집을 빌렸다. 소차는 곧 그리로 들어가서 살아야 했다. 항천취의 아이를 밴 그녀에게는 선택의 여지가 없었다. 그녀는 자신이 항천취의 첩인지, 소실인지 아니면 다른 무엇인지 따질 여유가 없었다.

"일어나거라."

오차청이 손을 휘저었다.

"가서 잘 살아. 정 견디기 힘들면 나를 찾아오거라."

소차가 탄 가마가 청하방에 이르렀을 때 가마꾼들이 걸음을 멈췄다. 길 한가운데 여자 거지의 시체가 있어 지나갈 수가 없다는 것이었다. 여자 거지는 죽은 지 며칠이 지났는데 아무도 시체를 거둬주지 않았다고 했다.

항천취가 가마에서 내렸다. 잠시 후 그는 다시 소차의 가마에 올랐다.

"오늘은 돈을 안 가지고 왔어. 은전 몇 개만 줘."

항천취가 돈을 주자 남자 몇 명이 여자의 시체를 들어올렸다. 그 서슬에 시체의 몸에서 종이로 꽁꽁 감싼 무엇인가가 툭 떨어졌다. 종이를 풀어보니 조그마한 찻잔이었다. 다행히 찻잔은 깨진 곳 하나 없이 멀쩡했다.

시체의 얼굴은 코와 입이 다 썩어서 형체를 알아보기 힘들었다. 언뜻 봐도 매독에 걸려 불행한 삶을 마감한 매춘부임이 틀림없었다.

항천취가 찻잔을 주워 소차에게 건넸다. 소차는 기겁을 하면서 손사래를 쳤다.

"싫어요, 싫어요. 거지가 쓰던 건 싫어요."

"죽은 사람은 소련이라는 여자야. 이 찻잔은 내가 소련에게 줬던 거야."

"소련은 누구에요?"

"너에게 잣을 줬던 여자야."

"기억이 안 나요."

"더 묻지 말고 받아둬."

항천취가 불쾌한 표정을 지었다. 소차는 더는 고집을 피우지 못하고 떨리는 손으로 찻잔을 받아 가지고 있던 보따리에 넣었다.

소차는 이 찻잔을 싫어했다. 몇 년이 지난 뒤에도 이 찻잔만 보면 늙은 노파의 다 썩은 코와 입이 눈앞에 떠올랐기 때문이었다.

오승은 오산 산자락까지 항천취와 소차를 미행했다. 그는 버드나무가 한 그루 서 있는 대문 안으로 소차가 들어가는 것을 확인했다. 빨간 칠을 한 구리 대문은 마치 새로운 입주자가 누가 되든 상관없다는 듯 무심하게 자리를 지키고 서 있었다. 오승은 살금살금 다가가 대문 안쪽을 들여다봤다. 뜻밖에도 촬착이 마당에서 가구와 짐을 부리느라 바쁘게 돌아다니고 있었다. 아니, 촬착도 항 사장과 소차 둘의 사이를 알고 있다는 말인가? 그렇다면 아직 모르고 있는 사람은 누구인가? 항 사장의 '대각'大脚(전족을 하지 않은 발) 부인도 소차의 존재를 묵인했다는 말인가?

부잣집에서 처첩을 여럿 두는 것은 이상한 일이 아니었다. 이는 오승도 잘 아는 사실이었다.

"에잇, 괜히 쫓아왔네."

스스로에게 화가 난 오승은 터덜터덜 오던 길로 되돌아섰다.

이때 촬착이 빈 인력거를 끌고 오승의 옆으로 지나갔다. 오승이 촬착에게 말을 걸었다.

"항 사장님이 이사하셨나요?"

촬착이 흠칫 놀란 표정을 짓다가 오승을 알아보고는 대답했다.

"나는 또 누구라고! 밀짚모자를 눌러써서 알아보지 못했네. 근데 자네는 여기 웬일인가?"

오승이 대충 둘러댔다.

"돈 가지러 차장으로 가던 길이었어요. 판매자들은 차장 이름이 찍힌 은전만 요구해요. 이곳을 지나다가 소차가 대문 안으로 들어가는 것을 봤어요. 별일도 다 있네요, 항 사장님이 작은 부인을 들였는가요?"

촬착은 입을 꾹 다물고 곧장 앞으로 걷기만 했다. 속에서 부글부글 화가 끓어오르는 오승은 누군가에게 그것을 풀지 않고는 견딜 수 없을 것 같았다.

"촬착 형, 형은 도련님을 모신답시고 간이 배 밖으로 튀어나왔나 봐요. 이제는 아무 짓이나 다 하네요?"

촬착이 고개를 쳐들고 매우 진지하게 말했다.

"오승, 자네는 다 좋은데 분별력이 없는 게 단점이야. 너무 많이 알려고 하지 말게. 괜한 오지랖을 부리다가 큰 화를 당하는 수가 있다네."

오승은 촬착의 말에 그만 말문이 턱 막혀버렸다. 촬착은 나이가 서른이 넘었다. 황소 눈처럼 크고 순진한 눈망울과 싯누런 이빨은 여전했다. 다만 살이 많이 빠져서 얼굴이 홀쭉했다. 땋은 머리는 두레박을 끌어올리는 낡은 밧줄처럼 볼품이 없었다. 오승은 촬착을 보면서 속으로 생각했다.

'나도 나중에 저런 모습이 될까?'

오승이 이를 갈면서 대꾸했다.

"형이 나에 대해 뭘 안다고 그런 소리를 해요?"

"자신과 상관없는 일에는 끼어들지 않는 게 좋네."

오승이 버럭 소리를 지르면서 발을 굴렀다.

"나한테 이래라저래라 하지 마세요."

"그러다 언젠가 큰 경을 치게 될 거야."

촬착이 걸음을 멈추고 진지한 표정으로 한마디 덧붙였다.

"자네는 욕심이 너무 많아."

오승은 망우차장에 들어섰다. 회계선생은 뚱뚱한 남자였다. 그는 오승을 보자마자 입을 열었다.

"오늘은 현금이 없네."

"차청 사장님의 분부를 받고 왔어요. 판매자들은 망우차장 은전이 아니면 안 받겠대요."

오승은 어느새 공손하고 곰살맞게 변해 고개를 숙였다.

"자네?"

회계선생은 안경 너머로 오승을 응시했다.

"돈을 호송하는 사람들이 밖에서 기다리고 있어요."

"원래 있었네. 하지만 그저께 항 사장님이 가져갔네."

"항 사장님의 일상경비도 이곳에서 나가요?"

오승은 처음 듣는 소리라는 듯 일부러 놀란 표정을 지었다. 사실 그는 항 사장이 돈을 가져다 어디에 쓰는지 누구보다 더 잘 알고 있었다.

"자네 같은 가난뱅이가 부잣집 사람들의 고충을 어찌 알겠나? 그들에게는 동쪽 벽을 허물어 서쪽 벽을 막는 일은 일도 아니라네."

"그럼 우리 차행은 어떡해요? 우리 사장님도 돈이 필요하신데."

회계선생은 주위를 살펴 아무도 없는 것을 확인한 뒤 목소리를 한껏 낮췄다.

"내가 한 가지 방법을 알려주겠네."

"무슨 방법이요?"

"아씨를 찾아가게."

"차장을 책임진 사람은 마님(항씨 부인)이 아닙니까?"

"지금은 항씨 도련님이 명목상의 주인이지. 자네도 알겠지만 도련님은 경영에 그다지 신경을 쓰는 분이 아니네. 많이 버는 만큼 씀씀이도 그만큼 크지. 마님은 예전부터 알면서 모르는 척 눈감아 주셨네. 지금은 차청 아저씨도 여기 계시지 않으니 그나마 도련님이 어려워하시는 사람은 아씨밖에 없다네. 그분을 제외한 다른 사람은 안중에도 없지."

회계선생은 오승과 친숙한 사이였다. 안 그래도 회계선생은 항천취 때문에 골치가 지끈지끈 아프던 참이었다. 항천취는 망우차장을 인계받은 이후로 걸핏하면 회계실을 찾아와서 돈을 요구하고는 했다. 가끔 제멋대로 서랍을 열어 있는 돈을 싹쓸이해갈 때도 있었다. 회계선생이 뭐라고 하면 방귀 뀐 놈이 성을 낸다고 자기가 더 난리였다.

"내가 급해서 그래. 김동심金冬心(양주팔괴揚州八怪 중 한 사람)의 〈한매도〉寒梅圖에 눈독들인 사람이 셋이나 된단 말이야. 지금 얼른 사지 않으면 다른 사람에게 빼앗겨."

"그래도 장부 기입은 해야죠?"

"필요 없어, 필요 없어. 내가 쓴 돈은 내가 어디에 썼는지 다 기억하고 있어."

이쯤 되면 회계선생은 어느새 저 멀리로 사라져버린 항씨 도련님을 보면서 쩝쩝 입을 다실 수밖에 없었다.

회계선생은 항천취의 '만행'을 아무에게도 말하지 못하고 혼자 속앓이를 하던 중 오늘 운 좋게 오승을 만나게 된 것이었다.

오승도 흥분에 겨워 두 눈이 광채를 발했다. 아씨를 만날 기회만 이제나저제나 기다려왔는데 오늘 드디어 소원성취하게 된 것이다. 그는 시비곡직을 가리지 않고 이판사판으로 아씨에게 다 털어놓을 작정이었다.

그러나 오승은 아직 어리고 미숙했다. 그는 고자질의 기본 수순조차 몰랐다. 비록 잡역부치고는 눈치 빠르고 약은 축에 속하나 부잣집 사람들을 상대로 속임수를 쓰는 데는 아직 많이 서툴렀다.

오승은 심록애 앞에 선 순간부터 자기도 모르게 다리가 후들후들 떨려 제대로 서 있기도 힘들었다. 심록애의 외모는 복숭아꽃처럼 요염하고 아름다우나 또 얼음처럼 차가웠다. 오승이 들어왔을 때 그녀는 연녹색 비단옷 차림을 하고 복도 앞에 앉아 있었다. 다탁 위에는 유리컵 열 몇 개가 일렬로 세워져 있었다. 그녀는 끓인 물을 열 몇 개의 유리컵에 차례로 부었다. 환한 대낮이라 다탁 위에 유리컵 그림자가 거꾸로 비쳤다. 투명한 유리컵 속의 찻잎이 유난히 새파랗게 보였다. 물속에서 빙글빙글 도는 찻잎은 마치 새파란 옷을 입고 춤을 추면서 신음하는 여자처럼 보였다. 이윽고 찻잎들이 회전을 멈추고 하나둘씩 앞을 다퉈 수면 위로 솟아올랐다. 그것들은 마치 대장의 명령에 따라 재빠르게 부동자세에 들어간 병사들처럼 가닥가닥 줄줄이 곧게 서서 미동도 하지 않았다. 그런데 이게 웬일인가? 줄줄이 곧게 서 있던 찻잎들이 불과 몇 초 만에 일제히 바닥으로 가라앉아버린 것이다. 열 몇 개가 다 똑같았다. 정신을 집중한 채 유리컵을 지켜보는 심록애의 표정은 호수처럼 고요했다. 오승은 옆에 우두커니 서서 감히 숨조차 크게 쉬지 못했다.

'부자들은 참 이상해. 이게 뭐가 재미있다고 할일 없이 이걸 구경하고 있어?'

그러나 오승도 인정하지 않을 수 없는 것은 유리컵에 담긴 찻잎과 찻물이 확실히 좋았다는 것이었다. 향도 기가 막혔다.

"무슨 일인가?"

심록애가 드디어 입을 열었다. 그녀의 눈동자는 크고 검었다. 그러나 얼음처럼 차가운 기운을 풍기고 있었다. 오승은 심장이 떨려 무엇을 어떻게 말하면 좋을지 몰랐다.

"회계선생이 그러는데 회계실에 돈이 없대요."

오승이 쩔쩔매면서 입을 열었다.

"나하고는 상관없는 일이네."

심록애는 색깔을 비교하기 위해 차 두 잔을 밝은 곳으로 옮겨놓았다.

"어느 것이 색깔이 더 좋은 것 같나?"

심록애가 물었다.

오승은 대충 살펴보고 파란 색깔이 더 진한 쪽을 가리켰다.

"이거요."

"음, 똑똑하군. 이건 끓여서 살짝 식힌 물로 우린 거네."

"예."

"뭐가 '예'인가? 이유를 말해보게."

"너무 뜨거운 물로는 차를 잘 우려낼 수 없습니다."

심록애가 크고 검은 눈으로 한참 오승을 응시하더니 고개를 끄덕였다.

"그래, 맞아."

심록애가 자리에서 일어나 복도를 왔다 갔다 하면서 혼잣말하듯 중얼거렸다.

"사람도 마찬가지야. 알겠는가?"

'이 여자가 도대체 왜 이러는 거야? 정신이 이상해진 거 아니야?'

오승은 슬슬 두려워지기 시작했다.

"회계실에 돈이 없대요."

"나하고는 상관없는 일이라고 말했잖은가!"

심록애가 의아한 표정을 지었다.

"항 사장님이 다 꺼내가셨대요."

"그걸 네가 어떻게 알아?"

"항 사장님은 오산에 집을 빌리고 딴 살림을 차렸어요. 여자 이름은 소차예요. 우리 차행에서 일하던 여자예요."

오승은 깊게 생각할 겨를도 없이 별러왔던 말을 와르르 다 쏟아놓았다.

"뭐라고?"

"꽤 오래전 일이에요. 다른 사람들은 다 알아요. 아씨만 모르고 계세요."

심록애는 몸이 허공에 둥둥 떠오르는 느낌이 들었다. 방금 전까지 눈앞에 있던 유리컵도, 입을 나불대던 남자도 단 하나도 보이지 않았다. 그녀는 자기도 모르게 한마디 툭 내뱉었다.

"썩 꺼져!"

'아씨가 혼절할 것 같아.'

오승은 흥분과 두려움, 통쾌함과 당황함이 한꺼번에 어지럽게 부딪치며 머릿속이 화끈거렸다. 그렇지만 마지막 남은 힘을 쥐어짜내 새된 소리로 기어이 마지막 한마디를 내뱉고 말았다.

"두 사람이 한 침대에 누워 안고 뒹구는 것을 제 눈으로 직접 봤어요."

오승은 덜덜 떨면서 몸을 돌려 뛰어갔다. 심록애의 비명소리를 은근히 기대했으나 그런 소리는 들리지 않았다. 오승은 가산假山 뒤에 숨어서 그녀의 반응을 살폈다. 그녀는 다탁 뒤에 서서 찻잔에 손을 뻗고 있었다. 오승은 두 눈을 꼭 감았다. 1초, 2초, 3초……. 그러나 아무리 기다려도 찻잔이 박살나는 소리와 가슴이 찢어질 것 같은 비명소리는 들리지 않았다. 오승은 눈을 떴다. 심록애는 김이 모락모락 나는 다탁 뒤에 앉아 차를 홀짝이고 있었다. 그녀가 들고 있는 찻잔에서는 김이 피어오르지 않았다.

제15장

심록애가 들고 있는 찻잔에는 찬물로 우린 차가 들어 있었다. 어느덧 여덟 시간이 지났다. 그러나 찻잔 속의 찻잎은 하나도 가라앉지 않았다. 여전히 차갑고 도도하게 물 위에 꼼짝 않고 둥둥 떠 있었다. 그 모습은 마치 말라서 쭈글쭈글해진 노인의 피부 같았다.

심록애는 눈을 빤히 뜨고 찻잔만 응시했다.

'맙소사, 어떻게 이럴 수가 있지? 이것들은 왜 아래로 가라앉지 않을까? 한 잎이라도 가라앉으면 좋을 텐데.'

여름바람이 뜨거웠다. 그러나 심록애는 뼛속 깊이 파고드는 한기 때문에 온몸을 덜덜 떨었다.

그녀의 마음은 걷잡을 수 없이 무너져 내리고 있었다. 조금씩, 천천히 무너지는 것이 아니라 일정한 시간의 간격을 두고 와르르 무너지고 있었다. 그리고 그 시간의 간격은 점점 더 짧아지고 있었다. 그녀는 심지어 자신의 마음이 무너지는 '와르르!' 소리도 들을 수 있었다.

심록애가 온 정신을 집중한 채 한사코 가라앉지 않는 찻잎을 응시하는 이유는 방금 전 오승에게 들었던 말을 생각하고 싶지 않았기 때문이었다. 남편의 외도, 그녀는 이 생각만 하면 자신도 모르게 무섭도록 구역질이 치밀어 올랐다. 웩웩 구역질을 하는 그녀의 모습은 임산부로 오해받기 딱 좋았다.

'어떻게 이런 일이 있을 수 있지? 이런 일은 절대 있어서는 안 되는 일이야. 이 얼마나 무서운 일인가. 이 얼마나 역겨운 일인가. 이 얼마나 수치스러운 일인가. 이 얼마나 창피한 일인가. 나는 그런 줄도 모르고 그가…….'

심록애는 벼락이라도 맞은 사람처럼 갑작스럽게 펄떡 몸을 일으켰다. 그녀의 얼굴은 창피함과 수치스러움 때문에 빨갛게 달아올랐다.

'그는 거울에 비친 내 반라의 몸을 보고 얼마나 비웃었을까? 나는 정말 바보 같았어.'

심록애는 갑자기 방금 전까지 꽉 막혀서 갑갑하던 가슴이 찢어지듯 아파오는 것을 느꼈다. 누군가 가슴속을 비수로 긁어대는 것 같았다.

심록애의 눈앞에 몸종 완라婉羅가 지나가는 것이 보이는 듯했다. 누군가가 "식사하라!"고 말하는 소리가 들리는 것 같기도 했다. 심록애는 짜증스러운 표정으로 손사래를 쳤다. 날은 어느새 어두워졌다. 그녀는 해가 언제 저물었는지도 몰랐다. 아마 그녀의 마음이 무너져 내릴 때 해도 저물었으리라. 마당에서 귀뚜라미 울음소리가 들려왔다. 아마 올여름 들어 처음 듣는 귀뚜라미 소리일 터였다. 심록애는 고개를 들어 밤하늘을 올려다봤다. 듬성듬성 박혀 있는 별들은 마치 누군가에게 등 떠밀려 나온 것처럼 기운이 없어 보였다. 썰물이 휩쓸고 지나간 호숫가에는 공허와 적막만 남았다.

완라가 다가왔다.

"마님께서 아씨를 찾으세요."

심록애는 미동도 하지 않았다. 더 이상 살고 싶은 생각이 싹 사라진 지금 누가 부르건 그녀와는 상관없는 일이었다.

'이렇게는 살 수 없어.'

살 수 없다는 데 생각이 미치자 심록애의 눈이 반짝 빛났다.

'그래, 죽자!'

심록애의 뇌리에 그렇게 번개처럼 끔찍한 생각이 떠올랐다. 순간 그녀의 마음은 세상의 짐을 다 내려놓은 듯 홀가분해졌다.

그녀는 미친년처럼 방으로 달려 들어가 들보를 살펴봤다. 그러나 목을 맬 만한 도구도, 밧줄을 걸만한 곳도 마땅히 없었다. 그녀는 다람쥐 쳇바퀴 돌 듯 방안을 뱅뱅 돌았다. 그리고 드디어 겨울에 목에 두르던 명주 손수건을 찾아냈다. 이거라면 목을 매는데 문제가 없을 터였다. 몸종 완라는 여느 때와 다른 아씨 모습을 보고 놀라기도 하고 두렵기도 한지 풀썩 무릎을 꿇은 채 목이 터져라 울면서 소리를 질렀다.

"마님, 마님, 우리 아씨가 목을 매려고 해요. 마님, 우리 아씨 좀 살려주세요!"

임우초가 허둥지둥 달려 들어왔다. 방안의 광경을 본 그녀는 금세 무슨 일인지 알 수 있었다.

"물러가거라."

임우초는 모기 잡는 부들부채를 손에 든 채 하인들에게 분부했다. 방안에는 시어머니와 며느리 단 둘이 서로를 마주 한 채 서 있었다.

두 사람은 서로를 보면서 한참 동안 대치했다. 이윽고 시어머니가 먼저 의자를 잡아당겨 앉으면서 입을 열었다.

"아무리 죽고 싶어도 무슨 영문인지 이유는 알리고 죽어야 할 게 아니냐?"

심록애는 그대로 선 채 시어머니에게 되물었다.

"모두들 제가 죽기를 기다리고 있지 않아요?"

임우초는 며느리의 물음에는 대답하지 않고 등잔 심지만 물끄러미 바라보다가 엉뚱한 말을 했다.

"별일 아니야. 천취는 원래 좀 아픈 아이야. 결혼하면 좀 나아지려니 했는데 별로 달라진 게 없어."

"아프기는 뭐가 아파요? 말짱 거짓말쟁이들뿐이야. 나는 살고 싶지 않아요."

심록애는 명주 손수건을 다시 집어 들었다. 그러나 방금 전처럼 죽겠다고 바락바락 악을 쓰지는 않았다.

임우초가 후유! 한숨을 내쉬고 나서 말했다.

"천취는 아가 너를 무서워하고 있단다. 너는 여자치고 기가 너무 세."

심록애는 날카로운 눈빛으로 시어머니를 쏘아봤다. 시어머니의 말에 크게 충격을 받은 것 같았다. 방금 전의 세상을 다 잃은 것 같던 표정은 온데간데없이 사라졌다.

"제가 아무리 기가 센들 어머님보다 더 하겠어요? 어머님은 기가 너무 세셔서 남편도 먼저 보내셨잖아요. 저는 어머님처럼 복이 많지 않아요. 남편보다 제가 먼저 죽게 생겼으니까요. 제가 죽고 나면 다들 보란 듯이 더 즐겁게 살겠죠?"

임우초의 손이 분노로 덜덜 떨렸다. 그러나 그녀는 억지로 화를 참고 차분하게 말했다.

"록애, 너는 똑똑한 여자이니 내가 하는 말이 무슨 뜻인지 잘 알 거다. 내가 천취에게 물어봤어. 그 아이는 너하고 살기 싫은 것이 아니라 도저히 같이 살 수 없다고 하더라. 네가 뭘 어떻게 했기에 그 아이가 그런 말을 하는 거니?"

심록애는 너무 어이가 없어 목을 매려던 생각마저 싹 사라졌다.

"제가 뭘 어떻게 했냐고요? 제가 뭘 어떻게 했단 말이에요? 저는 아무 말도 안 하고 아무 짓도 안 했어요. 도대체 왜 저를 무서워한대요?"

"소위 대갓집 규수라는 여자가 그게 뭐냐? 남자들처럼 발이 큰 건 그렇다치고 안 그래도 큰 가슴을 쑥 내밀고 다니질 않나, 목소리는 구리종처럼 우렁차지, 여자다운 데가 어디 한 군데라도 있니? 너는 산에서 제멋대로 쏘다니고 대도시에서 굴러먹던 습관이 그대로 남아 있어. 나는 네가 '삼종사덕'三從四德을 지키는 것까지는 바라지 않는다. 그래도 온순하고 현숙한 모습은 갖춰야 할 게 아니냐. 네가 목을 맨다, 단식을 한다……, 백날 난리쳐봤자 아무도 눈 깜짝 안 해. 제대로 본때를 보여주고 싶다면 아들을 낳아. 그러면 아무도 너에게 뭐라고 못할 테니."

"당신, 당신……!"

심록애는 너무 화가 나서 말을 더듬었다.

"항씨 가문에 좋은 사람은 하나도 없군요."

"나는 항씨가 아니라 임씨야. 나는 항씨 가문에 시집온 지 10년이 지나도록 아이가 없었어. 내가 그동안 얼마나 모진 고생을 했는지 너는 아마 상상도 못할 거야. 너는 항씨 가문에 들어온 지 겨우 1년밖에 안 돼. 애송이가 벼룩처럼 팔짝팔짝 뛰어봤자 내가 눈 하나 깜짝할 성 싶으냐? 웃기지 마, 너는 아직 멀었어."

심록애는 목석처럼 멍하니 서서 한마디 대꾸도 하지 못했다. 시어머니의 입에서 이토록 험한 말이 나올 줄은 생각도 못했다. 그녀는 자기가 잘못 들은 것은 아닌가 하고 자신의 귀를 의심했다.

심록애는 여태껏 시어머니 임우초가 사리에 밝고 이해심이 깊은 여자라고 생각했었다. 임우초는 며느리가 전족을 하지 않았다고 해서 뭐라고 한 적도 없었다. 또 글공부도 어느 정도 했기에 교양도 있었다. 그러나 지금 이 순간 시어머니는 며느리 앞에서 지금까지와는 완전히 다른 모습을 보여주고 있었다. 심록애는 사람의 말도 비수처럼 잔인하게 가슴을 파고들 수 있다는 것을 이날 처음 알았다. 시커먼 방에서 향을 들고 서 있는 시어머니의 길고 마른 그림자는 마치 날개를 접고 서 있는 매처럼 매서웠다. 퐁퐁 피어오르는 향 연기와 기이한 향 내음은 껌벅껌벅 타들어가는 시뻘건 향불과 더불어 괴이한 분위기를 연출하고 있었다.

심록애는 운명의 신이 희롱하듯 그녀에게 손짓하는 것이 보이는 것 같았다. 시커먼 어둠 속에 그녀의 편은 아무도 없었다.

불현듯 "안으로 청명하고 밖으로 직방하니, 너와 더불어 공존하리라"라는 문구가 새겨진 만생호가 심록애의 눈에 띄었다. 그것은 마치 항천취의 삶을 상징하듯 조용히 골동품 진열대 위에 세워져 있었다.

"박살내버릴 거야!"

심록애는 냉큼 만생호를 집어 머리 위로 들어올렸다. 아무도 그녀를 말리지 않았다. 몇 쌍의 눈이 지켜보는 가운데 만생호를 치켜든 심록애의 손이 미세하게 떨리기 시작했다. 그녀는 곧 박살날 만생호의 운명이 자신의 운명과 닮았다고 생각했다.

"안 돼!"

심록애는 새된 소리를 지르면서 만생호를 내려놓았다. 온 힘을 다

한 그녀의 목소리가 망우저택 구석구석까지 울려 퍼졌다. 4대 독자로 내려온 항씨 가문에서 공공연히 "안 돼!"라는 항의의 목소리를 낸 사람은 지금까지 한 사람도 없었다. 그런 의미에서 심록애의 단말마적인 고함소리는 모두에게 신선한 충격을 안겨주기에 충분했다.

심록애는 꼬박 사흘 동안 침대에 누워 있었다. 이 사흘 동안 그녀는 별의별 꿈을 다 꿨다. 그러나 기억나는 것은 하나도 없었다. 사흘 만에 눈을 뜬 그녀가 처음 본 것은 용정차를 넣고 찬물을 부었던 찻잔이었다. 악착스럽게 물 위에 둥둥 떠 있던 찻잎이 그 사이에 부드럽게 물에 퍼져 밑으로 가라앉아 있었다. 찻물 색깔도 황록색으로 변해 있었다.

심록애는 머리를 산발한 채 침대머리 화장대에 마주 앉았다. 두 손으로 턱을 괴고 멍하니 찻잔만 바라봤다. 눈을 둥그렇게 뜬 채 미동도 하지 않고 온 정신을 집중해 찻잔만 응시했다.

완라가 다가왔다. 그러나 선뜻 말을 걸지 못하고 옆에 가만히 서 있기만 했다.

"내가 며칠 동안 누워 있었느냐?"

"꼬박 사흘이에요, 아씨."

완라가 궁금한 어투로 물었다.

"아씨, 뭘 보고 계세요?"

"차가 참으로 아름답구나."

심록애가 대답했다.

"나는 여태껏 차가 이렇게 아름다운 줄 몰랐어."

'아씨가 큰 충격을 받으셨나봐, 그예 실성하셨어.'

완라가 걱정하건 말건 심록애는 홀가분한 표정으로 침대에서 일어나면서 그녀에게 분부했다.

"배가 고프구나."

완라가 놀란 눈으로 심록애를 쳐다보았다. 아씨가 도대체 무슨 생각을 하는지 알 수 없다는 눈빛이었다. 완라는 아씨 식사를 준비하러 가는 김에 찻잔을 제자리에 가져다 두려고 손을 뻗었다.

"손대지 마!"

심록애가 소리를 질렀다.

"이거요?"

완라가 찻잔을 들고 말했다.

"제가 뜨거운 걸 가져다 드릴게요."

"내려놔!"

심록애의 언성이 높아졌다.

"나는 차가운 게 좋아. 지금 그게 좋아."

아침식사를 마친 심록애는 시어머니에게 문안을 드리러 갔다. 놀랍게도 생글생글 웃으면서 걸어오는 심록애의 모습은 언제 아팠던 사람인가 싶게 멀쩡해 보였다. 임우초는 차장 업무에 대해 오차청과 의논하던 중이었다. 며칠 만에 보는 며느리는 안색이 약간 창백할 뿐 여느 때처럼 환한 미모를 뽐내고 있었다. 시어머니가 물었다.

"왜 벌써 일어났느냐? 며칠 더 누워 있지."

"다 나았어요."

심록애는 다정하게 시어머니 옆에 붙어 앉았다.

"어머님과 차청 아저씨가 힘들게 일하시는데 어린 우리가 어찌 가만히 누워 있겠어요? 우리도 많이 듣고 보면서 얼른 배워나가야죠."

심록애의 입은 웃고 있었다. 그러나 눈빛은 칼날처럼 날카롭고 서늘했다. 오차청은 염소수염을 쓰다듬으면서 눈을 감았다.

"저에게 좋은 생각이 떠올랐어요. 지금 말씀드려도 괜찮을까요?"

임우초와 오차청의 시선이 일제히 며느리를 향했다.

"우리 집은 봄 한 철만 바쁘고 가을은 한가해요. 그래서 생각해 낸 건데 가을철에 항백국杭白菊 장사를 하면 어떨까요? 국화차도 녹차처럼 물로 우려서 마시는 거예요. 국화차를 좋아하는 사람도 꽤 돼요."

"음, 예전에 비슷한 제안이 나왔었어. 문제는 항국杭菊이 주로 동향桐鄕에서만 나니 시작할 엄두를 못 냈던 거야."

"제 친정 쪽 친척이 동향에서 항국을 재배하고 있어요. 그분에게 맡기면 될 것 같아요."

임우초는 며느리를 한참 보다가 차청에게 눈길을 돌렸다. 오차청은 염소수염을 쓰다듬으면서 아무 말도 하지 않았다. 임우초도 오차청의 눈치를 보면서 아무 말도 하지 않았다.

영리한 심록애가 오차청에게 물었다.

"차청 아저씨 생각은 어때요?"

오차청이 가볍게 읍을 하면서 말했다.

"글쎄, 내가 자네 고객을 뺏을까봐 걱정 안 되는가?"

심록애가 희색이 만면한 채 말했다.

"차청 아저씨의 말뜻은 이 장사가 벌이가 잘 될 것 같다는 얘기죠? 천취가 돌아오면 잘 상의해봐야겠어요."

심록애가 자리를 뜨자 임우초가 말했다.

"저 아이가 하고 싶으면 본인 돈으로 하라고 하죠? 저는 저 아이에게 자금을 대줄 여력이 없어요."

오차청이 한숨을 짓고 말했다.

"벌 받을 짓이야."

"무슨 그런 불길한 말을 해요?"

"천취는 사람 노릇하기 힘들어졌어."

"사람 노릇이 뭐가 대수인가요? 가문의 대가 끊어지는 것이 제일 걱정이죠. 당신도 저처럼 대가 끊어질까 걱정했잖아요. 록애는 아이를 낳을 생각이 없는데, 천취의 아이를 낳아주겠다는 여자가 생겼으니 이 얼마나 다행인가요. 누가 낳건 천취 핏줄이면 되는 거 아닌가요."

"너무 성급하게 서두르면 후환이 두려울 거요."

오차청이 말을 이었다.

"나는 망우차장에 온 지 30년 만에 처음으로 당신의 상대를 발견했소."

"저 아이가 내 상대라는 말인가요?"

"당신뿐만 아니라 우리 모두를 상대하고도 남을 아이요."

"아직 애송이예요. 며칠 전까지만 해도 목을 매 죽겠다고 울고불고 했다고요. '목을 맬 테면 매 봐, 내가 눈 하나 깜짝하는지.' 제가 그랬어요."

"두 번 다시 목을 매겠다는 말은 안 할 거요."

"당신은 저 아이가 대단하다고 생각하는 것 같군요."

오차청의 얼굴에 보기 드문 미소가 번졌다.

"항씨네는 참으로 복이 많은 가문이오. 당신네 같은 여자들을 맞아들였으니 말이오. 저 아이는 30년 전의 당신을 꼭 닮았소."

임우초도 웃으면서 말했다.

"그렇다면 제가 저 아이에게 져 줘야 되겠군요."

"남자가 여자를 아끼지 않는 건 그렇다쳐도 같은 여자끼리 그러는 건 자기 뺨을 스스로 때리는 거나 마찬가지요. 서방 기독교는 일부일처제를 고수한다오. 예전에 태평천국군도 비슷한 제도를 만들었었지."

"저는 천취에게 첩을 들이라고 부추기지 않았어요. 천취가 록애하고 합방할 생각을 안 하니 밖에서 아이를 낳아 데려왔으면 좋겠다는 생각은 했었죠. 그 여자에게 머물 곳을 마련해주고 소문 안 나게 조용히 마무리하려고 했는데, 오승 그놈이 중뿔나게 참견할 줄 누가 알았겠어요."

"그런 놈은 아무 때건 크게 일을 그르칠 놈이야."

오차청의 부름을 받고 달려온 오승은 앞에 놓인 은 스무 냥을 보고 금방 모든 것을 알 수 있었다.

"차청 아저씨, 오해예요, 오해. 저는 아무 말도 안 했어요. 저 같은 아랫것들이 어찌 감히 주인집 시시비비에 대해 이러쿵저러쿵 하겠어요? 아씨께서는 모든 것을 다 알고 계셨어요. 저더러 사실이 맞는지 아닌지만 대답하라고 강요하시니 전들 무슨 방법이 있었겠어요? 정말입니다. 이 일 때문에 아씨가 죽네 사네 하실 줄 저는 꿈에도 생각 못했어요. 차청 아저씨, 제 말 좀 믿어주세요, 제발……."

그러거나 말거나 오차청은 은 스무 냥을 오승 앞으로 밀어놓았다.

"나는 너 같은 화근을 더 이상 옆에 둘 수 없다. 너는 욕심이 많고 살기가 너무 강하다. 아무 때건 일을 그르칠 사람이야. 가거라. 고향으로 돌아가서 결혼도 하고 마음을 곱게 쓰면서 살거라."

오승이 손발을 와들와들 떨면서 말을 더듬었다.

"결혼, 결혼은…… 아직 일러, 일러요……. 아직 결혼, 결혼은…… 생각, 생각도…… 안 해봤어요……."

"그만해. 나는 네 배 속에 회충이 몇 마리 있는지도 다 알아."

한참 멍하니 서 있던 오승이 풀썩 무릎을 꿇었다. 이어 오차청의 다리를 붙잡고 진흙바닥을 두드리면서 하늘이 무너진 듯 큰 소리로 울었다.

항천취는 아름답고 드센 아내가 머리를 풀어헤친 채 목을 매려고 했다는 소식을 듣고 며칠을 수심에 잠겨 있었다.

사실 소차에게 새 거처를 마련해준 것은 어쩔 수 없이 선택한 차선책이었다. 그는 여자와 살을 섞은 결과가 이렇게 빨리 임신으로 이어질지 미처 몰랐다. 항천취는 소차만 보면 이상하게 강한 정복욕이 솟아오르고는 했다. 그리고 주체할 수 없이 솟아오른 정복욕은 곧 원초적인 욕망으로 바뀌어 그의 온몸을 뜨겁게 달궈놓고는 했다. 그는 심록애 앞에서는 아무리 노력해도 강해질 수 없는 자신이 소차 앞에서는 약해지려야 약해질 수 없는 것이 도대체 무엇 때문인지 스스로도 알 수 없었다.

항천취는 마치 멈출 줄 모르는 기계처럼 시도 때도 없이 소차의 육체를 탐닉했다. 어쩌면 모친의 강요로 잔뜩 먹은 한약이 약효를 발휘했는지도 모르는 일이었다. 아무튼 항천취는 소차에게 완전히 빠져버렸다. 소차는 항천취가 죽으라고 하면 죽는 시늉도 할 수 있는 온순한 여자였다. 항천취는 소차 앞에만 서면 천하를 호령하는 제왕이 부럽지 않았다. 항천취의 언성이 조금이라도 높아지는 것 같으면 소차는 눈을 내리깔고 벌벌 떨고는 했다. 항천취는 그런 소차를 보면 속이 후련해지고 기분이 상쾌해졌다.

반대로 아내 심록애 앞에서는 고양이 앞의 쥐처럼 설설 기었다. 아내가 버들잎 눈썹을 치켜 올린다 싶으면 지레 겁을 먹고 눈을 내리깔았다. 찔린 구석이 있기 때문이었다. 그는 종이로 불을 감쌀 수 없다는 도리를 알고 있었다. 소차의 일이 언젠가는 들통날 것도 알고 있었다. 그렇다 한들 무슨 방법이 있는가. 그리고 그가 원하지 않던 그날이 드디어 닥친 것이다.

항천취는 심록애가 죽네 사네 하면서 병상에 누워 있던 사흘 동안 감히 집에 들어가지 못하고 소차에게 왔다. 소차의 품에 얼굴을 묻은 채 한숨을 푹푹 내쉬었다.

"그때 기객을 따라 일본으로 갔었어야 했어."

"그러게요, 일본으로 갔어야 했죠."

"그곳에서는 걸리적거릴 것 없는 자유인으로, 내가 하고 싶은 일만 하면서 살 수 있었을 텐데……. 아아, 생각만 해도 황홀해."

"그러게요, 얼마나 황홀해요."

"'황홀하다'는 것이 무슨 뜻인지 알기나 해?"

항천취가 기어이 소차의 말에 트집을 잡았다.

"일자무식인 주제에."

"'황홀하다'는 것은 '죽고 싶다'는 뜻이에요."

소차가 진지하게 대답했다. 소차 얼굴에는 보기 싫은 기미가 잔뜩 올라와 있었다.

"맞아, 나는 그런 삶을 동경해. 홀가분하고 통쾌한 삶 말이야."

"다 제 탓이에요."

소차가 말을 이었다.

"집으로 돌아가세요. 아이는 제가 잘 키울게요. 그냥 아이와 제가 굶어죽지 않을 정도만 해주시면 돼요."

항천취는 소차를 응시했다. 여자는 참 종잡을 수 없는 존재라는 생각이 들었다. 얼마 전까지 소녀였던 여자가 이렇게 빨리 아낙네가 되다니, 어쩌면 말투도 이렇게 천생 아낙네 말투로 바뀌었을까?

"정말 굶어죽지 않게만 해주면 돼?"

"네, 정말이에요."

항천취는 긴 한숨을 내쉬었다.

'너무 쉬운 여자야. 손만 내밀면 잡을 수 있는 여자야. 시시해. 그렇다면 집에 있는 여자는 어떤가?'

항천취는 집에 있는 기고만장한 아내를 눈앞에 떠올렸다. 그러자 힘이 쭉 빠지면서 온몸이 물먹은 솜처럼 나른해졌다.

음력 9월 18일, 임우초는 분향焚香에 필요한 물건들을 소차에게 보내왔다. 그리고 항천취에게도 말을 전했다. 심록애가 더 이상 소란을 피우지 않고 마음을 다잡았으니 며칠 뒤에는 집으로 돌아와도 된다고 했다. 또 9월 19일 관세음보살 출가일에 소차를 데리고 '호수 위의 작은 서천'으로 불리는 천축삼사天竺三寺(상천축사, 중천축사 및 하천축사 등 세 개의 절을 통칭함)로 가서 항씨 가문의 자손 번창을 위해 향을 살라야 마땅하나 임산부인 소차를 배려해 하루 전인 18일에 미리 다녀오는 것이 좋겠다고 했다.

항주 사람들은 세 번의 관세음보살 기념일에는 반드시 절을 찾았다. 탄신일인 음력 2월 19일, 성도일인 6월 19일과 출가일인 9월 19일만 되면 물밀듯이 항주 서북쪽에 있는 천축삼사로 몰려들고는 했다. 과거의 문인은 이 광경을 묘사한 대련을 짓기도 했다.

산 이름이 천축天竺이라, 서천 극락세계가 눈앞에 있다네.

천백 리 길에 인파가 붐비니, 이보다 향화香火가 성한 곳 더 있을까.
억만 중생이 한목소리로 '관세음보살', '나무아미타불' 외치니,
세상에 그래도 선인善人이 더 많구나.

항천취는 귀신을 믿지 않았다. 귀신과 관련해서는 공자와 같은 생각을 가지고 있었다. 공자는 "신을 섬기면 신이 있는 것과 같다"라고 했었다. 공자는 또 괴이한 일, 물리적인 힘을 쓰는 일, 문란한 일과 귀신에 대해 말하지 않았다. 그럼에도 불구하고 항천취가 군말 없이 산에 오른 이유는 오랜만에 삼생석三生石을 보고 싶었기 때문이었다.

항주에는 "바다를 보려면 도광사韜光寺로 가고, 산을 보려면 천축사로 가라"는 말이 있다. 하천축사에서 상천축사로 이어지는 길에는 영취봉靈鷲峰, 연화봉蓮花峰, 월계봉月桂峰, 계류봉稽留峰, 중인봉中印峰, 유두봉乳竇峰, 백운봉白雲峰, 천축봉天竺峰 등 10봉 10색十峰十色의 산봉우리가 있어 볼거리가 다양했다. 항천취와 소차의 목적지인 하천축 법경사法鏡寺는 연화봉 앞에 있었다. 영취봉과 잇닿아 있는 연화봉은 산세가 높지 않으나 형태가 매우 아름다웠다. 연화봉은 산꼭대기에 괴석들이 활짝 핀 연꽃 모양으로 흩어져 있다고 해서 붙여진 이름이었다. 높이 3자, 너비 6자 정도의 삼생석은 연화봉 아래에 있었다. 항천취는 소차에게 하인을 붙여 법경사로 들여보낸 뒤 자신은 삼생석을 보러 내려왔다.

전생, 내생의 일은 아득해 알 수 없는데,
인연을 말하고자 하니 애간장이 타는구나.
오吳와 월越의 강산이야 이미 돌아봤으니,
안개 낀 강 배를 돌려 구당瞿塘으로 가려 하네.

예전에 봤던 시가 또 눈앞에 나타났다. 이상하게도 삼생석을 보러 온다고 잔뜩 들떴던 마음이 정작 그것을 보고 나니 차분하게 가라앉았다. 도처에 널려 있는 기암괴석과 무성하게 우거진 수풀 때문에 이곳이 도시가 아닌 산속임을 알 수 있을 뿐 여러 해 전 삼생석을 처음 봤을 때와 같은 감흥은 없었다.

'어떻게 이럴 수가 있지? 뭐가 달라진 걸까?'

항천취는 아무리 생각해도 알 수가 없었다. 그가 깊은 산속의 적막감이 싫어 나오려고 몸을 돌리는 순간 머릿속에 번개처럼 스쳐 지나가는 것이 있었다.

'그래, 예전에는 기객과 둘이 왔었지. 지금은 나 혼자야.'

그랬다. 항천취가 지금 살고 있는 삶은 예전에 상상하던 것과는 전혀 다른 것이었다. 결혼하고, 외도하고, 소실을 들이고, 곧 아버지가 되는 어쩔 수 없는 삶을 살고 있었던 것이다. 그는 갑자기 찾아온 삶의 변화에 적응하지 못해 한동안 방황했었다. 그러나 방황에 방황을 거듭할수록 더 긴 방황만 기다릴 뿐이었다.

항천취는 어느새 자신이 거대한 운명의 소용돌이 속에 휘말려 꼼짝달싹 못하게 되었다는 것을 깨달았다. 이제야 그는 자신과 조기객이 서로 완전히 다른 두 사람이라는 사실을 받아들일 수 있었다. 설령 그가 생각을 바꿔 지금 모든 것을 버리고 조기객을 찾아 나선다고 해도 아무 소용이 없을 터였다. 두 사람이 앞으로 걸어가야 하는 길은 서로 완전히 다르기 때문이었다.

'누가 나를 이 지경으로 만들었을까? 누가 보이지 않는 곳에서 내 운명을 쥐락펴락하고 있는 걸까?'

항천취는 쥐엄나무가 빼곡하게 자란 산길에 멍하니 서서 생각에 잠졌다. 아무리 생각해 봐도 그동안 자신에게 일어난 변화가 믿기지 않을 정도였다. 지난해 이맘때까지만 해도 그는 거칠 것 없는 '자유인'이었다. 그러나 지금 그는 두 여자의 남편이고, 곧 한 아이의 아버지가 될 것이다. 눈부신 가을 햇살이 산길을 내리쬐고 있었다. 항천취는 눈앞이 뿌옇게 흐려지는 것 같았다.

'눈앞에 어른거리는 저 흰 빛은 무엇일까? 오래 전 하늘땅이 은빛으로 빛나던 밤에 봤던 은빛 나는 뒷모습인가?'

항천취는 은빛의 뒷모습에게 조심스럽게 물었다.

'운명을 믿어요?'

은빛의 뒷모습은 익숙한 목소리로 단호하게 대답했다.

'믿어!'

법경사에서 나오면서 보니 어느새 몰려들었는지 산길 양쪽에 추레한 행색의 거지들이 바글거렸다. 관세음보살 출가일은 거지들의 축제날이라고 해도 좋았다. 이날은 관세음보살의 '은덕'으로 풍성한 재물과 돈을 얻을 수 있기 때문이었다. 이 재물과 돈이면 굶어 죽거나 얼어 죽지 않고 남은 한 해를 보낼 수 있을 터였다. 소차가 몇 걸음 걷다 말고 항천취의 소매를 잡아당기면서 작은 소리로 말했다.

"어서 가요, 아는 사람을 봤어요."

"누구?"

"오승이에요."

"그게 뭐 어때서?"

"저도 잘 모르겠어요. 아무튼 거지들 틈에 끼어 있는 걸 보니 기분이 별로예요."

"그가 맞군. 차청 아저씨가 그를 해고했어. 불쌍하기는 하지만 그는 심보가 나쁜 사람이야. 그가 예전에 당신을 많이 귀찮게 했지? 괜찮아, 얼굴 붉힐 필요 없어. 당신 잘못이 아니야. 오승과 당신 사이에 아무 일도 없었다는 건 내가 잘 알아. 머리에 다 떨어진 두건을 쓴 저 사람 맞지? 우리 못 본 체하고 지나가자. 서로 마주쳐 봤자 좋을 게 없어. 그가 고향인 안휘로 돌아가지 않고 여기서 거지가 돼 있을 줄은 몰랐네."

18일 밤, 항천취는 소차를 데리고 연화등蓮花燈을 띄우러 서호로 향했다. 이날 밤은 기영旗營의 성문을 닫지 않기 때문에 사람들이 마음대로 드나들 수 있었다. 항주 사람들이 18일 밤에 서호를 찾는 목적은 절을 찾아 참배하고 향을 사르기 위한 것이었다. 경건한 불자들은 며칠 전부터 만반의 준비를 해놓고 이날 밤에 전당문에서 영은사, 천축사까지 걸었다. 거리가 20리도 넘는 이 구간에는 사찰이 수풀처럼 즐비하게 늘어서 있었다. 향객香客들은 절을 보면 향을 사르고 불상을 보면 엎드려 참배했다. 호숫가 길에도 향불이 면면히 이어져 매년 이날 밤이면 서호는 '불야호'不夜湖로 불리기에 손색없는 장관을 연출하고는 했다.

불상 참배를 하지 않는 사람들은 미리 유람선을 예약해 저녁식사 후에 뱃놀이를 즐겼다. 대형 유람선은 10~20명의 승객을 수용할 수 있었다. 또 유람선 가운데 있는 선창에 술상도 차릴 수 있었다. 항씨네 '불부차주'는 가인家人들이 미리 선점했다. 그래서 항천취는 뱃사공이 딸린 작은 배를 빌려 소차를 태웠다.

밤이 되자 사람들은 하나둘씩 호수에 연화등을 띄우기 시작했다. 연화등은 종이로 만든 등갓 모양이 연꽃을 닮았다고 해서 붙여진 이름이었다. 나무판자에 못을 박고 홍촉을 못에 꽂은 다음 등갓을 위에 씌워 물에 띄워 보냈다. 몇 개를 띄우건 마음대로지만 대부분 짝수로 띄웠다. 그래야 상서롭다는 속설 때문이었다.

검은 벨벳 같은 수면 위에 점점이 연화등이 반짝거리기 시작했다. 살랑살랑 불어오는 미풍에 연등이 한들거리고 그걸 바라보는 사람들의 마음도 점점 싱숭생숭해졌다.

낮에 삼생석을 보고 걱정과 불안에 시달리던 항천취는 서호의 밤 절경을 감상하면서 서서히 마음이 진정됐다.

'꼭 기객처럼 살아야만 행복한 건 아니야. 운명에 순응하면 나름 또 좋은 점도 있는 걸. 이를테면 오늘처럼 연등을 띄우고 서호의 밤 절경을 감상할 수 있잖아.'

항천취는 연등을 띄우는 사람의 혼이 그 안에 담긴다고 믿었다. 각자의 내밀한 기쁨과 슬픔, 고통과 즐거움이 강을 밝히는 촛불과 함께 수면 위를 자유롭게 흘러간다고 믿었다.

"아미타불, 아미타불……."

항천취의 귓전에 중생들의 염불소리가 파도처럼 밀려왔다 멀어졌다 하며 끊이지 않았다.

'아아, 이 얼마나 아름다운 밤인가! 이 얼마나 경건한 밤인가!'

항천취의 눈에 감격의 눈물이 그득하게 고였다. 뱃전에 앉아 한가로이 주변을 두리번거리던 소차는 한참이 지나도록 항천취가 한마디도 하지 않자 의아한 듯 고개를 돌렸다. 항천취는 초를 찾느라 정신이 없었다. 소차가 물었다.

"뭘 찾아요?"

"사공, 저쪽으로 배를 돌리게. 어서 노를 젓게. 저기 저 연등 보이지? 바람에 촛불이 꺼졌어. 불쌍해라. 우리처럼 두 개를 실로 연결해서 띄우지 않고 왜 하나만 띄웠을까? 내가 가서 촛불을 다시 밝혀줘야겠어. 고

등孤燈을 띄운 사람은 틀림없이 의지할 데 없는 불쌍한 사람일 거야. 촛불까지 꺼져버렸으니 얼마나 서러울까? 좀 더 가까이, 좀 더 가까이 대 보게. 내가 등을 건져 이름을 확인해 볼 테니."

항천취는 연등을 들고 안을 자세히 들여다봤다. 그러다 못 볼 것을 본 것처럼 소스라치게 놀랐다. 소차가 물었다.

"보셨어요? 누구예요?"

항천취는 연등의 촛불을 다시 밝히고 수면에 띄웠다. 연등은 수많은 연등들 사이로 유유히 사라져 보이지 않았다.

"왜 말을 안 해요? 갑자기 벙어리가 됐어요?"

소차는 임신한 이후로 성격이 많이 달라졌다. 까칠해져 가끔씩 항천취에게 말대꾸를 할 때도 있었다.

"닥쳐."

항천취가 낮게 으르렁거리고는 뱃사공에게 분부했다.

"돌아갑시다."

새빨간 연등이 점점이 그림자를 드리운 수면은 마치 연지분을 칠한 여인네의 투명한 얼굴 같았다. 점점이 이어진 붉은 빛은 때로는 한 줄로 죽 이어졌다가 때로는 산지사방으로 흩어지면서 쓸쓸하고도 몽환적인 분위기를 연출했다. 항천취는 멍하니 수면을 내려다봤다. 물속에 아내 심록애의 얼굴이 보였다.

'이 무슨 운명의 장난인가? 그 많은 연등 가운데 하필 당신의 연등이 나에게 다가오다니……. 그리고 당신은 무엇 때문에 '연심정고'蓮心正苦(연꽃은 활짝 필 때 꽃술이 제일 쓰다. 화려하고 아름다운 겉모습 뒤에 남모를 고통이 숨어 있다는 뜻)라는 글자를 썼을까?'

물속의 얼굴은 대답 대신 쓸쓸한 미소만 남긴 채 이내 사라져버렸다.

망우저택 마당에 도착한 항천취는 멈칫하며 걸음을 멈췄다. 어디선가 칠현금 소리가 은은하게 울려 퍼졌기 때문이었다. 항천취의 귀에 익은 〈서령화우〉西泠和雨라는 곡이었다. 항천취는 분분히 날리는 보슬비를 맞으며 어느새 가을이 깊어졌음을 실감했다.

항천취는 꽃무늬 창살 틈으로 방안을 들여다봤다. 어슴푸레한 촛불 아래 하얀 옷차림의 여인이 새까만 머리카락을 헐렁하게 묶은 채 칠현금을 뜯고 있었다. 가을 분위기가 물씬 무르익은 밤, 한이 서린 여인네의 하소연처럼 말할 듯 말 듯 절제된 칠현금 소리는 듣는 이의 애간장을 녹이기에 충분했다.

항천취는 마음이 울적하고 서글퍼져서 선뜻 걸음을 옮기지 못했다. 그가 들어갈까 말까 주춤거리는 사이에 칠현금 소리가 뚝 멎고 심록애가 고개를 돌렸다. 인기척을 느낀 것 같았다.

항천취는 염치불구하고 성큼 걸음을 내딛었다. 물속에서 봤던 아내의 얼굴이 겹쳐 보여서일까, 평소에 화려하고 감정표현이 분명하다고 느꼈던 아내의 얼굴이 불빛 아래에서 고전 미인처럼 차분하고 단아해 보였다.

"오셨어요?"

심록애의 말투는 담담했다.

"응, 왔어……."

항천취는 도둑이 제발 저리다고 당황한 눈빛으로 아내를 힐끗 보고는 재빨리 서재로 방향을 틀었다.

심록애가 자리에서 일어나더니 마른 수건을 가져다 남편의 머리를 닦아줬다. 그녀는 예전에도 가끔 수건으로 머리를 닦아주면서 남편에 대한 불만을 털어놓은 적이 있었다. 그러나 오늘은 아무런 말없이 항천취의 머리를 꼼꼼하게 닦아주고는 조용히 자리를 떴다.

항천취는 뜨거운 솥 위의 개미처럼 안절부절못했다. 평소답지 않은 아내의 행동이 자꾸 마음에 걸렸다. 어느새 심록애는 만생호를 두 손으로 받쳐 들고 책상 앞에 앉아 있는 항천취에게 다가왔다.

"당신……, 내가 할게. 완라는……?"

항천취가 황망히 자리에서 일어났다.

"앉아 계세요. 밖이 많이 춥죠? 뜨거운 차로 몸 좀 녹이세요."

항천취는 아내의 눈을 바라봤다. 심록애의 눈빛은 평온했다. 항천취는 다호를 든 아내의 손을 바라봤다. 길고 매끈한 손가락 끝에 있는 손톱은 깨끗하게 다듬어진 것이 빨갛고 여린 육체를 연상시켰다.

심록애는 만생호를 건네주고 나서 다시 거실로 돌아갔다.

"오랜만에 칠현금을 꺼냈어요. 제가 시끄럽게 했다면 미안해요."

"아니, 아니야."

항천취가 손사래를 쳤다.

"나도 칠현금 소리 듣는 것을 좋아해. 우리 결혼한 지도 꽤 됐는데, 당신에게 이런 재주가 있는 줄 몰랐네."

"상해에 있을 때 아버지께서 스승을 불러 저와 오빠를 가르치게 하셨어요. 제가 배운 것은 절파浙派예요."

"방금 밖에서 한참 들었어. 연주 수준이 '청'清, '담'淡, '미'微, '원'遠의 경지에 이르렀더군. 한두 해 배운 실력이 아니던데?"

심록애가 남편의 말을 받았다.

"제 아버지는 여자가 활달하고 고상한 취미를 가지려면 칠현금만 한 것이 없다고 하셨어요. 여자라고 수만 놓고 앉아 있으라는 건 고리타분한 구시대적 사고방식이라고 하셨어요."

"장인어른은 평범한 분이 아니야. '덕'德, '경'境, '도'道의 의미를 제대로 터득한 사람만이 거문고 소리를 감상할 줄 알지. 장인어른이 당신에게 절파 칠현금을 가르친 것은 그만한 이유가 있었을 거야. 옛사람들이 말하기를, '경사京師(북경) 칠현금은 지나치게 강경하고, 강남 칠현금은 경망스럽다. 다만 양절兩浙 칠현금이 질박하면서 거칠지 않고 점잖으면서 고루하지 않다'라고 했지……."

항천취는 팽팽한 긴장의 끈이 풀어지자 평소와 달리 말이 술술 나왔다. 아내 심록애는 그런 남편을 보면서 가볍게 웃기만 했다. 항천취가 아내에게 읍을 하면서 말했다.

"나는 다만 이론에만 능할 뿐이야. 연주 수준은 당신에 비하면 한참 멀었어. 당신 연주를 더 듣고 싶군."

심록애는 사양하지 않고 옷깃을 여민 채 칠현금 앞에 단정하게 앉았다. 먼저 향을 살라 기원祈願을 한 다음 〈호가십팔박〉胡笳十八拍이라는 곡을 연주하기 시작했다. 천천히 나지막하게 시작된 칠현금 소리는 때로는 흐느끼듯 구슬프게, 때로는 켜켜이 쌓인 울분을 토로하듯 거칠게, 때로는 미친듯이 기뻐하듯 빠르게, 때로는 가슴을 칼로 도려내듯 아프게 오만가지 감정을 다 담아내면서 연주자와 듣는 이를 모두 몰아沒我의 경지로 몰아넣었다.

넋 나간 표정을 짓고 있던 항천취가 이윽고 정신을 차리고 엄지손가락을 치켜들었다.

"당신을 오늘 처음 알게 된 느낌이야."

심록애가 담담하게 웃었다.

"저는 예전에 시골에 있을 때 소작농 아이들과 산에 올라가 놀기를 좋아했어요. 아버지께서 가끔 와보시고는 어머니를 많이 나무라셨죠.

아들은 차분하고 얌전한데 딸은 선머슴처럼 교양 없이 자란다고요. 하지만 제 어머니는 집에 계실 때가 별로 없었어요. 대규모의 전장을 혼자 관리하려면 거의 매일 밖에서 눈코 뜰 새 없이 바쁘게 보내야 했으니까요. 나중에 아버지는 저를 상해로 데리고 가서 스승을 불러 여자들에게 필요한 몇 가지를 가르쳤어요. 칠현금도 그때 배운 거예요."

"그랬군. 어쩐지……."

심록애는 더 이상 말하지 않고 가볍게 웃어보이고는 잠자리를 준비하기 시작했다. 항천취는 또 긴장이 됐다. 아내가 또 이상한 짓거리를 할까봐 은근히 걱정이 되기도 했다. 다행히 아내는 여느 때처럼 이불을 두 개 폈다.

항천취는 동틀 무렵 잠에서 깼다. 아내 심록애는 얇은 이불을 덮고 새근새근 숨소리를 내면서 깊이 잠들어 있었다. 베개 위로 함치르르하게 흘러내린 머리카락과 뽀얀 목덜미에서 뇌쇄적인 매력이 뿜어져 나왔다. 항천취는 문득 아내를 덮치고 싶은 충동이 일어났다. 여자는 다 똑같고, 침대 위에 누워 있는 이 여자도 더 이상 두렵지 않다는 생각이 들었다. 아내는 고분고분 항천취를 받아들였다.

아내와 살을 섞고 나서 항천취는 자신감이 급증했다. 아내의 표정과 신음소리가 소차와 별반 다름이 없다는 사실을 발견했기 때문이었다.

'예전에는 뭐가 잘못됐던 걸까? 예전에는 왜 그렇게 두려워했을까?'

항천취는 스스로에게 자문했으나 대답을 얻지 못했다.

이튿날 저녁, 소차네 집에서 저녁을 먹은 항천취는 정신이 딴 데 가 있는 사람처럼 내내 안절부절못했다. 급기야 등불을 내걸 무렵이 되자 소차에게 말했다.

“소차, 나 집에 가야겠어.”

“그러세요.”

항천취를 바라보는 소차의 눈에서 맑은 눈물이 흘러내렸다.

항천취는 도망치듯 소차네 집을 나왔다. 밖에서는 가을비가 추적추적 내리고 있었다. 그는 이곳에 남아 있고 싶기도 하고 집으로 돌아가고 싶기도 한 모순된 마음을 어떻게 정리해야 할지 스스로도 알 수 없었다.

이튿날 밤은 첫날밤처럼 어색하지 않았다. 심록애는 첫날밤보다 훨씬 적극적으로 부부관계에 임했다. 항천취는 항상 소극적, 수동적으로 받아들이는 소차와는 사뭇 다른 심록애에게 자극적인 느낌을 받았다. 물론 더 이상 여자가 두렵다거나 하는 느낌은 없었다. 마치 처음부터 쭉 그래왔던 것처럼 모든 것이 자연스러웠다.

항천취는 집에 머물러 있는 시간이 점점 더 많아졌다. 임우초는 한편으로는 기쁘면서도 다른 한편으로는 어찌된 영문인지 궁금하기도 했다. 항천취는 낮에 일을 보러 나갔다가도 밤이 되면 누가 부르기라도 하듯 서둘러 집에 들어왔다. 임우초는 사람을 보내 소차의 근황을 탐문하게 했다. 그 사람이 돌아와서 하는 말로는 소차의 배가 점점 불러온다고 했다. 또 기웃거리는 남자 하나 없고 잡음 없이 얌전하게 살고 있다고 했다. 임우초는 그 말을 듣고 얼굴에 웃음을 지었다. 며느리 심록애는 여느 때와 다름없이 생글거리면서 시어머니에게 문안인사를 올렸다. 지나친 의심인지는 몰라도 임우초는 며느리의 얼굴에서 섬뜩한 기운을 느꼈다. 며느리가 웃지 않고 입을 꾹 다물고 있는 모습을 보면 마치 무언가를 폭발하지 못하도록 꽉 막고 있는 것처럼 느껴졌다.

일구이구一九二九에는 손에서 부채를 놓지 않고,

삼구이십칠三九二十七에는 얼음물이 꿀처럼 달콤하다네.

사구삼십육四九三十六에는 물에 담근 것처럼 땀에 젖어 있고,

오구사십오五九四十五에는 가을 낙엽을 머리에 달고 춤을 춘다네.

육구오십사六九五十四에는 시원한 바람 쐬러 사찰로 가고,

칠구육십삼七九六十三에는 침대머리에서 침대보를 찾는다네.

팔구칠십이八九七十二에는 겹이불이 그립고,

구구팔십일九九八十一에는 집집마다 숯을 굽는다네.

*구구가九九歌 - 초복부터 9일을 1개 단위로 연속 9개의 9일을 세면서 날씨의 변화를 생동하게 묘사한 동요.

항주에는 동짓날에 조상 무덤을 찾아 성묘하는 풍습이 있었다. 특히 새며느리는 이날 알록달록한 예쁜 옷을 입고 요란하게 치장을 한 채 성묘를 하러 가는데, 이를 "꽃무덤에 오른다"고 했다.

임우초는 출발할 때가 됐는데도 아들 부부가 꾸물대며 나오지 않자 슬슬 화가 나기 시작했다. 그렇다고 화를 낼 수도 없어서 혼자 울분을 삭이고 있는데 항천취가 허둥지둥 달려 나왔다.

"어머니, 록애가 갑자기 토해요."

임우초는 정신없이 뒤뜰로 달려갔다. 시어머니와 며느리의 시선이 허공에서 부딪혔다. 더 말하지 않아도 알 수 있었다. 임우초의 눈에서 눈물이 주르르 흘러내렸다.

"천취, 곧 아버지가 되겠구나!"

이날 밤, 항천취가 여느 날과 다름없이 안방으로 들어가려는데 완라가 말했다.

"서재에 작은 침대를 가져다 놓았으니 거기서 주무시래요. 아씨께서 말씀하셨어요."

항천취는 갑자기 뒤통수를 얻어맞은 것처럼 멍해졌다.

"도대체 무슨 소리를 하는 거야?"

항천취는 완라를 밀치고 안방으로 들어갔다. 심록애의 눈빛은 얼음장처럼 차가웠다. 항천취가 아내의 어깨에 손을 올리면서 물었다.

"당신 왜 그래?"

심록애는 마치 더러운 걸레를 밀어 던지듯 항천취의 손을 가볍게 밀어내면서 말했다.

"내 몸에 손대지 말아요!"

"도대체 왜 그래?"

"불결해요."

항천취는 방안을 왔다 갔다 하면서 아내의 말뜻을 이해해보려고 애썼다. 그러나 아무리 생각해도 아내가 갑자기 왜 이런 말을 하는지 알 수 없었다.

그는 아내의 눈을 바라보았다. 아내의 눈에서 '연심정고'의 마음을 읽어낼 수 있기를 바라는 눈빛이었다. 그러나 아내의 눈빛은 얼음장처럼 싸늘하기만 했다.

"당신 일부러 나를 엿 먹인 거였어? 당신은 나를 미워했던 거였어?"

항천취가 풀이 죽은 표정으로 고개를 들어 아내를 쳐다봤다. 어쩌면 이 모든 것이 아내의 귀여운 장난일지도 모른다는 요행심도 없지 않아 있었다.

"그래요, 나 당신 엿 먹인 거 맞아요. 그러나 당신을 미워하지는 않아요."

심록애가 긴 머리카락을 풀어헤친 채 침대에 반쯤 기대서서 말했다.

"처음에는 당신이 정말 미웠어요. 그러나 당신이라는 사람이 어떤 남자인지 알고 나서 마음이 바뀌었어요. 당신은 그냥 불쌍한 인간일 뿐이에요. 제가 미워할 가치도 없는 사람이에요."

항천취는 목석처럼 그 자리에 굳어졌다. 이윽고 입을 열었다.

"그래, 당신 말 잘했어. 정말 맞는 말이야. 나는 원래 이런 사람이야."

항천취는 삼단 같은 머리채를 드리우고 뽀얀 피부를 뽐내면서 서 있는 여인을 바라보며 이를 바득바득 갈았다. 당장이라도 덮쳐들어 깔아뭉개고 싶은 생각도 들었다. 그러나 그는 치켜들었던 손을 이내 내리고 말았다. 그녀를 품을 생각을 하니 갑자기 구역질이 치밀어 올랐던 것이다.

항천취는 비틀거리면서 밖으로 나갔다. 심록애는 넋이 나간 남편의 뒷모습을 보면서 큰 소리로 웃었다. 드디어 '복수'를 했으나 쾌감 같은 것은 느껴지지 않았다. 심록애의 눈에 눈물이 고였다. 그녀는 원하던 것을 하나도 얻지 못했다.

항천취는 비틀거리면서 대문을 나왔다. 다들 잠들었는지 그가 나가는 것을 본 사람은 아무도 없었다. 거리는 불빛이 휘황찬란했다. 항천취는 청하방 야시장을 목적도 없이 거닐었다. 항씨 도련님을 알아본 골동품 장사꾼과 서화작품 장사꾼들이 소매를 잡아당겼다. 좋은 물건이 있으니 구경하라는 것이었다. 그러나 항천취의 귀에는 이들의 말이 한마디도 들어오지 않았다. 길모퉁이에 사람들이 잔뜩 몰려 서 있었다. 항천취는 그쪽으로 다가갔다. 사람들은 긴 책상을 에워싸고 뭔가를 구경하고 있었다. 검은색 책상보를 씌운 책상 양끝에 각각 조그마한 홍기紅旗와 백기白旗가 세워져 있었다. 또 대나무관 두 개가 서로 입구를 마주한 채 양쪽에 누워 있었다. 예인藝人이 대나무관을 막고 있던 마개를 빼고 대나무관을 가볍게 두드리자 안에서 개미들이 줄을 지어 나오기 시작했다. 개미들은 마치 훈련받은 병사들마냥 대나무관 앞에 정렬했다. 예인이 손에 들고 있던 황기黃旗를 개미들 앞에 흔들어 보이자 홍, 백 두 패로 갈라섰던 개미들은 죽기 살기로 상대편을 물어뜯기 시작했다. 구경꾼들은 개미들의 '전투'를 흥미진진하게 구경하면서 때때로 갈채를 보냈다. 예인은 대나무 젓가락으로 접시를 딱딱 두드리면서 '전투' 장면에 배경음을 넣었다. 항천취는 예인의 얼굴을 힐끗 보고는 흠칫 놀랐다. 예인은 다름이 아니라 오차청에게 쫓겨난 오승이었다. 오승은 누더기 차림을 하고 온몸이 먼지투성이였다. 머리를 질끈 동여맨 다 떨어진 천 쪼가리는 실밥이 삐져나와 이마에서 흔들리고 있었다. 다만 흰자위와 검은자위가 분명한 큰 눈과 희고 가지런한 이빨은 예전 그대로였다.

개미들은 죽을둥살둥 온 힘을 다해 육박전을 벌이고 있었다. 더듬이가 끊어지고 다리가 부러져도 물러서지 않고, 앞에 섰던 놈이 쓰러지면 뒤에 있던 놈이 앞으로 돌진하면서 악착같이 용감하게 싸우고 있었다. 이윽고 오승이 개미들 앞에 황기를 흔들어보였다. 그러자 개미들은 휴전 명령을 받은 병사들처럼 즉각 싸움을 멈추고 각자의 진영(대나무관)으로 후퇴하기 시작했다. 힘이 세고 튼튼한 놈들은 재빠르게 먼저 철수하고 부상을 입은 놈들은 고개를 푹 떨어뜨리고 어기적어기적 겨우 돌아왔다. '전장'에는 개미 시체가 즐비했다.

오승은 '전사'한 개미들의 시체를 손바닥으로 쓸어서 목갑에 담았다. 이어 조그마한 접시를 들고 비굴한 웃음을 지으면서 구경꾼들에게 돈을 구걸했다. 항천취의 차례가 됐다. 항천취를 알아본 오승의 얼굴에서 웃음기가 싹 사라졌다. 오승은 허리를 꼿꼿이 펴고 접시를 든 손을 항천취에게 불쑥 내밀었다. 마치 빌려준 돈을 받아내기라도 하는 것처럼 당당한 표정이었다. 항천취는 너털웃음을 터트리면서 속으로 생각했다.

'따지고 보면 사람 사이의 분쟁도 개미떼와 별반 다를 게 없구나.'

항천취는 동전 한 줌을 오승에게 던져주고 집으로 걸음을 옮겼다. 이어 발로 대문을 차서 열고 곧장 자기 방으로 향했다. 바깥방에 있던 완라가 약간 놀라는 표정을 짓더니 뭔가 말하려는 듯 입술을 움찔거렸다. 항천취가 짜증스럽게 손사래를 쳤다.

"저리 못 가! 미련하게 여기서 뭘 꾸물거리는 게냐? 너는 아직 첩 주제도 못 돼."

아닌 밤중에 홍두깨처럼 험한 말을 들은 완라는 비명을 지르면서 밖으로 뛰쳐나갔다.

안방으로 들어온 항천취는 발을 닦고 불을 켰다. 등불 아래에서 한참 책을 보고 나서는 침대에 누워 있는 심록애에게 말했다.

"안쪽으로 들어가!"

심록애는 한참 동안 남편을 바라봤다. 약이라도 잘못 먹은 사람처럼 갑자기 사나워진 남편이 낯설었다. 이윽고 심록애가 침대 안쪽으로 몸을 움직여 남편에게 자리를 내줬다. 항천취는 침대에 엎드려 한참 책을 보고 나서 긴 하품을 하더니 불을 껐다. 곧이어 드르렁 드르렁 요란하게 코 고는 소리가 들려왔다.

이듬해 봄이 저물어갈 무렵의 어느 이른 아침, 오산 원동문 쪽에서 기별이 왔다. 지난밤에 소차가 아들을 출산했다는 것이었다. 항천취는 소식을 듣자마자 인력거를 불러 오산으로 달려갔다. 소식을 들은 심록애도 갑자기 배가 아파오기 시작했다. 그리고 저녁이 돼 항천취는 두 아이의 아버지가 됐다. 저녁에 태어난 아이는 7개월 된 미숙아로 쥐처럼 작았다.

임우초는 조상들에게 제사를 지내고 나서 친히 오산 원동문으로 행차했다. 아기의 어미가 울고불고하면서 아이를 내놓지 않을까봐 걱정했는데, 생각 밖으로 항씨 가문의 첫 손자를 데려오는 일은 매우 수월했다. 예쁘고 온순한 소차는 한바탕 눈물을 쏟아낸 후 선선히 아기를 내줬다.

오산 원동문에서 데려온 아기는 할머니 임우초의 방에 뉘어졌다. 항천취는 맏아들의 이름은 '가화'嘉和, 둘째아들의 이름은 '가평'嘉平이라고 지었다. 이렇게 항천취는 '두 아이의 아버지'가 되어 새로운 운명의 수레바퀴로 빨려 들어갔다.

제16장

항천취가 결혼을 하고 아이를 낳아 키우면서 윗세대와 비슷한 삶을 영위하고 있을 때 조기객은 일본에서 자신의 길을 가고 있었다. 예측한 대로 두 사람은 서로 전혀 다른 길을 걷고 있었다.

1905년, 조기객은 일본에서 절강 반청 혁명조직인 광복회光復會에 가입했다. 같은 해 연말에는 도쿄의 비밀 장소에서 8월에 결성된 중국동맹회에 가입했다. 이날, 조기객과 프랑스에서 온 절강 사람 심록촌은 함께 손중산을 만났다. 두 사람은 "오랑캐를 몰아내고 중화를 회복한다. 민국을 창립하고 토지권을 공평하게 나눈다"는 동맹회 강령을 무조건 지킬 것을 맹세했다. 또 "신의와 충성을 시종일관 지킨다. 변절하면 군중의 처벌을 감내한다"는 선서도 했다.

다음해 초, 심록촌은 상해로 돌아왔다. 조기객 역시 협녀俠女 추근秋瑾과 함께 절강으로 돌아왔다. 이어 예전에 묵었던 남병산 백운암에 기거하면서 절강 무비武備학당에서 공과工科 교습을 담당했다.

조기객은 포장항蒲場巷에서 의형제 항천취와 조우한 적이 있었다. 당시 항천취는 아들 가화와 가평을 양쪽에 끼고 황포차에 앉아 어디로 가던 중이었다. 항천취는 검을 들고 걸어오는 조기객을 발견하고 너무 놀란 나머지 벌떡 일어서다가 그만 황포차 천장에 크게 머리를 찧었다. 자기도 모르게 얼굴이 벌겋게 달아오르고 눈에 눈물이 고였다. 그러나 입술이 덜덜 떨리기만 할 뿐 말이 나오지 않았다. 다섯 살밖에 안 되는 두 아이는 그런 아버지의 모습에 크게 놀랐다. 군복 차림을 한, 영민하고 용맹스러운 모습의 남자는 이렇게 두 아이의 뇌리에 깊이 각인됐다.

나중에 두 아이는 이렇게 평가했다.

"그 사람은 손에 칼을 들고 있었어."

가화의 말에 가평이 반박했다.

"아니야, 그 사람은 눈에 칼이 있었어!"

어린아이는 남자의 그윽한 눈빛에 감춰져 있는 살기를 용케 포착했던 것이다.

두 아이는 아버지와 그 남자가 한 사람은 차에 앉은 채, 다른 한 사람은 길거리에 선 채 한마디 말도 없이 서로를 응시했다는 것도 또렷이 기억하고 있었다. 그리고 그 남자는 몸을 돌려 한 가닥 바람처럼 휙 하고 멀리 사라졌다. 크게 허공을 가르는 남자의 변발은 굵고 새까맸다.

그해 항주에는 전대미문의 일들이 연이어 발생했다.

4월. 황도사黃道士, 나휘羅輝, 홍년춘洪年春 등은 성밖에서 수백 명을 규합해 '식량 가격 인상 반대'를 내세우고 불을 지르면서 성안으로 쳐들어왔다. 그러나 얼마 못 가서 관군에 의해 밀려나고 말았다.

같은 달. 왕문소王文韶, 갈보화葛寶華, 심가본沈家本 등 관료와 토호들은 절강성을 횡단하는 철로를 중국인이 주도적으로 부설한다는 목표를 내

걸고 200여 만 냥의 주식을 공모했다. 또 〈철도 부설 방안〉 초안을 작성하는 등 철도권을 지키기 위한 노력을 멈추지 않았다.

윤4월 21일. 항주성 방직업자들은 청 정부의 세금 인상을 반대해 집단 파업을 단행했다.

7월. 탕수잠湯壽潛과 유금조劉錦藻는 항주 사마자항謝麻子巷에 절강고등공업학당을 창립했다.

10월. 항주상무회商務會가 설립됐다. 번모후樊慕煦가 총재를 맡았다. 항천취도 여러 이사들 가운데 한 사람이었다.

이듬해 정월. 항주와 여항餘杭 등지에서 굶주린 백성들이 무리를 지어 부잣집털이(흉년이 들었을 때 굶주린 사람들이 떼를 지어 부잣집에 몰려가 음식을 먹거나 양식을 약탈하는 일)에 나서서 한동안 시끌벅적했다. 임우초의 친정집도 새끼줄로 허리를 동여맨 기민들의 약탈을 피하지 못했다. 망우저택은 굶주린 백성들에게 쫓겨난 친인척들의 피신처로 전락했다. 임우초가 속이 타서 원망을 늘어놓자 며느리 심록애가 말했다.

"지금 같은 세월에 사람을 죽이지 않고 양식만 약탈한 것은 그나마 다행이에요."

"자기 일이 아니라고 막말을 하면 못 써. 너는 그런 일을 겪어본 적이 없으니 어떻게 알겠니?"

"제가 안 겪어봤다고 누가 그래요? 지난해에 제 친정집도 두 번이나 당했어요. 제 어머니가 관아에 보고하려고 하는 걸 아버지가 말리셨어요. 사람만 무사하면 된 거라고, 불쌍한 사람들에게도 살길을 내줘야 한다고 말이에요."

항천취가 끼어들었다.

"깡그리, 모조리, 깨끗하게 다 먹어치우는 게 제일 좋겠다. 온 세상이 깨끗해지게 말이야."

가화와 가평 두 형제는 세 어른의 잦은 입씨름에는 습관이 돼 별로 놀라지도 않았다. 다만 '부잣집털이'가 무슨 말인지 궁금하고 갑자기 시골 손님들이 집에 가득 몰려든 것이 의아할 뿐이었다.

같은 해 3월 17일. 추근과 서자화徐自華가 항주로 왔다. 조기객은 암암리에 두 사람을 경호하면서 봉황산鳳凰山에 올랐다. 두 사람은 항주의 거리와 골목, 교통 요로를 군사지도에 그려 넣었다. 추근은 악묘岳墓(악비岳飛의 묘로, 항주의 상징임) 주위를 서성이면서 떠나기를 아쉬워했다.

"죽은 뒤 이곳에 묻힐 수 있다면 이보다 더 큰 행운이 없을 것 같아요."

추근이 서자화에게 한 말은 조기객의 뇌리에 깊이 박혔다.

같은 해, 손중산이 광주 봉기를 일으켰다. 얼마 뒤 추근이 다시 항주를 찾았다. 그녀는 광복회 회원들을 백운암에 소집해 비밀리에 무장봉기를 준비했다. 회의가 끝난 뒤 조기객은 항주에서 종적을 감췄다. 대신 소흥紹興 대통大通학당에 조진趙塵(조기객)이라는 선생님이 새로 들어왔다.

7월 13일. 봉기가 실패하고 추근은 체포됐다. 14일, 법정에 선 추근은 "가을바람, 가을비에 수심만 깊어지누나"라는 내용으로 천고에 유명한 절명시를 남겼다. 같은 시각 조기객은 가슴 가득 울분을 품은 채 오산 고개를 넘고 있었다. 다음날 이른 새벽, 추근은 소흥 헌정구軒亭口에서 장렬하게 희생됐다. 조기객은 아침 햇살이 길게 비치는데도 아직 잠에서 깨어나지 못한 항주성을 보면서 길게 탄식을 내뱉었다.

1908년(광서 34년), 광서제와 서태후는 거의 비슷한 시기에 '붕어'했다. 작은 징을 두드리면서 동네방네 소식을 전하러 다니는 지보地保(지방 관아의 심부름꾼)는 망우저택 사람들에게 두 가지를 통보했다. 하나는 3개월 동안 머리카락을 자르면 안 된다는 것, 다른 하나는 100일 동안 연극을 공연하면 안 된다는 것이었다.

머리카락을 못 자르는 것은 별 문제가 아니었다. 그러나 연극 구경을 못하는 것은 두 아이의 아버지인 항천취에게 여간 괴로운 일이 아닐 수 없었다. 항천취는 망우차장 업무에서 손을 뗀 지 오래였다. 기가 센 두 여자가 그에게 업무에 참견할 기회를 주지 않았던 것이다. 그래서 명목상 망우찻집만 관리하고 있었다. 그러나 이것마저도 여의치 않았다. 임우초의 먼 친척인 임여창이 대부분의 실무를 책임졌기 때문이었다. 결국 항천취가 하는 것이라고는 매일 찻집에 와서 연극 구경이나 하면서 시간을 때우는 일이었다. 연극 구경도 시들해질 때면 가끔 오산 원동문에 있는 소차를 찾아가 무료함을 달랬다. 그동안 소차는 또 임신을 하고 출산했다. 이번에 태어난 것은 쌍둥이 남매였다. 항천취는 두 아이에게 각각 '가교'嘉喬, '가초'嘉草라는 이름을 지어줬다. 가화와 가평 두 손자를 옆에 끼고 있는 항씨 부인은 손주 욕심을 더 부리지 않고 가교와 가초를 소차에게 맡겨 키우도록 했다. 이후 소차는 힘들게 품게 된 두 아이에게 온통 정신이 팔려 남편인 항천취를 본체만체했다. 새 생명의 탄생으로 기뻐하던 항천취는 시간이 흘러 이마저도 시들해지자 머리 떨어진 파리처럼 갈팡질팡하며 어찌할 바를 몰랐다. 무료함을 달래기 위해 망우저택과 오산 원동문을 왔다 갔다 했으나 아무도 예전처럼 그를 반기지 않았다.

설이 지나고 날씨가 따뜻해졌다. 따분한 일상에 하품만 해대던 항천취는 별 좋은 날을 택해 집에 보관해뒀던 연극 의상과 소품들을 뒤뜰에 내다 널었다. 용포, 비단치마, 수놓은 저고리, 청의靑衣, 가발, 투구, 검, 칼, 머리 장신구 등 알록달록한 온갖 물건들이 마당에 잔뜩 널렸다.

항천취의 맏아들 가화는 머릿결이 부드럽고 목이 길고 미끈했다. 눈은 가로로 길게 째지고 전체적인 분위기는 아비를 많이 닮았다. 그는 얌전하게 앉아 동생 가평이 연극 소품인 칼을 휘두르는 모습을 지켜봤다.

미숙아로 태어난 가평은 머리가 크고 체구가 작았다. 눈은 둥그렇고 컸다. 길을 걸을 때면 잘 넘어졌다. 그러나 형처럼 얌전하지 않고 활동적이었다. 그는 항천취가 마당에 내놓은 양철 칼을 들고 무사 흉내를 내고 있었다. 아이의 눈빛과 양철 칼은 눈부신 햇살 속에서 똑같이 반짝반짝 빛나고 있었다. 아이는 낑낑대면서 양철 칼을 들어 허공에 한 번 휘두르고 매서운 목소리로 외쳤다.

"돌격!"

처마 밑 의자에 앉아있던 가화가 놀란 소리를 질렀다.

"가평, 아빠 좀 봐!"

무대 의상을 보고 몸이 근질근질해진 항천취가 어느 틈에 긴 덧소매 비단치마를 입고 아이들 앞에 짜잔, 하고 등장했던 것이다. 항천취는 아녀자처럼 마당에서 아장아장 잔걸음을 떼더니 긴 소매를 훽 휘둘렀다. 가만히 앉아 있던 가화는 하마터면 소매에 얻어맞을 뻔했다. 소품 칼을 들고 놀던 가평은 처음 보는 아비의 모습에 깜짝 놀라 동작을 멈췄다. 항천취는 혼잣말로 한참 중얼거리더니 빠른 걸음으로 마당을 한 바퀴 돌고는 잠시 정지 동작을 취했다. 이어 하늘을 보고, 땅을 보고, 풀과 나무를 보고 나서 목청을 뽑아냈다.

천자만홍 꽃들이 흐드러지고 봄 경치는 아름답건만

함께 감상할 사람이 없구나.

내 옆에는 마른 우물과 무너진 담벼락뿐이니,

좋은 날 아름다운 경치는 누구에게 해당되는 말이던가.

항천취는 노래를 멈추고 아들들에게 설명을 하기 시작했다.

"이 곡의 제목은 〈유원·경몽〉遊園·驚夢이야. 복숭아꽃이 만개하고 버드나무가 푸르른 춘삼월, 규방을 지키던 두려낭杜麗娘은 자신의 처지를 한탄하면서 봄 경치를 구경하러 밖으로 나왔다가 준수한 외모의 서생을 만났지. 그래서 두 사람은……."

항천취가 또다시 정지 동작을 취하고 목청을 뽑았다.

꽃처럼 아름다운 처녀여,

물 흐르듯 지나가는 세월이 야속하구려.

그대 찾아 곳곳을 헤맸건만

그대는 깊은 규방에서 자신의 그림자를 돌아보면서 슬퍼하는구려.

항천취가 한창 흥이 무르익었을 때 심록애가 불쑥 들어왔다. 가화는 어릴 때부터 자신이 작은어머니(옛날 자녀들이 아버지의 첩을 부르던 말)의 소생이라는 것을 알고 있었다. 그는 가평과 똑같이 심록애를 '어머니'라고 불렀다. 어머니는 그에게 자상하게 대해줬다. 한 번도 매를 든 적이 없었다. 그러나 가평이 말을 안 들을 때면 사정없이 엉덩이를 찰싹찰싹 때리고는 했다. 가화는 어머니가 무섭지는 않았으나 가끔 왠지 모를 서운함과 거리감이 느껴졌다.

가평도 아버지가 오산 원동문이라는 곳에 딴살림을 차렸다는 사실을 알고 있었다. 그래서 이따금씩 외출준비를 하는 아버지의 옷자락을 잡아당기면서 같이 가겠다고 조를 때가 있었다.

"저도 오산 원동문에 가서 놀래요."

그러나 가화는 아버지를 따라 오산에 가겠다는 말을 단 한 번도 하지 않았다. 간혹 항천취가 소차의 성화를 못 이겨 가화를 데리고 갈 때는 어쩔 수 없이 따라 나섰다.

"가화, 인사해야지?"

"작은어머니!"

소차가 눈물을 흘리면서 아들에게 물었다.

"너는 내 아들이야. 내가 낳았어, 알아?"

"알아요. 할머니에게 들었어요."

"그럼 '어머니'라고 불러야지."

"그럼 집에 있는 어머니는 뭐라고 불러야 해요?"

아이가 알쏭달쏭한 표정을 지었다.

"'작은어머니'라고 부르는 게 뭐 어때서?"

항천취가 끼어들었다.

"호칭이 뭐가 그리 중요한가? 나는 우리 아들이 나를 '아버지'라고 하지 않고 '형님'이라고 불러도 아무렇지 않아. 뭐라고 부르든 내 아들이잖아. '명분'이라는 건 허망한 거야. 그런 걸 따지는 사람이 바보지."

"그럼 나를 '어머니'라고 부르고 그 여자를 '작은어머니'라고 불러도 되겠네요. 호칭은 상관없다면서요."

소차는 몇 년 만에 처음으로 말대꾸라는 걸 했다. 항천취가 잠깐 멍해 있다 말했다.

"차라리 나를 '작은어머니'라고 불러. 그게 좋겠다. 자네 둘은 '어머니', 나는 '작은어머니'. 어때? 이러면 불만 없겠지?"

소차가 풋 웃음을 터트렸다.

"당신이 그 여자를 무서워한다는 걸 저도 알아요. 그 여자는 '큰집', 저는 '작은집'이라는 것도 알아요. 제가 어찌 감히 불만을 가지겠어요?"

가화는 옆으로 길게 찢어진 눈을 한껏 크게 뜨고 항천취와 소차를 번갈아봤다. 아직 어린 그는 '큰집'과 '작은집'이 무엇을 의미하는지 알지 못했다. 다만 아버지가 어머니를 무서워한다는 말에는 동감했다. 그럼에도 그는 짙은 자색의 겹저고리를 입고 귀밑머리에 빨간 꽃을 꽂은 어머니를 보면 '참 아름답다'는 생각을 하고는 했다.

신명이 나서 소매를 휘두르던 항천취가 동작을 뚝 멈췄다. 이어 어색한 웃음을 지으면서 입을 열었다.

"내 꼴이 이상하지? 남자도 아니고 여자도 아니고 말이야."

항천취가 자조하듯 말하면서 몸에 걸쳤던 나삼을 벗었다. 심록애가 그러자 대놓고 비아냥거렸다.

"괜찮아요. 항씨 집안 사람들은 예로부터 음양陰陽의 구분이 애매했잖아요."

"할말 있으면 툭 까놓고 말해. 비비 꼬면서 사람 욕하지 말고."

항천취가 버럭 소리를 질렀다. 그러나 심록애는 낯빛 하나 변하지 않았다.

"제 말이 틀렸어요? 당신은 뒤뜰에서 두려낭을 부르고, 저는 가게에서 손님을 맞이하고 있으니 음양의 구분이 모호하잖아요."

"나는 지금 나름 저항을 하고 있는 거야."

나삼을 벗어던진 항천취가 머리 장신구를 뗄 생각도 하지 않고 버럭버럭 악을 썼다.

"황궁에서 누가 붕어했건 말건 우리 백성들하고 무슨 상관이야? 사람이 죽었는데 왜 연극을 하면 안 돼? 하지 말라면 기어코 더 할 거야."

"할 테면 서호 호숫가에 가서 성대하게 하세요. 제가 같이 가드릴게요."

"말도 안 되는 소리 하지 마."

"지금 말도 안 되는 억지를 부리고 있는 건 제가 아니라 당신이에요. 〈경몽〉 좋아하고 있네! 당신이나 얼른 꿈 깨세요."

심록애는 수염이 한 치나 되는 남자가 머리에 울긋불긋한 장신구를 달고 지분향이 진동하는 마당에서 아녀자 흉내를 내고 있는 모습을 보자 화가 머리끝까지 치밀어 올랐다. 그예 할말, 안 할말 가리지 않고 쏘아붙였다.

"중국은 도대체 어떻게 되려고 이러는지 모르겠어요. 남자들이 쌔고 쌨는데 왜 하필 아녀자인 추근이 나서야 했나요? '좋은 여자는 박복하다'는 옛말이 하나도 틀린 게 없어요. 집에 있으면 숨 막혀 죽을 것 같고 밖에서 여중호걸女中豪傑이 되려니 목이 잘리고, 도대체 어떻게 하라는 건지……."

"그렇게 큰 뜻을 품고 있는 당신도 춘차春茶, 추초秋草 따위는 집어치우고 어디 한번 추근처럼 반역이나 해보시지 그래?"

"당신 말 한번 잘했어요. 저도 그녀처럼 마음 내키는 대로 용감하게 앞장설 수 있다면 죽어도 여한이 없겠어요. 그게 사람답게 사는 삶이니까요."

두 사람의 설전이 최고조에 달했을 때였다. 뒤에서 누군가 박수를 치고 갈채를 보냈다.

"좋아! 대단해! 여자지만 남자에게 뒤지지 않는군."

항천취와 심록애의 말다툼을 구경하던 두 아이는 갑자기 들려온 우렁우렁한 목소리에 깜짝 놀라 일제히 뒤를 돌아봤다. 장포와 마고자를 입고 검은색 예모와 선글라스를 쓴 중키의 사내가 성큼성큼 마당으로 들어서고 있었다. 사내의 얼굴에는 구레나룻이 텁수룩했다. 사내가 선글라스를 벗자 두 아이는 약속이나 한 듯 일제히 고함을 질렀다.

"변발 아저씨닷!"

심록애는 조기객을 본 적이 없었다. 그러나 그녀는 한눈에 조기객을 알아봤다. 조기객을 보는 그녀의 눈빛은 노골적이고 강렬하고 감격에 겨웠다. 조기객이 그녀를 칭찬하고 인정했기 때문이었다. 두 사람의 시선이 허공에서 부딪친 찰나, 두 사람 다 자기도 모르게 심장박동이 빨라지는 것을 느낄 수 있었다. 심록애는 재빨리 남편에게로 시선을 옮겼다. 마당에 있던 네 사람 중에서 반응이 가장 느린 사람은 항천취였다. 그는 입을 헤벌린 채 믿어지지 않는다는 표정으로 오랜만에 재회한 의형제를 멀거니 바라봤다.

"왜? 그새 나를 잊었나?"

조기객이 웃으면서 입을 열었다.

"자네와 제수씨 사이의 재미있는 대화는 문밖에서 다 들었네. 비록 본의는 아니었지만 말이야."

그제야 제정신을 차린 항천취가 바보 같은 말을 했다.

"나는 자네가 두 번 다시 나를 찾아오지 않을 거라고 생각했네."

"그럴 리가!"

조기객이 성큼성큼 항천취에게 다가갔다.

"우리는 형제 아닌가."

심록애가 먼저 조기객에게 인사했다.

"이리 앉으세요. 반가워요, 조기객 씨죠?"

"이름은 '진'塵, 자는 '기객'. 일본에 몇 년 있으면서 '강해호협'江海湖俠이라는 호를 얻었소."

항천취가 조기객의 손을 덥석 잡았다. 그의 눈에는 어느새 이슬이 맺혀 있었다. 그가 입술을 덜덜 떨면서 따지듯 말했다.

"말해 봐, 무엇 때문에 귀국한 뒤 나를 한 번도 찾아오지 않았는가? 무엇 때문에 길에서 나를 보고도 못 본 척했나? 나는 자네를 친형제라고 생각했는데 자네는……."

심록애는 재빨리 처마 밑에 의자 두 개를 가져다 놓았다. 그리고 남편의 옷자락을 잡아당기면서 소곤거렸다.

"그런 얘기는 그만 하고 얼른 무대 의상이나 벗어요. 남사스럽지도 않아요?"

그러자 항천취가 큰 소리로 말했다.

"당신이 뭘 안다고 그래? 나와 기객은 가화, 가평만 할 때부터 의형제를 맺은 사이야. 그때 내가 앓아눕지만 않았더라면 기객을 따라 일본으로 갔을 거야."

조기객이 의자에 앉으면서 말했다.

"자네는 어쩌면 하나도 변하지 않았나? 앞뒤 안 가리는 즉흥적인 성격도 예전 그대로야. 자네도 알겠지만 나는 관군에게 잡히면 목이 날아가는 '죄인'이야. 그런 내가 자네에게 누를 끼쳐서야 되겠나? 자네는 가정도 있고 자식도 있는 사람이잖아. 나하고는 달라."

조기객에게 차를 권하던 심록애가 그의 말을 듣고 크게 놀란 표정을 지었다.

"기객씨도 추근, 서석린徐錫麟하고 같이 거사를 모의했어요?"

"그렇소."

"혹시 제 오빠를 아세요?"

"심록촌 선생하고는 오래 전부터 잘 아는 사이요."

항천취가 그 말을 받았다.

"드디어 혁명당 친척을 만났군."

그때 가화와 가평이 토끼처럼 어른들에게 뛰어왔다. 가평은 대뜸 조기객의 무릎에 기어올라 그의 모자를 벗겼다. 가화는 조기객의 뒤에서서 변발을 만지작거렸다.

"너희들 뭐 하는 짓이냐?"

그러자 가화, 가평 두 아이가 이구동성으로 말했다.

"머리카락이 진짜인지 가짜인지 보려고요. 설 전에 오셨던 외삼촌의 변발은 가짜였어요."

"머리카락은 진짜야. 그러나 이 변발을 잘라버릴 날도 그리 멀지 않았어."

"아저씨가 이렇게 손을 휙 내젓자 나쁜 놈이 풍덩 물에 빠졌다면서요? 사실인가요?"

가평의 질문에 조기객이 껄껄 웃으면서 손가락으로 항천취를 가리켰다.

"자네가 말했군?"

항천취도 웃으면서 말했다.

"그러지 말고 우리 마누라와 애들 앞에서 직접 보여주게."

조기객이 잠깐 생각하더니 선선히 대답했다.

"좋아."

말이 끝나기 무섭게 의자에 앉아 있던 조기객은 어느새 마당에 서 있었다. 이어 주위를 휙 둘러보고는 활짝 핀 동백꽃을 목표로 정했다. 그리고는 땅에서 자갈을 하나 집어 들었다. 그러더니 무심하게 툭 앞으로 내던졌다. 별로 힘도 주지 않은 것 같았다. 사람들의 귀에는 휙 하는 바람소리만 들릴 뿐 날아가는 자갈은 보이지도 않았다. 그러나 가지에 붙어 있던 빨간 동백꽃이 툭 하고 땅에 떨어졌다. 조기객은 땅에 떨어진 동백꽃을 주워들고 강호 협객들처럼 여러 사람에게 읍을 했다. 가화는 너무 놀라서 입을 헤벌린 채 한마디도 못했다. 가평이 다람쥐처럼 조기객에게 달려가 무릎에 매달렸다.

"아저씨, 저에게 무예를 가르쳐주세요. 저에게는 칼이 있어요."

심록애가 가화의 손을 잡고 가평에게 다가왔다. 이어 가평을 품에 안으면서 달랬다.

"아저씨하고 아빠는 할 얘기가 있단다. 우리 밖에 나가서 놀까?"

조기객이 동백꽃을 가평에게 주면서 말했다.

"예쁘지? 네가 가질래?"

가평은 동백꽃을 가화에게 던져주고 조기객에게 말했다.

"싫어요. 저는 칼이 좋아요."

가평은 말이 끝나기 무섭게 방금 전 가지고 놀던 소품 칼을 가지러 갔다.

가화는 동백꽃을 요모조모 살펴보고 코에 대고 냄새를 맡더니 심록애의 옷자락을 잡아당겼다.

"이거 엄마 가져요. 엄마는 세상에서 제일 예뻐요."

아들의 손에서 꽃을 받아 든 심록애의 얼굴이 꽃처럼 환해졌다. 그녀는 두 아이를 옆에 끼고 문밖으로 나가면서 동백꽃을 귀밑머리에 꽂았다.

이날 저녁, 항천취와 조기객 두 사람은 권커니 잣거니 알딸딸하게 취기가 올랐다. 심록애는 술상 시중을 들면서 조기객의 지난 얘기를 들었다. 조기객은 기타큐슈에 있는 메이지전문학교에 입학해 기계공학을 배웠다고 했다. 이 학교는 입학이 어렵기로 소문난 학교로 중국 유학생 모집정원이 매우 적다고 했다.

"나중에 청나라 오랑캐들을 말살하려면 무기와 탄약이 꼭 필요해. 내가 이 학교에 입학한 목적도 그 때문이야."

조기객이 품속에서 박 모양의 황금색 금속 덩어리를 꺼내면서 물었다.

"이게 뭔지 알아?"

호기심이 많은 심록애가 만지려고 손을 내밀자 조기객이 그녀의 손을 가볍게 밀쳤다. 조기객은 슬쩍 맞닿은 여자의 손이 너무 뜨거워서 자기도 모르게 손을 움츠렸다.

"이건 폭탄이야."

조기객이 폭탄을 소중하게 품에 넣으면서 말을 이었다.

"이 몇 년 동안 나는 이 물건을 항상 몸에 지니고 다녔어. 여차하면 정의를 위해 목숨을 바칠 각오가 돼 있어."

"그때는 우리 둘 다 같은 생각을 했었지."

항천취가 추억에 잠겨 말했다.

심록애는 술을 마시고 한층 더 호방해진 협객 조기객을 몰래 훔쳐봤다. 희미한 촛불 아래 곧게 쭉 뻗은 콧등과 네모난 아래턱이 남자다운 늠름함을 뽐내고 있었다. 심록애는 태어나서 처음으로 "가슴이 설렌다"는 말이 어떤 것인지 알 것 같았다. 소흥주紹興酒를 몇 잔 마신 심록애 역시 두 볼이 발갛게 상기되고 취기가 약간 올랐다. 조기객은 귀밑머리에 동백꽃을 꽂은, 꽃보다 아름다운 여인을 보면서 속으로 감탄했다.

'참으로 기세가 대단한 여자야. 이런 여자가 어떻게 천취처럼 우유부단한 남자에게 시집을 왔을까?'

조기객은 독일제 모젤 권총을 불쑥 뽑아들면서 말했다.

"그런데 내가 오늘 왜 여기를 찾아왔는지 궁금하지 않나? 사실은 자네 도움이 필요해서 찾아왔네."

"왜? 나를 인질로 잡고 금품이라도 요구할 셈인가?"

술에 취한 항천취의 얼굴이 촛불 아래 벌겋게 달아올랐다.

"그럴 필요 없네. 다 가져가게, 다 가져가. 나까지 데려가면 금상첨화지. 청나라가 무너지고 혁명이 성공하는 것은 시간문제야. 기객, 나도 동맹회에 가입하겠네. 망우차장도 동맹회에 내놓겠네. 혁명이 성공하면 상상만 했던 아름다운 세상이 펼쳐질 게 아닌가. 토지를 균등하게 나누고 빈부 격차도 사라지게 될 테지. 그때 가서 이깟 차장이 무슨 필요가 있겠는가!"

조기객이 정색하고 말했다.

"자네가 동맹회에 가입해 혁명을 지원하겠다고 하니 듣던 중 반가운 소리일세. 안 그래도 자네 도움이 절실히 필요하다네. 내가 외지에 갔다 올 일이 생겼는데, 이 총을 갖고 갈 수가 없다네. 자네가 잠시 보관해줬으면 하는데 괜찮겠나? 께름칙하지 않은가?"

"그게 뭐 어렵다고! 보관은 말할 것도 없고 누굴 쏘라고 해도 할 수 있어."

항천취는 선뜻 총을 받아 쥐었다. 그런데 항천취가 농담으로 한 말이 진짜가 될 줄이야! 공교롭게도 조기객이 권총을 꺼내면서 안전핀을 풀었던 것이다. 술을 마시고 간이 배 밖으로 나온 항천취가 총을 들어 유리창을 겨누면서 입으로 "탕탕탕!" 하고 총소리를 냈다.

탕탕!

항천취의 총소리 흉내가 끝나기 무섭게 귀청이 찢어질 듯한 총소리가 두 발 울렸다. 곧이어 유리창이 와장창 깨지는 소리가 들려왔다. 총소리와 유리창 깨지는 소리는 고즈넉한 밤의 정적을 깨뜨리기에 충분했다.

조기객이 튕기듯 벌떡 몸을 일으켰다. 이어 잽싸게 총을 빼앗아 품에 넣고는 문으로 뛰어갔다. 항천취는 너무 놀라 술이 다 깨버렸다. 심록애는 얼이 빠져 주저앉아 있는 항천취와 달리 놀란 와중에도 이내 냉정을 회복했다. 그리고는 즉시 방안으로 달려 들어가 폭죽을 한아름 안고 나왔다. 그리고는 폭죽을 조기객에게 던져 주면서 말했다.

"얼른 터트려요!"

조기객은 지체할세라 폭죽에 불을 붙였다. 탁탁탁탁탁! 아닌 밤중에 홍두깨 격으로 야밤에 울려 퍼진 폭죽소리에 온 집안사람들이 모두 마당으로 나왔다. 허둥지둥 달려온 임우초가 물었다.

"무슨 일이냐? 난데없이 왜 폭죽을 터트리는 거냐?"

심록애가 침착하게 대답했다.

"낮에 여우 한 마리가 마당을 어슬렁거리는 걸 봤어요. 혹시 그놈이 또 나타날까봐 폭죽을 터트린 거예요."

임우초는 그제야 조기객을 알아보고 손뼉을 치면서 반색했다.

"기객, 너로구나. 우리 며느리가 너를 환영한다고 폭죽을 터트린 것도 모르고 나는 또 난데없이 웬 여우가 나타났나 했다."

임우초가 몸을 돌려 나무라듯 며느리에게 말했다.

"얘도 참, 하고많은 시간 중에 하필 이 늦은 저녁에 폭죽을 터트릴 건 뭐니?"

"천취는 이미 취했고 저도 무서워서 못 터트린 걸 조 아주버님이 도와주셨어요."

임우초는 별다른 이상이 없는 것을 확인하고 방으로 돌아갔다. 떠나기 전에는 조기객에게 이렇게 말했다.

"기객, 너도 봐서 알겠지만 우리 며느리는 좀 엉뚱한 구석이 있어. 모처럼 멀리서 온 너를 고생시켰구나. 좀 있다 나하고 얘기 좀 하자. 네 아버지는 앓아 누우셨다면서? 아버지는 만나 뵀어? 여태껏 종적이 묘연하더니 무슨 바람이 불어서 갑자기 돌아온 거니?"

모여들었던 사람들은 이내 도로 흩어졌다. 심록애는 그제야 자신의 얼굴과 몸이 식은땀으로 흠뻑 젖어있는 것을 알아차렸다. 그 와중에 술이 다 깬 조기객이 심록애에게 읍을 했다.

"많이 놀랐죠, 제수씨?"

"제 이름은 '록애'예요."

"폐를 많이 끼쳤소. 천취는 나하고 같이 있으면 항상 사달을 일으키오. 내가 가면 괜찮아질 거요."

심록애가 길고 하얀 손을 내밀었다.

"주세요!"

"뭘 말이오?"

"총 말이에요."

"그건 좀……."

"제가 보관해 드리겠어요."

"그건 좀……."

항천취가 머리를 감싸쥔 채 방에서 나오면서 말했다.

"줘. 괜찮아."

"위험한 일이야. 여자가 어찌……."

항천취가 껄껄 웃으면서 말했다.

"내가 괜찮다고 했으니 걱정 안 해도 돼. 이렇게 큰 차장도 막힘없이 관리하는 여자가 그깟 총 하나 간수 못하겠어?"

심록애가 항천취를 힐끗 보고는 나지막이 조기객에게 말했다.

"이이는 취했어요."

조기객은 마당을 구석구석 살피고 주변을 확인한 다음 총을 심록애에게 넘겨줬다. 항천취가 손뼉을 치면서 말했다.

"기객, 잠깐만 기다려. 나도 너를 따라갈 거야. 이번에는 누가 뭐라고 해도 너하고 같이 갈 거야."

항천취가 말을 마치기 무섭게 바닥에 스르르 주저앉았다. 조기객과 심록애는 고주망태가 된 항천취를 양쪽에서 부축해 방으로 들어갔다.

심록애가 말했다.

"조 아주버님, 알고 계시겠지만 이이는 취생몽사醉生夢死할 사람이에요."

조기객은 딱히 반박할 말이 없었다.

"조 아주버님, 이이를 데리고 가세요."

조기객이 웃으면서 답했다.

"안 되오. 천취가 할 수 있는 일이 아니오."

심록애는 아무 말도 하지 않았다. 조기객의 말뜻을 이해할 수 있었던 것이다.

항천취의 실수로 울려 퍼진 두 발의 총소리는 가화와 가평 두 형제의 뇌리에 깊이 각인됐다. 두 아이는 마치 이때부터 기억을 되찾은 사람처럼 이후에 발생한 모든 일을 이날을 기준으로 서술하기를 즐겼다. 이를테면 왕문소의 발인 날을 '1908년'이라고 하지 않고 '조 아저씨를 처음 만났던 해'라고 하는 식이었다.

이날 항주뿐만 아니라 상해, 영파, 소주 등지의 사람들은 모두 왕문소의 발인을 지켜보기 위해 일을 접고 거리로 나왔다. 조정에서 왕문소의 관을 들 사람 서른여섯 명을 보내왔다. 이들은 물론 잘 알고 있었다. 중국 봉건왕조의 마지막 재상이 관에 실려 곧 무덤에 들어가는 것과 동시에 2000년의 유구한 역사를 가진 봉건왕조도 종말을 고하게 될 것이라는 사실을 말이다.

발인은 아침 여섯 시에 시작됐다. 청음항清吟巷에 있는 재상 관저에서 출발한 장례 행렬은 강서로江墅路를 따라 봉산문鳳山門으로 향했다. 그러나 걸음이 늦어서 10시가 됐는데도 겨우 3분의 2 지점밖에 오지 못했다. 아이들을 데리고 구경나갔던 항씨네 시어머니와 며느리는 돌아와서 호들갑을 떨었다.

"와! 개로신開路神은 지붕만큼이나 높고 종이로 만든 집도 세 채나 있었어. 종이돈은 열여덟 상자나 됐어. 이렇게 웅장한 장례식은 처음 봤어."

평소 떠들썩한 것을 좋아하던 항천취는 웬일로 구경을 가지 않았다. 그저 집에서 귀뚜라미 싸움이나 구경하면서 심드렁하니 말했을 뿐이었다.

"당연히 그럴 테지. 앞으로 2년만 더 지나면 선통제宣統帝도 황제의 자리에서 쫓겨 내려올 걸? 오늘은 왕문소의 발인일이 아니라 청 왕조의 발인일이야. 당연히 웅장하고 뜨르르하겠지."

임우초는 아들의 말에 간담이 서늘해진 표정을 지었다.

"말 좀 가려서 해. 자식을 넷씩이나 둔 사람이 그렇게 입에서 나오는 대로 아무 말이나 해서야 되겠느냐? 잘못하다간 목이 날아간다."

"어머니, 이이는 그럴 용기가 없는 사람이에요. 입만 살았어요."

심록애가 시어머니 앞에서 대놓고 남편을 무시하는 말을 했다. 임우초 역시 동의한다는 듯 말을 받았다.

"이 아이 혼자라면 그럴 용기가 없겠지. 그러나 기객은 달라. 사고뭉치 기객이 돌아온 이후로 눈꺼풀이 수시로 떨리는구나."

가화와 가평이 간산문艮山門에 가서 '기차'라는 것을 처음 구경한 것은 1909년이었다. 그러나 두 아이는 '1909년'이라고 하지 않고 '조 아저씨를 처음 만난 이듬해 여름'이라고 표현했다. 기차를 처음 본 그날이 두 아이의 어린 시절 기억에 각인된 이유는 두 아이가 그날 또다시 '조 아저씨'를 만났기 때문이었다.

항주 최초의 철도는 아편전쟁 이후 중국에서 발생한 모든 정치, 경제, 군사 행위와 밀접하게 연관돼 있다고 해도 과언이 아니었다. 소주를 시발점으로 상해와 항주를 거쳐 영파에 이르는, 이른바 소항용蘇杭甬철도는 처음에 영국이 청 정부에 압력을 넣어 착공한 것이었다. 당시 철도 건설 및 운영 감독을 맡은 성선회盛宣懷 중국철도총공사 독판督辦은 망우차장의 차 수출업무를 대행하는 브로커이기도 했던 이화양행怡和洋行과

〈소항용철도 가계약서〉를 체결했다.

당시 영국은 남아프리카 식민지 개척에 온통 정신이 팔려 있을 때였다. 그래서 소항용철도의 정식 계약을 체결하지 않았다. 호시탐탐 기회만 엿보던 미국과 이탈리아는 바로 이 허점을 발견하고 중국으로 진출했다. 당시 중국에서 새로 일어난 민족자산계급은 이에 위기감을 크게 느꼈다. 그래서 직접 철도를 건설할 결심을 굳혔다. 그리하여 7년이 지난 1905년에 강소성과 절강성은 철도 건설공사를 착공했다.

절강성 철도 건설 사업을 진두지휘한 사람은 탕수잠湯壽潛이었다. 그는 1857년 소산蕭山에서 태어나 광서 원년에 진사進士 시험에 합격했다. 조기객, 항천취와도 잘 아는 사이였다. 추근 사건이 터지고도 그는 확실한 입장을 표명하지 않았다. 애매모호한 태도를 보인 것이다. 이로 인해 한동안 조기객의 멸시를 받기도 했다. 그러나 철도 보호운동에서 중심적인 역할을 담당해 조기객으로 하여금 다시 생각하게 만들었다. 탕수잠은 이후 서회西淮 염운사鹽運使와 절공浙贛철도유한회사 총재를 역임한 후 경력을 인정받아 신해혁명 성공과 함께 절강성 초대 총독에 임명됐다.

1906년 11월, 항주 갑구閘口–풍경楓涇 철도의 절강성 구간이 착공됐다. 이 무렵 탕수잠은 군주입헌제 골수 지지자, 입헌파 지도자로도 큰 활약을 펼쳤다.

1907년 정월 초하루, 탕수잠은 집에서 연회를 베풀어 사위 마일부馬一浮(훗날 중국 국학대사로 유명해진 인물)를 초대했다. 이어 술자리에서 은근슬쩍 호항滬杭(상해–항주 간)철도 공정도를 사위에게 보여줬다. 그런데 사위는 공정도를 바닥에 내던지면서 크게 분개했다.

"이건 중국인을 위한 철도가 아니라 일본인을 위한 철도입니다. 무엇 때문에 이따위 철도를 건설하려고 합니까?"

마일부가 화를 낸 데는 그럴 만한 이유가 있었다. 원래 계획에 따르면 간산문에 역전을 만들고, 간산문에서 공신교에 이르는 지선을 만들려고 했었다. 그러나 이렇게 되면 일본 조계에 좋은 일만 시키는 셈이었다.

소문에 의하면 탕수잠은 사위의 의견을 즉각 수용하여 청태문清泰門 내에 역사를 설치하기로 설계도면을 수정했다고 한다. 지금의 항주역은 여기에서 유래됐다.

당시 남아프리카 '식민지화'에 온통 정신이 팔려 있던 영국 상인들은 중국인들이 자체적으로 철도를 건설한답시고 법석을 떠는 것을 보고서는 아차 싶었던지 청 정부에 공사 중단을 요구했다. 그러자 절강성 지역 유지, 상인들과 학자들이 한마음으로 들고 일어났다. 항천취는 차업계 대표로 '외국 자금 배척 운동'에 참여했다. 그동안 거래해왔던 이화양행과도 단호하게 거래를 끊었다.

1909년 8월 13일, 호항철도가 드디어 개통됐다. 기차가 우르릉, 굉음을 울리면서 항주성으로 들어올 때 시민들은 노래를 지어 이날을 경축했다.

구불구불 철길은 길기도 길구나,
용호甬滬 지선은 전당강을 지나네.
굉음을 울리면서 춤추듯 허공을 날아오는 모습,
용龍과 봉鳳을 능가했다네.

이날 항씨네는 온 집안 식구가 모두 기차 구경을 하러 청태문으로 출동했다.

그동안 바깥 구경을 하지 못했던 여자들은 흥분을 감추지 못했다. 심록애는 열흘 전부터 잔뜩 들뜬 표정으로 먹을거리와 햇빛을 가릴 양산 등을 준비하느라 바빴다. 임우초는 가마를 타고 후조문에 있는 오차청을 찾아갔다. 오차청은 몇 년 사이에 많이 늙었다. 그는 임우초의 말을 듣고 담담하게 웃었다.

"당신들은 가서 구경하오."

"당신은 안 갈래요?"

"구경은 안 해도 괜찮소. 어떻게 이용하느냐가 관건이지."

총명한 임우초는 오차청의 말뜻을 알아듣고 절로 감탄사가 나왔다.

"제가 돌아가서 아이들에게 전하겠어요. 기차가 개통됐으니 우리도 장사 규모를 늘려야겠어요."

"도매와 소포장 업무는 내가 다 맡을 테니 걱정 안 해도 되오. 예전에 내가 쫓아냈던 오승이 며칠 전에 와서 차를 사갔소. 어디서 돈이 생겼냐고 물었더니, '이제는 철도를 밥줄로 삼을 것'이라고 엉뚱한 대답을 하더군. 그가 나간 뒤에야 그 뜻을 이해할 수 있었소. 그는 승객들을 대상으로 차를 팔 생각이었소. 하루에도 수십 번씩 사람들이 왔다 갔다 할 테니 벌이가 꽤 잘 될 거요."

임우초는 기차 구경에 대해 말하려던 생각은 까맣게 잊은 채 급히 집으로 돌아왔다. 그러나 아들, 며느리의 반응은 생각 밖으로 뜨뜻미지근했다. 특히 항천취가 볼멘소리를 했다.

"흥이 깨지는 소리 그만 좀 하면 안 돼요? 입만 열면 일 얘기, 지겹지도 않아요?"

심록애는 조기객이 다녀간 이후로 사람이 많이 변했다. 딱히 뭐라고 꼬집어 말할 수는 없으나 임우초마저 며느리의 변화를 눈치챌 수 있었다. 심록애는 더 이상 예전처럼 차장 업무에 열중하지 않았다. 대신 서양 자금 배척이요, 학교 설립이요 하는 바깥일들에 각별한 관심을 보였다. 심록애가 임우초의 말을 듣고 가볍게 웃으면서 말했다.

"어머니, 일단 기차 구경부터 하고 생각해 봐요."

"그때가 되면 죽도 밥도 안 될 거다. 누가 우리를 기다려 준다더냐?"

임우초는 아들, 며느리는 신경 쓰지 않겠다고 작정을 한 듯 직접 찻잎을 작은 봉지로 포장하기 시작했다. 사람을 보내 차에서 팔게 할 생각인 것이 분명했다. 항천취와 심록애도 그런 어머니를 구태여 막지 않았다. 하고 싶은 것은 꼭 해야 직성이 풀리는 임우초의 성격을 잘 알기 때문이었다.

저녁이 됐다. 항천취는 웬일로 꾸물대면서 소차한테 가지 않았다.

심록애가 의아해하면서 물었다.

"아직도 안 가고 뭘 해요? 목이 빠져라 기다릴 텐데……."

항천취가 웃으면서 말했다.

"나 오늘 기객을 만났어."

심록애의 눈썹이 꿈틀했다. 그녀가 몸을 돌려 가평에게 부채질을 해주면서 물었다.

"잘 지내고 있대요?"

"탕수잠이 세운 고등공업학당에서 기계 과목을 가르치고 있대."

"할일이 생겼으니 이제 발 편히 뻗고 잠잘 수 있겠네요."

"말도 안 되는 소리! 그가 어떤 사람인지 몰라서 그래? 그는 무기를 잔뜩 사들일 궁리를 하고 있어. 그가 무엇 때문에 나를 찾아왔는지 알아?"

"제가 그걸 어떻게 알아요?"

심록애가 발갛게 달아오른 얼굴을 감추면서 일부러 정색을 했다.

"나를 동맹회에 가입시키려고 소개인으로 나선 거야."

"그게 사실이에요?"

"당연하지. 소개인은 두 명이야. 다른 한 명이 누구인지 아마 당신은 죽었다 깨어나도 알아맞히지 못할 걸?"

"누구인데요?"

"바로 당신의 큰오빠 심록촌이야."

"정말 생각 밖이네요."

심록애는 곤히 잠든 아이를 내려놓았다. 그리고 부들부채를 쥔 채 방안을 서성이면서 말을 이었다.

"제가 만약 남자라면 틀림없이 동맹회에 가입해 큰일을 했을 거예요."

"안 그래도 당신 도움이 필요해."

"제가 뭘 할 수 있어요?"

"기객이 나더러 자금을 모으래. 나중에 거사를 감행하려면 돈이 많이 필요하대."

부들부채를 쥔 심록애의 손이 허공에 멈췄다.

"정말이에요?"

"내가 왜 거짓말을 하겠어?"

심록애가 한참 생각하더니 말했다.

"회계실에 가서 돈을 요구하세요. 당신이 매일 하시던 것처럼 말이에요."

항천취가 발을 굴렀다.

"나더러 추태를 부리라는 건가? 거기 가서 해결될 일이었으면 당신과 의논하지도 않았어."

"그럼 어머님께 말씀드려보세요. 항씨 가문의 지출은 어머님이 전부 관리하고 계시잖아요."

항천취가 낙담한 표정으로 안락의자에 털썩 주저앉았다.

"됐어, 그만해! 기객 앞에서 큰소리를 뻥뻥 쳤는데 개망신 당하게 생겼군. 이거 봐, 벌써 차용증도 받았어."

차용증에는 용이 하늘을 오르고 봉황이 춤추는 듯한 멋진 필체로 "한신점병韓信点兵(한신이 부대를 사열하다), 다다익선多多益善(많을수록 좋다), 혁명이 성공한 후에 돌려드리겠소"라고 적혀 있었다.

항천취가 차용증을 아내에게 주면서 말했다.

"형제 사이에 차용증이 웬 말이냐고 내가 그랬어. 그랬더니 이건 내가 아닌 '제수씨'에게 써준 거라고 하더군. 에휴, 기객의 말이 맞았어."

심록애는 차용증을 힐끗 쳐다보고는 두말없이 패물상자를 열고 보석함을 꺼냈다. 상자 안에는 시집 올 때 가지고 온 귀금속 장신구가 가득했다. 심록애는 팔에 꼈던 옥팔찌도 빼서 보석함과 함께 항천취에게 밀어줬다. 항천취의 눈에서 눈물이 주르륵 흘러내렸다.

"록애, 나는 인간도 아니야."

항천취가 손으로 자신의 머리를 쥐어박았다. 심록애가 손사래를 쳤다.

"이제는 동맹회에도 가입했으니 여인네들처럼 질질 짜는 버릇 좀 고쳤으면 좋겠어요. 남자답게 좀 늠름하게 행동해 봐요."

항천취가 눈물을 훔치면서 말했다.

"나 오늘 기객과 상의해 결정했어. 지금부터 차장 사무는 내가 직접 맡아보겠다고 말이야. 지금껏 어머니에게 맡겼던 재정도 직접 관리해야겠어."

"그런 소리는 제가 항씨 가문에 시집온 후로 지금까지 열 번도 넘게 들은 것 같아요."

"그때하고는 다르지. 그때는 삶의 목표를 찾지 못하고 마음이 허전해서 열심히 돈 벌 생각을 안 했어. 돈을 열심히 벌어도 쓸 데가 없었고. 우리 아버지처럼 아편에 빠질 수도 없고 말이야. 지금은 아니야. 열심히 벌어야지."

"열심히 벌어서 오산 원동문에 있는 사람들도 먹여 살려야죠."

아내의 비꼬는 말에 항천취는 말문이 막혔다. 이윽고 그가 풀이 죽은 소리로 말했다.

"입이 열 개라도 할말이 없어. 나도 알아. 안 그래도 오늘 기객에게 된통 혼이 났어. 인간의 탈을 쓰고 어찌 그런 짓을 할 수 있는가 하고 꾸짖더군. 그래서 내가 그랬어. 나도 이렇게 살고 싶지 않았다고, 살다 보니 이렇게 된 거라고. 그만 하자, 이미 엎질러진 물인 걸 어떡하라고. 당신이 나를 경멸하고 미워해도 어쩔 수 없어. 이대로 그냥 살아야지 어쩌겠어?"

항천취가 보석함을 들고 몸을 돌렸다. 심록애는 멍하니 서서 조기객이 남편에게 했다는 말을 곱씹어 생각했다.

'기객씨도 내 처지를 알고 나를 동정하고 있어. 기객씨…….'

심록애의 눈에서 눈물이 방울방울 흘러내렸다. 원래 심록애는 강인한 여자였다. 아무리 괴로워도 눈물을 흘리는 법이라곤 없었다. 그녀가 문어귀까지 걸어간 남편을 불러 세웠다.

"며칠 뒤 기차 보러 갈 때 그녀도 데리고 가세요."

"당신 그 말 진심이야? 당신은 그 여자를……?"

"따지고 보면 불쌍한 여자예요. 가화가 일곱 살이 되도록 어머니의 반대 때문에 항씨네 문턱을 못 넘잖아요."

"록애, 록애……."

항천취가 아내를 와락 끌어안았다.

"록애, 당신은 정말 좋은 여자야."

심록애는 고개를 저었다.

"아니에요. 언젠가는 저도 당신을 깜짝 놀라게 할 만한 짓을 저지를지도 모르겠어요."

심록애는 자신도 모르게 내뱉은 말에 흠칫 놀랐다.

1909년 8월 13일 오후, 작열하는 태양은 불덩어리 같았다. 청태문 밖에서 간산문역에 이르는 구간 주변은 몰려든 항주 시민들로 발 디딜 틈 하나 없이 빼곡했다. 수확을 앞둔 황마黃麻 밭은 밀짚모자를 쓰고 쪽걸상, 건량과 냉차를 들고 있는 사람들의 발길에 밟혀 황무지가 된 지 오래였다. 몸이 약한 여인네들은 더위를 먹고 픽픽 쓰러졌다. 그러나 그늘진 곳으로 옮겨 어느 정도 정신을 차리고 나면 한다는 말이 "집에는 안 가. 여기 누워서라도 기차를 꼭 보고 갈 거야"라고 했다.

냉차를 들고 사람들 틈을 분주하게 누비는 오승은 예상했던 대로 장사가 잘 되는지 얼굴에서 웃음이 떠나지 않았다. 그는 피부가 햇볕에 까맣게 그을리고 옷차림은 여전히 남루했으나 몸은 예전보다 훨씬 더 건장해 보였다. 또 예전처럼 허둥대지 않고 침착하고 노련한 면이 엿보였다. 두 바퀴 짐수레에는 소포장 차를 가득 담은 광주리가 놓여 있었다. 조금 뒤에 기차에 올라 팔 것들이었다.

오승은 이곳에서 소차를 만났다. 냉차를 산 손님에게 물을 한 국자 부어주고 고개를 들어보니 뜻밖에도 소차였다. 소차는 예전보다 예뻐지고 성숙한 느낌을 풍겼다. 다만 간이 콩알만 한 성격은 그대로인 듯 오승을 보자 얼굴이 빨개지며 휙 몸을 돌려 도망치듯 가버렸다. 주위를 두리번거리던 오승의 눈에 반갑지 않은 얼굴이 보였다. 촬착이 커다란 광주리를 들고 사람들에게 냉차를 팔고 있었던 것이다.

'제기랄, 나쁜 인간들 같으니라고. 좋은 건 다 자기들 건 줄 아나 봐.'

오승은 소리를 죽이고 욕설을 퍼부었다. 그러나 크게 걱정하지는 않았다. 일단 기차에 오르면 촬착 따위는 자신의 상대가 못 된다는 것을 알기 때문이었다.

항천취는 입회 소개인 조기객, 심록촌과 열정적으로 악수를 나눴다. 조기객과 심록촌은 철도회사 총재를 맡은 탕수잠을 수행해 시찰차 나온 걸음이었다. 두 사람은 기회를 틈타 항천취를 탕수잠에게 소개했다. 항천취가 우아하고 예의바르게 인사를 하자 탕수잠이 말했다.

"후생가외後生可畏(젊은 세대가 무섭다)라, 여러분은 나중에 중국의 동량이 될 거네."

항천취는 '후생가외'라는 말의 참뜻을 2년이 지난 뒤에야 이해할 수 있었다. '후생'인 조기객과 심록촌이 중국 정치무대에 등장했기 때문이었다.

아무려나 금테 안경을 걸고 신사 지팡이를 손에 들고 있는 심록촌, 아래위 하얀 비단옷을 입은 조기객, 장삼을 입고 부채를 들고 있는 항천취 등 탕수잠을 에워싼 옥골선풍의 세 젊은이는 사람들의 이목을 끌기에 충분했다. 심록애는 멀리서 세 사람을 바라보았다. 그러나 가화와 가평 두 아이는 조기객을 발견하고는 환호성을 지르면서 뛰어갔다. 심록촌은 조기객의 다리를 잡고 놓지 않는 두 아이를 보면서 악의없이 불만을 터트렸다.

"어허, 이 녀석들 좀 보게. 큰외삼촌은 본체만체하고 조 선생에게 매달리다니. 이런 버르장머리를 봤나."

항천취는 황급히 두 아들을 불러 심록촌에게 인사를 하게 했다. 가평은 마지못해 "큰외삼촌!"이라고 한마디 부르고는 다시 조기객의 품에 안기면서 어리광을 부렸다.

"조 아저씨, 왜 요즘에는 우리 집에 놀러 안 와요? 그동안 보고 싶었어요."

가화는 형답게 외삼촌을 향해 공손하게 허리를 꾸벅 숙여 인사했다.

"큰외삼촌, 그간 안녕하셨어요?"

심록촌은 어린 나이에 제법 어른스러운 가화가 기특한지 아이를 안아 올리면서 물었다.

"글은 읽고 있어?"

"집에서 읽고 있어요."

"무슨 공부를 하고 있어?"

"'인지초, 성본선'人之初, 性本善(사람은 원래 태어날 때부터 착한 성격을 가지고 있다는 의미. 출처는 《삼자경》三字經)을 배웠어요."

"그게 다야?"

"더 있어요, 큰외삼촌. '지금 천하는 오대주로 이뤄져 있다. 아시아, 구라파, 남북미, 아프리카……'라는 게 있죠."

가화의 말에 어른들은 동시에 웃음을 터트렸다. 심록촌이 아이 얼굴의 땀을 닦아주고는 말했다.

"외삼촌이 문제를 낼 테니 맞춰 볼래?"

가화가 차렷 자세를 하고 씩씩하게 대답했다.

"자, 출제하십시오."

잘 생기고 총명한 아이의 재롱을 흥미진진하게 구경하던 탕수잠이 참지 못하고 끼어들었다.

"대과對課(동일 구법에 따라 사물의 종류, 성질 등이 비슷하거나 상반된 것을 나란히 둔 낱말과 구절) 어때?"

가화가 고개를 끄덕이며 선선히 대답했다.

"한번 해보죠."

탕수잠이 입에서 나오는 대로 말했다.

"기차汽車."

"기선汽船."

"좋아, 잘했어."

어른들이 갈채를 보냈다.

심록촌이 입을 열었다.

"망우군忘憂君."

"불야후不夜侯."

가화의 대답에 심록촌이 깜짝 놀랐다.

"차茶에 관한 전고典故(옛 규정)를 네가 어떻게 알지?"

"할머니께서 가르쳐주셨어요. 차는 '망우군', '불야후', '감로형'甘露兄, '왕손초'王孫草 등으로 불린다고 하셨어요."

심록촌이 다시 입을 열었다.

"좋아, 이번에는 좀 어려운 문제를 낼게."

가화가 살짝 자신 없는 듯 고개를 갸웃하더니 대답했다.

"좋아요, 한번 해보죠."

"구계九溪 임해정林海亭에 대련對聯이 적혀 있어. 상련上聯은 '잠깐 쉬었다 가시게나, 조주차趙州茶 한잔 하시게'야. 그럼 하련下聯은 무엇일까?"

"그건 '서두르지 않아도 되오, 들꽃을 구경하고 천천히 오시게나'라는 글이죠."

"대련의 뜻을 해석해볼래?"

항천취가 회심의 미소를 지으면서 말했다.

"이깟 문제는 아무것도 아니야."

가화가 미간을 잔뜩 찌푸리고 곰곰이 생각하더니 입을 열었다.

"이 글의 '조주차'는 '조주趙州의 차'를 의미하지 않아요. '조주'는 '조주 스님'이에요. 조주 스님은 누가 어떤 질문을 하건 늘 똑같은 말로 '차 한잔 마시게'라고 대답했대요."

이마에 피도 안 마른 어린 녀석이 불교 화두를 제법 그럴듯하게 해석하는 것을 듣고 어른들은 모두 웃음을 터트렸다.

"그럼 하련의 뜻은 무엇일까?"

"그건 황제에 대한 얘기를 쓴 거예요. 황후마마가 가족을 방문하러 시골로 내려가자 황제께서 황후에게 이런 편지를 쓰셨대요. '온 들에 꽃이 만발하구려. 서두르지 말고 꽃구경을 하면서 천천히 오시게나'라고 말이에요."

심록촌이 아이의 머리를 쓰다듬으면서 탄식을 내뱉었다.

"천취, 나는 다만 한 가지가 아쉽다네."

항천취가 가화를 어미에게 보내고 말을 받았다.

"가화가 록애의 소생이 아니라서 아쉽다는 말인가요?"

심록촌이 한숨을 내쉬었다.

"가평 저 아이는 수성守成할 재목이 못 되네. 세 살 버릇 여든까지 간다고 했네."

가평은 저쪽에서 어느새 조기객의 목에 올라타고 있었다. 조기객은 가평을 목마 태운 채 심록애와 몇 마디 주고받았다.

"제수씨, 제수씨가 쾌척한 물건들을 다 팔았소."

"잘하셨어요."

"옥팔찌는 팔지 않았소. 다음에 만나면 돌려드리리다."

"안 그러셔도 돼요."

발그레 홍조가 오르고 땀방울이 송골송골 맺힌 심록애의 두 볼은 이슬 맺힌 복숭아꽃처럼 아름다웠다. 마치 자석에라도 끌린 듯 여인의 얼굴에서 시선을 떼지 못하던 조기객이 황급히 정신을 차리고 귀를 쫑긋 세웠다.

"기차가 오고 있소."

항주 시민들은 철도 양쪽의 황마 밭에 황마처럼 빼곡하게 몰려서서 역사적인 순간을 기다리고 있었다. 뒤쪽 사람들은 쪽걸상에 올라서서 목을 길게 빼들었다. 멀리서 시커먼 '괴물'이 굉음을 울리면서 점점 가까이 다가왔다. 소차와 심록애 두 여자의 시선이 레일 위 허공에서 딱 마주쳤다. 둘은 비록 서로 만난 적은 없으나 각자 품에 안고 있는 아이를 보고 상대방이 누구인지 충분히 짐작할 수 있었다. 두 여자는 반사적으로 품에 안고 있던 아이를 더 바싹 끌어안았다.

두 여자의 눈빛은 복잡 미묘했다. 아마 상대를 향한 미움, 질투, 용서 아니면 또 다른 감정을 표출하고 싶었으리라. 그러나 두 여자에게는 잠깐의 생각할 틈도 주어지지 않았다. 기차가 마치 세상을 뭉개버릴 것처럼 세찬 기세로 코앞까지 다가왔기 때문이었다. 구경꾼들은 악머구리 끓듯 법석을 떨었다. 도처에서 환호성, 탄성과 신음소리가 터져 나왔다. 기차 안의 사람들이 기차 아래 사람들을 향해 손을 흔들었다.

가화와 가평은 기차의 어마어마한 크기에 압도돼 각자 어미의 품에 얼굴을 묻었다. 그러나 호기심 때문에 이내 빼꼼히 얼굴을 내밀었다. 정수리를 다 태워버릴 기세로 내리쬐는 햇빛은 여전했다. 기차의 우르릉거리는 굉음과 사람들의 함성이 한데 어우러져 하늘땅을 뒤흔들었다. 두 아이는 살며시 손을 내밀었다. 두 아이는 기차의 등장과 더불어 새로운 세대의 시작을 열 주역들이었다.

제17장

오승은 어쩌면 그에게 미움과 증오심을 심어준 사람들에게 감사해야 할지도 몰랐다. 이들이 없었다면 그에게는 훗날의 성공도 없었을 터였으니 말이다. 강렬히 내리쬐는 햇빛 아래 대나무 광주리를 들고 땀범벅이 돼 사람들에게 냉차를 팔던 그날, 그는 금테 안경을 걸고 한가로이 부채질을 하면서 한담을 나누는 사람들에게 분노의 눈길을 던지고는 속으로 이를 바득바득 갈았다.

'반드시 성공하고 말 거다…….'

오승의 새하얀 이빨은 너무 악을 쓰고 갈아서 짐승의 그것처럼 날카로워졌다.

그리고 이듬해, 즉 소상인 오승이 항주에서 죽을둥살둥 이를 악물고 분투한 지 십 수 년이 지난 그해, 그는 드디어 시대의 조류를 타고 꿈에도 그리던 역사의 무대에 등장할 수 있었다.

광서光緖 22년에 체결된 〈항주 새덕이문塞德耳門 일본 조계 논의 정관〉에 따르면 일본 상인들은 공신교 조계지 내에서만 상업 활동이 허용돼 있었다. 그러나 영토 팽창에 혈안이 된 일본인들은 무려 64개 조항으로 구성된 〈정관〉 따위를 가볍게 무시해버렸다.

돈 냄새를 맡은 일본인들은 앞다퉈 항주성 안에 약국과 오물렛가게를 열기 시작했다. 공공연히 현지 상인들의 '밥통 빼앗기'에 나선 것이었다. 자기 한 몸 가누기도 힘들 지경인 청나라 정부는 상인들의 싸움을 조정할 여력이 남아 있지 않았다. 그래서 일본인들의 만행을 보고도 못 본 체할 수밖에 없었다. 화가 난 항주 상인들은 말이 아닌 행동으로 '항철두'杭鐵頭(쇠망치. 항주 상인들이 남방사람답지 않게 거칠고 강경한 면이 있다고 붙여진 별명)의 위력을 직접 보여줬다. 결국 망우차장 근처의 보우방保佑坊 중송重松약국과 관항구官巷口에 자리한 환삼丸三약방이 분노한 상인들로 인해 쑥대밭이 됐다.

민간인들의 반발이 과격해지자 결국 관청에서 개입했다. 일본 영사관과 항주시 정부의 협상 결과는 불 보듯 뻔한 것이었다. 중국인들은 손해배상을 하고 일본인들은 100년이 가도 지키지 않을 공약만 했다.

항주성 안의 외국인 가게는 어느새 21개로 늘어났다. 그중에 3분의 2는 일본인 가게였다. 처음에는 얌전하게 약방과 음식점 따위를 세우더니 나중에는 '사격게임'과 '복권'福券 따위의 도박장을 운영해 선량한 시민들의 주머니를 노렸다.

관청에서 누차 영업중지 경고를 내렸으나 그야말로 쇠귀에 경 읽기였다. 일본인들은 믿는 구석이 있기 때문에 겁도 없이 까불어도 된다고 생각하는 것 같았다. 그들의 오만함이 큰 사건으로 이어진 것은 당연한 결과였다.

오승은 정치에 별로 관심이 없는 사람이었다. 시민들의 반일 감정이 고조되건 말건, 서구 열강들을 무찌르건 말건 자신과는 전혀 관계없다고 생각하는 사람이었다. 그래서 그날 밤 술에 취해 비틀거리면서 대정항大井巷에 있는 복록당福祿堂이라는 일본인 가게를 찾아갈 때도 머릿속에는 아무 생각도 없었다.

따분해서 미칠 것 같은 오승의 눈에 공기총이 띄었다. 그는 아무 생각 없이 총을 들고 한 발을 쐈다. 그러나 다음 순간 그는 자신의 눈을 의심하지 않을 수 없었다. 큰 상금에 당첨됐던 것이다!

당첨금 액수는 그가 평생 소처럼 일해도 모을 수 없을 정도로 어마어마했다. 워낙 돈 욕심이 많은 오승은 처음에는 이 기적 같은 일이 꿈만 같아서 멍하니 있다가 이윽고 기쁨에 겨운 비명을 질렀다.

오승의 환호성에 심기가 불편해진 사람이 있었다. 바로 일본 상인 다치로多次郞였다. 안 그래도 더럽고 냄새나는 가난뱅이 중국인이 눈꼴사나워 죽겠는데 한 술 더 떠서 그의 깨끗한 기모노 옷깃을 부여잡고 고함을 지르는 것이 아닌가.

"돈 내놔! 돈 내놔!"

'돈'이라는 말에 민감해진 다치로가 두 손을 벌려 보이면서 말했다.

"안 돼, 무효야."

"뭐라고?"

"무효라고!"

"분명히 당첨됐어!"

"그래도 무효야!"

"그게 말이야, 방귀야? 난쟁이 똥자루 같은 일본 놈 새끼가, 장사가 애들 장난이냐?"

"빠가야로(바보 자식)!"

철썩! 하는 소리와 함께 오승의 볼이 얼얼해졌다. '난쟁이 똥자루'가 다짜고짜 오승의 따귀를 갈겼던 것이다. 몰려 서 있던 구경꾼들은 중구난방으로 비난을 쏟아냈다. 오승의 입가로 피가 번졌다. 꾹꾹 눌러 참았던 분노가 따귀 하나에 폭발한 것일까, 오승은 미친 사자처럼 갈기를 세우고 다치로에게 달려들었다. 구경꾼들은 혹시라도 인명사고라도 날까봐 황급히 두 사람을 뜯어말렸다. 그런데 이때 또 다른 일본인이 중뿔나게 끼어들 줄이야. 마에다前田라는 일본인이 오승에게 총을 겨누면서 알아듣지 못할 일본말을 지껄여댔다.

"총이다, 총! 조심해요!"

구경꾼들이 오승에게 귀띔했다.

오승은 너무 화가 나서 눈에 뵈는 게 없었다. 급기야 눈에 벌겋게 불을 켜고 마에다를 향해 돌진했다.

탕!

요란한 총소리와 함께 오승의 바짓가랑이에 구멍이 뻥 뚫렸다. 놀라서 잠깐 멍해졌던 오승은 총을 쥔 마에다의 팔을 와락 붙잡았다.

탕!

빗나간 총알이 천장에 박혔다.

곧 어둠을 가르면서 요란한 사이렌 소리가 울려 퍼졌다. 순경들이 현장에 도착했을 때 항천취는 소차네 집에서 쌍둥이 남매를 품에 안고 천륜지락天倫之樂을 즐기고 있었다. 그는 밖에서 웅성거리는 소리에 무슨 일인가 싶어 촬착을 불렀다. 대충 전후사정을 전해 듣고는 즉시 촬착이 끄는 인력거에 앉아 현장으로 달려갔다. 그곳에는 이미 수천 명이 몰려 있었다. 오승은 구경꾼들을 향해 목이 터져라 사건 경위를 설명하고 있었다.

순경들은 분위기가 심상치 않자 어둠을 틈타 다치로와 마에다를 몰래 경찰서로 연행하기로 결정했다. 일본인 두 명은 순경들의 호송을 받으면서 겨우 피시항皮市巷 입구까지 왔으나 앞으로 더 나아갈 수 없었다. 분노한 시민들이 앞을 가로막았기 때문이었다. 남정네들은 말할 것도 없고 심록애와 임우초를 비롯한 여인네들까지도 하인들의 보호를 받으며 거리로 뛰쳐나왔다. 시민들은 머릿수가 많은 것을 믿고 일본인들을 향해 고함을 지르고 욕설을 퍼부었다. 혼비백산한 마에다는 인파를 피해 옆에 있는 만풍萬豊간장가게로 몸을 피했다. 그 모습을 매의 눈으로 지켜보던 항천취가 황포차에 올라 소리를 질렀다.

"쳐들어가 때려!"

시민들이 한 목소리로 호응의 함성을 질렀다. 가화와 가평은 가스등을 들고 사람들을 진두지휘하는 아버지의 모습이 그렇게 멋있어 보일 수가 없었다. 두 아이는 멀리서 발을 구르면서 고함을 질렀다.

"엄마, 엄마! 저기 아빠가 있어! 아빠, 아빠!"

심록애도 눈시울이 촉촉해졌다. 풍류밖에 모르는 줄 알았던 남편이 결정적인 순간이 되자 사내대장부답게 용감하게 나선 모습이 자랑스러웠던 것이다. 반면 임우초는 놀랍고 두려운 마음이 들어 염불을 외웠다.

"아미타불! 일본사람들한테 원한을 사면 어쩌려고 저래?"

"원한을 사면 사라지요, 뭐. 저런 놈들은 맞아야 정신을 차려요."

"천취 저 아이는 전생에 무슨 죄를 지었기에 자기하고는 상관도 없는 이런 일에 휘말려드는 거냐? 이렇게 많은 사람들 중에 왜 하필 저 아이가 앞에 나서는가 말이야."

"어차피 누군가는 앞장을 서야 하지 않겠어요?"

며느리의 말에 임우초가 발끈했다.

"네가 남편 알기를 우습게 아는 줄은 나도 알아. 너는 지금 천취가 큰 변이라도 당하기를 바라는 거냐?"

"어머니, 무슨 말씀을 그렇게 하세요? 어머니 아들이 영예로우면 어머니도 체면이 서시잖아요."

시어머니와 며느리는 각자 아이를 하나씩 끌고 옥신각신 입씨름을 하면서 사람들 틈을 비집고 들어갔다. 임우초가 화를 내면서 욕을 퍼부었다.

"망할 놈의 일본 놈들! 자기 집에 얌전하게 붙어 있지 않고 바다 건너까지 남의 밥통을 빼앗으러 기어올 건 뭐야? 날강도가 따로 없어."

구경꾼들은 만풍간장가게를 물샐틈없이 겹겹이 에워싸고 고함을 질러댔다. 성질 급한 사람들은 문을 따고 안으로 쳐들어가겠다고 씩씩댔다. 두 일본인은 간장가게 지붕을 통해 태안泰安객점에 숨어들었다가 순경들의 경호를 받으면서 가까스로 경찰서로 갈 수 있었다.

일본 놈들이 도망가자 닭 쫓던 개 지붕 쳐다보는 꼴이 된 오승은 치밀어 오르는 화를 주체 못해 씩씩거렸다. 아무에게라도 분풀이를 하지 않고는 못 견딜 것 같았다. 공교롭게도 이때 건너편에서 기모노를 입은 일본인 한 명이 걸어오고 있었다. 오승은 거두절미한 채 일본인의 멱살을 잡고 철썩철썩 뺨을 두 대나 갈겼다. 그러고도 분이 풀리지 않는지 바닥에 그를 넘어뜨려놓고 마구 발길질을 했다. 재수없게 오승에게 걸려든 일본인은 일본 조계지 내에서 사진관을 운영하는 하네다羽田라는 사람이었다. 마른하늘에 날벼락처럼 큰 봉변을 당한 그는 바닥에 엎드려 일어나지 못했다. 항천취가 다가와서 오승에게 물었다.

"이 사람인가?"

"그게 무슨 상관이오? 일본 놈들은 다 때려죽여야 해."

"당사자에게 책임을 물어야지. 이 사람이 아니면 놓아주게."

오승은 그제야 씩씩대면서 손을 뗐다. 하네다가 비틀거리면서 기어 일어났다. 이윽고 겨우 제정신을 차린 그가 읍을 하면서 항천취에게 말했다.

"저는 공신교에 살고 있는 하네다라고 합니다. 친구를 만나러 성안으로 들어왔다가 봉변을 당했습니다. 도와주셔서 감사합니다. 항천취 선생 맞죠?"

"선생은 중국어 실력이 상당하군요."

항천취가 덧붙였다.

"그런데 내가 누구인지 어떻게 알았소?"

"항주에서 다도茶道를 배우는 일본 사람들 중에 항 선생을 모르는 사람은 하나도 없습니다."

항천취는 어깨가 으쓱해졌다. 일본 놈을 때리러 왔다가 뜻밖에 일본 다인茶人을 구해주게 될 줄은 생각도 못했었다.

하네다가 다시 공손하게 허리를 숙여 사의를 표했다.

"나중에 감사인사 드리러 찾아뵙겠습니다."

하네다는 말을 마치고 비틀거리면서 자리를 떴다.

그날 밤, 오승은 무리를 이끌고 일본인 가게들을 찾아다니면서 일부러 트집을 잡아 사달을 일으켰다. 무리는 밤이 이슥해질 때까지 일본인 가게 일곱 개를 때려 부수고 나서야 만족스러운지 각자 흩어졌다.

또다시 혼자가 된 오승은 한밤중이 되어서야 냉정을 회복했다. 갑자기 피곤이 몰려왔다. 따귀를 맞은 뺨이 벌겋게 부어오르고 아팠다.

목이 잠기고 다리도 부었다.

'이제 뭘 해야 하지? 내일도 광주리를 들고 기차에서 차를 팔아야 하나?'

공허함과 불안감이 느닷없이 엄습했다. 오승은 길가에 털썩 주저앉았다. 그러다 어둠속에서 누군가 자신을 주시하고 있는 느낌을 받고 고개를 들었다. 오차청이었다.

"나하고 같이 돌아가자."

어둠속에서 노인의 목소리가 유달리 또렷하게 들려왔다.

가화 형제가 조기객을 다시 만났을 때는 추석 무렵이었다. 그동안 가화는 별로 자라지 않았다. 반면 가평은 오뉴월 오이처럼 키가 쑥쑥 자라서 가화와 비슷해졌다. 심록애는 스승을 모셔다 가평에게 무예를 가르치게 했다. 가죽띠를 허리에 매고 창과 칼을 휘두르는 모습은 누가 봐도 늠름하고 멋있었다.

며느리가 대놓고 가평을 편애하는 것을 보고 심기가 불편해진 임우초는 오차청을 불러 가화에게 쿵푸를 가르치게 했다. 오차청은 20여 년 전과 마찬가지로 가화에게 호흡, 운기, 정좌 수련을 가르쳤다. 겉치레뿐인 주먹질과 발동작은 일절 가르치지 않았다. 어른들은 두 형제의 완전히 상반되는 연습 장면을 흥미진진하게 구경했다.

그해 항천취는 여느 해와 달리 매우 바쁘게 보냈다. 밖으로 나도는 일도 잦았다. 게다가 상회 임원직까지 겸해 찻집에 놀러 다닐 짬도 없었다. 항천취가 두 집 살림을 해온 것은 하루 이틀의 일이 아니었다. 그러나 어쩌다 보니 그해에는 망우저택보다 오산 원동문에 머문 시간이 더 길었다. 임우초가 보다 못해 잔소리를 했다.

"너, 왜 그러냐? 큰집, 작은집 구분은 분명하게 해야 할 게 아니냐?"

심록애가 시어머니를 설득했다.

"어머니, 그만하세요. '억지로 비틀어서 딴 참외는 달지 않다'고 했어요."

항천취가 해명했다.

"나는 요즘 거사 준비 때문에 바쁜 거야. 자칫하면 목이 날아갈지도 몰라. 내가 집을 적게 들락거려야 어머니와 당신을 연루시키지 않을 게 아닌가."

심록애가 어이가 없는 듯 웃으면서 물었다.

"뭘 그리 바쁘게 해요?"

"아녀자들이 참견할 일이 아니야. 당신은 몰라도 돼."

심록애는 속으로 코웃음을 쳤다. 항천취가 하는 일이라고는 자금을 모으고 사람을 만나는 것밖에 없다는 것을 이미 오빠 심록촌에게 들어서 알고 있었기 때문이었다. 심록촌은 "항주에서 명성이 자자한 항씨 도련님과 함께 있으면 안전하다"는 말도 덧붙인 바 있었다.

심록애가 아기 옷 몇 벌을 싼 꾸러미를 항천취에게 주면서 말했다.

"쌍둥이가 두 살 됐죠? 제가 준비한 아기 옷들이에요. 소차에게 전해주세요."

항천취는 그저 신기하고 얼떨떨했다. 심록애가 왜 갑자기 바다같이 넓은 아량을 베푸는지 이해할 수가 없었던 것이다. 물론 항천취는 심록애가 요즘 매일 구름 위를 걷는 기분으로 살고 있다는 것을 알 리 만무했다. 항천취의 오빠 심록촌이 항주에 비단점포를 차리자 심록애는 오빠네 가게를 뻔질나게 드나들었다. 그곳에 가면 조기객을 볼 수 있었기 때문이었다. 조기객은 1년 사이에 '기계 전문가'로 이름을 날렸다. '대유리大有利전등주식유한회사'는 일부러 조기객을 초청해 수입기계 검수를 맡겼다. 이 회사는 증기기관 발전기 세 개와 보일러 두 대를 보유하고 있는 큰 회사였다. 1년 사이에 항주의 크고 작은 거리와 골목에는 0.5리(200미터) 간격으로 3자 높이의 나무 장대가 세워졌다. 장대 끝에는 전선줄이 걸렸고 가로등이 설치됐다. 심록애는 그것을 무척 신기해하면서 조기객에게 물었다.

"기름을 쓰지 않고도 불이 켜지네요?"

"신기해할 만도 하오. 중국은 100년 넘게 뒤떨어졌소."

"기객씨는 혁명사업 때문에 눈코 뜰 새 없이 바쁜 사람 아닌가요? 무슨 경황으로 전등 연구를 다 해요?"

심록촌이 부채질을 하면서 가볍게 여동생을 나무랐다.

"너는 차장이나 잘 관리하면 돼. 쓸데없는 걱정은 하지도 마."

조기객이 말했다.

"청조를 뒤엎고 민국이 건국되면 토지권이 평등하게 나눠지고 사람들이 평등하고 자유롭게 살아가게 될 거요. 국가가 강대해지고 국민들이 행복해지는 일만 남았지. 나중에 혁명이 정말로 성공하게 되면 나는 기계 연구에 몰두할 거요. 그래서 제국주의 열강들 앞에서 국가와 국민이 모두 자랑스럽게 가슴을 펼 수 있게 할 거요. 그때 가서 어느 놈이 감히 우리 중화中華를 업신여기는지 지켜볼 거요."

"기객 자네는 평소에는 거칠고 오만방자하다는 평을 듣지만 이럴 때면 순진하고 귀엽기까지 하네. 중산 선생도 자네의 이런 점을 높게 평가했지. 자네가 동맹회 회원 모두에게 미움을 받지 않는 것도 이런 성격 덕분인 것 같네."

조기객이 웃으면서 말을 받았다.

"록촌 형, 그렇게 순화시켜 말하지 않아도 되오. 내가 경솔하고 미련하다는 건 나도 잘 알고 있으니깐. 록촌 형은 진기미陳其美와 동향同鄕이고, 나는 도성장陶成章과 함께 일하고 있소. 진기미와 도성장 두 사람 사이가 오래 전부터 껄끄러웠다는 걸 록촌 형이 모를 리 없잖소. 다만 록촌 형은 속이 깊어서 겉으로 드러내지 않고 나는 숨김없이 솔직할 뿐이지. 서로 상반되는 주장을 가진 우리 두 사람이 지금 평화롭게 공존할 수 있는 이유는 큰 적이 눈앞에 닥쳤기 때문이요. 하지만 청조가 무너지게 되면 우리가 어떤 얼굴로 서로를 마주보게 될지 모르오."

그러자 심록촌이 하늘에 대고 맹세했다.

"내가 만약 소인배 짓을 한다면 하늘과 땅이 나를 멸할 거야. 하늘과 땅이 나를 용서치 않을 거야."

그 말에 심록애와 조기객은 동시에 크게 웃었다.

가화와 가평에게 유년 시절의 잊지 못할 신비롭고 황홀한 추억을 꼽으라면 아마 백운암과 전당강 조수潮水 구경을 꼽을 것이다.

이날, 두 아이는 어머니 심록애를 따라 백운암으로 향했다. 향촉과 과일을 가득 담은 바구니를 들고 앞장서서 걷는 심록애의 표정은 근엄하다 못해 비장했다. 낯빛도 창백해 눈빛이 더 그윽해 보였다. 두 아이는 어머니의 표정이 평소와 다른 것을 눈치채고 까불지도, 떠들지도 않고 묵묵히 걷기만 했다.

심록애가 가마에서 내린 다음 두 아이에게 분부했다.

"너희들 월하노인사月下老人祠에 들어가서 아는 사람이 있는지 보고 올래?"

사당 안 기둥에는 "세상의 모든 연인이 권속眷屬(가족)의 연으로 이뤄지기를, 전생에 이미 정해진 인연 놓치지 말기를"이라는 대련이 새겨져 있었다. 가평은 '권속'과 '인연'이라는 글자를 몰랐다. 당연히 대련의 뜻도 이해하지 못했다. 가평이 가화에게 묻자 가화가 감실에 모셔놓은 소상塑像을 가리키면서 말했다.

"저분에게 물어봐!"

감실에 모신 것은 수염이 새하얀 노인의 소상이었다. 노인은 손에 붉은 실을 쥐고 있었다. 가평이 궁금증을 참지 못하고 또 가화에게 물었다.

"이 노인은 누구야? 왜 붉은 실을 쥐고 있어?"

가화가 한참 생각하더니 대답했다.

"아버지가 그러시는데 월하노인은 붉은 실로 나중에 부부가 될 두 사람을 묶어주시는 분이래. 너는 아직 어려서 몰라. 나도 잘 모르거든. 사실 나도 궁금해. 이 노인은 누구라도 만나기만 하면 그 사람들을 묶는 걸까, 아니면 사람을 골라가면서 묶는 걸까?"

가화와 가평은 자기도 모르게 자신들의 발목을 내려다봤다.

가평은 어른들만 알아들을 수 있는 얘기에 흥미가 없었다. 그는 사당 안을 더 구경하지 않고 깡충거리면서 밖으로 나왔다. 뜻밖에도 조기객이 흰색 말과 밤색 말을 끌고 백운암에서 이쪽으로 오고 있었다. 가평의 얼굴에 웃음꽃이 활짝 폈다.

조기객이 사당에 들어갔을 때 심록애는 갓 뽑은 대쪽의 점괘를 확인하고 있었다. 점괘는 "구하면 얻을 것이요, 포기하면 잃을 것이다"라고 나와 있었다.

조기객이 작은 소리로 물었다.

"제수씨도 이런 걸 믿소?"

"운명이라는 것은 믿으면 있는 것이고, 안 믿으면 없는 것이죠."

"제수씨가 본 것은 무슨 점이오?"

"이거요? '혁명'의 길흉화복을 점쳐본 거예요. 혁명이 성공할 수 있을지 궁금해서요."

조기객이 어이없다는 듯 실소를 터트렸다.

"여기는 남녀 사이의 애정 운만 점치는 곳이오. 혁명이라니, 허허."

"애정과 혁명이 뭐가 달라요? 제 생각에는 거의 비슷한 것 같아요. 못 믿겠으면 하나 뽑아보세요."

심록애의 진지한 표정에 감화된 조기객도 대쪽을 하나 뽑았다. 점괘는 "한편으로는 기쁘고 한편으로는 두렵다"로 나와 있었다. 조기객의 안색이 확 변했다.

'설마 의거의 성공 확률이 반밖에 안 된다는 말인가?'

그러자 심록애가 웃으면서 말했다.

"'이판사판 삼세판'이라는 말도 있잖아요. 제가 한 번 더 뽑아보죠."

심록애가 뽑은 점괘에는 "두견새는 밤 깊도록 피맺혀 우니, 봄바람 다시 불러오지 못할까 걱정이랴"라고 적혀 있었다.

조기객이 자신감이 배가된 얼굴로 말했다.

"수많은 의사들이 혁명을 위해 목숨을 바쳤거늘 이들의 평생 숙원이 반드시 이뤄질 것이다, 이런 뜻이 틀림없소."

심록애는 바구니 맨 아래에 잘 숨겨놓았던 총을 꺼냈다. 이어 조기객에게 살그머니 건네줬다. 그러나 하필이면 이때 아무것도 모르고 불쑥 뛰어 들어온 가화에게 딱 걸리고 말았다. 가화는 입을 딱 벌린 채 그 자리에 목석처럼 굳어버렸다. 아이는 두 어른의 경계심이 가득한 눈빛에 몸 둘 바를 몰라 하면서 무심결에 소리를 질렀다.

"저 다른 사람에게 말하지 않을 거예요. 다른 사람에게 절대 말 안 할 거예요."

심록애가 가화의 어깨를 꼭 끌어안으면서 부드럽게 말했다.

"우리 가화는 가평보다 많이 어른스러워. 그렇지? 오늘은 8월 17일이야. 조금 있다가 아빠하고 조 선생하고 다 같이 조수 보러 가자."

이때 가평이 뛰어 들어오면서 소리를 질렀다.

"아빠가 와요."

심록애와 조기객은 하던 말을 멈추고 나란히 백운암 쪽으로 향했다. 몇 걸음 걷지 않았는데 우거지상을 하고 다가오는 항천취와 맞닥뜨렸다. 항천취가 두 사람을 보고 말했다.

"저쪽에서 다투고 있어."

"누가요?"

"누구기는? 당신 오빠하고 도성장이라는 사람이지."

조기객이 발을 탕 굴렀다.

"지금이 어느 땐데 다툴 시간이 다 있어?"

백운암은 송나라 때 지어졌다. 청나라 말기에는 지고智高 스님과 의주意周 스님이 이곳의 주지로 있었다. 이 두 사람은 성격이 호쾌하고 의협심이 강했을 뿐 아니라 반청反清 의사들에게 동조했다. 혁명당이 백운암에 비밀기관을 설치한 것도 이 같은 이유 때문이었다. 조기객 역시 자주 이곳에 머물면서 반청 거사에 대해 의논하곤 했다.

항천취는 조기객만큼 '혁명'에 대한 열의가 깊지 못했다. 그저 청 정부의 통치에 불만이 있는 사람들이 힘을 합쳐 청나라를 뒤엎는 '분풀이 행동' 쯤으로 이해하고 있었다. 그런데 알면 알수록 머리가 터질 것 같았다. 모두가 힘을 합쳐도 모자랄 판에 이건 같은 편끼리 허구한 날 당파 싸움만 하고 있으니 말이 될 소리인가.

"호주 사람들과 소흥 사람들 사이에 어떤 알력이 있는지 내가 어떻게 알겠어? 진기미 쪽 사람이 와서 상해와 절강의 연합행동이 필요하다고 말하기에 나도 그게 좋겠다고 했지. 그런데 이쪽에서는 심록촌이 진기미 쪽 사람이라면서 내가 대놓고 손위처남의 편을 든다고 불만인 거야. 나는 거기까지는 미처 생각도 못했는데 말이야. 이쪽에서는 진기미는 믿을 만한 사람이 못 된다고 역설하더군. 도성장이 일본에서 힘들게 조달해온 자금을 진기미가 도박과 오입질에 탕진했다나 뭐라나. 그 말을 듣고 나니 나도 난감하더군. 그래서 한마디했지. '그런 인품으로 어떻게 혁명을 합니까?'라고. 딱 한마디밖에 안 했어. 그러자 심록촌이 다짜고짜 '무골충, 생각 없는 사람, 갈대처럼 바람에 흔들리는 사람'이라고 나를 욕하는 거야. 결국 나만 중간에서 이러지도 저러지도 못하고 바보가 됐잖아. 이게 무슨 혁명이야? 나는 오늘에서야 혁명이 뭔지 제대로 안 거 같아."

항천취가 한창 억울함을 토로하고 있을 때였다. 심록촌이 화가 나서 검푸른 얼굴로 다가왔다. 급기야 조기객에게 삿대질을 하면서 고함을 질렀다.

"당신 조씨, 내가 분명히 말하는데 당신들 때문에 천추대업千秋大業에 차질이라도 생기게 되면 가만 안 있을 거야. 중산 선생에게 당신들의 죄상을 낱낱이 까발릴 거야. 당신들은 역사에 오명을 남기고 자업자득을 면치 못할 거야."

심록애는 늘 온화하고 예의바르던 오빠가 이토록 크게 성질을 부리는 모습을 처음 보는 터라 큰 충격을 받았다. 어릴 때부터 뭐든지 제멋대로 하면서 자라온 그녀는 누군가에게 큰 소리를 들어본 적이 없었다. 게다가 요즘은 자신이 가지고 있는 모든 것을 내줘도 아깝지 않을 정도로 조기객에게 완전히 빠져버린 상태였다. 그녀는 남편 항천취처럼 혁명에 대해 잘 몰랐다. 다만 무조건 조기객 편을 들겠다는 의지만큼은 확실했다. 심록애가 입을 열었다.

"오빠, 화내지 말고 차근차근 얘기해요. 한집안 사람끼리 얼굴 붉힐 필요 없잖아요."

"그 입 다물지 못해? 아녀자가 어딜 나서서 목소리를 높여? 천취, 당장 자네 마누라 데리고 집으로 가게. 여기가 어디라고 아녀자 따위가 감히 나서서 이래라 저래라야?"

항천취는 심록촌이 여동생의 한마디에도 그렇게 노발대발할 줄은 꿈에도 생각 못했다. 심록촌은 그동안 내면에 쌓였던 분노가 터져 나오는 모양이었다. 그는 한마디 대꾸도 못하고 도움을 갈구하는 눈빛으로 조기객을 바라봤다.

심록애도 마찬가지였다. 이 나이 먹도록 이런 수모를 겪기는 처음이었다. 게다가 조기객이 보는 앞에서 험한 말을 들었으니 억울하고도 서러웠다. 그녀는 눈물을 뚝뚝 흘리면서 몸을 돌려 달아났다. 조기객이 그런 심록애의 앞을 막았다. 가화는 목석처럼 굳어진 채 아무 반응도 없었다. 가화는 돌발 사태에 직면할 때마다 멍해서 아무 말도 못하는 버릇이 있었다. 반면 어린 가평은 발을 구르고 가슴을 두드리면서 바락바락 악을 썼다.

"나쁜 외삼촌, 나쁜 외삼촌! 우리 엄마 괴롭히지 말아요!"

항천취는 그제야 제정신을 차리고 입술을 바들바들 떨면서 작은 소리로 말했다.

"처남이 어떻게 이럴 수가 있어요? 목숨 걸고 무기를 가져다준 록애에게 어떻게 이럴 수가 있어요? 혁명이 이런 거야? 혁명이 이런 거라면 나는 안 하겠어!"

항천취는 심록애와 아이들을 끌고 집으로 돌아가려고 몸을 돌렸다. 네 사람의 모습을 안쓰럽게 바라보던 조기객이 심록촌에게 말했다.

"중산 선생의 제자, 동맹회 오랜 회원이라는 사람들이 이게 뭐요? 이래 가지고 무슨 낯으로 먼저 희생된 사람들을 보겠소? 구천에 계신 추근과 서석린이 바닥을 치고 통곡할 일이오. 홍양혁명洪楊革命(홍수전洪秀全과 양수청楊秀清이 일으킨 태평천국의 난)이 실패한 것도 동족상잔 때문 아니겠소? 우리는 이제 막 자금을 모아 거사를 일으키려 하는 시점인데 벌써부터 같은 편끼리 반목을 하다니, 이래 가지고 무슨 혁명을 하겠소? 내가 한마디만 충고하겠소. 제발 좀 더 멀리 내다보고 같은 편을 공격하지 마시오."

조기객이 심록촌에게 총을 던져주고는 항천취 일행에게 달려갔다. 이어 가평을 건뜻 들어 흰색 말 잔등에 태우고 항천취에게 말했다.

"가자. 조수나 보러 가자!"

항천취가 감동과 흥분으로 말을 더듬었다.

"만수曼殊(근대의 작가이자 시인, 승려이자 번역가)…… 만수 스님이……, 오늘…… 오늘 밤에 직접 노를 저어…… 서호로 나오신다고 했어. 또……, 또 호수에서 만나자고 나하고……."

조기객이 훌쩍 말에 올라타고는 큰 소리로 말했다.

"내일 8월 18일의 조수는 '천하 으뜸의 장관'이라고 했어. 오늘 밤의 조수도 만만치 않게 멋질 거야. 우리 서호로 가지 말고 조수를 보러 갑시다. 여러분의 생각은 어떻소?"

심록촌이 먹구름이 잔뜩 낀 얼굴로 한참 서 있다가 손을 내저었다.

"미친것들 같으니라고. 이런 사람들과 함께 일을 도모하려고 했던 내가 미련했어. 당신들은 가서 조수나 실컷 구경하시게."

가화는 밤색 말 옆에 서서 눈이 빠지게 아버지만 쳐다봤다. 그의 기억 속 아버지는 항상 활착이 끄는 인력거만 타고 다니는 사람이었다. 이제까지 그는 아버지가 말을 타는 모습을 한 번도 본 적이 없었다. 항천취가 그런 가화를 번쩍 들어 말 잔등에 올려놓은 다음 자신도 훌쩍 올라탔다.

'아아, 아빠도 말을 탈 줄 아시는구나.'

흰색 말과 밤색 말은 가운데 낀 가마에 보조를 맞춰 천천히 걸음을 옮겼다. 두 아이는 놀라움과 기쁨과 흥분이 버무려진 표정으로 서로를 마주 보면서 히죽 웃었다. 가마를 탄 심록애는 왼쪽 발을 올려 흰색 말과 말 잔등 위의 두 사람을 바라봤다. 또 오른쪽 발을 올리고는 밤색 말과 말 잔등 위의 두 사람을 보면서 크게 놀랐던 가슴을 천천히 진정시켰다. 가마는 마치 출렁대는 파도 위를 걷는 것처럼 심하게 흔들렸으나 방금 전처럼 두려운 느낌은 없었다.

절강浙江, 지강之江, 곡강曲江과 나찰강羅刹江은 안휘성 휴녕休寧에서 발원해 절강성으로 흘러든다. 그중에서 길이가 800리에 달하는 오산吳山 월수越水는 항주만에서 나와 절강성의 열한 개 시와 현을 통과해 동해(동지나해)로 흘러든다. 이후 항주만 입구의 나팔 모양 지형에 지축을 뒤흔들 정도로 물살이 호탕하고 기세가 웅장한 조수가 형성되는데, 이것이 바로 세상에 둘도 없는 전당강 조수이다.

전당강 조수는 낮과 밤에 각각 한 번씩 하루에 두 번 생긴다. 항천취네 가족은 예전에도 조수를 구경하러 이곳에 온 바 있었다. 다만 그

때는 낮이라 구경꾼들이 너무 많아서 조수 구경보다 사람 구경을 했다고 하는 편이 더 정확할 것이었다. 이번처럼 일부러 30리 길을 달려 밤에 조수 구경을 하러 오기는 처음이었다. 조기객이 아니고서는 아무도 엄두를 못 낼 일이라고 해도 좋았다.

자정 무렵, 심록애가 가화와 가평을 흔들어 깨웠다. 가화는 눈을 비비면서 일어났다. 낯선 방안, 낯선 침대였다. 그제야 잠깐 눈을 붙이기 위해 작은 여관에 들어왔던 기억이 났다. 두 아이는 침대에서 내려서다 "아이고, 아이고!" 하면서 신음소리를 연발했다. 가랑이가 너무 아파 제대로 서 있기도 힘들었던 것이다. 문밖에서 조 아저씨의 목소리가 들려왔다.

"걷기 힘들면 가지 말자. 내일 낮에 구경해도 마찬가지야. 너희들 아빠도 사타구니가 너무 아파서 침대에서 일어나지 못하겠대."

두 아이가 황급히 대답했다.

"아니에요, 괜찮아요."

두 아이는 담요를 몸에 걸친 채 절뚝거리면서 심록애를 따라 문밖으로 나왔다.

비릿한 강바람이 어둠을 뚫고 불어왔다. 보름에서 이틀 더 지난 달은 공중에 가로로 걸려 눈부시게 빛나고 있었다. 파도는 잔잔했다. 네 사람은 진해탑鎭海塔 아래에 자리를 잡고 앉았다. 주변에도 조수 구경을 온 사람들이 띄엄띄엄 보였다. 가평은 춥고 흥분되어서 그런지 일어났다 앉았다 진정을 하지 못했다. 조수가 밀려오나 안 오나 귀를 기울이면서도 쫑알쫑알 쉴 새 없이 입을 놀렸다.

"조 아저씨, 조수가 곧 오겠죠? 그렇죠? 소리가 들려요? 예전에는 낮에 조수 보러 왔었어요. 그때는 아빠가 우리를 데리고 왔었죠. 아빠는 왜 못 오신대요? 낮에 말을 오래 타서 엉덩이가 아프대요? 제가 돌아가서 아빠를 끌고 올까요? 오늘이 아니면 달빛 아래 조수를 볼 기회가 더 없을 텐데, 얼마나 아까워요?"

"당장 자리에 앉지 못해?"

심록애가 역정을 내면서 엉덩이를 들썩이는 가평을 눌러 앉혔다.

"형님 좀 봐, 말없이 얌전하게 조수가 오기를 기다리고 있잖아. 너는 원하는 것이 다 바로바로 이뤄지는 줄 아느냐? 세상일이란 다 연분이 있는 법이야. 우리는 오늘밤 조수와 연분이 있으나 네 아빠는 아니야. 그렇지 않으면 어떻게 여기까지 와서는 나오지를 못한다는 거냐?"

"제수씨, 설마 지금 나를 원망하는 거요?"

조기객이 웃음을 터트리며 덧붙였다.

"나는 종래로 다른 사람에게 강요를 하지 않소. 천취가 일어나기 힘들다는데 난들 무슨 방법이 있겠소?"

심록애가 뚱한 표정으로 한마디했다.

"그럼 누구를 원망해야 돼요?"

조기객은 고개를 돌려 심록애를 힐끗 쳐다봤다. 달빛이 내려앉은 여인의 얼굴은 요염하면서도 화사했다. 조기객은 두 눈을 질끈 감았다. 가슴이 쿵쾅쿵쾅 뛰었다. 조기객은 일어서서 두 손으로 허리를 짚고 귀를 기울였다. 차가운 바람이 세차게 불어오는가 싶더니 멀리서 바닥을 치면서 굉음을 울리는 파도소리가 들려왔다. 조수가 밀려들기 시작했다!

가화는 두 팔로 무릎을 껴안고 꼼짝 않고 앉아 있었다. 그는 흥분을 주체하지 못하는 가평과 달리 큰 조수가 닥쳐오기 전의 긴장감 속에서 깊은 쓸쓸함을 느끼고 있었다. 나이 어린 소년으로서는 흔치 않은 감성이었다.

'이렇게 소리도 없고 색깔도 없이 망망하다 못해 묘망한 곳에 집채만 한 파도를 일으키면서 조수가 나타난다고? 가능한 일일까? 바람이 차구나. 비린내와 짠 냄새가 느껴지는 걸 보니 바닷바람 같아. 나는 여태껏 바다 구경을 못했어. 그런데 어째서 바다를 보고 있는 것 같지? 아아, 대조大潮와 전설 속의 조신潮神은 어떤 모습일까? 정말 궁금해, 빨리 보고 싶다.'

가화는 혹시라도 지나친 기대가 실망으로 바뀌지 않을까 걱정이 돼 일부러 흥분하지 않으려고 안간힘을 썼다. 옆에서 조 아저씨와 가평의 말소리가 들려왔다.

"가평, 방금 뭐라고 했어? 조신이 정말 있느냐고? '인자견인, 지자견지'仁者見仁, 智者見智(어진 사람은 어질게 보고 지혜로운 사람은 지혜롭게 본다)라고 했어. 기왕 이곳에 왔으니 조신이 있다고 믿는 게 좋겠지? 춘추시대에 오吳나라가 월越나라를 대파하고 월왕 구천句踐을 사로잡았지. 충신 오자서伍子胥는 구천을 죽여서 후환을 없애야 한다고 말했으나 오왕 부차夫差는 오자서의 말을 묵살하고 구천을 살려뒀어. 부차는 간신의 말을 듣고 오자서에게 검을 주면서 자결을 명했지. 오자서는 죽기 전에 '내 두 눈을 빼어 동문에 걸어다오. 월나라가 쳐들어오는 것을 직접 볼 것이다'라는 유언을 남겼단다."

"정말 두 눈을 뺐대요?"

가화가 참지 못하고 물었다.

"물론이지. 오자서는 대영웅이야. 대영웅만 감히 호언장담을 할 수 있는 거야. 서호에서 노를 저으면서 뱃놀이를 하는 사람들은 오자서처럼 영웅이 될 수 없어. 오왕 부차는 오자서의 시체를 가죽부대에 넣어 전당강에 던져버렸어. 오자서의 혼령은 흩어지지 않고 조신이 됐지. 그래서 전당강의 조수는 오자서가 거느린 병사와 군마들이 흰 갈기를 휘날리면서 쳐들어오는 모습을 하고 있단다. 잘 들어봐, 들리지? 조신이 오셨어! 그분이 오셨어! 10만 대군의 함성소리가 들리지? 자, 자, 다들 일어서서 나를 꽉 끌어안아. 안 그러면 조수에 휩쓸려 간다."

조기객은 한 팔에 한 명씩 두 아이를 꽉 끌어안았다. 심록애도 자리에서 일어났다. 우르릉 쾅쾅! 벼락 치는 소리만큼 큰 굉음이 모두의 귀를 얼얼하게 했다. 멀리서부터 흰 비단이 좌르륵 펼쳐지듯 허연 물결이 무서운 기세로 덮쳐왔다. 심록애는 마치 흰 비단이 목구멍을 틀어막는 것처럼 숨 쉬기가 힘들어졌다. 그녀는 자기도 모르게 조기객의 팔을 와락 끌어안았다.

"걱정 마, 걱정 마, 나 조기객이 있잖아! 다들 나를 꽉 끌어안아. 나는 진해석수鎭海石獸의 발을 꽉 잡을 테니."

조기객의 목소리는 파도소리에 묻혀 잘 들리지 않았다.

"얘들아? 어떠냐? 어때? 긴장감 넘치지? 재미있지? '훗날 흰 수레가 동쪽을 향하면 성난 파도가 올빼미 같은 오랑캐를 삼키리라.' 이게 누구의 시인지 알아? 장창수張蒼水(반청 투쟁가)의 시야. 장창수는 영웅이야, 대영웅. 무서워하지 마! '8월의 파도소리 땅속에서 울부짖는 것 같고, 수 척 높이 물결은 양쪽 기슭 낭떠러지를 후려치네. 순식간에 조수는 바다로 물러가고, 파도가 훑고 지나간 백사장은 새하얀 눈밭 같네.' 얘들아 봤어? 두 마리의 용이 서로 엉켜 싸우는 것 같지 않아? 잠깐, 잠깐! 조수 해일이 몰려온다! 다들 나를 꽉 잡아!"

곧 찢어지는 듯한 비명소리가 조기객의 목소리를 덮어버렸다. 마치 조신이 크고 차가운 혀로 핥아놓은 듯 네 사람은 물에 흠뻑 젖은 채 서로를 꽉 끌어안았다. 몸에 걸쳤던 담요는 파도에 떠내려가 없어진 지 이미 오래였다. 조수의 높이는 어른 허리께까지 왔다. 키가 작은 가화와 가평은 목까지 물에 잠겨 머리만 물 위로 나왔으나 전혀 두려워하는 기색 없이 깍깍 즐거운 비명을 질러댔다.

심록애는 조기객의 허리를 죽어라 끌어안고 놓지 않았다. 조기객은 등에 꽉 달라붙은 풍만한 여체가 놀란 참새처럼 팔딱거리는 것을 느낄 수 있었다. 얼음장처럼 차갑던 등에서 따뜻한 온기가 느껴졌다. 두 사람은 그렇게 서로를 의지한 채 한참 동안 꼼짝 않고 있었다. 심록애는 꾹 감았던 눈을 다시 뜬 순간 다시 태어난 느낌이 들었다. 과거의 기억 따위는 다 지워버리고 오로지 현재만을 생각하는 여자로 다시 태어난 느낌이었다. 위기의 상황에서 진정한 남자의 등에 기댄 느낌은 포근하면서 황홀했다. 그녀는 지금 이 순간이 영원했으면 좋겠다는 생각을 했다. 조기객도 여자의 뜨거운 격정을 느끼고 감정이 격해졌다. 그러나 이내 흥분을 가라앉히고 몸을 가볍게 흔들었다.

"다 지나갔어, 다 지나갔어! 이제는 두려워하지 않아도 돼."

항천취는 뒤늦게 절뚝거리면서 강가로 나왔다가 소스라치게 놀랐다. 익숙한 '은빛 뒷모습'이 거기에 있었던 것이다. 항천취는 이게 꿈인지 현실인지 얼떨떨했다.

'무엇 때문에 그 뒷모습은 어딜 가나 다 있을까? 오늘은 조기객의 몸에 씌었는가?'

항천취는 불안에 떨면서 조금 더 앞으로 걸어갔다. 다행히 '은빛 뒷모습'은 이내 사라져버렸다. 달빛 아래 보이는 것은 물에 폭 젖은 네 사람 뿐이었다. 항천취는 안도의 숨을 내쉬면서 물었다.

"조수는? 조수는 언제 온대? 당신들은 왜 그러고 서 있어? 당신들 몸에 내려앉은 것은 달빛이야, 아니면 물이야?"

그날 밤, 오차청은 여느 때와 마찬가지로 녹색 '항'杭자가 새겨진 등롱을 들고 후조문에서 망우저택으로 향했다. 여느 때와 다른 점이라면 오승이 고개를 숙인 채 오차청의 뒤를 따르고 있다는 것이었다.

두 사람은 기차 개통 이후 어떻게 하면 차 사업을 더 크게 성장시킬 것인지에 대해 조곤조곤 얘기를 나눴다. 두 사람이 태평방太平坊에 이르렀을 때였다. 갑자기 무언가가 섬광처럼 번쩍하더니 눈앞이 대낮처럼 환해졌다. 곧이어 사람들의 왁자지껄 떠드는 소리가 파도처럼 밀려왔다. 오차청은 자기도 모르게 질끈 눈을 감았다.

항주 시민들이 모두 거리로 뛰쳐나왔다. 하늘의 달도 무색할 정도로 밝은 빛을 내뿜는 가로등이 줄을 지어 위풍당당하게 서 있었다. 전등을 처음 구경하는 사람들은 모두들 놀라서 할말을 잃었다.

오차청도 걸음을 멈추고 입을 헤벌린 채 장대에 매달려 있는 '발광체'를 멍하니 쳐다봤다. 마치 꿈을 꾸고 있는 것 같았다. 오승이 다짜고짜 오차청의 등롱을 빼앗아 발로 짓뭉갰다.

"이제는 이깟 등롱 필요 없어요. 등롱 따위는 필요 없다고요!"

오승은 하얀 이를 앙다문 채 '항'자가 새겨진 등롱을 마구 짓밟았다. 마치 항씨네 사람들을 향해 그동안 참아왔던 분노를 표출하는 것 같았다. 그가 실컷 분풀이를 하고는 펄쩍펄쩍 뛰면서 소리를 질렀다.

"차청 아저씨, 저기 좀 봐요. 사람들이 다들 등롱을 짓밟고 있어요. 전등이 생겼어요, 전등이 생겼어요! 이제는 밤이 대낮처럼 밝아졌어요."

오차청은 정신 나간 사람처럼 소리를 지르는 오승을 가만히 내버려 뒀다. 오차청 자신도 이게 무슨 상황인지 얼떨떨했기 때문이었다.

제18장

서기 1911년 10월 초, 항주 교외 차밭에서는 추차秋茶 수확을 마쳤다. 음력 시월은 '소양춘'小陽春(추운 겨울이 오기 전에 작은 봄이 오는 절기)이라 이때 수확한 차는 비록 향은 진하지 않으나 그렇다고 맛이 떫거나 쓴 것은 아니었다. 이때의 차는 '소춘차'小春茶라고 해서 맛이 청담淸淡하고 수색水色은 짙푸른 색이었다. 추차를 팔러 온 산객山客들은 춘차 때처럼 꼬리에 꼬리를 물고 북적댈 정도는 아니었으나 그래도 적지 않았다. 망우차장은 하차夏茶와 추차 장사를 접은 지 이미 오래였다. 대신 가을에는 항백국杭白菊을 대량으로 사들였다. 이 해도 예년과 별 다를 바 없이 해가 뜨면 일하고 해가 지면 쉬면서 그나마 무사평온하게 지나가는 듯했다.

이 무렵, 60여 명의 대원으로 구성된 결사대가 왕금발王金發과 장백기張伯岐의 인솔 하에 절강성 승현嵊縣에서 출발해 비밀리에 항주에 이르렀다. 승현은 부자의 재물을 빼앗아 가난한 사람들을 구제하는 의적과

애절한 곡조로 사람들을 감동시키는 월극越劇으로 유명한 고장이었다. 그들은 상해에서 권총 250정, 탄알 3만 발, 은화 4000만 냥을 비밀리에 운반해왔다. 절강성 북부의 해녕에 거점을 둔 상단商團(상회 소속 무장세력)도 탄알 6000발을 빌려왔다. 항주 봉기가 일어나기 직전의 일촉즉발 상황이었다.

심록촌은 가마를 보내 여동생 심록애를 주보항珠寶巷에 있는 심씨 저택으로 '모셔'왔다. 말로는 지난번의 과격한 언행에 대한 사과의 의미라고 하지만 다른 이유가 또 있었다. 심록촌의 가족은 모두 상해에 있었다. 그래서 심씨 저택의 대소사를 관리할 사람이 필요했던 것이다. 심록애의 보따리에는 올해 수확한 최상급 용정 명전차와 평수 주차가 들어 있었다. 심록촌의 매제 항천취는 망우저택에 남아 침실 뒷면 벽장에 숨겨놓은 무기들을 지키기로 했다.

심록애는 출발 직전에 항천취에게 말했다.

"그 여자와 아이들을 데려와서 함께 지내세요. 이 시기를 지내고 다시 봅시다."

항천취는 자신의 귀를 의심했다. 이윽고 아내의 말이 진심임을 믿고 말했다.

"어머니가 동의하지 않으실 거요."

뜻밖에 임우초는 별말 없이 흔쾌하게 허락했다.

"너희들이 괜찮다면 나도 괜찮다. 손주 두 놈이 더 생겨서 나쁠 것 없지."

그리하여 심록애의 가마가 대문을 나서자마자 소차는 가교와 가초 두 남매를 데리고 망우저택으로 옮겨왔다.

가초보다 5분 먼저 태어난 가교는 키가 작고 몸이 약했다. 그는 "세

살 적 버릇이 여든까지 간다"는 말처럼 어린 나이에 벌써 괴팍하고 까칠한 성격을 드러냈다. 앙증맞은 손발을 잔뜩 웅크린 채 쪽걸상에 앉아 혼자 씩씩거렸다. 아무도 그를 귀여워해주지 않는다는 이유 때문이었다. 그러자 맏형인 가화가 다가와서 그를 꼭 끌어안으면서 달랬다.

"아이고 착해라, 우리 가교 말 잘 듣지? 형아가 사탕 줄까? 엄청 달고 맛있어."

가교는 가화의 손길을 이리저리 피하면서 소차의 품에 안겨 발을 굴렀다.

"나 집에 갈래, 집에 갈래!"

항천취가 말했다.

"가긴 어디를 가? 여기가 우리 집이야."

"싫어, 싫어!"

가교는 고사리 같은 손으로 소차를 마구 때렸다. 소차가 쓴웃음을 지으면서 말했다.

"보는 사람마다 동생만 귀여워하는 걸 알고 질투를 하는 거예요. 엄청 영리해요."

가초는 눈이 크고 입술이 앵두처럼 빨간 것이 꼭 인형처럼 생겼다. 성격도 얌전하고 착했다. 게다가 네 아이 중에서 유일한 여자아이였다. 항씨 부인은 손녀를 보자마자 마음에 드는지 꼭 끌어안으면서 말했다.

"이리 온, 이 할미가 좀 안아보자. 어쩜 이리 말쑥하고 얌전할까? 할미는 가초가 제일 예뻐."

임우초의 말에 가교가 으앙! 하고 울음을 터트렸다. 임우초는 가교가 울건 말건 거들떠보지도 않고 손녀를 안고 가화와 가평을 데리고 자리를 떴다. 항천취가 소차에게 말했다.

"도대체 집에서 어떻게 교육을 했기에 아이가 이 모양이야? 조그만 게 까칠하기는."

소차가 한숨을 쉬면서 가교를 품에 안았다.

"아이도 사람이에요. 다 자기 생각이 있어요. 여기서는 각자 예뻐해 주는 사람이 정해져 있어요. 가화는 할머니, 가평은 어머니, 가초는 당신이 예쁘다고 물고 빨고 하는데 유독 가교만 예뻐해 주는 사람이 없잖아요."

"당신이 있잖아."

"저요? 제가 이 집안에서 사람 축에나 드나요?"

소차가 쓴웃음을 지었다.

"저는 제 주제를 알아요. 이 아이도 당연히 알죠. 그래서 제가 아무리 끔찍이 아끼고 예뻐해도 억울해하는 거잖아요."

항천취와 소차 두 사람이 사소한 집안일을 논의하면서 시간을 보내고 있을 때 400리 밖의 상해는 광복을 맞았다. 4일 오후, 열일곱 살밖에 안 된 소흥 여걸 윤유준尹維峻은 결사대를 거느리고 상해에서 항주로 이동했다. 그리고 그날 저녁 심씨 저택에 도착했다. 항주에 있는 동맹회 회원들 거의 전부가 심씨 저택에 집결, 거사에 대해 의논했다. 회의 결과 다음날 새벽 2시에 정식으로 혁명을 일으키기로 결정했다. 암호는 '독립'獨立으로 정했다. 자정이 되기 전까지 모두 길이 1자 4치, 너비 5치짜리 흰 띠를 왼쪽 팔에 둘렀다. 창, 검 따위의 무기도 시퍼렇게 날을 세워놓았다.

심록애는 대원들에게 흰 띠를 나눠주는 일을 맡았다. 그녀는 신경질적일 만큼 흥분해 있었다. 그녀가 이토록 엄숙하고 경건한 표정을 짓기는 태어나서 처음이었다. 마치 성스럽고 성대한 종교 행사를 준비하는 사람 같았다. 심록애의 표정과 행동은 자리에 모인 사람들에게 강렬한 인상을 남겼다. 물론 심록애가 사람들에게 잘 보이려고 가식을 떤 것은 아니었다. 그녀의 표정과 행동은 그녀의 마음에서 우러나온 것이었다. 그녀는 일단 목표를 정하면 뒤돌아보지 않고 용감하게 앞으로 나아가는 성격이었다. 다만 지금까지는 나아갈 방향을 찾지 못해 방황하고 스스로를 억압했었다.

흰 띠를 차례로 나눠주던 심록애가 조기객의 순서가 되자 물었다.

"기객씨도 결사대에 가입했어요?"

"나는 간산, 청태, 후조와 봉산鳳山의 성문을 열고 병기국과 전화국을 점령하는 임무를 맡았소."

"당신들이 항천취를 집에 있으라고 한 건 그의 역할이 그것밖에 안 되기 때문이겠죠? 당신 옆에 있으면 오히려 방해가 되기 때문이니까요. 그렇죠?"

"그런 식으로 말하지 마오. 항천취가 지금까지 지지하고 지원해 준 것만 해도 참으로 대단한 일이오. 그는 이런 일을 할 사람이 아니오."

조기객이 흰 띠를 하나 더 챙기면서 덧붙였다.

"이건 나중에 천취에게 줄 거요. 그는 이걸 받을 명분과 자격이 있소."

심록촌이 다가왔다. 그러더니 미간을 찌푸리면서 여동생에게 귀엣말을 했다.

"나대지 마라. 다른 사람들은 네가 친정에 놀러온 줄 알고 있어. 만약의 경우 혁명이 실패하면 우리는 퇴로가 없어. 그러니 너라도 살아남아야 해."

"퇴로고 뭐고 성공 못하면 다 죽는 거죠, 뭐."

조기객이 시퍼렇게 날이 선 비수를 심록애에게 주면서 자신의 변발을 가리켰다.

"이걸 잘라주오."

심록애는 조금도 주저하지 않고 비수로 조기객의 변발을 싹둑 잘랐다. 굵고 새까만 변발이 그녀의 손에 툭 떨어졌다. 머리카락을 풀어헤친 조기객의 모습은 갈기를 잔뜩 세운 사자와도 같았다. 조기객이 예전 버릇대로 고개를 휙 저어 머리를 넘기고는 몸을 돌렸다. 심록애가 막 걸음을 옮기려는 조기객의 팔꿈치를 와락 잡았다.

"기객씨, 죽지 않을 거죠?"

심록촌이 여동생에게 경고했다.

"얼른 들어가지 못해? 재수 없게 그게 무슨 말이냐? 기객, 개의치 말게, 여인네들이란……."

"안 죽을 거요. 당신에게 약속하리다."

조기객은 봉두난발을 한 채 진지하게 말했다. 이윽고 그는 자신이 심록애에게 이런 말을 하는 것이 처음이라는 사실을 깨달았다. 그러자 경솔한 스스로에게 화가 났다. 그는 심록애의 손을 거칠게 밀쳐버리고 재빨리 어둠 속으로 사라졌다. 심록애의 두 눈에 눈물이 가득 고였다. 그녀가 두서없이 오빠에게 말했다.

"제가 왜 오빠에게는 똑같은 질문을 하지 않는지 알아요? 오빠는 틀림없이 죽지 않을 것임을 알기 때문이에요. 그러나 기객씨는……."

"그만해."

심록촌이 미간을 잔뜩 찌푸렸다.

"자꾸 쓸데없이 참견하면 시집으로 돌려보낼 테다."

밤이 되자 누군가 망우저택의 대문을 가볍게 두드렸다. 침실에서 무기와 탄약을 지키고 있던 항천취는 자리에서 벌떡 일어났다. 지나친 흥분으로 이빨이 딱딱 부딪혔다. 그는 끌신을 끌고 거실로 달려 나갔다. 그런데 들어온 사람은 그가 고대하던 결사대 대원들이 아니었다. 중년 남자와 열 살 정도 되는 여자아이였다. 기모노 차림의 여자아이는 항천취를 향해 깍듯하게 90도로 절을 했다.

느닷없는 불청객의 등장에 항천취는 얼떨떨해져 아무 말도 못했다.

'옷차림을 보아하니 일본인 같은데 무슨 일로 나를 찾아왔을까?'

중년 남자가 항천취의 궁금증을 풀어주기라도 하듯 천천히 고개를 들었다.

"연락도 없이 불쑥 찾아와서 죄송합니다. 항 선생, 저를 알아보시겠어요?"

항천취는 콧수염을 기르고 중국어가 유창한 일본인의 얼굴을 자세히 쳐다봤다. 어디서 본 것 같았다. 그러나 기억이 잘 나지 않았다.

"저는 공신교에서 사진관을 운영하는 하네다입니다. 복록당 사건 때 항 선생이 저를 구해주셨죠. 기억나시죠?"

그제야 항천취는 1년 전에 오승에게 두드려 맞던 일본인을 구해줬던 기억을 떠올렸다. 그는 황급히 두 사람에게 자리를 권했다. 하네다는 자리에 앉지 않고 여자 아이를 인사시켰다.

"제 무남독녀 요코葉子입니다. 지난해 항 선생의 도움으로 목숨을 구한 뒤 저는 일본으로 돌아갔죠. 그리고 이번에 오면서 딸을 데리고 왔습니다. 이 아이가 한사코 항 선생을 직접 만나서 감사인사를 드리고 싶다기에 무례함을 무릅쓰고 이렇게 불쑥 찾아온 것입니다."

요코는 중국어를 모르는 것 같았다. 그러나 눈치로 어른들의 대화

내용을 대강 짐작한 듯했다. 얌전하게 서 있던 요코가 갑자기 대리석 바닥에 털썩 무릎을 꿇더니 항천취에게 큰절을 올렸다. 그리고는 항천취가 알아듣지 못하는 일본말을 했다. 깜짝 놀란 항천취는 황급히 요코를 일으켜 세웠다. 고개를 든 요코의 비단인형처럼 예쁜 얼굴은 어느새 눈물로 젖어있었다.

요코가 더듬거리면서 한참 일본말을 했다. 그러더니 나중에는 목이 메어 말을 잇지 못했다. 하네다가 딸의 말을 통역해줬다.

"제가 요코의 말을 통역해드리겠습니다. '제 아빠의 생명의 은인이신 중국 아저씨께 감사드립니다. 아저씨는 제 아빠뿐만 아니라 제 목숨도 구해주셨어요. 저는 어릴 때 엄마를 여의었어요. 아빠는 저를 다른 집에 맡기고 혼자 중국으로 들어오셨죠. 지난해 저를 양육해주시던 분들이 이사를 가게 됐어요. 그래서 아빠가 저를 데리러 오시기로 하셨죠. 만약 그때 아빠가 맞아서 세상을 뜨기라도 하셨더라면 저도 살 수 없었을 거예요. 이 세상에 아빠말고는 다른 친인척이 없으니까요'라고 했습니다."

하네다의 눈에도 뜨거운 눈물이 고였다. 그가 다시 한 번 항천취를 향해 깊숙이 허리를 숙였다.

성격이 다정다감한 항천취는 부녀의 얘기를 듣고 큰 감동을 받았다. 그는 두 사람을 자리에 앉힌 다음 완라를 불렀다. 곁채에 있는 소차에게는 가화와 가평을 데리고 건너오라고 했다.

가화와 가평은 같은 날 이복형제로 태어난 것만 해도 묘한 인연이었다. 하지만 운명은 이들을 거기서 내버려두지 않았다. 두 형제는 특별한 밤에 외국에서 온 여자아이와 동시에 첫 대면을 했다. 요코는 희고 말쑥한 피부에 이목구비가 단정하고 예뻤다. 까맣고 부드러운 머리카락은 손수건으로 질끈 묶어 목 뒤에 자연스럽게 드리웠다. 기모노를 입은 몸매도 앙증맞고 귀여웠다. 소차는 자기도 모르게 혀를 차며 감탄했다.

"예쁜 비단인형 같아요."

하네다도 항씨네 두 도련님을 자세하게 뜯어봤다. 하나는 듬직하고 온화해보이고, 다른 하나는 영민하고 총명해보였다. 나이를 물어보니 셋 다 동갑이었다. 다만 요코의 생일이 가화와 가평보다 몇 달 늦었다. 하네다가 감개에 젖어 말했다.

"참으로 유록화홍柳綠花紅(버드나무는 푸르고 꽃은 붉다. 자연의 모습 그대로 인공을 가하지 않았음을 의미함)이로군요."

항천취가 놀란 표정을 지으면서 말했다.

"선생의 말은 선의禪意가 다분하군요."

하네다가 물었다.

"항 선생도 평소에 선禪을 익히십니까?"

"진정한 다인茶人치고 선禪을 모르는 사람은 없죠."

하네다가 얼굴에 웃음을 지으면서 말했다.

"이국타향에서 지기知己를 만났군요."

하네다가 요코에게 분부했다.

"착한 딸, 네가 일본에서 가져온 선물을 아빠 생명의 은인에게 드리렴."

요코는 가지고 온 보따리에서 작은 가방을 꺼냈다. 가방을 열자 종이로 포장한 물건이 나왔다. 또 종이를 헤치자 비단으로 감싼 둥근 형태의 물건이 보였다. 요코는 비단을 풀고 검은색 찻잔 하나를 조심스럽게 꺼냈다. 불빛을 등지고 있어서 찻잔이 뭐가 특별한지 잘 보이지 않았다. 그러자 하네다가 촛대를 들고 아래위로 찻잔을 비췄다.

신기하게도 새까만 색인 줄로 알았던 찻잔 표면에 은빛 토끼털 문양이 뚜렷하게 나타났다. 항천취가 흥분을 금치 못하고 연신 소리를 질렀다.

"다들 이리 와 봐, 다들 이리 와 봐!"

가화와 가평이 다가왔다.

"지난번에 아빠가 찻집에서 너희들에게 보여줬던 다구들 기억나느냐? 검은색 바탕에 토끼털 같은 은빛 문양이 있는 찻잔 이름이 뭐라고 했지?"

항천취가 잔뜩 기대하는 눈빛으로 두 아들에게 물었다.

"잊었어요."

가평이 솔직하게 대답했다.

"그렇게 많은 물건을 어떻게 다 기억해요? 다구뿐만 아니라 서화작품도 가득했는데. 제 기억에 남은 것은 귀신과 귀신을 잡는 사람이에요."

가화가 동생의 말에 덧붙였다.

"그 사람의 이름은 종규鍾馗야."

가평이 요코에게 말했다.

"우리 형에게 물어봐. 우리 형은 기억력이 좋아. 아빠가 하신 말씀은 다 기억해."

요코가 활짝 웃으면서 가화 쪽으로 몸을 돌렸다. 가평은 가화를 보고 웃는 요코를 보면서 마음이 쓰렸으나 그런 내색을 하지 않으려고 일부러 큰 목소리로 가화를 재촉했다.

"형, 어서 말하지 않고 뭐해?"

가화가 항천취를 보면서 조심스럽게 입을 열었다.

"이 찻잔은 '토호잔'兎毫盞입니다. 복건 건요建窯에서 생산되는 것이죠. 제가 찻잔 밑면에 글자가 있는지 없는지 확인해보겠습니다."

요코가 찻잔을 거꾸로 들어 밑면을 보여줬다. 촛불 아래 '공어'供御라는 두 글자가 선연하게 드러났다.

항천취는 자기도 모르게 "아아!" 하고 탄성을 외쳤다. 다리가 후들거려서 제대로 서 있기도 힘들었다. 그가 연신 읍을 하면서 말했다.

"너무 과분한 선물입니다. 받을 수 없습니다. 이 잔은 관요官窯 진품으로, 송宋 휘종徽宗이 투차鬪茶(중국의 차문화의 일종으로 차의 색과 차의 거품으로 승패를 가리는 놀이)를 할 때 사용하던 것입니다. 제가 어찌 이 귀한 것을 받겠습니까?"

그러자 하네다가 손사래를 쳤다.

"귀한 것임에는 틀림없으나 어쨌든 중국의 보물입니다. 선대에 어떤 경로를 통해 바다 건너 일본으로 건너왔는지는 모르지만 이번에 다시 '고향'으로 돌아오게 됐죠. 중국인들의 말대로 이 또한 하늘의 뜻인지도 모릅니다."

하네다와 요코는 이어 알아듣지 못할 일본말로 한참 말을 나눴다. 요코가 심각한 표정으로 하네다에게 뭐라고 묻는 것 같았다. 하네다가 요코의 말을 통역해줬다.

"제 딸이 항 선생에게 가르침을 청하는군요. 중국 황제는 무엇 때문에 검은색 찻잔을 좋아했는지 그 이유를 알고 싶답니다."

"잠깐만!"

항천취가 일어나 급히 서재로 들어갔다. 소차도 신발을 질질 끌면서 허둥지둥 항천취의 뒤를 따랐다. 그러나 딱히 항천취에게 도움이 되지는 않았다. 잠시 후 항천취가 책 한 권을 들고 돌아왔다. 채군모蔡君謨

의 《다록》茶錄이었다. 그가 곧 필요한 페이지를 펼치고 머리를 흔들면서 큰 소리로 읽었다.

"차는 빛깔이 희기 때문에 검은 잔이 알맞다. 건안建安에서 제조되는 토호잔은 짙은 남빛을 띤 검은 색이다. 두꺼워서 물이 잘 식지 않기 때문에 쓰기에 좋다. 다른 곳에서 만든 것은 이보다 못하다."

"알겠느냐?"

항천취가 요코에게 물었다.

요코가 쑥스럽게 웃으면서 고개를 저었다. 항천취가 그러자 껄껄 웃으면서 가평에게 말했다.

"너희 둘, 여동생을 데리고 가서 놀아라. 소차, 자네는 아이들을 돌보게. 완라에게 말해 올해 수확한 최상급 용정차 두 근을 석관錫罐에 담아놓으라고 하게. 아씨가 친정으로 갈 때 가지고 간 것과 똑같은 걸로 말이야. 나하고 하네다 선생은 할 얘기가 남아 있으니 방해하지 말게."

이어 두 사람만 남자 항천취가 공손하게 읍을 하면서 말했다.

"하네다 선생, 제 짐작이 틀리지 않는다면 선생은 다도에 일가견이 있는 분입니다."

"항 선생은 과연 다도 명문가의 후손답습니다. 안목이 뛰어나시군요. 소인은 우라센케裏千家(일본 다도의 한 유파) 이에모토家元(종가)의 사람입니다. 반평생을 차와 함께해 왔죠."

"어쩐지 흔치 않은 가보를 간직하고 있다 했습니다. 오늘 모처럼 귀한 행차를 하셨는데 귀국의 다도에 대해 소개해주실 수 없을까요?"

하네다를 만난 후 항천취의 머릿속은 온통 다도에 대한 생각뿐이었다. '봉기'니, '혁명'이니 하는 것은 까맣게 잊은 지 이미 오래였다.

공교롭게도 하네다 역시 항천취와 똑같은 부류의 사람이었다. 굳이 다른 점을 찾는다면 하네다 가문이 항씨 가문보다 더 몰락했다는 사실이었다. 메이지유신 이후 일본에서는 신흥 부자들이 우후죽순처럼 생겨났다. 반면 한순간에 나락으로 떨어진 귀족들도 많았다. 이들은 귀족생활을 하던 때의 섬세하고 고상하며 우아한 품위는 잃지 않았으나 생활은 곤궁하기 이를 데 없었다. 하네다도 이들 중의 한 사람이었다. 비록 한학漢學에 정통하고 사진 촬영기술이 뛰어나다고는 하나 아무리 노력해도 한번 기울어진 가세를 회복하기는 어려웠다. 그가 중년의 나이에 이국타향으로 건너온 것도 생계를 유지하기 위한 어쩔 수 없는 선택이었다. 또 이번에 조상 대대로 물려받은 보물을 항천취에게 선물한 것도 그랬다. 기본적으로는 목숨을 구해준 은혜에 보답하는 것이라고 했지만 나중에 필요할 때 도움을 받으려고 밑밥을 깔아놓는 거라고 볼 수 있었다. 다만 하네다는 재능 있고 돈 많은 젊은 상인 항천취가 물질적인 삶보다 비현실적인 현묘한 삶을 지향하는 사람이라는 것까지는 미처 짐작하지 못했다. 아무튼 그는 중국에 온 지 10년 만에 모처럼 '지기'를 만난 기쁨에 얘기보따리를 술술 풀어놓았다.

……서기 815년, 중국은 당唐나라 헌종憲宗 시대이고, 일본은 헤이안平安 왕조 사가嵯峨천황이 통치할 때였죠.

이해 윤7월 28일, 구카이空海라는 스님이 2년 간의 중국 유학생활을 마치고 돌아와서 사가천황에게 〈공해봉헌표〉空海奉獻表를 바쳤는데, 거기에 "차탕茶湯을 마시고 중국 도서를 읽었다"는 기록이 나옵니다.

이것이 아마 일본 최초의 음다飮茶에 관한 기록일 것입니다.

사실 사이초最澄라는 고승은 이보다 10년 전에 중국에서 가져온 차 씨앗을 히요시日吉신사에 심었죠.

이것이 아마 일본 최초의 차발일 것입니다.

구카이는 진언종 창시자이고, 사이초는 천태종 개조였죠. 두 사람 모두 천황과 사이가 좋았습니다. 두 사람의 관계도 처음에는 매우 돈독했습니다. 함께 중국으로 가서 불교 공부를 할 정도였죠. 사이초는 애제자 다이한泰範과 함께 구카이를 스승으로 모셨어요. 그런데 얼마 지나지 않아 다이한은 사이초를 버리고 구카이에게 가버렸습니다.

사이초는 애제자의 마음을 돌리기 위해 상등급 차 열 근을 보냈습니다. 그러나 아무 소용이 없었어요. 구카이에게도 차가 있었기 때문입니다.

하지만 일본 음다飮茶 역사의 첫 페이지를 기록한 사람은 위의 두 분이 아닙니다. 에이타다永忠라는 고승입니다. 그는 '다성'으로 불리는 육우와 동시대 사람으로 중국에서 30년을 살았습니다. 그가 중국의 사찰에서 차를 음미할 때 중국 문인들 사이에서는 손에 《다경》을 들고 차를 마시는 풍조가 유행했죠. 가히 음다의 전성시대라고 할 수 있었죠. 그는 일본으로 귀국한 후 사원을 방문한 사가천황에게 전차煎茶를 대접했다고 합니다.

헤이안 시대의 일본 차문화는 당나라 문화의 현묘한 운치를 그대로 답습했다고 볼 수 있습니다. 그때 당시 시가詩歌에 "다연茶煙(차를 달이는 연기)이 마당을 가득 메웠다"는 묘사가 등장합니다.

당시 일본 사람들은 당풍唐風의 문화文華(문화의 찬란함)에 심취해 중국산 물건을 아주 좋아했습니다. 그중에서도 구하기 힘든 귀한 중국차는 특히 큰 자랑거리가 됐죠. 헤이안 시대 초기인 고닌弘仁 연간의 다풍茶風은 일본 다도茶道의 밑거름이 됐습니다.

헤이안 시대가 끝나고 가마쿠라鎌倉 시대가 열리면서 -중국은 송宋대였죠- 일본은 중국 문화를 맹목적으로 답습하던 것에서 벗어나 반추反芻,

소화하기 시작합니다.

1187년, 46세의 일본 승려 에이사이榮西는 두 번째로 중국 유학을 떠났습니다. 그는 중국의 천대산天台山에서 불학 연구에 매진하다가 50세 되던 해에 귀국했습니다. 귀국 후에 처음으로 포교 활동을 한 지역인 큐슈의 히라도平戶 고춘원高春院에 차를 심었습니다.

1214년, 가마쿠라 막부의 3대 쇼군將軍인 사네토모實朝가 병에 걸리자 에이사이는 차와 《끽다양생기》喫茶養生記라는 책을 드렸습니다. 쇼군은 차를 마시고 책을 읽은 뒤 병이 씻은 듯이 나았다고 합니다. 이로써 에이사이는 일본의 '다성'으로 불리게 됐죠.

당시 사원에서는 성대한 규모의 다회茶會를 정기적으로 열었습니다. 다완茶碗의 크기는 한꺼번에 열다섯 명이 마실 수 있을 정도로 컸다고 합니다. 당시 차는 일반 백성들에게까지 보급되지 못했어요. 백성들에게 차는 경원의 존재였죠.

세월이 흘러 가마쿠라 막부 시대가 끝나고 아시카가우지足利氏 무로마치室町 시대가 열립니다. 중국은 원元에서 명明으로 바뀌는 시기였죠. 중국 송나라 때의 투차 풍습이 일본으로 전해져 사무라이들 사이에서 크게 유행했죠.

물질 만능주의 시대에도 물질에 연연하지 않는 고사高士들은 있기 마련이죠. 아시카가 요시미쓰足利義滿(1356~1417)가 바로 그런 사람이었습니다. 그는 무로마치 시대의 제3대 쇼군으로 최고의 권력을 가지고 있었으나 38세 되던 해에 자리를 아들에게 물려주고 교토 북쪽에 금각사金閣寺를 세웠습니다. 기타야마北山 문화가 이때부터 흥기하고 사무라이들의 투차 풍습이 서원차書院茶로 바뀌기 시작했죠.

90여 년이 지난 1489년, 요시마사義政(1436~1490)가 제8대 쇼군의 자리에 올랐습니다. 그는 선조들을 모방해 교토의 히가시야마東山에 은거하면서 은각사銀閣寺를 지었습니다. 이때부터 히가시야마 문화가 성행하기 시작했죠.

여기에서 특별히 소개해드리고 싶은 분이 있습니다. 바로 일본의 뛰어난 예술가인 노아미能阿彌(1397~1471)입니다. 그는 요시마사의 측근으로 서書, 화畵, 차茶에 정통했습니다. 또 쇼군에게 문물 사용법을 전수해주는 역할도 맡았습니다. 그는 일본식 점다법点茶法을 만들고 다인이 입는 복장, 차대茶臺의 설치, 다구의 종류와 배열, 다구를 잡는 방법과 순서 등의 규칙을 만들었습니다. 오늘날의 일본 다도는 그에 의해 기본적인 틀이 만들어졌다고 해도 과언이 아니죠.

그해 가을을 상상해 보십시오. 하늘은 높고 날씨는 상쾌합니다. 요시마사 쇼군은 풀벌레들의 울음소리를 들으면서 감상에 한껏 젖어 노아미에게 말합니다.

"휴우! 내 생전에 못 들어본 것, 못 본 것, 못해본 것이 없어서 유감은 없네만 세월이 벌써 이렇게 흘렀구려. 이제는 몸도 다 쇠해서 눈 덮인 산에서 사냥도 할 수 없고, 내가 이제 무엇을 더 할 수 있겠는가? 노아미, 내가 이제 무엇을 더 할 수 있을까?"

노아미가 대답합니다.

"쇼군님, 다로茶爐에서 나는 소리가 들리십니까? 바람에 솔숲이 일렁이는 소리가 연상되지 않습니까? 그 소리를 들으면서 다구를 다루고 맛있는 차를 한 잔 만들어서 마시는 것 역시 또 다른 풍치가 아니겠습니다. 제가 듣기로는 요즘 나라奈良에 있는 칭명사稱名寺의 슈코珠光 법사가 그렇게 유명하다고 합니다. 그분은 다도를 30년 넘게 연구하고 대당大唐으로부터 건너온 공자의 유학에도 조예가 깊다고 하니 한번 만나보심이 어떠하

온지요?"

무라타 슈코는 요시마사 쇼군의 다도 스승이 됐습니다. 서원 귀족차와 나라 서민차를 융합시킨 일본식 다도의 개조는 이렇게 탄생했죠.

방대한 일본 다사茶史를 일목요연하면서도 알기 쉽게 차근차근 풀어내는 하네다의 언변은 대단했다. 항천취는 입을 헤벌린 채 하네다의 얘기에 완전히 빠져버렸다. 항천취도 중국차의 역사에 대해서는 누구 못지않게 많이 알고 있는 사람이었다. 그러나 머릿속에 때로는 육우, 때로는 소동파, 때로는 허차서 등 단편적인 생각들만 떠오를 뿐 이 생각들을 하나로 연결시키지는 못했다.

하네다는 항천취가 멍하니 넋을 잃고 있는 것을 발견하고는 하던 얘기를 멈췄다. 그리고 불안한 얼굴로 물었다.

"항 선생, 제 이야기가 너무 길었나 보군요?"

항천취는 막 꿈에서 깨어난 사람처럼 얼른 정신을 차리고 연신 손을 저었다.

"선생의 얘기를 들으니 '타산지석'이라는 말이 실감이 납니다. 선생은 심오한 내용을 알기 쉽게 또 재미있게 참 얘기를 잘하시는군요. 제 눈앞에 마치 귀국의 다도를 그린 장엄한 화폭이 펼쳐진 느낌입니다. 계속해보시죠."

건넛방에서 가평의 호들갑 떠는 소리와 요코의 은방울 같은 웃음소리가 들려왔다. 하네다는 아이들이 즐겁게 놀고 있다는 것을 확인하고는 안심이 되는 듯 얘기를 계속했다.

……무로마치 시대 말엽에 -중국은 명明대였죠- 일본 민간에서 '운각차'

雲脚茶라는 평민 다회가 성행했습니다. 다양한 신분의 사람들이 강가, 부엌, 거실에 모여 술을 마시고 바둑을 두고 차를 마시는 모임이었지요. 중국 사람들이 흔히 일컫는 '하리파인'下里巴人(시골사람)들의 차모임이었죠. '하리파인' 차모임 중에서 제일 유명한 것은 나라의 린칸淋汗 다회였죠. '린칸'은 목욕을 뜻하는 말입니다. 나라의 후루이치古市 가문은 최대 100명이 목욕할 수 있는 물을 끓여 다회를 열었다고 합니다. 시원하게 목욕을 한 뒤 향긋한 차와 맛있는 다과를 즐기면서 웃고 노래하는 모임, 생각만 해도 그럴듯하지 않습니까.

후루이치 가문 태생인 징영澄榮과 징윤澄胤 형제는 나라에서 유명한 다인이었습니다. 이들의 스승이 바로 무라타 슈코村田珠光(1423~1502)였죠.

슈코는 11세에 입사入寺해 스님이 됐으나 얼마 못 가서 쫓겨났어요. 그리고 19세에 교토에 있는 일휴암一休庵에 들어가 잇큐 스님과 함께 참선을 했습니다. 나중에 잇큐 선사로부터 원오圜悟(명나라 말기 선승)의 친필 묵적을 '인증서'로 받았죠. 원오의 묵보墨寶는 최초의 다선茶禪 결합의 상징으로 다도계에서는 최고의 보물로 꼽히고 있습니다.

슈코는 원오의 묵적을 벽감壁龕에 걸어놓고 들어오는 사람마다 묵적 아래 무릎을 꿇고 절을 하게 했습니다. 이로써 '선다일미'禪茶一味(선과 차는 맛이 같다)의 사상을 널리 퍼뜨렸죠. 그는 교토에 주광암珠光庵을 짓고 독특한 초암草庵 다풍茶風을 만들었습니다. 슈코가 유명한 다인이 되기까지는 요시마사 쇼군의 도움이 컸죠. 그는 노년에 나라로 귀향해 많은 제자들을 양성했습니다. 그리고 임종을 앞두고 이런 유언을 남겼어요.

"나중에 내 법사法事를 거행할 때면 원오의 묵적을 걸고 작은 다관茶罐을 꺼내 차 한 잔 따라주게."

무로타 슈코는 생전에 주옥같은 명언을 많이 남겼습니다. "구름에 조금도 가려지지 않은 달은 무미無味하다", "초가집 앞에 명마名馬를 매어놓고 누추한 방안에 명기名器를 갖춰놓으면 별다른 운치가 있다" 이 얼마나 멋진 말들입니까…….

항천취는 여기까지 듣고 자신도 모르게 책상을 치면서 절찬했다.

"초가집 앞에 명마라, 크나큰 깨우침을 주는 게偈로군요."

"무로타 슈코는 선禪 사상을 통해 다도를 예술, 철학, 종교의 차원으로 끌어올린 인물입니다. 슈코 덕분에 서민 위주의 향토문화가 귀족문화를 대체할 수 있었습니다."

항천취는 하네다의 말이 끝나기 무섭게 갑작스러운 제안을 내놓았다.

"하네다 선생, 우리 집에 상등 백탄白炭과 호포천虎跑泉에서 길어온 물이 있습니다. 내친김에 차를 우려서 음미하는 것이 어떨까요?"

하네다도 기쁘게 호응했다.

"'로마에 가면 로마법을 따르라'고 했습니다. 이번 기회에 중국 풍습에 따라 마셔보는 것도 좋을 것 같군요."

항천취는 완라를 불러 마당에 숯불을 지피게 했다. 가화와 가평도 요코를 데리고 즐거운 비명을 지르면서 밖으로 뛰쳐나왔다. 가화와 가평은 완라를 도와준다는 것이 이리 뛰고 저리 뛰고 하면서 오히려 방해를 했다. 어린 요코는 바닥에 꿇어앉아 화로 아궁이에 입을 댄 채 후! 후! 하고 바람을 불었다. 그러나 자옥한 연기 때문에 눈물, 콧물을 한바탕 쏟았다.

항천취가 창문으로 내다보면서 탄식했다.

"끓인 차 생각이 간절해서 화로에 입을 대고 부는구나."

하네다가 물었다.

"그 같은 주옥같은 글귀는 귀국의 유명한 시인의 작품이겠죠?"

"요즘 말로 하면 유명 작가인 좌사左思(서진西晉 시대 문학가)라는 사람이 쓴 〈교녀〉嬌女라는 시의 두 구절입니다. 육우는 이 시의 열두 구절을 《다경》에 인용했죠. 우리 중국 사람들은 매사에 소탈하고 무심해 일본 사람들처럼 치밀하게 정리해 후세에 전하는 데는 서툽니다."

"항 선생의 고견을 듣고 싶습니다."

항천취가 고개를 저었다.

"오늘 모처럼 하네다 선생의 좋은 얘기를 들을 기회가 생겼으니 끝까지 말씀해주셨으면 좋겠습니다. 제 얘기는 나중에 해드리도록 하죠."

하네다는 사양하지 않고 자세를 똑바로 가다듬고는 얘기를 이어나갔다.

……무로타 슈코가 죽은 그해에 다케노 조오武野紹鷗라는 대大 다인茶人이 탄생합니다. 불교의 윤회 사상에 따르면 무로타 슈코가 다케노 조오로 환생한 것이겠죠.

조오는 번화한 해변 도시인 사카이堺에서 태어났습니다. 그의 부친은 꽤 큰 피혁상이었습니다. 조오는 24세에 교토로 와서 산조니시 사네타카三條西實隆를 스승으로 모시고 와카和歌(일본 전통 노래)를 배웠습니다. 또 슈코의 제자로부터 다도를 전수받았습니다. 그는 33세까지 교토에서 렌가시連歌師(전문적인 렌가 작가)로 살았습니다. 생계에 대한 부담이 없다보니 자유로운 영혼의 예술가로 살 수 있었던 거죠.

조오는 36세에 사카이로 돌아가서 37세에는 그보다 20살 어린 센노리큐千利休를 제자로 삼았습니다. 낭만적이고 자유롭던 렌가시 생애를 끝낸 것이죠. 이때부터 조오는 다인 겸 상인으로 활동했고, 48세에는 '일한거사'一閑居士라는 호를 받았습니다. 그의 다도 인생도 전성기를 맞이했죠.
조오는 가도歌道(가사나 시를 짓는 방법)로 다도를 재해석한 새로운 장르 개척에 크게 기여한 인물입니다. 와카 한 수를 들어볼까요?

> 봄꽃도 보이지 않고, 붉은 잎도 보이지 않네.
> 해변의 작은 오두막, 가을 안개로 뒤덮였구나.

장려한 풍경을 만끽해본 사람만이 무일물중무진장無一物中無盡藏(아무것도 없지만 한없이 많다)의 해탈을 경험할 수 있죠.
와카를 표구해 다실茶室에 걸어놓음으로써 일본 다도의 민족화를 추진한 것은 조오가 시초라고 할 수 있습니다.
여기서 주목할 점은 조오가 제일 처음 다실에 걸어놓은 와카는 아베노 나카마로安倍仲麻呂(나라 시대의 당나라 유학생)가 고향을 그리워하면서 지은 시라는 것입니다.

> 고개 들어 동쪽하늘을 바라보니,
> 마음이 나라奈良를 향해 치닫는구나.
> 미카사三笠 산꼭대기에는
> 오늘도 달이 둥글겠지.

이렇듯 슈코의 다도는 조오에 의해 한층 더 개혁, 발전됐습니다. 소담하고 우아한 풍격이 다도에 가미됐을 뿐 아니라 다인들의 일상생활이 한층 고아해졌습니다. 조오에 관한 일화를 하나 소개해드리자면, 한번은 다회를 연 날에 큰 눈이 내렸습니다. 조오는 손님들이 설경을 감상할 수 있도록 관례를 깼습니다. 관례대로라면 벽감에 차나무 꽃을 놓아야 하는데, 이례적으로 맑은 물을 담은 청자석창발青瓷石菖鉢(바리때)을 놓았던 것입니다…….

항천취가 생각에 잠긴 채 고개를 끄덕였다.

"저와 선생이 마주앉아 차에 대해 담론을 나누고 창밖에서는 양국 아이들이 달빛 아래 함께 차를 끓이고 있는 지금 이 순간의 정경이 그 어느 때보다도 아름답게 느껴지는 것과 같은 도리겠죠."

……자, 우리 함께 16세기 중엽의 일본으로 가봅시다. 이때는 각지의 군웅들이 일어나 세력다툼을 벌인 혼란기였습니다. 전쟁이 끊이지 않았고 하극상이 판을 쳤습니다. 생사를 도외시한 사무라이들에게 평화롭고 조용한 다실은 '영혼의 안식처'라고 해도 좋았습니다. 다구의 가격도 폭등했습니다. 다완 하나를 빼앗기 위해 전쟁을 일으킨다고 해도 이상하게 여기지 않을 정도였습니다.

이 같은 혼돈의 시대에 다케노 조오가 죽고 센노리큐가 조오의 뒤를 계승했습니다.

센노리큐(1522~1592) 역시 사카이의 상인 가문 출신이었습니다. 그는 조오의 휘하에 입문한 후 슈코 이래로 내려온 다인들의 참선參禪 전통을 계승해 수행에 정진했습니다. 24세에 이미 '종역'宗易이라는 도호道號도 받았습니다. 나중에는 오다 노부나가織田信長의 다두茶頭(절에서 마실 차를 마련하는 소임. 또는 그 일을 맡은 승려)를 맡았고, 오다 노부나가가 죽은 뒤에는 도요토미 히데요시豊臣秀吉의 다두로 일했습니다.

센노리큐와 히데요시 두 사람은 죽을 때까지 서로 의지했지만 또 한편으로는 서로 대립하는 사이였습니다. 이 두 사람의 관계는 후세 다인들이 연구해야 할 영원한 숙제이기도 하죠.

평민 출신인 히데요시는 천황의 인정을 갈구했습니다. 그저 허수아비에 불과한 천황의 입장에서는 무력으로 천하를 통일한 사무라이를 인정하지 않을 수 없었죠. 히데요시는 천황의 인정을 받은 그날 황궁에서 다회를 열었습니다. 히데요시는 자신이 먼저 천황에게 차를 따르고 다시 센노리큐를 시켜 천황에게 차를 따르게 했죠.

1585년에 센노리큐가 주최한 이 다회에서 히데요시는 중국 원元대 산수화가 옥간玉澗의 〈원사만종〉遠寺晩鐘이라는 작품을 벽감에 걸었습니다. 또 고풍스러운 구릿빛 꽃병에 크고 흰 국화를 꽂아놓았고 천하에 유명한 '닛타'新田, '하츠하나'初花 다합茶盒과 '마츠하나'松花 다관 등 호화스러운 다구들을 사용했습니다. 이 다관은 무려 입쌀 40만 섬과 맞먹을 정도로 귀한 것이었다고 합니다.

센노리큐가 일생 최고의 다회를 주최하고 최고의 영예를 얻은 이 해에 그의 나이는 63세였습니다.

2년이 지난 후 권력과 다도의 결합이 또 한 번 이뤄졌습니다. 이 해에 히데요시는 서남, 동국東國과 동북의 제후들을 모두 평정하고 교토의 기타노에서 천하에 비길 바 없는 호화로운 다회를 엽니다.

두말할 필요도 없이 센노리큐가 다회의 총책임을 맡았죠. 1587년 10월 1일, 기타노신사 정전에서 전례 없는 규모의 다회가 열렸습니다. 정전 중앙에 떡하니 자리 잡은 것은 히데요시가 공들여 만든 조립식 순금 다실이었습니다. 이 다실은 지붕부터 벽이며 안에 놓인 다구까지 전부 순금으로 만들어진 것으로 히데요시의 부의 상징이었습니다. 그는 이 다실을 천황에게 자랑했고, 중국 명나라에서 온 사신들에게도 자랑했었습니다. 이번 다회에서도 굳이 선보인 것은 아마 백성들 앞에서도 과시하고 싶은 마음이 컸기 때문일 것입니다.

이밖에 히데요시는 소중하게 간직했던 중국 화가 옥간의 〈청풍〉青楓과 〈소소팔경〉瀟瀟八景도 벽감에 걸어놓았습니다. 히데요시는 옥간의 작품을 매우 좋아했던 것 같습니다.

기타노 다회의 다석茶席은 무려 800여 석에 달했다고 합니다. 지위 고하를 막론하고 차와 풍류를 즐기는 사람은 모두 참석할 수 있었죠. 이 다회는 일본 다도의 보급에 크게 기여했습니다.

센노리큐는 60세부터 70세까지 장장 10년 동안 히데요시를 섬겼습니다. 이 10년 동안 센노리큐의 심경은 어땠을까요? 손에 검을 잡은 군왕과 손에 찻잔을 든 승려, 두 사람은 서로를 바라보면서 각자 어떤 생각을 했을까요?

센노리큐는 물질적 속박에서 벗어난 다도를 주창하고 당시 성행했던 물질만능주의 기풍을 일거에 청산한 사람입니다. 그는 "집은 비가 새지 않으면 그만이고, 음식은 배를 채울 만하면 그만이다"고 말했습니다. 부처의 이 같은 가르침이 곧 다도의 참뜻이라고 했죠.

센노리큐에 이르러 일본의 다도는 검소하고 소박한 본모습을 회복하게 됩니다. 그는 "다도는 물을 끓여 차를 우리는 것이지 별것 아니다"라고 했습니다.

제자들이 센노리큐에게 물었답니다.

"다도의 비결은 무엇입니까?"

센노리큐는 이렇게 대답했답니다.

"여름에는 다실을 시원하게 하고, 겨울에는 다실을 따뜻하게 하고, 숯을 적당하게 넣어 물을 잘 끓이고, 차를 맛있게 우리는 것이 다도의 비법이니라."

항천취가 여기까지 듣고 나더니 가슴을 두드리면서 연신 감탄사를 토했다.

"천고의 명언이다, 천고의 명언이야!"

하네다가 다시 입을 열었다.

"센노리큐의 예술적 경지를 보여줄 수 있는 와카도 있습니다."

봄바람 불어오기를 기다리지 말고,
봄꽃 피기를 기다리지 말라.
눈 속에 봄풀이 있으니,
산에 올라가서 찾아보시게.

"절대적인 부정 이후에 비로소 볼 수 있는 절대적인 긍정의 아름다움 아니겠습니까. 다도의 기저에 깔려 있던 오락성은 센노리큐에 이르러 완전히 사라져버렸습니다. 차 그릇 하나를 가지고 여러 사람이 돌려 마시는 '전음법'傳飮法도 이때 탄생했습니다. 다른 사람이 입을 댄 찻잔을 사용하면 더럽다는 생각이 들 법도 한데, 항 선생은 이에 대해 어떻게 생각하십니까?"

항천취가 생각에 잠긴 표정으로 대답했다.

"상고시대 중국의 연혈결맹吮血結盟과 비슷한 맥락인 것 같군요."

"그렇습니다. 센노리큐는 사람 간 친화를 주장한 큰 스승이었죠. 그의 다암茶庵은 손님 두세 명이 무릎을 맞대고 앉으면 꽉 찰 정도로 작았다고 합니다. 사람들이 '이심전심'以心傳心, '심심상인'心心相印의 느낌을 가질 수 있도록 일부러 작게 지은 것이죠. 센노리큐의 다구도 매우 특별했다고 합니다. 그는 귀국의 천목千目 다완이나 청자완은 지나치게 화려해 다도의 정신적 경지를 보여줄 수 없다고 해서 조선에서 건너온 다완을 즐겨 사용했습니다. 즉 조선 서민들이 식사할 때 쓰던 막사발이었죠. 모양이 고르지 않고 검은 빛을 띠면서 무늬도 없는 소박한 그릇이었습니다."

"귀국의 무장 히데요시는 센노리큐의 예술적 경지를 이해했을까요?"

하네다가 천천히 고개를 저었다.

"이해하지 못한 것은 둘째치고 완전히 질색했죠. 황금 다실을 좋아하는 그가 바구니로 만든 꽃병과 조선 다완 따위를 좋아했을 리 있겠습니까? 이후 센노리큐는 히데요시에게 미움을 받아 할복하라는 명령을 받게 되었습니다. 센노리큐는 1592년 2월 28일, 300명의 무사들이 지켜보는 앞에서 할복자살을 했습니다. 그날 천둥번개가 치고 장대 같은 비가 쏟아졌답니다. 그는 임종을 앞두고 '칠십 평생 살아오면서 옳은 길을 터득하기 어려웠다. 이제 깨달음의 명검을 휘둘러 조불祖佛(조사祖師와 부처)을 과감하게 잘라내련다'라는 유언을 남겼습니다."

말을 마친 하네다가 긴 탄식을 발하더니 묵묵히 밖으로 나갔다. 마당 화로 안의 숯불은 빨갛게 달궈져 있었다. 세 아이는 물이 끓기를 조용하게 기다리고 있었다. 하네다가 다시 입을 열었다.

"우리 일본사람들은 자신의 뜻을 지키기 위해서는 목숨도 기꺼이 버릴 수 있습니다. 저는 그 어떤 미사여구로 센노리큐를 찬미해도 지나치지 않다고 생각합니다."

하네다가 몸을 돌려 항천취에게 물었다.

"항 선생, 귀국의 대大 다인들이 만약 센노리큐와 똑같은 상황에 처했더라면 어떻게 행동했을까요?"

센노리큐의 죽음을 안타까워하면서 한숨을 푹푹 쉬고 있던 항천취가 고개를 들어 하네다를 바라봤다.

"중국에는 히데요시와 같은 군왕이 있을 수 없습니다."

"듣자하니 당나라 황제도 다성 육우를 태자의 스승으로 부르려고 했다면서요?"

"설령 그런 일이 있다고 해도 육우는 그 요청에 응하지 않았을 것입니다. '창랑의 물이 맑으면 (내 소중한) 갓끈을 씻고, 창랑의 물이 흐리면 (내 더러운) 발을 씻네'라고 하지 않았습니까. 이 말을 통해서도 알 수 있듯 중국인들은 현실적인 면도 있으나 또 허무맹랑한 면도 있지요."

가화와 가평은 찻잎과 찻잔을 가지러 망아지처럼 껑충껑충 뛰어갔다. 요코는 종종걸음으로 항천취에게 다가와서 허리를 숙여 인사한 다음 일본말로 뭐라고 종알거렸다. 하네다가 딸의 말을 통역해줬다.

"토호잔으로 마셔도 되느냐고 묻는군요."

"물론이죠. 뿐만 아니라 일본식대로 찻잔 하나로 돌려가면서 음미합시다."

요코는 맑은 물로 토호잔을 깨끗하게 씻었다. 가화와 가평은 완라가 가져온 대나무 숟가락을 서로 가지겠다고 야단법석을 떨었다. 요코가 돗자리가 필요하다고 한마디를 했을 때는 더 그랬다. 마치 성지聖旨라도 받은 것처럼 방안으로 뛰어 들어가 돗자리를 질질 끌고 나왔다. 요코는 사람들을 전부 돗자리 위에 앉게 한 다음 조심스럽게 찻잎을 잔에 넣고 물을 부었다. 이어 찻잔을 들어 공손하게 항천취에게 권했다.

항천취는 달빛 아래 맑고 영롱한 모습의 요코를 바라봤다. 그와 동시에 '비현실적인 아름다움'이 무엇인지 실감하고 있었다. 그는 차를 한 모금 마시고 나서 찻잔을 하네다에게 넘겼다. 하네다도 한 모금을 마시고 잔을 가화에게 건넸다. 가화는 한 모금을 마신 뒤 잔을 가평에게 주지 않고 요코에게 건넸다. 가화는 자신이 입을 댔던 자리에 요코의 앵두 같은 입술이 닿는 순간 말로 형언할 수 없는 전율을 느꼈다. 요코도 한 모금 마시고 잔을 가평에게 돌렸다. 가평은 요코가 입을 댔던 자리에 입술을 대고는 크게 한 모금 들이켰다. 이어 찻잔을 아무에게도 주지 않고 남은 차를 꿀꺽꿀꺽 혼자 다 마셔버렸다. 그는 마치 무거운 짐을 벗은 듯 홀가분한 표정으로 빈 잔을 내보이면서 말했다.

"정말 목이 말랐어요."

어린아이의 순진무구한 말에 모두들 큰 소리로 웃었다. 여럿의 웃음소리가 채 멎기도 전에 밖에서 부서질 듯 대문을 쾅쾅 두드리는 소리가 들렸다.

항주 봉건 정권이 잔명을 이어가는 마지막 날 밤이었다. 이날 밤 항천취와 하네다는 씻은 듯 맑은 달빛 아래에서 차를 마시면서 선禪에 대해 담소를 나누고 있었다. 담벼락 밖에서는 결사대 대원들이 광복군의 인솔 하에 당장이라도 출동할 태세를 갖추고 대기하고 있었다.

장백기가 인솔하는 결사대원 20명은 서원문西轅門에 매복했다.

공소도孔昭道는 순무아문의 경비대를 거느리고 혁명당에 귀순할 준비를 마쳤다.

조기객이 소속된 공정工程대대는 여러 성문에 나눠 매복한 채 대포 소리가 울리기를 기다리고 있었다.

견교筧橋에 주둔해 있던 신군新軍은 기영을 포위할 준비를 마쳤다.

만두산饅頭山에 주둔한 보병들은 적들의 통신망을 차단시킬 준비를 마쳤다.

장백기, 동몽교董夢蛟와 윤유준이 인솔한 결사대는 순무아문을 정면 공격할 준비를 마쳤다.

삼라만상이 모두 잠든 고요한 밤중에 망우저택 대문을 요란스럽게 두드린 사람은 항씨네 안주인 심록애였다. 사병 한 무리를 이끌고 무기를 가지러 온 그녀는 단잠을 깬 이웃들의 불만에 귀를 기울일 여유가 없었다. 항천취는 마치 꿈에서 깬 사람처럼 자리에서 벌떡 일어나 대문께로 달려갔다.

"왔다, 왔어!"

일본인 부녀도 놀란 표정으로 일어섰다.

"누가 왔어요?"

가평이 주먹을 꼭 쥐면서 흥분된 어투로 말했다.

"혁명이 왔어요, 혁명이 왔어요!"

요코가 일본어로 물었다.

"혁명이 뭐예요?"

가화는 요코의 말뜻을 대충 짐작하고 요코의 손을 잡았다.

"무서워하지 마, 무서워하지 않아도 돼!"

여럿은 허둥지둥 자리를 치웠다. 미처 치우지 못한 주전자가 사병들을 데리고 들어온 항천취의 발에 채여 저만치 굴러갔다. 뒤따라 들어온 심록애는 발에 채는 토호잔을 차버리고 항천취에게 물었다.

"이 사람들은 누구예요?"

"일본인이야."

"뭐 하러 왔어요?"

"차 마시러 왔어."

"때가 어느 때인데 당신은……!"

"그만해. 저 사람들에게 빨리 가지고 가라고 해."

사병들이 우르르 총을 들고 나왔다. 그들은 15분도 지나지 않아 무기를 다 옮겼다. 항천취는 종종걸음으로 사병들의 뒤를 따라 나가려는 심록애를 불러 세웠다.

"나는?"

"당신은 집에서 기다려요. 오빠 말로는 곧 차가 와서 당신을 데려갈 거래요. 내일 당신이 할 일이 있대요."

"당신은?"

"저는 돌아가야 해요. 부상자를 돌볼 사람이 필요해요."

심록애는 가화와 가평 그리고 하네다의 품에 머리를 묻고 있는 요코를 차례로 쓸어보면서 말했다.

"무서워하지 마. 내일이면 다 괜찮아질 거야. 선생은 우리 집에 계세요. 절대 밖으로 나가시면 안 돼요."

심록애는 또 가화에게도 당부했다.

"가화, 동생들을 잘 돌봐야 한다. 알겠어?"

말을 마친 심록애는 서둘러 사병들을 쫓아갔다. 하네다가 한참 멍하니 서 있다가 물었다.

"항 선생은 혁명당입니까?"

항천취가 고개를 끄덕였다.

"그럼……, 저 여자…… 항 선생의 안사람은?"

"혁명당의 마누라죠."

항천취의 얼굴에는 복잡 미묘한 표정이 떠올랐다.

소차는 아이들의 잠자리를 봐놓고 심록애와 병사들이 다 물러가기를 기다렸다가 밖으로 나왔다. 잠시 후 소차와 아이들은 다 들어가고 마당에는 항천취와 하네다만 남았다. 화로 안의 숯불은 다 꺼지고 돗자리는 더럽혀져 있었다. 하네다가 토호잔을 주워 항천취에게 건넸다.

두 사람은 누구도 먼저 입을 열지 않았다. 이제껏 차를 마시면서 선에 대해 담소를 나눈 것이 마치 꿈을 꾸다 깨어난 것 같은 느낌이 드는 모양이었다.

같은 시각, 열일곱 살 여걸 윤유준은 순무아문 앞에서 '혁명'의 시작을 알리는 폭탄을 던졌다. "쾅!" 하는 굉음과 함께 화광이 충천했다. 단잠에 빠졌던 항주 사람들이 놀라 깨어났다.

토호잔을 조심스럽게 받쳐 든 항천취는 허공에 치솟는 불길을 보면서 혼잣말로 중얼거렸다.

"혁명이 시작됐구나!"

〈②권에 계속〉

더봄 중국문학 04

다인 ①

제1판 1쇄 인쇄 2018년 9월 13일
제1판 1쇄 발행 2018년 9월 18일

지은이 왕쉬펑
옮긴이 홍순도
펴낸이 김덕문

책임편집 손미정
디자인 블랙페퍼디자인
마케팅 이종률
제작 백상종

「더봄 중국문학전집」 기획위원
심규호 중국학연구회 회장, 제주국제대 중국언어통상학과 석좌교수(현)
홍순도 매일경제·문화일보 베이징특파원, 아시아투데이 중국본부장(현)
노만수 경향신문 문화부 기자, 출판기획자 겸 번역가(현)

펴낸곳 **더봄**
등록번호 제399-2016-000012호(2015.04.20)
12088 경기도 남양주시 별내면 청학로중앙길 71, 502호(상록수오피스텔)
대표전화 031-848-8007 ‖ 팩스 031-848-8006
전자우편 thebom21@naver.com
블로그 blog.naver.com/thebom21

ISBN 979-11-88522-16-3 04820
ISBN 979-11-88522-15-6 (세트)